谨以此
书献给生息
在此美丽草原
的人们

打造北疆亮丽风景线系列报告文学集

走进新时代的草原儿女

第二集

崔亚飞 ◎ 编

远方出版社

图书在版编目（CIP）数据

走进新时代的草原儿女：打造北疆亮丽风景线系列报告文学集 / 崔亚飞编. -- 呼和浩特：远方出版社，2020.8
　ISBN 978-7-5555-1348-3

　Ⅰ. ①走… Ⅱ. ①崔… Ⅲ. ①报告文学－作品集－中国－当代 Ⅳ. ①I25

中国版本图书馆CIP数据核字（2020）第140458号

走进新时代的草原儿女
——打造北疆亮丽风景线系列报告文学集
ZOUJIN XIN SHIDAI DE CAOYUAN ERNÜ
——DAZAO BEIJIANG LIANGLI FENGJINGXIAN XILIE BAOGAO WENXUE JI

编　　者	崔亚飞
责任编辑	王　叶　蔺　洁
责任校对	王　叶　蔺　洁
装帧设计	巴彦淖尔市凤平印务有限公司
出版发行	远方出版社
社　　址	呼和浩特市乌兰察布东路666号　邮编 010010
电　　话	（0471）2236473总编室　2236460发行部
经　　销	新华书店
印　　刷	内蒙古爱信达教育印务有限责任公司
开　　本	185mm×260mm　1/16
字　　数	550千
印　　张	33.75
版　　次	2020年8月第1版
印　　次	2020年11月第1次印刷
标准书号	ISBN 978-7-5555-1348-3
定　　价	218.00元

如发现印装质量问题，请与出版社联系调换

前　言

不忘初心，方得始终。中国共产党人的初心和使命，就是为中国人民谋幸福，为中华民族谋复兴。这个初心和使命是激励中国共产党人不断前进的根本动力。

进入新时代，我们比历史上任何时期都更接近、更有信心和能力实现中华民族伟大复兴的目标。走进新时代，更需要保持政治上的清醒和坚定，时刻站稳人民至上的立场。人民至上的立场是我们党的根本政治立场，是不忘初心、牢记使命的价值原点和力量源泉。

生活在内蒙古大草原的人民勇敢善良、勤劳朴实，不仅为祖国创造了物质财富，也为草原留下了宝贵的精神食粮。走进新时代的草原儿女，不忘初心，牢记使命，守望相助，团结奋斗，各行各业都为"建设亮丽内蒙古，共圆伟大中国梦"做出了巨大的贡献。

文艺创作来源于生活，更离不开人民。它深深扎根于中华民族这块古老而年轻、丰饶而博大的土地上。

编著此书的出发点是心怀梦想，想以一叶知秋的精神，多多少少展现出草原儿女守望相助、团结奋斗的精神风貌，初衷是心存感恩、心存人民、心有敬畏。本书所选的文章介绍了生活在黄河两岸的草原儿女中一部分人的典型事迹，旨在向读者展示一批黄河两岸草原儿女走进新时代的新作为。他们以时不我待的劲头，以崭新的姿态、博大的胸怀、蓬勃的活力，努力谱写着新时代北疆人民的奋斗篇章。

谨以此书呈献给生活在新时代亮丽内蒙古大草原上的人们，呈献给胸怀天下的父老乡亲们。她凝聚着黄河两岸草原儿女的一片深情。

编者

目 录

鄂尔多斯卷

铁肩担大任　热血献矿山 2
　　——记伊泰集团酸刺沟煤矿采煤一队队长马祥

新时代金融领域的女明星 7
　　——记伊金霍洛六菱村镇银行行长李凤莲

品德树立形象　诚信赢得发展 12
　　——记诚实守信道德模范、杭锦旗双虎家私总经理色仁其其格

办起公司谋新路　蒙汉共育幸福树 17
　　——记伊金霍洛旗门克庆嘎查书记、工贸公司总经理李秀保

诚实守信　敬业奉献 22
　　——记东胜区林业局绿化办副主任李桂荣同志

让爆破事业精彩绽放 26
　　——记内蒙古康宁投资控股集团有限公司副总裁兼内蒙公司总经理马保才

诚信"净万佳"　服务零距离 31
　　——记鄂尔多斯市净万佳家政服务公司总经理娜布其玛

创业路上的领头雁 35

——记鄂尔多斯市鄂前旗宾馆、天亨大酒店总经理叶俊梅

敢为人先竞风流 40
——记鄂尔多斯市尔薪民族用品有限公司总经理白云尹

坐着比站着更容易拥抱天空 45
——记乌审旗阿腾莎民族金银器具加工厂总经理阿腾都西

一位创业实践者的智慧与执着 51
——记鄂托克前旗阿吉泰健康养生园总经理巴雅尔

勇立潮头争先锋 责任担当扛肩上 56
——记鄂尔多斯市金鹭伊蜜尔蜂产品有限公司董事长李喜明

让草原味道飘进城市 61
——记鄂托克前旗宝尔赫德牧区专业合作社总经理道格通吉雅

培育市场和引领产业的"牛人" 64
——记达拉特旗荣满园农牧业专业合作社创办人翟永杰

脱贫致富的脚步一刻也不能停歇 69
——记东胜区泊江海子镇折家梁党支部书记王占荣

用青春书写育人篇章 74
——记鄂尔多斯市东胜区铜川第二幼儿园园长苏桂兰

致富路上的带头人 80
——记伊金霍洛旗札萨克镇查干淖嘎查村书记苏都毕力格

煤海深处的"发明家" 85
——记包头矿业公司李家壕煤矿掘锚二队党支部书记杨国秀

砥砺奋进谱华章 90
——记内蒙古亿阳蒙西物流有限公司董事长苗军

抓科技 兴产业 促增收 95
——记杭锦旗农业技术推广中心主任梅春光

助力文化旅游产业 引领群众增收致富 100
——记伊金霍洛旗伊金霍洛镇布拉格嘎查主任巴图格西

凝聚巾帼力量 彰显女性风采 105
——记鄂托克前旗巾帼家政服务公司总经理王志丽

用创新领跑企业发展的"女强人" 110

——记鄂尔多斯市东腾机动车检测公司总经理高华

巧手创业　刺绣逐梦 116
——记鄂托克前旗维丽青刺绣有限责任公司总经理韦林花

平凡人　平凡事 120
——记鄂托克旗苏米图苏木苏米图嘎查牧民斯庆苏都

创新领跑企业发展　产业带动群众致富 124
——记杭锦旗绿美牧业开发有限责任公司总经理王怀树

你有所需　我有所助 130
——记鄂托克旗广乐家政服务公司总经理张丽霞

执着创新　惠泽农牧 132
——记鄂托克前旗农机技术推广站"牧民发明家"哈斯达来

一生只想做好一件小事的留英海归 135
——记英国教育专家眼中的鄂尔多斯市康巴什新区开口英语学校校长贾慧璞

创业道路上的闪光足迹 139
——记鄂尔多斯市中瑞医药公司总经理关红梅

真情助燃希望　大爱成就梦想 145
——记鄂托克前旗青年联合会秘书长、"马兰花"志愿者协会会长白雨

扎根西部煤海　献身露天开采 150
——记准能集团公司哈尔乌素露天煤矿总工程师罗怀廷

情系平凡岗位　汗洒公安事业 154
——记东胜区公安分局法制大队大队长丁志光

公益如海我如英 159
——记鄂尔多斯市准格尔义工协会会长吕海英

大爱领航幼教　奉献追逐梦想 166
——记鄂尔多斯市鄂托克前旗汉族幼儿园园长张向红

让青春和梦想扬帆启航 171
——记鄂尔多斯市准格尔旗龙艺经典文化传媒创办人刘丹

心中有爱　肩上有责 175
——记鄂尔多斯市乌审旗第三幼儿园园长孟根苏都

让联络站"站"得更稳，"走"得更实 180
——记伊金霍洛旗乌兰木伦镇明安木独村书记曹二仁

守住底线 熔铸党性 铭记责任 184
——记杭锦旗吉日嘎朗图镇乃玛岱村支书梅旺

引领时尚潮流的最美创业女性 189
——记鄂尔多斯市怡人发展有限公司总经理张慧

忠诚传媒 启航创业 192
——记鄂尔多斯市烁博文化传媒有限公司总经理张敏

情系家乡，做农牧民的代言人 195
——记内蒙古绿杭农牧业科技有限责任公司法人代表李宜阳

拼搏才会辉煌 创造才能致远 202
——记鄂尔多斯文化旅游发展有限公司董事长方敏

践行新能源 催生新动力 207
——记鄂托克前旗清洁新能源科技项目研发者阿日并巴雅尔

心系群众谋发展 代表责任扛在肩 212
——记鄂托克前旗蒙都草业种养殖专业合作社理事长春雨

追梦的脚步永不停止 216
——记鄂尔多斯市景程广告传媒有限公司创办人刘云

一心为民的好支书 220
——记乌审旗苏力德苏木陶尔庙嘎查党支部书记伊庆嘎

青春献幼教 大爱永流传 224
——记准格尔旗薛家湾第二幼儿园园长、党支部书记武萍

情系孩子 心连童心 229
——记准格尔旗薛家湾第十三幼儿园园长李明珠

酿造传奇"库布其" 232
——记内蒙古库布其酒业有限责任公司董事长杜红兵

用无悔青春书写蓝色之旅 238
——记鄂尔多斯市税务局第一稽查局田军

践行"工匠"精神 争当"电气"标兵 245
——记鄂尔多斯新能源有限公司电气技术员崔永峰

奉献不言苦 岗位显身手 249
——记鄂尔多斯准格尔召发运站主任级工程师张玉林

服务大众为己任的岗位能手 253
——记鄂尔多斯市空港燃气有限公司抢险抢修队队长刘小龙

一名景区讲解员的岗位风采与事业追求 257
——记东联集团苏泊罕大草原旅游景区讲解员师芬

产业扶贫办法多 261
——记达拉特旗吉格斯太镇张义城窑村党支部书记田战地

让青春在黑土地上闪光 266
——记北京昊华能源股份有限公司红庆梁煤矿综掘一区区长兼党支部书记沈梦辉

"撑起半边天"的乡村女能人 270
——记伊金霍洛旗红庆河镇特宾苏莫村党支部书记张丽

模范退役军人的承诺与担当 274
——记准格尔旗十二连城乡兴胜店村党支部书记张永福

做引领产业和创新发展的排头兵 278
——记准格尔旗纳日松镇敖劳不拉村党支部书记高富银

护理第一线的白衣天使 282
——记鄂尔多斯市蒙医医院护士长娜仁图娜拉

河套卷

腾格里沙漠马莲湖畔的治沙领袖 288
——记内蒙古自治区林木种苗工作技术能手、阿拉善盟源辉林牧有限公司总经理叶惠平

理想与信念的坚守 292
——记阿拉善盟民族文化有限公司创始人萨茹拉

宁愿一人脏 换来万人洁 296
——记阿拉善盟额济纳旗自治区最美环卫工人获得者丁玉芬

守望相助 大爱无限 301

——记巴彦淖尔市磴口县康恩老年公寓、农牧区综合敬老院院长张丽君

奉献基层 无悔选择 306
——记巴彦淖尔市五原县天吉泰镇党委书记卞巧红

播撒绿色希望 收获"沙漠人参" 313
——记内蒙古游牧一族生物科技有限公司董事长贺文军

天下大事必做于细 古今事业必成于实 319
——记巴彦淖尔市残联（旭东）眼科医院院长、书记周静

华丽转身的河套电商能人 322
——记五原县子欣商贸公司总经理张霞

烟草行业上的女强人 325
——记巴彦淖尔市烟草专卖局（公司）党组书记、局长、经理齐翠敏

村民致富的领头人 330
——记五原县新公中镇永旺村党总支书记田雨禄

甘于奉献 当好群众的主心骨 334
——记乌拉特中旗乌加河镇宏丰村书记刘锦秀

科技激发潜能 创新引领未来 338
——记内蒙古谷丰农业科技公司董事长樊根

拥抱农业 梦想启航 343
——记内蒙古农保姆生物科技服务公司董事长杜博

农村振兴谋略好的老村官 347
——记磴口县北粮台村书记马继源

扎根基层的守护神 352
——记乌拉特后旗潮格温都尔镇西尼乌素嘎查书记宝音德力格尔

尽责实干好"村官" 355
——记杭锦后旗蛮会镇红星村党总支书记常永伟

世界奇石粘画创始人的风采 359
——记乌拉特中旗玉之源文化有限公司总经理任莲莲

党建富民的领头人 363
——记杭锦后旗三道桥镇和平村党支部书记边俊峰

外化于行 内化于情 368

——记五原县"亮丫头"名品化妆全国连锁店总经理王春

助人为乐在基层 道德口碑立民心 372
——记杭锦后旗第一幼儿园园长邱强

科技为引领 创新谋巨变 377
——记内蒙古蒙源兴禾生物科技有限公司董事长刘成帅

以人为本心系教育 以德育人爱洒校园 381
——记临河区八一学校校长杨波

绿色田野 厚植耕耘 386
——记临河区农业技术推广中心主任、草原英才闫素珍

农业保险先行先试的实践者 391
——记安华农业保险巴彦淖尔中心支公司总经理王晓梅

用仁心点亮精神疾病患者心灵之灯 395
——记巴彦淖尔市精神卫生中心主任赵桂花

勇当抗灾抢险的急先锋 401
——记乌拉特中旗呼勒斯太苏木党委副书记、苏木达玛拉沁夫抗旱防汛先进事迹

盐碱滩上的探路者 406
——记巴彦淖尔市乌拉特前旗先锋镇公庙村主任石二小

小山村飞出"金凤凰" 411
——记内蒙古蒙驼王服饰有限公司经理张粉云

不忘初心 筑梦幼教 416
——记包头市华海快乐鸟幼儿园园长崔桂英

因为热爱 所以执着 421
——记内蒙古蓝色之旅民族文化有限公司创办人马永华

干就干出个样子来 425
——记乌海市千里山镇新丰村党支部书记廉军

热心公益 无悔追求 428
——记乌海市东兴寿康养老院院长、公益记者赵龙龙

"好有力量"的郝力老师 432
——记第二批河套英才获得者、临河区第一中学副校长郝力

奉献环卫 无怨无悔 439
　　——记五原县环境卫生管理所副所长周补魁
大桦背山滩下的美丽村庄 443
　　——记巴彦淖尔市优秀党务工作者、乌前旗白彦花镇和顺庄村书记李占青
爱丰村的梦想书记 447
　　——记临河区狼山镇爱丰村张翔林书记
脱贫攻坚道路上的"拓荒牛" 451
　　——记乌拉特前旗西小召镇万太公村党支部书记韩来牛
嘎查小书记 成就大作为 455
　　——记乌拉特后旗乌盖苏木巴音乌拉（富山）嘎查党支部书记兰祥
卫生事业的"追梦人" 肿瘤专业的"领头人" 459
　　——记巴彦淖尔市医院副院长、肿瘤医学整合中心主任王腾祺
扛起富民强村的大责任 463
　　——记五原县复兴镇永丰村党支部书记李小四
抓基础 强服务 建设美丽庆隆 467
　　——记杭锦后旗二道桥镇庆隆村党支部书记闫平
甘于奉献 兴业强村 471
　　——记杭锦后旗团结镇民治桥村党支部书记高有利
让党旗更红 乡村更美 村民更富 475
　　——记临河区干召庙镇棋盘村党支部书记吕志明
为幼儿成长铺就一条阳光之路 479
　　——记乌拉特后旗巴音镇幼儿园工会主席潘俊峰
扎根戈壁的第一书记 483
　　——记乌拉特后旗获各琦苏木巴拉乌拉嘎查第一书记包长江
让"小花生"成为农牧民致富的"金豆豆" 488
　　——乌拉特中旗德岭山镇苏独仑嘎查党支部书记侯双喜种植花生创业纪实
一名村支部书记的"大手笔" 493
　　——记五原县塔尔湖镇继光村总支书记高永峰

又盯上秸秆转化的先锋人 497
——记内蒙古富煌专业合作社总经理王有军

美食艺术行业璀璨的明珠 501
——记巴彦淖尔市西贝美食艺术学校副校长刘智虎

选择公路管护事业无怨无悔 506
——记杭锦后旗交通运输局公路管理段段长杨晓芳

情系芦苇 魂系画艺 510
——记乌拉特前旗连运芦苇画艺术文化公司创办人连军强

锲而不舍 勇攀科研高峰 515
——记内蒙古恒嘉晶体材料有限公司总工程师汪海波

扎根乌拉特草原的基层名蒙医 520
——记乌拉特前旗蒙中医医院副院长、蒙医科主任敖涛来

鄂尔多斯卷

铁肩担大任　　热血献矿山

——记伊泰集团酸刺沟煤矿采煤一队队长马祥

马祥，男，中共党员，1987年6月出生于内蒙古巴彦淖尔市，2010年6月毕业于中国矿业大学采矿工程系，并于同年7月以优异的成绩进入伊泰集团酸刺沟煤矿，从普通员工到副队长、队长再到矿长助理，用6年时间完成的这一次蜕变也让他成为采煤队第一位既"土生土长"又最年轻的队长。

马祥同志在岗位上兢兢业业、全力以赴，以责任导向守住"生产关"，他领导的采煤一队圆满完成了1500万吨的生产任务；以效率导向把牢"管理关"，煤矿采煤连续在集团安全质量标准化考核中名列前茅，生产降本超过350万元；以专业导向攻坚"技术关"，圆满完成酸刺沟煤矿自投产以来地质条件最为复杂的一个工作面的回采工作，并推动大中型革新20余项；以制度为导向筑起"队伍关"，带出了一支人员结构合理、敢打硬仗、能打胜仗、勇于创新、追求实效、屡创高效的队伍。

临危受命，勇担大任

2016年，随着酸刺沟煤矿原采煤一队队长的调离，采煤一队作为伊泰集团唯一一支自主经营管理的全国一流千万吨级综放队，缺少一名既懂专业又懂管理，经验丰富又敢于创新的接班人。经过酸刺沟领导班子逐层考核、严格选拔，最终从一线摸爬滚打出来的采矿专业毕业的大学生马祥定为这支队伍的接班人。

上任之初，正好是煤层地质条件变化无常、条件最差的时候，顶板来压频繁且剧烈，又赶上队伍调整，人员极不稳定，安全隐患重重。面对随时都有可能出现的危险和整个鄂尔多斯矿区都没有出现过的地质条件，全队上下绷紧了安全弦，不敢有丝毫的放松和大意。队长及所有的管理人员都必须冲锋在前，其间正好赶上队伍调整，熟练的操作工离开了好几个，新招的工人又不顺手，地质条件不熟悉，跟老工人的配合不熟练，安全隐患又多了一重。很多工作很难开展，他压力大到无法睡安稳觉。但保障安全是头等大事，强制全队人员减少休假，老兵带新兵，加强人员的安全意识，保障每个环节不出大问题，在遇到重大技术难题时，依靠全队人员精诚团结、不畏困难，一举创造了历时3个月推进750米的记录。

在顺利度过地质变化带后，马祥先后通过一系列抓班子、建队伍、强管理措施，不到半年时间，他所带领的团队取得了自建队以来安全、产量、效益各方面的最佳成绩，并且当年就被煤矿评为先进基层单位。

2016年12月至2017年6月，采煤一队更是创下了连续7个月平均月产量达140万吨的纪录，其中6月单月产量突破150万吨；2017年前11个月累计完成原煤产量1380万吨。他始终保持工人本色，与工人同甘共苦，有困难、有危险总是身先士卒，始终冲在一线。2016年9月8日凌晨两点半，"6上204"回采工作面出现底板鼓起、顶板下沉较为严重的现象，他立即赶赴现场亲自指挥，面对危险局面临危不乱，连夜召集技术骨干召开现场分析会，最终在全队上下40多个日日夜夜的艰苦攻坚下，工作面安全顺利贯通。

铁面无私，争创一流

在煤矿开采步入平稳运行后，马祥终于有时间也有精力去解决队伍中存在的问题了。他深知，要抓质量标准化，要改变的除了工作方式，更重要的还是人的思想。但有的工人面对新制度、新观念表现出很强的抵触情绪。因此，整顿队伍，提升人员士气成为他首先要解决的问题。这时，马祥开始着手调整人员。他明确表示："凡积极性不高、出工不出力的工人，如果不改变思想和态度，就坚决清出队伍。"在他强有力的推行下，先后通过主动或被动调出23人，整个队伍的人员思想上有了紧迫感，马祥也树立起了作为队长的威信。

人员调整到位以后，他从最简单、最容易做到的事情入手，一个问题一个问题的解决，从管辖范围内的整洁程度、工具的摆放开始，用规范打消工人的抵触情绪。经过一个多月的严抓、严管，井下的面貌就发生了翻天覆地的变化。

高标准、严要求，这是马祥对自己的要求，也是对队伍的要求。作为公司唯一一支自己的采煤队，除了能多出煤、出好煤，还要抓工程质量和文明生产。为了能使采煤一队的工作取得新的变化和起色，能安全生产、高效生产，团队更有凝聚力，他夜以继日地工作，常常是每月下20多个井，白天开会，晚上下井，带领队内专业技术骨干走现场、查实情，保质保量地完成煤矿生产任务。如今，这支队伍不仅能高产，还干得一手"漂亮"活儿，底板平整得像一把尺子量过，巷道整洁到看不见一点儿杂物，在公司质量标准化检查中也名列前茅。

奖罚分明，降本增效

借助整顿后队伍提升起来的士气，马祥开始建立健全各项制度。他将工人工资依据产量、安全、出勤等多项内容按比例细分细划，然后制定相应的奖罚制度，一人违规，责任人连带受罚。与工资挂钩的还有"保勤奖励"，只有出勤达到当月规定的天数才能拿到这部分工资。这是在人员队伍理顺之后的又一次"上弦"，尽管是一个小举措，但也解决了劳动纪律的大问题。制度一经执行，"痛"了的神经一下子就绷紧了，除特殊情况，每个班人员的出勤率都大大改善。 这一系列举措极大地提升了工人的积极性和队伍的凝聚力。

马祥同志不仅专业技术知识丰富，还善于团结全队成员，调动工人积极性。刚担任采煤队队长时，面对新老工人交接等问题，他一方面通过师徒帮带的方法解决新工人业务不熟练的问题，另一方面将老工人调离一线岗位，这样很好地提升了队伍的士气。

2016年煤炭行业迎来了寒冬，煤炭市场不断疲软，企业利润接连下降。他开始利用自身扎实的专业知识和在井下一线管理的经验积累，结合公司精细化管理改革要求，带领采煤队克服重重困难，先后制定了《采煤一队材料备件管理办法》《采煤一队煤质管理办法》等制度，从源头开始杜绝浪费，降本增效。仅2016年一年就为煤矿节约材料费用239万多元。他狠抓精细化管理，让全队牢固树立"降本增效"观念，建立并完善采煤队材料、节约用电及设备维修保养等相关制度，仅2017年11个月就节约电费62万元，节省材料费340万元。

技术革新，攻克难关

"6上115"工作面停停采采共经历了22个月之久，回采过程中共揭露断层25条，是酸刺沟煤矿自投产以来地质条件最为复杂的一个工作面。就在2017年4月至7月，6上115工作面3次出现通过断层又再一次揭露断层的状况，这期间累计打眼6301个（相当于13.9千米的长度），装药放炮6283发，更换截齿、齿套达5000个，累计加班1060人次，工作面累计推进144米。

随着工作面的继续推进，陷落柱、空巷、冲刷带等困难一一摆在面前，在这期间，马祥带领他的队伍放弃休假，加班加点，历经磨难，攻坚克难，不仅圆满完成了"6上115"工作面的回采工作，而且组织人员在"6上117"综放工作面进行着高产、高效的生产。

工作面通过各种构造后，马祥又开始谋划末采事宜，他深知此次末采的好坏直接影响到煤矿2018年的接续及产量，为此，制定了全方位的保障措施，最终以48小时的最短时间实现了高质量贯通。他还组织建立了员工技术革新、设备改造等激励机制，中大型技术革新达到20余项，小改革项目更是深入每一台设备及每一项作业中。

作为伊泰集团唯一一支自主经营管理的全国一流的千万吨级综放队，马祥用自己的实际行动诠释了一名一线煤矿管理人员甘于奉献、爱岗敬业的优秀品质，诠释了煤矿人勤恳、踏实、敬业、奉献的良好精神风貌。

新时代金融领域的女明星

——记伊金霍洛六菱村镇银行行长李凤莲

李凤莲,女,中共党员,生于 1971 年 5 月。1993 年在伊旗联社参加工作,先后担任分社会计、出纳、主任等职务。2011 年至今调任伊金霍洛六菱村镇银行担任行长职务。她先后 9 次被评为储蓄能手、7 次被评为先进工作者、5 次被评为优秀共产党员、3 次荣获"三八"红旗手、3 次荣获优秀管理奖。

迎难而上:练就岗位尖兵

村镇银行成立之初正值经济危机爆发之际,发展举步维艰,人们普遍对新兴金融机构比较陌生,良好的信誉仍未建立,业务拓展受到了一定影响。

新金融制度的实施、风险防控平台的进一步推进,一次次考验着村镇银行员工,同时也考验着银行"领头人"。为了尽快熟悉掌握业务,李凤莲带领 6 名员工从零开始、从零突破,认真学习金融知识和业务知识,阅读各种文件资料,针对业务拓展和防控风险难点、疑点反复钻研或邀请专家讲授,一步步成为业务熟练、经验丰富、思维敏捷的业务尖子。随着村镇银行一系列任务的接踵而至,李凤莲围绕"做优、做精、做专"的发展目标,从建立完善岗位业务、规范流程监管、提升业务技能、防范风险预警等一系列制度入手,打出村镇银行抢占金融市场先机、增强同行竞争优势的"组合拳"。伊金霍洛六菱村镇银行成立短短的 7 年里,一举实现了村镇银行由小到大、由弱变强的新跨越。2014 年,村镇银行设立一家分支机构,员工人数也由 6 人增至 28 人。2017 年年末,资产总额6.79亿元，负债5.65亿元，所有者权益1.14亿元，资产以平均每年13.82%的速度增长，各项存款余额5.48亿元，以平均每年15%的速度增长。累计实现各项收入1.97亿元，实现盈余4417万元；累计上缴各类税金2332万元；累计计提拨备3468万元；固定资产累计折旧712万元，自有积累达3351万元，连年实现盈利。单位连续两年获得市级文明规范服务先进单位、金融支持小微企业突出贡献奖。2016年，村镇银行被评为全市银行业规范服务星级网点，并获邀在全国村镇银行交流会上进行经验分享。

敬业奉献：体现责任担当

怀着对金融事业的无尽热爱，李凤莲始终保持着永不言败的韧劲和锐意进取的拼劲。村镇银行是一支年轻的团队，员工年龄普遍较小，社会经验相对不足，年底，面对严峻的任务形势，很多员工举足无措。为此，李凤莲针对个别员工的实际情况，挖掘员工身边的资源，自己出面帮助员工协调关系、提高业绩，顶着压力给员工成长创造空间。一路走来，她硬是手把手地把一群没有经验的员工一步步培养成中层、高层管理者，让员工与银行一同成长、共同进步。

面对银行收入渠道单一的困境，李凤莲敏锐地意识到同业收入在收益方面的贡献将愈来愈突出，于是，她和同行们不停地周旋、"讲价"，想方设法增加收入，甚至"斤斤计较"，毫厘不让。作为一名银行负责人，她善于把握自身行业的聚焦点，时刻坚守着"不贪大""只求精"的理念，带领村镇银行员工积极开创业务、拓展市场，走出了一条业务发展多元、

服务链条延伸、综合效益提升的新路子。

银行需要扎扎实实的敬业精神，更需要亲情式的企业文化，为此，李凤莲运筹帷幄，始终坚持队伍建设高标准、内部管理严要求，组织员工制定了124项内部管理制度，以积分制来约束员工操作和行为，并纳入全年目标考核，在银行员工内部形成了科学的管理流程和良好的操作职业习惯。为了搞好经营，她全心付出，任劳任怨，在村镇银行开业的前三年里，她几乎事事亲力亲为，将自己所有的精力和时间用在工作上，没有节假日，没有休息日，年休假一推再推，最终搁浅。

<h2 align="center">锲而不舍：拓市场防风险</h2>

面对银行的信用风险、创收盈利的压力，李凤莲没有因为怕风险而阻碍拓展市场的步伐，而是深耕当地市场，让信贷人员在与客户交流中提升客户的信用意识，潜移默化地影响借款人，培育良好的放贷信用环境，开始以5万元、10万元的授信额度投石问路，发展信用户和信用商户。虽然开始时工作进展缓慢，授信额度小、增长缓慢，但是她坚定信心，坚持不懈，在拓展市场的同时培育了良好的信用环境，在提高员工抗风险能力的同时提升了客户的信用意识。

村镇银行的存贷比例较高，风险控制能力要求也比较高。为了有效防范风险，对存在隐患的客户提前预警、及早处置，对付"老赖"她有一套自己的招数，就是给他们找出路、找方法，使他们"赖"不起来。贷户刘某在村镇银行借款20万元，到期后迟迟不还。经过多次与贷户协商，得知空港园区有拖欠贷户的工程款，确认情况属实后，李凤莲领着借款人的妻子经过一个多月的蹲点守候，拿着诉讼材料与园区领导沟通协调，向领导们诉说借款人家庭的窘境及债务危机情况。经多次协商，最终感动了园区领导和办款的财务人员，不到一周的时间便将贷款本息全部还清。

年底，面对贷款收息的压力，李凤莲整夜整夜无法入睡，心里谋划着怎样与贷户斗智斗勇。她手里随时带着未结息名单，有空就给贷户打电话，有时半夜还在和客户沟通。有一次她上门催贷，她早晨连续走了5个不同的地方，陪客户吃了5顿早餐。年底结账的几天，她每天守候在营业大厅，对来结息的客户苦口婆心，坚持能多结一分是一分。她的这种敬业负责的态度感动了很多客户，那些长时间不结息的客户，因为她坚持不懈地工作而妥协。有的客户本来不到结息期，为了支持她的工作，也及早结清了利息。

潜移默化：培育优质团队

打造一支优秀的团队、实现管理经营的良性循环是李凤莲执着的追求。作为一名党员，她时刻以优秀党员的标准要求自己，带领员工认真学习党的路线方针政策，钻研金融政策、银行业务，注重员工党风教育和道德品行教育，以共产党人奋发向上的精神教育员工，鼓励员工积极主动工作，乐观面对生活。多年来，村镇银行就像她的孩子一样，从嗷嗷待哺到跌跌撞撞成长，村镇银行发展的每一步都倾注着她的智慧、磨炼和坚守。这种雷厉风行、说干就干，即使一件小事也要付出十二分的努力的工作态度，时刻激励着员工积极进取、奋发向上。

作为一名员工，李凤莲忠诚于农商行，忠诚于自己的职业，一切从大局出发，时刻维护单位利益。她在工作上积极主动，奋发向上，不推诿、不发牢骚，积极地为农商行发展谏言献策，力所能及地做好每一件事情。她满腔热情为员工排忧解难，让员工充分感受到这个大家庭的温暖。员工们也总爱有什么烦恼都给她倾诉、唠叨。"李凤莲行长是员工们的主心骨，有她在，员工们就能齐心协力、众志成城。"员工们这样说。

当领导的一定要在员工面前以身作则，用自己的行为感染每位员工，为员工树立榜样。李凤莲就是这样做的，最直接的表现是她对时间的遵守。在一般人看来，单位的作息时间制度是给员工制定的，对于领导来说可能要淡化一些，但李凤莲作为一名管理者却比任何一名员工都要守时，每天来单位最早的人总是她，有时晚上处理公务后带着疲惫的身躯回到家中，但第二天她依然能端正地坐在办公室，精力充沛地处理业务。她对工作的这份激情，无形中感染、教育着每一位员工。

"把平凡的事情做好就是不平凡。"李凤莲在农信岗位上贡献着自己平凡的力量，却谱写出农信人不平凡的事业。在这个"物竞天择、适者生存"的金融环境中，她带领村镇银行员工守住底线搞经营，凝聚力量谋发展，使村镇银行的品牌在当地熠熠生辉。

品德树立形象　诚信赢得发展

——记诚实守信道德模范、杭锦旗双虎家私总经理色仁其其格

在杭锦旗，只要人们提起双虎家私名品店，就会竖起大拇指，说这是一家诚实守信、服务至上的企业。

来到杭锦旗双虎家私名品店总经理办公室，就看见总经理色仁其其格伏在办公桌上，一边低头写着什么，一边又忙碌着接着电话。看见有人进来，她站起来微笑着让座，她美丽和蔼的脸上给人一种温和的亲近感，这就是她做人和做事的风格。

色仁其其格从下岗创业到今天，已经走过了近20个春夏秋冬，商界的风风雨雨让她经历了人生的历练与蜕变，磨砺了她坚强的性格，铸就了她诚实守信、奉献爱心的道德风范。她以惊人的毅力，践行了女企业家"自尊、自强、自信、自立"的精神，助推她走向事业的成功与腾飞，也完成了她心灵的升华和人生的跨越。

在杭锦旗的女企业家中，总经理色仁其其格是一个令人佩服的人物。关于她拼搏商海、艰苦创业的故事有很多很多。20世纪90年代中期，她从杭锦旗一个小百货门市部、只有10000元流动资金起步。在色仁琪琪格和丈夫胡格吉勒的辛勤拼搏下，他们一步一个脚印发展到了今天，成为拥有杭锦旗双虎家私广场旗舰店、杭锦旗喜德来家具店、康巴什双虎家私专卖店等正规化、规模化、连锁化方向阔步发展的经营实体，总经营面积达8000余平方米，员工达40余人，固定资产数百万元。

色仁其其格曾经是一名生活困窘的下岗工人，凭着坚韧的毅力，诚实守信的经营和周到的售后服务，才创立了今天的一番事业。

1987年，色仁其其格毕业于内蒙古杭锦旗蒙古族中学，曾先后工作于水泥预制厂、甘草酸厂、第三化工厂。那时各厂的生意比较冷清，她

和丈夫每月只拿着微薄的收入，勉强维持着一家人的生计。1996年因企业改制，她和丈夫几乎同时下岗，这对这个并不富裕的家庭而言可谓雪上加霜。没了工作，失去了生活来源，还要赡养老人，抚育幼小的儿子。骨子里要强的她并没有被眼前的困难压倒，她坚信只要努力拼搏，勇往直前，风雨后肯定会见到美丽的彩虹。面对家庭的重担，她和丈夫夜不能寐，开始寻找新的出路，走上自主创业的艰难之路。

为了生存，她昂起了头、挺直了腰。她开始多方筹集资金，试着经营百货、服装，迈开了自己艰苦创业的第一步。炎热的夏天，她头顶烈日，身扛进货大包，行走在市场到车站的路上，为了省下十几元钱的路费，汗水湿透了她的衣衫。遇上风雨交加的天气，她怕货物淋湿，把雨衣盖在货物上，自己却在冰冷的雨水中瑟瑟发抖。为了早日归还创业初借来的起步资金，她在出门进货时，从来舍不得吃碗热面，饿了吃口馒头，咬口咸菜，渴了喝口凉水。

积跬步能至千里，汇小河能成江海。色仁其其格是善于思考和发现的人，经过多年在市场上的摸爬滚打，她发现了杭锦旗的民用家具和办公用品市场前景十分看好，马上开始谋划经营家具。在艰苦创业的路上，色仁其其格有了一点儿积蓄后，马上开始经营家具，并为其投入了全部身心。

色仁其其格在谈起自己的成功之路时说："金杯、银杯不如老百姓的口碑，一名经营者做市场，其实就是做人，只有诚信经营，消费者才会认可你、信任你，才会放心地买你的商品。"

创业初期，信誉是第一位的。在家具行业有一条不成文的规矩，在没有信誉的前提下，厂家只能给你一部分货源。她记得第一次与厂家打交道的情景，由于她是平生头一次做家具生意，别人不了解她，也不敢把货让她拿走。那种心情让人心里很不是滋味。但她不气馁，下决心一定要闯出一条生路，做出令人信服的信誉来。在缺少资金和货源的情况下，她宁可自己手头紧点儿，再跟亲戚朋友转借点儿，也要及时把货款打到厂家的账户上。经过多次的交往，她赢得了厂家的认可。就这样，她凭着自己的人格与信誉，一次次获得了厂家的信任。

经营中，色仁其其格始终把诚信摆在首位。为了保证履行承诺，按客户要求及时把家具送到顾客家中，有时为了赶着组装，一干就是大半夜，再累也从来没有失信过。刚开始经营家具时，她们还没有经验，有一些家具的质量有问题或安装的不合适，只要顾客来反映，她就马上过去给处理。一次，一位顾客买了一个大衣柜，衣柜门可能在运输过程中有点损伤，当时谁也没看出来，过了好几天顾客才反映说衣柜门不好使，色仁其其格马上派人去进行维修，可维修了几次都不行，她就毅然决定给顾客退换衣柜。这位顾客感动地说："你们是一家真正的诚信商店。"有的牧民家离旗里住得远，买了她的家具，只要打个电话说有什么问题，她不管刮风下雨、路有多远，立马派人去处理。许多客户被她的诚信精神感动了，不但成了回头客，还介绍自己的朋友和亲戚到她的家具城来买家具。

经营销售家具又苦又累，色仁其其格既是总经理又兼会计、服务员，白天销售，晚上还要结算一天的账目。

在商界经营中，色仁其其格坚守"同等产品比质量，同等质量比价格，同等价格比服务"的经营理念。同时，针对当时杭锦旗家具行业不标价或标价高、虚高价等不文明规则，她推出了家具产品明码标价制度，自觉抵制欺诈行为。她还推出了义务维修家具承诺，表示只要是在双虎购买的家具均义务免费维修。色仁其其格售出的各种家具和办公用品，多年来始终坚持实行"三包"，并制定了多项服务措施，如预约订购、上门量尺寸、根据用户需求设计款式等多项便民服务内容，宁可自己多费一些周折，也要千方百计让顾客满意。她用真情打造着"双虎"的诚信品牌。

正是色仁其其格朴素的经商理念和诚实做人的品质，使企业发展日新月异，得到了越来越多人的信赖。由于她们做人做事遵守诚信的信条，她的丈夫胡格吉勒被光荣地选为杭锦旗十五届人大代表，色仁其其格被选为杭锦旗工商联合会委员，在十六届旗人民代表大会上色仁其其格也被光荣地选为代表。

在企业管理上，她按照现代企业管理要求，建立和完善了严格规范的企业内部管理体制，设立了行政部、销售部、安装部、售后服务部等工作部门，依法对全体员工实行劳动合同制，定期开展专业培训，这些措施有效地调动了全体员工的工作热忱和积极性。

红火的生意，加上色仁其其格永远充沛的干劲，她的家具经营在近年来取得了飞速发展，迎来了企业的辉煌时期。如今，当你走在杭锦旗的大街小巷时，到处都有双虎家具的宣传标语，在杭锦旗各主要街面都有双虎家具的经营店面。

2011年8月，公司投资300余万元，在鄂尔多斯康巴什新区又开了一家营业面积达2500余平方米的双虎家私精品馆。这是公司走出杭锦旗的第一步。

她作为杭锦旗资深的专业品牌家具代理商，不断寻求和深化与国内外优秀家居品牌的合作，竭力为杭锦旗人民的幸福家居生活添光添彩，让杭锦旗人民在家门口就可以便捷的享受到来自国内外优秀家具品牌的精美款式体验。她又与国内另一家知名高端家具品牌喜德来家具进行合作，把更精美的款式、更出众的品质奉献给杭锦人民。

双虎家私现有双虎家私总店、双虎家私一店、杭锦大广场二店3个销售网点，展厅面积共计5000平方米，员工20余人，总投资2000多万元。杭锦旗双虎家私以民用家具为主，其次经营各种类型的软体家具、办公家具等一系列产品。双虎家私的经营理念是"以质量求生存，以诚信求发展"，大力弘扬"严谨、求实、开拓创新"的敬业精神，坚持"更高、更强、更快、更好"的战略方针，受到社会各界的一致好评。质量决定成败。杭锦旗双虎家私就是以优质的产品赢得了广大顾客的厚爱，采购环节严把质量关，每进一批货的时候，他们的采购人员都亲临生产基地进行实地考察，认真仔细地检查每一件产品，检验合格后方可签单，杜绝了一切劣质产品、淘汰产品、不合格产品进入营销点。他们以诚信求发展，设有专门的售后服务人员，对售出产品进行不定期维护、保养和清洗。每一份订单都有一张售后服务卡，只要顾客的一个电话，服务就会免费上门。企业的服务宗旨是"您选择了双虎家私，您就选择了一生的满意"。杭锦旗双虎家私名品专卖店以过硬的产品品质、精美大气的款式、诚实守信的服务一直引导着杭锦旗家具消费的潮流，知名度和销售量在杭锦旗家具同业中遥遥领先。

2012年8月18日，公司积极响应并加入了由消费者协会组织的"万家企业诚信联盟"活动，并挂了牌匾，积极参与全社会信用体系建设。

无价的人生在于感恩和奉献。财富源于社会，就要回报社会，色仁其其格富有一颗感恩的心，始终把帮助下岗、失业人员再就业做为企业发展的一项重要事业来做。几年来累计为下岗职工提供了100多个就业岗位，带动下岗职工再就业。

她热衷于公益事业，2008年杭锦旗独贵特拉黄河决堤捐款捐物8000多元；2008年汶川地震捐2000元；2010年玉树地震捐款1000元；杭锦旗民中举办全盟运动会捐资10000元；通过妇联捐助贫困大学生2000元；向锡尼镇镇长助学资金会每年捐助20000元；2011年向鄂尔多斯市教体局赞助80000元；2012年为锡尼镇3名残疾儿童院捐款捐物4000元；2013年杭锦旗个体私营企业回馈社会团结助困活动中捐助老革命同志2000元。2018年，双虎家私总经理色仁其其格为杭锦旗的环卫工每人购买了一身环卫衣服，慰问了不论白天黑夜都战斗在清洁卫生保洁前线的环卫工，把温暖之情、关爱之心送到每个环卫工人心中。

在她诚信经营下，各种赞誉纷至沓来。她的企业先后获得杭锦旗"光彩之星""诚信个体工商户""杭锦旗爱心企业"。2009年被评为全市"文明诚信个体工商户"。

大浪淘沙始见金。对于这样一个诚实守信、乐于奉献的民族女企业家，我们有理由相信，她必将打造出自己的一个家具"销售王国"。

办起公司谋新路　蒙汉共育幸福树

——记伊金霍洛旗门克庆嘎查书记、工贸公司总经理李秀保

门克庆嘎查属伊旗扎萨克镇，曾经是镇里最穷的村，有顺口溜总结为"泥巴房、贫困户，见个汽车当怪物，明沙梁里等救助"，甚至有人称之为"原始部落"。如今，它因富裕而颇有知名度，伊金霍洛旗门克庆工贸有限责任公司则是这个远近闻名的富裕村的明星企业。

早些年，嘎查党支部老书记阿文色林带领村民从改善生态环境入手，大面积种植固沙植物，使全嘎查19万亩荒沙变成了绿洲。

进入新世纪，地下富集的油气资源让门克庆嘎查迎来了各大油气公司的入驻。当地道路等交通设施大大改善，也为门克庆嘎查农牧民提供了良好的增收机会。门克庆嘎查的带头人正是在这一背景下看到了机遇，在认真讨论、周密考虑之后，决定成立工贸公司。2008年3月，门克庆嘎查率先以"支部+公司+农户"的模式注册成立了门克庆嘎查工贸有限责任公司，李秀保同志担任总经理职务。

公司成立之初，鼓励农牧民入股。但由于农牧民不了解公司的运作模式，对公司能否盈利也毫无把握，都不敢贸然把自己的血汗钱拿来入股。面对这种情况，嘎查"两委"挨家挨户宣传公司的运作方式并做出保证，老书记阿文色林首先拿出3000元入了股。经过"两委"成员多次上门动员、说服，200多户农牧民主动要求入股，有的农牧民还提出要求希望多入一点儿，但嘎查两委做出明确规定：一律公平，每户入股3000元。不到一个月的时间，公司股本金筹集累计达到79万元。如今，全嘎查253户村民的入股率达100%，每户的股金也增加到了4000元。这种全嘎查广大农牧民不论身份一律平等入股的模式，避免了富裕者多入多分、贫穷者少入少分甚至无钱不入不分的局面，让每一户村民都能公平公正地享受到

公司发展所带来的红利。

成立了公司，筹足了资金，做什么就成了李秀保面临的新问题。门克庆嘎查境内不少企业来此开矿建厂，李秀保瞅准了这一机遇，从给厂矿进料做起，逐步扩大经营范围，公司的运营情况也越来越好。同时，为了鼓励和带动剩余劳动力加入公司来干活，公司还组织成立了车队，把村民拥有的工程机械车集中起来统一调配使用。这样一来，公司的对外竞争力增强了，劳动力和机械得到了更为高效集中的利用，村民在享有股金分红的同时，还能额外优先得到出工、出机械的机会，收入大幅提升。嘎查村民李世发来这儿打工，一辆铲车一年能收入20多万。门克庆工贸的良好运营，让门克庆嘎查两个社的农牧民在家门口就可以挣到钱，走上致富路。

李秀保说："公司成立以后，人家愿意对住咱们集体性的组织，人家的工程进度各方面都能赶得上，把村民和外来企业的矛盾也就基本消化了。"

如今，门克庆的村民富了，组织凝聚力强了，村企矛盾少了，农牧民手里的账单，不仅记录了每年的分红数字，更记录了一路走来不断增强的幸福感：2010年每户分红4020元，2011年每户分红11020元，2012年每户分红4600元，2013年每户分红9490元，2014年每户分红约8000元……门克庆嘎查的每个农牧民，都记着这样一本账。

公司成立之初，除了有5个人组成的管理班子，还成立了5人理财小组和5人监督小组，全程监督公司运营，保证公司账目的公平公正。李秀保说："每户入股是4000元，村集体占了51%的股，全体村民占了49%的股，每年按纯利润的比例分红。"

2008年，门克庆嘎查的村民拿到了每户1995元的第一笔分红。李秀保说："我们都是每月做核算，按季度我们有理财小组、监督小组，就是按季度理财小组过来审核账务。"

2011年，公司集体经济已达447万元。公司承揽了中石化5千米三级油路、中石化单井管线铺设 3 万米、10 万立方米储气站的建设项目，共创纯利润 48 万元，农牧民户均增收 1995 元，集体经济增收 11 万元。此外，修通了贯穿全嘎查的三级油路 14.6 千米，沙石公路 134.7 千米。2011 年年底，全嘎查农牧民人均纯收入达到了 13500 元。

2014 年，工贸公司的车队由 26 辆发展到 112 辆，壮大了公司的运营规模，同时也增加了农牧民的利益。2008 年至今，累计每户分红 12 万元，集体经济达到 3000 多万元。

李秀保同志生于 1972 年，中共党员，2008 年至今担任工贸公司总经理，同时担任门克庆嘎查党支部书记。任职以来，他积极带领全村群众发展经济、奔小康，在发展本村农业、巩固基础设施建设、改变村容村貌、改善村集体经济状况等方面做出了突出的贡献。2012 年，他被评选为全旗"优秀乡土人才"，并被评为札萨克镇"优秀共产党员""致富带头人"。门克庆嘎查在李秀保同志的带领下，2016 年度被评为全旗"文明嘎查村"。

李秀保同志注重学习，每个月都组织全体党员和村委成员学习习近平讲话精神或相关政策法规。他把工作安排得十分严谨，每干一件事都要深入群众中，调查研究，吃透实情，依靠群众的智慧，力求实事求是。针对群众的思想问题，他通过说服教育、利益驱动等方式，着手调动群众的积极性，使每位村民都能行动起来，与门克庆嘎查党支部产生互动。

李秀保常讲："村党支部有没有战斗力，村干部在群众心里有没有威信，关键在于支部一班人能否搞好团结，在处理事情上能否做到公开、公平、公正。"为了搞好支部团结，李秀保始终坚持以大局为重，做到不利于团结的事不干，不利于团结的话不说。尤其是任职村党支部副书记后，他更是把团结作为凝聚力量的前提，坚信团结出战斗力，团结出政绩，日常生活工作中尽力维护班子团结。遇到事情时，他会征求每个班子成员以及群众代表的意见和看法，不搞一言堂，对于村内重大事项的决策和群众关心的重大事情，坚持做到办事公正，处事公平，要事公开。

在李秀保的倡导下，村里实行了村务、财务、党务三公开制度，增加了工作透明度，消除了隔阂和疑虑，赢得了群众的理解和支持。一位理财小组成员说："我们是来算劳务公司年终总账的，公司总共收入了多少、花了多少、赚了多少，村民能拿多少，一笔笔都算得清清楚楚。平时我们一个月码一回账，年终再细算，最后村民都认可了就公示，只要有一笔账有人不认可，就得重新计算。"

不管天晴下雨、风吹雨打，除了入户走访、调解纠纷、到镇上开会，村民都会在村活动室发现李秀保忙碌着为群众办实事的身影。在与群众交谈了解中，不难发现，他的脸上时刻保持着微笑，没有一丝一毫的不耐烦。由于地处偏远地区，门克庆嘎查多年来一直没有像样的活动阵地，李秀保同志通过积极争取和多方协调，2014年为门克庆嘎查筹集资金新建便民连锁超市32平方米，卫生室62平方米，棋牌室、排练室、电子阅览室各58平方米，群众文艺演出舞台128平方米，文化广场1400平方米，健身娱乐广场680平方米。

自2012年至今，嘎查对考上大学的和入伍的每人资助1000元；考上研究生的每人资助2000元；60周岁以上的老年人、残疾人每人每年补助600元；大病户每年给予不同程度的补助。自2013年至今，嘎查培养了一批文化演出人员，参加演出40余次。演出队2018年还获得"梦圆中华·唱响天籁"第三届中国少数民族原生态民族系列展演全国总决赛铜奖。

春节期间，李秀保对接镇政府和帮扶单位慰问贫困户、残疾户和老党员50余户，对因病致贫的贫困户给予现金资助，每户5000元。

门克庆工贸有限责任公司已经成立10余年，公司实行的是每5年进行一次换届选举。2018年举行第二届换届选举工作，李秀保书记讲道："10年来，公司营业额已达到2.5亿元，纯利润5500万元。其中，用于老年人、残病人、大学生、研究生、入伍军人及大病救助各类公益事业90万元，用于村阵地建设15万元。"他强调，"能有这么好的效益，离不开党委、政府的大力支持和引领，也离不开股东的责任和关照。"

　　李秀保书记阐述了今后5年门克庆的发展计划：建设一个三产服务区，改善煤矿生活区脏乱差的局面；建设一个煤矸石环保砖厂，进一步提高老百姓的收入；建设一所养老院，不仅保证村里老人的养老问题，还可以解决部分年轻人的就业问题。

　　如今，门克庆嘎查两个社的农牧民无须离乡打工，在家门口就可以挣到钱，走上致富路，实现了"开小车、忙致富，办起公司谋新路，蒙汉共育幸福树"的美好愿景。农牧民把嘎查党支部当作了自己的"娘家人"，除了咨询了解上级的政策，遇到难题时也会找党支部帮忙解决。总之，门支庆嘎查党支部成了农牧民坚实有力的支柱和依靠。

诚实守信　敬业奉献

——记东胜区林业局绿化办副主任李桂荣同志

李桂荣，男，汉族，1977年11月出生，大学文化，中共党员，现任东胜区林业局城郊绿化办副主任。

李桂荣同志自1998年到林业局工作以来，始终以饱满的工作热情、执着的敬业精神、"孺子牛"的干劲和韧性，带领同志们一道扎实工作，大胆开拓，勇于创新，突出表现了共产党人开拓创新的锐气、创先争优的精神和永远服务于人民群众的宗旨意识。他们在工作岗位上做出了显著的成绩，成了东胜区林业战线上的一面旗帜，为把东胜区打造成服务全市的绿色生态安全屏障做出了突出贡献。

甘于奉献，为林业事业奋斗不止

"和树打交道久了，心里就会把它们当成自己的孩子来对待，种下的每一棵树都像一个个幼小的婴儿，需要我们细心养护和抚育，才可以茁壮成长为参天大树。树活了，我的心才会踏实，说实在的，它们就是我的命呀！"李桂荣常这样说。李桂荣每天早上就在山头上转悠上了，验收、查看、养护以及补植，一棵棵地过，一片片地走，直到晚上九点多才回家。

李桂荣1998年开始在东胜区林业局城郊绿化办工作，到现在已经整整22个年头。他每天和树打交道，跑遍了东胜的每一座山头、每一个标段、每一片洼地，东胜的地形地貌他熟稔于心，同事们都叫他"活地图"。

"我们绿化办的工作说白了就是种树，别小看这种树，其实里面的门道可多了，我认为有'三关'。一是整地关，也就是说树坑的大小深浅都要达到要求和标准；二是苗木关，也就是验苗，看每棵树苗无论是从土球和地径还是胸径和冠幅，达到所规定的种植要求，才可以决定能不能种活；三是抚育关，也就是说种植后的浇水、覆土、踏实以及后续的养护抚育工作。"说起种树李桂荣就滔滔不绝，"这种树里面可是有大学问。每个标段的绿化规划和城外通道绿化设计都是有讲究的，什么样的地貌适合种什么样的树，怎样搭配种植才会有更好的观赏性和美观性，这其中都是学问。"

为了保证造林的成活率，李桂荣数年如一日，严把种树验苗质量关，只看质量不看人，从不考虑任何人情关系，对待每车树苗都是一棵棵地数、一棵棵地过，没达到种植标准的树苗一律退回，有时甚至一车树苗只留下五六棵。这份认真，也让他有了一个"李黑脸"的外号。"种树和别的工作不一样，如果把不严造林质量关，耗上这么大的人力、物力和财力，最后一年忙到头，栽上树的荒山还是荒山，换谁看了也会心疼，到那时不仅仅损失的是钱，更多的是自己的良心也会感到不安，要知道那每一棵树都是一个生命啊。"李桂荣说。

"一年四季山头跑，家里基本管得少，一心扑在绿化上，地形土质他知道。"单位同事给李桂荣编出了顺口溜。每年3月至5月是植树时间，

6月至10月是养护时间,每到这时候,他几乎全天都在罕台镇、东康路、东康西线以及南部生态园等区域忙着工作,绿化养护管理面积达两万多亩。

尽管有了多年的植树造林经验,李桂荣还是利用工作之外的时间自学有关造林和造林设计方面的知识,只为了进一步提高业务能力。东胜漫山遍野的浓荫碧绿,是李桂荣和他的同事们用心血和汗水呵护出的风景。有了数十年如一日认真负责、任劳任怨的工作态度,加上过硬的专业技术,李桂荣先后获得10多项市区荣誉称号。

20年来的植树造林实践,让李桂荣迅速成长为林业系统中一位资深的林业工程管理者。在东胜的绿化工程建设中,他跑遍了东胜的山山水水,熟悉掌握了东胜区的地形地貌。

李桂荣同志具有崇高的职业理想和认真负责的职业态度,自到林业局工作以来,勤勤恳恳、任劳任怨。对每一项绿化工作,他总要先深入林业绿化一线,查看地形土质,然后进行绿化规划,力争做到精益求精。在绿化施工阶段,他也总是不知疲倦地忙碌于各个标段进行技术指导。他一年四季在山上忙碌,东胜区的每一座山、每一条沟的位置、高度、深度、坡度、土层厚度、适宜树种,他都一清二楚,从不含糊。

每当工程实施时,李桂荣总是早上七点出门,晚上八点回家,有时中午无暇吃饭,就泡一包方便面了事。这就是李桂荣的生活常态。每年从正月初五上班到年末放假,可谓一年从头忙到尾,他把生活重心全部交付给了东胜的每一座山头,每一个造林绿化标段。

参加工作以来,李桂荣参与实施的国家、自治区、鄂尔多斯市和东胜区的重点工程包括:退耕还林工程,国家"三北"防护林四、五期工程;

鄂尔多斯市城防林工程，鄂尔多斯市碳汇林工程；东胜区吉劳庆川湿地保护西山体绿化工程，东胜区荒山造林和森林植被恢复工程，东胜区林业生态建设工程，东胜区森林生态系统建设工程，东胜区南部文化生态园区建设工程，东胜区2006—2018年全民义务植树规划设计、施工及后期管护。

克己奉公，廉洁自律，始终保持公仆本色

作为共产党员，李桂荣时刻把党的纪律和党风廉政建设作为自己工作的标杆。他时常提醒自己，地位和权力是党和人民给的，要自觉地做到权为民所用，情为民所系，利为民所谋。在工作中，他坚持做到廉洁奉公，秉公执法，公正司法。在选择树苗中，李桂荣顶着千斤重的压力拒绝了所有不过关的人情树苗。只要树苗质量不过关，不管是什么领导关系树苗，他一棵也不让卸。他的铁面无私在标段上家喻户晓，谁都不敢找他说情。正是有了李桂荣这样敢于坚持原则、勇于秉公执法的林业

工作者，东胜区的林业事业才有了今天这样欣欣向荣的良好局面。

热爱林业事业、无私奉献林业建设的精神和忠于林业事业的职业道德，是李桂荣绿染青山的力量源泉。李桂荣将他的播绿情缘化作春泥，呵护着东胜的一片片森林，用心血和汗水播绿了山山水水。为打造秀美山川、景秀东胜，李桂荣矢志不渝、耕耘不辍，在平凡的岗位上做出了不平凡的业绩。

让爆破事业精彩绽放

——记内蒙古康宁投资控股集团有限公司副总裁兼内蒙公司总经理马保才

马保才，男，1980年9月1日出生，鄂尔多斯东胜人。2008年加入康宁公司，历任原二分公司副经理、原测量公司技术主管、物资供应部部长、康宁爆破副总工程师兼物资供应部部长。2014年6月份至今担任康宁爆破总工程师、副总裁兼内蒙公司总经理。中国爆破行业专家库专家、爆破工程高级技术人员。

马保才同志参加工作10多年来，无论是在哪个岗位上，都勇于创新、敢于担当，凭着一丝不苟的工作态度、公而忘私的敬业精神和科学高效的管理办法，从一名基层干部成长为爆破行业的一名标兵，为企业的安全生产和经营管理做出了突出贡献。

开拓进取，勇攀高峰

担任爆破公司领导以后，马保才清醒地认识到，只有精通爆破理论、具备丰富经验的专业人才才能适应新时代爆破发展的需要。为了熟练掌握专业技术标准和规范，他认真学习采矿、爆破理论知识，仔细研读爆破工程工作所需要的系统培训课程，平时工作中注意学习总结爆破行业安全生产科学知识，并通过了爆破技术人员作业资格、全国电子造价资格、安防工程技术人员培训、爆破员培训等相关考试。

爆破行业日趋激烈的竞争历练了他善于捕捉信息、精于对接市场的能力。面对机遇和挑战，他主动适应形势任务，用全新的理念和思路助推企业长远生存、多元发展，在项目成本核定、熟悉合同内容、明确结算流程、完善开竣工细节、做好业绩备案等方面，展现出了严谨、细致、求实的工作作风。

2013年，在经济下行大环境的影响下，煤炭行业低迷，企业面临前所未有的困难和挑战。为了认真分析收集信息，马保才带领工人到现场学习实践，熟悉爆破的流程和技术规范。2011年，他主持编写了《爆破二十一条流程》《剥离十四条流程》，为现场作业的规范化、制度化管理做出了突出贡献。

面对爆破方法呈现多样化的发展趋势，马保才积极推广和应用先进科学技术，坚持向科学要产值，向技改要效益，研究发明了多项技术专利，拥有实用新型专利证书4项，分别为"炮孔填塞机""逐孔起爆网络""小断面巷道掏槽爆破的炮孔布置结构"及"垂直有水炮孔装药装置"实用新型专利。

2016年10月，马保才参与研究的科研课题《高原冻土穿孔爆破实验研究》《井工煤矿强制放顶地面爆破新方法研究及工程实践》获得中国爆破行业协会技术奖三等奖。2017年4月，马保才被中国爆破行业协会聘请为中国爆破行业专家库专家。

2017年6月，马保才等人在中国爆破行业协会《工程爆破》杂志发表论文《煤矿采空区强制放顶爆破技术》，根据钻孔位置和方式提出3种采空区强制放顶方法，对于降低人员作业风险、提高煤矿强制放顶作业效率、节约强制放顶施工成本等具有重要意义。

爱岗敬业，力求卓越

康宁爆破公司是一家以爆破工程为切入点，以提供露天矿山开采一体化服务为主业的大型民营企业。时任康宁爆破副总经理的马保才提出了"五精四细"的精细化管理新思路、新理念，对露天采矿的"穿""爆""采""运""排"等各环节进行科学分解细化，对各班组环节成本实施管控，将管理责任具体化、明确化，提高工作效率的同时，降低了经营成本。为了提高推进速度，他细心琢磨，摸索打眼角度、深度，研究装药量和起爆方式，在他的建议和指挥下，不仅提高了推进速度，而且保证了作业安全。

项目驻地标准化、规范化建设是项目施工的重要组成部分，体现着一个企业的形象。马保才坚持一切以工作为中心，以业主满意为标准，追求高质量、高效率，创造性地开展工作。一方面，他精心组织项目选址、项目功能区划分等综合内务管理；另一方面，他还要奔波于施工现场，狠抓施工安全质量管理，又要联系业主、监理及地方公安等职能部门，做好协调工作。例如，对火工材料登记、炮前准备、现场装药填充、线路连接导通、炮区警戒、炮后分析等各项安全管理做到精细到位，对质量管理坚持精益求精，使康宁爆破各项业务始终保持着健康发展的良好势头。

有的爆破工程施工环境条件复杂，现场施工难度大，技术要求高，马保才面对困难没有退缩，而是组织项目技术员进行现场勘查，牵头组织制定爆破设计专项方案，解决技术上的难题，并在施工管理重要节点、安全管理的重点环节，亲临现场指导，以免发生安全事件。

在成本管理中，他注重细节，坚持把产品的成本指标责任到人、核算到人，降低辅材料和能源耗量。马保才参与制定了严格材料的领用手续，实行层层把关、层层审核制度，倡导修旧利废、降低成本，规定每个班组进行严格的核算和考核，让员工都能清楚地知道自己当班任务的完成情况，从而做到考核有标准，处处算细账，人人当家理财，事事有人管，使班组的各项消耗显著降低。

铺路架梯，培育团队

马保才常挂在嘴边的几句话是"企无人则止""关爱员工就是关爱公司"。他一直认为人才是企业的最大财富，用情感留住人，用机制激励人，才是企业吸引人才、留住人才的前提。为此，他结合公司的实际，制订了公司员工分期培训规划，有计划地实施了员工的后续学历教育提升。为了提高爆破员工的综合素质，马保才实时组织员工举行业务技能比赛、应急演练；举办丰富多彩的业余文化活动，满足员工精神文化需求，增强员工的凝聚力和向心力。在对员工生活中多关心、工作中严要求的管理理念下，公司培养出一批又一批的技术骨干、管理骨干，营造了企业与员工共同发展的良好气氛，为企业发展注入了生机和活力。

"在岗就要爱岗，爱岗就要敬业。"这是马保才同志牢固树立的职业理念。在加入康宁爆破的10多年里，他始终保持着旺盛的工作热情和拼搏斗志，以良好的精神状态和高度的负责精神去完成每一项工作。面对涉及面广、专业知识水平要求相对严格的爆破采矿行业，他不畏困难，虚心学习，经常同行业专家、一线作业人员沟通交流；通过发挥岗位练兵、师徒传承示范带动作用，教育引导员工将新知识、新技术运用于爆破工作实践中，力求做到精益求精。他带头严格执行公司有关规定，凡重大事项积极听取不同层级员工的意见或建议，依据程序规则进行研究决策，努力做到决策公开、办事民主。在实际工作中，他身先士卒，为人表率，遇事多商量、多沟通、多替别人着想。例如，对于公司员工关注的热点问题和利益需求，他都按程序要求办理，及时回复办理结果。他经常深入基层，细致地给员工做思想工作，积极帮助他们解决工作、生活上的困难和疾苦。遇到一线员工生病住院、子女上学等问题，他都亲力亲为、关爱有加，时时处处体现着团结共事、和谐相处的氛围，得到了社会各界和员工的高度赞誉。

以人为本，安全至上

员工素质的高低、业务技能的好坏直接关系着爆破这个特殊行业的安全基础。作为爆破企业的管理者，马保才深知安全生产对企业的重要性。他参与制定了一系列安全管理办法，细化了安全岗位责任制，对管理人员和一线作业人员的安全培训教育一刻也没有放松。班组按时召开晨会，紧扣"学业务、提技能、保安全"的主题，让员工谈感想、找问题、提措施。他要求管理人员必须坚持将安全管理作为日常管理的重点，确保将职工的生命安全作为第一要务，减少形式化工作，增加实质性工作，坚持安全管理工作与施工进度同步的做法，杜绝违章指挥、违章作业；严格执行安全流程，加大对安全隐患的排查力度，做到防患于未然。发现违章违规操作、隐患排除不及时、机械带病运行的，班组负责人与作业人员一同处罚、责任连带。

管理创新和技术革新是企业快速发展的动力源泉。马保才总经理将继续带领康宁爆破公司一班人，继续秉承求是、创新、好学、自律的企业精神和安全、规范、专业、诚信的经营理念，锐意进取、开拓创新，为企业的持续健康发展再立新功。

诚信"净万佳" 服务零距离

——记鄂尔多斯市净万佳家政服务公司总经理娜布其玛

娜布其玛，女，37岁，蒙古族。2003年，从内蒙古商学院毕业后，创办了净万佳物业和家政服务公司。2010年，她被东胜区人民政府评为"首届青年创业之星"。2011年当选东胜区人大代表，2017年被妇女联合会、工商联合会评为"优秀创业女性"。

创业：从抓住细节开始

2003年，娜布其玛大学毕业后，苦苦寻找着创业机遇。通过考察，她认为家政服务具有灵活性高、投资小、风险低、见效快等特点。当时，家政行业普遍面临着"小、散、弱"等问题，这使她看到了家政及物业行业潜在的发展前景。

2004年，娜布其玛注册创办了净万佳物业搬家公司，开始了自己的创业历程。创业伊始，她从自己出去谈业务，接一些小单子开始，每次商谈约定的项目都要亲历亲为到现场监工，反复查验，为服务对象提供完善规范的服务。她经常提醒自己和其他员工：工作中一定要一细再细，不光是业务上的精通，哪怕是一个小小的细节都不能疏忽。比如清洁的时候，钥匙不能插在清洁屋子的门上，尤其关键的门锁，这样会给客户带来不安全感。"我们把钥匙让客户或者替客户保管好，免去了不必要的麻烦，也更显现出我们服务的专业性。"娜布其玛将细节决定成败的理念引入实际工作中。几年来，她坚持从细节入手，在细节中挖掘潜力，以认真的态度做好工作中的每一件小事，一步步带领家政公司走出了困境，迎来了全新的发展之路。

机遇：靠诚信赢得发展

随着经济的快速发展和劳动力就业结构的不断调整，家政服务这一新型行业也逐步发展起来。为了拓宽视野，2007年，娜布其玛带领家政服务团队到广州参观学习，学习南方物业公司的管理经营理念。历时半年的学习观摩，让她真实地感受到家政服务市场日新月异的变化，于是，她开始思考另一个问题：从市场空当入手，逐步走实体化、品牌化路子。2005年，她注册资金100万元成立净万佳物业管理服务有限责任公司，下设社区综合服务部、家政部、保洁部、物业部、中介部、工程部、综合管理部等部门。公司拥有完善的管理制度、用工制度、员工培训制度，有规范的业务操作流程和安全保障等，凭借始终如一的诚信服务，公司及时把握机遇，不断创新提升服务质量。2008年，公司增设工程部、营销部，先后承揽中国电信鄂尔多斯分公司物业项目、东胜区实验中学物业项目、东胜区东联现代中学物业项目、第十二完小物业项目、中煤集团中天合创集团物业项目等。在公司业务不断发展壮大后，为适应市场，便于为广大新老客户提供更优质的服务，2009年，娜布其玛再次去上海学习一线城市的物业管理经验，用先进的理念、一流的设备和服务品质，赢得了社会各界好评。2010—2013年，公司新增中国联通鄂尔多斯分公司物业项目、东胜区公园街道办事处及各下属街道社区物业项目、蒙银村镇银行等集团机构的物业管理项目。2014年至今，公司连续与伊泰集团、包神铁路酒店签订长期合作协议。短短的几年间，公司发展到现有管理人员14名，固定员工近百名。

2010年，娜布其玛被东胜区政府授予"首届青年创业之星"的称号，同年，她应邀参加了内蒙古妇女第十次代表大会。2011年，她被推举为东胜区人大代表。

平台：用责任担当搭建

近年来，由于认识上的误区，阻挡了很多妇女务工的步伐。但是家政服务业却供不应求，出现了一方面家政用工需求旺盛、有事没人做，另一方面很多妇女待岗、有人没事做的局面。

随着家政服务市场化的步伐日益加快，社会对家政服务的需求不断扩大。为了契合这种需求，满足群众多样化的服务需要，从净万佳物业管理服务有限责任公司保洁部分支独立出来的专业的物业保洁服务公司应运而生，主要承接家庭保洁、月嫂、陪护、钟点工等服务。公司不断推敲和研究家政服务过程中的技术和技巧，不失时机地举办家政人员职业道德和服务技能培训，累计为几百名下岗失业人员提供各种形式的就业观念引导和技能培训，通过"送出去、请进来"及现场观摩、实践讲解等形式，使下岗失业人员尽快掌握一技之长，激发了其就业勇气，增强了其就业本领。

多年来，无论公司业务量多少，只要有需要，娜布其玛总是优先安排，周到服务，把解决下岗失业人员再就业问题当作自己的责任和义务，每年她都会有针对性地推荐一部分下岗失业人员重新就业。她利用公司的

资源和优势，为下岗失业人员搭建起重新就业的平台，先后有100余人通过这一平台重新走上了工作岗位。公司内部也解决了许多人的就业问题，有的下岗女工，通过连续几次培训，现在还能承担照看新生儿的工作。虽然照看新生儿十分辛苦，但她们始终是勤勤恳恳、任劳任怨，把客户家当成是自己的家，真心诚意地服务客户，用她们的诚心和爱心，赢得了客户的信赖和支持。

带着一脸喜悦和坦诚的娜布其玛说："能为行业的发展做一些事、

能够为下岗人员找到岗位，为她们创造美好生活，这是在我创业前想都没想过的。"

品质：在拓展服务中提升

提升品质是公司的经营理念之一。针对家政公司的从业人员大部分是下岗、失业人员和农民工，平均文化水平不高的实际情况，为了提高他们的职业技能和综合素质，公司对每位员工都要进行多次的岗前培训，对新上岗的员工进行跟踪考察。如果发现有不到位的地方，随即"回炉"重新培训，如再次上岗后仍未能达标，则拒绝继续使用，以此确保公司的整体服务品质。公司实行员工规范化管理，编制了《服务规范》《服务标准》等制度，不断总结服务过程中各工种和岗位的服务标准，不断完善规范服务流程，坚持用标准去规范员工的行为。为鼓励员工的积极性，公司设立了"优秀员工""优秀班组"等系列奖项，通过树典型、学榜样，努力培育一流的员工队伍。

"要想传递爱，就要在自己内心充满爱。"家政服务公司就像一个大家庭，每一名员工到这里就像回到了家。大家互相帮助，充满了温情。

创业路上的领头雁

——记鄂尔多斯市鄂前旗宾馆、天亨大酒店总经理叶俊梅

叶俊梅，女，汉族。1970年9月出生，大专学历，鄂尔多斯市鄂前旗人。1987年8月参加工作，1996—2003年在旗运输公司担任副站长一职，2003—2005年在宁夏银川经营旅行社、酒店，2012年至今担任鄂尔多斯鄂前旗宾馆、天亨大酒店总经理。

自担任鄂前旗宾馆、天亨大酒店总经理以来，叶俊梅始终坚持以人为本，重合同、守信用，在追求企业利润的同时，勇于承担社会责任，为地区的经济建设和社会发展做出了突出贡献。2014年，她荣获鄂尔多斯市劳动模范；2016年，荣获中国旗袍大赛"梅园杯"优胜奖；2017年，荣获"穿着旗袍去旅行"最佳优胜奖、"鄂前旗最美身边女性"等奖项。

笑对困难，迎接挑战

天亨大酒店创建于2010年。酒店创建起步初期，设施陈旧，经营下滑，酒店管理制度一片空白，叶俊梅接手酒店主要经营管理任务后，面对重重困难，没有退缩，而是重新认识市场，重新调整经营策略。她认为，首要的任务是立足服务进行创新，控制运营成本，实现短期脱困。为此，她找来了企业经营管理、市场营销、广告策划等书籍潜心学习，虚心向别人请教，与代理商交心，走访客户，了解市场动态，在较短时间内，组建了天亨大酒店员工队伍，科学制定了酒店管理制度，并下大力改善酒店设施条件，在鄂前旗成立30周年庆典之际实现开业，顺利完成了庆典嘉宾的接待任务，得到了旗委、政府的肯定和赞扬。

酒店进入正常运营后，叶俊梅清醒地认识到，酒店要实现行稳定和可持续发展，必须通过经营创新和管理创新的双轮驱动才能具备良好的竞争力。为了抓好酒店服务质量和效益，她采取"走出去、请进来"的办法，选拔酒店优秀员工到银川、东胜、鄂尔多斯、乌海、榆林、包头、呼和浩特等地学习观摩，同时邀请银川等地酒店管理专家到天亨大酒店进行实地讲课、示范，在酒店内部开展全员培训、服务演练。通过一系列的培训和学习，有效地提升了员工的基本素质和服务技能有效提升，酒店的经济效益得以提高，回头客快速增加，客房出租率一直保持在70%以上。

抢占市场，打造品牌

国家经济结构的调整，给酒店业带来了商机的同时，也带来了挑战。面对市场瞬息万变、优胜劣汰的危机感，叶俊梅果断调整经营思路。在营销上，创立与市场对接的新型营销体制，分区划片，专人负责，争取客户，不断提高市场的占有率；在团队会议接待中，实行专人全过程跟踪服务，及时满足顾客的不同需求。酒店注重在个性化、特色化上下功夫，稳定了一批老客户，拓展了一批新的客户群体，"对口营销"的优越性迅速显现，市场反应能力大为提升。此外，酒店成立"菜品研发小组"，加快菜系和菜品开发，以川菜与本地菜相结合为主的天亨大酒店菜系逐步形成品牌，兼顾到各层面的消费者，受到了广大宾客的好评。

 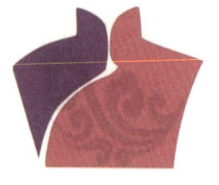

经过7年的发展，叶俊梅经营管理的酒店已发展成为集酒店、商业服务于一体的综合性酒店。目前酒店拥有职工170多人，其中安排农村

牧区转移富余劳动力106人；拥有固定资产1.6亿元，天亨大酒店6年来共缴纳税金160余万元，鄂前旗宾馆3年来共缴纳税金48余万元。酒店曾获得鄂托克前旗30周年美术书法比赛优秀组织奖、鄂托克前旗30周年庆典特别贡献奖、鄂托克前旗统计工作先进集体、感恩奉献回报社会先进企业等奖项。

尊重员工，凝心聚力

叶俊梅在酒店管理中，始终秉承着严格管理、灵活经营、诚实守信的理念，重视营造"员工第一""以人为本"的企业文化氛围，提供一种使员工实现自我价值和积极参与管理的良好环境，从而极大地提高了酒店员工的凝聚力。她重视发展企业文化，每年定期举办员工羽毛球、乒乓球、歌咏体育比赛活动，展示出了丰富的文化和员工团结向上的精神风貌。酒店还每月给过生日的员工过生日，每年举办员工春节晚会。酒店管理层定期与基层员工进行沟通。叶俊梅很重视每半年一次的员工大会，因为每个部门的代表都会在会前统计好本部门员工的意见和建议，甚至是一些很琐碎的事情，如某些员工对福利不满意、更衣室的挂钩不够用等。管理层会通过这些会议让基层员工知道酒店的决策和经营目标以及下一步该做些什么。酒店内部尊重员工的文化氛围极大地鼓舞了员工对天亨大酒店的忠诚感，大家都乐于为企业奉献。

天亨大酒店坚持为员工提供优厚的工资与福利，这既保证了企业员工的稳定性，又吸引了众多人才加入其中。酒店认真贯彻《劳动法》等法律法规，充分保障员工的休息权利及其他福利待遇，从未与员工在薪资、福利待遇等方面发生冲突。酒店每月按时发放工资，从不拖欠员工工资，即使在2013—2014年面对投资增长后劲不足、融资瓶颈约束明显、企业经营困难等问题时，也能按时给公司员工发放福利。这是在鄂前旗所有企业中做得最好的，也是员工最为肯定和信任的一家企业。叶俊梅尊重员工个性、肯定员工劳动成果、严格细节管理、突出经营特色的做法，受到了社会各界一致好评。

注重细节，规范管理

注重细节、善于用心，一直是叶俊梅管理酒店行之有效的方法。她认为，端正员工做事的思想态度至关重要，所以她对管理严格精细，对制度严格执行，对工作进行量化考核，定期组织员工进行交流，倾听员工心声，掌握经营动态，探讨经营之策，用严格精细的管理方式激发着员工的责任感和积极性。酒店的安全防范工作实行三级负责制，即总经理、部门经理、班组长逐级负责，对酒店内发生的一切安全事故，实行"谁主管谁负责"的原则。企业内部制定出一套切实有效的安全防范工作程序、应急预案和管理规章制度，根据不同时期的工作重点做好应对各种突发事件的准备工作，企业连续7年从未发生安全事故。

叶俊梅以刻苦钻研的精神和干练的工作作风，勤勤恳恳、全身心地扑在酒店管理上，始终按照国家法律、法规规范运作，认真履行企业的职责和义务，将开源节流融入精细化管理之中。中央出台《八项规定》《厉行节约，反对铺张浪费》规定以后，叶俊梅同志更加严格要求自己，利用晨会、部门例会对员工进行节能教育，增强员工的节能意识，在人员岗位配置上化繁为简、一员多岗，经常到酒店一线了解情况，听取工作人员的意见和建议；勤俭节约，严格物品存放、领发细节，严格遵守廉洁自律规定，有力地促进了酒店管理健康有序的发展。

回报社会，感恩奉献

天享大酒店在获得良好经济效益的同时，从未忘记社会责任。几年来，酒店虽处在成长期，但仍然尽其所能，扶危济困，帮助政府排忧解难。2010年以来，酒店先后为鄂托克前旗文化活动、统筹城乡、抵抗自然灾害等方面捐款捐物，价值达82.7万元。2013年4月，雅安发生七级地震，叶俊梅心系灾情，带领全体员工为雅安捐款 7000 元，体现了企业的社会责任感和正义感。

鄂前旗旗袍协会是由鄂前旗天亨大酒店、鄂前旗宾馆总经理叶俊梅女士发起的非营利性的社会组织，隶属于中国旗袍协会红颜雅韵内蒙古总会。协会旨在传播中国传统服饰文化，介绍中国服饰内涵，展示东方女性的清新恬淡、霓裳雅韵。协会于 2017 年 2 月 14 日正式注册成立，会员人数达 160 余人，并在 2017 年 3 月联合鄂前旗总工会成功举办了"四季惠·春季惠"庆"三八"首届中国旗袍大赛。鄂托克前旗电视台、鄂尔多斯电视台、内蒙古电视台、《百姓生活报》对该活动进行了宣传报道，取得了良好的社会效果。

天亨大酒店的发展历程以及所取得的成绩，无不倾注了叶俊梅的心血和汗水。或许正是这种执着的奉献精神，让她真正对追求与责任有了更深刻的理解。真诚做人、踏实做事的风格，让她的事业变得更加充实、更加久远。

敢为人先竞风流

——记鄂尔多斯市尔薪民族用品有限公司总经理白云尹

1979年，家境贫寒的白云尹高中毕业，怀着建设家乡的美好愿望回到格点盖村。勤苦朴实而又喜好机械的他被村里看中，给集体开起了车。家庭联产承包责任制实行后，村里不再养车，见多识广的他看上了开车这行当，自己搞了一辆旧车，开始了他个体运输户的生涯，一干就是好几年。

白云尹爱琢磨事。党的富民政策，特别是1988年国家修宪后积极鼓励社会力量创办个体私营经济的政策深深地吸引着他。1992年春，凭着多年给旗糖酒公司搞绒毛收购的丰富阅历和对市场前景的独到分析，他常常问自己："河北等地不产绒却大搞绒毛生意，拿上我们绒区的原料挣大钱，我们就不能自己搞？"当时，旗党政领导积极鼓励非公有制经济人士要重点发展农畜产品深加工，诸多原因让他毅然辞掉了工作，于1992年购回两台分梳设备。就这样，杭锦旗第一家个体绒毛分梳厂成立。

由于项目瞅得准，爱动脑筋、爱劳动的白云尹居然将绒毛购销、分梳销售、来料加工三项业务结合起来，生意搞得红红火火。

然而，时隔不久，生意每况愈下。1994年仲夏之后，绒毛分梳户迅速增多，原料价格动荡不定，加工客户急剧减少，销售市场极度疲软。勉强支撑近两年后，白云尹再次决断：要做就做大、做到底！凭借多年的信誉和丰厚的实力，他申请贷款50万元，扩建购房进设备。1996年3月，杭锦旗锡尼绒毛厂正式诞生。扩建后的新厂占地1160多平米，固定资产达到60多万元，安排社会人员50多人。绒毛厂拥有多种型号的分梳设备6台，年满额生产无毛绒可达30吨；拥有30台纺织横机，年满额生产成品衫达3万件。由此，质量上乘的锡尼牌系列绒衫裤开始走进千家万户。

在平常人看来，成功者的道路是平坦的。然而真正创业者的路却是由无数坎坎坷坷组合成的。白云尹和他的锡尼绒毛厂走的正是这样一条路。在他的事业刚刚走向成功的时候，困难和挫折再次降临：国内西北地区，尤其是内蒙古鄂尔多斯地区，绒毛制品行业厂家林立，僧多粥少，市场竞争空前激烈；国外东亚金融危机席卷亚洲，融资与销售受到极大冲击，许多行业停产，或倒闭，或残喘以待商机。

路在哪里？路在脚下。天南海北，近10年的商务磨炼，使这位实干家开始另寻出路。在广泛调查市场行情、研究服装行业发展前景的基础上，生产保健绒制品的构想摆在了他的议事日程上。生活水平日益高涨的消费者在衣饰上的消费变化激起了他开发新的产品的欲望。每当冬、春季节，爱美的人们总喜欢用护腿、护膝、护腰来打扮自己，为什么不能生产保健与保暖兼得的产品？

1998年春，白云尹亲自挂帅，设计研制这一全新产品。为此，他先后投入5万多元科研经费，终于获得成功，试制了一批保健绒裤。投放市场后，无论经销商还是消费者，纷纷赞赏该产品。许多消费者认为该产品辅助疗效明显：过去一套普通的护腿、护膝、护腰产品市场价达300元左右，但保健不保暖，且穿着很不方便；而锡尼牌磁力化纤保健绒裤不但兼有上述"三护"功能，且保暖、方便、美观，最重要的是价格只有普通"三护"产品的2/3。

1999年，白云尹再次做出令许多同行惊羡的决定：停止普通绒制品的生产，全部转为生产保健绒衫裤。于是，年产万余件，具有治疗关节炎、妇科杂病和减肥健美等多种辅助疗效的锡尼牌绒质衫裤生产线开始大批量投入生产。

锡尼绒毛厂自成立以来，始终奉行"质量为企业命脉，诚信为企业灵魂"的宗旨，主要经营民族服装、手工地毯、恒温裤、羊绒衫、羊绒裤等产品，已经逐步发展成集设计、生产、加工、销售于一体的全国民族用品定点生产企业。年生产民族服装、地毯、恒温裤等3万余件，销售额达400余万元，上缴税金20余万元，就业女职工30余名，总资产达1000万元，总销售（原材采购）额达300万元，同时，企业开发的产品丰富了民族生活用品，年民族贸易额达200万元，民族贸易额占销售（原料采购）额的比例为50%。

2012年，锡尼绒毛厂实施了二期工程。公司更名为鄂尔多斯市尔薪民族用品有限公司，位于杭锦旗锡尼镇工业园区，占地面积16000平方米，新建厂房3400平方米，总资产1000余万元。

企业以科技创新为主导，连续多年被评为"重合同守信誉"单位。近年来，该企业本着"恒温保暖是硬道理"的产品宗旨，遵循科技创新的理念，加强了新产品研发，特别是其所生产的"喜妮"（健卓）牌恒温裤，是我国唯一的绒毛专利产品。其优越之处在于"恒温性能持久，穿着舒适轻便，美观大方，实用性强"；其原理在于"它的保暖絮片采用了纯天然的驼绒与优质棉为原料，经过现代纺织领域的技术精制而成。因驼绒属阳性，御寒性能高，棉属阴性，有利于隔风、保暖、吸汗，从而形成阴、阳性材料结合，穿着时皮肤倍感舒适还不上火，达到了体积轻巧、恒温保暖的性能"。自"喜妮"牌恒温裤投放市场以来，因其款式新颖，使用性能优良，受到国内外领域专家的一致好评，同时被列为国家专利产品。2000年，"喜妮"牌恒温裤荣获东亚国际博览会质量"金奖"；2002年和2004年，先后荣获中国国际专利技术与产品交易会"优秀奖"和"金奖"。2006年，企业被评为"3·15中国商品质量信誉之星"。2007年，"喜妮"被中国社会调查所确认为全国轻纺行业"中国著名品牌"；2008年，又被内蒙古自治区消费者协会评为"2008—2009年度推荐商品"。2016年，"喜妮"品牌入围"内蒙古名片价值品牌"；2017年，"喜妮"品牌荣获"内蒙古名片优秀品牌"，"喜妮"注册商标品牌价值达到1.26亿元。公司在内蒙古、辽宁、吉林、黑龙江、山西等省市分别建立了办事处。同时，企业与"京东"鄂尔多斯市馆、淘宝网、今合网等多家网络建立了销售联盟，拓宽了销售途径，扩大了知名度，企业系列产品源源不断地走向全国市场。鄂尔多斯市尔薪民族用品有限公司现在规模为年生产无毛绒30吨，年生产针织制衣5万件。

 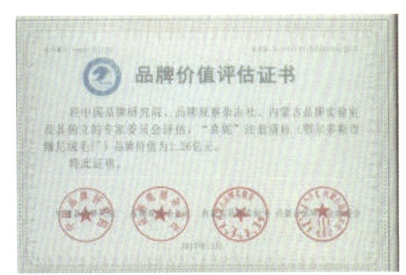

为了扩大经营规模，壮大发展实力，公司积极响应国家西部大开发、生态先行的号召，白云尹同志积极参加治沙、防沙项目，已经成功地将锡尼镇巴音乃日呼嘎查周围近4000亩不毛荒沙之地治理成为绿色的经济园。公司在2000年又投入280余万元，创建了以草原红牛、优质白绒山羊养殖及甘草种植为主的生态园，成为种养、加工一条龙的互补企业。此举为公司的发展奠定了坚实的基础。目前，鄂尔多斯市尔薪民族用品有限公司已经发展成一家以绒毛针织品生产和销售、沙漠生态建设和种养殖业结合为主的多种生产经营的创新型企业。

公司总经理白云尹曾当选为鄂尔多斯市第一届和第二届人大代表，是鄂尔多斯劳动模范。在企业不断壮大的过程中，他不忘回报社会，在"非典"时期和"5·12"大地震及红十字会救助捐款中，先后拿出10万余元支援救灾。

白云尹，一位一生以"质量为依托"、以"服务求发展"的私营企业家，我们在他身上看不到他是一位老板的任何迹象，看到的只是一个朴实的汉子，一名勤恳的工人。从白云伊平静而自信的目光里，我们读懂了他的"精品工程""名牌形象"的深刻内涵以及创业真知。随着社会的发展和人民生活水平的提高，生活用品水平也不断提升，企业不断壮大，良性发展有了动力。他说："产品市场前景广阔，在不远的将来肯定会走向国际市场领域，让'喜妮'（健卓）牌恒温裤'恒温全球'，力争为社会做出更大的贡献。我也期待社会有关部门和各界同仁的合作与支持，我们将倾尽一切来满足顾客的需求，始终以'开拓创新，追求卓越'的企业精神与您共创美好明天。"

坐着比站着更容易拥抱天空

——记乌审旗阿腾莎民族金银器具加工厂总经理阿腾都西

如果不认识阿腾都西,没人能够想象得到,这个会做各种各样漂亮银器的蒙古族小伙儿是个残疾人。

"我不能当一个废人,我也要用自己的方式证明自己是有价值的。"阿腾都西一直这样告诉自己,在成长的道路上不管有多艰难,他都坚持了下来。

阿腾莎民族金银器具加工厂位于乌审旗嘎鲁图镇以东约10公里处。在这里,编者见到了阿腾都西。双腿残疾的阿腾都西坐着电动轮椅,将编者领进了银器展厅内。

一踏入展厅大门,一件件精美绝伦的银器便让记者眼前一亮:银碗、银刀、银包檀香木羊肉盘、镶嵌银子的蒙古族头饰……这一件件弥足珍贵的银具大多都出自阿腾都西之手,其精湛的技艺不言自明。特别是展厅正中央摆放的一对纯银打造,并镶嵌有珊瑚宝石的大型鼻烟壶,更令人叹为观止。这件银鼻烟壶,足有半米多高。可阿腾都西告诉记者,这件鼻烟壶还不算最大的,他曾做过一件更大的银质鼻烟壶,后来被一位老板以100多万元的价格买下收藏了。

阿腾都西介绍说,他在2011年亲手制作了一件名为"那仁苏布德(太阳的珍珠)"的银质鼻烟壶,高92厘米,宽81厘米,壶身镶嵌有271克珊瑚,并雕刻着十二生肖图案,重20.5千克。该鼻烟壶2017年8月份被上海大世界基尼斯总部认证为最大的银质鼻烟壶。此外,他还获得了"世界纪录协会"颁发的证书,这个鼻烟壶被认定为已知的世界上最大的银质鼻烟壶。

鄂托克前旗地处蒙陕宁三省区交界,境内沙地较多,阿腾都西就出生在这里。他的父母主要靠放牧和种地为生,家里有1000亩草场,但沙化了很大一部分。阿腾都西家只有100多只羊,生活十分贫困。

阿腾都西在5岁的时候发高烧、浑身疼，在镇医院看了很长时间也不见好。随后，父母带着他到200公里外的银川看病，折腾了一年，没什么效果，医生建议他们回家，父母也只好无奈地接受了医生的建议。"姐姐和妹妹们还要上学，家里实在没钱了。"阿腾都西说。

年幼的阿腾都西就这样失去了站立行走的能力。但他并没有觉得自己和其他孩子不同，每当想要出去时，他就靠双手支撑前行。

到了上学的年纪，家里人放牧忙，没有人接送他上学和放学，他只能待在家里。每当外出放牧时，父母就把他带在身边。当他无聊时，他就把随身带的玩具拆成一个个小零件来打发时间。

然而，厄运还没有结束。阿腾都西11岁时，母亲不幸罹患癌症。为了给母亲治病，家里变卖了所有的羊，全家搬到了县城。手术之后，阿腾都西的母亲无法再干活，全家七口人的生活全靠父亲打零工的微薄收入来支撑。

"身为家里的长子，我应该为父母分担生活的压力。"阿腾都西想。有着敏锐头脑的他发现了一个商机——蒙古族在逢年过节时，都会把鼻烟壶作为礼物互相交换。"能不能做鼻烟壶来卖呢？"他想。靠着小时候拆玩具练就的动手本领，阿腾都西开始尝试用塑料制作鼻烟壶。"小卖铺安装门牌时，会剩余很多不用的废塑料，我就把这些废塑料收集起来做鼻烟壶。"阿腾都西说。

然而，让他没想到的是自己竟然对这些塑料过敏，没几天时间，他手上就开始起皮、裂缝出血。母亲看到后十分心疼，劝他不要再做下去了，但阿腾都西却说："我一天做5个鼻烟壶，每个卖10元至30元，这些钱就可以贴补家用。"

为了给儿子搜集制作鼻烟壶的原材料，阿腾都西的母亲专门找做门牌的工人要下脚料。工人们也被他们母子所感动，把所有的废塑料都给了她。一年后，阿腾都西的辛勤劳动有了丰厚的回报，他不仅攒了1万多元，还做了700多个鼻烟壶待售。

就在这时，又一件不幸的事情发生了。他的父亲做生意被人骗走了30多万元。为了生存，父母决定去大连打工挣钱，留下阿腾都西兄妹由爷爷奶奶照顾。阿腾都西靠积蓄和出售鼻烟壶赚来的钱，供弟弟妹妹上学。"那时每天只有米饭吃，肉和菜都没有，但我们已经很满足了。"阿腾都西说。

两年后，阿腾都西的父母回家看望他们。兄妹几个这才知道，父母并没有去大连打工，而是去了巴盟学习手工艺品制作。靠着学到的手艺，他的父亲在乌审旗开了一家专做银器加工的小店。他们这次回来就是接孩子们过去一同生活的。

阿腾都西兄妹几个高高兴兴地和父母去了乌审旗。到了那里，他们才发现，银器店只是一间五六十平方米的房子。1米长的柜台后面放着一张没有床垫的床，平时吃饭、睡觉也都在这里。店里只有一把锤子和50克银子，生意很不好，一天最多只能挣到十几元钱。

阿腾都西跟着父亲学起了银器加工手艺。他还提议把店铺开在交通便利、人流量大的地方。果然，搬到新店铺后，生意逐渐好起来，父子俩一天能挣到上百元钱。随后，阿腾都西在县城里又开了一家自己的店面。

细心的阿腾都西发现，县城里的人不喜欢戒指之类的首饰，而是钟情于蒙古刀和头饰。他想找一个稍有名气的专家去学手艺，但人家不肯将手艺外传。无奈之下，阿腾都西只好雇了一个师傅，在店里按顾客的需求打造产品。

对打磨手工艺品有着特殊天分的阿腾都西，每当师傅加工时，他就坐在一旁观察学习，暗自将每一道工序记在心里。"大概学了一年时间，我就掌握了工艺品的加工要领。"阿腾都西说，"但因为店铺生意一直不好，所以就关门了。"

2005年8月，阿腾都西报名参加了首届内蒙古民族民间工艺博览会。

他制作的鄂尔多斯民族头饰获得了博览会金奖。阿腾都西由此名声大噪，前去店里定做、购买银器的顾客逐渐多起来。他心想："家人的好日子总算来到了。"

阿腾都西和弟弟每天忙忙碌碌，他想店里的生意这么红火，赚钱肯定不在话下。但没想到，父亲的生意又赔了。"生意赔钱主要是加价太少。"阿腾都西解释说，"一个银碗要两三天才能做好，但父亲只在银料的基础上加了五六百元就卖了，根本没有算上房租、人员工资和银料加工时的损耗。"2009年3月，阿腾都西跟父亲商量后，决定自己接手经营这家店铺。

此后的两个月，阿腾都西对店铺进行了一系列改造，并将自家的产品定位为"卖的是手工艺品，绝非银料"。他还结合综合成本、市场需要和其他同类产品定价等因素，对产品的销售价格进行了调整。原来一个手把肉的盘子只卖五六千元，现在的零售价为1.8万元。

阿腾都西的定价策略得到了市场的认可。他的生意越来越好，因为人手不足，很多订单都接不过来。这时，他有了一个更大的想法——建立自己的加工厂，在传承民族文化的同时，帮助更多残疾人实现就业。

2008年，阿腾都西在乌审旗政府及相关单位的支持下，成立了阿腾莎残疾牧人联合民族金银器具加工厂。

一般来说，许多工艺制品都是先用电脑进行设计，然后再制作。可阿腾都西告诉记者，他不会画图纸，他的"图纸"都在脑子里，所有作品都是根据大脑想象来设计制作的，完全是原生态的手工制作方式。不仅他如此，厂子里的其他工人也是如此。也许正是这种原汁原味的银器制作工艺，才使得他们的作品浑然天成。

创业初期，为了打造自己的品牌，赢得客户的认同，不论单子的大小，阿腾都西都会使出浑身解数，从一点一滴、一字一句、一图一案做起，付出汗水，倾注心血。只要客户需要，返工重做、加班加点更是家常便饭。可为了实现自己的理想，他从来不觉得苦，也从来不觉得累。因为他知道，梦想之所以美丽，正是因为背后的艰辛与不易。

经过阿腾都西的苦心经营和对艺术的独到见解，他的生意越来越红火。经他手制作的银碗、银刀、银包檀香木羊肉盘、镶嵌银子的蒙古族头饰等，深受国内外消费者的喜爱。2010 年，他所创作的作品《银质巨宝碗》在上海世博会上参展，作品《鄂尔多斯头饰》在自治区残疾人书法绘画工艺作品展中展出，工艺美术作品《纯银背子托盘》《巨宝碗》《银马鞍》《纯银头戴》入展中国残疾人联合会和韩国障碍大联盟主办、中国残疾人杂志和韩国障碍人美术协会共同承办的 2010 年首届中韩残疾人美术交流展暨中国残疾人工艺美术作品展。

 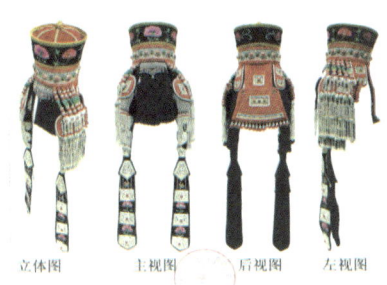

企业的发展也逐渐迈入正轨，2011 年 2 月，"阿腾莎"商标成功注册。2012 年 12 月，企业名称正式变更为"乌审旗阿腾莎民族金银器具加工厂"。加工厂逐步发展为集金银器具、景泰蓝器具加工及销售，木雕、皮雕、石雕、民族服饰、头饰、礼仪用品、饰品、工艺品制作及销售，民族手工艺成品租赁、展览及销售，民族图案设计、刺绣服务为一体的个人独资企业，工厂总占地面积 10000 平方米，预备生活区面积 5000 平方米，建筑面积 1140 平方米，现有总资产 2400 万元，生产高峰时员工达到 40 多人。

企业营销也步入科学化水平，"阿腾莎"银饰具有很高的品牌知名度。2015 年，为了提升产品品质，拓宽营销渠道，企业通过重金引入现代生产工艺技术流程，投资增设了电子商务科，成立了阿腾莎品牌官方网站、网店、微店和微信公众平台，实现了"互联网＋民族手工业"的生产经营理念，在地区民族产业中占据了一席之地。

目前，该企业有直营连锁店 7 个，销售各类工艺艺术品大件约 1800 件，各类银饰小件 43000 多件。产品凭借精美的工艺和超高的艺术价值，深受国内外收藏家及普通民众的喜爱。连锁店日平均销售量 120 件左右，日平均销售额 2 万多元，2017 年全年销售额达 800 多万元。

2011 年，阿腾都西获得"内蒙古自治区自强模范"荣誉称号。2013 年，阿腾都西亲手制作的 92 厘米高的鼻烟壶"太阳的珍珠"荣获了世界基尼斯之最荣誉称号。2014年，阿腾都西获得了鄂尔多斯市首届民间手工制作"技能大师"称号，荣获"自治区乡村好青年""全国乡村好青年"荣誉称号。2015年，阿腾都西获得了"中国青年五四奖章"。2016年，加工厂获得第二届鄂尔多斯市创新创业大会"优秀创新创业小微企业"荣誉称号；9月，"阿腾莎"商标被认定为"鄂尔多斯市知名商标"；同年，阿腾都西荣获"全区优秀农牧民工"称号，并被认定为非物质文化遗产传承人。2017年，阿腾都西被内蒙古组织部门评为"草原英才"。

在阿腾都西看来，人要学会饮水思源，财富取之于社会，就要回馈于社会。近年来，阿腾都西积极帮助残疾人就业创业。阿腾莎残疾牧人联合民族金银器具加工厂的员工均是乌审旗当地牧民，其中60%以上的员工属于不同程度的残疾人。为何要坚持用一些身体残疾的员工呢？因为阿腾都西从小身患残疾，深知残疾人生活的艰辛、就业的艰难，想着招收他们并传授技术，好让他们能自力更生。

阿腾都西迫切地希望他所拥有的蒙古族技艺能够得到弘扬和传承，他精心雕刻，不远万里把自己倾注心血的作品拿到各个地方参展。功夫不负有心人，经过多个平台不同渠道的宣传，阿腾都西的作品越来越受到人们的关注和喜爱，甚至有些热衷民族文化的企业家希望与阿腾都西合作，将阿腾莎残疾牧人联合民族金银器具加工厂继续做大做强，更好地向世人展示蒙古民族手工艺品的美妙和绚丽。

阿腾西都说："我的创业虽然比健全人更艰难，但我从来不会让自己消沉，我觉得坐着比站着更容易拥抱天空。我会继续努力，继续进步，让自己的人生绽放精彩，让身边的残疾人兄弟发家致富，让我们蒙古族的传统文化发扬光大。"

一位创业实践者的智慧与执着

——记鄂托克前旗阿吉泰健康养生园总经理巴雅尔

巴雅尔，男，蒙古族，中共党员，现年52岁，内蒙古自治区鄂尔多斯鄂前托克旗昂素镇人。1998年，他抱着一腔热血离岗经商，投身于社会公益事业，目前在鄂前旗阿吉泰健康养生园公益性岗位上兼任总经理，是全国扶贫先进个人，鄂托克前旗八、九、十届政协委员，多次获得市、旗两级尊师重教、助残先进个人以及优秀共产党员等荣誉。

巴雅尔30多年来，兴办实业，无私奉献，谋求家乡人民幸福，通过改善家乡学校办学条件、资助贫困学生、发展文化旅游产业、建设健康养老机构等一系列行动，为促进民族团结，发展民族文化、教育、健康事业做出了突出的贡献。

用大爱铸就梦想

巴雅尔同志出生于鄂托克前旗昂素镇一个普通的牧民家庭，作为一个牧民的儿子，他深知少年读书时候学校的条件简陋和自己家庭的艰难，所以从20世纪末，他便离岗，立志创办实业。当自己创办的企业有了较好的效益时，他首先想到的是为改善学校办学条件出点儿力，为那些因家庭贫困而读不起书的孩子承担点儿社会责任，为家乡父老乡亲做一些实事，帮助乡亲们提高文化知识水平，使大家早日脱贫致富过上小康日子。

鄂托克前旗昂素完全小学是巴雅尔常去的地方，他看到学校需要添置教学设备，就默默地出资进行购买，并及时送到学校。每年国庆节或教师节，他都要带上几万元慰问金和礼物到学校看望老师和孩子们，并努力解决学校经费短缺、投入不足的问题。从2000年至今，巴雅尔为家乡的贫困学生提供助学资金110万元，为改善家乡昂素镇蒙古族完全小学办学条件捐款捐物70余万元。这些助学金，时刻感动着家长，也激励着孩子努力学习、立志成才，并以实际行动报效祖国、回报社会，不辜负巴雅尔的殷切期望。在他的资助下，150多名家乡的学子考上了理想的大学，走上社会，实现了他们的梦想。

用行动坚守初心

　　鄂托克前旗历史悠久，文化底蕴深厚，民族文化资源丰富，祭祀文化、歌舞文化、饮食文化、服饰文化等传统文化保存尤为完整。如何做好民族传统优秀文化的传承保护和创新发展是每个鄂前旗人的重要使命。巴雅尔同志作为土生土长的鄂托克前旗人，热爱家乡土地上的一草一木，并为祖辈们留下宝贵的精神财富而感到骄傲。下海经商20多年来，他一边艰苦创业，一边为鄂前旗传统文化传承保护和发展倾心倾力、执着追求，展示出一位企业家应有优秀品格和责任担当。

　　阿拉格苏勒德（花旗）是成吉思汗的三大徽纛之一，在鄂托克前旗昂素镇供奉了300多年。巴雅尔同志出于对家乡的热爱和对民族传统文化保护的责任心，从2004年以来，先后投入1020万元，对阿拉格苏勒德祭奠地进行建设和保护，其中征地1700亩，种植松树56000多株，完成了打井、通电、绿化、游步道、祭坛等基础设施的建设，使阿拉格苏勒德祭奠地具备了初步的接待功能，能够进行常规的祭祀活动。为了阿拉格苏勒德旅游区，巴雅尔在昂素镇的大力支持下，邀请有关专家举办研讨会、论证会，对祭奠地的保护规划、收集资料等做了大量的工作。2017年12月，他在政协鄂前旗第十届委员会第一次会议上以提案形式建议旗人民政府加强阿拉格苏勒德祭奠地的保护和利用，并庄重宣布将自己几年来投资1020万元的阿拉格苏勒德祭奠地无偿捐赠给群众性社会组织——阿拉格苏勒德祭祀区。

2011年，为了促进民族文化发展，昂素镇要建设"西北民族文化基地"，巴雅尔同志看到建设资金有困难，慷慨解囊，出资1000万元，帮助昂素镇解决了燃眉之急。

为了弘扬和保护民族传统文化，2016年年初，在政府及旗文化部门的支持下，巴雅尔自筹资金500万元，在文化产业园开办了以保护、传承民族传统文化为主的蒙古族民间文化综合展馆。展馆面积1800平方米，按照蒙古族传统文化展示、图书阅览、礼仪传习、民俗体验等功能要求进行设计，形成了集蒙元文化主题书店，蒙元文化展示、教育为一体的综合馆区。展馆建成后，将按照鄂前旗文化、教育事业发展规划，致力于民族优秀文化的保护、传承、发展工作，积极开展各类活动，长期为鄂前旗城乡居民无偿服务。目前，展馆方面已经与鄂尔多斯市及内蒙古自治区文化、民族宗教等部门和组织进行了有效对接，在开展相关内容的很多方面达成了一致意见，逐步办成了自治区级的蒙元文化传承基地。

庙宇、敖包是家乡父老乡亲祈福、娱乐的重要活动场所。由于一些庙宇、敖包年久失修、保护不善，严重影响着广大人民群众的正常祭拜活动，巴雅尔同志看在眼里，急在心里，自2012年以来先后捐资270多万元，对鄂前旗的主要庙宇、敖包进行了修缮，为家乡举办那达慕、群众庙会活动提供了方便，深得家乡人民的一致赞许。

用真情回报社会

巴雅尔在蒙古族传统文化的传承保护方面倾注了心血，显现出高度的社会责任感，他同样对家乡脱贫致富、扶危济困、社会服务等也寄托了深深的爱。

2011年，巴雅尔为老年艺术团广场舞捐资6万元。2012年，他在承办第十届全国"奶祭杯"牧民文学大赛时出资80万元。2013年，他又扶持鄂前旗昂素镇集体经济发展基金13万元。

用健康收获幸福

投身健康事业是巴雅尔同志为政府分忧、为百姓解难的重要表现。2014年，巴雅尔同志经过精心组织谋划，成立了鄂托克前旗阿吉泰健康养生园，并担任总经理一职。2015年11月，他率先承包鄂前旗中心敬老院，首次推开了鄂前旗规范化、成规模养老事业，使惠及千家万户的蒙医心身互动疗法推广和研究基地在鄂前旗落地生根，为服务各族同胞搭建了很好的平台。2016年，在巴雅尔同志的组织领导下，筹资1.5亿元建成了阿吉泰健康养生园。当年开工建设，当年投运，新建的阿吉泰健康养生园建筑面积21000平方米，对外开放床位500张，成为内蒙古自治区首家以蒙医心身互动疗法为主要支撑，以蒙医特色疗法为基础，医养结合的养生、养老机构。阿吉泰健康养生园从经营鄂前旗中心敬老院到新建的养生园投运，每天平均常住人员达到300多人，共接待全国各地养生、养老人员15.9万人次。巴雅尔领导创建的阿吉泰健康养生园，在短短两年多的时间，成为健康养生行业的标杆、民族团结的典范。

阿吉泰健康养生园自成立以来，坚持民族团结，积极优化养生园管理。在选拔管理人员、技术人员及各部门工作人员方面，不分汉族、蒙古族，一律一视同仁，论才干，讲人品。为了将这一理念贯彻到每一位员工，编写了养生园"员工手册"，将民族团结、互相尊重、互相学习、共同提高等要求写进了手册，形成了制度，并在每周一次的员工例会上带领大家进行学习，使得"相互帮助、相互学习、相互尊重、相互谅解"的思想深入人心。由于养生园重视民族团结，加强内部管理，坚持公平公正、不偏不向的原则，蒙汉员工的工作积极性空前高涨，员工的特长和优势得到充分发挥，有力地提高了服务质量，推动了养生园管理的科学化和制度化。

阿吉泰健康养生园主要的技术支撑是蒙医心身互动疗法，这一疗法与传统蒙医有着渊源，经纳贡毕力格博士多年的潜心研究和实践，取得了特别的疗效，深受广大人民群众的信任和喜爱。为了让这一科研成果惠及各族同胞，让各族同胞切身体验到蒙医心身互动疗法独特疗效，巴雅尔领导的阿吉泰健康养生园在宣传科学养生理念、安排蒙医心身活动疗法健康讲座方面，特别注重向汉族同胞及其他各民族同胞进行宣传和推广。在讲座课程安排上，一半课程用汉语讲座，努力使汉族同胞都能听得懂，听得明白。在宣传科学养生、养老理念上，坚持蒙、汉两套文字并用，扩大宣传面，引导各族同胞树立科学养生养老的观念，促进健康产业发展，助推健康内蒙古建设。

阿吉泰健康养生园在发展过程中，注重与文化、旅游、中医药等方面的融合，促进养生、养老健康产业的发展，同时也切切实实推动了民族团结进步事业。2017—2018年连续两年，阿吉泰健康养生园与鄂托克前旗举行的"圣火文化节冬季那达慕"配合，举行"健康旅游文化节"活动，把养老与民族文化、红色教育、旅游活动相融合，每年来自新疆、青海、甘肃、北京、黑龙江、河北、宁夏及内蒙古各地800多名养生养人员及游客，共聚鄂托克前旗敖勒召其镇度假疗养。各族同胞欢聚一堂，分享快乐、分享健康，推进了蒙中医药与旅游的融合发展。2018年3月，国家旅游局、中医药管理局批准阿吉泰健康养生园为国家首批"中医药健康旅游示范基地创建单位"。

幸福是奋斗出来的，只有奋斗才有收获。巴雅尔同志以实际行动践行着一名党员、一位创业实践者的智慧和执着，影响并引领着团队诠释着走在时代前列、延续民族产业的创业和发展健康事业轨迹的真正内涵。

相信在习近平新时代中国特色社会主义思想的旗帜下，在新一轮民族团结、和谐发展的宏伟工程中，会涌现出更多像巴雅尔同志一样勇于进取、奋发有为的时代先锋。

勇立潮头争先锋　责任担当扛肩上

——记鄂尔多斯市金鹭伊蜜尔蜂产品有限公司董事长李喜明

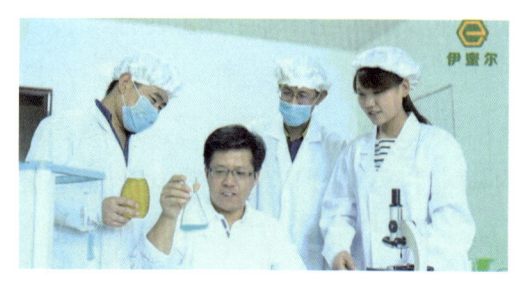

李喜明，男，汉族，伊旗人，1956年11月出生，于1974年参加社会工作。现担任鄂尔多斯市金鹭伊蜜尔蜂产品有限公司、伊旗金鹭大酒店、金鹭伊蜜尔大酒店、金鹭种养殖基地董事长一职。

把握机遇，争当商海先锋

李喜明同志于1974年参加社会工作，担任鄂托克旗沼气技术员，于1975年开始从事养蜂，一直到1986年成立伊旗蜂业公司。他用一颗真诚的心，经营着纯真的蜂产品。也正是如此，他在成就了一定事业的基础上还在不断地朝着新的目标努力，坚定信心要继续壮大自己的"甜蜜"事业。1995年，他成立了内蒙古金鹭蜂产品公司，成为出口企业，完成了从养蜂到出口创汇期的华丽转变。

2001年，中国加入世贸组织。在出口食品受限的情况下，企业再次进行转型。2002年，李喜明投资成立金鹭焦化有限公司。这一期间，焦化企业进入高速发展期，周边地区的产焦量逐年上升。然而，焦化企业在带动地区经济和社会发展的同时，也对环境造成了严重污染。由于城市发展规划的原因，2005年企业再次转型。

企业历经几次转型，李喜明认为，民营企业转型升级既是企业发展内在的要求，又是企业顺应外部环境变化的必然选择。只有增强核心竞争力，才能使民营企业真正摆脱困境，并具有持续发展的能力。

在企业界摸爬滚打多年的李喜明，审时度势，开始寻找新的商机。2005年，他注册成立了房地产开发公司，并成功开发了金鹭住宅小区。

为了适应市场竞争的要求，提高企业竞争力，李喜明提出"一业为主、多种经营"的发展策略，组建成立金鹭物业公司，同时引入职业经理人、现代营销理念，走上了多种经营的道路。

 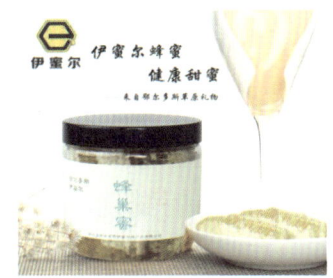

细化管理，打造品牌效应

李喜明同志是一位开拓创新、善于管理、勤奋实干的优秀企业家。他励精图治、大胆改革、勇于实践，不断完善企业经营管理，推进企业经济效益持续发展。

随着企业的发展壮大和经济效益的提升，2013年，李喜明在旗政府的协调下购买了金鹭伊蜜尔大酒店的房产，带领企业团队开始经营管理酒店服务业，开辟更大的发展空间。

李喜明秉承着"真诚回报社会，创造酒店业品牌"的经营理念，结合自身实际，制订出切实可行的短期、中期、长期规划，从酒店硬件改造入手，努力突出酒店发展的个性，开始艰苦创业。

细化管理是提升酒店经营水平的重要环节。为了适应企业经营发展要求，李喜明对企业管理人员细化到每件具体的小事，坚持事事有人管，人人有事做。他从"精、细、严、实"等环节入手，建立酒店决策层、管理层、执行层，定岗位、定人员、定职责，科学设岗，灵活调岗，定期听取职工意见要求，广泛征求合理化建议等。公司以加强员工专业培训和营业推广为突破口，采用灵活、多样的活动，不断加强员工的岗位技能培训，酒店服务质量和员工整体素质得到全面提升，使得酒店在激烈的市场竞争中持续保持领先优势。

2013年经济危机爆发后，酒店服务业受到了强烈冲击，企业面临巨大压力。在当地，许多企业已经开始实施裁员措施，但李喜明提出："企业再困难，也要做到一不裁员、二不减薪、三不拖薪。"酒店以当地在户优先聘用，解决了50人的就业问题，缓解了就业压力。在经济形势突变的情况下，面对酒店经营和发展的巨大挑战，李喜明继续打造品牌和提高服务质量，一方面研发新菜品，另一方面创新营销策略，控制企业漏洞，优化改进流程，逐步提升营业额。

消费者的需求就是酒店努力的方向。多年来，李喜明带领团队着力研究并掌握市场的变化和发展。在市场调查和客户回访的基础上，公司重新细分客源市场，确定客源结构和饭菜价格，实时推出适合大众消费者口味的饭菜，目的是稳定老客户，吸引新客源。在李喜明的带领下，金鹭在不断发展、不断成熟，用严谨的制度、严格的管理、严明的纪律，塑造了诚信守法、质量至上、效益良好的企业形象。

随着酒店知名度的不断提升，李喜明坚持"诚信为魂、感恩消费者"的文化理念，倡导"企业信誉和顾客利益高于一切"的服务宗旨，积极打造企业文化，努力挖掘员工潜在资源。通过举办拓展训练、员工运动会、春节团拜会等活动，极大地激发了广大员工敬岗爱岗、提高业务技能的热情，丰富了员工的业余文化生活，陶冶了员工的情操，增强了企业的凝聚力。在他的带领下，金鹭全体员工以服务、价格、质量为切入点，以诚信服务为立足点，全力打造企业品牌，使得企业经济效益稳步提高，成为当地餐饮行业的排头兵。

酒店一直以来非常注重食品的安全生产，对食材采购、运输、加工等每个环节都层层把关，由专人负责。市、旗质量技术监督、工商、药检等部门多次抽检，酒店所经营的商品全部合格，并荣获了餐饮服务安全示范店的称号。2013年，酒店又获得食品安全检测技能大赛二等奖。

李喜明诚实劳动，合法经营，依法纳税，得到了旗地税局的良好评价。

多年来，公司认真落实安全生产的各项制度，完善各种应急预案，重视安全检查和隐患的整改工作。公司每年对员工进行多次安全知识培训，并举办火灾应急预案演练，目前从未发生任何安全事件和火灾事故。

建言献策，着力关注民生

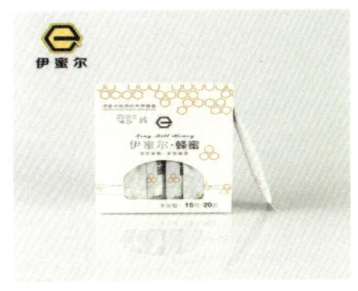

李喜明同志在1999—2016年间，担任伊旗政协常委和委员。他坚持深入基层一线调查研究，广泛听取民情，反馈民意，在每年的两会代表提案中都提出了行之有效的合理化的建议，拿出自己的一份力量来为地方经济发展出谋划策。他在提案中对民生问题、改善百姓的生活尤为关切，提出了许多建议，先后荣获政协伊金霍洛旗委员会优秀委员的称号。他多次参加政府组织的调研活动，实地考察企业的生产发展状况，对于需要帮助的企业同行或个人义不容辞，积极协调政府部门，奉献出自己的一分力量。

致富思源，努力回报社会

李喜明认为，企业的发展，离不开各级党委、政府和社会各界的扶持帮助。企业不仅要出经济效益，也要讲社会效益，要用企业的赢利来关注民生、回报社会"。近年来，李喜明同志带领公司管理层及所有职工认真组织"和谐单位"的创建工作，取得了可喜成绩。2007—2016年间，公司扶持伊旗车家渠、苏布尔嘎贫困户700余户，扶持数名大学生完成学业，李喜明连续4年荣获旗级尊师重教先进个人的荣誉。他还对伊旗"红十字"会进行募捐活动，献爱心数十万元。2013—2016 年，连续 4 年慰问旗环卫贫困户 600 余户，并在酒店设立环卫工人小憩点，为环卫工人提供便利服务。2014—2015 年，连续两年慰问伊旗 5 个敬老院，帮助苏布尔嘎国贫户吴兴国一家安排工作。2016 年，公司向苏布尔嘎查互助院捐赠海信电视 53 台。这些举措也树立了企业的良好形象。

四十年风雨蹉跎，四十年大浪淘沙。李喜明依然勇力商海中，带领企业稳步快速发展。相信李喜明和他的团队在披荆斩棘、一路前行之后，一定会描绘出他心中的壮丽画卷。

让草原味道飘进城市

——记鄂托克前旗宝尔赫德牧区专业合作社总经理道格通吉雅

家住鄂托克前旗城川镇伊克柴达木嘎查的牧民道格通吉雅，通过创办宝尔赫德牧区专业合作社，将蒙古早茶、手把肉及传统奶食品推上了城市居民的餐桌，让草原味道飘进了城市。

道格图吉雅女士于2013年7月出资120万成立了鄂托克前旗宝尔赫德农牧业专业合作社 主要经营农业种植、畜牧养殖、农畜产品销售，同时提供农业种植、畜牧养殖、农畜产品购销所需产品的购买、销售、加工、包装、储藏、运输及种植养殖等有关技术、信息方面的服务。道格通吉雅谈及公司当初创业的使命时，风趣地说："主要想法是发挥自身优势，继承牧区传统食品。通过创新研发，认认真真发展地方民族食品品牌 。"

目前，6户合作社成员拥有草牧场7000余亩，水浇地320亩，机电井5眼；建成养殖棚圈800余平方米，储草棚200余平方米，青贮窖240立方米；养殖绵羊480余只，山羊220只，牛38余头；购置大型农机具2台套，粉碎机5台，喷灌机1台；冷库22平方米。

笔者来到宝尔赫德农牧业专业合作社时，牧民们正加班加点赶制发往呼和浩特的食品。

道格通吉雅告诉记者，蒙古早茶和牧区鲜肉的需求量最高，加工过程中最主要的一道工序是炒米、奶酪、鲜肉和风干肉的真空包装。 道格通吉雅说："现在人们都喜欢小包装的,方便储存、不占地方,将肉食品切成小块儿包装起来,他们拿回去吃就更方便了。"

宝尔赫德农牧业专业合作社由成立初期的6户农牧户发展到现在的近60户农牧户,并辐射乌审旗等周边地区,带动了更多的农牧民加入合作社创业致富的队伍中。城川镇伊克柴达木嘎查牧民娜素其木格就是其中的一员,她定期到合作社销售奶食品和肉食已成为她的主要收入来源之一,并且收入翻了一番。娜素其木格说:"我经常往这边送,我自己也养了一头奶牛,卖到这里,价格既合适又方便。"

合作社自创办以来,为了给客户提供更优质的产品,也为了更好地传承民族饮食文化,公司坚持对团队进行专业培训,对产品进行细心优化,对设备进行不断改良。

道格通吉雅告诉笔者:"随着销量和市场需求的增加,合作社又增加了羊杂、血肠、肉肠等传统食品,并积极拓宽销售渠道,想让草原味道飘向更远的地方。现在合作社年纯收入达到了约70万元。"

在呼和浩特市城乡结合部,道格通吉雅于2013年开办了宝尔赫德牧区食品店,方向是经营农畜产品的包装销售及餐饮服务,主要包括牛羊肉分割真空包装,风干牛羊肉、奶食及炒米包装销售,并推出了自主产品宝尔赫德早茶。宝尔赫德早茶把传统蒙古奶茶改成方便快捷的桶装方便早餐茶，可以让更多在外漂泊的游子随时随地能享用到家乡的美味，让更多的客户朋友随时随地品尝到炒米、果条、奶酪、黄油干肉等美味佳肴。

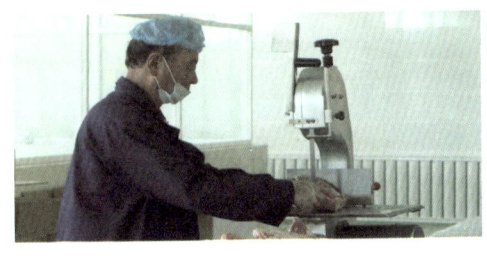

在呼和浩特经营多年的"宝尔赫德"牧区食品体验店，如今规模已发展到600平方米的分割包装厂房、100多平方米的冷库、90多平方米的风干肉车间以及680平方米的养殖棚区，并带动了地方女性就业60余名。

在道格通吉雅的带领下，合作社也得到了更快的发展。目前，合作社拥有总资产280万，净资产达到100万。2017年，合作社主营业务收入80万，净利润超过了60万元。

"我们在呼和浩特市赛罕区就有一个店，下一步计划在回民区、新城区都开一个店。重点是鄂尔多斯，未来是外地，目的是让我们的商品走出去，让我们的文化也走出去。"道格通吉雅充满信心地规划着合作社的未来，"我们的宗旨是继承牧区传统食品，创新研发民族品牌，使民族食品走向全国。"

道格通吉雅在带领牧民创造财富的过程中，也实现了自身的精神追求和人生价值。公司在2015年、2016年，连续两年参加全区农牧绿色食品展览会，并获得了众多同行及消费者的一致认可，其创业模式也获得了鄂尔多斯市领导、旗领导及广大消费者的肯定。道格通吉雅在2015年三八妇女节荣获前旗妇联"双学双比女能手"荣誉。2015年5月，道格通吉雅参加了自治区女经纪人培训班。2015年8月，道格通吉雅受邀参加鄂尔多斯电视台《相识》的栏目录制。2016年、2017年，道格通吉雅连续两年受邀参加内蒙古电视台《生活之友》栏目。2017年，宝尔赫德农牧业专业合作社被评为"内蒙古示范合作社"，道格通吉雅被评为鄂尔多斯"百家创业女性"。

道格通吉雅用美食引领着自己的梦想，她表示会让更多的人享受到来自鄂尔多斯大草原的真诚热情，让草原味道飘到更多城市……

培育市场和引领产业的"牛人"

——记达拉特旗荣满园农牧业专业合作社创办人翟永杰

翟永杰,在达拉特旗树林召镇是一个家喻户晓的人。他年轻时进入养牛圈内,逐步走上了一条养殖创业之路。特别是 2011 年建立专业合作社后,合作社养殖规模不断扩大,养殖效益稳步提高,他成为当地名副其实的第一养殖大户、带动农民增收致富的"牛人"。

敢为人先:勇闯市场发"牛"财

翟永杰是一个土生土长的达旗树林召人。他瞄准了当地得天独厚的土地资源和饲草料资源,开始了自己的养殖之路。在养殖初期,他一边进行市场调查,一边学习饲养技术,凭着敢想敢干的劲头和先进的养殖技术,成为养牛业的行家里手和名副其实的当地养牛第一大户。

翟永杰从事养牛 10 多年,对于养牛的行情可谓了然于胸,周边村民买牛、卖牛、养牛,都第一时间找他了解情况,而他对此也总是乐此不疲。从品种选择到疾病预防、从饲料配比到市场预测等,他都毫无保留,精心传授。

随着养殖规模的扩大,2010 年,翟永杰开始建设专业的牛养殖场,实现标准化养殖。养殖场采用先进的散栏饲养方式,设有牛卧床、对牛舍、饲料槽、青储池、消毒室、水池、污物处理池、母牛活动场地,确保对圈舍建设进行规范化管理。饲草料自由采食,由全混日粮搅拌饲料喂料车,按照牛摄入的饲料进行平衡配比并充分混合后,送到饲料槽。饮水槽可提供充足的新鲜水,养殖管理采用计算机管理系统,从饲料搅拌到成品出栏均实现了计算机控制。

针对能繁母牛、牛犊、育肥牛等不同类型所需的营养成分和防疫要求，翟永杰分别制订出不同的饲料配方和疫病防治计划，通过举办技术培训班、编印技术手册等方式，严格按标准饲养，杜绝不安全的饲养行为。为了提高肉牛利润，饲料均为青储玉米、苜蓿、羊草及精饲料、微量元素，从而确保了牛肉品质。

标准化养殖：走规模化发展路子

为了适应养牛产业的发展需求，提高农民组织化程度和市场竞争能力，2011年12月，翟永杰建立达拉特旗荣满园农牧业专业合作社。合作社占地面积300多亩，牛羊养殖场占地面积30000平方米。合作社现在采用的先进饲养方式及管理模式，在畜牧改良、动物疫病防治、饲料营养配方、草原保护等科研开发方面具有较强的实力。合作社拥有员工36人、中高科技人员8人，员工团队专业性强、文化素质高、实践经验丰富，为肉牛养殖产业的规模化发展提供了数量充足的人力资源支撑。

由于肉牛饲草、饲料需求大，合作社建成了饲草料基地1000亩，主要种植青贮玉米、大玉米、苜蓿、甜菜、萝卜、苏丹草等基地，实行机械化程度作业，采用大型喷灌技术灌溉，为养殖场及扶贫户提供有机饲料。同时，公司每年春季与当地农户签订单，收购农民的青贮玉米及其他饲料。公司在种植结构上引导农业有效调整，由过去单一的玉米种植，变为玉米、青贮饲草料双重种植，这样就带动了当地农民增收增效。

近年来,肉牛养殖的效益一直比较稳定。通过翟永杰的示范扶持,公司带动起了全村大大小小30多户村民发展肉牛养殖。村民翟鹏云花10万元从合作社买了15头母牛,不到一年就添了5头小牛犊,牛群价值达25万元,一年纯挣10万余元。村民刘某2015年从14头牛起步,现在存栏近百头,一年纯利润40万元。这些养殖户,翟永杰都可以赊欠饲草料,无偿提供喂养方法和配种、防疫等技术服务。

合作社自2011年成立以来,不仅带动了当地及周边四五个村养牛产业的发展,每年还向当地农户出售品种优良的成母牛及母犊牛。农户购买优良品种的母牛犊可优化种群,付出同量的劳动,获得的收益却倍增,等同于安置了部分闲置劳动力。合作社为当地养牛、养羊的养殖户提供配种、培训等技术服务。村民张亮于2015年花3万元从合作社买了5头肉牛,如今已发展到30余头,少说也值30万元。"关键是,我当初一无棚圈,二无饲草料,更无经验和技术,怎么养?"张亮说,"这一切翟永杰全部帮我搞定了。直至现在,自己的牛都在翟永杰的养殖场完全免费寄养,饲草料、配种、防疫等全部和养殖场资源共享。"为了报答翟永杰的深恩,张亮就在养殖场工作,卖力干活。之后,合作社又把张亮的妻子安置到养殖场给工人做饭,每月工资2000元。

托管代养:致富一方百姓

为了增强贫困户自主脱贫的内生动力,积极响应旗、镇推进扶贫机制的创新要求,探索形成托管代养、定额分红等多种扶贫新模式,使得许多贫困户从中受益，2017年，翟永杰主动请缨为全镇的脱贫攻坚贡献力量，由此，树林召镇政府为他注入了30万元产业发展资金。到年底，他给全镇14个贫困户分红3.6万元，每户分得2500多元；30万元本金归还镇政府。2018年，他的养殖场成为树林召镇扶贫托管代养基地，镇政府注入50万元发展资金，养殖场为全镇50个贫困户托管代养100头肉牛，到年底要为每户分红2000元，本金归还，充分发挥了合作社的社会效应，帮助贫困户实现了稳定增收。

"计划到今年9月份，我的养殖场规模扩大一倍，稳定存栏达到2000头，到时候我可以为家乡、为社会回报更大的力量。"村里的另一位村民李文俊，看见养牛有利可图，今年花14万元从合作社买了20头母牛，翟永杰同样为他完全免费提供棚圈场地寄养，给他赊欠饲草料，等他见到利润再结算。为了方便饲喂自己的牛，李文俊干脆也来到养殖场打工，每月工资3000元。

年近七旬的蔺营宽，家住树林召村德胜公社，是因病致贫的一户。镇里帮忙找到了荣满园合作社，通过托管代养的方式，将蔺营宽的产业发展资金购置了小牛投放到合作社里，合作社负责全程饲养、防疫等。这样，他不用承担任何费用和风险，每年可以得到2000元的分红。

翟永杰说："目前，合作社牛的存栏量为1000多头。下一步要继续延伸产业链，把养殖、屠宰、分割、销售做成一条龙，希望能带动更多的贫困户，让他们的收入更加稳定，让合作社成为全旗的扶贫托管代养基地。"2016年4月份，全镇53户贫困户都与荣满园专业合作社建立了托管代养关系。

买进卖出双保险：养殖屠宰均双赢

为更好地打造自身肉牛、肉羊的品牌，为今后形成产业链打下良好基础，从 2009 年开始，翟永杰就承包了四季青公司屠宰牛的流水线，除了承揽周边旗县区商贩以及养殖户的屠宰业务，还有来自包头、呼和浩特市等周边地区的业务。因为从事养牛 10 年多，他对各品种的牛了如指掌，对每一头牛的价值、潜力也能一眼洞穿，所以他买回的牛的品质大家都信任。因为是批量收购，价格也有优势，从一落地到进入屠宰场，不论多大龄的牛，不论公牛还是母牛，他随时都可以买进和卖出，因为他有"双保险"——养殖场和屠宰场，需养育的交给养殖场，能出栏的交给屠宰场。2017 年，他的屠宰场业务量是 7000 头牛，每头利润 500 元。

荣满园合作社精准扶贫"托管代养"项目目前只服务于一个乡镇。下一步，荣满园农牧业专业合作社计划实施精准扶贫多元化拓展项目，开办达拉特旗全旗扶贫托管代养基地，未来三年计划将规模扩大到全旗，让更多的贫困户受益，为国家精准扶贫项目出点微薄之力。公司还要利用合作社先进的养殖技术条件带动周边养殖户致富，免费为他们提供养殖技术培训、配种、兽医服务以及有效利用农户玉米秸秆等先进技术，培养一批多元化发展的全能型养殖人员，带动团队打造新时代职业农民技术团队。

脱贫致富的脚步一刻也不能停歇

——记东胜区泊江海子镇折家梁党支部书记王占荣

折家梁村土地贫瘠，农产品产量低；村庄垃圾遍地，道路坑坑洼洼，房子一住就是几十年；群众病了不能及时就医，有的拖成大病；生活凭救济、过年靠贷款。这是折家梁村过去的普遍现状。俗话说，穷地方也有富裕人，王占荣就是其中的佼佼者。

2008年以前，王占荣是鄂尔多斯市有名的"买卖人"，他依靠诚信经营发家致富。2009年，担任折家梁村党支部书记后，王占荣更是实实在在做人做事，实心实意为民谋利。多年的从商经历，使王占荣积累了丰富的发家致富经验。上任前几年，他抓党组织建设，建立活畜交易中心、万谷丰合作社，取得一系列成效。折家梁村党支部荣获全国"科普惠农兴村"先进单位、中国最美村镇社会责任奖、鄂尔多斯市东胜区"十星支部"、自治区基层党组织建设示范点等荣誉。

2014年以来，折家梁村不仅变成了美丽乡村，而且摆脱了贫困，家家户户在小康路上奔跑。这一巨大变化，源于以王占荣为首的折家梁村党支部抓党建、活经济、强产业，走出了一条"种养加一条龙，产供销一体化"精准脱贫致富的路子。

王占荣2012年被鄂尔多斯市委组织部评为"示范带头人"，2013年被内蒙古自治区农牧业厅评为"全区农村牧区青年致富带头人"，2016年3月被鄂尔多斯市评为"优秀创新创业者"，2016年6月荣获中国科协、财政部"全国科普惠农兴村带头人"的称号，2017年12月荣获中央广播电视台"2017中国最美村镇50人"荣誉称号。

一个金点子：培育发展新产业

王占荣是东胜区远近闻名的"有想法"的村党支部书记。担任村支书10多年间，他先后创办了活畜交易市场，创建了农业合作社，建立了黑猪养殖基地。要是能带动村民脱贫致富的产业，他二话不说，总是先带头做起来。

这些年，折家梁村党支部按户定位，带领全村1000多户村民发展种养殖等七大产业，村集体经济收入逐年增加。2017年，全村集体经济纯收入为24万元，2018年突破60万元。产业健康发展成为该村脱贫致富的坚强后盾。折家梁村的4户国家级贫困户在不到一年的时间里全部脱贫。

2015年精准扶贫工作实施后，折家梁村建档立卡的贫困户只有4户。除此之外，年收入在1万元以下的低收入家庭有33户，高龄或残疾等无收入来源的有11户，在全村户籍人口中所占比例并不大。但是王占荣和村两委班子在脱贫攻坚之初就已达成共识："贫困户和低收入户在我们村都是帮扶对象，脱贫致富的路上一个都不能少。"

折家梁村二社的王三才62岁了，患有牛皮癣、青光眼，现在基本是个盲人。他的妻子患有风湿性关节炎，老两口一年种地仅有1.2万元的收入，光吃药就花光了微薄的收入，是因病致贫的典型。2015年，折家梁村党支部投入扶贫专项资金帮扶购买了6头肉猪、30只蛋鸡、1头毛驴及部分饲料。当年，王三才仅卖猪肉一项收入就超过3万元，实现了当年扶贫、当年脱贫的目标。与王三才家情况类似的另外3户贫困户，也用相同的策略稳稳地脱了贫。

脱了贫的王三才时刻记着王占荣,逢人就念叨王占荣的好:"没有王支书和村支部的真心帮扶,我住不上这敞亮的新砖房,更不会有一年两三万元的收入。我要继续跟着王支书好好干,不仅要脱贫,还要致富哩!"

一条帮扶措施:助力脱贫步伐

养猪让村里的贫困户都脱了贫,对33户低收入家庭该咋帮?王占荣和村支部对此制定了种养殖结合的帮扶办法。

这些低收入家庭中,具有养殖能力的有17户,村支部鼓励他们养黑猪、白猪赚钱,由合作社提供技术指导和新品种引进,如果卖不出去由合作社帮销,同时保证养殖户利润。针对有种植能力的16户家庭,帮助他们发展种植业,种植的甜菜由合作社统一收购给养殖厂做饲料;种植的小米、绿豆、荞麦等绿色小杂粮,由合作社统一包装后在线上、线下销售。2017年,该村低收入家庭养殖户人均纯收入突破1.1万元,种植户户均增收5000元,人均纯收入达到1.5万元。

对有劳动能力的贫困户帮扶有多种方法,但对高龄或残疾等无收入来源人群的帮扶是最伤脑筋的。不过,这也难不倒王占荣,村支部免费提供给这部分人群每户5只猪,由村里的养殖厂托管喂养,每年卖猪的收入全部归这些户所有,一年纯收入1万多元不成问题。从2016年至今,折家梁村这三部分主要贫困人口全部脱贫。

一项托管办法:惠及乡邻群众

"摁下这红手印,今年的收入就算有底了。2.55万元,这在之前可是我们老两口想都不敢想的高收入,真是没想到这把年纪了,一年还能收入这么多钱……"说起最近家里发生的这件事,东胜区罕台镇80多岁的倪卷生和老伴儿激动地说了这些话。

原来,倪卷生老两口把自家的猪交给了泊江海子镇折家梁村"托管"。这种代养、托管的方式,解决了无劳动能力贫困户的产业发展问题,还可以为他们带来稳定可观的效益。在多方共同努力下,倪卷生老人与折家梁村万谷丰合作社黑猪繁育基地签订协议,将自己领到的1.5万元产业扶贫资金投资给了该合作社,用于5头猪的托管。在这期间,从喂养到销售,倪卷生老两口什么也不用管,就等着出栏后拿钱。

2017年,王占荣创新扶贫方法,实施肉猪托管法,折家梁村4户、外村2户帮扶对象的每户5头猪由繁育基地托管,帮扶对象交3000元托管费。一年下来,一头猪净赚2100元左右,5头猪纯利润就是1万多元。

折家梁黑猪养殖繁育基地是村集体经济,年出栏1000头,年壮大集体经济60万元,带动农户65户,每户增收1万多元。

"托管养"是折家梁党支部书记王占荣精准脱贫的创新之举,以"支部+合作社+贫困户+农户+基地"的模式助力脱贫攻坚,在壮大集体经济的同时,带动了本村及周边贫困户脱贫致富。

一届杀猪烩菜节:"烩"出致富产业链

对于脱贫后如何巩固成果,王占荣有着自己的想法:"我们不会对已经脱贫的农户放手不管,还会'骑上马送一程',和企业对接包销农产品。"

积极发展第三产业,是壮大村集体经济和脱贫致富的有效方法。折家梁村已经连续举办了4届"杀猪烩菜节",还将举办预约式杀猪烩菜节。通过举办杀猪烩菜节等节庆活动,折家梁村把"土品牌"变成了"新招牌",既能销售农产品,又能带动冬季乡村旅游,还能促进乡村文明建设。"美德母亲"第十一届好母亲分享会、齐秦音乐教室示范基地奠基授牌、关爱特殊群体儿童捐赠、冬季乡村旅游等活动内容都是在杀猪烩菜节期间举办的。

王占荣搭建平台，让农民和企业直接对接购销农产品，不仅解决了农产品销路问题，还让企业买到了放心的农家绿色食品，真正实现了农企利益连接。折家梁村"杀猪烩菜节"已经成为当地发展三产业的典范。每年吸引周边上万群众前来体验，不仅提升了猪肉销量，带动了农家乐，还带动了小杂粮和粉条等加工食品的销售，可谓一举多得。"一锅菜"已经"烩"出一个大产业，成为"种养加一条龙，产供销一体化"发展道路上的亮丽风景线，成为群众脱贫致富的新途径。

如今，全村村民和贫困户在王占荣和村支部带领下，日子越过越好，但王支书觉得脱贫是个持久工程，脱贫致富的脚步一天也不能停。

无论是每户农民平均一年收入8万元～10万元的"种养加产供销一条龙，一体化"的土地联合化经营模式，还是建立万谷丰传统食品加工园，都是折家梁村党支部书记王占荣领导的结果。折家梁村党支部卓有成效的工作，得到了人民群众的高度称赞。

依托种养殖资源优势，折家梁村建立了600多平方米的万谷丰传统食品加工园，延伸了产业链条，提高了附加值。他们与爱心企业建立起长期合作关系，保证了农牧民肉食品等农产品保护价收购。王占荣建立万谷丰农民专业合作社，107户农户加入其中，从事种植、养殖业，当年户均增收10万多元。合作社引进大量新品种，配备技术，营销人员全程指导、服务，合作社还在黑色肉猪、羊、野驴、鸡等养殖方面培养出许多优秀的养殖户。

最近，王占荣又和村支部班子商量着怎么延长养猪产业链，让养殖户的收入再多些。欣喜的消息很快传来：2018年10月，该村注册的"黑大肚"牌黑猪肉饺子、包子和包装成小盒的熟黑猪肉开始上市销售。折家梁村的猪肉又要供不应求了。

用青春书写育人篇章

——记鄂尔多斯市东胜区铜川第二幼儿园园长苏桂兰

苏桂兰，女，汉族，1995年参加工作，中共党员，副高级职称。现任东胜区铜川第二幼儿园园长，兼鄂尔多斯市东胜区总工会副主席。

从事教学25年来，苏桂兰始终默默坚守，不忘初心，培育出一批批优秀的学生，指导培养出一批批青年教师走向成熟、成为骨干。她先后荣获鄂尔多斯市市级先进工作者、鄂尔多斯市级骨干教师、市级语文学科带头人、市级小学语文教学能手、自治区十佳辅导员、全国优秀科研校长、全国特色教育先进工作者等荣誉称号。

无悔选择

为了圆自己儿时的那个梦，1992年高考填报志愿时，苏桂兰毫不犹豫地填写了师范院校。1995年7月，她光荣而自豪地加入了教师这一神圣的队伍之中，从此与教书育人结下了不解之缘。

1995年，刚毕业的苏桂兰被分到了东胜区酸刺沟煤矿小学，接手了一个当时班容量最多、成绩也较差的班级。由于数学老师调走，学校让她接任四年级的数学课兼班主任，并同时担任学校大队辅导员。担任这个班级的数学老师前，该班级数学平均成绩仅45分，这对于她这个教学"新手"来说无疑是一项巨大的挑战。为了提高数学成绩，苏桂兰找根源、想措施，绞尽脑汁对症下药，查漏补缺。但经过一年的努力，全班数学平均成绩提升到78分。这一年，本班级语文老师也恰好调走，学校便又让她接任了语文课教学。一直热衷于读书的苏桂兰欣然接任，这一接，又使她与语文教学结缘，且一任就整整12年。

1998年，苏桂兰所带的第一届毕业班考试成绩居全乡之首。2004年，她所带的第二届毕业班成绩取得了全区第三名的好成绩。在2005—2006年东胜区语文学科抽考中，她所带的班级成绩高居全区第一。这些优异成绩的取得，折射出了苏桂兰对教学工作的刻苦钻研精神。

责任在于奉献，成绩源于付出。二十几年来，苏桂兰幸福地在这个平凡而伟大的岗位上播洒着汗水和爱心，收获着快乐和希望。

无私奉献

苏霍姆林斯基曾说："教育是爱心事业，爱学生，就必须善于走进学生的情感世界，就必须把学生当作朋友，去感受他们的喜怒哀乐。"

每一个走近苏桂兰的人，都会情不自禁地被她的热情所吸引、所感染。她的魅力不单单表现在气质和容貌上，更多的是源于她的人格和能力。在她的学生中，无论是令人头痛的"调皮大王"还是"双差生"，无论是性格孤僻内向的孩子还是活泼好动的学生，都会与她成为知心朋友。

2004年9月，苏桂兰接管的班中有位学生是大家眼里的"调皮大王""双差生"，班里几乎没有一位同学愿意与他同桌，打架、骂人已成了他的习惯性行为，上课时爱说话，好动，不爱学习，任凭家长如何打骂就是管不了。家长每次一见老师便痛心疾首地哭诉，一个劲儿地说："这孩子将来怎么办呀！"面对这名学生，苏桂兰静下心来，耐心寻找工作的突破口。经过她细心的观察，终于发现了突破点——听体育老师说，该学生体育方面很出色。于是，苏桂兰在国庆节前的运动会上故意给他多报了两个项目，该学生取得了同年级组的第一名，为班级争得了荣誉。苏老师借机在全班同学面前表扬了他，既增强了他的自信心，又使他在全班面前树立起威信，果然事半功倍。经过一年多的管理、教育和引导，这名学生终于"改邪归正"，学习成绩提高了，家长感动得热泪盈眶，紧握着苏桂兰的手，感激地说道："苏老师，没有你，我们孩子就完了"。

苏桂兰关心学生从点滴做起。王某是一个善良而沉默的女孩，她的学习成绩越来越差，甚至考到了个位数。家长为了提高孩子的学习成绩，想尽了一切办法。后来，苏桂兰同家长深入了解小孩的情况后得知，孩子做作业不会时常常遭到父亲的打骂，因此孩子对学习的抵触心理越来越明显，性格也愈加内向。针对这种情况，苏桂兰首先跟王某亲切沟通，通过交流来激发孩子的学习兴趣，之后还利用休息时间跟她一起读书，教她弹电子琴。功夫不负有心人，经过一学期的辛苦付出，期末考试时王某一下子考了80多分，数学成绩也提高了很多。家长说孩子的学习兴趣浓了，性格也变开朗了。苏桂兰这位"知心姐姐"胜似母爱的关怀，感动了无数的学生和家长。

爱岗敬业

在课堂教学中，苏桂兰潜心钻研教材，大胆进行创新实践，力争做一名科研型教师。在鄂尔多斯市"系列达标课、优质课、创新课"活动东胜区第一周期"优质课"验收中，她在一节《太空生活趣事多》的教学中，大胆而巧妙地将课内知识与课外知识相结合，激发了学生探求宇宙、探究科学奥秘的欲望，培养了学生的问题意识、创新意识和创新思维。高超的教学技能加上自身扎实的教学功底，使她顺利通过验收，成为鄂尔多斯市优质课教师暨小学语文教学能手、骨干教师。

随着素质教育的实施和教学改革的不断深入，教科研工作显得越来越重要。为了着实提高学生的语文能力，苏桂兰从"听、说、读、写"四个方面对学生进行训练：听，即每天早上5分钟（一个故事）；说，即每节课课前3分钟；读，即每天20分钟阅读（由教师指定读书目）；写，即每周2篇日记，并写出读书体会和自主设计的读书笔记。她还以"读写结合、提前写作"为途径，引导学生大量阅读、提前写作，以提高学生的写作能力。学校语文活动课汇报时，她所带的二年级班的孩子个个口齿伶俐、语言丰富，展现出较强的表达能力。

苏桂兰善于调动教师的积极性，高效率、高质量地完成工作任务。担任大队辅导员时，为开展丰富多彩的大队活动，她从一点一滴的小事做起，以身作则、大胆创新，紧紧抓住新形势、新特点开展少先队社会实践工作，以此来夯实基础、开阔思路。同时，她还抓住教育契机，用活动育人，并将其做到了系列化、持久化，深受广大少先队员的喜爱。学校大队部被评为鄂尔多斯市"红领巾示范校"、自治区"红旗大队"；学校少年军校被评为"全国少年军校示范校"；她个人也被评为"自治区十佳少先队辅导员"。她还指导学生参加全国青少年科技创新大赛，并获团体银奖。

由苏桂兰主抓的教学工作，成绩卓越。2009年冬季，学校三年级语文学科抽考取得了全区第五名的好成绩，同年，在语文能力竞赛中该校取得了优异成绩。在2009年"小学语文课改实验论坛会"上，她对教育整改实验成果的汇报，受到教科研组的一致好评；在自治区小学语文新课程优秀教学研究成果评比中，她的"个性化教育让孩子体验成果的快乐"荣获一等奖；她在分管德育和体卫艺工作期间，主抓的舞蹈、大合唱以及自创自编的团体操曾多次获市区级一等奖。同时，她多次带领学生参加全国青少年创意大赛、艺术大赛、课本剧（童话剧）大赛等，并多次获奖，她本人也获得优秀指导奖。

天道酬勤

苏桂兰从教25年来，由一名兼任班主任的普通语文教师，到大队辅导员、德育管理者、工会主席，到主管教学，分管常务、德育、体卫艺的副校长，再到担任幼儿园园长，她每一步的成长都始终秉承着"做事先做人"的理念，她用自己的品格、能力和奉献赢得了全体师生的认可，也受到了上级部门及社会的一致好评。

作为管理者的苏桂兰，先后为4位校长当助手，甘当绿叶配红花，与每一位校长都相处得和谐融洽。她提倡的"五化一本"精细化管理模式，让铜川第二幼儿园短短4年时间便在东胜区教育系统初露头角。

铜川第二幼儿园2014年被评为鄂尔多斯市甲级园，2015年被评为鄂尔多斯市市级示范园，2017年通过了自治区级示范园的初级验收。幼儿园在2014—2016学年连续获东胜区教育系统督导评估中幼儿园二组二等奖；在2016—2017学年度获得东胜区教育系统督导评估中幼儿园二组一等奖。2016年，铜川第二幼儿园被评为全国"足球试验园"、鄂尔多斯市绿色环保学校、自治区普法先行先进单位等；同时，获鄂尔多斯市"中华经典诵读"团体二等奖、东胜区"五四红旗"团支部、"青春的旗帜：永远跟党走'两学一做'"知识竞赛二等奖、东胜区第六届"中华颂"经典诵读二等奖、东胜区先进基层党组织等殊荣。

宁静致远

"一花独放不是春，百花齐放春满园。"苏桂兰在干好自身工作的同时，希望更多的青年教师也能快速成长起来。她是这样说的，也是这样做的。她积极发挥对青年教师的"传、帮、带"作用，带领青年教师搞科研、搞教改，引领环节干部提升专业、创新管理，并且经常聆听青年教师的授课，手把手地向青年教师传授教育教学及管理经验。梁燕、苏艳丽、杜伊丽、温晓慧、张静、翟慧、杜建梅、田利军等一批优秀骨干教师、后备干部，在她的帮扶、指导、引领培养下，都成为各校的骨干力量，有的甚至走上了管理岗位。一大批青年教师脱颖而出，成为学校的中坚力量，成为教育界的后备主力军。

苏桂兰深知，如若没有扎实的知识功底和过硬的业务素质能力，想要从事教育教学工作是不可能的。为此，她利用工作之余阅读了大量的教育教学及管理方面的书籍，撰写发表论文达几十篇，在"十一五""十二五"承担的国家重点课题中均担任负责人。

在这个创新时代的大环境下，苏桂兰以"传道、授业、解惑"的师者风范撑起了"育人、铸魂"的一片新天地。作为一名教育工作者，她深感肩负的责任之重大。苏桂兰对自己的重新定位是，"具备"钉子"精神，保持旺盛的求知欲，拥有朝气蓬勃的精神面貌和豁达开朗的性情，做一个高素质的育人者。这是她一生的追求，她热爱这一行，始终不忘初心，一路前行！

致富路上的带头人

——记伊金霍洛旗札萨克镇查干淖嘎查村书记苏都毕力格

苏都毕力格,男,蒙古族,中共党员,1968年出生。1998年参加村委会工作,现任札萨克镇查干淖嘎查村党支部书记。在任村委会党支部书记期间,他以一名共产党员的标准严格要求自己,以带动农牧民增收致富为己任,舍小家、顾大家,恪尽职守、无私奉献,像一盏指路的明灯,团结带领全村农牧民走出了一条自主、创新、和谐发展之路。自2000年至今,村党支部多次被札萨克镇党委政府授予先进基层党支部的称号;苏都毕力格也多次荣获优秀党支部书记、优秀党务工作者等荣誉称号。

厘清思路,引领农牧民走出困境

查干淖嘎查位于札萨克镇西南部,西与乌审旗图克镇毗邻,区域面积74平方千米,下辖4个合作社,总人口206户、760人,其中蒙族人口500人,汉族人口260人;有党员32名,是一个典型的蒙汉聚集村。20世纪90年代,查干淖嘎查村由于土地资源有限、种养殖结构单一,村集体经济处于一片空白,是远近闻名的贫困村。

2005年,苏都毕力格担任村党支部书记后,身负重任,一边是党组织的信任,一边是农牧民的生计。看到落后的村容村貌和一双双透着沧桑的眼睛,他的内心被深深刺痛了。他暗下决心,一定要改变贫困落后的现状,一定要为农牧民办实事、办好事,以自己的实际行动得到群众的支持和拥护。在他看来,单凭有限的土地资源和单一分散的养殖方式,根本无法改变农牧民的贫困境况,必须找到一条适合嘎查长远发展的脱贫路子。通过召开座谈会、入户走访、面对面交流等方式,在听取农牧民的意见和建议后,他大胆地提出了一个以村党支部为引领、群众集体入股的形式带动群众增收脱贫的新思路,即充分利用和开发嘎查境内的天然碱资源优势,建立碱厂,带动农牧民脱贫。

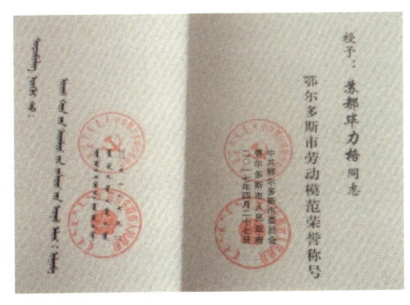
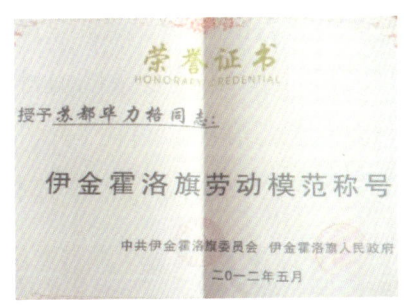

在苏都毕力格的倡导下,经过党支部会议决定、村民大会表决,以党支部牵头、农牧民集体入股的查干淖嘎查碱厂成立。正如和他设想的结果一样,碱厂建成后取得了较好的经济效益,既发展了村集体经济,又增加了农牧民的收入,极大地提高了农牧民致富的信心。农牧民在碱厂分红的同时还可以到碱厂打工赚钱,经济收入大幅度提高,实现了"两个率先、一个闻名"的目标,即在全镇率先实现家家通电、户户通电话,成为当时全旗闻名的富裕村。

看到村里的碱厂获得了经济效益、农牧民得到了实惠的梦想变成了现实,苏都毕力格激动的心情难以言表。对他来说,这意味着村里不仅多了一份产业,更重要的是他与他朝夕相处的农牧民更加紧密地联系在一起了。这更加坚定了他带领农牧民发展产业、增收致富的信念。

多元发展,带领蒙汉兄弟共同致富

脱贫致富,发展产业是关键。进入新世纪,随着碱资源的日益减少,碱厂的运行陷入了困境,农牧民的增收渠道受到了制约。如何使地区的资源优势转化为经济优势,不断激发村集体经济的发展后劲,持续增加农牧民的经济收入,成为村"两委"班子要解决的一项重要任务。根据市场的发展变化,经过多次调查论证,村党支部一班人认为,必须探索村集体与农牧民利益连接机制,走转型化发展、多元化发展之路,提升经济发展水平。

2005年,伊旗出台了奶牛养殖鼓励政策。查干淖嘎查具有得天独厚的奶牛养殖条件，但是，包括苏都毕力格在内的广大农牧民从来都没养过奶牛，大家都不敢冒险。旗里的主要领导亲自来做苏都毕力格的思想工作，并且协调银行贷款400万元。怀揣沉甸甸的发展资金，苏都毕力格心里实在没底，那是乡亲的血汗钱啊，万一赔了，该咋向老乡交代啊！但领导既然这么信任，村民这么信任，硬着头皮也得干啊！回到嘎查，经村民代表大会数次商议，苏都和村民们制定了奶牛养殖方案，将贷款

分配发放到户。当年，有17户农牧民率先养殖奶牛，建起了1座标准化奶站，发展了576亩饲草料基地。此外，基地还配备了美国产的雷蒙特喷灌。

牧民巴图，之前养了40多只绵羊，年收入不足3万元，经苏都毕力格动员后改养奶牛，现在发展到了80头奶牛。每头每月按500元的利润算，年收入近50万元。"要不是苏支书，哪有我今天这么大的摊子呀！"巴图逢人就表示对苏都毕力格的感激之情。

2007年，嘎查党支部换届，苏都毕力格再次高票当选支部书记。有了一定集体基础和稳定收入的苏都毕力格，把眼光瞄准嘎查发展的长远目标，主持制定了《嘎查三年发展规划》，规划了进一步壮大集体经济、增加农牧民收入的宏伟蓝图。因为有了第一次贷款的经验，苏都毕力格的信心更足了。2009年，他贷款300万元开办了嘎查有史以来的第一个村办企业"查干淖砖厂"。同时，苏都毕力格还动员农牧民积极入股，村民们以不等数额入股。全嘎查200多名剩余劳动力在砖厂实现了就业，农牧民不出嘎查便拥有入股分红和务工收益两项收入。2010年，砖厂运行仅一年就还清了银行贷款和所有股东的股本。自2011年以来，砖厂连续赢利，社员连续分红。

2011年，苏都毕力格第三次当选党支部书记。由于受房地产市场的影响，砖厂暂时被迫停工，嘎查下一步发展的路子在哪里，再次成为萦绕在苏都毕力格脑海里的一个难题。思来想去，眼光敏锐的他发现，神东亿吨级井田有井口要在这里建设，东乌铁路、兰嘎一级公路穿境而过，为何不围绕这些实体企业做文章，办个劳务公司给这些实体企业搞服务呢？他把这些想法提交村民代表大会讨论。最后，村民大会一致同意通过，全嘎查731名村民以每人每股5000元入股劳务公司。结果，当年就返还了5000元的股本。到目前为止，除了每股已分红的9000元，劳务公司还为嘎查赢利近20万元。

民族团结，谱写和谐发展篇章

在札萨克镇查干淖嘎查，有一种特殊的现象，就是全嘎查蒙古族456人，汉族275人，汉族就是嘎查中的少数民族，蒙古族享有的优惠政策汉族都享有，国家民族政策补贴性资金从嘎查集体经济里支出。嘎查的汉族村民说："这都是我们支书的功劳，这个人胸怀广，我们都不敢说他赖。"苏都毕力格担任嘎查党支部书记以来，该嘎查各民族村民互帮互助、和睦相处，无一例矛盾纠纷和上访事件发生。

一个嘎查村，发展经济的前提是村民和谐上进，但丰厚的物质条件也是村民安定的前提。伴随着新农村建设的顺利推进，立足于村党支部结合嘎查发展的前景和蒙、汉大家庭聚集的实际，苏都毕力格带领嘎查的党员和群众以"支部＋公司＋农户"的发展模式，成立了纳禧泰工贸有限责任公司，承接工程建设项目，持续增加农牧民的经济收入。

在提升全嘎查的经济实力、处理好民族关系的同时，苏都毕力格想方设法为农牧民排忧解难。2011年，村里的困难户张近习的孩子考上了大学，高兴之余全家开始为孩子的学费一筹莫展。苏都毕力格得知后，多方协调联系镇"红十字会"，为其争取到"博爱一日捐"助学金。领到助学金的那一刻，张近习欣慰地笑了。

民主管理，树新时代共产党员楷模

"民之所忧，我之所思；民之所思，我之所行。"作为一名村党支部书记，苏都毕力格做任何决策都会经过反复思考，待成熟后再召开党员大会、群众大会，将自己的意见转化为群众的意见。村党支部议事决策制度、群众代表制度以及村民民主理财、民主管理、民主监督等一系列制度日渐完善。

担任党支部书记后，苏都毕力格坚持从大处着眼、小处着手，时刻发挥着党员的示范带头作用。自开展党员毕力格"两学一做"教育实践活动以来，他一方面带领党员宣讲党的方针政策，率先带头讲党课，经常深入农牧民家中征求群众意见，了解群众的真实想法，虚心接受群众的批评意见；另一方面，带领党支部班子成员对照《党章》主动查找问题，坚持立行立改，在全嘎查农牧民中树立了良好的新时代党员干部的全新风尚。

苏都毕力格时时处处身体力行地践行着一个共产党员的标准，不该自己得到的他一分都不要，而且还以同样的标准严格要求村"两委"班子。原来的嘎查老支书坐一辆三菱车，加上接待费，全年开支不下20万。苏都毕力格上任支部书记后，经村民代表大会讨论通过后，变卖了三菱车，规定嘎查"两委"班子都乘坐私家车，燃油费自理，嘎查接待费逐年压缩，到2013年压缩至2万元，2014年又下降了一半。

"我是少数民族干部，又身处少数民族地区，必须一碗水端平了，不能让汉族兄弟说我的不是，我得努力做好这个带头人。"苏都毕力格语重心长地说。

如今的查干淖嘎查村再也不是那个落后的嘎查了，而是成了远近闻名的"明星村""富裕村"。面对嘎查村经济的发展壮大和农牧民经济收入的持续提高，苏都毕力格书记将以继续走在新时代先锋模范的创业实践者的姿态，带领乡亲们建设新一轮和谐发展的新家园。

煤海深处的"发明家"

—— 记包头矿业公司李家壕煤矿掘锚二队党支部书记杨国秀

在李家壕煤矿生产一线，人们经常可以看到一个身影，带着他的优秀团队练本领、破难题、提效率，用智慧和创新领跑企业发展。他就是煤炭系统的匠心能手杨国秀。

杨国秀，1986年参加工作，现年49岁，中共党员，现任神华包头矿业李家壕煤矿党支部书记。他在采掘一线摸爬滚打20多年，凭借勤奋努力、顽强拼搏、大胆革新，一步一个脚印，从一名普通矿工到拥有7项专利、30多项改革创新的"发明家"，在李家壕煤矿的安全高效生产的道路上走出了自己闪光的足迹。也正是他不忘初心、无悔坚守的执着信念，让他获得了多项荣誉：2009年，获"神华包头矿业公司劳动模范"称号；2007年、2009年、2011年，获"神华包头矿业公司安全生产先进个人"等荣誉称号；2013年、2014年，被评为"优秀科技工作者"；2014年，荣获包头矿业第八届"十杰青年"荣誉称号；2012—2014年，连续3年因为对掘锚设备和其他生产相关设备的优良改造，被包头矿业公司评为"优秀科技工作者"；2011年，因为发明"连续型运输机电缆夹板及电缆槽的设计使用"，获得神华集团首届"创新杯"青年创新奖三等奖；2012年7月，由于在掘锚设备上的卓有成效的改革，被中国能源化学工会全国委员会评为"全国煤炭系统技术创新能手"；2015年4月，被评为"神华集团劳动模范"；2018年，被授予"鄂尔多斯工匠"和"优秀共产党员"称号。

提升技能，苦练本领

作为一名共产党员，杨国秀深知理论学习的重要性。为了培养自己优秀的思想品质和良好的党性修养,多年来,他认真学习党的路线、方针、政策和集团公司的文件资料,用科学的理论武装自己的头脑;潜心研究煤矿开采、煤矿机械、安全技术等方面的知识,不断开拓视野,提高业务技能。他始终不忘自己党支部书记的身份,主动地宣传、贯彻党的方针政策和安全生产法律法规,为周围的同事树立了勤奋好学、爱岗敬业、廉洁自律的榜样。在实践工作中,他时刻关心煤炭行业安全生产新技术、新成果的发展和应用,多次外出到兄弟单位学习调研,引进先进的安全生产管理经验。同时,还虚心向周围有丰富经验的老师学习,经常与员工沟通交流,听取合理化意见。正是这种孜孜不倦和潜心琢磨的劲头,让他具备了较高的政治素质和过人的专业业务技能。

2013年9月,杨国秀被公司工会派往山西大同国投塔山煤矿参加煤炭工业协会举办的"人人都是班组长"班组建设经验推广培训班。这项新的班组建设管理模式是现代化煤炭企业管理的一种新模式,它提出了"人人参与、人人管理、人人负责"的班组管理全新理念,让每个员工发挥主人翁作用,参与日常的班组管理,给每个人提供展示自己才能的平台,从而进一步提高班组的凝聚力和创造力。他学习回来后,根据实际工作情况,积极培养年轻技术骨干,使他们尽快从高位管理和技术难题方面脱颖而出,成为技术革新的能手。

潜心钻研,科技创新

技术创新是企业发展的灵魂。如何有力地推进技术创新,提高自主研发能力,一直是杨国秀思考的重要课题。多年的工作实践,使他积累了丰富的技术信息和技术研发能力。进入2013年,公司掘锚设备的单进水平较高，工作面每天存放的支护材料和其他物料非常多，所有的物料如果离工作面超出100米的范围，生产办准备支护材料就需要浪费很多时间，工人的劳动强度也会增大，所以支护材料每天都必须向工作面跟进。这道跟进工序就成了检修班工作中的一大"累赘"。检修班每天都需要花费大量人力去完成此项工作，这使检修班的生产掘进工作受到了极大的影响，有时还会占用生产班的时间，延误正常生产。在每次向工作倒运并整理码放工作面存放的所有物料和物料码放架时，至少需要6名工人连续工作5个小时才能刚好完成，而且在搬运物料的过程中，除了浪费劳动力和工作时间的同时，还容易发生挤脚碰脚等事故。

杨国秀凭着扎实的专业技术，经过多次实验调试，成功研发出一款"可移动式物料架"。这项发明的设计灵感来源于单轨吊。利用单轨吊的可移动性使每一个物料架都可以在轨道上向前滑动，并且每个物料架都能完全地拆卸开，每个部件由一个人看就可搬运，而且拆卸和组装都很方便。现在在倒物料时，只需要先在所有的物料架的前方安装空着的物料码放架，将新安装好的物料架和后面放着物料的架子连接固定好后，通过人工推动或联运一号车拉就行。所有的物料码放架在滑动小车的作用下，随着轨道向前运动，最终完成所有物料向工作面的跟进工作。

安全、快捷、高效的掘锚进度与技术创新是保证煤炭高产高效的先决条件。为了减少人员投入，提高工时利用，杨国秀带领技术团队集中攻克了设备更新改造等一系列技术问题，实现了掘锚工作面的安全高效生产。

自移式机尾：利用油缸的伸缩达到调整机尾的目的，避免了搬运笨重的移溜器，可以快速有效地调整机尾，防止皮带跑偏。

ZYJ-550/200型探水钻机：只需要将支撑架安设好，通过控制阀来完成钻研工作,避免了探水钻机搬运困难的缺陷,提高了工作效率,降低了员工的劳动量。

掘锚机侧护板:能将片落下来的大块煤矸石挡在两侧,有效防止煤矸石从钻箱的中间跌落到掘锚机平台上砸坏油管,解决了截割滚筒和铲板不能降到正常位置导致无法生产的问题。

皮带防跑偏托辊:安装简便,有效杜绝撒货、撕坏皮带货卷带等事故的发生。皮带卸载部清煤器:能保证清扫干净,加装的一组弹簧使皮带运行到皮带卡子处随高度变化而变化,大大延长了清煤器的使用寿命。

掘锚机除尘风机:能有效降低工作面在生产过程中的粉尘浓度,从而改善作业环境,为边掘边锚创造了条件,在提高可见度的基础上能更大限度地保证员工的身体健康。

看到杨国秀一项项技术成果被快速利用后所产生的效益,煤矿工人高兴地说:"技术革新让我们的生产环境改善了,生产效率提高了,工资收入更高了,安全系数也更高了。"

精细管理,提效降耗

杨国秀认为,科学管理是企业永恒的主题,没有先进的科学管理就没有生命,煤炭企业只有适应现代经济发展的要求,实施精益化管理,才能增加经济效益。他一直强调材料计划的严肃性,严格按计划领料,大力开展技术革新、修旧利废和合理化建议等工作,以此提高生产效率,降低材料成本。

为促进安全生产和效益同步进行,掘锚二队成立了材料管理领导小组,制定了材料管理的各项规定,每项材料和工具的使用必须落实到人头,建立台账、班班记录，月终进行考核。领导小组每月召开一次材料分析会，总结本月材料使用是否超支，查出原因并布置下月材料使用安排，教育好职工对材料要合理使用，节约从一点一滴做起，人人互相监督，不可丢失浪费。他还根据掘锚二队的工作实际，加强精细管理，加大了对井下各类物资的回收力度和修旧利废力度，从一点一滴入手，杜绝丢失浪费现象，真正做到了"人走地皮净"。掘锚二队的维修车间在修旧利废上切实做到了能修好的必须修好，能重复使用的绝不丢弃，最大限度地提高了物资的复用率，彻底做到了物尽其用，减少新材料投入，降低材料消耗，提高经济效益。

  百米井下，煤海深处，杨国秀以勤劳和智慧创造着业绩。在他的心中，这种执着的情怀就是对煤炭事业的热爱，就是努力打造全国一流标准化矿井、安全型矿井的一种责任感和使命感。在今后的工作实践中，他将一如既往，一步一个脚印，用他的创造力和奉献精神凝聚出一项项精准的技术新成果，交出一份无悔于时代、无悔于人生的精彩答卷。

砥砺奋进谱华章

—— 记内蒙古亿阳蒙西物流有限公司董事长苗军

亿阳蒙西物流园是内蒙古自治区发改委 2007 年批准立项的八大物流园项目之一，被列入鄂尔多斯市"十一五"规划重点建设工程。它是在我国物流产业飞速发展、西部大开发及自治区大力发展现代物流的大背景下，以市场需求为导向，依托交通、区位、资源和产业布局优势，以整车销售—公路货运—配套服务的供需链为特色，以物资运输仓储业务为核心，所创建的服务西北并连接环渤海经济圈的现代化区域性物流集散中心。

园区地处鄂托克旗蒙西镇这一"三市一盟"的交汇处，周边地域是西部乃至全国矿产、农牧资源富集区，同时遍布各种工业园区、经济开发区，500千米范围内涵盖了蒙西和宁夏东北部多个区域中心城市以及棋盘井、巴拉贡等多个工矿重镇。这里还是四通八达的区域交通枢纽，周边 5 千米范围内有京藏高速公路、110 国道、109 国道、包兰铁路、乌海机场等重要交通基础设施。诸多先天优势形成了强大的物流需求，构成了发展物流业的基本条件。

内蒙古亿阳蒙西物流有限公司成立于 2008 年 6 月。园区占地 1000 亩，注册资金 5000 万元，现有员工 70 多人。公司在 2015 年 4 月份取得了质量、环境、职业健康安全体系三项认证，于 2016 年 9 月正式通过国家 4A 级综合型物流企业的评定，正式成为 4A 综合型物流企业。此外，公司还获得"内蒙古自治区物流统计重点企业"，在第二届鄂尔多斯创新创业大会上获得"优秀创新创业小微企业"称号。公司是鄂尔多斯市物流协会会长单位，并通过了国家 ISO9001、ISO14001、ISO18001 认证。

近年来，通过不断努力，内蒙古亿阳蒙西物流有限公司逐步发展为"互联网+物流"的新模式。2015年，亿阳公司与上海融链科技有限公司共同合作开发建设了"融链天下"供应链物流大平台。平台在2016年5月正式上线运行，目前平台在线车辆已达2万余台。物流园区在配套设施上不断完善、优化、整合，最终实现了综合性物流园的规模要求。通过"互联网+物流"的新模式，完善了集长短途运输、大宗商品整车运输及运输车辆后市场服务为一体的综合性物流服务平台。公司从传统物流的线下交易到现在所有业务通过平台转为线上交易，构建了企业线下实体与线上电商平台整合O2O业务。

在大集散、大服务、大整合、大创富的经营理念下，经过几年的发展，公司已形成了大宗商品整车运输、综合性物流园及汽车后市场服务等业务能力。在大宗商品整车运输上已形成煤炭、焦炭、铁粉、钢材、兰炭、高岭土、片碱、石灰石、树脂粉、生铁等运输能力，业务范围已辐射京、津、冀、晋、陕、蒙、宁、甘、新、豫等10余个省区市。通过合理规划和集约型利用土地，公司在物流园区先后建成了信息交易中心、LNG加气站、加油站、汽车修理区、备件库区、信息区、钢材市场、仓库、宾馆、大型停车场等设施，改变了传统物流园区的"小、散、弱"和"脏、乱、差"的形象。在汽车后市场服务方面，已累计销售整车2000余台，销售收入达8亿元，整车售后及增值服务收入达到3560万元，在当地商务车销售企业中独占鳌头。目前，汽车后市场服务正在向汽车维修、保养、保险、一卡通服务等方面拓展。

2015年，公司共实现营业收入3.1亿元，上缴税收1500万元，分别比2014年增长150%和90%，实现了逆势增长的良好态势。公司自成立至

目前，累计为当地上缴税收近亿元，目前资产总计3.11亿元，负债8500万元，所有者权益2.26亿元。

2017年，公司实现营业收入4.84亿元，缴纳税收1336万元，继续保持着良好的增长态势。

"要想火车跑得快，必须要有车头带。"亿阳物流之所以取得了一系列成绩，与公司董事长苗军的努力付出是分不开的。

俗话说，万事开头难。2008年6月，蒙西物流园正式成立，发展之路艰辛而漫长。成立之初，物流园首先面临的难题是寻找建设园区的土地。众所周知，物流园选址是否合理直接决定了物流公司今后的成败，为了这一目的，苗军带领团队成员不分昼夜地论证、考察，考察、论证，经过艰苦努力，最终在众多方案中优选了靠近G6京藏高速蒙西出口成立物流园的方案，蒙西物流园总体规划占地3000亩。成功的选址奠定了公司的快速发展，并使之逐步成为内蒙古自治区十大物流园区之一。

随着园区建设的发展，种种困难又摆在了苗军的面前。物流人才的缺乏、建设资金的匮乏等诸多难题时时困扰着他。知难而退，还是激流勇进？最终苗军用行动给出了答案。

当时，对于物流这一新兴行业来说，苗军是门外汉，好多知识都要从头学起。为了尽快进入角色，苗军查阅了大量的相关书籍和资料进行学习，奔走于全国各地，参加物流行业的各种培训和论坛讲座。不仅如此，他还实地考察了全国成功的物流企业，由一个门外汉快速变成了业内精英。苗军不光注重自身的学习和提高，同时他还注重公司物流人才的引进和对内部员工的培训，从而在短时间内提高了员工整体的业务水平，增强了企业的知名度和竞争力。

在考察全国的物流市场后，2013年，苗军果断制定了园区的未来发展规划。他围绕物流组织管理功能和依托物流服务的经济开发功能，针对具体经营环境和区域市场需求特点，进一步细化形成以卡车配载运输、物流信息中介、集中仓储、分装配运、生产资料交易整车销售、汽车配件供应、汽车维修保养、地产商铺租赁和园区管理等各项功能为一体的链集聚式现代化物流中心。

围绕这一中心，公司规划在园区搭建5个平台，即卡车配载运输平台、汽车销售和服务平台、生产资料仓储交易平台、生活物资仓储配送平台及辅助服务平台，然后以五大平台为基础，实现真正意义上的多功能、多需求的物流服务。同时紧跟时代步伐，充分依托"互联网+"这一先进科技手段，大力发展智慧物流。智慧物流是物流行业的又一个升级，是物流行业的跨越式发展。物流行业进入大数据时代，未来将在全国乃至全球共享信息资源。利用先进的网络技术手段进行最便捷、安全、高效的配置物流资源，进而解决物流信息畅通和降低物流成本的难题。

苗军超前地预见到物流业如果想要长足发展，必须要与互联网对接，必须要利用大数据。2013年，公司成功开发了物流信息交易平台，给当地传统的物流理念注入了新鲜的血液，也为当地传统物流在创新发展方面探索出了又一条可行的路子。

苗军经过几年的不懈努力，用智慧模式实现了公司从传统物流向现代物流的升级。2015年，公司大力发展大宗商品整车运输业务，充分利用互联网技术，整合了上游的供应链信息和流通环节的车源信息，使2015年全年运输货物达9万多车次，合计运量364万吨，有效地缓解了蒙西及周边企业的运输压力，为蒙西工业园区乃至周边各企业的生产资料及产品流通提供了有力保障。内蒙古亿阳蒙西物流有限公司在当地市场的占有率已赶超一直占主导地位的河北等区外大型物流企业。2015年，公司总收入26406万元，贡献税收1480万元。2015年年底，公司成功推出基于云计算平台的物流消费联网结算系统——"物流一卡通"，推动公司现代物流信息化建设迈上新台阶。在此基础上，苗军又与上海的一家公司合作，成功开发并运用大宗商品供应链一体化服务信息平台，极大地拓展了公司的业务。目前，公司通过信息数据所掌握的服务车辆有上万辆，直接或间接地为社会解决就业岗位3万多个。2016年，内蒙古亿阳蒙西物流有限公司已经成为国家4A级综合型物流企业，实现销售收入5.3亿元，上缴税收1500万元。

亿阳物流的进步和转型升级，与各级政府部门及领导的高度重视和支持分不开。从"十二五"规划开始，国家加大了对物流行业的扶持力度，从各方面给予政策上的支持。亿阳物流正是借着这一东风，加快了企业转型升级的步伐。在物流园区建设初期，因是内蒙古自治区发改委批准立项的八大物流园区之一，所以亿阳物流建设的进度与质量和规划方案的可行性受到自治区领导的高度重视，各相关部门在建设初期多次到现场进行考察和指导。

公司在转型升级的过程中，花费了巨大的人力和财力探讨和研究"互联网+"物流新模式，并取得初步效果。在公司不断完善"互联网+"物流新模式的过程中，先后有鄂尔多斯市委市政府、鄂托克旗旗委旗政府的领导及各企业相关人员来园区考察和调研。在各级领导的关心下，亿阳物流积极应对市场竞争，努力打造出自有智慧物流新生态。

未来，在习近平新时代中国特色社会主义思想的指引下，公司将按照"网络化、平台化、价值化"的战略规划，在自身转型升级的同时，实现"四个一"战略目标，即依托一个"互联网+"物流平台和一个供应链服务核心（亿阳物流），组建一个覆盖全国主要地区的大三方物流实体联盟网络，打造一个全国公路物流通行的服务司机的一卡通支付平台，整合社会车辆超过10万辆，服务各类生产企业超过3000家，尽快成为大宗商品服务的领航者。

抓科技 兴产业 促增收

——记杭锦旗农业技术推广中心主任梅春光

梅春光，男，汉族，1974年出生，中共党员，杭锦旗农业技术推广中心主任。1999年，梅春光参加工作，一直从事农业技术推广工作，将满腔热血投入在服务农民、发展农业上，主动为农民解难题、办难事，推动了杭锦旗农业的创新与发展。梅春光于2007年获内蒙古农学会第八届科教兴农奖；2009年获鄂尔多斯市科学技术进步优秀奖；2010年被全国农技推广服务中心评为植保专业统计先进工作者；2011年被授予第六届杭锦旗"优秀青年"荣誉称号；2012年被杭锦旗委评为创先争优优秀共产党员；2013年荣获2011—2013年度全国农牧渔业丰收奖三等奖，同年被内蒙古农牧业厅授予"全区农牧业先进个人"荣誉称号；2014年荣获内蒙古农牧业丰收奖一等奖；2015年荣获内蒙古农牧业丰收奖一等奖；2016年获鄂尔多斯市"最美劳动者"荣誉称号；2017年被杭锦旗授予"第三届敬业奉献道德模范"荣誉称号，同年获鄂尔多斯市先进工作者荣誉称号，并被鄂尔多斯市精神文明建设委员会授予2017年度第二季度"鄂尔多斯好人榜"荣誉称号。

提升技能重培训

梅春光由一名普通的农技员成长为杭锦旗农业技术推广中心主任。他是农民致富、农业增收的带领者，是令农技推广员认可、农民群众满意的领导者。自参加工作后，他始终默默地在农业科技战线上工作，先后从事植检植保、农资管理、农技推广、土壤肥料等工作。农闲时节，

梅春光通过涉农职业技能培训、阳光工程培训、农民实用技术培训、发放各种宣传资料等灵活多样的形式组织农技人员开展农民培训，平均每年培训农民8000人次。农业生产期间，他经常深入田间地头指导调查，经常与农牧民一起讨论生产中存在的问题和解决办法，在实践中不断提升自己的业务素质。

为了强化服务能力，梅春光以项目为载体，每年采用"请专家"和"送出去"等方式培训干部30人次。几年来，他先后在国家刊物发表论文3篇，在省级刊物发表4篇。他注重政治素养锤炼，牢记党的宗旨，以满腔热忱全心全意地服务"三农"。由于工作业绩突出，宗旨服务意识较强，他屡获表彰，成绩斐然，连续6年考核被评为优秀，并先后被评为旗农牧系统先进工作者、全旗先进科技工作者。

情系农业抓推广

梅春光同志一直以来都把农技推广作为促进农牧业增产、农牧民增收的一项重要举措来抓。为在全旗范围内推广良种，他努力争取到国家良种补贴项目，以"良种补贴""新型农民科技培训工程""粮食作物良种良法入户到田工程"等为载体，组织和引导农业科技人员深入基层、深入群众、深入工作第一线，扎实开展农业科技"大培训、大示范、大推广"三大行动，建立起"领导管理者直接连线（片）、科技人员直接到户、良种良法直接到田、技术要领直接到人"的农技推广新机制。2006年以来，全旗共落实良种补贴面积191.1万亩，并且通过"一卡通"向农户兑现补贴资金1911万元，示范带动农牧民开展现代农牧业示范园建设工作。杭锦旗于2006年开始依托黄河水资源置换节水改造项目实施牧区草原畜牧业示范户建设项目，全面开展"五配套"和"五统一"的现代农业基地建设。全旗累计建成高标准现代农牧业基地67万亩，占全旗现耕地

（除河滩地）面积的62%，并组建大型综合性农机服务队149个。梅春光还围绕良种补贴项目和粮油作物高产创建、测土配方施肥项目开展项目工作。2010年，他承担起国家粮油高产创建示范田建设任务，至2013年累计承担国家粮油高产创建示范片建设任务12个，其中玉米4个、小麦8个；累计种植百亩核心示范面积1400亩，千亩高产示范面积15000余亩，辐射带动面积13万余亩。他连续7年在杭锦旗组织实施测土配方施肥项目，累计在全旗6个苏木镇开展测土配方施肥野外调查和土样采集工作，开展样品测试7664个，取得化验数据100147项次，建立农户施肥长期监测点3个，完成各类肥料田间试验300个，发放施肥建议卡93900万份；累计完成农作物测土配方施肥技术推广面积482.8万亩次，其中推广玉米测土配方施肥面积336.3万亩、向日葵测土配方施肥面积146.5万亩。7年来，他推广测土配方施肥，玉米总增产12.29万吨，平均亩增收62.4元，增收总额20987万元；向日葵总增产3.21万吨，平均亩增收69.45元，增收总额10174万元。全旗累计节约肥料16116吨（折纯），增加磷钾的施肥量（折纯）16981吨，平均亩增收64.55元。全旗实施测土配方施肥项目累计节本增效31162万元。

高效服务做示范

梅春光自2012年任旗农业技术推广中心主任后，便负责农业技术推广和培训、植保、土肥、蔬菜、农资管理等工作。他一直认真履行职责，强化服务意识，高标准地完成各项业务工作。玉米、葵花为杭锦旗两大主要作物，他每年组织引进玉米、向日葵新品种示范30个左右，进行丰产性和适应性试验，为农牧民种植新品种提供依据，为经营户提供参考。同时，他还组织引进玉米"一增四改"技术、梁外区玉米全膜覆盖双垄沟播技术、沿河区玉米宽覆膜高密度栽培技术进行示范推广，现已在杭锦旗实现大面积应用。杭锦旗沿河地区为鄂尔多斯向日葵主产区，由于引种和连年种植，导致向日葵螟、向日葵黄萎病不断发生，对向日葵生产成危害。梅春光及时联系自治区农牧业科学院植保专家，进行向日葵螟和向日葵黄萎病综合防治试验、示范研究，使向日葵螟综合防治技术和向日葵黄萎病综合防治技术在全旗得到全面推广。由于成绩显著，梅春光在2014年和2015年分别获得内蒙古农牧业丰收奖一等奖。

梅春光积极组织农业技术推广中心各职能站与工商、质检、公安等相关单位协调配合，狠抓农产品质量安全和农资市场监管工作，4年内无坑农害农事件发生。2008年，杭锦旗草地螟大面积发生，梅春光始终坚守在虫害防治的第一线，积极参与制定防虫方案，并到沿河各乡苏木镇指导防虫，培训农牧民1960人次，指导防虫面积155万亩，直接挽回经济损失34120万元。2015年，由于高温干旱，杭锦旗玉米红蜘蛛大面积发生，梅春光一方面积极组织防治，一方面积极争取上级资金和设备，组织防治面积23万亩次，挽回经济损失4000余万元，争取到上级资金70万元和大型防治设备4台，为农牧民减轻了损失，受到农牧民好评。

2013年，当地天气异常反复，农作物病虫害频发，大风、暴雨及强对流天气多发，杭锦旗更是遭受了3场冰雹及多次大风、洪水袭击，导致大部分农作物受损。梅春光同志总是第一时间奔赴到受灾现场，认真勘查灾情情况，并积极联系农业保险，商讨理赔事项，使农牧民损失降到了最低。

梅春光同志一直以来都把农业项目作为促进农牧业增产、农牧民增收的一项重要举措。他在全旗范围内推广良种，争取到国家良种补贴项目，至2015年在全旗共落实良种补贴面积346.6万亩，并且通过"一卡通"向农户兑现补贴资金3466万元，使全旗的良种覆盖率达到100%。

2010—2015年，梅春光组织实施国家粮油高产创建示范片建设任务20个，其中玉米10个、小麦10个。全旗累计种植百亩核心示范面积2200亩、千亩高产示范面积23000余亩，辐射带动面积23万余亩。经过近年来高产创建示范田的引领、带动，全旗玉米种植面积由2008年的46万亩增加到2015年的68万亩，增幅达40%左右，平均单产由2008年的480千克增加到2015年的640千克。经高产创建示范田的示范带动，全旗平均单产提高8%左右，同时，玉米种植面积的增加及单产水平的提高，为全旗发展现代畜牧业提供了充足优质的饲草料，带动了当地现代畜牧业的健康快速发展。项目实施成效显著，杭锦旗农业技术推广中心连续4年被自治区推广站评为农业技术推广先进单位。

民生工程促增收

"十一五"以来，由于国家更加关注"三农三牧"问题，给农村牧区沼气建设带来前所未有的发展机遇。梅春光及时抓住了这一难得的机遇，本着"以人为本、多能互补、综合利用、生态环保"的可持续发展思路，严格按照《农村沼气建设国债项目管理办法》的要求，2006—2013年组织农业技术推广中心承担了农业部户用沼气项目、养殖小区和联户沼气项目乡村服务网点项目，推广的池型为常规水压型沼气池和旋流布料沼气池，全部实现手动出料。至2013年年底，共投资7136.98万元，建成户用沼气8927户、沼气集中供气工程2处、养殖小区和联户沼气工程42处、村级沼气服务网点42处、旗级服务网点1处。项目涉及6个苏木镇40个嘎查村，12991户农牧民直接受益。一座8立方米的沼气池年产沼气510立方米左右，可利用近11个月，按农牧户一日三餐均使用沼气计算，年可节约标准煤2.5吨，年可产高效优质沼肥20吨左右，年节约薪柴约3亩，年可增收节支约2100元。

梅春光同志多年来就是这样，既是一名普通的农业技术人员，也是一名农技推广队伍的领头人；既是一位指挥员，也是一位战斗员。他经常深入农牧业生产第一线，对农牧业生产进行实地调查指导，对全旗各地农牧业气候、地貌了如指掌。他以科学发展观为工作指导，把全心全意为人民服务的宗旨贯穿于工作和生活始终，忘我工作，勤勉敬业，用自己的实际行动展现出了一名共产党员的风采，为全旗农业和农村工作实现大发展，努力贡献着自己的青春和力量。

助力文化旅游产业　　引领群众增收致富

——记伊金霍洛旗伊金霍洛镇布拉格嘎查主任巴图格西

巴图格西，男，蒙古族，1971 年 11 月出生，退役军人，共产党员，伊金霍洛旗人大代表。现担任鄂尔多斯市伊旗伊金霍洛镇布拉格嘎查委员会主任。

巴图格西担任嘎查委员会主任后，以军人特有的坚毅和奉献精神，积极争取各类旅游项目资金，优化旅游环境，发展壮大旅游产业，为带领农牧民走上持续发展致富道路做出了突出贡献。2016 年，巴图格西荣获鄂尔多斯市旅游行业先进个人、致富带头人等多项荣誉。2017 年，他被评为诚实守信道德模范、民族团结先进个人，是伊金霍洛旗百名典型人物之一。

起步：从创办劳务公司开始

布拉格嘎查总面积为 126.8 平方千米，辖 6 个社，共有农牧民 318 户 782 人，其中少数民族 265 户 622 人。全嘎查共有 50 余户农家乐、牧家乐经营户，是一个典型的蒙古族占主体、汉族占大多数的蒙汉聚居地区。多年来，受集体经济薄弱、资金投入不足等主要因素制约，布拉格嘎查基础设施建设、扶贫保护、生态环境等公益项目一直无法开展。

巴图格西从部队退伍回到地方后，从事饭店经营 20 年，一直秉承勤勤恳恳做事、踏踏实实做人的原则，凭着丰富的经商头脑、广泛的人脉资源和乐于助人的品格赢得了嘎查农牧民的信赖。2015 年，当选为嘎查委员会主任的他陷入深深的思考中：发展什么项目才能够改变嘎查集体经济的空白状况？拓宽农牧民的增收致富渠道，成了巴图格西心目中的头等大事。有着3年部队从军经历和20年经商经验的他，从新农村、新牧区建设的项目中看到了发展机遇。他走村入户，深入调查工程施工情况时，发现农民工大多数是外来人口，很多本嘎查农牧民想在家门口打工却没有人雇佣。了解掌握信息后，巴图格西立即向嘎查班子成员提出成立一家劳务公司，承揽乡村工程建筑、维修安装、家政服务、装卸搬运等工程，带动本嘎查多余劳动力致富的想法。在征得嘎查两委成员一致同意后，他又面临着启动资金从何而来的问题。洋溢着创业激情的巴图格西，毅然决定动员各社长及其他两委成员每人先出资2万元作为启动资金，注册创办起了牧民劳务公司。在旗、镇党委政府多方协助下，劳务公司运行步入良性轨道，经济效益和社会效益同步提升。布拉格嘎查连续3年成为全镇唯一一个集体经济收入达到50万元的嘎查。随着集体经济的发展壮大，嘎查不仅增强了自身"造血功能"，也为嘎查产业转型、带动农牧民共同致富打下了坚实的基础。

模式：小农户与大市场有效衔接

布拉格嘎查位于5A级景区成吉思汗陵旅游区周围，生态环境优越，全嘎查有2/3的农牧民从事餐饮或旅游相关服务，人均纯收入达到2万元。布拉格嘎查条件可谓得天独厚，源远流长的历史、美丽动人的传说、达尔扈特人忠诚的守护，让这里的民族文化和底蕴越发厚重。

为了不断完善草原旅游"点""面"的聚力作用，布拉格嘎查围绕打造全域旅游发展思路，制定了一整套与旅游景区相配套的旅游发展规划，打响了以"走进达尔扈特部落，感悟成吉思汗箴言，体验牧民马背生活，品尝蒙古民族餐饮、欣赏草原歌舞风情"为主要内容的特色民族旅游业。目前，布拉格嘎查从事农家乐和牧家乐经营的户数达到100余户，蒙古包达到500余座。其中，布拉格四社昌呼格草原蒙古包群经营户为47户250座，农家乐、牧家乐经营户年经营收入达到10万元左右。

达尔扈特农牧民专业合作社成立于2013年，是布拉格嘎查二社136名社员以入股形式建立的一家集体经济组织。巴图格西作为达尔扈特种养殖农牧民专业合作社入股成员，积极发挥引领带动作用，组织发动农牧民参与了达尔扈特牧家乐酒店和水库的建设，并借助农牧民出资兴业的热情多渠道、多途径筹措资金，按规划设计要求完善了酒店停车场、娱乐场所、活动项目等基础设施功能，将其打造成全旗唯一一家集餐饮、住宿、娱乐、休闲为一体的度假村。之后，巴图格西多方筹措项目资金2000万元新建蒙古包住宿区、游客服务中心、敖包景观区等旅游基础设施，美化绿化景区环境。在他的带领下，旅游景区成了全镇乡村旅游示范区。在旅游景区，羊排、奶酪、馅饼、血肠、羊肉、沙葱、苦菜等，都是最天然醇香的美味。蒙古包里，亲朋好友围桌而坐，酒甘肉香，畅聊往事，尝尝最地道的蒙古套餐，一壶奶茶、一壶酒、一份豪情，做客牧民之家，能够体验到真正的游牧生活。

为了凸显旅游产业的辐射带动作用，改变一家一户零散的经营方式，实现小农户与大市场的有效对接，巴图格西立足旅游业规模化、合作化方向，主动延伸农牧民合作产业链，率先提出"合作社+旅行社+农牧民"的发展模式，打造出由合作社负责全局、旅行社牵头经营、农牧民负责监督的经营发展格局。目前，合作社每年接待境外游客3万人次，接待境内游客2万人次，每年实现旅游收入500万元。该地区文化旅游呈现出多层次、多领域发展态势，成为引领旅游业发展的标杆。

2017年元月，农牧民专业合作与华纳等4家旅行社签订合作协议，为加快达尔扈特未来产业发展提供了充分的保障。在巴图格西的带领下，嘎查先后成立巴音昌呼格生态旅游协会、阿拉腾甘德尔马协会等多家协会及合作社，整合推出了一批以文化体验、乡村生态、马产业为主题的旅游精品。在景区的辐射带动下，农牧民搭上了旅游业蓬勃发展的"顺风车"，直接带动从业人口38人，间接带动从业人口60人。这里的许多农牧民，近几年一直在旅游区经营着拉马、餐饮等旅游服务。如今旅游市场规范后，嘎查牧民自觉成立了"拉马协会""餐饮协会"。布拉格嘎查的旅游市场已告别过去原始、粗放的经营模式，逐渐向现代化、规模化方向发展。在嘎查的统一规划引导下，许多嘎查牧民都有了自家的牧家乐、走马场。旅游区巴音昌呼格草原上的49家蒙古包餐饮经营户也进行了统一打造，蒙古包分布合理，环境干净整洁，食材自然新鲜，烹饪原汁原味，处处体现着马背民族的饮食精华。

传承：突出厚重文化特色

2018年7月，巴图格西在布拉格嘎查任职届满，村民强烈要求留任这位扶真贫、做实事的嘎查主任。8月，"两委"换届选举，巴图格西连任嘎查主任。

随着生态旅游的日益升温，嘎查风情旅游带动了地方经济的快速发展。为了传承发展蒙古民族文化和达尔扈特部落祭祀文化，激发文化旅游产业活力，巴图格西带领嘎查两委班子成员召集达尔扈特部落的18名贺西格和民间手工艺品制作能人，注册成立了达尔罕古录木特手工艺品研发中心。研发中心以特色民族旅游文化、民族艺术文化、民族手工艺制作、民族食品加工销售为主要产品，推出集销售和展览于一体的蒙古民族工艺品及日常用具。游客可以在动手的过程中领略民俗文化，尽享以奶食品作坊与特色蒙餐为主的美食制作。生产制作木质家具和皮质日常用具展现了质朴、端庄的民族风格和独特的审美内涵；祭祀器具做工精细、神圣庄严，一幅幅作品表现出了蒙古民族独特的艺术风格和鲜明的艺术特色。这些项目传承发展了蒙古民族和鄂尔多斯达尔扈特部落祭祀文化，不仅使民族传统文化得到大力弘扬，也使民族文化遗产得到了合理的保护和有效的传承。

担当：民族团结心连心

布拉格嘎查是一个典型的蒙汉聚集嘎查。巴图格西围绕民族团结进步这一主题，着力推动了嘎查社会和谐稳定、各民族共同繁荣的步伐。为了实现嘎查贫困户及周围嘎查村贫困户脱贫的目标，他提出："无论是蒙族还是汉族贫困户，他们的农产品在当地的收购价格必须高于市场价标准，旅游景区的务工人员、服务员必须优先雇佣本嘎查及周围嘎查村的贫困户。"自2016年至今，累计有17户贫困户实现脱贫致富。劳务公司先后出资5万元实施了贫困户慰问、残疾人资助、大病救助等社会公益活动。

嘎查党支部分别细化了扶贫帮困措施，针对不同对象，因户施策，因人施教。巴图格西认为："对有劳动能力的贫困户给钱给物，帮得了一时，帮不了一世，还得通过算账理财彻底改变其思想观念，找出致贫病因，对"症"下"药"，给出脱贫致富的永久性良方。"他经常深入贫困户家中调查了解情况，采取"结对帮扶"、景区聘用等办法开辟再就业岗位。他建立驻镇、驻嘎查单位空岗申报信息，多次与镇城建分局协商沟通，优先聘用布拉格嘎查农牧民在镇区从事环境清扫人员30余人。

凝聚巾帼力量　彰显女性风采

——记鄂托克前旗巾帼家政服务公司总经理王志丽

自 2012 年至今，王志丽经历了不平常的创业历程。她白手起家创业，并引领带动了一批妇女成功就业，成为当地家政行业的排头兵。她先后荣获创业就业女能手、三八红旗手、全市"巾帼建功"标兵、家庭服务优秀会员等称号，被内蒙古自治区妇联"北疆女声"评为身边优秀女性。她还获得自治区优秀家庭服务企业管理者、北疆最美女性、全市优秀创业女性、巾帼文明岗等多项荣誉称号。

勇敢迈出创业第一步

王志丽是一名小学文化的普通妇女，1998 年下岗后，生活一度陷入困境。但她在命运前没有低头，而是在 2010 年萌生了创办家政服务公司，成就一番事业的想法。创业开始时，王志丽认为，搞好家政服务，靠过去的老做法、老观念是不行的，必须拥有一支专业的员工队伍，才能满足社会组织和家庭的各种需求。公司成立伊始，王志丽围绕愿意从事家政服务业的下岗失业、待业人员进行摸底调查，调查这些人员是否愿意接受家政服务培训，愿意参加哪一类家政服务培训；同时围绕家政服务需求，调查家庭需要什么样的家政服务，对家政服务有哪些要求。通过细致的调查，一个清晰的家政服务框架呈现在王志丽的面前，她重新确立自己的职业生涯坐标，开启了新的人生创业历程。

王志丽立足当地实际，确立了"一业为主、多业并举"的思路，即以家庭服务业为主，发展多种相关服务产业。为推动行业长远健康发展，王志丽带领几名管理人员超前谋划、主动作为，积极搭建行业交流平台，参加各种研讨座谈会等，加强经验交流和信息共享，共商行业发展大计。与此同时，选择合理的公司经营地址、购置设备设施等筹备工作也在有条不紊地进行着。

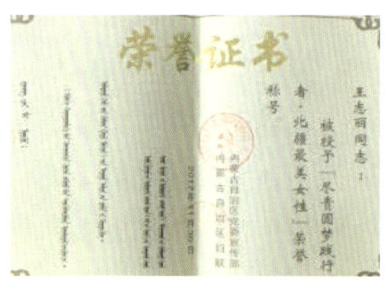 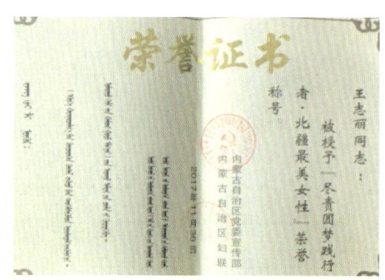

最终，巾帼家政服务有限责任公司正式挂牌运行，主要承接物业管理、养老护理、月嫂、育婴师、钟点工、家庭服务等培训和派遣工作。短短的几年时间，公司通过公开招标的方式承担了6家行政事业单位的物业管理工作，初步形成了凭借物业管理信息打通家政服务渠道，借助家政服务拓展物业管理服务范围的良性循环格局。通过发挥物业公司为家政服务搭建信息平台、开通绿色通道的作用，目前公司人员数量不断增加，业务范围不断拓宽，企业经济效益稳中有升。

一心一意引领姐妹们就业

家政服务人员专业技能的高低，决定着家政服务业的发展趋势。近年来，随着经济的快速发展和劳动力就业结构的不断调整，家政服务这一新型行业也逐步发展起来，而家政服务人员普遍缺乏专业训练，文化偏低，技能单一，难以适应现代经济和岗位转换的要求，这些问题同样也摆在了王志丽的面前。根据市场需求和从业者的特点，她举办了不同层次、不同内容、不同职级的家政服务技能培训，以便有效提高家政从业人员的专业化程度、综合素质以及家政服务水平。自2010年至今，公司举办了钟点工、养老护理、月嫂、育婴师和家庭服务员培训班，共计380余人取得了相应的等级证书，其中200余人属于下岗职工技能培训。

经过培训,员工的服务技能、服务质量、服务态度和礼仪都有了很大提高,服务技能和就业的竞争力也得以增强。更为重要的是,通过专业培训和技能提升,从业女性在增加收入的同时,服务形象也大为改观。有位女士下岗后,由于年龄偏大,一直没有找到适合自己的职业,通过参加公司组织的多次培训后,她有序地学习了各项家政服务知识和技能,现在加入了家庭清扫保洁工作,每月个人收入达到3000多元。她细致、周到的服务,得到了客户的一致好评,不仅缓解了家庭的经济困难,而且还用自己的实际行动带动了周围一批下岗失业人员加入家政服务队伍中。

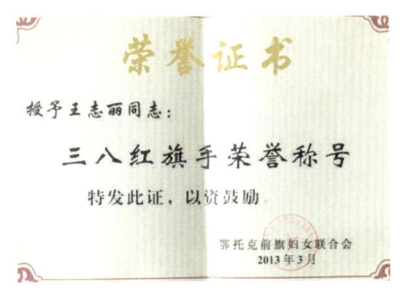 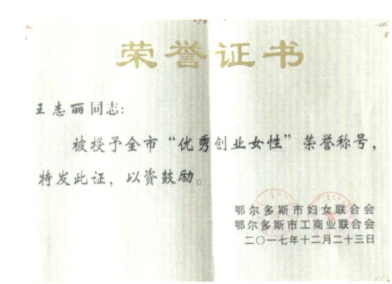

为了进一步提升公司的社会形象和从业女性的自信心、认同感,在王志丽的带领下,家政公司坚持开展奖先评优、树立典型、培育品牌工作,坚持"以赛提质",定期举办职业技能大赛,增强职业责任。通过评选竞赛活动,公司向社会和消费者推荐了一大批优秀的家政服务人员,增强了她们的自豪感、荣誉感,发挥了她们的典型带头作用,促进了整个行业服务质量的持续提升。

精细化服务提升公司形象

家政公司能不能为业主提供专业化的、有特色的高质量服务,是决定公司命运的关键。针对目前家政行业管理相对混乱、水平良莠不齐、监管措施缺位等问题,王志丽坚持边摸索边实践边总结,不断完善公司管理制度、服务规范和服务流程。家政服务被细分为许多个大类和工种,每个工种都有详细的服务流程和标准。为了学习借鉴外地同行业管理经验,王志丽多次到先进地区进行学习交流,不断吸收他人良好的服务理念和细微的服务标准,并以此为切入点,积极探索服务专业化、规范化、品牌化发展的新路子。

 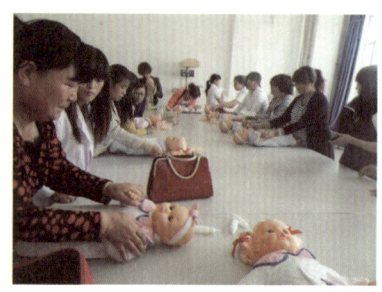

家政公司坚持按不同工种岗位细化人员岗位，实行每周一次例会，及时了解掌握服务人员在客户家工作中遇到的问题，共同讨论找出改进的对策。公司探索建立客户与员工"双向"反馈制度，推行月嫂、护理人员的资格审查、岗前培训、岗中抽查，每月派出一名部门负责人进行回访，与业主进行交心谈心，以了解更丰富、更详细的信息。公司累计推荐有近百名妇女从事月嫂和护理工作，回访率达70%以上，赢得了客户的赞赏。

"要想让企业长久生存下去，就要有高质量的服务，高质量的服务需要的是诚信立业"，为此，王志丽根据自身实际和社会需求开展综合业务，努力开拓经营市场，跑机关、进企业、走社区，做好市场开拓和用工信息对接，确保既有人做事，又有事可做。她赢得了部分业主的信任和支持，服务范围逐步延伸，公司通过拓宽下岗职工、农牧民、大中专毕业生等的就业渠道，也为公司增加了收入，支撑着公司的可持续发展。

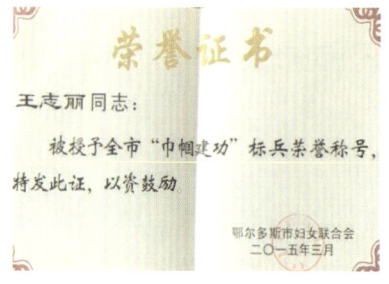 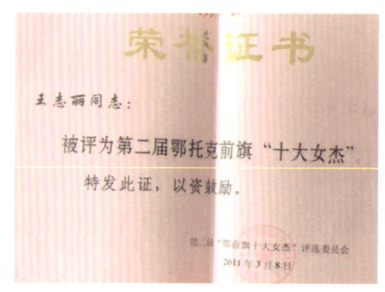

为了方便客户与服务公司沟通交流，王志丽开通了服务热线和投诉电话，组建了稳定的客户"微信群"，用热情、周到、细致的服务解答业主的咨询，及时与业主沟通交流，征求他们对服务的意见或建议，不断改进工作中的不足和问题。

家政公司从每一件小事做起，以细微之处展现精细服务，逐步实现了信息服务的精准对接。作为一名企业带头人、管理者，王志丽有时亲自深入客户家中参与清扫保洁工作，与客户拉家常，面对面征求客户意见。她说："只有自己动手了，才能听到客户最真实的想法，才能算是一名合格的家政服务人员。"每次工作结束后，王志丽都会认真总结经验并传授给其他人，使员工的服务技能变得更加专业。

王志丽还积极搭建下岗失业就业平台，畅通良好的劳务输出渠道。一方面，她积极引导下岗失业人员树立正确的就业、择业观念，进一步消除社会对家政服务业的偏见和歧视；另一方面，全力争取妇联、就业部门等的帮助支持，为更多的下岗失业人员的就业创业牵线搭桥。目前累计实现劳务输出几百人。

精心守护温暖人心

在家政服务团队里，大多数是下岗人员而且队伍不稳定，为了调动和发挥广大女性从业者的主动性、积极性，实现经营者和从业者互利共赢，王志丽推行员工福利保障机制，积极为员工交纳意外伤害保险，维护员工的利益，降低企业经营风险，妥善解决矛盾纠纷，保障企业经营秩序和全体女性从业者的合法权益。公司为每位员工购买了意外伤害保险，并按时发放工资，员工的平均工资每月达到3000元以上。稳定的收入、和谐的环境，凝聚了企业员工的向心力，保证了队伍的稳定和业务的提升。

在今后的发展道路上，王志丽将继续探索更加有效的公司发展运行模式，更好地发挥行业领军作用，推动家政服务业更快、更好发展，为广大姐妹就业创造更加良好的环境和机会，充分彰显现代女性的活力、能力和魅力。

用创新领跑企业发展的"女强人"

——记鄂尔多斯市东腾机动车检测公司总经理高华

位于鄂尔多斯市东胜区富兴北（柴家梁国电北）路，与东胜区交警大队相邻的鄂尔多斯市东腾机动车检测公司于2011年4月在东胜区正式投入使用，总投资600多万元，占地30亩，建筑面积3000多平方米，设有大、小机动车检测线3条，实现日检量可达300辆左右。东腾公司拥有成熟的管理人才和专业技术人员以及先进的检测设备，规划设置业务办公接待、休息上网等候、车辆流程检测等完善功能设施，是一家综合性的机动车安全检测、环保尾气检测和检验合格标志核发的一站式综合服务公司，也是内蒙古自治区质量技术监督局和环保厅的B类检测机构。

高华作为东腾机动车检测公司的总经理，以其独特的经营模式、个性化的服务赢得了广大车主的认可；以其特有的敏锐、机智，赢得了众人的赞许，得到了社会的肯定；以其舍小家、顾大家的敬业精神感染着周围的人，为全体企业员工树立了典范，为企业的繁荣和发展做出了突出贡献。

立足优势赢市场

多年来，东腾公司在经营管理和服务领域方面重点突出便民、利民、惠民的服务措施，积极抓住企业信息化条件下的发展优势，拓宽市场发展空间业务，走在了同行业的前列。

机动车检测行业实现社会化后，高华带领东腾公司合理布局，积极谋划企业长远发展定位，从分析地域优势和占领行业市场需求出发，瞄准位置优先和长远发展的经营理念，在积极探索便民、利民、惠民的服务措施的同时，合理地选择便捷的地理区域位置，紧盯市场服务发展需求，全力打造符合市场运作的经营服务平台。

高华着眼于市场长远发展的优势因素，积极推进市场集团化管理模式的经营转化和发展空间，着力打造服务延伸举措，实行多点经营、协同发展的理念，将东胜东腾一家检测公司逐步扩展到现在的6家公司，服务遍及东胜、伊旗、达旗、鄂旗、准旗等5个旗区，覆盖了鄂尔多斯市重点区域，并逐步形成了多点式的多家经营管理模式，实现了企业市场经营服务的扩大化，为鄂尔多斯机动车检测行业的发展开了好头。

近年来，东腾以做好企业自身管理和提升企业服务形象为宗旨，努力拓宽服务范围和业务需求，积极探索企业在信息化条件下的经营发展优势，全力打造全方位的信息化服务体系。2014年，东腾公司在社会经济整体下滑萎缩的环境下，积极筹措资金150多万，率先更新了原有的检测设备，实现了网络信息系统的升级改造，使企业步入了信息化运用新时代。

企业经营靠的是管理，拥有强有力的领导核心是企业发展的主动脉。为适应市场需求和网络信息化建设，高华带领东腾一班人积极探索和尝试，利用集中管理、多点经营来维系市场需求，拓展企业自身的经营发展和生存空间，以适应新时代网络信息发展条件下企业合作经营和共赢发展的新需要，以集团化的管理模式撬动多年来的企业保守经营管理模式，以集中管理和分散经营的发展思维去研究优化现代企业的经营发展方向。

细化管理求实效

东腾公司注重强化内部管理,细化工作措施。在企业经营管理方面,高华量身打造自身优势,利用多年来积累的管理服务经验,努力打造管理严、服务实、技术硬、效率高的工作机制。为此,她制定了符合自身管理的绩效考核管理制度,实施以制度管人的考核评定机制,实行全员工作量化绩效考核,以定人、定岗、定责、定奖惩的"四定"考核原则,从管理职责、岗位责任、工作人员职业道德、安全工作管理、交接班制度、劳动纪律等方面进行全面规范管理。同时,她狠抓各项制度的落实,完善班长负责制,将各项工作分解落实到具体岗位,落实到各班,落实到个人,坚持分工有序,各负其责。员工在工作上有了责任感和竞争优势,杜绝了"干好、干坏、干多、干少一个样"现象的发生,彻底改变了员工在工作中的懈怠和懒散现状,员工的工作热情显著提高,员工自身价值得以实现,提高了工作效率,实现了企业创盈增利的新局面。

提升素质增活力

多年来,高华十分注重在员工基础素质教育及业务技能的培养方面下功夫。为了提高员工的业务专业水平和安全检测技能,她每年都会不定期地邀请上级业务单位的专业人员来公司讲课,组织开展全员的法律、法规及行业标准的学习培训,加强对一线业务人员、技术人员的业务培训学习和安全技能的现场授课与实地操作演练,以提高业务人员、技术人员的现场规范化标准操作的技术含量。同时，在企业内部开展业务、技能的自学交流和现场示范操作讲解的综合评比，充分发挥业务人员、专业技术人员的实践经验和业务特长优势的互补作用；在理论素质学习培养上，组织开展各类有奖知识竞赛、徒步野营、扶危济困、拓展训练、义务服务等形式多样的文体娱乐活动，不但提升了企业的知名度，而且极大地丰富了员工的精神文化生活，增强了企业的团队凝聚力。

细微环节提效率

以诚信服务为宗旨，将质量信誉视作第一，拓宽服务领域，始终是东腾公司的服务理念。高华坚持把服务管理、创新发展作为重中之重，全面打造全方位、多角度的服务发展空间以及全新的服务管理体系。她倡导企业从自身方面找弱点，从行业规范服务上下功夫，从服务理念和办事效率上入手，强化业务操作时效，从检测每一台车、上传每一笔业务，到对待每一位前来咨询办事的客户，都用心去服务和用时间去计算，学会换位思考，想客户所想，急客户所急，从点滴做起，从服务态度、服务理念、服务方式、服务技巧等方面规范员工的服务行为，用微笑迎领顾客，做到进门有人问，办结有人送，把客户满意作为企业服务顾客最后一公里的标尺。她每年不定期地组织相关人员与业务主管单位、社会群体和服务对象调查企业经营管理及服务等方面存在的问题，及时了解和掌握公司自身方面存在的不足和差距，积极研究对策，落实解决方案，强化服务措施，及时改变服务方式。通过一系列的精心组织规划，东腾公司服务水平得到快速提升，公司赢得了社会各界的良好赞誉和广泛好评,广大人民群众的满意度显著提高。

精细服务树形象

严把检测质量技术关,始终是东腾公司在工作中高标准、严要求的重点。高华将群众利益无小事作为工作的首要职责,严格标准、按照程序、规范操作,丝毫不放过任何细节纰漏。坚决杜绝不合格的车辆走出检测区,不合格的车辆不出虚假检测报告是多年来东腾工作要求的一项硬指标。公司在业务衔接上积极与业务主管单位协同配合,严防带病车辆出站上路,为安全设置了第一道关卡,为人民群众的生命安全和车辆运行安全提供了安全保障。

简化工作流程,提高办事效率,一直是企业经营管理的重点。从车辆外观检测到程序自动检测以及前台业务办结等各个业务流程环节上,东腾公司在工作程序上做了细致的研究和分析研判,通过整合业务,规范工作程序,缩短检测和业务办理的时间,做到了检验快、服务好、群众满意。同时,在提高工作效率的前提下,在完善服务和提高办事效率上下功夫,要求员工熟练掌握操作技能,简化办事程序,练好真本事,亮出真实力,在各项业务办结上用分去计算,减少群众办事的等待时间,做好服务群众最后一公里的便利,让人民群众真正感受和体验到家门口的服务。

企业发展凭的是实力,靠的是管理,拼的是精神,练的是内力,懂的是技术,赢的是市场。多年来,高华带领东腾公司在积极优化企业管理和经营服务方面积累了很多的社会实践经验。通过多年来东腾人的不懈努力和奋发拼搏,东腾公司赢得了内蒙古自治区、鄂尔多斯市各级主管单位和业务单位的好评和赞誉。高华在工作上始终如一,在抓管理、强服务等方面,积极地与公安、环保、质监等业务部门在安全检测、数据传输、隐患排检以及预防道路交通事故等各项工作上共同筑牢了道道安全防线,为社会和谐稳定和维护人民群众生命安全提供了强有力的安全保障。

传递能量做榜样

志愿者服务是一种具有深远社会意义的社会行为。高华把志愿服务社会的活动精神传递给公司的每一位员工,让他们感受到企业不仅仅是安身立命之所,更是服务社会的公益组织。

2008年5月12日,四川省汶川地区突然发生8.0级特大地震,高华带头组织公司全体员工进行捐款,并将慰问金第一时间送到当地"红十字会"的手中。2010年4月14日,青海省玉树藏族自治州玉树市发生地震,她再次带头组织公司全体员工进行捐款,并将慰问金送到当地"红十字会"的手中。

2017年3月,高华申请加入东胜区志愿者联合会。她大力弘扬"奉献、友爱、互助、进步"的志愿者精神,在加强自身锻炼、提高自身综合素质的同时,与协会开展了一系列活动。2018年3月,由市、区两级妇联协同鄂尔多斯市时代巾帼发展协会共同举办的"百名阳光学子助学圆梦行动计划"中,她对贫困学子进行了一对一帮扶,还利用网络"轻松筹"平台对重疾病儿童进行捐助。2018年5月8日,她参与了鄂尔多斯市红十字会举办的"爱心安全书包、图书"的捐赠活动。在网络信息化发展的今天,创新管理、创新发展和创造完善的社会服务发展空间,是东腾人一直追逐的梦想。多年来,在企业发展壮大的道路上,高华和东腾人留下了一串串闪光的足迹。相信在构建新时代中国特色社会主义新型企业中,通过东腾人的不懈努力、不断磨炼和探索,东腾机动车辆检测公司一定会勇立潮头、再立新功!

巧手创业 刺绣逐梦

——记鄂托克前旗维丽青刺绣有限责任公司总经理韦林花

韦林花,女,蒙古族,现年43岁,大专学历,鄂托克前旗上海庙镇牧民,鄂尔多斯蒙古族手工刺绣艺人,于2011年创办维丽青刺绣有限责任公司。2010年,她担任鄂前旗民族传统手工艺者协会副会长、鄂托克前旗妇女手工艺协会会长。2014年7月,内蒙古妇女联合会成立"内蒙古妇女手工业协会",她担任秘书长及副会长。由于成绩突出,韦林花被推选为全国妇女手工编织协会理事。

勇于创新,苦练绝妙技艺

韦林花从小跟随母亲学习蒙古族手工刺绣,对刺绣有着特殊的感情。"只有学好、学精技艺才,能开创民族刺绣新局面,才能更好地挖掘和传承鄂尔多斯蒙古族手工刺绣。"为此,她曾先后4次去苏州进修,学习苏绣的先进针法和技术,并在结合蒙古族刺绣传统特色的基础上,加以创新突破,提高了蒙古族手工刺绣的品质,弘扬了鄂尔多斯蒙古族手工刺绣文化。

只有贴近市场才能激发创意思维、加大创意与设计成分,才能着力实现在跨越和突破方面做文章。她的刺绣作品图案工整绢秀,色彩清新高雅,针法丰富、雅艳相宜,绣工精巧细腻。就刺绣的针法而言,她善于采用不同的针法表现不同的线条组织和独特的手工刺绣艺术效果。

韦林花从艺术、技术层面对刺绣进行深度研发,并创造性地加以改进,只需要在方寸之间进行纯手工操作,每一道工序都不能有丝毫的马虎,并且非常考验绣工的技巧、耐心和细心。善于创新的韦林花,在蒙古族刺绣的基础上,结合苏绣的先进针法,以"成吉思汗"为主题创作出了面部像、坐像等许多惟妙惟肖的《成吉思汗画像》。她还以鄂托克前旗的旗花"马兰花"为主题，创作出了各式各样的马兰花刺绣作品，深受广大客户的喜爱。她的代表作品《草原神骏》，把苏绣与蒙古族刺绣结合起来，经过设计、勾稿、上绷、勾绷、配线、刺绣、装裱等工序，耗时2个月，用36种颜色、500克丝线、41万针才完成。其绣作不但图案秀丽、构思巧妙、绣针细致、针法活泼、色彩清雅，同时兼具蒙古族刺绣色彩鲜艳、富有弹性的自然美特点，让人们在欣赏的同时，能由衷地感受到草原神骏昂首苍穹、咤叱风云的神韵。

激情担当，引领妇女创业就业

韦林花是一位思维敏捷、行事雷厉风行的女性。为了实现弘扬鄂尔多斯蒙古族手工刺绣文化的梦想，2011年9月，她得到美国高盛集团的赞助，幸运地被内蒙古妇女联合会和北京清华大学经济管理学院联合开设培训的"巾帼圆梦"计划——清华女性创业培训班录取，在清华经济管理学院学习经济管理专业，并获得了清华HEC联合颁发的创业管理结业证书。在清华经济管理学院4个月的深造学习过程中，她将先进的企业管理、营销管理和人力资源管理理念以及成功的创业案例等转化成开启眼界的一把"钥匙"，尝试着开启创业智慧的大门。

2011年，韦林花注册成立了维丽青刺绣有限责任公司。公司集创新研发、工艺设计、生产销售、培训、订单制作等为一体，以"弘扬民族文化，发展手工刺绣"为己任，整合鄂托克前旗蒙古刺绣的专家和艺人，以保护挖掘和传承研究鄂尔多斯蒙古族手工刺绣这一非物质文化遗产为宗旨，将原本零散的物质资源、人力资源进行整合，同时结合苏州刺绣的先进技术，提升蒙古族手工刺绣技艺的水平，带动更多的农牧民妇女开辟以刺绣为主的致富新渠道，让鄂尔多斯蒙古族手工刺绣绽放出夺目的光彩。

在不断追求刺绣艺术的同时，为了将这门技艺传授给妇女姐妹们，使更多的农牧民妇女从事手工刺绣加工，公司与旗妇联、扶贫办、职中等单位先后举办了4期民族手工刺绣培训班，共培训合格绣娘200多名，带动了农牧民妇女从事手工刺绣这一行业，为农牧民妇女创业就业搭建了平台。在韦林花的影响和带动下，全旗一大批转移农牧民妇女对刺绣产生了浓厚的兴趣，从事刺绣的妇女约有几百人。

倾心付出，追求卓越完美

对于韦林花来说，能让每一位女性拥有追梦的能力、享有出彩的机会，是她最大的梦想。面对重复枯燥的工作内容，她总能专心致志地给予热爱；面对产品工艺的升级更新，她总能尽心竭力地努力付出。

为了积极推动民族刺绣创品牌、造精品、上档次，提升市场竞争力和经济效益，促进全旗文化产业健康发展，2011年年底，刺绣公司与城川镇合作创办了娜林宝润绣坊。韦林花把传帮带作为己任，对有些悟性慢、技术生疏的绣工，她总是给予耐心帮助，并结合她们的手指特点，探索出适合她们的操作方法。

公司借助研发设计出的具有蒙古族特色的手工刺绣装饰画及手工刺绣工艺品，成立了专业合作社，以"公司+农户"的模式，把培训出来的合格熟练绣娘组织起来，统一下订单，发放到绣娘手里，让她们集中起来刺绣，所有的工艺完成合格后，再交由公司统一销售。这样既能培养出一批刺绣技术骨干，又能满足外来游客的需求，使具有蒙古族特色的手工刺绣作品能够尽快地占领市场。当地的绣娘说："专业合作社这种形式，使我们实现了做刺绣与做家务活两不误，姐妹们一边做刺绣一边谈心，既为我们带来了收入，又为我们带来了欢乐。"如今，韦林花的手工刺绣工艺品，发展到了同行业的领先水平，成为鄂尔多斯一张独具特色的亮丽"名片"。

多年来，韦林花在"小产业"中谋求大发展的创举得到了当地相关部门的重视，旗党委、政府、妇联等单位多次对她进行表彰奖励。

2012年，韦林花被鄂前旗妇联授予"创业就业女能手"荣誉称号；被鄂前旗团委授予"十大杰出青年"荣誉称号；被鄂前旗工商业联合会授予"转移农牧民自主创业示范商户"荣誉称号。2013年，她被旗妇联授予"致富女带头人"荣誉称号。2014年，被授予"鄂尔多斯首届民间手工制作技能大师"称号并被旗妇联授予"巾帼建功标兵"荣誉称号。2015年，鄂尔多斯市妇女联合会授予她"创业之星"荣誉称号。2016年，"维丽青"商标被评为鄂尔多斯知名商标。2017年，市妇联授予韦林花"优秀创业女性"荣誉称号。2018年，她被上海庙镇布拉格社区评为"三八红旗手"荣誉称号，同时也被鄂尔多斯市妇联评为"三八红旗手"。

展望未来，韦林花将继续以蒙古族特色的手工刺绣的装饰品及手工刺绣工艺品为经营主体，研发更多的新产品，带动更多的转移农牧民妇女加入手工刺绣的行列中，使鄂尔多斯蒙古族手工刺绣得到更好的传承与发扬。

平凡人　平凡事

——记鄂托克旗苏米图苏木苏米图嘎查牧民斯庆苏都

斯庆苏都是鄂托克旗苏米图苏木苏米图嘎查的一名普通牧民妇女。现年38岁，中共党员。她用勤劳的双手、灵变的思维创造美好生活，是一名现代农牧民的典范。她连续多年被苏米图苏木妇联评为农业生产女能手、农村"双学双比"活动先进个人，并获得热心扶贫贡献奖等荣誉称号。

培育传承和谐美满新家风

斯庆苏都生活在一个三世同堂的四口之家，是苏米图嘎查的草牧场面积最小的牧户之一。虽然只是一个平凡而普通的家庭，但是全家人遵纪守法、尊老爱幼、家庭和谐、邻里和睦，全家人都在以实际行动践行社会主义核心价值观，以自己的一言一行、一举一动为创建和谐社会尽心尽力。

夫妻和睦是家庭和谐的基础。斯庆苏都和丈夫额尔德木图于2000年结婚，婚后生育了一个可爱的儿子。他们与老父亲一起居住生活，家庭美满，其乐融融。在孩子的教育上，斯庆苏都轻说教、重引导，善于倾听，关注孩子的感受，注重锻炼孩子思考问题和独立生活的潜质。在家庭上，注重培养孩子勤俭和独立的品格。她最大的愿望就是希望孩子有一颗健康向上、助人为乐的心，希望孩子考上理想的学校，走出草原，走向更加广阔的舞台，为社会多做贡献。

斯庆苏都夫妻俩打理着70多亩土地，主要种植粮食以及经济作物，每年来自土地的经济收入虽不算丰厚，但也维持着一家人平淡稳定的生活。平时两口子生活上相互关心，相互尊重，相互支持，互帮互学，共同进步。"家人要学会互相理解包容，懂得感恩，进行换位思考，每一个人都不容易。"这是斯庆苏都感悟最深的一句话。她和丈夫结婚10多年间，夫妻之间始终尊重对方，共同承担着家务劳动。家庭生活中面临的每一次重大决定，他们彼此之间也会相互沟通、相互协商，使这个家庭成为令人们羡慕的和谐家庭。

勤劳双手创造美好生活

斯庆苏都现有草场500多亩，饲养着几百头牛和几百只羊。在他们看来，尽管现有的草原面积和经营饲养的牲畜数量只能维持生活，但他们从自身做起，带头执行国家保护草原的政策，合理发展养殖业。多年来，尽管草场面积小、牲畜数量不多，但斯庆苏都始终坚持生态环境与畜牧经济双赢的思路，有计划、分阶段地合理利用草场，改善生态环境。

为了寻找到一个长久持续的经济来源，2010—2012年，斯庆苏都进城租赁了一套房子开启了陪读生活。她一边照顾儿子的饮食起居，一边炸制干货饼子做小本生意，每天起早贪黑，生活平淡而充实。后来因为身体状况，生意没有继续下去。

凭着超前的观念和敏锐的思维以及不畏辛苦的意志，斯庆苏都不断探索创业增收的路子。2010年，她从信用社贷款从外地购进11万株松树苗，栽种了15亩苗圃。可是，事与愿违，栽植的树苗发生了意外。那年松树苗差不多有一半没成活。看着枯萎的松树苗，听到街坊邻居、亲朋好友的闲言闲语，一向坚强的斯庆苏都忍不住哭了。后来，她通过询问专家、上网查询、鉴定树苗、实验鉴定地皮等方法，最终找出了原因，但是这次苦心经营、充满希望的事情又一次以失败收场。

斯庆苏都是一位性格坚韧、不甘失败的女性，在经历一次次挫折后，她没有退缩，没有止步。2012年，她购买了一头奶牛，做奶食品加工生意。在家里制作奶食品，一方面可以节省许多开支，降低成本；另一方面，还能兼顾做一些家务，照顾一家人的生活。挤奶做奶食品是她的拿手活儿，而且牧区奶食品市场被人看好，第二年，她又购买了两头奶牛，以扩大家庭作坊规模，稳定当地市场竞争。凭借着优良的食品质量和诚信经营，生意一直做得有声有色。

奶食品的季节性和时间性较强，许多剩余的奶食品余留物容易产生浪费现象。斯庆苏都在深感惋惜的同时，看到了另外一种商机。她借助苏木外出学习的机会前往鄂托克前旗开始学习奶糖制作技术。掌握了奶糖制作技术后，她按照奶食品余留物、黄水、酸奶配比自制奶糖，产品一经推出，深受消费者欢迎。

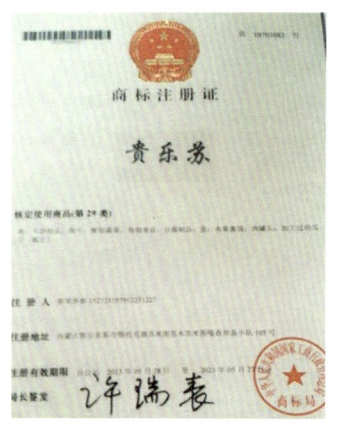 

为了创立品牌，抢先占领市场，斯庆苏都为生产出的奶糖注册了商标，凭借着货真价实的品质和诚信周到的服务，奶糖生意很好，产品供不应求，事业逐步形成规模，成为创收致富的重要支撑。

实际行动践行助人理念

多年来，斯庆苏都凭着自己勤劳的双手和肯学、肯钻研的个性，不

断地探索创收致富的方法途径，注重应用新技术、新方法，用勤劳的双手创造着自己幸福美满的生活。

斯庆苏都在村里树立了良好的创收致富模范带头作用。她热爱集体，关心他人，乐于助人，周围的牧民谁有困难都可以向她求助。在她眼里，村里的牧民就是自己的亲人，谁家有困难，她都愿意无偿帮助。她帮助弱势群体搞好生产，协助村里为贫困牧民传达致富信息，因此，她在农牧民群众中有着良好的口碑，深得农牧民的信任和称赞。

斯庆苏都夫妻是一对平凡的夫妻，他们的家庭也是一个极其平凡的家庭。这个家庭的每一位成员都拥有一颗平凡的爱心。他们互帮互助，用自己的方式携手走过了人生的风风雨雨，用各自的爱心构建出一个令人羡慕的最美家庭。

创新领跑企业发展　产业带动群众致富

——记杭锦旗绿美牧业开发有限责任公司总经理王怀树

现年44岁的王怀树，出生在杭锦旗锡尼镇新井渠村。对于他来说，生命的意义总是和"闲不住"这个词画等号。他出生在农村，自己勤工俭学上完了大学，毕业后从事过市场营销，搞过企业管理，办过幼儿园……现在又回到他魂牵梦绕的家乡，带动当地农牧民发展生态养殖，投入创新创业的热潮中。也正是这种想干、敢干、有的干的劲头，使他从当初的"毛头小子"变成了当地名气不菲的养猪带头人。

王怀树看上去很朴素平实，却满脸喜色。他一身多职，担任着杭锦旗四十里梁生猪养殖协会党支部书记、杭锦旗锡尼镇新井渠村名誉书记、杭锦旗绿美农牧业开发有限责任公司总经理、杭锦旗西草地养殖专业合作社理事长等职务。他还历任杭锦旗第十六届、十七届人大代表，鄂尔多斯市第三届、四届人大代表以及杭锦旗第十三届党代表。他是典型的农牧民代表，身上体现着中国农牧民的鲜明特点：踏实、肯干、不忘本。

如今，王怀树作为一名共产党员，时时处处践行党员标准，坚守党员信念，以精明独到的眼光、拼搏奋进的精神，带领当地养殖户走上了一条集约化、规模化、产业化的绿色、有机、无污染的生态养殖之路。

创业道路上成就梦想

王怀树出身于一个贫寒的农民家庭。为了读书求学，他从14岁开始直至大学毕业的十几年间，每一个寒暑假都会打工挣钱给自己拼凑学费。他在砖窑背过砖，在盐湖里捞过盐，在建筑工地上当过小工，在夜市上摆过地摊……经历过刻苦求学、四处艰难务工的磨炼，王怀树从小就树立了一个信念："做任何事情，不管遇到多大的困难，都要持之以恒。"

2009年，王怀树光荣地加入了中国共产党，实现了他多年来一直梦寐以求的愿望。从此，他对中国共产党有了更深刻、更全面、更崇高的认识。10年来，来自上级党组织领导的指点和身边老党员的正能量深深地触动着、影响着他。无论是老党员们的教导还是普通党员服务百姓的奉献情怀，都让他更加坚定地践行着一名合格党员的宗旨：全心全意为老百姓服务。

1997年大学毕业后，王怀树应聘到北京一家企业工作，从事市场营销。一年多的时间里，他几乎跑遍了大半个中国。随后，他又被公司派到太原筹建成立办事处，半年后又被调到西安着手筹建分公司并被任命为经理。

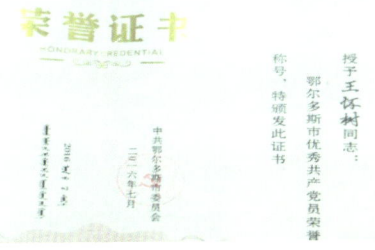

2004年，王怀树毅然辞掉了待遇优厚的工作，回到家乡鄂尔多斯开启了他的创业之路。经过全面的市场考察，当年8月底，他在东胜创办第一家幼儿园并正式招生，开始了他的第一次自主创业。有着之前7年多时间在北京等地从事幼儿教育研究和幼儿教学推广工作经历的他，很快从一个外行成长为一名专业的教育工作者。一个月的招生工作结束后，幼儿人数达到120多名，他的首次创业经受住了考验。之后的2005年和2006年，他又先后在东胜区、准旗、杭锦旗开办了3家幼儿园。近10年的办学经历，他自主经营，自负盈亏，办学规模日渐扩大，4家幼儿园的年均幼儿总人数始终保持在1200名，累计招聘大中专幼教老师230名，为地方财政节约教育支出达8000多万元。

产业拓宽增收致富渠道

随着生活水平的日趋提高，人们对肉类食品的需求呈现出健康化、精品化、多样化的需求，肉类消费品也进入了"品质竞争"阶段。王怀树是一个信息灵通、精于思考、敢于付诸行动的人，他敏锐地洞察到安全健康的、口感鲜香的高品质肉食品将越来越受到消费者青睐，而且猪肉作为我国肉类消费品的当家品种，占到了65%左右的比例，特别是绿色、有机的高品质猪肉的前景将十分广阔。于是，他于2011年注册成立了杭锦旗绿美农牧业开发有限责任公司，开始了他的第二次创业。

对王怀树来说，养猪是一个全新的领域，其中的困难和艰辛可想而知。他通过订购书籍等资料，网上学习，走访和请教旗、市农牧业局技术人员和专家等方式，并用几个月的时间外出实地考察了河北、北京、山东、上海、浙江、河南以及鄂尔多斯市各旗区的养猪企业，对如何能养出安全、健康、好吃的高品质猪肉有了自己独到的见解。

2012年，经畜牧专家规划设计，投资2300万元的一处标准化、规模化的万头猪场在王怀树的家乡杭锦旗锡尼镇建成。

为了从源头上把好肉食品安全这第一道关，王怀树多方请教动物营养学专家，研究生态养殖模式和健康安全的饲料配方，最终采用"种草养猪"技术和实施"紫花苜蓿+五谷杂粮+药食两用中草药配方+定期放牧"的养猪模式。现在公司拥有紫花苜蓿及玉米种植基地上千亩，种植过程全程施有机肥——发酵猪粪，不施化肥、不打农药，年产有机猪粮近1000吨。公司积极发展现代农牧业循环产业链，努力实现了"公司自有土地种植紫花苜蓿和玉米→紫花苜蓿和玉米喂猪→猪粪便经堆积发酵后做有机肥→有机肥料做紫花苜蓿和玉米种植底肥"的全封闭产业链，既避免了粪便废水对环境的污染，又从源头上杜绝了外购饲料的非法添加，确保了猪肉产品质量的安全。

种草养猪技术的应用，使公司既能降低饲养成本，又能提高猪肉品质，而且推广价值很大。2013年年初，猪场正式开始饲养投产。现在，年饲养量达到了4000头，出栏2000头以上，年销售收入1000多万元，取得了良好的经济效益和社会效益。

与此同时，为了引导和辐射带动杭锦旗梁外退耕还林禁牧地区的农民转变生产方式，以规模化养殖企业带动农牧民走出一条增收致富之路，王怀树于2012年牵头组织杭锦旗锡尼镇新井渠、天德恒湾、察哈尔乌素3个村的50多户农民成立了杭锦旗西草地养殖专业合作社，大力发展生猪养殖。

自2015年以来，绿美公司积极参与杭锦旗的精准扶贫工作。王怀树向合作社成员提供"统一种猪引进和崽猪供应，统一免疫程序及防疫指导，统一饲料配方，统一饲养方式，统一品牌销售"的"五统一"服务，解决了农牧民，特别是贫困户"想养猪、会养猪、养得起、卖得出、挣到钱"的所有顾虑。截至2018年年底，绿美公司带动周边四十里梁、胜利、阿门其等地区12个村、40多个社、308户农牧民从事生猪养殖，其中建档立卡贫困户253户。经有关部门验收，这些贫困户均已脱贫。

打造品牌，抢占市场

王怀树在创业之初就确定了公司走品牌化、品质化和全产业链的经营之路。他始终秉持着"绿色高端、以质取胜、品牌增效"的经营理念。公司注册了"绿美西草地"系列商标，产品命名为"绿美西草地甘草猪肉"。经内蒙古农业大学实验室对比检测表明，"绿美西草地甘草猪肉"的营养价值、口感和美味度较普通猪肉显著提高，系水力极强，失水率下降了24%，嫩度提高了40%，肌间脂肪含量提高了21%，大理石花纹分布提高了75%，氨基酸总含量提高了5.6%，风味氨基酸及增加香味的多种不饱和脂肪酸含量明显高于普通猪肉，是典型的"雪花猪肉"。多年来，经内蒙古农畜产品质量检测部门和江苏、上海等地权威机构检测，该产品无任何农药、抗生素、激素、重金属残留，完全符合安全、健康的指标要求。2017年，该产品取得了有机认证证书。

绿美公司采取直营店的方式销售产品，减少中间环节，杜绝掺假售假，确保品质始终如一。目前，通过直营店、电商、微信等营销方式，产品已销往鄂尔多斯的杭锦旗、东胜、康巴什、鄂托克旗、准旗以及包头、乌海、临河、呼和浩特、北京、上海、西安等地，绿美西草地甘草猪肉为鄂尔多斯农牧业品牌化建设树立了一面旗帜。

杭锦旗绿美农牧业开发有限责任公司先后被评为内蒙古自治区扶贫龙头企业、鄂尔多斯市农牧业产业化重点龙头企业、内蒙古自治区先进私营企业、鄂尔多斯市社会扶贫先锋企业、内蒙古自治区质量服务诚信AAA级企业等。杭锦旗西草地养殖专业合作社被评为内蒙古自治区农牧业专业合作社示范社。王怀树个人也先后获得不少荣誉，包括内蒙古首届青年创新创业大赛三等奖、鄂尔多斯市农村牧区致富带头人标兵、鄂尔多斯市优秀人大代表、内蒙古农牧业产业化创新人物、鄂尔多斯市优秀共产党员、鄂尔多斯市劳动模范等。

用实际行动坚守初心

长期以来，王怀树始终恪守着"奉献不言苦，追求无止境"的人生格言。2008年他刚刚大学毕业时，工作还不稳定，每个月的工资收入仅有300元。他在江苏工作期间，长江流域发生百年罕见的特大洪灾，长江决堤，人民遭受了巨大的生命和财产损失，他毅然捐出自己半年的工资2000元和随身携带的全部衣服。2008年汶川发生大地震后，他捐出现金5000元。2010年青海玉树发生地震后，他捐出现金5000元。杭锦旗独贵塔拉奎素发生黄河决堤，他捐资5000元。2013—2014年连续两年，他向杭锦旗锡尼镇镇长助学基金出资10000元，捐助5名大学生顺利入学。自2012年以来，他情系家乡，回报社会，连续3年向锡尼镇新井渠村的贫困户、患大病住院治疗生活困难的家庭、残疾人、60周岁以上无劳动能力的弱势群体捐赠米面、粮油、肉、煤等生活用品，累计价值20多万元。2013年，村里自来水修建水塔，他捐资5000元。2015年，他个人出资15万元为附近一户远离村庄独立居住的残疾人供上了自来水，拉上了照明电。2017—2018年，他累计出资近10万元购买米、面、油等生活用品慰问周边近百户老弱病残孤寡群众。

多年来，王怀树积极参与社会公益活动，累计捐资、捐物60多万元。他的猪场在村子附近，每逢村民们农闲或中秋节。他便杀一头猪请全体村民集体聚餐，借机沟通与村民之间的感情。如果村民有些小矛盾、小纠纷，借此机会也就化解了。这对于促进邻里和谐、乡风文明起到了积极的推动作用。

王怀树作为一名新时代的共产党员、一名致富带头人、一名返乡创业青年，竭尽全力为家乡群众办好事、办实事，用行动践行了入党时的誓言。如今，王怀树的企业规模日益扩大，经济效益逐年递增。在他的带动下，家乡农牧民致富奔小康的劲头和信心十足。面对新的历史机遇，王怀树又在勾画着新的发展蓝图。

你有所需　我有所助

——记鄂托克旗广乐家政服务公司总经理张丽霞

广乐家政服务有限责任公司是鄂托克旗家政服务行业的排头兵。鄂托克旗广乐家政服务有限责任公司成立于2013年12月，注册资金20万元，位于内蒙古鄂尔多斯市鄂托克旗棋盘井镇艾力靖安社区，办公及员工住宿区面积约200平方米。公司的员工来自山西、陕西、甘肃、宁夏及内蒙古等地，主要以下岗职工、城镇农村剩余劳动力等就业困难人员为主，年龄分布在30~55岁。目前，公司家庭服务人员及家政人员共有200人。

广乐家政服务公司自成立以来，受到各级领导的好评和认可，是鄂尔多斯市家政协会会员单位、鄂尔多斯市就业局认定的骨干企业。公司曾获全市"三八集体"的荣誉称号，公司总经理张丽霞被授予全市"巾帼科技致富之星"、全市"优秀创业女性"荣誉称号。

公司是棋盘井镇唯一一家以月嫂、保姆、护工、钟点工等专职服务为主营业务的综合性家政服务公司。公司实行技能培训、岗位服务、定期回访一体化全程服务模式，突破了中介机构只收中介费、没有售后服务和反馈机制的缺陷。

公司在管理上实行企业化员工制管理模式，统一招工，统一培训，统一考试，统一持证，统一派遣，实行级差化管理、个性化培训、亲情化服务的运作方针。公司实行员工岗前培训考核制度，上岗前均需达到体检和培训双向合格。这些措施有效地保护了服务人员与客户的合法权益。此外，广乐家政服务公司还是一家专门为产妇及婴幼儿提供全方位科学护理的服务机构。

公司在鄂托克旗棋盘井镇8个社区内下设3个服务网点。自创立以来，严格按照当地政府相关部门的有关政策要求，免费为当地符合条件的待业、失业人员进行技能培训，帮助她们实现第二次就业。

"广乐月嫂家政"始终坚持"你有所需、我有所助"的服务宗旨，始终奉行"快乐服务、快乐工作、快乐生活"的服务理念，努力打造成鄂尔多斯市领先一流的家政服务品牌。

为助力脱贫攻坚，切实加强基层党建带妇建工作，2018年6月，旗妇联到三北羊场社区开展"清风入社区，服务暖人心"主题党日活动，广乐家政公司为15户独居老人进行了家政服务。通过"面对面、心贴心、零距离、亲情化"服务，让这些孤寡老人和贫困家庭感受到了党的关怀与社会的温暖。

"这样的志愿服务真好！年纪大了，腿脚不利索，出门理发十分不方便，能够在家里享受到免费的服务，真的很开心。"正在理发的老人高兴地说。

近年来，为了解决月嫂、家政人员紧缺的问题，广乐家政公司与棋盘井镇工会积极对接，长期合作举办免费月嫂培训班。培训内容包括礼貌沟通用语、仪容仪表、婴儿生长发育特点及护理知识、产褥期特点及变化、月子餐制作、产妇产后恢复知识及生理特点、母乳或人工喂养、新生儿疾病认识与预防、婴儿洗澡抚触、家庭意外的预防及需求等一系列月嫂技能。2017年，为期15天的月嫂培训班结课了，41名城镇下岗女职工、失业女青年、女性外来务工人员通过考试，拿到了专项能力鉴定合格证书。广东家政公司积极宣传，为这些学员提供就业信息。

在张丽霞总经理的带领下，广乐家政服务有限责任公司将沐浴着新时代的春风，阔步前进。

执着创新　惠泽农牧

——记鄂托克前旗农机技术推广站"牧民发明家"哈斯达来

哈斯达来，1987年出生，是一名成长在鄂尔多斯鄂托克前旗草原上的蒙古族汉子，中共党员。2010年毕业于赤峰学院蒙文系，2011年成为一名"大学生村官"，现就职于鄂前旗农牧业局农业农机技术推广站。他扎根草原，情系农牧民，一心一意搞创新、搞发明，对农牧业机械化研究达到了痴迷、忘我的程度，且成效比较显著。哈斯达来已经获得综合播种机、自动饲喂机、自动喂羊槽、牧区饮羊自动供水器等4项国家实用新型专利，并获市农村牧区青年致富带头人、优秀创新创业者等市级荣誉4项，获优秀科技工作者、"十杰"青年等旗级荣誉4项。

从小爱捣鼓机械，最爱搞发明创造

哈斯达来出身于昂素镇的一个普通牧民家庭，父母都是地地道道的牧民。哈斯达来从小就对机械表现出浓厚的兴趣和较高的天赋，几乎把家里的收音机、录音机、摩托车、拖拉机等机械设备都拆了个遍，为此他经常受到父母的批评。那时他是物理老师最得意的学生，不仅课本上的理论知识学得好，还经常动手利用所学的知识、原理制作简单的机械产品。那时候，校舍条件简陋，学生必须按时熄灯就寝，为满足个别同学在夜间看书的需求，哈斯达来用捡来的旧电哈斯达来设计制作成了一台简易台灯。在全市中学范围内开展的青少年科技作品比赛中，哈斯达来设计了一台简易的空气清新器，获得全市三等奖。因经常为同学修理录音机、小灵通、传呼机、手机、自行车等，他成了学校的风云人物，在中学、大学一直小有名气。他一有空就学习各种机械修理，在大学期间干脆开了一家手机维修店，勤工俭学，自力更生，为家庭减轻了负担。

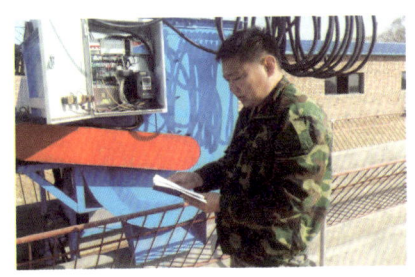 

申请专利，走了很多弯路

2011年，24岁的哈斯达来经过多次设计、试验、改装，研制出他的第一款专利产品——牧区饮羊自动供水器，并获得国家实用新型专利证书。该产品与牧区饮羊水槽配套使用，具有自动加水、排水、注满后自动停止等功能，解决了牧区人力饮羊和冬天水槽结冰的问题。如今，该设备已改造升级为第四代，具备了可视远程控制的新功能。目前，在鄂托克前旗、鄂托克旗、乌审旗及锡林郭勒盟等地区已安装使用该设备近300台。

同年，哈斯达来又研制成功了一种牲畜自动饲喂机，获得国家实用新型专利证书。该设备由储草仓、提升机、饲料混合机、饲料运输机、洒料车等构件组成。农牧民只需把草捆通过粉碎机粉碎到储草仓后，接下来的提料、拌料、送料工序将自动完成，整个过程操作简易、安全可靠、清洁卫生。与人工饲喂相比，既节省了人力和时间，又节约了草料和成本。现改造升级的第四代牲畜自动饲喂比初期成果更简单耐用、方便快捷，使用成本低、生产效率高，同时还具备可视远程控制的功能。目前，在鄂托克前旗、鄂托克旗、乌审旗等地区已安装使用近40台。

情系农牧民，挥洒青春热血

哈斯达来坚持在草原深处、乡村田野走访农牧户，了解基层农牧业生产情况，长期致力于农牧业机械化研究，并取得了良好的社会效益和经济效益，切实为鄂托克前旗农牧业科技发展、推动行业技术进步做出了贡献。这些科技成果一是加快转变农牧业生产方式，降低劳动强度，节约了时间和成本，提高了生产效率；二是通过自主创新获得专利，促进了技术进步；三是提高了基层技术人员的技术水平，为解决农技推广"最后一公里"的问题找到了途径；四是带动科技成果的推广普及，促进了旗内外的技术合作与交流。

哈斯达来是鄂尔多斯市市级农牧业科技创新团队的成员，是自治区唯一入选 2017 年国家示范院士专家工作站的"蒙古高原绒山羊高效生态养殖研究院士专家工作站"入站成员。绒山羊增绒技术是鄂托克前旗科技人员经过十几年潜心研究的成果之一。2009 年，在由中国发明协会、科技日报社、国家科学技术奖励工作办公室、中国知识产权报社在北京举办的第六届"中国发明家论坛"暨第七届"发明创业奖"颁奖典礼上，鄂托克前旗绒山羊增绒技术荣获第七届"发明创业奖"。该技术以"一种绒山羊增绒的饲养方法"获得国家发明专利。绒山羊增绒技术与现有技术相比，具有以下特点：一是采用改良选育增加绒产量，使绒产量增加的同时，绒纤维变粗，绒品质降低；二是采用绒山羊营养调控和加强饲养管理办法，增绒率比较低，饲养成本高，投入产出比相近；三是采用胚胎移植技术，保持了原种的产绒量，而本技术在原种或原品系绒产量的基础上，使得细度不变粗，绒纤维显著增长，增加了绒产量，当年实施当年见效，增绒率达 70% 以上，可实现同一年度春秋两次抓绒；同时，暖季放牧时间由传统的 15 个小时缩短到 7 个小时，减轻草牧场压力 50%以上，植被覆盖度提高了 5~11 个百分点，植被高度增加 4~7 厘米，地上生物量增加了 20%~40%。

哈斯达来是一个懂得感恩、懂得奉献、有强烈责任心的人。他以一名新时代青年牧民和大学生村官的姿态，尽心尽力为农牧民提供高效养殖技术指导服务，帮助他们解决饲养牲畜、机械操作使用过程中出现的各类问题。遇到农牧民前来咨询有关技术方面的难题，他也总是耐心解答，把自己学到的技术无偿地传授给需要技术服务的农牧民。他痴迷于农牧业机械化研究，把很多资金都投在搞发明创造上。他敢闯敢干、吃苦耐劳、努力拼搏的精神，值得青年一代学习。

一生只想做好一件小事的留英海归

——记英国教育专家眼中的鄂尔多斯市康巴什新区开口英语学校校长贾慧璞

在这个"大市场"里,居然还有人甘心做"小计划"?什么时候才能成功呢?贾慧璞和爱人兼合伙人Aaron的"英伦范儿"颠覆了大都市的成功学。

约定俗成的"成功"就是以"名头"来区分的。西方人也是这样定义的,所以没有名头的就是nobody(什么都不是)。用心理学家的话说,就是所谓的"身份认同"。

英国大学也是如此,常常笑容可掬地把一些校友中的"成功"人士请到各式各样的活动现场,政府司局级以上领导干部、国内大学副校级以上高层、私人公司董事长、上市公司董事、事务所合伙人、全球500强高管,最差也是个某单位的部门总监或主任等。

"名头"与"身份"把社会划分成不同的阶层,基本的社会结构几千年来是没有本质变化的。然而为了提升自己的身份,就得做"大事",因为这是个以"大"为美的时代。

2017年1月,第一次来到内蒙古鄂尔多斯、第一次见到诺森比亚大学校友贾慧璞和Aaron夫妇时,笔者发现他们似乎都不是做"大事"的人。

贾慧璞是地道的鄂尔多斯人,漂亮、温柔的脸庞,健美、高挑的身材,做事风风火火,说话慢条斯理,她从诺森比亚大学毕业后,便回到家乡开办了开口教育咨询有限公司。而她的爱人兼合伙人Aaron是地道的英国人,出生在北爱尔兰的贝尔法斯特,腼腆、谦和的眼神,身上散发出诚恳、自由的气质,做事按部就班,说话轻声细语。他们两个人是校友,在英国纽卡斯尔相爱,毕业后又一起来到中国,回到了鄂尔多斯。

鄂尔多斯晶莹的蓝天,迷醉了游子的心神;鄂尔多斯浓浓的情谊,融化了远客的乡愁。在一个偏远的内陆城市中,让人注意到的建筑并不是政府的办公楼,而是歌剧院、图书馆、博物馆、少年宫。在装修豪华的少年宫里,贾慧璞正忙着给培训班里的小学生们做最后的排练。这期英语培训学员的毕业典礼就快开始了。

笔者以演讲嘉宾的身份坐在台下。孩子们的英语主持、英语演唱、英语小品竟如此流利、地道!几个月的训练,给悦耳的童音附着上纯正的语调,汇成涓涓"语流",那就是中国教育界热切期待并为之努力的语感。

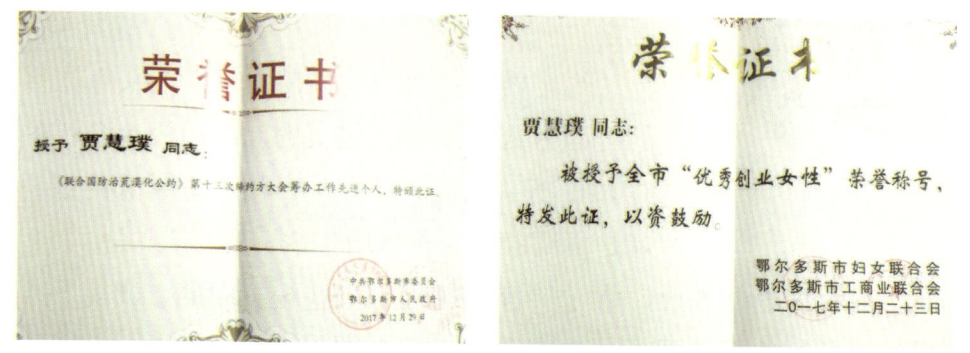

屏幕上是Aaron从英国发来的录像片段,他的镜头里是贝尔法斯特一个小镇的街景。除了打招呼,他还不忘介绍自己的"家"——远处一座精致的别墅。"我在开玩笑,我家没这么大。"Aaron狡黠地一笑。那张平静的脸上,闪过难得的俏皮——英国人精致的淘气!

贾慧璞欣慰地笑了,灿烂而迷人。她从刚才排练时的紧张神色中恢复过来。不是为了丈夫的面子,而是为了孩子们在英语方面的自信心。

英语培训的"夫妻店",吸引了鄂尔多斯、包头、呼和浩特等地的小朋友来参加。现场还有一个刚考上大学的女孩子,她曾经是往届班里小朋友中的一个。

贾慧璞和Aaron一干就是六七年,没有全国网点,没有天使投资,没有上市计划——他们在鄂尔多斯还只有一个教学点。贾慧璞接受电视、电台采访时,也被问及过这个问题。贾慧璞很直接,她希望做一名教育者,而且不是公司的老板。她和Aaron就是授课教师,如果开分支机构,他们肯定忙不过来,而鲜明的教学特色也很难在能力所及之外真正复制成功。

他们对当前的"小作坊"非常满足，如数家珍地谈论起孩子们的进步时，那种神情，分明是父母对子女的挚爱与呵护。

他们每周二组织聊天室活动，与几个孩子和家长一起做"英语角"，老派、微观、深入的互动形式，一直在坚持之中，慢慢培养起鄂尔多斯的"英语部落"。

贾慧璞想在自己的家乡把这件小事一直做下去，她真心觉得英语课的低龄教学是见效最快、最有成就感的。

"会不会因为过于关注当前的业务而丢掉扩大规模的机会？"笔者从经济学的角度分析贾慧璞的商业模式后提出了问题。

"我不在乎。"贾慧璞的微笑掩饰不住近乎倔强的坚持，"能把这一件事做好、做透、做深入，已经很不容易了。"贾慧璞的思维方式很敏捷。

在这个"大市场"里，居然还有人甘心做"小计划"！什么时候才能成功呢？

2017年7月26日晚上，贾慧璞在微信朋友圈里晒了一张自己的照片。那淡淡的笑容里有一种女博士的知性，也流露出一丝疲倦和茫然。她在照片旁边写下了这样的话："创业的道路上，永远是孤独的。因为你的梦想只有你能实现，没有其他人能比你更了解、更在意。感恩的是有一群陪你走过一段路程的伙伴和一些启发你思考的事情——致勇敢的自己。"

创业者其实也像作家一样，他们生活在自己的世界里，游走在魔幻般的想象和沉寂的现实之间。这个夹缝透出一厢情愿的激情岁月、一诺千金的真诚挥洒、一梦黄粱的萧索人生、一往无前的本我世界。笔者称之为"孤独之美"。

1984年，贾慧璞出生于鄂尔多斯市东胜区，大学就读于英国纽卡斯尔诺森比亚大学，在校期间担任科学院学生会主席，曾实习于英国纽卡斯尔生物科技公司Nzomics。2006年。她以优异的成绩毕业，同时收到英国牛津大学化学专业硕士研究生录取通知书与诺森比亚大学的博士研究生全奖录取通知书。同年 10 月，她选择留校继续博士研究生的学习。2009 年 6 月，贾慧璞顺利完成博士研究生课题，同时被英国纽卡斯尔阿克苏诺贝尔国际漆研发中心聘用为高级研发科学家，在阿克苏诺贝尔工作两年后，选择回到家乡鄂尔多斯。2011 年 10 月，贾慧璞创办内蒙古开口教育咨询有限公司。

开口英语一直致力于英语教育培训以及中外国际教育文化交流。教师团队都是经过严格选拔入职，取得 CELTA 或者 TESOL 国际英语教师资格证的经验丰富的优秀老师。留学咨询、研学团队由具有海外工作学习经历的和拥有国际视野的优秀海归人才组成。公司创办 7 年来，已经发展了康巴什与东胜两个校区，在读学生近 200 名，成为鄂尔多斯英语培训学校的标杆机构。2017 年，《联合国防治荒漠化公约》第 13 次缔约方大会在鄂尔多斯召开，开口英语学校受鄂尔多斯市外事办委托，为联合国大会在短期内迅速招募 136 名优秀的当地雇员，受到鄂尔多斯市政府和《联合国防治荒漠化公约》秘书处的认可与表彰。2011 年，开口英语与英国牛津出版社达成战略合作关系，为鄂尔多斯当地的孩子提供最好的 EFL 学习环境与教师教材资源。

2012 年年初，开口教育与英国杜伦政府下属教育机构 Most Education 达成战略合作关系，达成了中英之间的教育文化交流合作；完成了 AAAAA 景区鄂尔多斯萨拉乌苏景区的英文翻译工作。2016 年，开口教育成为北京人民广播电台"我的冬奥梦"双语小记者全国选拔赛内蒙古唯一承办方。2017 年，开口教育成为英国诺森比亚大学内蒙古自治区的唯一代表机构。

贾慧璞和 Aaron 的"英伦范儿"颠覆了大都市的成功学。他们描绘的是自己笃信的师道尊严，很古典，很柔情，很令人陶醉。

本文作者：赵刚（Andrew），国际教育知名专家，现任英国诺森比亚大学中国区首席代表。十几年来一直从事中英教育交流、文化传播工作，著有《到英国去》《欧洲情调之旅》。资深自媒体人，获评搜狐"2016 年度留学类自媒体人"，同时得到腾讯教育、新浪教育、一点资讯教育频道的关注和支持。

创业道路上的闪光足迹

——记鄂尔多斯市中瑞医药公司总经理关红梅

关红梅，女，现年49岁，出生于内蒙古鄂尔多斯。从原伊克昭盟技校毕业的她在医药行业已走过了28个春秋，承包过企业，创办过药店，现在则把更多的精力放在了打造鄂尔多斯地区一流连锁药店，辐射周边医药市场的宏伟目标上。

以诚信赢得企业快速发展

1992年，满怀一腔热忱与激情的关红梅走上了工作岗位，成为原杭锦旗医药公司的一名员工。她兢兢业业、勤勤恳恳，遇到不懂的问题就虚心地向老同志们请教。由于她本人的勤奋努力，很快就成长为公司的业务骨干。可是好景不长，2006年11月，因体制改革等方面的原因，原杭锦旗医药公司宣告破产，她和丈夫同时离开了工作近15年的医药公司，成了下岗工人。下岗之后，关红梅并没有一蹶不振，而是凭着年轻气盛的干劲儿开始创办自己的医药公司，想着干一番真正属于自己的事业，为老百姓的健康撑起一片蓝天。她和丈夫凭借以前在医药行业的经验和人脉资源，深入各大城市医药批发、零售市场进行调研，学习新的管理模式、新的创业理念。当时，杭锦旗的医药市场较为混乱，医药市场很不景气，要想继续在医药行业摸爬滚打，面临着重重困难和巨大的风险。几经调研和思索，她决定要在杭锦旗建立一个让百姓满意、政府放心的药店。创业的决心与信心有了，但摆在眼前的问题是创业的资金从何而来。据初步估算，开设一家中等规模的药店起码需要70万元的启动资金，而当时关红梅仅有5万元资金。这"无米之炊"的窘迫也未能打消关红梅和丈夫创业的决心。于是，他们一边开始向亲戚借钱、从银行贷款筹集资金，一边积极选址装修，为开设属于自己的大药房奔波忙碌着。

2007年1月份，凝聚着他们夫妻的心血与汗水、承载着他们的理想与梦想的中瑞大药房正式开业了，由此也迎来他们医药事业的春天。药店创办初期，流动资金不足、销售人才缺乏等问题接踵而至，进药、销售、仓管……所有的事情都由她和丈夫两个人亲自打理。他们得梳理登记每天的销售情况，核对药品的产地、进价、销价、生产日期、生产厂家、销售情况，天天都起早贪黑、披星戴月地忙碌。中瑞大药房当时是杭锦旗开门营业最早，下班关门最晚的药店。为了使药店管理走上规范化之路，关红梅毫不吝惜地购买了一套微机软件管理系统，使中瑞大药房成了杭锦旗较早使用药品销售管理软件的药店。使用微机管理后，药品的库存量及有效期都一目了然，药店很少出现缺药断药的现象。

为了精心打造"中瑞医药"品牌，关红梅坚持亲自进货，坚决拒绝购进"三无"产品和假冒伪劣产品；坚持明码标价，决不拿厂商回扣；坚持亲自听取顾客意见，决不超范围经营。在她的精细管理和经营下，中瑞大药房的声誉越来越高，生意越来越好，但药店经营原则一直没有改变，尤其是在货源紧张的时候，为了采购一种药，关红梅一天要跑五六趟，有时一天吃不上一顿热饭，累了就躺在店里歇一歇。尽管如此，她宁愿多跑些路，也不购进质量不合格的药品。几年来，关红梅把"无信不立、诚实立身、信誉兴业、公平竞争"的理念贯穿到药房经营的实践之中，药店很快赢得了消费者的信任，在市场上站稳了脚跟，获得了发展。

以人为本让企业充满活力

经过一年多的苦心经营，药店逐步步入正轨。这时，关红梅又开始谋划着开自己的分店。2008年，经营面积达130平方米的中瑞大药房一分店——中瑞大药店也"诞生"了。时隔一年后，位于杭锦旗锡尼镇黄金地段的中瑞大药房旗舰店——中瑞大药房总店也实现了开门红。随着药店经营规模的不断扩大，关红梅把更多的精力放在加强内部管理、提升员工素质以及提高服务质量上。她聘请专业人员对员工进行药品专业知识和服务礼仪方面的培训，规范礼貌用语。在药店设立质量管理部，制定服务标准和服务规范；推行员工服务承诺制，宁愿亏本也不随意提高药价。她要求员工学会换位思考，了解顾客需求，做好顾客的参谋，对于顾客提出的问题做到件件有回答，让顾客买得放心、吃得管用。

有一天，中瑞大药房来了一位患有糖尿病的顾客，购买一种进口的"诺和灵针"。当时，这种药只有在市中心医院才能买得到。关红梅在认真记录下这位顾客所需药品的规格、生产厂商后，就开始四处联系，费了九牛二虎之力，最终从河北省为这位顾客购回来了一批"诺和灵针"，顾客感动得直竖大拇指。还有一位顾客买药时将手机忘在了柜台上，下班后，营业员按照处方上的姓名和地址走了一公里路把手机送到顾客手中。中瑞大药房诚信为顾客服务的品牌形象在日积月累中得到提升。

保证质量、丰富品种、微利销售、优质服务、诚信经营是中瑞大药房迅速崛起的又一重要原因。中瑞大药房经营的药品品种有6000多个，是杭锦旗药品品种较全的药店。所有的药品都明码标价，而且将药品的利润压缩到最低。药店还购买了电子秤、维生素智能检测仪、电子血压计等一系列设备，专门招聘了蒙汉语兼通的营业员，最大限度满足消费者多样化的服务需求。

以群众满意建医药市场

"梅花香自苦寒来。"关红梅夫妻所走过的道路并非一帆风顺,相反,他们的创业历程充满了荆棘。但她凭着顽强的拼搏精神、坚韧不拔的毅力,一步一个脚印地实现着自己的人生价值。十几年的光阴,无论是作为老板的关红梅夫妻,还是一线的营业员,他们始终团结一致、迎接挑战,企业整体的向心力和凝聚力显著增强,药房的经济效益和社会效益稳步增长。

2013年6月,关红梅夫妇投资700多万元建立了内蒙古中瑞医药连锁有限公司,公司营业面积2000平方米,办公场地200多平方米,自有配送库房500平方米,设有冷藏仓储库房等。"中瑞医药"一举成为鄂尔多斯地区成长性较好、杭锦旗较大的以经营药品为主的零售连锁企业。目前,医药公司拥有员工82名,其中执业药师20名、驻店药师18名、医学药学专业大学生48人。中瑞大药房的药品品种已由最初开业时的2000多种发展到现在的8000多种,门店发展到15家,其中杭锦旗11家、鄂托克旗乌兰镇4家。公司成为百姓满意、政府放心的药店。

作为中瑞医药的"掌舵人",关红梅夫妻无时不在思索规划着药店的发展之路,准备乘着全国医疗卫生事业改革的春风,进军鄂尔多斯市药品零售市场。当前,他们正在筹划在康巴什新区和东胜区等周边地区开设中瑞大药房分店。关红梅的宏伟目标是不仅打造杭锦旗地区的一流的连锁药店,也要成为鄂尔多斯地区一流的连锁药店,让全市人民都能享受到健康的庇护。

以公益事业为重回报社会

中瑞医药的诚信经营赢得了老百姓的信任,赢得了政府和社会各界的一致好评。2007年,中瑞大药房被认定为城镇职工基本医疗保险定点药店。2008年,经国家疾病预防与控制中心多方考察,将中瑞大药房吸纳为中国城镇居民健康教育工程定点教育场所。2009年,中瑞医药被杭锦旗工商局评为诚信经营企业。2010年关红梅被评为鄂尔多斯市创业之星；2011年被评为内蒙古自治区创业明星，2011—2014年，中瑞医药连续被杭锦旗食品药品监督管理局评为放心药店。2013—2019年多次被仁和、万通、维康等知名企业评为优秀合作伙伴。2016年，中瑞医药被杭锦旗锡尼镇胜利社区评为最佳爱心企业。2016年，鄂尔多斯医药行业协会、

鄂尔多斯保健食品化妆品行业协会授予中瑞药店爱心企业称号，巴拉贡镇昌汉白村授予情系百姓爱心企业称号。2017年被杭锦旗工商联合会评为金秋助学爱心企业。中瑞医药被杭锦旗教育局、共青团杭锦旗委员会评为情系教育、奉献爱心企业。2018年杭锦旗祥和福星老年公寓授予中瑞医药温情敬老爱心单位，被中华慈善总会和中国医药物资协会授予爱心药房荣誉称号。

这些荣誉对关红梅来说，并不值得去赞扬。在她看来，企业要饮水思源，财富取之于社会，就要用之于社会。几年来，关红梅夫妻时刻关注着下岗人员再就业，对刚入职到药店的下岗职工、大学生员工，夫妻俩手把手的教、不厌其烦的教他们销售术语、服务技巧和医药常识，让每一位员工将公司当作自己的家，即使是离开公司自己走出去创业的青年，她也会给予生活上的支持与帮助。她常说："社会给了我美好的生活，我就要为社会做出更大的贡献，并尽自己的力量来回报社会"。时至今日，她始终用一份真诚的爱来经营着中瑞大药房，并及时将药房发展成果奉献给社会。2008年，杭锦旗独贵塔拉发生黄河溃堤后，关红梅夫妻第一时间奔赴现场，为灾区群众带去了价值10000多元的常用药品，随后他又以个人名义向灾区群众捐助了2000元现金，同年，汶川大地震发生后，又捐助了2000元现金；2009年，在旗政协组织的帮助贫困学生活动中，关红梅毫不犹豫地向贫困学子奉献出了2000元爱心善款；2010年，青海玉树发生地震灾害后，以个人名义捐助2000元现金，以表达自己对灾区兄弟姐妹的一片关爱之情。2011年资助10名贫困中学生3000元；2012年，资助10名贫困大学生及其家庭4000元；2013年，资助残疾人5000元；2014年的"3.15"期间，向社会各界赠送价值1万多元常用药；从2014年开始，他每年资助5名贫困

小学生和 1 名贫困大学生，并派出员工积极为残疾人和"三老"人员服务；为杭锦旗举办的职工运动会和休闲垂钓支持奖品（价值 5 万元）。2015 年，资助同行业内包头健百汇药店的一名白血病员工 5000 元。2016 年，资助巴拉贡中学 30 名贫困学生 6 万多元，资助杭锦旗四完小贫困学生 3000 元，资助胜利社区老年人营养配餐项目 5000 元；2017 年，资助慰问锡尼镇地区贫困户送出 8000 元现金及价值 1 万元常用药品；赞助举办杭锦旗校园诗词大会并送出价值 1 万元学习用品；2018 年，深入库布齐沙漠为道图村送去价值 2 万多元的常用药品。同年重阳节为杭锦旗老年公寓赠送价值 32000 元常用药品；2018 年 11 月资助西藏包虫病患者 5000 元；2019 年六一儿童节期间捐助杭锦旗四完小 2000 元；捐助杭锦旗吉乡佳佳幼儿园 10000 元。2019 年 6 月宣传食品安全像社会各界送出价值 10000 元的常用药品及礼品。2019 年 7 月联合环卫局开展关爱环卫工活动送出价值 12000 元的常用药品。

多年来，关红梅和她的企业热心慈善的脚步一直没有停止。她深知："今天取得的成绩，只是明天事业的一个基点，只是人生中迈出的一小步。"相信在不久的将来，随着事业做大做强，关红梅必定会更多地回报社会，为和谐鄂尔多斯医药事业做出更大的贡献！

真情助燃希望　大爱成就梦想

——记鄂托克前旗青年联合会秘书长、"马兰花"志愿者协会会长白雨

在美丽富饶的鄂前旗，白雨是一位众所周知的90后志愿者。她是鄂前旗"马兰花"志愿者协会会长是青年联合会秘书长，也是鄂托克前旗团委兼职副书记。她先后荣获"中国好人榜""内蒙古好人榜""鄂尔多斯市道德模范""鄂尔多斯好人""全市计划生育协会先进个人""全市优秀创业女性""创建全国文明县城工作先进个人""鄂前旗优秀志愿者""鄂前旗第四届道德模范""鄂前旗好青年""关心下一代工作爱心人士""鄂前旗好人""全市工会新闻信息宣传先进个人"等荣誉称号。

总有人问白雨："是什么促使你长期坚持在公益这条道路上的呢？"她回答说："社会爱心使我健康成长，让我学会了感恩，我要带着鄂前旗的温度，用我的实际行动传递一份爱的接力棒。"

家乡创业成就梦想

1990年出生的白雨，在大学毕业前就开始谋划创业。2014年大学毕业后，她在考察家乡的各个行业，认真分析了市场后，认为家乡从事蛋糕的加工业偏少，市场空间较大，发展前景良好，而且随着消费者消费能力的增强，蛋糕市场将会越做越大。于是她怀揣梦想在家乡创办起蛋糕店，开始了自己的第一次创业。

创业伊始，由于社会阅历较浅，家庭经济条件一般，创业资金从何而来就成为白雨面临的第一个困难。她向亲戚朋友四处筹集资金，还报

名参加了就业局举办的大学生创业就业培训班，并申请创业贷款5万元，自主创办了麦优蛋糕店。小店面积只有70多平方米，经营面包、蛋糕、饮品等，虽然利润微薄，但白雨认为她依靠自己的双手创造了财富，或许还可以实现自己当初稚嫩的梦想："等我挣到钱的时候，一定要去帮助那些贫困老人和残疾人。"蛋糕店开业的第一天，白雨将新出炉的面包全部免费送给了环卫工人，在场的群众不约而同地竖起大拇指表示称赞。

白雨凭借着她的勤劳善良和公平诚信，经过4年的苦心经营，将自己的蛋糕店发展成为鄂前旗享有美誉的美食品牌。随着生意越来越好，白雨不仅还清了创业初期的所有债务，而且还拥有了现在的300多平方米的新店铺。

公益行善不图报

在别人眼里看来，白雨是个好心人，出手很大方，但熟悉她的人都知道，她家的经济条件并不是很好。平时，白雨在生活上精打细算，可对于助老、助残，她总是慷慨解囊、乐此不疲。在得知环卫工人每天起早贪黑没有时间吃早餐时，她看在眼里，记在心上，内心默默许下诺言："哪怕自己少挣点儿钱，也要拿出店里的一部分面包为环卫工人提供免费早餐。"白雨把自己的蛋糕店作为环卫工人的休息场所，增设了饮水机和微波炉，为的是让环卫工人歇歇脚、喝杯热水、吃口热饭。她还配备了爱心药箱，为环卫工人免费提供创可贴、感冒常用药品等。

多年来，白雨只要一有时间，就会到当地的敬老院看望20多名孤寡老人，带去老人们喜欢的糕点，让他们品尝，她还把自己的制作糕点的手艺教给敬老院的厨师。白雨细心地记下每位老人的生日,并在生日那天送去蛋糕,一同和他们庆祝生日,使老人们的生活充满快乐。她先后为40多名高龄老人拍摄"幸福照"。看着照片中老人们开心的笑容,白雨的内心感到无比欣慰。

在多年的公益活动中,白雨了解到一些环卫工人不仅年龄偏大,生活还比较困难,甚至还有的是残疾人的状况后,主动联系到生活贫困的三位大娘和患有残疾的两位大爷,与他们结成"帮扶对子",定期给他们送去新被褥、新衣新鞋和保暖物资,让老人们体会到了社会的关爱和温暖。刘战琳大娘感动地说:"这闺女对我比我自己的儿子都要亲。"而在白雨看来:"我帮助他们,他们的子女看到父母有困难时有人帮忙,他们也会被感染,从而主动投身于志愿服务的行列中,这就是良好社会风气的传承。"白雨是这样说的,也是这样做的。

传递心灵的梦想与希望

白雨在大学时就加入了西安青年志愿者协会,带领一群志同道合的同学们开展关爱空巢老人的活动,给他们送温暖、送祝福。她常说:"只有提供更多的志愿服务,才能帮助更多需要帮助的人,才能收获更多的快乐。"于是,她经常用自己攒下的零花钱实施爱心救助活动,走进敬老院,打扫卫生,帮助老人洗衣做饭。近年来,白雨为留守儿童和困难学生捐赠书本400多本、学习用具200多套、生活用品300多件。

白雨说:"这些年来之所以能不计得失,坚持助老助残,与自己从小耳闻目睹父母孝敬老人、接济贫困、帮扶弱势群体的诸多事情有关。"有一年冬天,白雨认识了一位捡破烂的外地人张国瑞。当她得知张大叔因过度劳累而腰间盘突出，阿姨也患有严重的肾炎，生活特别不容易时，她便决定尽自己所能帮助他们一家。得知张国瑞的儿子因为是外地户不能顺利参加高考时，白雨便将这件事告诉了父母，几经劝说，父母终于同意把这个外地孩子的户口迁到自己家户口下，帮助这位外地孩子顺利地考上了大学。此后几年，她累计为这个家庭给予生活资助、邮寄学费、看病治疗费用4万多元。白雨用实际行动告诉这些困境中的人们："因为乐观，我们走出生活的痛苦和牢骚；学会担当，我们坚定脚步无畏风雨；懂得感恩，所以我们选择给予和奉献，这是雷锋给予我的力量，也是鄂前旗人给予我的力量。"

用行动传承延续志愿精神

从大学到步入社会，白雨曾做过许许多多救助群众、奉献社会的好事、善事、实事。但是她意识到，社会公益事业仅靠一个人的力量是有限的，她决心发动更多的人为社会、为他人做一些力所能及的实事、好事。

2016年年初，白雨成立了"马兰花"志愿者协会，先后策划组织并亲自参与了旧衣捐赠、"保护母亲河"、爱心传递、"情暖草原儿女"募捐、关爱留守儿童、"暖冬"行动、助力"春运"、助力"高考"等大大小小几十余次志愿者公益活动，为残疾人、外来务工人员等弱势群体募集并捐赠旧衣物3000余件，与同伴们一起植树近200棵，走上街头向过往行人募集资金4万多元，为留守儿童捐赠学习用具200多套。她还参加"倡导文明出行，拒绝车窗抛物"宣传活动及创建全国县级文明城环境集中整治多动10多次。自2016年至今，她每年都参与交通文明劝导志愿服务和关爱留守儿童公益活动演、"甘肃儿童走出大山圆梦行"等系列志愿服务会。

多年来，白雨始终秉承着志愿服务宗旨，立足社会需求，让爱无限传递，为社会创造着温暖。她每年都会参与文明办举办的道德模范大讲堂，深入嘎查、社区、企事业单位、学校，传递志愿服务精神理念。她广泛传播向上向善的力量，希望招募更多的人参与志愿服务。白雨说："能够通过自己或者发动身边爱心人士去帮助他人，自己既感到欣慰又满怀激动。"

"予人玫瑰，手有余香。"90后女孩白雨在没有任何物质报酬的情况下，践行志愿者精神，参与志愿服务，贡献青春力量，用实际行动让道德的力量播洒于家乡的土地上。白雨这样评价自己做过的志愿服务："这是我终生的财富，而我要做的是将这笔财富分享给我接触的所有人。"

扎根西部煤海　献身露天开采

——记准能集团公司哈尔乌素露天煤矿总工程师罗怀廷

罗怀廷，男，汉族，中共党员，现任国家能源集团哈尔乌素露天煤矿总工程师。他在煤炭生产和技术研发中勇于创新，锐意进取，为我国煤矿事业的发展和进步做出了突出贡献。他主持完成科技项目10余项，攻克一系列煤炭领域技术难题，先后被评为神华集团科技创新先进个人、全国煤炭工业生产一线优秀青年科技工作者、全国煤炭行业"创新之星"、鄂尔多斯市"科技新星"，并荣获全国煤炭系统技术创新能手、中国煤炭学会露天开采青年科技奖等荣誉称号。

直面困难，勇于探索

2007年7月，走出中国矿业大学校门的罗怀廷，面对国内设计生产能力最大、技术工艺最先进的露天煤矿，自知赶上了创业的好时候。他怀着一颗炽热的心，满怀激情地投入哈尔乌素露天煤矿项目的建设当中。当时正处于项目建设的关键时期，也是项目实施的最艰难时期。为了能够尽快在矿山发展及项目建设中展示新作为，他深入项目部一线，攻坚克难，白天深入生产现场，晚上查阅相关技术资料，遇到技术瓶颈及时向专家请教。他将科技知识转化干事创业的技能，从一名文气书生迅速成长为一名合格的采矿技术员。

2008年1月，哈尔乌素露天煤矿单斗挖掘机准备下坑作业。在基建施工过程中，受当地村民阻拦，直接影响生产116天，造成露天矿基建剥离进度滞后，采场尚无符合条件的剥离工作面，也没有一条符合标准的运输道路。面对这一困难，罗怀廷主动请命，迅速组织成立了"基建与生产过渡期单斗卡车开拓运输系统问题研究"工作小组。经过半个月的努力，他根据露天矿的实际情况大胆创新，改变坑下一贯斜坡道平行工作帮的做法，使用垂直工作帮的斜坡道，保证了第一台电铲顺利下坑作业，并缩短了电铲作业面形成的时间。

2010年，罗怀廷担任露天矿生产技术部副经理，主要负责采矿、地质以及科技创新方面的工作。当时露天煤矿正处于快速发展的大好时期，为了实施陡帮开采，深度挖掘资源，他根据时效边坡理论，通过对南北端帮边坡稳定性的研究，确定了南北端帮开采的最佳角度分别为42°，较初步设计提高了3°。在相邻条区实现了陡帮开采，内排土场及时压帮，既保证了边坡稳定安全，也较早地采出端帮压煤，而且在二条区开采时大大减少了重复剥离量，极大地节约了前期生产成本。陡帮开采实施后，共回收原煤267万吨。售价按200元/吨，综合吨煤生产成本35元/吨计算，直接经济效益44055万元。该研究成果荣获全国煤炭系统职工技术创新成果二等奖。

技术创新，破解难题

2011年，矿山将通过采空区。罗怀廷组织人员设计推演抛掷爆破处理采空区的方案，在采场西南部靠近端帮500米工作线区域进行了抛掷爆破。利用抛掷爆破强震动成功放塌采空区，岩石破碎效果好，在排除后期采掘作业安全隐患的同时，还实现了有效抛掷率达到21%，缩短运距1550米，极大地提高了生产效率和降低了运输成本，为今后露天煤矿采空区的处理提供了有益借鉴。

为了优化采矿方案，落实降本增效，罗怀廷提出"哈尔乌素露天煤矿黑岱沟排土场西部运输系统优化"方案，将原有约1500米直进式斜坡道，改为500米折返斜坡道，将原有直进斜坡道所在地改为排土场。如此，既增加了露天煤矿的排土空间，又大大缩短了排土运距，并降低了排土提升高度，节约成本11460万元。

近年来，罗怀廷积极适应煤矿科技创新、技术革新新常态，有针对性地创新了"动态转向轴"的扇形转向方式和"分段交替推进"的留沟缓帮转向方式，提出了采区转向期间露天矿剥采关系均衡方法，克服了"建设就转向"技术难题。同时，针对留沟缓帮转向不同时期的采剥物料运输特点，他建立了剥采排均衡模型和物料规划模型，提出了"动态留沟—组合搭桥"的内排方式，实现了采区间内排运输通道随采排重心变化调整，降低了端帮留沟给剥离物内排运距造成的不利影响。

罗怀廷在国内首次提出并实施了《中间桥内排技术方案》，同时还组织开展《中间桥空间位置优化》等系列课题研究，对中间桥的最佳服务水平、最佳桥体高度、最佳水平位置做出了准确的推演和论证，创造性地将"双桥"迈步法和"边桥"迈步法有机结合，形成露天矿中间桥技术体系，填补了露天矿运输系统技术的空白，并将中间桥新技术向生产实践延伸，推广应用中间桥等新技术，实施降本增效，取得了显著的经济效益。

潜心钻研，突破瓶颈

面对煤矿陷入征地困境，罗怀廷一方面积极组织技术力量开展《组合台阶在哈尔乌素露天煤矿的可行性研究》《南部工作帮缓帮开采研究》等系列课题的技术攻关与应用，实现哈尔乌素露天煤矿在征地周期内工作帮陡帮开采及缓帮过度；另一方面，通过组织编制多种征地进度情况下的生产方案，解决影响生产接续、工程进度的难题，确保了哈尔乌素露天煤矿的在征地受限的情况下连续3年产能稳定，效益显著。

2017年，哈尔乌素露天煤矿面临着煤量不足、剥离欠量的严峻形势，为完成全年生产任务，保证2018年生产接续，罗怀廷提出"L"型布置工作线的方案，有效增加剥离量1500万立方米，为后续征地赢得时间的同时，也为2018年的稳定生产与良好接续奠定了坚实的基础。另一方面，他提前计划，在南部征地完成之前，拟将南部端帮并段，重新规划运输系统，使新运输系统既能满足征地完成后恢复生产使用，又可以增加采场工作线长度。

受征地及两矿推进位置因素的制约，两矿交叉区运输系统相对滞后，导致两矿及哈尔乌素露天煤矿外委剥离施工道路布置困难。罗怀廷结合现场情况，未雨绸缪，提前规划设计，将该运输系统移设220米，为黑矿剥离的推进创造了条件，也大大缩短了哈尔乌素煤矿北部的内排运距，保证了2018年两矿整体效益的最大化。

加强防治，巩固屏障

罗怀廷通过将静态的边坡年度验算与动态的GPS动态位移监测、边坡雷达监测等手段相结合，确保了哈矿边坡的安全、稳定、可靠。他组织做实年度边坡验算工作，分析评价边坡稳定性，为边坡动态监测的重点监测区域及监测方案提供了基础数据。他注重加强GPS维护工作，确保GPS监测的稳定性，对有滑动迹象的边坡及时提出滑坡防治方案，对已出现滑落和变形的边坡立即启动滑坡风险实施预案，并做好施工中的监督、管理工作。他认真开展端帮崩落预警技术研究工作，建立端帮崩落预警系统，确保了端帮干道的通行安全。

"探索、攀登、创造、奉献"是罗怀廷秉承的做人、做事原则。20多年走来，他的身后留下一串串闪光的足迹：哈尔乌素露天煤矿2009—2010年度先进生产工作者，神华准能公司2008—2009年度"十大杰出青年"，全国煤炭系统技术创新能手……面对自己获得的荣誉与鲜花，罗怀廷没有停止脚步。在"建设具有全球竞争力的世界一流能源集团"新战略的大潮中，他将以更加积极的人生态度、更加饱满的工作热情、更加严谨的工作作风，忘我奉献，力图谱写出更加壮丽的青春华章，成就更加壮美的华丽人生。

情系平凡岗位 汗洒公安事业

——记东胜区公安分局法制大队大队长丁志光

丁志光，男，1975年6月27日出生，汉族，中共党员。2001年8月参加公安工作，先后在鄂尔多斯市公安局东胜区分局经侦大队、督察大队、法制大队工作，2008年3月至今担任东胜区公安分局局法制大队大队长。他先后荣获内蒙古普法教育先进个人、区公安局优秀共产党员、公安厅公安机关执法规范化先进个人称号。2018年，荣获鄂尔多斯市"五一"劳动奖章。

多年来，丁志光以强烈的政治责任感和事业心，带领全体法制民警，认真履行职责，促进公正执法，确保了各项工作的高效有序进行。法制大队始终保持年均审核把关行政案件2700余起、刑事案件3200余起，全局执法质量工作一跃成为鄂尔多斯市公安机关先进单位，执法质量连续几年保持优秀。分局法制大队多次荣获"先进执法示范单位"称号。

立足岗位，提升素质和警务技能

2001年，丁志光同志毕业被分配至东胜市公安局工作。凭着对事业的执着追求和对法律的无限忠诚，他辛勤耕耘，无私奉献，自觉在公安业务、警务技能素质、公安文书写作等方面努力锤炼自己。多年来，他认真学习习近平总书记关于全面依法治国的重要论述及社会主义法治理念等理论，牢固树立执法为民的思想，不管工作任务多重，他都能完成。他还孜孜不倦地潜心钻研各种法律法规和业务知识，并且力求做到案例和执法实践相结合。特别是新颁布的法律法规出台后，他总是逐字逐句地学深学透，做到熟练于胸、灵活运用。2002年，丁志光在全局警务技能比赛中表现突出，经侦论文被自治区公安厅经侦总队评为优秀论文，被收录于《全区公安经侦专题调研论文集》。2006—2007年，丁志光同志与另外两名同事作为东胜区公安分局的代表参加了东胜区"平安东胜"电视知识竞赛，获一等奖。随后，他与同事代表鄂尔多斯公安系统和鄂尔多斯政法系统两次赴自治区参加比赛，均取得较好成绩。2004—2006年，丁志光作为东胜区公安局的警务技能教官（时任警务督察大队副大队长），对东胜区公安局的机关干警、派出所干警进行了警务技能和军体训练，训练团队在全局汇操表演中取得了优异成绩。

细化标准，规范执法制度程序

2010年至今，是鄂尔多斯市公安局东胜区分局执法规范化建设取得丰硕成果的重要阶段。根据公安部和公安厅及市公安局规范化建设的要求，丁志光同志带领全体法制民警起草了《东胜区公安分局执法质量考评办法》《东胜区公安分局受立案归口管理规定》《东胜区公安分局受立案警务公开制度》《东胜区公安分局受立案工作流程》《东胜区公安分局受立案工作细则》《东胜区公安分局受立案网上巡查制度》《东胜区公安分局多发性刑事案件取证流程及证据标准》《东胜区公安分局非法证据排除规定》《东胜区公安分局刑事案件"统一审核、统一出口"工作机制实施办法》《东胜区公安分局重大案件审议制度》《东胜区公安分局统一刑事案件对接工作意见》《东胜区公安分局刑事案件管辖规定》《东胜区公安分局行政案件管辖规定》等一系列旨在规范执法行为、执法动作的程序和制度，明确了执法规范化建设阶段的工作目标，并由法制大队牵头、纪检与警务督察部门密切配合组成检查组，分阶段进行督促检查。他率先制定出台了较全面的大队规范化建设制度汇编——《东胜区公安分局法制大队执法规范化建设资料汇编》，在全局取得了良好的示范效果。为使法制监督员工作走上制度化、正规化轨道，2011年年初，法制大队又制定出台了《东胜区公安分局法制监督员工作规定》，明确了具体工作要求和程序。

严格、公正、文明、规范执法是公安执法质量的前提。在丁志光同志的倡导下，分局将执法质量作为一项重要内容纳入目标管理考核中，将年度执法质量考评与执法部门、民警的奖惩、晋升、提拔任用进行有效挂钩，推进了内部执法监督工作长效机制的建立，确保了各项执法活动始终保持高质量、高水平。之后，丁志光提出富有针对性、创造性的意见，即办案部门在疑难案件的立案、定性等前期阶段以及法律文书的开具、案件审核过程中，均要与法制部门密切联系沟通，由法制部门提出意见，随时整改。案件办结后，还要将全部案卷送交法制大队进行月测评、季度抽查，真正做到全程监控。

2010年，鄂尔多斯市公安局东胜区分局作为自治区公安厅选定的全区执法规范化建设观摩交流单位，成功迎接和完成了全区兄弟公安局的观摩交流活动，给参会代表留下了耳目一新的深刻印象。局刑警大队作为执法规范化建设示范所队报送公安部评审，最终被公安部评定为"全国执法规范化建设示范所队"。

公正履责，坚决捍卫法律尊严

2011年4月，鄂尔多斯市公安局向旗区公安（分）局转发了公安部法制局《关于充分发挥法制部门职能作用积极做好涉案财物管理问题专项治理有关工作的通知》，丁志光同志迎难而上，主动请缨，将各办案部门涉案财物工作纳入法制大队工作范畴。至今，涉案财物管理工作日臻完善，成效明显。

为了强化民警办案责任意识，提高案件质量，提升司法公信力，依据《东胜区公安分局执法过错责任追究制度》标准要求，法制大队坚决纠正执法过错，促使民警自觉依法办案，严格推行告知、聆询、信访案件公开等制度，充分听取当事人的陈述申辩，保证了执法的公平公正。各办案部门通过本部门内设的内务审核中队或法制监督员，对本部门办理的案件进行按月自查，并按季度送交法制大队测评，收到了良好效果。

10年来，丁志光同志在多起重大疑难案件办理过程中，思路清晰，重点突出，积极协调公、检、法等相关部门，将一大批疑难、复杂案件办成铁案并成功办理多起复议、诉讼案件，为执法质量规范化建设提供了强有力的保障。

创新推动，力促法治实践效应

2008年，丁志光同志被东胜区公安分局党委聘为法制大队长。同年6月，他应东胜区党校邀请，对东胜区煤炭局职工进行了法律常识培训。8月，他应东联集团邀请，举办了治安防范等方面的知识培训，取得了一致好评。11月，他对东胜区公安分局所招录的200多名文职人员进行了公安业务培训。

丁志光同志主持制定的《东胜区公安分局法制监督员工作规定》，对法制监督员的选任、职责任务、考核奖惩等事项都做了详细的规定，并且组织法制大队精干力量对全局各部门共36名法制监督员进行法律法规和公安业务培训，提高了法制监督员的工作水平，为全面提高各办案部门的办案水平夯实了基础。

近年来，法制大队坚持更加贴近办案民警的实际，弱化了那些过于高深的法学理论，受到全局干警的一致好评。几年来，丁志光同志一直坚持法制大队每年3个月的法制业务自学活动，坚持每年对东胜区公安分局的各办案部门进行至少1次的专项公安业务培训以及每年1次的全局干警业务培训。为了突出针对性和实效性，他结合分局内设部门的职责职能，有的放矢，富有成效。例如，针对派出所，主要在人口管理、娱乐场所管理、消防案件查处、派出所管辖的治安案件查处方面进行培训指导；对刑警大队，主要针对《刑法修正案》《关于办理死刑案件审查判断证据若干问题的规定》《关于办理刑事案件排除非法证据若干问题的规定》等新颁布的规定进行培训；对治安大队，主要针对《治安管理处罚法解释》《行政案件程序规定》《危爆物品管理规定》等法律法规进行培训；对全局干警，则主要针对《执法细则》进行全面培训。

2009年，丁志光同志考取了《中华人民共和国法律职业资格证书》。同年7月初，他应鄂尔多斯市卫生学校邀请，为全校师生做了主题为"加强自我防范，捍卫民族团结"的大型讲演。8月，他应东胜区团委邀请，为东胜区一中全体师生做了禁毒知识方面的讲座，受到全校师生的热烈欢迎。

自2010年至今，丁志光同志面向社会多个单位、团体的培训经验臻于成熟，多次受邀为全市信访局系统、城市管理综合执法系统、区委政法委、区煤炭局、教育局、林荫街道、鄂尔多斯职业技术学校、区一中、衡水中学、伊泰集团等，开展法制教育培训30余场次，受到广泛好评。目前，一些单位和学校正在与丁志光同志商谈达成长期法制培训合作关系或聘请其担任学校的法制副校长，从而带动普法理念、普法形式的实践创新。此举形成了良好的社会反响，丁志光同志为提升东胜区的普法工作和社会依法治理做出了自己应有的贡献。当选东胜区人大代表兼法律委员会委员之后，丁志忠同志提出《非法集资案件涉案资产处置》议案，为非法集资案件涉案资产处置提供了法律建议和操作规程。

丁志光同志既是一名普通的基层党员，又是一名不平凡的法制工作领头人。他时刻铭记着踏实和严谨是一名法制工作者应有的工作态度，公正和忠诚是一名公安民警必备的工作作风。在法制建设的洪流中，丁志光同志正带领着自己的战友，信心满满，誓为公安法制工作贡献自己全部的力量！

公益如海我如英

——记鄂尔多斯市准格尔义工协会会长吕海英

吕海英，汉族，中专文化，从事个体工作，现任准格尔义工协会会长、新的社会阶层联谊会会长、准格尔旗政协委员。她是准格尔义工协会的创始人，21个常态化公益项目的策划和带头人，累计个人捐赠善款120余万元。她先后荣获鄂尔多斯市志愿服务之星、鄂尔多斯市第四届道德模范、内蒙古学雷锋优秀志愿者、内蒙古第五届道德模范、中国好人榜好人、全国首批五星级优秀志愿者、全国第六届道德模范提名奖、全国最美志愿者等荣誉称号。

内蒙古鄂尔多斯准格尔义工协会会长吕海英，以一己之力让大爱的旗帜飘扬于人心的高地，引领准格尔旗的公益事业不断实现弯道超车，让爱永恒驰骋。吕海英1994年开始从事志愿服务，志愿服务长达26年；长期关爱孤残老人50多位，先后资助关爱贫困学生300多位，让1000名寒门学子步入大学校园，4500名留守儿童、外来务工子女和单亲家庭孩子得到长期帮扶，通过青春灯塔·吕妈妈故事会励志课堂项目、以爱育爱家长公益课堂项目让16000名青少年受益，3000名家长接受培训。她还为基层敬老院700多名孤残老人提供长期关爱。这是怎样一组温暖人心的数字，又是怎样一种无私奉献的大爱，这背后又有多少以欢欣消融冰冷的动人故事。这是一个弱女子面对困难不低头、不认命的劲头，也是一个坚强者对弱者的不抛弃、不放弃。她被称为孤寡老人的女儿、贫困学子的吕妈妈。

一句承诺：把公益作为"业余爱好"

1971年，吕海英出生在赤峰市巴林左旗一个普通农民家庭。1992年，时年22岁的她来到准格尔旗薛家湾打工。在人生地不熟的环境里，她常常思念远隔千里、日渐苍老的父母。住在单身公寓里，经常会在公寓的走廊中看到一对老夫妇的身影，几经询问后才知道，他们是石老夫妇，有一个女儿，但是因为女儿工作忙不能每天来照顾二位老人。

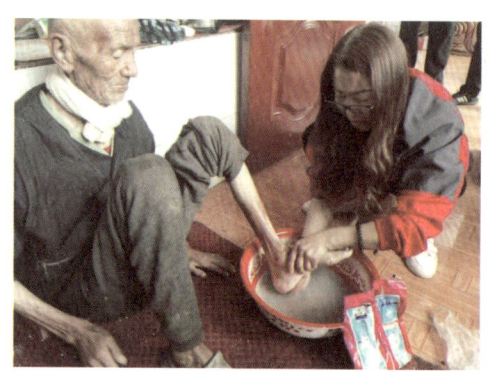 

就这样，吕海英怀着"老吾老以及人之老"的想法走进了石奶奶家里，陪老人说说话，帮老人做些简单的家务活。时间久了，她和石奶奶建立了深厚的感情。石奶奶和吕海英不是亲人胜似亲人。有一天，石奶奶对吕海英说："像我这样的空巢老人还有很多，你能不能经常去看看他们？"吕海英不假思索地回答："可以。"

那时的她并没有意识到这样一个简单的"承诺"会耗费她多少心血，更不知道她会以一己之力开启一个地方公益事业的宏大篇章。从1994年起，吕海英将公益事业作为人生的业余爱好，一个猛子扎进了志愿服务的"大海"里。

如今已经83岁高龄的周德科老人，一听说吕海英要来了，便高兴得跟个孩子似的。周德科40年前因为各种原因身体致残，生活完全不能自理，平时由老伴儿照顾生活起居，周家在山上居住，生活最大的难题就是吃水问题。周德科的老伴儿是个裹脚老太太，不能承载挑水重力，平时生活用水只能用盆去端。有一年冬天，雪下得很大，老太太出去取水不小心滑倒，摔成了骨折。

吕海英偶然得知情况后，直接去了周家，承诺以后挑水就由她来解决。周德科不忍心看这个瘦弱的高个子女孩儿受累，便和她说："挑水这个活看似简单，其实不容易。虽然担水的地方不远，但去的时候是上坡路，回来的时候是下坡路，不仅仅我们老两口要吃水，我们养的两头猪也需要水，一周至少担水两次，每次5趟，你能行吗？"吕海英想都没想就回答说："没问题。"从第二天开始，吕海英便扛着一副扁担走进了两位老人的生活，而这一挑就是整整9年。

9年里，她不知流过多少汗，湿了多少次鞋。尤其刚开始的3个月，因为不懂得用扁担挑水的技巧，5趟水挑完之后，吕海英肩膀上的肉都粘在了衣服上，一动就钻心地疼。她只能咬牙把毛巾叠起来放在肩膀的上面来缓解重力，但在两位老人面前，她从没有流露出一丝痛苦的神色，每周两次，每次挑水5趟，风雨无阻。面对外人的质疑和家人的不理解，她只是默默地承受，尤其是当自己查出患有白血球低症和肩周炎时，她还是将病痛留给自己，从没有让周家两位老人因为没水而担忧、着急过。

有一天，雨大风急，吕海英抽空去给周德科老人挑水，途中不小心滑倒，当时脚就扭伤了，重重的两桶水也砸在了吕海英的身上，扁担钩子把她的衣服划破，把皮肤也划出了血。当时的吕海英趴在泥泞的路上委屈地哭了。那一刻，她真的想放弃，但一想到老两口还在等水做饭的情形，她又挣扎着爬了起来，原路返回，重新挑了一趟水。而这些伤痛与委屈，她从未在周德科老人面前提起过。在9年义务挑水的过程中，吕海英还自掏腰包为周家老人买米、买面、买生活用品。每次担水结束后，吕海英总会把周德科抱在轮椅上推出去晒晒太阳，陪老人聊天，给老人理发。她用9年的行动打动了周德科的亲戚,他们为老人打了一口井。虽然,吕海英再不用给周家挑水了,但隔一段时间去看看老人,早已成为她改都改不了的习惯。直到今天,已经有50位孤残老人在吕海英的长期关爱下,安度晚年,他们逢人便讲这个"外姓女儿"的好。

一份执着:让公益成为"正规事业"

从1994年至今,当初的"业余爱好"早已成为吕海英生命中不可割舍的一部分。如果说关爱孤残老人也许是机缘巧合,贫困助学则和她的成长经历有关。吕海英姊妹5个,学习成绩都特别好,读大学是姊妹5个的梦想。然而,听着父母为5个孩子的学费长吁短叹的声音,看着父母一日多过一日的白发时,吕海英只能选择辍学。当她一个人背着书包

躲在院子的角落久久哭泣时,唯一的心愿就是希望有一个好心人能帮助她重返课堂,但事不遂人愿。半年后,吕海英怀着对学校的不舍,藏起对书本的深深热爱,去呼和浩特市打工。她利用打工赚的钱在职业学校做了一名旁听生,慢慢掌握了生存之技,毕业后来到薛家湾打工。

1993年4月,吕海英无意间结实了红霞,这也是她助学之路的开始。红霞的母亲患精神分裂症,父亲常年在外工作,小小年纪的她除了学习还要做家务、照顾患病的妈妈。每到周末吕海英都会把红霞接在家中,做几顿好吃的,再给她买好生活必需品。红霞常说吕海英是自己的另一个妈妈。后来,吕海英又从电视上看到有很多贵州山区和云南山区的孩子连九年义务教育都无法完成,那一刻,她想起了自己曾经失学的遗憾。虽然当时的她每月收入只有400元,但她还是拿出一部分钱资助了两名

小学生。

谁知，这一条助学路竟是漫漫征途，伴着她成家生女，伴着她长出皱纹、生出华发。这条路越走越远，却远远没有尽头。就这样在 26 年的时间里，有 300 多名孩子得到她的长期资助，如今已经有 50 位就读大学，12 位在读研究生，20 余名大学生已毕业工作。提到这些孩子们，吕海英说："我对他们没有任何要求，我只是希望他们在我的点滴之爱和绵薄之力的帮助下可以健康成长，将来以感恩的心回报社会。"但她又掩饰不住内心的那份喜悦，那就是每当逢年过节的时候，她总会收到孩子们的短信或信件。孩子们这样说："敬爱的吕妈妈，您不仅仅是您女儿一个人的妈妈，您更是我们 4000 多名贫困孩子的吕妈妈。您放心吧吕妈妈，等我们学业有成的时候，一定会把您这种志愿服务精神传承下去，把您的爱延续下去。"这样的认可与尊敬，对吕海英来说，比那些她到处筹钱助学的辛酸记忆更让她刻骨铭心。

一个目标：让公益之路永恒延伸

随着公益事业之路越走越远，一个人的力量难以支撑，建立一支有规模、有影响的志愿组织成为迫切需求。2012 年，吕海英联合几位爱心人士创办了准格尔义工协会，这是当时准格尔旗第一家正式注册的非盈利社会团体。从这时起，吕海英真正有了自己的公益阵地，她从"光杆司令"变成了一支"正规军"的带头人。

2012 年，吕海英创办了准格尔义工协会，不断健全管理机制。她亲自策划、组织并督导的 21 个常态化公益项目利用社会资源成功运作，成立了党支部、团委、工会、妇联等机构，义工从 11 名发展到 3000 多名，职能部门从 3 个发展到 26 个。先后成立了 11 支基层分会、6 个基层党员志愿服务站、3 个团支部。为了让志愿服务专业化、规范化，她共组织策划了 8 期全旗志愿者培训活动，通过案例分享、理论加实践，有 1500 多名志愿者得到了专业培训。在吕海英的带领下，准格尔义工协会在 2015 年至 2019 年连续 5 年蝉联全国最佳志愿服务组织、全国最佳志愿服务项目等 5 项荣誉。吕海英被评为全国最美志愿者，包揽了志愿服务"国字号"5

项最佳荣誉。

截至目前，吕海英共发起大型活动1500多次，动员8万多人参与，直接帮助弱势群体13万人次，筹集善款600多万余元。吕海英带领志愿者长期服务6所敬老院700多位孤残、空巢、留守老人。同时，为了帮助残疾人自食其力，她设立了网络快手义卖和微信宣传平台，帮助残疾人义卖手工艺品，帮助基层残疾人义卖农产品，成功帮助了20多位残疾人脱贫，使他们可以自食其力，重返生活舞台，融入社会。她帮助23名重症患者通过义卖、义捐等形式筹集善款120多万元。为了让更多的留守儿童得到关爱，她近百次走基层、进社区调查走访了解留守儿童、单亲家庭子女、外来务工子女现状，成功建立了关爱留守儿童家园大学生义教团，每周不定期由大学生义教团青年志愿者用不同形式到各个基层学校关爱留守儿童，目前，有基层社区6所学校建立了留守儿童驿站，有4500多名留守儿童得到长期关爱。2013年到2019年，吕海英带领志愿者8年7次到云南山区和贵州山区捐资助学，跨越了3个省5个市80多个县、400多个村，累计行程12万公里。

2020年疫情期间，吕海英不顾一切，坚守"疫"线。疫情期间，身患白血球低减少症的吕海英不顾个人安危，连续66天奔波在各个疫情防控卡点执勤，始终坚守在疫情防控的一线。她个人捐出3万余元购买防护用品支援武汉，同时动员各方力量筹集54万余元物资，及时送到50多个单位、30多个高速路口、400多个小区防控点、150多个乡镇村防控点的16000多位战"疫"一线的工作者手中。

2020年1月26日，吕海英把车辆当作了临时会议室，和3名党员连夜安排义工协会成员协助疫情防控。通过各种渠道筹集口罩、消毒液等物资，并组织义工开始为协会长期结对帮扶的家庭通过线上传播模式，普及疫情防范知识。随后，吕海英开始向11个分会的义工们发出防控疫情的倡议。在防控最紧要时刻，吕海英组织协会党员、各级道德模范以及优秀志愿者们共405人参与疫情防控。面对来势汹汹的新冠肺炎疫情，吕海英用自己的行动践行诺言。她被卡点执勤人员称为最贴心的"后勤部长"；她把自己的私家车打造成"抗疫物资运送车"；她把自己的私人电话公布在网络上，随时随地为社区工作者和基层防控一线人员运送物资。哪里有需要,她就往哪里去。她用自己的实际行动奋战在防控"疫"线,用无私大爱感召和带动着身边的人共同抗"疫"。漫漫 12 万公里的公益路,用人性的芳香托举着那些身处困境之人劈波斩浪,朝着更加美好的彼岸前进。

已越关山,再眺雄峰。吕海英,她的名字里生长着一颗滚烫的心,是动人心弦的乐章、感人肺腑的诗篇、震撼心灵的故事,不用任何修饰,已经足以令人感动。公益如海,而她始终朴实如英,用大爱无垠的精神绽放属于自己的灿烂。一缕缕来自人性的芳香吸引了更多人,托举着那些身处困境之人劈波斩浪,到达更加美好的彼岸。

大爱领航幼教　奉献追逐梦想

——记鄂尔多斯市鄂托克前旗汉族幼儿园园长张向红

张向红，女，汉族，大学本科学历。1991—1997 年间任一线教师；1997—2008 年在鄂托克前旗蒙古族幼儿园担任副园长；2008 年至今，担任鄂托克前旗汉族幼儿园园长。她从事幼教工作已有 27 年，把自己最火热的青春献给了挚爱的事业。1999 年，她被评为市级第三届幼儿教师教学能手；2009 年，被评为内蒙古自治区幼儿礼仪教育先进个人；2010 年，被评为鄂尔多斯市德育工作先进个人、内蒙古自治区幼儿教育先进工作者；2012 年，被评为全市优秀教育工作者；2018 年，被评为全国"十三五"教育科研优秀科研园长。

用爱托起幼教梦想

印度大诗人泰戈尔说过："花的事业是甜蜜的，果的事业是珍贵的，让我干叶的事业吧，因为叶总是谦逊地垂着她的绿荫。"幼儿教育就是叶的事业，在默默无闻中彰显其光芒。鄂托克前旗汉族幼儿园园长张向红同志便是这样一位执着的践行者。

1991 年，张向红毕业于伊盟师范学校，成为一名光荣的幼儿教师。从走上幼教岗位的那一天起，她就认定：知识始终在不断更新，幼教形势也在不断发展；要适应新的形势、新的要求，靠吃老本肯定不行，必须不断给自己加压、充电。为此，她始终没有放松学习，除了积极参加单位组织的日常培训，她还购买了大量幼教书籍，充分利用业余时间学习。她注重理论联系实际，深入了解教学新动态，不断揣摩优秀教案中的新思想，并在日常教学中反复实践，力求将新的教育理念和方法较好地运用到教学工作中。

1991—1997年担任一线幼儿教师期间，张向红始终以饱满的工作热情投入幼教工作最前沿，用自己扎实的业务知识、灵活的教学方法、细微独到的趣味性，开拓出一片快乐、和谐、健康的幼教天地。

2008年3月，张向红走上园长的工作岗位，她感觉肩上的担子更重了，责任也更大了。她深知，如果不能保持幼儿园的荣誉，就是愧对组织的培养信任，愧对老师和家长的期望。面对当地幼教的激烈竞争、办园特色转变带来的新机遇，她从幼教一线工作积累经验中领悟新的理念和思维，用新思路和新办法助推幼儿教育的持续健康发展，围绕幼儿园保育质量、教育教学、办园特色、师资队伍等重大问题，先后制定了一系列行之有效的目标规划、岗位竞争、监督管理、考核奖惩等制度，使幼儿园的整体工作有了飞速的发展。

2010年8月，旗政府启动建设了幼儿园新园。2015年年初，面对搬迁时的重重困难，张向红经常通宵达旦地思考，甚至放弃了所有双休日，带领老师们一起研究讨论、查阅资料，收集符合园内环境布置的材料和图片，指导帮助教师修改完善相应的设施设备。历经短短一个月的时间，大家终于高标准地完成了校园环境创建，为幼儿新学期入学创造了温馨、舒适的环境条件，幼儿园的教学工作开始逐渐步入正轨，汉族幼儿园在园班级发展到18个。优秀的教师团队、优质的教学质量、优美的园区环境，使得这里成为幼儿家长们争相选择的优质园，使得这里成为鄂前旗学前教育事业发展的一道亮丽的风景线。

在10多年的园长岗位上，张向红始终保持着谦虚谨慎、不骄不傲的工作作风，保持着宽宏大量的气度风范。她每天早出晚归、加班加点，从不计较个人得失，坚持用榜样来激励引领教师，以新理念引领教育发展。在她的带领下，鄂托克前旗汉族幼儿园取得了优异的成绩：2009—2015年，鄂托克前旗幼儿园分别荣获旗级幼儿园工作综合督导评估一等奖；2015年，幼儿园被评为全国教师专业化建设实验单位、内蒙古自治区家庭教育示范基地等。

严格管理提升素质

作为幼儿园园长，张向红在鼓励支持教师成长的同时，还非常注重自身素质的全面提高。从理论水平到实践能力，从专业素养到业务技能，从广博的知识面到良好的学习习惯和方法，张向红一直都不断充实和更新，以使自己保持先进和超前的意识。她十分注重全园教职工的思想工作，教育引导教师在教学活动能力、指导培训能力、实践智慧能力等方面苦练基本功，倡导并推行园长引导、骨干教师带头、全园教师参与业务学习培训。她注重教师能力的培养，在园所经费紧张的情况下，依然每年定期组织教师相继外出培训学习，并请各地教育专家进行入园指导，使老师在学习中不断成长进步，使全园形成一种相互合作、相互交流、共同进取的风气，使保教工作生动有序地开展。为了提高教育的整体成效，搭建幼儿探索、创造的学习平台，幼儿园精心合理地安排每日活动，开展丰富多彩的主题系列活动，做到了一日活动科学化、趣味化。此外，张向红还加强与当地幼儿园的沟通联系，拓展幼儿生活学习空间；通过家园共建等形式，促进教师与家长的有效沟通，取得了家园同步教育的效果。

潜心教研善作善成

多年来，张向红坚持以严谨、科学的态度治学，认真学习《纲要》实施细则，将学习与课题研究、园本教研活动结合起来，用《纲要》精神指导解决实践中存在的问题。她寻求教育理论，探讨教育策略，鼓励教师积极参与教科研活动，营造浓厚的科研氛围。2015年，鄂托克前旗幼儿园被评为贯彻落实《3~6岁儿童学习与发展指南纲要》幼儿教育先进单位。

为了给教师创造一个相互交流、合作、探究的教学平台，提升教师的教学水平，多年来，幼儿园紧紧围绕课程主题、教学风格，突出重视开发幼儿智力、培养能力，激发幼儿学习兴趣，引导幼儿积极思考、自主探索的能力。张向红经常组织教师教研、集体备课、观摩学习等活动，通过分组讨论、集体讨论、辩论赛等多种形式进行实践研究，在研究中比较不同的教学策略、教学方法、组织形式等对幼儿发展的影响，坚持在"学、做、研、思，再学、再做、再研、再思"的过程中，寻找到教育活动中所隐含的教育价值。

勇于挑战不断创新

"火车跑得快，全靠车头带。"张向红经常说，"老师不仅要做一名促进孩子身心发展的教育者，还要成为孩子基本生活能力学习的引导者。"她探索推行"快乐自主游戏"，将快乐、自主、合作、探索的幼儿发展目标贯穿在教学全过程，形成园所的一种特有模式。幼儿园根据幼儿生长发育规律、年龄特点编制课程，做到了动静交替，并以游戏为主，引导幼儿在玩中学，在学中玩，寓教于乐。与此同时，针对不同年龄段儿童的身心发展特点和不同季节特点，幼儿园科学合理地安排幼儿在园一日活动作息时间，例如，根据季节冷暖的变化随时调整户外体育锻炼的内容和时间；围绕幼儿的生活习惯、文明礼貌、行为习惯等内容举行班级活动；培养幼儿良好的生活和学习习惯，促使幼儿生活常规的培养常态化。

　　为者常成，行者常至。张向红就是这样一位平凡但绝不简单的基层公仆。她追求事业的成功，默默耕耘、励精图治；她追求奉献的快乐，公而忘我、心底无私；她追求人格的升华，洁身自好、两袖清风。她深深地热爱自己的工作岗位。多年来，她始终站在教育这一块精神高地上，守望着自己的理想，谱写着一曲平凡而华美的人生乐章。

让青春和梦想扬帆启航

——记鄂尔多斯市准格尔旗龙艺经典文化传媒创办人刘丹

刘丹，女，汉族，1988年2月出生，大学学历，中共党员。现担任准格尔团委兼职副书记，旗龙艺经典文化传媒创办人，先后获得准旗"五四青年"、全市"优秀创业女性"、全市"创新创业好青年"、全市"优秀共产党员"、全市"创业巾帼奖"等荣誉称号。

自主创业成就新舞台

2007年6月，刘丹以优异的成绩考入宁夏大学音乐学院音乐学专业，于2010年光荣入党。她在校期间同时辅修工商管理及播音主持，同时担任音乐学院团委副书记、宁夏大学兰夏梦戏剧协会主席和宁夏大学广播站站长。大学三年级时，她开始参与社会实践，实习就职于宁夏电视台、宁夏自治区党校。扎实的专业知识、良好的实践平台培养了她开阔的视野和敏捷的思维。2011年6月，刘丹拒绝了宁夏电视台、宁夏自治区党校的高薪聘用，决定回到自己的家乡开始创业。

2011年8月8日，准格尔旗龙艺经典文化传媒有限责任公司正式创办运行，主要经营广播电视节目制作、广播电视广告制作发布、企业宣

传与音视频制作以及各类广告制作发布等。

刘丹说："在成长的过程中最幸福的时候就是看着自己的团队成长，付出也终究有了回报。"2013年，龙艺经典文化传媒与准格尔人民广播电视台强强联合，在家乡准格尔旗的土壤上生根发芽，共同打造出了具有本土特色的创意栏目，广播频率也由原来的2个频率扩展到了7个频率，基本实现了准格尔旗区域全覆盖。

2014年，公司在不断拓展业务的同时，积极参与社会公益事业，注重创造社会价值，彰现企业社会责任。公司联手准格尔旗雷锋车队、准格尔旗女企业家协会，组织开展了公益扶贫、下乡慰问、贫困助学、爱心送考等一系列活动，为社会献出爱心的同时，也焕发出公司的创新潜能。为了给广大市民提供丰富多彩的文化大餐，公司紧跟旗委、政府的中心工作，立足群众关注的热点和喜闻乐见的内容，紧扣民生视角和生活实践，联合准格尔电视台制作播出广播电视节目《人大代表之声》《明天我就业》《快乐零距离》《叨啦一阵》《午阅书简》《你的生活我来帮》等系列精品栏目。这些栏目主题鲜明，有较强的吸引力和感染力，获得了较高的收视率。

在刘丹的坚持和努力下，龙艺经典文化传媒成立将近6年的时间，也取得了社会各界的认可，先后获得准格尔旗"爱心企业"、准格尔旗"创新创业示范企业"、准格尔旗"创新创优创业新秀企业"等称号，为公司未来的发展奠定了坚实的基础。

创业圈内实现人生价值

2014年8月，刘丹成立了准格尔旗林之韵休闲小栈，顺利通过项目评审，进驻准格尔旗大学生创业园，并成为重点发展项目。经过一年多的努力，林之韵休闲小栈获得鄂尔多斯市"优秀创新创业商铺"称号，得到了政府和广大顾客的认可。作为党员学生代表，刘丹组织成立了学生自制小组，配合就业服务局对创业园的日常工作进行统一管理、统一组织、统一安排，使创业园的各项工作井然有序。他们先后在大学生创业园策划组织了"青春梦·创业情"主题活动、圣诞篝火晚会以及全旗

"80、90创业者峰会"等与创业有关的宣传活动,拍摄制作了《追》《我的未来不是梦》《梦》等微宣传片,均取得了较好的宣传效果和社会反馈,为大学生创业工作做出了力所能及的贡献。

为了进一步突出示范引导,营造创业氛围,拓展创业渠道,大学生创业园成立了党支部,刘丹担任党支部书记。党支部通过统一组织管理,努力为创业团队提供更多的资源服务,创造更多的发展机会。作为入园示范企业的带头人,刘丹紧密联系自身实际,对已入园的创业团队进行"一对一"帮扶指导,定期提供培训机会,在组织开展大学生"争先创优"、党员进社区、共建联建和培训优秀创业先锋方面,事事带头,事事争优,得到了政府各级领导的关怀与关注。准格尔旗旗委书记、准格尔旗副旗长多次莅临林之韵进行项目指导,对刘丹在创业园区发挥党员带头作用给予了充分肯定。

2015年,刘丹被评为全旗"创新创优创业新秀",并代表全旗青年创业者在颁奖大会上发言,得到了相关领导的赞扬和认可。2015年年底,刘丹在政府有关部门的指导下大胆尝试,努力创新,成功地策划导演了准格尔旗大学生创业园春节联欢晚会。晚会在准格尔电视台播出,成为第一场完全由青年创业者自己完成的文艺会演。刘丹说,大学生创业园春节联欢晚会为青年创业事业的宣传工作做出了些许贡献,这是令她最欣慰的。

近年来,面对青年创业难、缺乏社会资源与实践经验,个体力量薄弱、抗风险能力差的实际,为了进一步激发青年的创业热情,让青年创业者能够抱团取暖,2016年1月,刘丹组织成立了准格尔旗创新创业联盟协会,并担任会长。协会吸纳了全旗50多家青年创业企业进入协会,建立了青年创业者的交流平台。进入协会的会员激动地说:"大家相聚到一起可以少走很多弯路,可以彼此借鉴、共享经验资源,也就多了合作的机会。"创业联盟协会自成立以来,刘丹带领自己的团队为创业阶段的企业提供创业指导、创业培训等帮助。加入联盟的企业互相抱团发展,互相学习,解答创业过程中的困惑，有利于形成凝聚力，有利于一起讨论解决问题。目前，协会正在筹备创业刊物，对优秀的创业者进行宣传。协会通过协调整合各方面的资源，提供参与创业活动、资源互动的有效平台，让创业青年有依靠，对今后的创业路更加充满信心。

双向服务谋求大发展

当前，随着经济社会的快速发展，群众诉求日益多变，服务要求日益精细，除了要求物质层面服务，精神文化、家庭教育等方面的服务需求也不断增强。为了契合这种迫切需求，龙艺经典文化传媒公司开办了龙艺教育项目，并于2017年10月8日正式开业运营。团队下设口才教研组、速记教研组、美术教研组和业务组4个小组。其中，教研组负责教研教学工作，业务组负责业务拓展和客户管理与服务。

项目实施以来，龙艺项目团队与都市生活广场合作推出"画意谢师恩主题画展暨学员作品公益拍卖""龙艺公益助学行动""龙艺家庭教育微课堂"等活动，均取得良好的效果，扩大了社会影响力。目前，该团队已在薛家湾全镇范围18个社区内开展"家庭教育课堂进社区"活动，受到社区民众的热烈欢迎。这一全新的教育项目，有效地衔接了企业与社区零散的社会教育资源，搭建起双方互补共建的平台，实现了"社企"服务的双赢目标。2017年12月，龙艺教育被准格尔旗团委授予准格尔旗青少年实训基地，刘丹被准旗政府认命为准格尔旗团委兼职副书记。

从最初的创业到公司不断壮大的过程中，公司发展了，刘丹成长、成熟了。2018年6月，准旗妇联成立女企业家协会，刘丹担任秘书长。事业的发展和家人的支持给了刘丹极大的信心。她常说："梦想是要有的，万一实现了呢？请相信自己！"

创业是永不停歇的事业。在众多的创业者中，每位共产党员都要发挥先锋模范作用。作为基层优秀党组织负责人，刘丹将继续坚持走在前列。

心中有爱　肩上有责

——记鄂尔多斯市乌审旗第三幼儿园园长孟根苏都

孟根苏都，女，蒙古族，1976年出生，中共党员，2012年8月担任乌审旗第三幼儿园园长。从事幼教以来，她辛勤耕耘，无私奉献，带领全体教师将无私的爱倾注到教育事业中，先后被授予先进工作者、优秀保教工作者、骨干教师、鄂尔多斯市优秀教师、好园丁、优秀工会工作者、素质教育优秀辅导员、优秀共产党员、岗位建功先进个人等称号；同时荣获鄂尔多斯市"五一劳动奖章"、鄂尔多斯市"最美教师"等荣誉称号。

致力提升办学品牌特色

乌审旗第三幼儿园是隶属乌审旗教育局的全日制公办幼儿园。2012年，孟根苏都担任第三幼儿园园长。她深知幼儿园的成功，决定于清晰的办园思路和高素质的幼教队伍，重视启蒙教育、创新思维，开发幼儿智力是办园的唯一选择。乌审旗第三幼儿园以"自主、自立、自信、自强"为办园理念，以"在游戏中体验，在体验中收获，在收获中成长"为办园思路，注重挖掘自身优势，努力打造品牌特色，同时致力于开展多元化的课程研究探索，让孩子学会生活、学会做人、学会合作、学会探索，使幼儿的身心得到充分发展。

2012年，注定是孟根苏都忙碌的一年。这一年，乌审旗第三幼儿园新建园区。面对新建园舍设备设施"一穷二白"的窘况，她没有退缩、没有迟疑，而是将全部身心倾注到这个新生的"孩子"身上，整个假期东奔西走，全力争取幼儿园必备的设施设备，配置完善的室内外器材，选调专业的幼教师资，扩大招收幼儿数量。凭着一股韧劲和干劲，一个个的难题都被解决了。一座设施齐全、功能配套、场地宽阔的标准化幼儿园呈现在人们面前。

教研改革有声有色

随着幼儿园的顺利开园,学校又面临转岗教师多、业务水平参差不齐的现状,这无疑给全面提升幼儿园的保教质量带来很大压力。孟根苏都与领导班子一起花了大量时间和精力深入班级,细致地了解每一位教师的专业能力和教学水平,结合每位教师的不同特长和能力,创新培养形式,采取集体培训、个别培养、骨干引领、结对帮扶等措施,帮助全体转岗教师提高自身素质。目前,已培养出多名旗级名师和多名旗级骨干教师。

幼儿园的发展靠的是教师队伍的整体素质。作为幼儿园的带头人,孟根苏都通过阅读各类专业书籍和外出学习培训,不断提高自身的业务素质和管理水平。她主动阅读各类专业书籍,紧跟课改步伐,大胆研究先进的管理方法,并注重总结经验,以用于指导实践。结合教育教学需要,围绕"心中有目标、眼中有孩子、时时有教育"的要求,孟根苏都制定了幼儿园长期发展规划和符合实际的规章制度。她重视教师的培训工作,采取"走出去、请进来"等多种形式对教师进行培训,引领教师们在学、做、研、思的过程中打开教学思路。孟根苏都在全市"园长教学研讨"大讲坛中,为城乡教师们提供了课堂教学的范例,分享了教学教研体会,提升了教师的课堂教学能力。幼儿园承担的课题《区角游戏的有效性》被教育部中国教师发展基金会校本科研专项基金项目办公室评选为2015年北京全国基础教育质量论坛优质成果开发一等奖。

精心营造快乐成长的家园

孟根苏都作为园长,既是管理者,又是服务者。多年来,她带领教师大胆改革、勇于创新,努力迎接每一次新挑战,使乌审旗第三幼儿园在短时间内呈现出勃勃生机的景象。

她高度关注幼儿园教育教学工作的进展,经常带领一线教师开展教科研活动。她把工作主阵地放在幼儿园教育教学改革的前沿阵地,定期深入班级,深入教学第一线,坚持观课、评课、议课、磨课,积极参加教学研讨活动,了解教师教育教学现状,随时随地将先进的教育信息动态传给教师。

在日常活动中,孟根苏都运用"看、听、交流、思考"等技巧,把握幼儿的情绪、心理需要、能力水平,力争做到教育理念与教育行为同步。学校因材施教,注重幼儿的全面发展,重视幼儿表现力、自信心的培养,开展趣味数学和每年"六一"儿童节目汇报演出。每一个主题、每一次活动、每一幅作品、每一个教具、每一份材料,都由幼儿与教师共同创作。教师用音乐、歌声、琴声,寓教于幼儿一日活动的各个环节,在幼儿园里音乐无处不在,为幼儿营造出了温馨、舒适的生活氛围。

学校建立家长学校,帮助家长树立正确的家庭教育观,掌握科学的教育方法和技巧。孟根苏都向家长介绍不同年龄儿童的生理、心理发展特点及营养常识和教育方法，指导家长为儿童的身心健康发展创造良好的家庭环境。例如，幼儿园根据幼儿的性格特点，注重舞蹈、音乐、美术等方面相互促进，全面发展；在幼儿分区活动中，每班设有图书角、阅读区、故事表演区等，为幼儿提供多种途径的阅读活动。为了弘扬民间文化，使幼儿从小得到民间文化的熏陶，孟根苏都根据幼儿年龄特点，研发出30余种"沙嘎游戏"，不仅丰富了幼儿园的区域活动，还丰富了幼儿的游戏种类。此外，她撰写的论文《沙嘎游戏在幼儿园教学活动中的融入与应用》获得"优秀论文"奖。

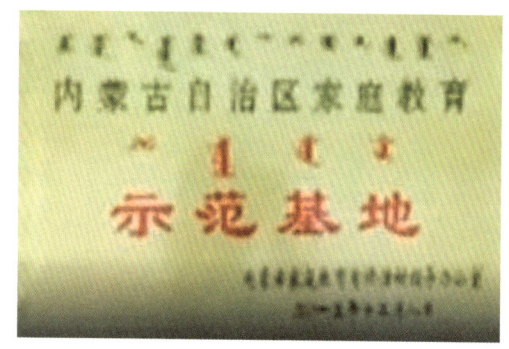

孟根苏都还重视每一个细节，认真对待每一件小事，通过规范细节，使幼儿逐渐养成良好的学习和生活习惯，通过加强入园、早操、进餐、室内活动、安全意识等细节规范，逐渐使幼儿形成自觉的行为习惯。

全力打造和谐奋进的教育环境

自担任幼儿园园长以来，孟根苏都坚持以教育帮助、批评鼓励为原则，做到了平易近人，以诚相待，在执行制度上既严格要求，又坚持以教育为主，爱和严相结合，实行人性化的管理方式。她倡导"快乐工作、灿烂生活"的理念，充分调动班子成员和全体教职工的工作热情，同时注重幼儿园工会、团支部的工作，创造性地推出了"家庭大聚会""爱阅读、乐分享""生日会"等活动，让每一位教职工都能感受到集体的温暖，促使每位教师更加全身心地投入工作中。在她的带动下，全体教职工同样"爱园如家，爱生如子"，努力上进，无私奉献，各项工作开展得井然有序且朝气蓬勃。在教职工遇到困难时，孟根苏都会第一时间伸出援助之手，对生病住院、生育孩子的教师，她都亲自带领班子成员探望慰问。对经济特别困难的教职工，她会号召全园职工献出爱心，尽微薄之力，帮助她们渡过难关；对思想有压力，生活有包袱的教职工，她会与大家谈心谈话，进行心理疏导，要求以良好的心态面对家庭、面对生活、面对工作。她的这些点点滴滴，充分体现着对教师、幼儿的关爱之情。

在全体教职员工的积极努力下，乌审旗第三幼儿园被评为鄂尔多斯市示范幼儿园、鄂尔多斯幼儿教育集团理事单位、内蒙古自治区家庭教育示范基地、八省区蒙古语基础教育研究会会员单位、全国重点实验幼儿园、全国重点实验基地、"安吉游戏实验园"、内蒙古幼儿美术教育示范基地等。2013—2017 年，学校连续 5 年被乌审旗人民政府督导室评为幼儿园组综合督导评估一等奖；先后被评为旗级优秀党支部、九星级机关党支部、全旗先进妇委会、校园安全工作先进集体、教育信息化先进单位；被市局党委授予先进基层党组织；在第十四届全国多媒体课件大赛中获最佳组织奖。

"堂堂正正做人，踏踏实实做事"是孟根苏都的人生格言，在这平凡的岗位上，她将继续无怨无悔、脚踏实地地服务于幼教事业！

让联络站"站"得更稳,"走"得更实

——记伊金霍洛旗乌兰木伦镇明安木独村书记曹二仁

曹二仁,男,汉族,出生于1963年7月,中专文化,中共党员,现任乌兰木伦镇明安木独村党支部书记。他的家庭是一个比较特殊的家庭,父亲早年去逝,母亲是一个残疾人,妻子又常年患病,两个孩子都在上学。1995年,曹二仁当选村党支部书记时,正在建筑工地当小工头的哥哥提出让他跟着自己干,家里的老母亲和妻子也不同意他当村干部,怕得罪人,况且家庭负担重,又离不开他。但曹二仁没依着母亲和妻子,也没顺着大哥,毅然挑起了这副担子。

2005年,正赶上飞机场征地、阿大线征地,由于工程难度大,地面附属物清理任务艰巨,曹二仁和其他干部住在一起、吃在一起,没有因为征地而延误工程,工作得到了上级的好评。

1995年,正值矿区大开发、大建设时期,也是农牧业产业结构调整的重要时期,如何抢抓机遇,进行产业结构调整,如何让农业增效、农民增收,成了曹二仁经常思考的问题。他采取"走出去、请进来"的办法,利用上级组织的培训和外出学习的机会,学习外地的先进经验和技术,依托本村的资源优势,把煤炭、黏土、石料运输业作为重点产业来抓。

经过多次学习考察和组织党员学习,群众的积极性和热情调动起来了。但真正要引进企业、引进人力和财力,重重困难和问题也接踵而来:一是农牧民的小农意识还没有彻底扭转过来;二是土地承包30年不变的政策,使本来就不容易解决的问题变得难上加难,一时间整个村子跟炸了锅一样,说什么的都有。村两委的同志们面对这种局面开始犹豫了,甚至退缩了。曹二仁一边耐心做村干部的思想工作,坚定信心;一边挨家挨户谈心,并不厌其烦地利用各种场合,各种途径宣传党的好政策和招商办企业的好处。经过一段时间的努力，群众被他的耐心和执着感动了，思想上由反对转变为配合，使得各项工作得以顺利开展。

2007年，内蒙古博源煤化工有限责任公司年产300万吨的煤矿落户本村。曹二仁意识到这是村民致富的良好契机，经村两委认真研究决定，首先在进矿公路一侧为村民规划了三产用地1.5万平方米，为农牧民修建生产、生活用房4550平方米，有36户农牧民入住从事三产服务，仅此一项年均增加农牧民收入近1500元。

2009年年初，随着煤矿的建成投产，针对煤矿原煤产品需汽运这一契机，村两委在充分调研、考证的基础上，引导和组织农牧民购买运煤车辆从事原煤运输。但是，在运输过程中由于没有规范的管理制度和运行机制，村民车辆因利益关系与企业发生很多矛盾。年底，村党支部针对这种情况，决定成立运输车队，以"支部+公司+农户"的管理模式，组织村民车辆进行煤炭运输，成立了伊金霍洛旗明博商贸有限责任公司，法人代表由曹二仁同志担任。公司负责车辆的统一调度、贷款担保、业务洽谈、协调服务、财务结算等。村民只负责装卸、运输原煤，无须担心承揽业务及工资结算等问题，而且公司不收取任何附加费。当年，公司组织村民购买运输队车辆和装煤机械30多台。2014年，公司拥有农民大型运煤车辆42辆、装载机17台，共计运送原煤500万吨，装卸原煤600多万吨，获得利润近5000万元。

曹二仁在公司运作中发挥着掌舵人的作用，在把握公司的运作方向、维护和提高公司信誉、扩宽业务、促进公司可持续发展等方面做出了贡献。党支部通过"支部+公司+农民"的运行模式，有效地解决了农村劳动力由第一产业向第二、三产业的转移，增加了农牧民的收入。同时，建立了良好的村企关系，化解了企业与村民之间因利益关系发生的矛盾。

如今，明安木独村已从过去人均几百元的穷村庄变成了年人均收入16500元的社会主义新农村建设示范村。

作为一名村党支部书记，又是旗、镇人大代表，曹二仁深感责任重大，肩上担负着上级党组织的期望和人民的重托。因此，班子的建设、社会的稳定、经济的发展、百姓的冷暖，时时刻刻都他被装在心中。他常常问自己："当代表为什么？任职期间干什么？离职之后留什么？"十几年来，他用自己的模范行动践行着一名共产党员的职责。

多年的工作实践，使曹二仁对自己的工作有了更深刻的认识。他获得的荣誉不仅是一种称号，更重要的是一份职责、一份义务。村上积极开展创建文明家庭的活动，教育引导村民改陋习、树新风；制定了《卫生公约》《村规民约》等制度，规范了群众行为，建立健全了长效管理机制，进一步提高了明安木独村建设水平，促进了全村文明建设的发展。多年来，村上未出现打架斗殴事件。农民群众安居乐业，生产生活条件优越，全村呈现出祥和稳定的良好局面。在工作中，他能够正确处理村党支部与村委会关系，形成工作合力。对于村里的一些重大决定、决策，他始终坚持民主集中制原则，经村委会、村民大会、代表大会讨论通过，绝不私自定夺。在人员搭配方面，进行合理分工，使上下齐心协力，开创性地开展各项工作。

曹二仁经常认真听取群众意见，善于做群众工作，切实解决村民关心的热点、难点问题，在群众中有较高的威信。他认真按上级要求，把各阶段的工作做好，并结合村情实际，认真听取党内外群众的意见，把他们提出来的意见列到议事日程，积极落实，真正做到了为人民办实事、办好事。

作为一名党员,曹二仁时刻高标准严格要求自己,严格遵守各项规定和上级组织部门的纪律要求,廉洁自律,依法行政,自觉接受党员群众的监督。自当村干部以来,他带头将村干部的收入和支出在村务公开栏中公布,接受村民群众的监督,真正做到了廉洁自律。

2014年12月20日上午,伊金霍洛旗人大代表、明安木独村党支部书记曹二仁准时来到镇人大代表之家,参加代表接待日活动。乡镇人大没有常设机构,闭会期间只能零星组织开展一些代表活动。为此,乌兰木伦镇把每个月的20日定为代表接待日,分组轮流进入嘎查村、社区参加接待活动,把人大代表之家建成了"联系选民之家"。他们先后解决关系群众切身利益的各类困难问题100余件,化解矛盾纠纷25起,真正打通了人大代表联系服务群众的最后一公里。

2018年7月27日,明安木独人大代表联络站代表接待选民活动如期举行。7名旗、镇级人大代表与来自明安木独村、巴日图塔村、布尔台格村的32名选民代表面对面交流,"零距离"倾听选民意见。接待选民活动由明安木独人大代表联络站站长、代表小组组长曹二仁主持,镇国土资源所、补偿站相关负责人列席活动。活动中,选民代表围绕本选区群众普遍关心的难点、热点问题踊跃发言,分别从塌地流转、道路安全、饮水困难、转移农牧民就业问题等方面提出11条意见。曹二仁就选民提出的已搬迁农牧民就业问题和饮水难问题进行了解答。他提出对于本次活动未能当场答复选民的问题,将进行分类整理,形成意见建议转办单,及时向镇人大转办,并在两个月内向选民做出书面答复。

曹二仁所在党支部多次被评为先进党支部,个人多次被授予"优秀党务工作者""优秀党员"等荣誉称号。多少年来,面对荣誉和成绩,曹二仁没有自满,更没有陶醉。他将以此为新起点,立足工作岗位,为实现自己的人生价值而工作不止,奋斗不息。

守住底线　熔铸党性　铭记责任

——记杭锦旗吉日嘎朗图镇乃玛岱村支书梅旺

嘎查村"两委"换届中，57岁的梅旺全票当选为村党支部书记，这已经是他连续5届高票或全票当选。从16岁开始任该村社长以来，他在村干部的岗位上整整干了42个年头。

"村官是老百姓身边的官，群众最朴实，也最懂得感恩。在村官的岗位上能做一些对群众有益、让群众满意的事，我也就知足了。"梅旺是这么说的，也是这么做的。为了这份承诺，他在村官的岗位上一干就是40多年，由一个懵懂少年变成了华发老人。

就是因为有这样一个好带头人，村"两委"干部心往一处想，劲往一处使，谋发展、抓落实，使乃玛岱村的发展步入了快车道。1995年，全乡第一个通电；1996年，全盟第二、全旗第一个安装程控电话；2002年，全村村民喝上了甘甜的自来水；2006年，乃玛岱村被鄂尔多斯市确定为新农村试点村；2010年，梅旺利用市委组织部奖励先进基层组织的2万元奖金及另外筹集的5.5万元为村里修沙石路11.9千米；2015年以来，他带领村民推进美丽乡村建设，拆土房、建新居，建棚圈、兴养殖、修油路，极大地提高了村民生产生活水平，村容村貌得到根本性改观；同年，乃玛岱村被自治区列为农业水价改革综合示范村。

十万元户、百万元户在这里并不稀罕，小轿车也算不上奢侈品。走在村里整洁的水泥路上，到处可以看到喜庆祥和的景象和洋溢在村民脸上的微笑。

梅旺说："我作为一名共产党员，要时刻想着为村民做贡献，不求索取，任劳任怨。党员就要有党员的样子。"

2006年9月，黄河突然涨水，直接威胁到了村内的河头地。当全体村民都在抢收着自家的庄稼时，梅旺却在市里跑项目，妻子只能自己一个人拼命抢收，20多亩葵花被河水冲走，造成较大的经济损失。

2007年秋季，黄河再次发威。梅旺把全村的安危放在了首位，奔走在衬渠施工现场和防洪一线，而自家的8亩葵花再次被水淹，损失达6000多元。2012年，由于降雨量大，黄河水位上涨，随时有决堤的可能，梅旺带领村民日夜防守，亲临现场指挥，确保了村民的生命及财产安全。

乃玛岱村始终把村集体经济发展放在首位。梅旺利用百家旺合作社，使集体经济实现了从无到有、从小到大、从大到强，2017年共为村民筛选葵花籽220万斤，取得村集体收入达8万元的好成绩。同时，在春耕前为村民厂价加运费统一购买二铵120吨，每吨比社会价低于60元；购买地膜30吨，每吨比社会价低于500元，共为村民节省种地支出22200元。

自市水务局、旗人民法院结对帮扶乃玛岱村以来，经常进村入户了解村情民意，并与村"两委"召开座谈会，协商拟定扶贫措施。确定由两个单位出资购买扶贫羊，由村委会集中管理喂养，所经营的纯利润全部给贫困户分红。通过一年的经营，卖羊绒、卖羊收入达20万元。2017年共给49户（其中光茂村5户）贫困户分红107800元，年底精准识别时实现了全部脱贫的目标。

编者采访时，梅旺书记话头一转强调："但是，扶上马还要送一程，在现有的集中养羊场我们将继续把经营纯利润分给贫困户，让他们走出困境。同时，按照'劳动致富光荣，依赖懒惰可耻'的要求，把那些勤吃懒做、依赖救济为生的懒汉全部清退出去。村集体饲草料加工厂实行依长草置换粉碎草，适当收取加工费来壮大村集体收入，并有效解决柴草乱堆乱放现象，维护村容村貌的整洁。饲草料加工厂免费为贫困户加工饲草料，村集体养羊场让贫困户全部脱贫后，可以作为集体经济收入来源。"

2010年10月，乃玛岱村百家旺种植合作社正式揭牌。2011年年初，"两委"成员和社长每人出资2万元，共32万元，又通过贷款和争取部门支持40万元，合作社筹得了发展的"第一桶金"72万元。村"两委"利用这部分资金将旧村部进行改造建设，新建库房314平米，安装变压器1个，硬化场地1812平方米，购置葵花筛选机3台。2012年，村"两委"筹资5.35万元购置葵花筛选机1台、输送机1部；2014年，筹资5万元新建库房248平方米；2015年，筹资10万元购置地磅1台，集体资产产值达200多万元。从2011年起，乃玛岱村"两委"通过引进葵花收购商，将场地和葵花筛选机租赁费的2/3作为集体收入，每年可以创收10多万元；同时，将另外的1/3作为利润返还给来此销售葵花的本村农民。合作社以每斤葵花高于市场价2分钱的价格收购本村村民的葵花，仅这一项就带动全体村民年增收近10万元。

"发展村集体经济的目的是服务老百姓。村里有了钱，我们要为村民办一些实事，解一些难事。"这是支委们在民主生活会上的郑重承诺。"他是村民的'贴心人'，致富的'领头雁'。"村民们都不同程度地得到了实惠，纷纷对梅旺给予好评。

在脱贫攻坚中，梅旺创新支部帮扶方式，以合作社为平台，村集体经济发展扶贫养殖业，为村民搭建着致富平台，一举多得。村集体2016年分红5.88万元，2017年分红4.9万元。2016年经营养殖场以来，年底给42户贫困户每户分红1400元，其中有光茂村7户是市水务局的帮扶户。2017年，给49户贫困户每户分红1000元，其中光茂村5户是市水务局的帮扶户。2016年，共购买303只羊，每只650元，共投入资金196950元，购羊款全部是由市水务局和杭锦旗人民法院捐赠的。

"群众的事，就是最大的事。我们党员应该心系群众，将村民利益放在首位。"梅旺示范引领党员坚持为民办实事、解难事，拉近了党员与群众的距离。

2016年，针对贫困户张计仁家的特殊情况，村集体以7.995万元一次性收购了高计仁家的100多只羊，并安排高计仁和儿子高军到合作社工作，两个人年工资5万元。现如今，高计仁家的生活有了很大的改善。2018年，村"两委"又安排高计仁和同村的赵飞荣共同负责村里8个社的卫生清扫工作，每人年工资1.8万元。

在2016年的精准扶贫帮扶工作中，村里的5户贫困户由于家庭贫困，在易地搬迁这一惠民工程建设中，有许多施工方担心他们无力支付建设款而不愿承包他们的工程。梅旺主动站出来拍着胸口向施工队写下了保证书，才得以开工。

村民刘振华的住房因年久失修，墙体开裂，随时都有倒塌的危险。梅旺经过协调，及时为其申请了危房改造。拆除土房时，刘振华一家人需要暂时借助在亲戚家中，而旧房中的家具一直无处安放，梅旺就像对待自己的亲人一样，自己出钱为刘振华家暂时盖了一间30平方米的彩钢房来安置物品。

村民柳根源夫妻俩都是残疾人，生活十分贫困。为了能让他们的儿子柳彬彬顺利完成学业，梅旺从柳彬彬读小学开始就每年资助300元。柳彬彬考上大学后，梅旺除个人每年资助300元外，还想方设法争取社会各方的帮助。在他的努力下，旗长助学金和团委的资助顺利发放到了柳彬彬手里。

"一人富不算富，大家富才算数。"乃玛岱村虽然是全镇的富裕村，但全村仍有7户国家级贫困户。2016年，村党支部通过争取帮扶单位支持和集体经济收益补充的办法筹集资金20万元，购买300多只羊进行养殖，养殖收入除购买饲草料、雇人员工资外，其余收入全部用于帮扶贫困户。2016 年年底，除国家补贴的危房改造款，村"两委"又通过争取帮扶单位出一部分，集体经济出一部分的办法，为每户贫困户无偿提供资金 22500 元，加上国家补助的危房改造款 5 万元，7 户贫困户没花 1 分钱就搬进了宽敞明亮的砖瓦房。这些贫困户扩大种养规模等方式，每人年平均收入达到了 1 万元以上。

梅旺书记有效结合践行科学发展观、创先争优、群众路线、"三严三实""两学一做"学习教育等党建活动，创新方式、方法，与推进全村经济发展巧妙结合，让活动成为有形的事物，让抓发展、抓作风建设、抓思想建设、抓示范引领、抓实践，成为相互配合、不可分割的整体。据不完全统计，多年来梅旺累计为全村争取到项目及帮扶资金 3000 多万元，在村民的积极配合下均顺利实施，极大地改善了村社的基础设施建设。

2018 年 1 月 30 日，在全旗表彰"优秀工作者"大会上，梅旺发言时这样说："当先进难，保先进更难。现在我们进入了新时代，新的发展时期。实现旗委、政府提出的后发赶超的发展新思路，新的工作任务任重而道远。这就需要我们凝心聚力谋发展，一心一意谋干事。 在平凡的基层工作岗位上用心、尽力、真抓实干，我们做了些平凡的事情，既没有轰轰烈烈，也没有惊天动地。"

"村里的事再小也是大事，自家的事再大也是小事。"杭锦旗吉日嘎朗图镇乃玛岱村支书梅旺秉承着为民服务的信条，将继续为民办实事、解难事，努力带领着村民致富奔小康。

引领时尚潮流的最美创业女性

——记鄂尔多斯市怡人发展有限公司总经理张慧

鄂尔多斯市怡人发展有限公司成立于1994年5月18日,是一家集美容美发,化妆造型,美体纤体,形象设计,化妆品销售、培训为一体的专业公司。公司现下设10家分店,其中包括4家恒美怡人专业形象设计店,6家克丽缇娜美容美体品牌会所,拥有员工近200人,具有专业技能职称的人员近一半。

鄂尔多斯市怡人发展有限公司组织机构健全,职责明确,下设行政部、财务部、业务部、综合部、销售部、技术部、培训部等部门。公司以专业、时尚为经营特色,不断推陈出新,引领时尚潮流。公司个性化的服务,能够满足顾客的不同需求,独立空间的划分,可以使顾客充分享受高品质的服务。公司内部环境的每个细微之处,都力求营造一种文化气息,让顾客充分感受到公司深厚的文化底蕴,让顾客超越期望,超越价值。

公司创始人张慧女士凭着对美容事业的热爱和坚韧执着的追求,锐意进取,经过10多年的不懈努力,公司发展由小到大,由弱变强,其美容美发技艺在鄂尔多斯市同行业中处于领先水平。公司还受到充满传奇性的时尚品牌克丽缇娜的垂青,张慧成为克丽缇娜内蒙古地区的督导和执行部总经理。在鲜花和荣誉接踵而来的同时,张慧并没有放弃对自身业务能力的提升,她每年都会前往日本、韩国等国家以及上海等国内一线城市进行自身的强化培训。2004年，张慧当选鄂尔多斯市东胜区政协委员；2006年，张慧当选鄂尔多斯市东胜区青联委员；2006年，张慧荣获全区美容美发形象设计大赛一等奖。2008年，张慧当选鄂尔多斯市东胜区慈善委员；同年，张慧当选鄂尔多斯市东胜区妇联委员；2010年，张慧荣获鄂尔多斯市创业资信奖。

"只有学习力才有竞争力，学习力代表未来"，这公司每位员工的信念。在注重公司品牌发展和业务拓展的同时，张慧一贯注重员工的素质教育，将员工的培训放在首位，从注重个体培训走向注重团队培训，从注重知识传授走向能力培养和精神素质的提高，注重培养和建立员工们高度的社会责任感。公司还会经常组织员工外派培训学习，将新信息、新元素加以融合与吸收，使专业人员的技艺更加完美。

"止于至善"是公司的行为准则。张慧是要把美丽的事业做好、做大、做强，为推进鄂尔多斯的美容美发产业贡献一份自己的力量。公司追求的目标不再局限于创造外在美，更倡导健康快乐的生活新理念，以精致而充满关怀的服务，让鄂尔多斯市民享受生活的喜悦。

在关注自身发展的同时，张慧女士还时刻关注着鄂尔多斯市美容美发产业的整体发展。随着生活水平的日益提高，消费者对美的要求达到了一定高度，从业者的美容美发水平越来越难以满足消费者需求。张慧依托现有的公司资源和多年的从业经验，正努力创办一所美业职业技能培训学校，目的是为当地职业技能培训教育贡献一份自己的力量。鄂尔多斯市怡人美业职业技能培训学校目前拥有各类本专科在学学员近百人，馆藏图书2万余册，期刊杂志百余种，还拥有价值300余万元的各种教学仪器以及相关配套设施。

张慧还是克丽缇娜国际集团内蒙古地区督导。克丽缇娜是一个台湾品牌，创建于1989年。它不仅是一家上市公司，还是一家跨国性的连锁机构，分布于泰国、美国、马来西亚等很多国家，现在有4000多家连锁店。克丽缇娜本着"医学为本，美容为用"的理念，首次将pH值5.5的护肤理念引入产品中，第一款产品"洁容霜"销量创下了71座101大楼的业绩。克丽缇娜在中国是面部护理以及口碑比较好的一家美容机构，有着GMP.ISO国际双认证，曾经获得最多消费者金口碑大奖、全国回购率最高金奖和中国驰名商标等殊荣。

张慧还是乌审旗明星幼儿园副院长。乌审旗明星幼儿园建于2002年7月，现占地面积1800多平方米，房屋建筑面积1200多平方米。现有在园幼儿416名，共分13个班；有教职工22名，其中有18名教师拥有幼教专业毕业证书，另有炊事员和保安各2名。2012年6月，乌审旗明星幼儿园被旗教育局批准注册为全旗试点民办幼儿园。园内环境优美，配套设施齐全。有符合幼儿健康发展要求的活动室、午睡室、漱洗室；有培养幼儿兴趣与能力的舞蹈室、美术创意室。每班配有多媒体设备和监控系统，网络设施齐全，还有功能多样的大中小型玩具。乌审旗明星幼儿园领导班子富有朝气，师资队伍素质较高，办园质量受到社会广泛好评。鄂尔多斯市教育局关于2018年全市幼儿园类级评定结果的通报中，乌审旗明星幼儿园被评为二类乙级幼儿园。

张慧还是东胜区女企业家协会会长及鄂尔多斯市康巴什旗袍协会会长，现任鄂尔多斯市政协委员。

忠诚传媒　启航创业

——记鄂尔多斯市烁博文化传媒有限公司总经理张敏

张敏，鄂尔多斯市烁博文化传媒有限责任公司董事长，伊金霍洛旗女企业家协会会长，鄂尔多斯市工商业联合会（总商会）执委，伊金霍洛旗工商业联合会（总商会）执委，伊金霍洛旗青年创业企业协会副会长，鄂尔多斯市婚庆协会副会长。

2010年，张敏开始创业，当时她既没有资金，又更没有人脉，没有创业经验，有的只是干事业的热情和勇往直前的劲头。几经周折，张敏发起创办烁博文化传媒有限责任公司。公司于2012年5月11日在伊金霍洛旗工商行政管理局注册成立，注册资本为100万元人民币，地址在伊金霍洛旗阿镇通格朗北路与札萨克街交会处。

公司在发展壮大的8年时间里，始终为客户提供良好的产品、技术支持以及健全的售后服务。公司主要经营许可经营项目包括：广告策划、庆典服务、会议服务、承办展览展示、婚庆服务、礼仪服务、包装服务、商务服务；会展、创意策划、企业形象策划；网页设计、户外广告发布；牌匾制作；庆典活动；园林设计；环境设计；建筑设计；印刷、喷绘、雕刻；广告灯箱及各类广告需要的灯光制作；各类媒体投放。

张敏兢兢业业创业，在此期间经历了太多的酸甜苦辣，从一个人办公司，到公司变为大家的事业，她带领着团队在商海中几经沉浮，最终平稳度过初创期。企业发展开始步入正轨，在竞争激烈的行业中迅速崛起，脱颖而出。

立在当下，谋在长远，强本固基再出发。张敏随后开始致力于谋划企业长远发展与精神内涵的打造。2014年，烁博文化传媒有限责任在全旗范围内成功组织并举办了烁博婚庆"一线牵"、金婚老人婚纱照摄影、

"圆妈妈婚纱梦"等一系列公益活动，受益人群广泛，进一步提升了公司的知名度与文化内涵。烁博由此声名鹊起，成为业内翘楚。

"天空的幸福是穿一身蓝，森林的幸福是披一身绿，阳光的幸福是如钻石般耀眼，而我最大的幸福是和你在一起。真的很感谢你，我永远的爱人！有你，我不再孤单。当我落泪，你帮我拭去；当我寒冷，你拥我入怀。我不再孤单。亲爱的，我爱你！幸福的时刻让我们来为你见证。烁博文化传媒公司拥有最优秀的策划团队、新款婚礼道具、时尚的舞美设计、数名不同风格的主持人。不同风情的婚礼风格，为你打造一场终身难忘的婚礼盛典……"无数次主持，让张敏名声鹊起，各大活动处处都留下了张敏奋斗不止的身影。

打铁需趁热，不久，张敏又将视野转移到当下比较火爆的旅游行业，并发起创办烁博文化旅游公司。

伊金霍洛旗青年创业企业协会是经伊金霍洛旗民政局批准成立的多行业、跨领域的社会团体组织。协会成立于2016年12月，以"跨界融合、携手共赢"为运营宗旨，通过各种活动积极搭建交流平台，促成各会员单位之间与外界的各类型业务合作。伊旗工商联引导并支持青创协会发起的"众筹餐厅"项目。2017年4月，张敏作为副会长，积极参与发起工作。经协会项目考察组考察，提交协会理事会论证后，决定在伊金霍洛旗兴泰兴园东底商开设协会成员众筹餐厅。餐厅实行股份众筹，众筹参与者须为协会会员单位，自愿参与。2017年6月10日，餐厅核名为"年代秀"主题餐厅，由协会秘书处负责监督管理，正式开始对外营业。现在，协会"以商养会"的经验在其他地区已开始成功推广。

2018年8月，伊金霍洛旗女企业家协会（女商会）由54名来自全旗各行各业的女性高层管理者和专业人士组成。这是一个层次较高的女性社会团体，是伊金霍洛旗企业界女能人精英的汇聚。新当选的伊旗女企业家协会会长张敏在讲话中提到："伊旗女企业家协会（女商会）首先是女企业家学习交流的大平台,我们要认真履行职责,充分发挥组织功能,取得自身进步与发展。协会将不断创新工作方式,提高服务水平,发挥优势,主动承担社会赋予女企业家的责任,为伊金霍洛旗妇女事业发展贡献力量。"在成立大会上,协会还举行了"牵手贫困姐妹,实现千元梦想,助力脱贫攻坚"帮扶助困捐赠仪式,现场为23名贫困妇女捐赠了价值19000元的家用电器。同时,在现场还签订了"金融支持妇女发展行动计划"合作协议,共同推动城乡妇女创业就业和脱贫致富的步伐。

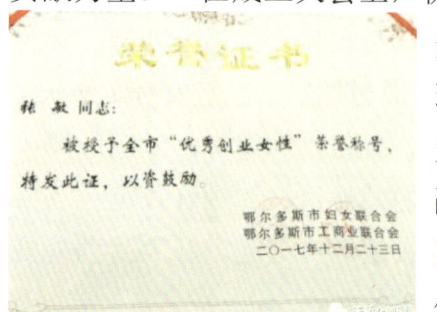

回顾过去,展望将来,张敏说:"第一,我赞赏多年来传媒人对行业的忠诚。因为一代一代传媒人的不懈努力和积极探索让我们看到,对行业的忠诚正成为行业发展的核心价值观。越来越多的传媒人摒弃私念,积极投身传媒事业,是传媒行业健康发展的前提。第二,我相信今后传媒行业面临更大的发展机遇。经济发展从传统的重视数量,向数量质量并重转变,传媒行业将得到了前所未有的重视。这一切都预示着今后传媒行业将具备更大的发展潜能和成长空间。路漫漫其修远兮,吾将上下而求索。感谢和铭记共同奋斗的朋友,期待明天的阳光更加灿烂!"

百炼成金。烁博文化传媒有限责任公司一手抓品牌,一手握资源,事业发展取得了不俗的成绩,并受到社会各界的广泛认可。总经理张敏于2018年被评为起航创业之星,并获得鄂尔多斯市优秀创业女性的称号。

情系家乡 做农牧民的代言人

——记内蒙古绿杭农牧业科技有限责任公司法人代表李宜阳

不谈欧美，近望华西，看到的差距何止是农村到城市的距离，多少人兀自叹息却不思行动，家乡农村的建设和发展始终缓慢难前。这不是凭几个人的构想就可以实现的目标，而是需要很多人一起付诸实践。内蒙古绿杭农牧业科技有限责任公司在这样的机遇和挑战中没有却步，而是带领一大批农民尝试着走出了一条打破传统、突破前人思维的新道路，在帮助农民攻坚脱贫和致富奔小康的路上越走越远，谱写出属于农村牧区农牧民生活的新篇章。绿杭公司走到今天，已经基本实现正规化股份制运营管理，公司现有的面貌令人欣慰，这是员工们几年的奋斗成果，苦的时候很苦，累的时候很累，但是幸好大家一直保持着不断学习、苦中作乐的态度，始终没有放弃。

李宜阳是绿杭科技公司的法人代表。2008年，她大学毕业后，也选择了在鄂尔多斯市东胜区工作。也是那时候，她遇见了爱人——他混得不错，已经有了一定积蓄。

2009年，李宜阳辞职，和爱人一起去宁夏开设煤场，做电厂的正规煤炭供应商，算是第一次创业。但是，由于太年轻，又不懂得企业管理，对别人盲目信任，导致投资失败，损失惨重，负债将近500万，对于只有26岁的农民出身的孩子，这无疑是一个天文数字。

煤炭行业混不下去了，身无分文、一身巨债的夫妇只好回到老家杭锦旗，唯一的想法是先生存，再寻找发展的机会。2010年他们结婚时，跟老乡贷款10万元，月息3分5，算是给自己的嫁妆。

2011年，李宜阳考入当地的一家国企工作，拿到了稳定的工资，生活上的经济压力得以缓解。在这期间，爱人元气大伤，干劲受挫，李宜阳努力支撑着这个家。

国企工作相对轻松，工作之余，李宜阳开始学习工商管理、企业管理、会计等课程充实自己。李宜阳的爱人这时也慢慢地恢复过来，又干起了"倒爷"这样的小买卖。这个行当他确实很在行，生活之余还能还点儿债。

2013年，李宜阳又坐不住了，辞职创业搞了个养殖厂。正是从打理这个养殖厂之后，他们才慢慢按照政策指引向农村电商转型。

"我是土生土长的本地人。我们的父母就是这片土地上最忠实的耕作者。多少年以来，原本根植在土地上的希望正在不断地降低。父母们每到春耕前都在哀叹种什么，怎么种，怎么样销售。即使产量下降他们也必须要耕作，因为这是他们唯一的生活收入来源，除了土地他们一无所有。"李宜阳说着说着，掉了泪。这是父辈们所面临的最严重的问题。

如何帮助像父母一样的农牧民走出困境？这是李宜阳一直都在思考的问题。经过长时间的走访、调研，她开始转型做农业服务。最初有做农业服务的想法，目标还是一个很朦胧的愿景。本来自身的经济实力有限，经验积累也很有限，面对多变的农村市场，李宜阳还很难预测和把

控，无法明确和量化具体的操作步骤，开始时只能确立一个大方向：紧跟国家农牧业产业政策，以"绿色杭锦、科技农业"为主导，建立"农牧民＋"的电商平台，立足农村，发展农村，整合农村牧区资源，对接互联网大市场，逐步为地方经济发展贡献力量。

从想到做还有一定距离，要放弃眼前已经做得有成效的事业去做另一件还比较渺茫的事情，首先面临的就是来自身边人的阻力，双方父母

怎么也不同意李宜阳放弃现在的养殖场去做"联网"这样李宜阳虚幻的东西；朋友们虽然理解他们要做的事，但也总是劝他们要好好地想清楚。

李宜阳一边打理着养殖场，一边学习摸索行业门道，同时找人指点，还要不间断地去村里考察。一年多的时间，夫妻俩跑了以前10年走的路，就为了搞清楚自己选择的方向是不是对的，他们执着的是不是他们想要的事业。

杭锦旗地处黄河岸边，与河套粮源地隔河相望，葵花、玉米、土豆、荞麦、菟丝子等都是具有很好市场前景的农产品，而且产量大、品质优。但是近些年农民朋友们种地遇到越来越多的问题，如土地产出降低、土壤板结、农产品卖不上价；有的产品滞销，没有买家；有的因为仓储不好，受阴雨天气影响，霉变贬值，等等。这些问题都在困扰着当地的农民。

公司组建后，最难的莫过于组建一支具有执行力的队伍，这是李宜阳他们面临的第一大难题。很多事情都需要亲自上手，一人多职，深夜加班，没有节假日成为他们几个人生活的常态，往往都是白天跑市场、建系统、落实工作，晚上几个人坐在一起开会讨论下一步工作方案，一聊就到深夜，还要时常下乡。当时，李宜阳的女儿只有4岁，当地电台有一个栏目叫《都市夜归人》，开播时间是每晚九点半到十点半，她几乎每天晚上接孩子回家都是这个点。孩子听了以为是"都是夜鬼人"。每次听到广播说的时候，孩子就问："妈妈，我怕，他是不是说咱们晚回家的人是鬼？"李宜阳听后苦笑却又无奈。

家里有一个人创业都会影响孩子的成长，可是李宜阳和爱人两个人都在奔跑的路上。那种心酸，也许只有身在其中才能体会。那些日子让夫妻俩感受到为什么大家常说开公司不容易——业务链条的搭建、市场的运营、行政管理、宣传文案设计、财务、商务合同管理等，都需要从头一步一步做起，边学边做，摸索着往前走。

李宜阳说："每天都有做不完的麻烦事，有些事自己都不会，还得从头学，感觉整个人都晕头转向；只有晚上睡觉前才能稍微静下来整理一下思路。忙碌可能是创业的必备形容词，但是同样也是因为忙碌，让我们学习了很多，也成长了很多，慢慢地让自己变得强大起来。"

建立团队时，招聘的孩子基本都是二十出头，刚从高中或中专毕业，业务技能几乎都要从零学起，而且职业素养也非常低。尤其在讲到企业架构的时候,许多人更是一头雾水。李宜阳没办法,只能是让大家从干一些杂活开始,希望慢慢进入角色。

就是在这种条件下,夫妻两个人带着几个初出茅庐的孩子,开始全力构建规划中的农村电商板块,这其中包含平台运营中心、电商服务站和仓储服务站。

努力在当时换来的大多是从上到下的冷嘲热讽。农民的不信任和不认可让他们的热情时不时被泼冷水。大家都不看好这个团队,多数人冷眼旁观,即使有心思合作的也是三心二意,信心不足。

公司需要与当地的农业带头人寻求合作,扩大基础规模。没有办法,想在农村做出事业只能一遍一遍不停地跑,不断地和人讲互联网,讲整合,讲统销统购、科学种植、精准施肥这些在当时还不流行的词语。

几个月时间,李宜阳夫妇绕着杭锦旗转了有四五十圈,行程4万多千米,一辆车每个月差不多得保养两回。李宜阳说:"那些日子我们几乎天天在外面跑。有时候早出晚归,有时候几天也回不了家。每次回来都是蒙头呼呼大睡。女儿时常一两周见不到我们。孩子有时半夜起来喊妈妈,我很多时候总是睡得沉听不到。"

几个月下来,辛苦换来的是乡镇村逐渐建立的基础体系:平台运营中心、电商物流、仓储服务站已经有一定规模;逐步组建的"职业农民联盟"与"农科团队"也有了起色。这期间,合作农科服务团队增加到10人,职业农民联盟加盟会员达60多户,并且大多是当地的种植大户,"农牧民+"的联合团队也正在逐渐增大。

有件事李宜阳一直引以为傲。2016年6月,杭锦旗吉乡独贵一带遭受了严重的冰雹灾害,好多地方的青苗被毁,有的地方绝收。作为一家立志做农牧民代言人的服务三农的企业,李宜阳夫妇觉得责无旁贷,必须行动起来为农民做点儿事情,于是当晚几个人就商定组织一次救灾募捐的义演活动。

一周后,一场名为"大杭锦有爱•向日葵传情"的义演活动在锡尼镇广场如期举行，吸引了来自周边企业、个人和金融机构的参与，现场募捐到种子、农资、苗木、现金等总计200多万元，取得了超乎预想的效果。其中发生的一个插曲让人感动：一位退休老党员主动走上台，从自己仅有的几百元退休工资中拿出了300元放进了募捐箱。他说："我是从农村走出来的，几十年风雨我都经历了。我深深地知道家乡父老的疾苦，尤其是受到天灾后的绝望。他们需要被帮助，我希望能发动更多有能力的人为咱们受灾的老百姓做点儿事。绿杭公司我是今天第一次听说，但是他们做的事我觉得应该被鼓励和支持，所以我主动上来说两句，希望下面生活还过得去的人能多多支持，谢谢大家。"这些话赢得了在场的人的热烈掌声，此举带动了很多人自发捐款。

这段话的意义还不仅在此，它让李宜阳觉得自己在做一件对的事、好的事、有意义的事。可能就是凭着这个认知，她一路走到了今天。

2016年，李宜阳的公司在逐渐的摸索中已经有了相对比较明确的思路，农业服务体系基本架构也基本确定，可是资金成了主要问题。两年来，公司在建设上已经耗尽了几个人的积蓄，公司的生存面临着很大的压力。

那时候，李宜阳最大的任务就是找资金维持项目运营。她做过众筹，参加创业大赛，想办法找资源、找渠道、找投资，和人谈项目。但是这样的小县城毕竟资金渠道有限，他们自身也因为经验不足和对机会把握不准，加上当时的投资人对农业市场的投资回报不看好，所以找项目投资的路子没走通。

2016年的秋天，正是秋收庆丰收的时候，公司却进入创业以来的寒冬期。当年的示范田推广有机肥生物菌肥是李宜阳给农民赊欠供给的，约定效果好了秋后结账，期望依靠这部分资金来继续公司的项目开展。然而，收回的农资款却不到两成，更可怕的是当时公司已经向农资厂家支付了全额货款——对于农民，是没办法讲道理的；因为土地的收成和品质，谁也做不了主。结果是这部分投资如大河东流，一去不回了。

这样的形势让人欲哭无泪,公司已经无法维持正常运营。2016年11月,李宜阳遣散了大部分雇员,只留下了主创三人和一名员工。唯一的员工也是自己主动要求留下来的。她说:"我不要工资也可以,但是我一定要和你们一起走到最后,既使不成功,我也要看到结果。"

这是公司第一次面临倒闭的危险,李宜阳已经意识到又要重新从零开始努力了,资金的问题还得靠自己解决。为了能维持企业运营,他们开始暂时搁置非必要的项目运行,实行开源节流。物流车自己跑,快递、超市配货、零星的货物托运,只要是能代送可以赚钱的活儿都接过来。小面包车给老乡拉过钢架院门、水泥、钢架等建筑材料,还从旗里拉了一辆越野摩托车到锡尼镇。在此期间,他们还做中介,贩农畜,抽空在广场摆过地摊,凡是能合法赚钱的生意能做就做。

日子过得依旧紧张,大多是入不敷出。这边收回五千,那边就要计划花一万。每天起床都像是要上战场,一刻也停不下来。

李宜阳说:"现在想想,那时候做电商企业很吃力,但是倒腾小买卖还是挺在行的。就那么一锤一耙的竟然也把企业维持了下来。"

测土配方肥和有机肥示范田项目是企业赖以生存的生命线。但是,公司不再盲目地向农户承诺、投资,而是让供货商自己提供产品担保,由企业来开拓市场,大家各取所长。2017年,李宜阳坚持做了起来。她说:"我把我父亲在当地的300亩地打造成示范试验基地,精心料理,目的是做出示范效果给农民朋友们看。"

2017年8月,公司的发展迎来转机。李宜阳参加了一次工商联组织的全旗农村工作调研会。调研会上,她把公司的实际情况、取得的成效及发展规划给现场的领导和企业家做了详细介绍。公司的模式得到了在场很多企业家的认可。会后,公司与鄂尔多斯兆丰公司达成协议,最终在9月底签约合作,公司被注资,并重新组建了新的股东体系。

从那时起,绿杭科技便有了新的生命。李宜阳也顿时感觉到头轻眼亮,有一种久旱逢甘霖的通透感。公司有规划,也有了资金,以前想干却干不了的事儿现在都可以放手一搏了。她身上充满了力量,仿佛有使不完的劲头,脚下也更加踏实,整个团队看到了希望,正在向一直追求的目标一步一步靠近。

路走得顺畅了许多,公司逐渐建立起了与大企业甚至国企的合作。

示范田取得了非常好的效果,这让李宜阳对测土配方肥的推广应用产生了巨大的信心,她马不停蹄地与中国农资集团合作,在呼和木独镇建立了中国农资鄂尔多斯配肥中心。之后公司逐步建立起来的还有与鄂尔多斯酒业协会的高粱订单、恰恰瓜子葵花订单、中储粮玉米保储订单。

2018年是绿杭公司平稳过渡的关键一年。现在,公司引进无人机飞防业务,又成立了共享农机公司,形成全周期植保服务的闭环模式,目标是更好地服务三农,为农民谋福利,增收创效。

拼搏才会辉煌　创造才能致远

——记鄂尔多斯文化旅游发展有限公司董事长方敏

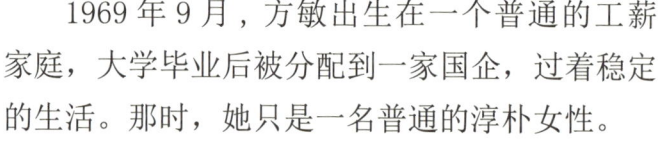

1969年9月，方敏出生在一个普通的工薪家庭，大学毕业后被分配到一家国企，过着稳定的生活。那时，她只是一名普通的淳朴女性。

1999年，经过多方调查和深入思考，方敏毅然辞去"铁饭碗"，投身于鄂尔多斯市建设的大潮中。说干就干，经多方筹集，她凑齐了所需资金，租房，买办公设备，所有工作亲力亲为，不到一个月时间小公司正式运营。

白手起家，艰苦创业，是所有企业家所要经历的一段比意志、比智慧、比胆量的艰难历程，方敏也不例外。方敏以当时鄂尔多斯市最火爆的建筑业、建材经销、房地产开发、园林绿化为突破口，联络了一批有胆识，有志向、有才干的年轻人，创立了鄂尔多斯紫竹投资集团有限公司。

最初经营施工的时候，方敏既当老板又当员工，白天在工地上指挥，夜晚在灯下绘制图纸；暑天在风沙弥漫的旷野中搞测绘、勘察地形，冬日在竞争激烈的市场中抢购建材、洽谈项目，还要管好上百号人的后勤保障工作。有时候缺少工人，她竟然到建筑工地上当起了小工，和工人吃在一起，同住在工地帐篷里，水里进，泥里出，风里来，雨里去，无所不做。一年下来，方敏的脸晒得一层一层地脱皮，手上有了许多血泡，血泡变成了老茧。这双手在她的脑海里留下了太多艰辛的记忆。

一分汗水一分收获。经过艰苦卓绝的打拼，方敏每年都能获得不菲的利润。她一直相信"人生，只有拼搏奋进才会辉煌灿烂；生活，只有劳动创造才能定格在致远高尚"。

当时，正值鄂尔多斯市发展最辉煌的时期。很大一部分人都认为鄂尔多斯市遍地黄金，纷纷涌入这里，参与投资煤矿、房地产，也有人加入放高利贷赚快钱的行列。方敏思考，认识到这样下去是绝对不能持续发展的。于是，她走出国门，到国外考察学习百年企业的经验，探索研究民营企业如何走可持续发展之路。

机遇总是青睐有准备的人，希望在机遇到来时开始散发异样的光彩。2012年，鄂尔多斯市经济走入低潮。正在人们沉溺于伤痛之中的时候，方敏，一名精明强干的女企业家，用她充满智慧的双眼，在萧条中看到了希望，看到了未来旅游业的无限商机。随着国家经济转型政策的颁布，为弘扬成吉思汗文化，发展伊金霍洛大旅游，在鄂尔多斯市经济低迷的情况下，她抓住时机，华丽转身，义无反顾地将自己公司的资金全部注入政府蒙古源流文化旅游事业中。

2014年11月，方敏把十几年来赚取的1亿多元以控股的方式和政府共同成立了鄂尔多斯文化旅游发展有限公司，投入蒙古源流文化产业园区中。

鄂尔多斯文化旅游发展有限公司是一家集文化旅游产业的开发、投资、招商、建设与运营管理等为一体的现代化旅游企业。公司是由国有独资企业鄂尔多斯市蒙古源流文化产业发展有限公司与自然人独资企业鄂尔多斯市紫竹投资集团有限公司共同出资成立的混合制企业，并获准了投资、建设、管理、运营30年的经营权。

方敏用一名企业家的担当、智慧者的目光看到了常人看不到的希望之光。为加快蒙古源流发展，她自掏腰包，先后邀请了国内外众多的主题乐园策划、运营专家对园区进行规划指导。方敏首先想到的是集聚人才、拓展人脉。她联络任用了一批有气魄、有胆量、有智慧、有才干、品行好的本土化创业团队。她带出了一支既能独当一面又能团结互助，压不垮、高效率的国际化专业团队。同时，她还制定了一系列的科学合理的规章制度，使企业在困难重重、风险巨大的大风大浪中实现了稳步前行。

2015年6月12日，公司隆重举行了开园试运行。同年7月26日至28日，举办了"蒙古源流'一带一路'互联网金融高峰论坛暨2015草原狂欢节"等一系列活动,成功地推出了以"长生天、英雄地"为主题的腾格里祭火、迎宾广场、石刻艺术博物馆、蒙古民族风情体验园、美食驿站、草原千人篝火晚会等系列景点和游乐项目,取得了良好的经济效益和社会效益。

2015年11月5日,伴随着响亮的敲锣声,鄂尔多斯文化旅游发展有限公司在上海股权托管交易中心挂牌上市,成为内蒙古地区首家以综合展现民族文化特色的文化产业上市专业平台企业,迈出了鄂尔多斯文化旅游发展有限公司在资本市场的第一步。

2016年,公司精心策划了"骄傲的色彩美在蒙古源流""首届七夕草原狂欢节""喜迎中秋感恩节""教师节国庆节双节同庆"等大型系列活动,以节为媒,以节会友,以节促游。这些措施收到了良好的效果,

公司创出了"蒙古源流文化旅游"的品牌,提升了知名度。

2017年,公司开始构建文化旅游产业发展的方略:品牌营销+互联网电商。公司重点从配套设施、互动娱乐、演义动漫、影视产业等方面进行研发与创新,目的是将园区打造成为国内乃至国际蒙元文化的研究中心、展示中心、体验中心和创新中心,建成一座集文化、旅游、影视、

健康为一体的休闲娱乐主题乐园。公司主要负责鄂尔多斯市伊金霍洛旗蒙古源流文化产业园区的整体运营管理。蒙古源流文化产业园区总面积为33.48平方千米，总投资200亿元，主体定位为"民族影视产业基地、草原文明博览园区"，具体分为蒙元历史文化展示区、国际影视游览区、娱乐体验区和文化创意区四大板块，是内蒙古自治区重大的文化旅游项目，也是内蒙古文化产业示范基地。该项目2016年获评国家4A级旅游景区。蒙古源流项目是内蒙古自治区典型的精准扶贫文化旅游项目，2019年蒙古源流景区的目标为年接待量达到300万人次，成为全国乃至全世界文化投资兴业、旅游度假胜地之一。

2017年7月19日，中国新农村月刊杂志社社长正式聘请方敏女士为杂志社内蒙古自治区发展部负责人。

方敏以及她的团队忘我工作，艰苦创业，回报社会的崇高愿望实现了。她的青春年华释放出了绚丽夺目的光彩，她的生命喷发出了高尚而圣洁的火花。她说："我的使命是今后致力于产业精准扶贫，让许许多多贫困人脱贫，让更多的农牧民过上富裕、幸福的生活。我将全心全意为中华民族文化伟大复兴、为实现中国梦而奋斗终生。我的愿景是带领公司所有合作伙伴，帮助千千万万个家庭过上财务自由、精神富足的高品质生活。"

方敏致富不忘回报社会，用她的话说："作为鄂尔多斯人，我的骨子里流淌着祖辈人纯朴善良的血脉，我不敢也不能忘本。"

致富以后，方敏看到矗立在许多城市中间的烂尾楼既刺眼，又心疼。这些烂尾楼是国家的财产、人民的血汗，浪费了也是一种犯罪。她不斤斤计较个人得失，以大局为重，积极盘活经济，出巨资重建了许多烂尾楼。

扶危救困，是方敏做人的信念。捐资助学、捐资助医、救助自然灾害，出手大方是方敏一贯的风格。在汶川大地震灾害中，方敏的公司在第一时间捐资捐物。

刘荣霞是方敏资助的单亲孩子之一。偶然的机会，方敏从报纸上看到了这则关于单亲女孩刘荣霞的报道："刘霞荣5岁时失去妈妈，7岁时爸爸出车祸双腿致残。她用柔弱的肩膀扛起了整个家庭的重担，不到12岁的她成了家里的顶梁柱……"当时方敏也没多考虑，就想自己能尽点儿力帮帮这个孩子，决定把刘荣霞当成自己的孩子，在学习、生活上帮助她。两个人第一次见面时，方敏就给刘荣霞送上了慰问金，并为她单独建立了一个银行账户，每月定期打入生活费。为将其培养成为对社会有用的人才，方敏一直资助她至大学毕业。如今，刘霞荣已经上了"3+2大学"，方敏一直在承担刘霞荣的学费，以母亲的大爱温暖着刘霞荣。

近年来，方敏的企业共吸纳和培养大学生 200 余名。面对自然灾害、老幼病弱，她总是及时捐款。她还时常慰问贫困员工，给他们送去钱物。这些举措得到了社会各界的广泛好评。

多年来，依靠自己坚定的信念和不懈的努力，方敏一步一个脚印地在创业的道路上奋力前行。她先后获得"世界杰出华商协会优秀代表""三八红旗手"等荣誉称号。

践行新能源 催生新动力

——记鄂托克前旗清洁新能源科技项目研发者阿日并巴雅尔

阿日并巴雅尔，男，蒙古族，现年60岁。中共党员，大学专科学历，鄂托克前旗敖勒召其镇牧民，主要从事清洁新能源科技项目研究制作。他利用生物质废弃物制燃气装置，生产高寒地区冬季太阳能气水采暖专用温室，制作蒙古包专用炊事采暖气化燃烧无烟炉等民生用能产品，转变了千家万户传统的民生用能方式，有效解决了农村牧区从源头根治烟尘排放、雾霾污染等问题。

创业源于好奇

阿日并巴雅尔创新梦想源于孩童时的好奇。他的母亲在牧区常用柴火、羊粪燃火，熬茶做饭。有一次，他往灶里添加小簸箕羊粪，炉灶内只冒烟却没有着火，母亲划了一根火柴扔到炉灶内，只听到"砰"的一声，瞬间火焰迅速燃烧起来。这个现象在他脑海里留下了很深的印象。上学时期，他屡次缠着请教老师。老师说是因为有燃气。从此，他心里一直萌发用燃气熬茶做饭的想法，也注定了他与燃气结下不解之缘。

制造燃气装置

燃气采暖锅炉

1990年以来，镇区居民开始使用煤气灶。这个新鲜事物，更激发了他极大的好奇心。他怀着极大的热情从很远的地方赶来观看。当他听到人们议论煤气是从煤炭中提取出来的时候，他就产生了烟中的燃气是否也能提取煤气的想法。

每到春节回到牧区，看到乡亲们依然是以柴作为生活燃能，用柴火、羊粪烧土连灶，家里烟熏火燎，家外户户冒烟，村村烟雾笼罩，大气被污染，生态环境破坏。每每至此，他就陷入苦苦思索之中：若能把烟中的燃气成分提取出来，利用生物质废弃物再生资源，寻求充分节约煤炭、石油液化气等有限资源的最佳方式，将是民生用火史上的又一次革命。由此，他立志要研究烟里的燃气。

2007年，阿日并巴雅尔租了一间18平方米的房子，决定制作一个不冒烟的灶，按土连灶结构设计，用铁皮焊接制作，然后装上柴草、羊粪点火做试验，分析研究烟能着火的现象。经过长期探索，他终于摸清了其中隐藏的物理、化学等诸多科学道理，分析清楚了土连灶在冒烟时点燃能着火的现象。正当他真正开始研发时，遇到的最大难题是缺乏生物科学基础知识，特别是生物质燃气知识。他采取现学现用、学用结合的办法，钻研生物质科技基础理论。就这样，阿日并巴雅尔与老伴塞希亚勒、儿子巴图携手共进，投入全部精力开始了生物质废弃物利用研究。

创新创造效益

2007年11月，国家批准新的节能减排政策，环保节能成为全国人民关注的焦点。阿日并巴雅尔积极响应党和国家节能减排、低碳环保、循环经济的各项政策。为了节约能源,保护环境,实现自己多年的梦想,他节衣缩食,苦心钻研,艰苦创业,成功研发出了柴草秸秆直燃无烟灶、柴草秸秆气化灶、多功能半气化节能供暖炉、全气化制气炉等多种实用产品,形成了可满足不同用户、不同村庄和不同性能的系列产品,填补了全旗、全市乃至全区利用生物质废弃物制燃气用于民生烧水做饭、供暖的一项空白。产品一经问世,迅速在鄂托克前、后旗,乌审旗,杭锦旗,伊金霍洛旗等地区推广,产生了较好的经济效益和社会效益。

此后,阿日并巴雅尔新的研发成果喜讯频频,研发成果丰硕。2010年他研发的第一代自制燃气装置具有良好的使用性能,解决了国内外同类产品焦油堵塞难以突破的重大技术难题,获得国家发明和实用新型两项专利,取得了内蒙古压力容器锅炉检验研究院检验证书,产品标准已在鄂尔多斯市产品质量技术监督局备案。他研发的第一代生物质废弃物制气装置在市旗扶贫办、科技局的指导和扶持下,已在杭锦旗、鄂托克前旗、鄂托克旗、伊金霍洛旗、乌审旗等地 35 户科技示范户试用。通过抽样统计分析,每户每年最低可节约煤气 120 千克,折价 1200 元;节约天然气 4500 立方米,折价 7470 元;节约煤炭 5 吨,折价 2800 元;节约柴草 1000 千克,折价 500 元;节约用电 1000 度,折价 600 元;节约燃油 300 升,折价 2000 元。每个用户每年节约各项用能费用达 14570 元。

成功贵在坚持

创新创业注定不会一帆风顺。2012—2013 年期间,受金融危机的影响,阿日并巴雅尔的事业遭遇了前所未有的挑战。研发资金筹集非常困难,不仅花光多年的积蓄,还把老伴、儿子、媳妇的积蓄都投了进去。贷款无门路,无抵押担保,又得不到项目资金支持,无奈之下,他借了高利贷,累欠本息达 100 多万元。

面对负债困境,阿日并巴雅尔变压力为动力,依然团结和带领新农村新牧区有创新意识的农牧民,努力开展科技创新创业工作,始终以秸秆综合利用技术研发为先,以示范推广生物质废弃物再生资源利用为己任,不断进行产品技改,提高产品的科技含量和实用价值。在他看来,创新创业是发展之基、强旗富民之本。创新创业贵在行动,重在实践,难在坚持。

正是基于这种信念和坚持,13 年来,阿日并巴雅尔充分利用农作物废弃物等可再生资源,在节约石油、天然气、煤炭、电力等有限能源方面付出了艰辛的努力,也为创新创业积累了较丰富的经验。他深深地懂得,只要把个人的科研项目主动融入强旗富民的各项事业,充分发挥正能量,就能更好地实施党和国家全民创业、自主创业、百姓创家业、能人创企业、干部创事业的目标,就能实现全旗上下创新业、创大业、创伟业的新局面,形成家业殷实、企业兴旺、事业发达的目的。

目前,阿日并巴雅尔研发的农作物秸秆废弃物制燃气装置已升级换代成为第六代。新科产品"高寒地区太阳能日光气水采暖专用温室""蒙古包炊事采暖气化燃烧无烟炉"相继问世,再次获得两项国家实用新型技术专利。该成果已成为从源头解决焚烧秸秆引发大气雾霾污染的新产品。其廉价的生物质燃气、太阳能、无烟炉以星火燎原之势,可让全旗乃至全区的村镇居民一日三餐、冬季采暖生活用能实现污染零排放;可让农机具、车辆使用生物质燃气实现尾气污染零排放;可让德善草原草更绿、天更蓝、环境更美,为党和国家实施"蓝天保卫战"做出新贡献。阿日并巴雅尔曾多次接受旗、市、区电视台蒙、汉语新闻媒体的采访。2016 年,他获得鄂托克前旗人民政府授予的全旗科技创新奖励二等奖;2017 年获得由中共鄂尔多斯市委宣传部、鄂尔多斯市科学技术协会、鄂尔多斯市科学技术局、鄂尔多斯市教育局、鄂尔多斯市财政局授予的民间发明创造奖。

奋进筑梦征程

进入新的伟大时代，科技创新的春风已传遍了祖国大地，千家万户沐浴其中。当前，虽然阿日并巴雅尔遭受研发资金短缺、场地不足等问题的制约，但他将紧紧抓住创新创业的新机遇，早日实现规模化大中小型制气装置生产基地、规模化生物质废弃物压块生产基地的目标、规模化生物质气体压缩装罐基地的目标，打造村镇集中供气站、气体发电站、气体供暖锅炉生产厂等多个项目。公司加快研发冬季太阳能高温供暖、微型无风发电、水制氢气车用燃料等创新产品，将科研成果转化为建设美丽家乡的尖端产品，逐步打造国内知名品牌，加快技术成果实现规模化、产业化，将生物质燃气应用成果于锅炉、发电、交通等国家治理雾霾污

染项目中逐步推广，将创新产品送出旗门，打入全市、全区市场。公司也会取得生物质废弃物秸秆、太阳能、零排放无烟炉综合利用的良好经济效益和社会效益。

我们相信：在大众创业、万众创新的大潮引领下，身处科技创新创业前沿的阿日并巴雅尔，一定能够实现自己的梦、农牧民的梦、家乡的梦！

心系群众谋发展　代表责任扛在肩

——记鄂托克前旗蒙都草业种养殖专业合作社理事长春雨

现年48岁的春雨，是一名蒙古族妇女。她勤劳朴实，性格开朗率直，办事坚决果断。一般人很难想到，年纪轻轻的她既是一位在农村摸爬滚打多年的创业标兵，又是一名深受群众好评的人大代表。多年来，她用忠诚践行着新时期人大代表的神圣使命，凝心聚力带领群众发家致富，用博大的情怀书写着自己平凡而精彩的人生。

敢闯敢干，争当群众致富的领路人

春雨是一名土生土长的鄂前旗人，对家乡这片土地有着深深的眷恋。改变家乡面貌、带领群众致富多年来一直是萦绕在她心中、挥之不去的梦想。她常说："促进农牧民增收、改变农牧民的生活状况，不仅是各级党委、政府的首要任务，也是一名家乡人的重要职责。"她深知，要想取信于群众，要想让群众致富，首先必须自己先富起来。

头脑灵活、不甘落后的春雨走出家门，带头创业，到外地承包土地，种植经济作物，发展现代农业。善于经营、精于管理的春雨，敏锐地认识到：承包土地、发展现代农业，不能单打独斗，必须抱团发展，形成规模。为了降低风险，有效防范因资源条件、自然环境、市场环境等不利因素的影响，春雨带头组建了科技团队，走出国门，到老挝承包120亩土地发展现代农业，当年获纯利润35万元。

创业道路上奋力打拼的几年里，春雨不仅开阔了视野、创造了自己的财富，而且更加坚定了她带领当地群众增收致富的信心。她用勤劳的双手积极创业，开拓出一条发展现代农业的新路子。同时，她与相关部门、企业进行合作，不断推进农畜产品深加工项目的开发，努力搭建电子商务销售平台,切实解决鄂前旗农畜产品买难卖难、农牧民子女就业难、农牧民增收难的问题。

为保护农民的合法权益,增加农牧民收入,促进农村经济发展,春雨努力带领当地群众发展好种养殖业,让群众过上幸福、富裕的生活。2017年4月,春雨争取项目资金1000万元,带领7户农牧民成立了合作社,种植中科优质牧草。合作社采取"基地＋牧户"的生产经营模式,打破传统牧业方式,围绕以品质农牧业、品质农牧区、品质农牧民为主要内容的"品质三农"创建和培育,不断改善人居环境,增强有效和优质供给,不断增加农牧民收入。

作为合作社的发起人,春雨深深地知道农牧民增收致富的强烈愿望。为了不断壮大农村合作经济组织,加快农牧民脱贫致富的步伐,春雨牵头成立了鄂托克前旗蒙都草业种养殖专业合作社,自己担任合作社理事长,以农牧民入股的方式吸引7户22人加入合作社。合作社以种养结合、短期育肥为主,走多种经营、多元发展之路。目前,蒙都草业种养殖专业合作社发展社员7户18人,共种植草场23200亩,饲养牲畜羊2100只、肉牛35头。草业种植面积235亩,其中中科羊草种植200亩,配备了收割机、拖拉机、割草机、打捆机、搂草机等现代化设备,公司在农牧民增收、合作社增效、农牧业多种经营道路上迈出了可喜的一大步。

履职为民,展现人大代表新作为

2012年,春雨当选为鄂尔多斯市第三届人大代表,这之后她感觉到肩上的责任更大了,肩负的担子也更重了。她经常说:"与群众接触、交谈,才能真切地了解群众的真正需要。为民鼓与呼，是人大代表的职则所在。"她口头上是这样说的，行动上也是这样做的。

作为鄂尔多斯市人大代表，春雨没有忘记党的改革开放政策，更没有忘记回报社会和惠及当地群众。她尽心尽力地履行代表职责，经常深入周围的群众中，征求他们对党委、政府制定的政策、措施以及嘎查村建设的意见建议，将群众的意见建议一条条、一款款地记录下来，整理成书面材料，为党委、政府制定发展大计积极建言献策。她提出的《加大鄂前旗禁止开发区基础设施建设》《为留守农牧民发展和生活提供便利条件》《加强推广节水灌溉技术》《生态恢复区二次利用》等议案引起市、旗领导和有关部门的高度重视，表现出了较高的参政议政能力和为民代言的担当。这些建议有的已经得到落实，有的正在解决过程中。在她的建议和带动下，鄂前旗2014年建设乡村公路6条168千米，硬化嘎查村街巷40.7千米，改造危旧房776户，架设农网线路452千米，新增网电用户280户，新增节水灌溉面积1.6万亩，解决干旱硬梁区2000人饮水困难，6850户群众实现了广播电视覆盖。这些工程的快速推进，不仅大大改善了农牧区基础设施条件，提高了农牧民生活质量和抵御自然灾害的能力，而且为农牧区增收、农牧业可持续发展奠定了扎实的基础。

不忘初心，倾心民众谋发展

春雨心里十分清楚，当地的资金、技术、资源都十分有限。要真正履行好一位市人大代表的职责，必须让当地经济发展壮大起来，让老百姓过上好日子，群众才能信任你、拥护你。为了赢得当地经济发展的机遇，必须做到突出国家产业政策、投资重点和投资方向的一致性。她前后花了半个多月时间到群众中走访，倾听广大群众的意见，在做了大量的调查研究后，在鄂尔多斯市三届四次人代会上提出《关于解决干旱硬梁地区饲草料基地配套水源工程建设》的建议，得到旗、市党政领导的高度重视，并获得项目资金扶持，项目总投资达2800万元。鄂前旗6个嘎查村、1500户农牧民受益于该项目。项目的实施，有效地转变了当地养殖业方式，拉动了当地的经济，极大地提高了当地农牧民的经济收入。农牧民高兴地说:"这是一件造福子孙后代的好事啊!"

春雨是一位普普通通的市人大代表,虽无职无权,但许多人大代表和领导都称赞她是一位勇于参政议政、倾心为民谋福利的好表率。百姓则称赞她是一位敢为民鼓与呼、善圆群众梦的好代表。在当选人大代表的几年里,她经常深入贫困户家中,谋脱贫、议发展,有效解决了许多贫困户生活中的实际困难。她倡导"联""带""帮"的扶助方式,定期送信息、送技术、送物资,协调项目资金等问题。

面对人们的赞誉,春雨心平如镜。她说:"我只有捧出一颗爱心,献出一颗公心,掏出一颗真心,心系百姓,带头创业致富,才能不辜负党和人民的重托,才能使人大代表这一崇高荣誉得到百姓的认同和接受。"

春雨把爱心留给别人,把真情奉献给社会,默默地用心血和汗水书写着绚丽的人生!

追梦的脚步永不停止

——记鄂尔多斯市景程广告传媒有限公司创办人刘云

刘云，男，汉族，1988年11月出生。中共党员，视力三级残疾，毕业于内蒙古财经大学会计系。2016年7月，刘云创办鄂尔多斯市景程广告传媒有限公司，致力于服务为基础、质量求生存、创新求发展的办企宗旨，积极参与社会各界爱心公益事业，实现了残疾人创业、带动残疾人就业的愿望，为鄂尔多斯市残疾人创业树立了典型。

跳出"圈子"，开启创业梦想

2010年7月，年仅22岁的刘云大学毕业，先后就职于内蒙古吉泰恒岳建设集团有限责任公司、鄂尔多斯市圣圆实业有限责任公司、鄂尔多斯市致信教育信息咨询有限公司，均担任公司会计工作。连续6年的工作实践，他不仅熟练掌握了会计行业的各项工作要点，而且工作认真仔细、业绩突出，深受公司领导赏识。虽然这份工作干起来得心应手，但是与他自己人生规划的理想、自身价值的体现还是存在一定的差距。

自从大学毕业步入社会，刘云无数次规划自己的人生轨迹，一直努力寻求自己人生事业的更大突破。他深知财务工作作为技术密集型行业，想要在专业岗位上有所突破、在受聘公司里有所建树并非易事。经过几年不同行业的就职历练和对创业政策的掌握了解，刘云的内心激起了强烈的欲望，不甘心一辈子打工的他决定跳出这个固化的"圈子"，尝试自己创业，以实现人生的价值。

2016年7月，刘云参加了内蒙古自治区就业局举办的全国"创办你的企业"（SYB）教材改编试验班，进行了系统学习和培训，并荣获优秀学员证书。在经过考察市场、深入调查后,他发现广告传媒行业资源丰富、灵活性强、覆盖面广、资金投入少,市场前景看好,就这样,他开始尝试着进入自己从来都不陌生,但也从来没有真正懂过的广告行业。

2016年7月,在"大众创业、万众创新"精神的引领下,刘云开启了创业之路,开始办手续、跑贷款、招员工,装修了厂房和办公场所,采购了设备,创办了鄂尔多斯市景程广告传媒有限公司。公司主要从事广告设计、广告制作、广告安装一条龙服务。

2018年,在传媒广告市场环境极其严峻、竞争日趋激烈的情况下,刘云克服畏难情绪,广开思路,深入研究市场,从立足双赢的角度与客户共同分析市场形势,努力把握市场动向,不断强化经营与策划创新。从创业起步到业务发展的3年期间,刘云努力加强与老客户的沟通,深入挖掘新客户源,注重提升业务精细化品牌效益,得到了广大客户的认可。为了集合众多广告创意者的智慧,努力创造更好的整体效益,实现行业之间更好的互相沟通交流,共同提高,2017年4月开始,刘云先后加入伊金霍洛旗青年创业企业协会、伊金霍洛旗工商联、伊金霍洛旗青年联合会、伊金霍洛旗青年企业家协会。

寻求新契合点,苦练基本内功

俗话说,隔行如隔山。2016年刘云刚刚创业时,他面对广告行业就像一张白纸一样,既没有经验可参照,又缺乏资源人脉,凭的就是坚信和执着于自己的选择,他克服自身残疾缺陷,白手起家、艰难创业。

创业初期，业务开展遇到意想不到的困难，比如供应商、客户都很匮乏，技术人才紧缺，对市场和用户的需求更是不够了解，业务量非常少。这对一个在农村长大且不懂广告行业的人来说，是极大的挑战。为此，刘云一边运营公司、拓展业务，一边还要筹集资金、艰难维持现状。

随着广告传媒业竞争日趋激烈，眼光敏锐、善于捕捉信息的刘云发现，当地的广告传媒行业普遍以简单的喷绘制作为主，以创意设计为主的广告传媒公司偏少，而且普遍缺乏好的产品设计和服务。为了使公司尽快走出困境，实现公司业务与客户之间的良性循环，使自己真正成为广告传媒行业内的行家里手，2017年，他开始自学PS、AI等平面设计软件和管理知识，并注重培养团队的创新能力和在实践中的操作能力，与技术人员共同创造出新颖的产品进入市场，如廉政字帖、漂流书箱和铁艺造型牌等。这些新的产品，以设计新颖、制作精美、质优价廉得到了众多客户的认可，业务量大幅度提升，公司整体步入正轨。在此期间，公司团队的艰辛努力和艰难付出，也只有刘云自己能够深深体会到"白加黑""五加二"的滋味。

经历过团队的深度磨合和历练之后，刘云的公司和团队都得到了蜕变，公司的知名度不断提升。2017年，公司获得伊金霍洛旗残疾人联合会残疾人创业资助资金，这笔资金的注入，无疑为他的事业开辟了更加广阔的空间。

格局成就事业，目光决定未来

作为一个跨界创业路上的广告人，刘云常说："人生有一些新的可能性在我们的生命中随时会展开，创业不是简单的'我以为'，而是每个环节都充分考虑到它未来的种种可能性，并坚定一步一个脚印去做事。而且创业是个不进则退的过程，市场、行业、客户都在变化，没有人守得住过去的东西，也没有哪一刻是可以停下来的。"在多年的创业实践中，他始终认为：梦想的光芒，必将照亮前行的道路。为此，他以无悔的信念、孜孜不倦的拼搏精神，在创业路上一路奔波，勇往直前，永不停歇。

　　一路走来，一路奋斗。对公司未来的发展，刘云充满信心。目前，鄂尔多斯市景程广告传媒有限公司在刘云的带领下，较好地实践了"诚信为本、合作共赢、高质高效"的经营理念，赢得了客户的一致好评。通过与各行业的沟通和联系，公司现已与100多家企事业单位达成合作协议，成功打造学习系列展厅5处，参与制作了鄂尔多斯市重大活动氛围营造和景观提升等一系列工程。

　　时间的刻度，真实地记载着刘云的创业路。他肩负着企业家的责任。公司创立以来，已参加5次大型公益活动，累计资助40名贫困学生。此外，公司还为环卫工人和残疾人提供免费饮水和雨伞，并带动了5名残疾人就业，用实际行动打造了诚信、担当的企业名片。

　　风好正扬帆，发展无止境，努力拼搏，再创辉煌。刘云和他的团队决心以更加昂扬的创业精神和更加强烈的责任意识，努力把企业做强、做实、做大，以更加突出的成绩服务群众、回馈社会。

一心为民的好支书

——记乌审旗苏力德苏木陶尔庙嘎查党支部书记伊庆嘎

"做官先做人。""无论做人还是做事,首先要对得起自己的岗位和职责。"这是伊庆嘎同志常说的两句话。

伊庆嘎,男,蒙古族,出生于1963年,中共党员,现任乌审旗苏力德苏木陶尔庙嘎查党支部书记。1999年以来,他已连续六届当选为嘎查党支部书记。18年来,他始终以一名合格党员和人民公仆的身份严格要求自己,坚持推行"支部+协会+农牧户"的发展模式,积极带领农牧民成立互助协会,发展规模养殖,注册农畜商标,修建入户道路,争取发展项目,用实际行动走出了一条带头致富和带领致富的新路子。2018年,陶尔庙嘎查农牧民人均纯收入达到了18000元。

有一种作风源于勤政

陶尔庙嘎查位于苏力德苏木东北部,距乌审旗17千米,是苏力德苏木下辖的一个以牧业为主导产业的嘎查,下设5个牧业社,总土地面积为482平方千米(72.3万亩),共385户1020人。

1999年,在嘎查"两委"换届选举中,伊庆嘎第一次高票当选党支部书记。在一般人看来,这个位置很重要,在他眼中,这更多地意味着责任和担当。陶尔庙嘎查地广人稀,交通、电力等基础设施落后是制约农牧民生产生活发展的重要瓶颈。上任后,他对嘎查基本情况进行了认真的摸底分析,力求找准症结所在,有的放矢发展经济,切实改善农牧民的生活状况。

之后,在几任支书岗位上,伊庆嘎都始终把解决农牧民生产生活中的困难和问题作为头等大事来抓。在充分发动群众的同时，他想方设法跑项目，千方百计争取资金，加大对农牧业基础设施的投入力度，使嘎查基础设施和整体面貌都有了很大改观。

特别是2014年以来，按照全面建成小康社会的要求，依托美丽乡村（牧区）工程，伊庆嘎适时起草制定了陶尔庙嘎查发展规划。他积极向上级党委、政府争取，把陶尔庙嘎查定为乌审旗试点村，为这个即将起步腾飞的小村庄赢得了长远的政策和资金支持。一年多的时间，在陶尔庙嘎查党支部的领导下，陶尔庙嘎查先后完成危房改造99户，改造率达到100%；完成高、低压投资862万元，增装变压器24台，通电率达到97.9%；完成通社道路30千米、通户道路13.5千米；完成安全饮水99户，覆盖率达到100%；广播电视通讯实现村村全覆盖；投资40.3万元，建成60平方米的卫生室、200平方米的文化室、50平米的便民连锁超市；完成村庄绿化750亩；建设文化广场2处12600平方米。嘎查整体面貌焕然一新。

在重大考验面前，伊庆嘎以自己严谨细致、勤奋务实的工作作风，带领嘎查"两委"班子齐心协力，协助苏木镇党委圆满地完成了一个又一个艰巨的任务，用实际行动创造了一流的业绩，为陶尔庙的发展尽了心、尽了力。

有一种情感发自为民

"党支部是基层群众的'娘家'，是党组织与农牧民的'连心桥'。"伊庆嘎在全体党员干部会议上经常这样教育大家，他也是这样带头付诸行动的。为提高牧民收入，壮大嘎查集体经济，2014年7月，通过项目带动、村民入股等方式，陶尔庙嘎查成立了互助资金协会。经过几年的经营，互助资金协会已累计筹集资金达420万余元，实现年创收33万元。在自身发展的同时，协会坚持互帮互助，加大对贫困弱势群体的帮扶力度，规定每年必须将互助资金协会资金的10%用于扶持嘎查弱势群体，帮助他们发展致富产业、保障其基本生活，真正使嘎查成为农牧民的家。截至目前，互助资金协会已先后资助大学生30余人，帮助弱势群体十几户40余人，解决了他们的燃眉之急。

"共同致富，就是全嘎查农牧民一起富。"经过多年的发展，陶尔庙嘎查农牧民人均纯收入有了明显提高，但仍有13户56人生活在贫困线以下，其中国家贫困户7户16人、市级贫困户16户40人。抓好扶贫工作的同时，伊庆嘎决不让一个贫困户掉队。于是，他自己出资22万元，重点帮助了嘎查"三无"人员孟克巴特尔，使孟克巴特尔的生活有了奔头。伊庆嘎常说："共同致富是什么？就是全嘎查农牧民一起富了，才算共同致富。"在摸底调查贫困户时，他了解到达来巴雅尔一家由于土地贫瘠，经济收入低，子女又要上学，家庭生活十分贫困。伊庆嘎与达来巴雅尔倾心长谈，为他家寻找致富出路。他家的土地属于沙地，发展养殖业存在很大困难。伊庆嘎当场承诺为他家担保协调小额贷款1万元，并当场捐助500元为他家解决春耕备耕资金的问题。

此外，在实践工作中，伊庆嘎主动与"3+1"互助共建单位、苏木镇领导就贫困户如何发展、如何"自救"深入商讨，并结合实际制订发展计划、落实帮扶措施，积极争取国贫户于2016年年底脱贫，努力实现市贫户2016年—2019年底人均年收入增长20%以上的目标。目前，嘎查党支部已落实产业扶持脱贫23户，其中新建房屋4户，建设羊棚圈设施1户，草棚设施12户，打井配套滴灌喷灌等水利设施13户，发展特色产业1户，职业技能培训2人，易地搬迁脱贫4户6人。

有一种精神历久创新

"党支部书记不能只低头拉车，还要抬头看路，基层工作更需要创新，只有创新，事业才能发展。"对待工作，伊庆嘎总是有一股永不满足的劲头。在实践工作中，他永不保守，时时创新。

1998年，在对周边市县进行了详细的市场调研和学习考察后，伊庆嘎率先在嘎查进行生猪养殖，以身示范，以身作则。待取得了成熟的养殖经验后，他带动周边5户示范户牧民养猪，平均每户增收10万元。

担任嘎查党支部书记后，依托陶尔庙嘎查得天独厚的资源优势，伊庆嘎深入发掘少数民族民俗文化，大力发展农畜产品品牌，积极争取上级政策支持。2014年，他争取到自治区民委"少数民族特色村寨保护与发展项目"300万元，并按照少数民族村寨特色，先后对99户农牧民的危旧房屋进行了集中改造。同一年，借助陶日木庙，他主持成立了陶尔庙嘎查五畜文化专业合作社，注册成立陶日木农畜产品商标，并依据原生态文化体验教育基地的定位，重点打造了48户五畜文化专业户。此外，党支部还大力推行"农牧民+合作社+品牌"模式，在发展文化旅游产业的同时，让农牧民的畜产品利润提高了30%以上。

发展在于创新，创新永无止境。伊庆嘎根据多年的工作经验和对新形势下产业发展的准确把握，立足陶尔庙的区位条件，积极发展地区林沙产业。他引进海源公司，并在辖区内确立了12万亩的自然生态恢复区，先后主持引导15户农牧民与乌审旗生物热电厂签订了5000亩的生态建设合同，建立起龙头企业与农牧民利益联结机制，努力帮助农牧民增收。

天地有正气，杂然赋流形。有付出终有回报，伊庆嘎同志在平凡的工作岗位上取得了不平凡的业绩。在他的带领下，陶尔庙嘎查党支部连续12次被上级授予"先进党支部""五好嘎查党支部"等荣誉称号。他本人也先后20多次被评为优秀党务工作者和优秀共产党员。作为一名坚守本色的优秀共产党员，伊庆嘎用自己的青春热血和奉献精神，忠实地履行着一名基层党支部书记的神圣职责。

青春献幼教　大爱永流传

——记准格尔旗薛家湾第二幼儿园园长、党支部书记 武萍

武萍，现担任薛家湾第二幼儿园园长、党支部书记。从教20多年来，她在工作上兢兢业业，勤勤恳恳，无私奉献，在平凡的教育岗位上做出了不平凡的业绩，曾荣获鄂尔多斯市"十佳园长"、市级教学能手、准格尔旗优秀园长、先进教育工作者、"拔尖教师"、旗教体系统优秀共产党员、巾帼建功标兵、准格尔旗"身边活雷锋""五星级志愿者""优秀志愿者""特殊贡献者"等荣誉称号。

专业源于细节，成功源于专注

1996年，武萍从伊盟师范毕业后走上了她热爱的幼教岗位，与她钟爱的事业和快乐成长的孩子一路前行。她先后担任过教师、班主任、教研组长、保教主任、副园长等职务。无论是在哪一个岗位上，她始终专注幼教的学习研究，努力转变现有的教育观念，尤其关注幼儿生活课程、游戏课程、情商课程的研究，让孩子在体、智、德、美、劳方面全面发展。

武萍担任薛家湾第二幼儿园园长后，根据幼儿身心发展的规律和学习特点，从转变课程观、教师观、儿童观等方面入手，因地制宜提出了保教并重、关注个别差异、促进幼儿富有个性的发展的新设想，对幼儿园实行民主管理，在幼儿园保育、教育、科研中坚持专业引领，大胆创新，让幼儿园保教工作真正落到了实处。她经常说："幼儿老师和蔼的态度是滋养孩子心智的核心。"丰富的教学阅历、渊博的知识沉淀，使她创造性地提出了"读懂孩子、读懂

家长、读懂教师，让爱满园"的办园理念，秉承"假如我是孩子，假如是我的孩子"的园训，打造家园共育型幼儿园、情商型幼儿园，取得了新的成就。她带头开展了幼儿入园适应、幼小衔接、幼儿评价、课程建设、家长工作、0~3岁早教等方面的课题研究。在"读懂"的基础上遵循教育的规律、孩子成长和发展的规律，顺势而为，让幼儿园稳中向前发展，打造了一所名副其实的幼教"名片"，也使自己成为一名优秀的幼教"掌舵者"。

凝聚团队力量，打造特色幼教

幼儿园领导的人格魅力决定着团队的精神文化和团队凝聚力。武萍同志是一位善于学习的研究型园长，走上领导岗位后，她积极参加各类培训，阅读各种书籍，并且将先进的教育理念回馈于社会。她利用下班时间无偿为老师、家长上课，并成立了幼儿园家长学堂，注重提升教师队伍素质，提高家长的育儿水平。目前，她开辟的课堂有300多名老师、家长学习，还有全旗3000多名家长在她的家庭教育微信群里进行线上学习。许多家长亲切地称："武萍老师就是家长心中的好姐妹、好导师、好榜样。"

武萍同志不仅带领着幼儿园稳中前进，同时带领着准格尔旗第二互助共同体的12所幼儿园共同发展。她从各园情况和实际需要出发，立足于"优势互补、合作共进"这一工作基础，一方面通过为组内邀请专家进行实地指导，提升幼儿教师的专业水平，另一方面发挥组内各园所的优势，搭建共同成长的平台，相互促进。在她的倡导下，第二互助共同体内成立了准格尔幼儿园足球俱乐部、第二互助共同体名师工作室、第二互助共同体家庭教育指导站、第二互助共同体社会实践基地，营造了浓厚的学习互助氛围，促进了学习型校园和学习型家庭的建设。她组织的城乡幼儿园现场观摩、教学研讨、送教下乡、管理分享、入园指导等互助活动开展得有声有色，为准格尔教育城乡均衡发展做出了贡献，得到了领导和同行们的高度评价。幼儿园也连年被准格尔教体局评为先进集体、教育督导评估一等奖、全市文明单位、市级健康幼儿园，还被自治区教育厅评为自治区级示范性幼儿园。

追求永无止境，奉献无怨无悔

为了唤醒更多家长对家庭教育的重视，她在全旗幼儿园、小学开展了40多场公益家庭教育讲座，用生动的案例启发家长做懂孩子、懂教育的智慧父母。从基层到城镇，武萍园长不辞辛劳，只为让更多的人受益，让更多的孩子能接受健康的家庭教育。

多年来，武萍每天早出晚归。每天上班她是第一个到达办公室的人，也是带着倦意最后一个离开幼儿园的人。幼儿园已然成了她心中无时无刻不牵挂的家。无数个不眠的长夜，她苦苦思考着幼儿园美好的发展前景，绘制着一幅幅精美的蓝图，带着家长的热切期盼和当地政府的无限信任，收获着成功的喜悦和未来的憧憬。

日复一日，年复一年，她就是这样，为了党的教育事业，一直在勤奋地工作着，多年如一日执着地奉献，执着地追求她的人生价值。幼儿园成了孩子健康成长的乐园，成为教师专业成长的活力园，成为家长见证孩子成长的的满意园。

精准扶贫助困，大爱责任一肩挑

武萍同志从 2010 年开始利用业余时间从事志愿服务。2012 年她加入准格尔义工协会，成为一名志愿者。9 年来，她长期资助 6 名贫困学生，关爱 20 名单亲留守儿童，个人累计捐助善款 5 万余元，志愿服务时间超过了 5000 个小时。

9 年来，武萍为甘肃土沟井小学，贵州和四川山区的小学，乌兰察布市察右后旗大六号小学、红格尔图小学、贡红小学、白音察干小学等组织爱心义卖捐助活动，每年为准旗周边的玻璃圪旦、柴登、五家尧、布尔陶亥、纳林等小学和幼儿园进行圆梦草原"大爱暖冬，新年新衣"暖冬行和"点亮微心愿，共筑中国梦"六一儿童节爱心暖包等公益活动。先后共筹集善款 10 万多元，为边远山区的学校买桌椅、图书、煤炭以及修缮校舍，为 100 多名农村贫困家庭留守儿童买衣物、玩具、书包、文具等学习用品，用无私的大爱温暖着山区孩子们的心田。

贫困留守儿童需要物质上的帮助，更需要精神上的慰藉。为了能让更多这样的孩子度过一个开心的儿童节，每逢儿童节，武萍就会带领幼儿园的志愿者老师，放弃所有的休息时间，将单亲家庭孩子和外来务工子女接到幼儿园过节，通过游园、互动、游戏、送礼物、外出拓展、参观学习、为孩子找爱心妈妈等活动，让他们度过幸福、难忘的儿童节。

武萍连续两年和准格尔义工协会为贫困留守儿童、外来务工子女组织"以爱扶志，暑期不孤单"夏令营活动，成功帮助了150多名特殊家庭子女。一次又一次爱的奉献活动，不仅仅使孩子们深受感动，更让孩子们真真切切地感受到了社会的温暖，让他们看到了希望。

武萍同志通过自己的实际行动，影响带动了1000多名爱心人士参与志愿服务活动。在她看来，爱不仅仅是相互感动，更是正能量的传播。一个人的爱会影响身边的人，一个团队的爱就会影响更多的团队。在她的带动下，2016年5月，准格尔义工协会薛家湾第二幼儿园志愿者分会成立，除了开展关爱留守儿童志愿服务活动，分会还积极开展"一对一"助学、助残义卖、走基层慰问、帮扶助困、大病救助、环境保护、关爱环卫工人等志愿服务活动。她在关爱别人的同时，她的行动也影响到了园里的孩子们，在孩子们心中从小就种下一颗友爱的种子。"以爱育爱，让爱满园"就是她办园的初衷和为之努力奋斗的目标。

武萍带领的团队是一个充满爱的团队，是一个让你感动、给你希望、催你奋进、正能量满满的团队。她和她的团队多次被准格尔志愿者协会、准格尔义工协会授予"优秀志愿者""优秀志愿者组织""特殊贡献组织"等荣誉称号。 她本人2017年被准格尔旗志愿者协会、准格尔义工协会评为"十佳优秀志愿者"，2018年被评为"五星级优秀志愿者"，2019年被评为准格尔旗"身边活雷锋"。

武萍深知人民教师责任的重大与光荣。她贡献着自己全部的人生与心血，甘洒汗水，培育英苗，为人民的教育事业奉献青春，无怨无悔。

情系孩子　心连童心

——记准格尔旗薛家湾第十三幼儿园园长李明珠

　　李明珠，女，1971年9月8日出生，内蒙古准格尔旗人，本科文化程度，1991年9月参加工作。近30年来，她刻苦钻研，勤学苦练，从不计较个人得失，把所有的爱倾注在幼儿身上，把所有的情洒在幼教事业上，结出了累累硕果。2011—2013年，她连续3年被评为旗级优秀园长。2018年以来，她6次荣获旗级"优秀党员"称号。同时，她还担任内蒙古自治区科学教育基础研究"十二五"规划课题《幼儿语言表达能力的培养研究》的课题主持人。

　　李明珠用"爱心、浸润、自信、成长"这几个平凡而朴实的词语激励着全园的老师和孩子们。这种自信教育和人格魅力感染了周围的人。家长们说：她是我们的知心好友；孩子们说：她是我们的"园长妈妈"；老师们说：她是我们的亲人；朋友们说：她是我们的好老师；社会各界赞扬：她是有爱心、有影响的人，她是我们推选的优秀人大代表……

　　李明珠是一名优秀的共产党员，始终坚持党的政治和思想路线，自觉发挥党员的先进性，不断更新观念，与时俱进，全心全意为幼儿教育事业服务。她始终坚持"教育是事业，事业的意义在于奉献；教育是科学，科学的价值在于求真；教育是艺术，艺术的生命在于创新"的办园理念，辛勤工作，带领园丁们逐步开拓出一片自信快乐、健康和谐的幼教天地！

用心实现幼教梦想

从事教育事业是李明珠儿时的梦想。她在工作中养成了严谨、细心、求实的工作态度。她利用业余时间，潜心学习幼教理论，研究教育教学和管理方法，持之以恒，积累了大量的知识。

李明珠经常引用魏书生老先生"利用公家的时间锻炼自己的身体，何乐而不为"这句话，激励和鼓舞自己与身边的人们。上苍总会把机遇赐给这样勤奋、努力、有准备的人。2008年9月，随着薛家湾第六幼儿园的成立，她被选任为园长。5年间她将六幼建成市级示范园。2013年10月，她又转任薛家湾第十三幼儿园园长。

博学仁爱，以德服人

李明珠曾经这样说过："工作不仅仅是为了生存，更是一种拼搏奋进的过程。"因此，她从来不怕艰辛，不怕困难，始终勇于创新。她认真钻研，讲求方法，善于管理，积累了一套丰富实用的工作经验。她明

确提出"让每个生命自信绽放"的办园理念。她的目标是"打造一所体验式、开放式、园林式的幼儿园，一所让孩子喜欢、教师舒心、家长放心、上级肯定、人民满意的具有自信特色的示范园"。

园长的人格魅力靠什么？在李明珠的身上，我们能看到知性、睿智、敬业等优良的品质。她一贯遵循"以情感人、以德育人、以理服人"的管理理念。工作中，李明珠把这12个字当成座右铭，时刻铭记于心。她

善待孩子，善待家长，善待教师。她倡导每位教师都有要求进步的愿望，常常告诫老师："人是因为个性才更有魅力。"她深信每个人都拥有自己的智慧和优势，每个人都善于"扬长"。她用自己的人格魅力、扎实的业务素养和创新精神感染了全体教职工。她经常亲自指导教师进行环境创设、区角活动材料的制作。在课程引领方面，她有自己的思想和独到的见解。李明珠亲临第一线实践，引领课程建设，成为教育教研的中坚力量。在她的带领下，全国全面加快了幼儿园教育教研改革的步伐。她是幼儿园的领头人，更像是教职工的大家长。许多教职工都会记得她给自己的无微不至的关心和帮助。她善于调动每位老师的积极性，知人善用，努力发挥每位老师的潜能。在她工作过的幼儿园里，不断涌现出幼教新秀。

"问渠哪得清如许，为有源头活水来。"李明珠的无私奉献精神，一点一滴地感动着幼儿园的每位老师。相信李明珠园长将一如既往地用爱心去浇灌每一位孩子的心灵。她今天用爱心托起的小太阳，必将在明天发出灿烂夺目的光芒！

酿造传奇"库布其"

——记内蒙古库布其酒业有限责任公司董事长杜红兵

库布其酒业公司是一张承载着鄂尔多民族文化魅力的"亮丽名片"。当年,杜红兵"固执"地种下了"库布其"这粒希望的种子。这粒种子,从破土而出,直到长成一棵参天大树,他知道这个过程中要付出什么、承担什么。但杜红兵那汹涌澎湃的激情已如火山喷发一样不可阻挡,不懈地追求、不懈地探索,希望"库布其"奇迹般地"疯长",直到今天已成为鄂尔多斯民族酒业的品牌。库布其酒业相继荣获"中国知名品牌""中国优质白酒""中国沙漠产区首创品牌""中国沙漠产区典范白酒""内蒙古著名品牌""内蒙古地理性标志白酒品牌""内蒙古民族品牌创建榜样企业""内蒙古著名商标""内蒙古百姓食品放心示范企业"等30多项荣誉。

寄情于酒,打造民族酒业品牌

当年,在浩瀚苍茫的库布其沙漠,老一代库布其酒业开创者们伫立在一丛丛沙棘前凝神思索:如何能让塞外酿酒技术在新时代绽放出璀璨的光芒?如何能让传统酿酒技术在日新月异的白酒技术革新的浪潮中站稳脚跟?数年后,他们为之前赴后继,走南闯北,历经艰辛,筹资金、选厂址、建厂房、购设备,终于在茫茫的大漠之上,建立起一座崭新的酒厂——杭锦旗制酒厂(库布其酒业有限责任公司的前身)。

1999年6月8日,经杭锦旗计划委员会立项,年生产基酒500吨,项目总投资 276.5 万元的杭锦旗制酒厂在苍茫的大漠之上矗立起来。2001 年 9 月 27 日,杭锦旗制酒厂变更为杭锦旗漠中王酒业有限责任公司,注册资金 57 万元。2008 年 11 月 25 日,公司注销。2003 年 7 月 1 日,重新注册杭锦旗库布其酒业有限责任公司,注册资金为 70 万元。

从此,库布其酒业,踩着泥泞的道路,历经重重磨难,终于在大漠之上又一次屹立起来。库布其酒业坐落于美丽的杭锦旗,这是一片炽热的土地,它位于鄂尔多斯市西北部,地跨鄂尔多斯高原与河套平原,黄河自西向东流经全旗 200 多千米,库布其沙漠横亘东西。

杭锦旗草原辽阔,草质优良,并盛产多种野生绿色食品,是内蒙古自治区重要的草原生态畜牧业基地,沿河区属于黄河冲积平原水源充沛、土壤肥沃,是自治区高效农牧业基地。这些为库布其白酒的生产提供了优质的原料,并因此孕育出库布其白酒的芬芳、淡雅。古往今来,黄河以北的万顷大地之上,到处飘散着清香馥郁的酒香。白酒,像一缕缕和煦温婉的春风,缓缓向着四野弥漫。

浓郁而深厚的民族酒文化深深地感染着杜红兵。源于对民族酒文化的热爱与追求,2006 年 6 月 8 日,在与库布其酒业经过一轮轮友好的磋商之后,他正式收购了库布其酒业,正式将其更名为内蒙古库布其酒业

有限责任公司,并任董事长一职,决心打造民族酒业品牌,让库布其酒业走出国门,走向世界。

传承匠心精神,创新白酒工艺

假天工之巧,可以开物;聚执着匠心,方可出奇。库布其,作为极

具民族特色的"鄂尔多斯制造",能赢得众人的口碑效应,得益于每一个库布其酒业人对匠心精神的坚守与传承。

这个时候,作为库布其酒业的领军人物,杜红兵在思索:如何在激烈竞争的白酒市场立足脚跟,让库布其酒业产出的白酒脱颖而出?于是在他的的建议下,酒厂一行人走南闯北,不断地吸取国内其他酒厂的丰富经验。在贵州怀仁茅台镇的茅台酒厂、国台酒厂、酒中酒、金酱、古夜郎、亿渡烧坊、国联酒庄、钓鱼台等酱香酒厂家,在四川宜宾的五粮液酒厂、水井坊、大梁酒庄、蒙顶酒庄、贵妃酒厂、宾宴酒厂等酒厂,在山西吕梁汾阳的汾酒厂,在山东的百脉泉酒厂,在河南的仰韶酒厂,在河北的刘伶醉酒厂,在江西的李渡酒厂,人们总能看见一众来自鄂尔多斯草原操着浓厚鼻音的一行。每到一处,都细心地查看着酒厂的运营模式,周详地咨询着酒厂的经营理念和营销理念,用心观摩、体会各酒厂的厂区布局、建筑设计、文化建设、运营模式、酒庄运营等。可以说,在华夏大地上,凡是有酒厂集中的地方,总能留下他们取经的脚印,他们一杯一杯品尝着各地酒厂生产出的美酒,博采众长、取长补短,决心生产出口感更加醇厚醇香的家乡美酒。

不断创新白酒生产工艺,导入先进生态经营理念。按照"减量化、再循环、再利用"原则,创建了生态酿酒标准体系,在企业内部建立起"生产者、消费者、还原者"的工业生态链,将生态链向前延伸到绿色原料、能源及工业无机环境的构建上向后延伸到消费领域,通过引导生态消费塑造库布其酒业的发展理念、培育库布其酒业的品牌、传播库布其酒业的企业文化。

在创建工业生态链的同时,公司确立了"防治污染、保护环境、挖潜增效、节能降耗,创建酿酒生态园、实现产业生态化"的环境管理纲领,对涉及从工艺设计到设备选型、从原料供应到营销服务、从资源利用到废物处置的全流程，进行环境因素的识别和评价建立应急准备和应急响应管理体系，形成了环保工程的长效机制，全面推行了"清洁无污染生产"。

为了让老百姓能知悉这款好喝不上头的好酒。那段时间，酒厂所有员工拧成一股绳，不分工种、不分领导员工，纷纷走上了宣传库布其酒的前沿阵地。烈日炎炎的夏日，杜红兵和员工一起顶着暴晒任劳任怨地发传单，人流熙攘的交流相会里，他们穿梭在人流中，耐心地向参会者介绍酒产品并提供免费样品品尝；寒冬里，北方的婚庆市场开始火爆，而在酒店，总有库布其酒业业务员穿梭的身影。日积月累，库布其酒的名声在不经意间悄悄蔓延，老百姓的饭桌上、朋友弟兄聚会上、"喜事白事"上，库布其酒悄然间走上餐桌。无论是在草原炊烟袅袅的蒙古包内，还是在灯红酒绿的都市酒店，库布其酒的芬芳，总会弥漫在空气中，久久不能散去。

铸就民族品牌，引领鄂尔多斯酒业振兴

越是民族的，越是世界的。当前全国大力推进"一带一路"和中国文化"走出去"战略，为库布其乃至整个鄂尔多斯酒业"走出去"提供了绝佳契机。在经过一番细致的深思熟虑之后，杜红兵决定重金聘请高级酿酒师以及各种技术工人，同时聘请多位中国著名白酒专家现场指导、倾力研制、开发新产品。通过先进科学技术和传统酿酒工艺的完美结合，将沙漠文化和酒文化水乳交融，让消费者既可享受口味独特的美酒，又可品味博大精深的文化内涵。

水，是万物之源，亦是成就白酒品质典范的重要保证。酒厂在酿酒时，不惜付出更多的代价，采用甘醇的纯天然、没有任何污染的库布其沙漠深层地下水，凭借精湛的制作工艺和超前的视觉设计，相继研发出了"库布其传奇""七星湖""沙藏"系列、"漠北情""沙小白""觀常品""非常品""千八银子"系列等三大香型、十几个系列、60多款精品系列白酒。各品系白酒或清洌绵甜、或甘醇怡人、或回味悠长。

2015年，库布其酒业迎来了发展的春天。同年5月25日，杭锦旗发

展改革局立项批复项目名称为"库布其酒业搬迁及升级改造项目",项目总投资36299万元。项目地点在鄂尔多斯新能源产业示范区新兴产业园区。于2015年5月份开工建设,是集酒文化产业、观光旅游产业、白酒生产经营产业为一体的新型现代化酒厂,预计2019年建成投产。

时至今天,库布其酒业搬迁及升级改造项目已初具规模。新酒厂建成后将打造国家AA级旅游景区,是旅游、文化的生产型示范企业。新厂包括化验室、调酒车间、酿酒车间、灌装车间、制曲车间、陶坛库区、地下酒窖等,全部设计了参观通道,全方位、全流程地向游客展示制酒的全过程。同时,在厂区内将建设酒文化主题广场、酒文化博物馆等文化类设施供游客参观、鉴赏、把玩。实现全面透明化,让消费者能够在库布其酒厂看到白酒生产的每一个环节,近距离地了解中国酒文化的深厚。2015年10月19日,公司成功收购"七星湖",2015年10月,由中国品牌研究院、《品牌观察》杂志社、内蒙古品牌实验室及其独立的专家委员会评估,"库布其"注册商标品牌价值为15.87亿元。

在奋进的道路上,库布其酒业公司一往直前,时刻将消费者放在第一位,很好地推动了企业的健康蓬勃发展。如果说,库布其是一棵成长在大漠之上葱郁的柏树,那现在的它正是活力四射的青春年华。而辽远的天空,还有更多的空间,等待着库布其的到来,它的出现必将会让那片湛蓝的天空散发出绚烂的霞光!

在党的十九大报告中,习近平总书记明确提出了"质量第一"和"质量强国"的理念。库布其酒业公司非常庆幸,不但传承了独具匠心的酿造技艺,还发扬了"高品质"的优良传统,品质理念契合了国家的发展理念。

未来,库布其酒业公司将建设集农业、酒园、酒庄、牧业、光伏、文化、旅游七位功能于一体，融合农业种植、酒类生产、饮用水生产、酒庄酒、肉牛养殖、饲料加工、光伏发电、工业旅游、文化产业于一体的创新综合体和循环经济体，并将坚守传统，与"高品质"同呼吸、共命运，引领和带动鄂尔多斯酒业振兴，让其傲立于民族品牌之林。杜红兵将带着他的企业一如既往地前行，走向星辰大海，让"库布其"驰名中外。

用无悔青春书写蓝色之旅

——记鄂尔多斯市税务局第一稽查局田军

田军,1997—2003 年先后在内蒙古鄂尔多斯市杭锦旗巴拉贡镇税务所、杭锦旗国家税务局从事一线税务稽查工作。2003—2018 年,鄂尔多斯国税稽查局工作,曾担任市举报中心副主任和检查科副科长。2018 年机构合并后,担任国家税务总局鄂尔多斯市税务局第一稽查局检查一科副科长。

田军同志在 23 年神圣的国税稽查事业中用勤劳与汗水书写着骄人的业绩,在打击增值税专用发票涉税犯罪的征程上迈出正义的步伐。他用自己的实际行动谱写着无愧于时代、无悔于人生的青春之歌。

苦练内功,岗位练兵勇争先

现代涉税违法犯罪形势日益复杂,不法手段层出不穷,税务稽查重任在肩,任重而道远。田军同志常说:"没有打虎艺,怎能上虎山。"多年来,为了适应稽查工作形势的需要,有效地提高检查和办案水平,他刻苦学习,认真钻研、勤于思考、敏于发现,不断地提高自己的业务素质和查账本领。随着业务素养的加深和实践经验的增多,田军成为国税系统内一名响当当的业务骨干,多次在岗位练兵、业务竞赛中名列前茅,并成为稽查系列的师资培训老师,数次参与稽查程序规范、检查指导、金三流程、协查举报工作、营改增方面的培训工作,为提高鄂尔多斯市稽查工作规范化、专业化水平做出了自己应有的贡献。2016 年,田军被推荐为自治区稽查人才库人才。

作为国税稽查负责人，田军参与制定了《鄂市稽查局协查业务流程》《鄂市稽查局举报工作规范》，创造性地提出按期回复内控时限、协查人员候补工作制和举报工作"五及时"的先进做法，对鄂市范围内几百户纳税户实施各类稽查检查，累计为国家挽回税款损失5000多万元，多次在全市稽查系列受到通报表彰。田军还多次被稽查局抽调参予重点税源、重点行业专项检查以及"兴和专案"的查办，累计查补税款6000多万元。

 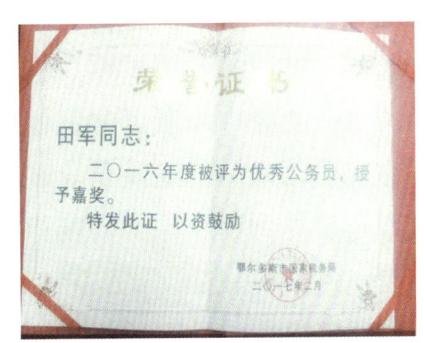

为整顿和规范税收秩序、打击涉税违法犯罪行为，田军曾先后参与查处了伊旗鑫达公司虚开专票案、环宇集团乌海销售公司鄂市分公司虚开专票案、田文学虚开专票案、"8.24"特大虚开专票案，有力地打击了利用增值税专用发票违法犯罪的嚣张气焰，同时多次参与配合公安经侦打击增值税专用发票违法犯罪活动，在社会上起到了广泛的震慑、教育和规范作用。

严细把控，秉公执法树形象

田军思路清晰、判断准确，善于创造性开展工作，特别是计算机信息技术掌握程度高，能够有效应对各种信息化技术难题。2003年，在一次专项检查中，面对企业财务人员的推诿和搪塞，他义正词严地说："税务检查是代表国家执法的一项权力，任何单位、任何人都要按照法律的规定予以协助和配合，执法检查也是对企业规范提高的一个促进，税企应该建立和谐关系，不应该也不必要搞对立。"有理有情的说法使企业负责人态度立变、积极配合，使得检查工作顺利有效得以进行。

2005年，田军参加全市煤炭行业大检查，在对东部矿区的检查中，他敏锐地指出："周边一些资源缺乏、经济落后的地区为吸引税源，地方政府出台了一些'税收优惠政策'，本市的一些煤炭企业也蠢蠢欲动，利用在这些地区注册关联经销企业的办法，从中获取税收优惠，其实质就是往外地引税，从而造成本地税款的流失。"为此，他有针对性地提出合理化建议，即：主管税务机关应从其给关联企业开具的增值税专用发票上注明的售价高低入手，如果售价偏低，未按独立企业之间的交易价格进行交易，主管税务机关就要依法进行调整；即使按当地市场原煤售价开具了增值税专用发票，也有可能存在外销的差价体现在享受优惠地区的关联企业中，所以主管税务机关应从多方面密切注意煤炭生产企业的这方面动向，一经发现及时向市局反映，市局通过政府进行解决。意见和建议得到了领导的高度肯定和重视，为煤炭行业税收大检查的整体推进、扩大成果提供了有益借鉴。

现代涉税违法犯罪日益复杂，信息化、智能化违法犯罪渐成气候，电子商务、电子邮件、电子核算等信息化处理，在部分企业中已经得到很普遍的使用，企业财务的各种凭证、报表都能以电子凭证的形式出现和传递。不法分子利用网络、加密等高技术记载其经营活动和交易信息，做假账或账外经营，使涉税案情更具有隐蔽性和欺骗性。一旦税务部门前来稽查，他们就销毁电子凭证、破坏数据。以手工作业为主的传统税收稽查方式，已难以达到稽查的目的。田军同志作为主查手和主要技术人员，充分利用"电子查账软件"和结合实际开发的一些特别有效的"土软件"破解难题，为检查工作开辟通道和信息收集提供了有力的证据，保证了税务稽查工作在与信息化涉税违法犯罪的斗争中能够赢得主动。

2006年，在对某经销公司的检查中，有证据表明有重大偷税嫌疑，为了防止证据的灭失和转移，田军提出与公安机关联合实施突击执法，一组人员直奔销售柜台获取流水账，另一组人员直奔财务获取财务账，以迅雷不及掩耳之势获取了该公司偷税的有力证据。

2016年，田军参加了全市煤炭行业税收专项检查，并带队前赴东部矿区。通过检查，他发现煤炭行业卖方市场的存在是显而易见的，因为煤炭俏销、购者云集，卖方销售煤碳时不出具发票，"要煤有，要票没有"，所以导致许多煤矿将现金煤作为其偷税的一个主要项目,特别是小煤窑,井口出煤,一手交钱,一手拉货。煤矿不设账务或者账务混乱,拒不提供原始凭证,谎称没有或者借口煤矿小没有保存的必要等。

购销双方发生煤炭销售交易不通过银行结算往来,销货方不开具发

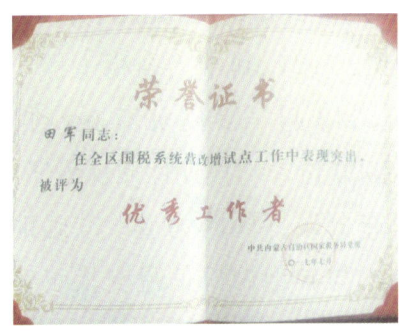

票或者少量开具发票,销货方对所发生的销售业务不进行账务核算或者只核算很少的一部分,而煤炭作为一种特殊的采掘产品又无法有效及时地盘点和掌握库存,这些都为税务机关检查和管理带来了非常大的难度。所以,只有有效地掌握其产量和销量,才能从总体上把握销售,从而核实偷税的证据,有效地防止税款的流失。经过慎重的总结和分析,田军提出了进一步扩大检查成果等一系列意见和建议,随后在煤炭行业税收大检查工作,通过抓重点、稳推进、扩成果等一系列措施,有效地打击了利用现金交易偷逃税款的不法行为,维护了煤炭行业的税收秩序。

厚积薄发,非常时刻显身手

2005年8月24日,鄂尔多斯市境内发生了一起特大系列虚开增值税专用发票案。此案波及全国14个省、市、自治区及其200多家企业,虚开增值专用发票金额达2.8亿多元,虚开农副产品收购发票非法抵扣税款,虚开金额达2.4亿多元,抓捕犯罪嫌疑人11人。此案受到国家税务总局和公安部的重视,并将其列为重点督办案件。

田军作为全市稽查业务骨干被抽调参加了专案组。为全面有效夯实犯罪分子的犯罪证据,他们调取了涉案企业的所有相关表证单书证照发票资料,对各种涉案资料进行严密审核,并且相机采取封存、查扣、冻

结等各项有效措施，对已拘留或批捕的涉案人员进行审查讯问，细致走访调查与涉案人员和涉案事件有过接触的单位和人员，真实有效地掌握了事实和证据。

针对这一起特大虚开增值税专用发票案，在查办的过程中，"金税工程"网络协查在其中起到了重要的作用。经统计，"8.24"查办期间，就办案有关情况向全国各地委托协查120起，其中"金税工程"网上发起7起，票数1575份，纸质函查发起113起，票数5927份；收到受票地税务机关的受托协查215起，发票7500份，均按期保质保量予以回复。为了保证各项数据的准确无误，田军充分发挥团队力量，准确地核实违法犯罪证据，详细掌握违法犯罪信息，与异地做好信息交换工作，确保将国家税款损失降到最低程度，确保了"8·24"专案协查工作的质量和效率。

精细流程，举报工作求创新

举报工作具有社会依托性、社会影响力，事关税务机关的诚信度问题。当前随着举报案件的日益增多，举报案件的受理、查处、反馈、保密、奖励等工作显得日益重要。2005年，田军同志负责市一级举报中心的工作，经过认真研究，他在原有的基础上进一步完善了举报工作机制，创造性地推出了"五及时"的做法，即接到涉税违法案件举报时，及时做好登记；上报领导审批立案后及时下达检查组，并按规定时间完成检查任务；检查结束后及时向举报人反馈检查结果，区局交办的案件及时以正式文件向区局反馈，领导督办的案件及时做专题汇报；对查实并已执行的举报案件在严格审批手续后及时兑现举报奖励；对于检查完毕的案件及时装订成卷，专柜保管。"五及时"的做法，确保了举报工作的质量，得到了领导和同志们的肯定和赞扬。

2005年以来，市国税稽查局举报中心共计受理各类涉税违法举报案件312起，连同上级转办案件18起，案中案9起，共对339起涉税违法案件实施了税务稽查，共查补三项税款达6300多万元。

天道酬勤，铸就金税盾牌

"金税工程"是增值税的生命线，发票协查信息管理子系统是打击利用增值税专用发票进行涉税犯罪的信息通道，是"金税工程"的最后一道防线。在鄂尔多斯国税系统，手持金税利剑盾牌，守卫这最后一道防线的，就是市局稽查局的田军同志。为了保证"金税工程"协查子系统高效优质运行，田军严格按照国家税务总局《金税工程稽查部门岗位设置及职责（试行）》进行了有关人员的岗位设置，做到责任分清、落实到位。2004年，田军参加了总局组织进行协查系统的培训后，连续下乡到基层对全市各旗、区局信息中心及协查岗的工作人员进行了卓有成效的巡回实地培训，通过"手把手"的现场实地传帮带，保证了协查系统的顺利升级，提高了协查岗工作人员的操作水平。

多年来，通过发票协查信息管理子系统共计委托发出增值税专用发票22642份，受托收到增值税专用发票32881份，回复率100％，以上委托受托共计查补税款13170余万元。2004年，自治区税收综合征管软件上线，2016年，营改增政策全面铺开，田军同志发挥技术能手作用，全面做好"金税工程"稽查系列和营改增稽查系列的系统维护工作，为全市税收综合征管软件顺利上线运行、营改增营改增稽查系列顺畅运行和稽查系列信息化建设做出了重要贡献。

恪尽职守，舍小家顾大家

在妻子眼里，男人应该在家里撑门立户，做家里的顶梁柱。但是，田军却全身心扑到工作中去，妻子说"他是个工作狂，是个只要工作，不要孩子、不要家的人"。每当说起这句话时，妻子心里一半是辛酸，一半是骄傲，这让每一个了解田军夫妇的人顿生一份敬佩之情。2006年，田军被区局抽调检查内蒙古"兴和"案件，历时4个多月之久，在办案期间，他仅回家探望一次，而且仅回家两天就返回专案组。之后，他到北京、上海、浙江、安徽、广东、内蒙古等地进行调查取证，当时田军家中父母高龄、妻子有病、孩子还小，但田军同志以高度的责任感投入专案检查中，严格遵守税务人员的工作纪律，表现出了过硬的工作作风，共检查被查对象9户,涉案企业130多户,组卷150宗,为鄂尔多斯市国税局争得了荣誉。

多年来，田军从杭锦旗税务检查一线到现在，多项荣誉紧紧伴随着他。多次被国税系统内各级税务机关评为先进工作者、优秀公务员、大检查先进工作者。2007年，他因查办"8·24"专案荣立三等功;2016年，他被评为自治区营改增先进工作者。

荣誉是奋斗的结果，决不是奋斗的目标。光荣有记载，奋斗无止境。田军将继续迈着坚实的步伐，投入新的奋斗征程中，继续用自己的青春、智慧和力量为国税稽查事业辉煌奋进谱写新的篇章。

践行"工匠"精神 争当"电气"标兵

——记鄂尔多斯新能源有限公司电气技术员崔永峰

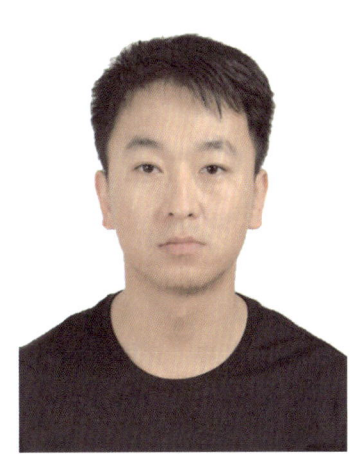

崔永峰,男,汉族,1987年11月生,本科学历,现担任鄂尔多斯新能能源有限公司电气技术员。凭借着对电气工作极大的热爱,他始终以高昂的工作热情和积极的工作态度,全身心的投入他所热爱的电气维护事业中,用行动及业绩诠释着他的人生信条——热爱是干好一切工作的原动力。

独有的天赋注定是"电气人"

崔永峰出生在一个工人家庭,有一天晚上停电,父亲用一节干电池、一段保险丝和一个灯泡做了个简易的台灯,就是这样一个玩具,让5岁的他欣喜若狂,整日把弄研究。他7岁的时候,家里灯泡的开关拉绳断了,因为之前他看过大人更换开关拉绳,所以知道开关的哪个部位有电。他背着父母踩着板凳更换开关拉绳,都做得有模有样。

崔永峰在达旗第一中学上学时,与电气有关的课程成绩一直名列前茅,曾获全国高中应用物理知识竞赛一等奖。大学他就读于天津轻工职业技术学院。大学期间,通过层层选拔,最终代表天津市参加2009年全国职业院校技能大赛(高职组)数控机床装配、调试与维修技能比赛并获得三等奖。

大学毕业后,崔永峰没有过多的犹豫,毅然选择了从事电气维护工作,先后就职于鄂尔多斯国中水务有限公司、鑫旺再生资源有限公司、新能能源有限公司,一直担任电气技术员工作,在此期间,始终坚持电气工程及自动化专业进修,并取得本科学历。

担任电气技术员9年来,他把学校学到的理论知识和工作中的实践经验结合到一起,排除过很多的电气设备故障,进行了若干项重要设备缺陷的技改工作。每一次的故障排除,每一次的技术难点攻克,每一次技术改造取得喜人的成果后,都能从他脸上看到成功后的欣喜与释然。

九年如一日的电气维修工作,有辛勤的汗水,有成功的喜悦,更有敢于担当的责任,他的一言一行,影响和感召了一大批新老员工,也让他得到了诸多的成绩和荣誉。2018年,在车间领导的大力支持下,他参加了2018年中国技能大赛——内蒙古鄂尔多斯市职业技能竞赛,在电工项目中荣获第一名。他先后荣获鄂尔多斯人力资源和社会保障局"市级技术能手""市青年岗位能手"等荣誉称号。

以过硬的本领践行岗位价值

新能能源有限公司二期20万吨稳定轻烃项目建设进入调试阶段时,作为电气设备安装的技术员,崔永峰深感责任重大,丝毫不敢有一丝的放松。整个项目调试期间,他全程跟踪全厂电气设备安装、调试。面对设备调试时间紧、任务重、标准高的要求,他查阅了大量的国外相关资料,认真分析、仔细琢磨、边干边学,加班加点就是家常便饭,从不计较个人得失。不管工作多忙多累,只要能攻克技术上的难点,一切的劳累他都会抛到脑后。在整个安装调试期,对各装置重点设备实施技术改造十余项,在主装置投产后,保证了设备"安、稳、长、满、优"运行,没有因电气设备问题影响工艺生产。

突发事故的处理速度、处理能力决定着企业生产的效率。崔永峰常说:"作为一名电气技术员,不仅要能够处理客户提出的要求,更重要的是能够现场解决设备出现的问题,还要对设备的运行情况做到心中有数。"二期项目正式生产后,由于水煤浆气化磨煤机断棒严重,公司决定改为变频器控制,为保证生产、及时排除故障,确保机组的安全运行,崔永峰在设备到厂前就提前研究新旧设备图纸,将新旧设备进行最优化的衔接,既要保证设备保护的全面性,还要保证工艺操作的简便性,既要保留原有的工频运行模式,也要实现变频调速运行。在设备到厂后,他第一时间绘制出原理图,接线完成后一次调试成功,满足工艺、设备、电气各方要求,交付工艺使用。他在节约了钢棒采购费的同时,由于降频运行,也节约了大量电能,仅一台磨机按全年运行计算,就能节省60余万的费用。他用过硬的素质、精湛的技术、超前的思维,赢得了广大干部职工的赞誉,多次获得公司"优秀员工""金牌工匠"等荣誉称号。

以人格力量恪守职业操守

多年来,崔永峰牢记学习至上、技术领先的发展理念,利用业余时间,系统深入地学习电气方面的知识技术,主动参与企业的技术改造和技术创新工作,不断拓宽自己的知识面,提升自己的技术水平,培养带动了一批技术骨干力量快速成长,为企业更加有效地提高生产效率、创造更多的效益发挥了重要作用。

企业的员工非常清楚,崔永峰严格自律、严格要求是近乎苛刻的。他要求别人做到的,自己首先做到;要求别人不做的,自己首先不做,一言一行都给大家带个好头,塑造良好的个人形象,用自身的人格力量带动影响身边的人。

多年来,他每天坚持深入车间一线,跟踪检查设备的运行状态,严格按照操作规程和作业流程，坚决杜绝违规操作，遇到问题从不放过，坚决从根源上查清问题原因，将问题一次性解绝。在问题解决的同时，他积极与同事分享电气理论知识及实践经验，带动了大家学习的积极性，给员工技术指导方向做规划、做引导，保证了一大批本行业的骨干能手，在关键时候能顶的上、拿得下、出成效。

奉献往往并不需要惊人的创举，而是来自看似平常的努力和付出。崔永峰在电气维护岗位上恪守着一个合格电气人的职业操守。多年来，他兢兢业业，在电气这个领域、专注个人技艺的提升，同时，具备一种追求卓越的创造精神、精益求精的品质精神，也契合了国家提倡的"工匠精神"。

成绩属于过去，奋斗永无止境。在成绩与荣誉面前，对于一个热爱电气、钟爱事业的人，他更多的抉择是一如既往地提升自己的业务知识，积累实践经验，精进电气技术，保证设备运行，为新能能源有限公司的持续健康发展做出自己应有的贡献。

奉献不言苦　岗位显身手

——记鄂尔多斯准格尔召发运站主任级工程师张玉林

张玉林，男，大专学历，中共党员，现担任准格尔发运站主任级工程师，主要负责管理发运站煤炭卸、储、装整体业务管理。多年来，他持之以恒地在严管、多控、促改、增效方面下功夫，在储煤、发运设施改造方面做出了杰出的贡献，赢得了全体职工的赞誉，荣获2019年鄂尔多斯市劳动模范荣誉称号。

绷紧安全生产"弦"不松懈

安全是企业的生命线。作为一名有多年发运站运行经验的管理者，张玉林对安全生产有着精准独到的理解和认识，他始终认为：安全生产工作只有从预防着手、从每一个环节入手，才能增强识险、排险能力。为此，他认真贯彻落实"安全第一，预防为主的方针，针对单位实际，严格遵照煤矿的工作部署，把企业安全生产与单位环境综合治理有机结合起来，保证两项工作同步进行，有序推进。先后紧紧围绕提质增效、保障安全，杜绝事故根本要求，提出了一系列符合实际、操作可行的办法，定期做好职工的安全意识教育、设备的检测和车辆安全隐患的排查，保证每一个环节、每一个细节都相互衔接，不留空白。

经过多年的生产运行，发运站内生产系统的各主要环节陆续曝露出不少设备缺陷，存在着重大的安全隐患，同时也困扰着生产的正常运行。张玉林牢记岗位职责，坚持将安全放在第一位，在安全和生产发生矛盾时，将公司提出的安全理念完全融入日常工作之中，凭着智慧的头脑、丰富的经验和辛勤的汗水，融合团体的力量，使一个个困扰生产的问题迎刃而解，发运站多年来未发生一起安全生产事故。

内挖潜力，全力"促"技改

2016年以来，随着国家环保形势越来越严峻，对地区的环保提出了新的挑战。鄂尔多斯市政府和市环保局坚决贯彻落实国家环保决策部署，要求本地区的露天储煤场地必须"盖顶扣棚"，防止露天煤场出现粉尘污染环境的现象。经预算，发运站内进行顶部封闭，至少需要投入资金3.5亿元，完成封闭后棚内仍需投资进行煤尘治理。为了节约一次性投资成本，防止封闭后可能造成煤尘在棚内聚集造成新的危险，2017年，张玉林同志带领发运站团队，通过对发运站煤尘生产原因进行研究，有针对性地找出控制煤尘污染的方法，并对当下主要的几种降尘设备、抑尘药品进行实验研究。通过成本分析，他设计出最适合准格尔召发运站的成本最低、效果最优的降尘方案。

露天煤场煤尘研究与控制方法对公司其他露天煤场的环保工作和煤尘控制有着重要指导意义。在实际生产运行中，皮带稍有撒煤就会刮坏"704机尾"改向滚筒胶面，同时极易产生高温，极易形成火灾隐患。为了有效解决这个难题，张玉林实地勘察设备运行情况，多方咨询相关设计单位，最后断定"704机尾"改向滚筒 $\phi 630$，由于土建设计与设备设计不相符，在实际安装中距离地面基础（钢筋混凝土的承重梁）结构仅为5厘米是其形成潜在火灾隐患的主要原因。查明原因后，他立即组织技术骨干力量和相关班组进行技术攻关，更换为 $\phi 400$ 双轴承、自带丝杠油杯设计的改向滚筒，使滚筒和地面基础结构距离达到15厘米，避免了改向滚筒胶面与承重梁刮碰，从而排除了潜在的火灾隐患。

针对煤场煤垛物料特点，采样机容易出现故障的实际，张玉林又将眼光瞄准了改进快速装车站上方进料口的技改。他通过分析研究，并依据采样方法和标准进行设计改造快速装车站采样机。目前，技改后的采样机完全符合公司质验部技术要求，将通过数据采集、设备定型，最终申请相关部门验收。

<h2 style="text-align:center">应对挑战，降耗"求"增效</h2>

在多年的生产运行中，仍然有一个困扰多年的难题，就是发运到港口的动力煤亏装2万多吨。张玉林长时间并且多次深入装车站塔楼观察装车时的运行情况。通过细致观察，他发现原设计的落料点（缓冲仓至定量仓）位置不正，致使装车系统无法精确配煤，从而导致亏装问题的发生。查明原因后，他立即组织相关技术人员对其进行改造，使其达到设计精度。通过精确配煤装车，挽回了亏装的2万多吨优质动力煤。

张玉林是一个善于观察、精于研究、敢于创新的人。多年来，在他积极有效的指导和组织下，公司设备的技术改造稳步进行，降耗增效明显。例如，在保证原链式底板不粘料的功能前提下，将斗轮机的轮斗的链式斗底板改为孔板式，这样既降低了磨损维护成本，又提高了斗轮机取料效率，同时还排除了因洒落煤激起的大量煤尘而影响到斗轮机操作工人的视线威胁，保证了安全取料。如，"701～702"皮带巷道增设3部"过桥走廊"，确保了安全通道的通畅，极大地方便了岗位工人在生产运行中对"701"皮带机的检查与维护，提高了工作效率，消除了安全隐患。

多年来，张玉林在实践中不断摸索、不断研究细微、细小之处发现设备存在的缺陷与隐患，在保证安全的前提下，以主人翁的角色组织设备技改，在设备维修、设备改进等硬件方面保证公司既定的年终生产任务，从未发生一起严重安全责任事故,无轻伤、重伤、死亡状况,且无一例职业病出现,为打造安全可靠、一流的现代化发运站而贡献出自己全部的力量,堪比安全技术改造的先行者。

服务大众为己任的岗位能手

——记鄂尔多斯市空港燃气有限公司抢险抢修队队长刘小龙

刘小龙，男，1988年6月出生，现为鄂尔多斯市空港燃气有限公司抢险抢修队队长。自参加工作以来，他便以诚实做人、认真做事、奉献社会、服务大众作为自己人生价值观的衡量标准。进入抢险队以来，无论在什么岗位上，他总是身先士卒，事事走在前，时时刻刻严格要求自己，多次被公司评为先进个人。

敢于创新，敢为人先

燃气设备的检测事关千家万户群众的生命财产安全。从步入燃气这个行业开始，刘小龙就确立了一丝不苟、精益求精的工作信念。多年来，他坚持依靠科技兴企，积极投身于科技创新，提高公司设备安全保障能力和降本增效空间。多年的工作中，他每天在生产一线都会带着纸和笔，对设备信息以及一些常见问题逐个做记录，一有时间就对照笔记上记录的问题翻阅资料、查找答案。

刘小龙是一个深谋远虑、精明强干的人，早在2014年，就开始对园区20多处用气单位所有调压设施设备及供暖设备设施进行了详细统计，根据设备信息、设计参数、运行负荷、常见故障以及维修使用配件等逐个建立了详细的设备档案信息数据库。他还结合工作实践，总结摸索出一套设备保养维修办法以及设备疑难处理措施，有效地降低了设备维修的消耗，避免了设备维修后出现较大的隐患。

2017年11月，正是供暖期间，有部分循环泵电机出现异响故障，刘小龙迅速带领抢修小组人员对各故障电机开展检查维修工作。在检查维修过程中,他分析出异响是电机高温所致,于是他带领队伍加班加点对导致高温的原因展开分析,最终发现高温现象产生的主要原因是风叶导流效果差,电机在高速运转过程中因摩擦产生大量热量却无法及时被风叶导流,造成热量堆积,产生高温现象。找到主要原因后,他连夜组织队伍对电机风叶进行技术改造,通过对电机风叶叶片进行20°弯折和更换大叶片风叶加强导流速率,从而降低热量堆积。通过此次小型技术改造,高温电机由原来的50多摄氏度高温降低为目前20多摄氏度,充分保障了电机安全平稳运行。

勤于钻研,精于业务

作为抢险抢修队长,不但业务要强,而且需要政治思想素质高。刘小龙清醒地意识到,要适应现代企业制度和园区大发展的要求,就必须不断地加强政治理论和业务知识的学习,树立正确的人生观、价值观,提高业务素质和工作能力,努力把自己锻炼成为一个政治素质过硬、业务熟练、作风优良的管理者。

在平时的工作中,不论业务多忙、工作多累,他始终坚持参加集体学习,同时利用闲暇时间对一些专业性知识进行系统的自学,并且注重发挥示范引领作用,定期组织队伍开展"每月一学"专业知识培训活动,活动内容主要包括安全生产的法律、法规和相关专业技能知识培训,以此提高职工的安全意识和专业素质,有效减少了各种责任事故和工作上的漏洞。

注重细节，细化管理

刘小龙同志在抢险工作管理上的特点，除了"严"，更多的是"细"。他常说的一句话就是："细节决定成败。"由于抢险抢修岗位具有一定的危险性，因此，他认为：只有严格的要求、严谨的细节，才是对同事的真正爱护与负责。

在抓质量标准化工作的过程中，刘小龙同志的"细"体现得淋漓尽致。在他的带领下，抢险抢修队处处从小处入手、细节着眼，久而久之，形成了许多别具特色的习惯。

习惯之一：职工进行设备检维修后主动对现场工具及配件进行详细排查清点，并对周围作业现场进行清洁，充分实现工完料净、场地清的作业习惯。

习惯之二：职工在施工作业摆放物料时，主动将各种物料码成一头齐，同时保证施工作业面积的机动性，使得作业过程有序、安全、快捷。

习惯之三：每次检维修后，职工会对作业过程进行详细记录，并根据现场故障，结合工作经验进行故障原因分析，以学标准、懂标准，使得人人干标准活、人人上标准岗。

这些看似微不足道的细节，不但提高了工作效率，而且保证了检维修的作业质量。

廉洁自律，遵章守纪

在行业作风建设和廉洁自律方面，刘小龙认真学习有关党风廉政建设的法律、法规，坚决贯彻执行中央和上级关于廉洁自律的规定，严格要求自己，秉公尽责、依法办事。他经常告戒自己要自警、自重、自省、自励，把好权利观、金钱关、人情关，做到职责清白。

在工作之余，他坚持严格自律、管理好自己，自觉把自己的言行置于法律、群众的监督之下。紧紧围绕公司下达的各项目标任务，抓好安全、带队伍、严管理，扎实工作。多年来，他的步调始终与公司整体工作部署保持一致，有力地促进了全队各项工作的稳步发展，用自己的实际行动书写了闪光的足迹和风采。

践行"劳动精神"，要敬业，对自己的职业有敬畏之心，唯其如此才能认真务实；同时也要精业，对工作精益求精，唯其如此方能使工作安全高效；还要奉献，对自己的职业有担当，脚踏实地，唯其如此才能更好地实现人生价值。

在实现自己理想的道路上，刘小龙同志正是以这种"劳动精神"，严格要求自己，不断砥砺前行。他坚信，唯有不忘初心、不懈奋斗，才能行稳致远。

一名景区讲解员的岗位风采与事业追求

——记东联集团苏泊罕大草原旅游景区讲解员师芬

师芬，女，大专文化，2009年4月入职东联集团成吉思汗陵旅游景区，2016年来到东联苏泊罕大草原旅游景区从事讲解员工作。从讲解员到主管，每一次的进步她都能感受到内心的充实与平静，工作给了她广阔的平台，并由此成就了她内心的梦想，让她在人生的舞台上不断成长与绽放。

既然选择了，就要做到最好

入职东联集团公司担任讲解员工作，对师芬来说是人生的一个新的起点，这个起点将注定她在讲解员的职业道路上付出艰辛的努力，迎接全新的挑战，体会成功的喜悦。

师芬从心底里喜欢讲解工作，认为这是富有吸引力的职业，可以博览众长，增长知识、丰富阅历、拓宽视野。她的夙愿就是通过讲解把内蒙古的蒙古族文化、民俗文化传递给每一位慕名而来的游客，以此扩大和提升景区的知名度和吸引力。但她深深地知道，要想成为一名合格的、特别优秀的讲解员，除了提升政治素质、文化素质、职业素质，更应该行稳致远、讲究方法、扩展内容。

目标确定后就要付诸行动，于是，她开始从提升能力、提高自身职业技能和综合素质做起，除了参加公司举办的专业培训，她向书本学、向同事学、向实践学。随着时间的推移，她的讲解水平从语言、姿势、手势、表情、技巧等方面日渐成熟。为了不断吸收新知识、探究新事物，她重视关注研究游客的类型和诉求，让游客有获取知识的满足、审美的享受和精神的愉悦。至此,她紧紧把握每次难得的机会,用心面对每一位游客,向游客讲述民族文化的同时,将生态保护、绿色发展、文化传承的理念传至来自祖国的四面八方的游客。

在从事讲解和接待游客工作的几年里,每次讲解得到游客的频频赞誉时,她的内心都会由衷地感到莫大的欣慰与成就感。遇到游客的不文明行为或不愉快事时,她都会坦然处理、冷静面对,从不带负面情绪,因为讲解员是旅游区的移动的名片,一言一行都被游客看在眼里,只有把微笑带给游客,把知识传授给游客,游客才会有更强烈的欲望倾听讲述。景区的讲解员每天都会接触到不同类型的客人,针对不同类型的客人提出的不同问题,她都会出于客人方便准则,力所能及地答复游客的疑问,用微笑和真诚对待每一位游客,让游客兴致而来、满意而归。

用心讲述,不忘岗位初心

近年来,随着旅游业的快速发展,对景区的软硬件水平、服务理念和服务品质提出了新的要求。游客来到一个陌生的地方,不仅仅是想要了解这个地方的景点文化、风土人情,更多的是讲解员的态度服务以及这个景点真正的灵魂所在。东联集团创立于1998年,2001年集团投资建设成吉思汗陵旅游区,2004年正式投入运营。旅游区接待游客数量逐年递增,2005年被评为中国最佳旅游景区、国家AAAAA级旅游区。集团公司秉承"修身务本,立德笃行"的文化理念,时时刻刻传递着积极向上、和谐进取、奋发有为的正能量。正是这种魅力所在,也让师芬作为一名职业讲解员,为之倾心、为之陶醉,不厌其烦地用心讲述着成吉思汗陵旅游景区宏伟壮阔的特色建筑和一代天骄成吉思汗的英雄事迹。

在景区内，蒙成吉思汗陵园、铁马金帐、大蒙古国和元朝版图、具有深邃文化底蕴的蒙古族历史文化博物馆等，通过她娓娓道来、准确无误的讲述，向游客展示了一幅气壮山河的文化画卷。为了讲解过程的"准确、清楚、生动"，在每一处景点、每一个节点处付出的艰辛与汗水只有她自己最清楚。对于游客对她丰富的阅历、广博的见闻给出好评时，她深有感悟地说："剑虽利，不砺不断，勤学后方知不足。"多年来，师芬不断学习、不断磨砺，着力提高道德修养，提高服务技巧，她迈着矫健的步伐，走出了一片可以展翅高飞的天空！

"找好处，认不是；知足乐，常感恩。"意味深长的东联"三字经"，是东联人的信念。这种信念时时提醒她戒骄戒躁、踏踏实实做好本职工作，常怀感恩之心。至此，凭借着无数次历练，她已经不满足于只在基本面上对景区、人物资料的了解和掌握，而是力求在知识点上的深入和扩展，更加深入地了解人物背景和背后的故事，研究探索文化蕴含的现实意义和教育意义。

讲好故事，践行一份承诺

讲好景区的故事，讲好草原的故事，讲好鄂尔多斯的故事，需要熟知这里的历史、文化和基本概况。在学习这些知识的过程中，师芬也被潜移默化的熏陶着，阅历和修养都在增长。她认为，如果说走过的路看过的书、见过的人，都会最终与最真实的自己合二为一，那么，导游讲解这份工作，就是在实践中不断地完善自己，让真实的自己和最好的特色文化融合升华。

讲解员是一个景区靓丽的风景线。作为一名有着几年讲解经历、讲解经验的讲解员，她自然对讲解有着独到的理解与感悟。在为游客讲解的过程中，她会与来自不同地方、不同性格脾性和不同年龄阶段的人交流、沟通，也自然不会放过任何一次宣传草原文化、宣传鄂尔多斯对外开放和经济发展新成就的机会，通过发挥草原品牌优势，提升和扩大鄂尔多斯的对外影响力。她借助这个岗位的优势，以真诚的微笑面对游客，一个甜甜的微笑、一个友好的眼神、一个到位的手势、一句贴心的服务用语，都会让游客感受到家一样的温暖，感受到在异地他乡的一份真挚的感情和一份温暖的情怀，这种真情也折射出鄂尔多斯塑造地区形象、增强市场竞争力的又一次大提升、大发展。

人生有太多的艰难，而从事讲解工作何其幸运。在多年的讲解实践中，师芬时刻提升、充实自己，努力以最佳的姿态，带领所有游客畅游民族文化的海洋。

草原文化只有通过大力宣传、传承，才能让外界认识、了解、认同。师芬作为苏泊罕草原的一名讲解员、宣传员，用心讲好草原的故事，通过她的"口口相传"，让来自四面八方的游客了解草原，了解鄂尔多斯，了解蒙古族历史文化。

"路漫漫其修远兮，吾将上下而求索"。说起今后的发展目标，师芬表示将更加努力学习，以更高的标准服务游客，不忘初心，继续前行，在讲解的道路上越走越远，为她所追求的一份承诺和远大梦想而努力奋斗！

产业扶贫办法多

——记达拉特旗吉格斯太镇张义城窑村党支部书记田战地

吉格斯太镇位于达拉特旗最东部,东南与准格尔旗接壤,北与包头市土右旗隔河相望,西与白泥井镇毗邻。吉格斯太,系蒙古语,汉译为"有芦苇的地方"。张义城窑村位于吉格斯太镇西部,距达旗45千米、距镇政府3千米,西临白泥井镇,南与柳沟村交界,北隔河与土左旗相邻。吉巴线与德萨线贯穿全村,交通条件便利。张义城窑村属于达旗沿滩地区,全村地势平坦,下辖23个社,885户,耕地总面积32500亩,其中现代农业耕地1万余亩。清末民初,此地设有少量驻军,并堆砌城墙,村名遂演变为张义城窑,并沿用至今。

现在的张义城窑村到处是生机勃勃的景象。极目远眺,一座座整齐的院落与自然美景融为一体,一幅和谐美丽的乡野风光展现在眼前。

张义城窑村现有党支部1个、党小组7个,党员73名。田战地同志自担任村支部书记以来,注重对全体党员的学习培养教育,不断提高党员的思想素质。他坚持以大局为重,坚决做到不利于团结的事不干,不利于团结的话不说。日常生活工作中他会尽力维护班子团结,遇到事情都会征求每个支委成员以及群众代表的意见和看法。对于村内重大事项的决策和群众关心的重大事情,他都坚持做到办事公正、处事公平。2016年以来,张义城窑村创新实施了党员分类积分管理制度,党支部对党员参加组织活动、服从大局、帮扶奉献、履行义务等方面进行评价,通过分数进行量化,并把积分作为党员民主评议和评先选优的重要依据,在全村营造出了"党员带头、人人出力、个个争先"的良好氛围,走出了一条农村牧区党员"自我教育、自我约束、服务群众、彰显先进"的新路子。同时，党支部根据本村实际对各项工作进行统筹安排，合理解决生产与学习时间上冲突，在农忙时节，将"主题党日"活动与支部学习相融合，将党员大会与村民大会相融合，做到两手抓、两不误。2009年、2011年、2013年、2016年党支部被评为全旗先进基层党组织；2016年，获得全旗年度综治、维稳、信访工作先进集体，被评为全旗和全市"五好三提升"嘎查村党组织；2017年被评为全市先进基层党组织。2019年田战地同志被评为市级优秀共产党员。

"推动村党组织由'管理型'向'服务型'转变，是我们村党建工作喊出的口号。"田战地说。

近年来，张义城窑村大力实施产业结构调整，按照规模化、标准化、市场化的要求，逐步调减传统粮食作物种植面积，不断增加经济作物种植面积，重点从紫花苜蓿、鲜食玉米、西葫芦等进行产业结构调整。目前，种植紫花苜蓿8000亩、鲜食玉米2000亩、西瓜2000亩、葵花1200亩、西葫芦1000多亩、小米100亩，逐渐形成规模化打造、差异化发展的种植产业新格局。张义城窑村在包联单位市委政研室、改革办的关怀和指导下，村集体经济不断发展壮大，2018年底集体经济收益突破30万元，力争到2020年集体经济收益突破50万元，形成了较强的经济发展后劲。同时，村委会还积极争取国土整理、农综开发等项目，截至目前，累计整理土地32500余亩，铺设地下管网9万米，打成机电井160余眼，安装变压器49台，架设高、低压线路共43千米。

建设完善农贸市场

2016年8月，包联单位市委政研室、改革办通过协调争取"一事一议"财政项目资金48万元,用于完善村农贸市场基础设施建设。农贸市场建成后,缓解了全村及周边地区800多户群众农畜产品难买难卖问题,逐渐成为区域性集中屠割集散中心。

依托"托牛所"开展养殖产业合作

2016年11月,市委政研室、改革办通过协调争取资金39万元,协助张义城窑村在实地调研的基础上,选择本地养殖企业常辛牧场,以村集体的名义购买优质适龄荷斯坦奶牛30头,以入股形式交由企业饲养,每年分红5.2万元,用于扶贫滚动资金。现在,张义城窑村探索成立了牛羊养殖销售合作组织,构建起了"企业+党支部+合作组织+农户"产业发展模式。包联单位积极协调相关企业及部门从技术和政策扶持上给予村民养殖帮助,许多农户开始走上致富路。

启动实施集体土地流转

2018年4月,市委政研室、改革办通过协调争取资金50万元,协助村集体回购了855亩原村集体土地,按照"企业+支部+农户"模式,与当地金泰禾农牧业开发有限公司达成合作协议。协议规定企业在用工方面优先雇佣张义城窑村贫困户及农户,有机认证政策补贴按照50%企业与村集体进行分配。

"在拟合同的时候,金泰禾充分考虑了咱农民的利益,咱们的土地流转到金泰禾手上,尽可以放心。"田战地书记开门见山,"土地承包经营权转让期限为10年,转让金2018年和2019年每年每亩480元,以后每年每亩500元,视社会租地价格,就高不就低,但不能超过基础地价的10%,也就是每亩不超过550元。"

"地价跌了也不给咱降,地里的活儿啥都不用咱管。现在不用贴人力,不用贴资金,坐下就能拿个好钱。我有70多亩土地,今年发展庭院经济种了些枣树……"村民张兵这样说。

2018年，村委会实现集体经济收入20万元。村委会将收益的20%用于帮扶贫困人口，20%用于社会救助，20%用于补充村级组织运转经费，40%用于继续壮大村集体经济。下一步，村委会将按照"资源变股权、资金变股金、农民变股民"的发展思路，探索采取存量折股、增量配股、土地入股、土地托管、代耕代种等多种经营方式与企业开展深度合作，持续壮大集体经济，助推产业扶贫。

五级示范引领强党建

在推进乡风文明、建设美丽乡村的实践中，张义城窑村不断创新工作举措，激发群众参与其中的动力，取得了积极的成效。为更好地提升村容村貌，改善人居环境，他们创新工作方式，启动实行了"选树榜样"积分奖励制度，建成了张义城窑村"榜样超市"。在具体操作中，参照村里制定的环境卫生评定标准，村内网格员、环境卫生监督委员会成员常态化对网格区域内环境卫生进行检查评比，并且给网格内的每户村民进行台账登记，对于在人居环境卫生方面表现好的村民，会发放三类积分卡予以奖励，村民们拿着积分卡，可以在"榜样超市"里兑换相应的生活用品。

张义城窑村的超市规模虽不算大，但货架上标注的积分区让人眼前一亮，在5分区里，货架上摆放着筷子、牙刷等小物件，10分区的货架上，有洗发水、洗手液等，20分区的货架上，则有大袋洗衣粉、垃圾桶、脸盆……积分区数值越高，相应摆放的货物也越值钱。自从"选树榜样"积分奖励制度实施以来，村民们的家居院落、房前屋后要明显比之前干净整洁，

村容村貌大为改观。田战地书记说："来榜样超市不仅是为兑换商品，能领到积分卡本身就说明自己在环境卫生方面做得好，是村里的榜样。现在大家都争做榜样，乐做榜样。"

为使基层党组织发挥作用，该村建立了党小组定期学习、工作汇报、民主评议等工作机制，明确了党小组政策宣传、收集社情民意、调解矛盾纠纷、联系服务群众等6项职能职责。同时，还开展了党员亮身份认知活动，每名党员家中悬挂"我家·有党员"牌匾，并由党员牵头成立了村民互助小组，引导党员群众之间互帮互助，有效地激发了党员活力。

村党支部结合"五级示范引领""三到两强""千名干部下基层"等活动，推行党员干部包联服务群众机制，旗、镇、村12名党员干部与47户村民结成帮扶对子，累计投入14.3万元资金，引进基础设施建设项目2个。同时，依托村级便民服务室，组建党员服务队5支，推行"定点办理＋流动服务"工作模式，广泛开展信访接待、低保申请受理、代办服务等。村民生产生活基本实现了"三个转变"，即经营方式由一家一户的分散经营向规模经营转变，产业形态由单纯的农业生产向一、二、三产业融合发展转变，生产方式由靠天吃饭的粗放型向依靠科技创新的集约型转变。

让青春在黑土地上闪光

——记北京昊华能源股份有限公司红庆梁煤矿综掘一区区长兼党支部书记沈梦辉

沈梦辉,男,1984年2月出生,汉族,中共党员。2009年8月毕业于河北工程大学采矿工程专业。同年,入职北京昊华能源股份有限公司大安山煤矿。2009年被评为京煤集团"五好实习生"。他凭借着过硬的专业基本功底、大胆改革实践领先的本领,一步一个脚印地成长起来,先后由技术员、副区长到现在担任区长、支部书记。2017年被评为红庆梁煤矿"先进个人",2018年被评为红庆梁煤矿"优秀共产党员"及昊华能源公司"先进生产(工作)者"。2019年荣获鄂尔多斯市"五一劳动奖章"荣誉称号。他所带领的综掘一区被评为"三基建设示范团队"。

初心不改,投身煤炭事业

坚决贯彻落实习主席讲话精神,积极稳妥有序疏解北京非首都功能,在开发大西北的召唤下,伴随昊华能源公司战略转型转移,沈梦辉毅然决然地踏上祖国西部这片热土,在这"风从四野来、沙自八方汇"的戈壁荒滩,继续从事自己热爱的煤炭事业,一展抱负和身手。在随后的几年里,不论身份如何变化,角色如何变化,他扎根矿山的初心未改,投身煤炭事业的信念愈发坚定。

在红庆梁煤矿由建设期向生产期转变的最困难的时期,沈梦辉被任命为综掘一区区长兼党支部书记。面对设备新、人员新及工作条件复杂等客观原因,他丝毫没有退缩,而是迎难而上、直面困境、锐意进取。通过实施一系列的"换脑工程"和"借脑工程",努力提高班组的技术水平，改善班组的知识和年龄结构。面对管理人员少且业务技能不熟等问题，他主动承担所有业务，深入一线，每天下井带班，第一时间了解掌握井下新设备性能、工作原理，全面提高班组的管理水平。经过300多个无眠的夜晚，在矿里的大力支持下，他组建了一支专业技术过硬的现代化掘进队伍。

在煤炭行业机遇和挑战并存的形势下，沈梦辉不断地更新思想观念，调整工作思路，转变工作方式，通过实践不断地磨炼自己、总结自己、提高自己。哪里有困难，他就出现在哪里，哪个任务重，他就毫不犹豫地放在自己的肩上。面对新情况，矿里提出拓展工作面、成立新综掘区，他主动将大部分优秀员工调配至新区队，且将正常生产的"11303"工作面交给综掘二区，在担负起巷道压力大、支护强度大且巷道变形严重的"11302"工作面掘进工作的同时，又承担着"11301"综采巷道补强等工作。

在这个平均年龄只有35岁的掘进队伍中，在条件异常艰苦的情况下，沈梦辉咬紧牙关，迎难而上，任凭汗水湿透了衣服，双脚泡得发白——生产条件再恶劣，都挡不住他啃下一块块"硬骨头"的决心和毅力。他们区队生产任务完成、安全目标实现、质量标准化创建等各项指标均位列全矿所有区队第一。他用实际行动诠释了"干一行、爱一行、专一行"的人生格言。2018年，他全年深入矿井时间达218天，打造了一支敢于拼、勇争先、做表率的"尖刀团队"，得到了领导的高度认可和员工的一致好评。

敢做敢当，勇于改革创新

红庆梁煤矿建矿时间较短，煤矿地质结构较为复杂，安全生产形势异常严峻，稍有不慎就会酿成大祸。置身于"双重压力"之下的沈梦辉不敢有丝毫懈怠，下大力狠抓隐患排查及岗位责任制的落实，严格执行 PDCA 闭环管理。2018 年 12 月 11 日，他在例行巡查中发现顶板压力增大、巷道部分锚杆、锚索脱落，于是立即带领工人采取措施，排除了顶板塌冒风险，减少了煤矿的损失。

他用多年井下作业的经验时刻告诫自己："安全责任大于天。"他时常提醒员工："不是我心狠，是我责任重大；严是爱、松是害，宁愿听骂声也不愿听哭声。"他坚持"拿安全钱、吃质量饭"，时刻上紧安全弦、把好质量关、算好节约账，做到让"双基"建设、内部市场化管理、质量标准化建设"三驾马车"在百米井下齐头并进。

为了避免新设备在使用过程中的缺陷和弊端，既保证安全生产又提高生产效率。2018 年，他改进完成并使用大平板车运输综掘机，使用"二运骑溜子"解决开口长距离铲车出货、使用架高及延长皮带机头等办法解决了安全生产中出现的难题。过断层、提进尺、搞创建……这些新发明、新技改成为他的工作常态。他先后获得技术创新一等奖 3 次、二等奖 6 次、三等奖 12 次。

无私奉献，舍小家为大家

作为一名共产党员，沈梦辉时刻把职工的利益放在首位，面对困难知难而进，从不退缩。多年来，他一直扎根于矿山一线，践行着曾经立下的誓言。

"在家里，你不是合格的丈夫，不是一位好父亲，不是一个好儿子，但你是我和孩子们心中的英雄，是我们家的主心骨。"沈梦辉的妻子动情地说。妻子考虑他一个人在这边工作的辛苦，还曾想放弃北京的优越工作，来到红庆梁煤矿陪伴他。他每天埋头在工作中，上午处理单位日常事务，下午4：00下井盯岗，深夜2点升井后还要处理早班人员汇报的工作。早晨6：30还要准时为早班人员开班前会，及时解决工作中遇到的困难。单位的职工宿舍他很少使用，办公室就是他的家。他经常深夜里在办公室研究摸索井下可能出现的问题，并及时提出处理的应急措施。为了煤矿工作人员更多家庭的平安幸福，他对妻子、孩子的陪伴时间少之又少，正是这种舍小家为大家、把对家庭的亏欠化为工作动力的精神，确保了煤矿队员的平安与幸福。

"幸福都是奋斗出来的。"在艰苦复杂的生产环境中成长起来的沈梦辉，见证了煤矿企业转型、生产经营、技术创新和可持续发展的历程，在市场经济的洗礼中创下一个又一个优异的成绩，默默挺起了矿山的"脊梁"。他是煤海行业转型升级中当之无愧的中流砥柱。

"撑起半边天"的乡村女能人

——记伊金霍洛旗红庆河镇特宾苏莫村党支部书记张丽

张丽，女，汉族，大专文化，中共党员，1986年4月出生，2011年3月参加工作，现任伊金霍洛旗红庆河镇特宾苏莫村党支部书记。她在平凡的岗位上，创新履职，默默无闻，创造了不平凡的成绩，赢得了镇党委、政府和广大党员和群众的一致认可。2016年被内蒙古自治区民政厅评为"敬老孝星"；2017年被伊金霍洛旗委组织部评为"党员示范户"，被伊金霍洛旗妇联评为"妇女儿童工作先进个人"；2018年被评为全旗"脱贫攻坚好支书"；2019年被评为全市"三八红旗手"、全市脱贫攻坚先进工作者。

用情服务百姓

2015年3月，根据工作需要，红庆河镇党委决定由张丽挂职担任红庆河镇特宾苏莫村党支部书记。当时，张丽年仅28周岁，尽管之前一直在乡镇担任计生工作，但对于担任村级的党支部书记、做好农村最基层的工作，她心里依然没有"底气"。

特宾苏莫村位于伊金霍洛旗红庆河镇北20千米，下辖9个社，面积40平方千米，户籍人口1079人，常住人口152户、282人。特宾苏莫村地理位置偏僻、交通不便、基础设施相对落后，传统的种养殖业是村民的主要经济来源。全村常住的282人中大多是60岁以上的老年人。村党支部共有党员19名，其中60岁以上党员9名，支部党员老龄化严重，村里有建档立卡贫困户19户，占常住户的12%。

面对经济落后、劳动力不足、贫困率高的情况，张丽没有任何退缩的念头，她常说："作为一名党员，就是要全心全意为人民服务；作为一名村党支部书记，就是要带领全体村民脱贫致富奔小康。"为了真实地了解村里群众的生活状况，拉近与群众之间的距离，张丽努力把自己变成一个"村里人"，用群众的语言、群众的思维，与群众聊家常、拉"闲话"、说正事，真心实意地关心群众，赢得了群众的信任与支持。3年来，张丽累计行驶里程7万多千米，跑遍了村里每一个角落，详细摸清了村里每一户住户的基本情况。随着走访民情脚步的日益深入，她与全村群众成了无话不谈的好朋友、好支书。同时，通过谈话走访，她收集积累了一大批群众提出的发展村级经济、脱贫致富的"金点子"。与此同时，一张描绘村级发展的规划蓝图也在她心里日渐成熟。

用心谋划发展

针对特宾苏莫村的实际情况，张丽首先从产业扶持、易地搬迁、金融扶贫、大病救助、教育资助等重点工作入手，一步步实施自己的规划。为了进一步实施琢磨已久的规划，掌握详实的第一手资料，张丽将村干部和社长请到村委会，多次召开村"三委"班子扩大会议，有针对性地实地走访了村级老党员、个体户、种养殖能手、贫困户等，详细了解了村里的民情风俗，村民关注的热点、难点问题，摸清了特宾苏莫村的发展现状和可利用资源。找准工作的着力点和突破口后，她参与制定了特宾苏莫"村规民约"，村党支部、村委各项规章制度，规范了工作程序；积极组织党员和村干部学习党的理论、方针、政策，定期组织党员开展组织生活会、"党员固定活动日"及学习先进典型等活动，下大气力整顿规范村级党组织活动形式，激发党员干事创业激情。短短的几年时间，村级经济发生了较大变化，村容村貌发生了明显改变，村民致富奔小康的信心大增。2017年，经伊金霍洛旗委组织部考核评定，特宾苏莫村党支部由三类党支部晋升为一类党支部，同年，被伊金霍洛旗委组织部评为"AAA"级农村社区、全旗乡风文明先进村。 2019年，被鄂尔多斯市委组织部评为"十星级党支部"、文明村落。在镇党委、政府年终实绩考核中连续3年综合排名位居前列。

用行动诠释责任

任特宾苏莫村党支部书记的3年多中，张丽积极与驻地企业和相关部门协调，筹集19000元物资慰问了贫困户和老党员，为贫困户争取临时救助金23000元，解决了困难党员、群众的燃眉之急；协调供电部门为特宾苏莫村增设变压器4台，使村民用电得到了保障；通过京津风沙源治理二期工程暖棚建设项目，村民新建草棚15个、新建羊舍20处，帮助村民发展养殖业；争取包联单位和企业先后筹集物资11.85万元，打机井7眼（带配套设施），架设高压线1千米，架设50KVA变压器两台，保障了村民农田灌溉。

2017年，她向上级部门争取村集体发展资金50余万元，购买了2台大型拖拉机（带配套设备），为500亩红高粱配套了节水灌溉设备；为特宾苏莫村新修油路12.7千米，二社、三社修砂石路11.27千米……

2016年，在她的倡导下，以村集体名义注册了特宾苏莫村利农种养殖公司，公司每年以5万元的租金承包了该村土地4000余亩，先后申报了"中低产田土地整合项目"和"沙棘种植项目"。2017年，以村集体名义向部分贫困户以每亩70元的租金承包了贫困户80多亩撂荒地，试种了红高粱，并与市级农牧业龙头企业隆扬种养殖有限公司签订了收购订单，当年为村集体创收 1.5 万元。因种植红高粱效益可观，扶贫效果明显，2018 年，村集体整合农耕地用于种植 500 亩红高粱和 500 亩紫花苜蓿。村集体与内蒙古绿杭农牧业科技有限责任公司签了红高粱种植订单，创收 20 万元。500 亩紫花苜蓿也成功种植。

为了持续发展壮大村集体经济，近年来，村党支部创立发展农机服

务队项目，累计创收 20 万元，村集体经济收益达到 40 多万元。为了进一步扩大农机创收项目规模，2019 年农机队作业项目 1500 亩，预计年底村集体经济可获收益 70 多万元。村集体再次整合农耕地 600 亩，与蒙泰集团签了种植订单，预计创收 40 万元。种植成功的紫花苜蓿 500 亩，预计创收 15 万元，并可连续 5 年为村集体持续稳定创收。

按照担任村党支部书记时的郑重承诺，特宾苏莫村将村集体可支配收入总额的 15% 用于帮扶无劳力贫困户、残疾贫困户及患大病贫困户，保障其基本生活；将村集体可支配收入总额的 5%，用于资助贫困户的学生上学。同时，通过"贫困户＋村集体＋企业"的合作模式，建立紧密的利益联结机制，使农牧户发展传统优势产业稳增收、流转土地赚租金、就近打工赚薪金获得持续稳定的收入。经过 4 年的努力，特宾苏莫村建档立卡贫困户 19 户已全部脱贫，贫困户的生活水平发生了翻天覆地的变化，村民的日子过的越来越红火。

张丽，一位普普通通的年轻村党支部书记，始终以一颗赤诚之心，全心全意投入特宾苏莫这片热土，像对待自己的家人一样对待每一位村民。她在党支部党员大会上说："从开始任特宾苏莫村党支部书记那一刻起，就把自己当作了村里人。"她与特宾苏莫村民共同富裕、共赴小康的信心和决心一刻也没有松动。在今后的村级发展规划中，张丽将在壮大特色产业上下功夫，在推动农牧民致富增收上大胆创新，为特宾苏莫村各项事业的发展躬身耕耘、贡献力量。

模范退役军人的承诺与担当

——记准格尔旗十二连城乡兴胜店村党支部书记张永福

张永福,又名张三永,1978年5月出生,中共党员。1995年12月响应国家号召应征入伍,在军队中锻造了坚强的意志、不屈的品格。1998年12月服役期满退役后返回家乡,全身心投入建设家乡的事业中去。2002年7月参加工作,先后任职十二连城乡兴胜店村两委委员、于二圪卜社社长、兴胜店村副主任。2012年任兴胜店村党支部书记以来,他开拓创新,带领全村发展,使村民"头脑有方法,手上有技能,荷包有钱花"。他的工作和人品都赢得了领导和村民们的良好口碑。在他的带领下,兴胜店村荣获"全国特色景观旅游名村""全区文明村镇""全区美丽乡村建设村"等荣誉称号,党支部荣获"全市先进基层党组织""全市三好五提升党支部""全旗美丽乡村""全旗先进基层党组织""全乡优秀党支部"等荣誉称号。2019年7月1日,内蒙古退役军人事务厅公示了一批拟推荐为全国模范退役军人和全国退役军人工作模范单位、模范个人,准格尔旗十二连城乡兴胜店村党支部书记张永福是鄂尔多斯市"全国模范退役军人"唯一拟推荐对象。

实施乡村振兴战略,做好科学致富带头人

2012年4月村委换届后,张永福当选为兴胜店村党支部书记。如何结合村庄资源,使全村乡亲走上致富之路,成为张永福书记的首要大事。2013年初,他召集村委班子成员、老党员和退休返乡人员研究如何改进村里现状,成立了以张书记为首的"建设委员会",他们知道要多出去学习,所以自己掏腰包组织去五原县学习村容村貌整治,南下平遥古城学农家

乐建设。他们的初衷是把兴胜店村建设成为宜居美丽村落，逐步打造远近闻名的兴胜店村农家乐集群。

说干就干，从环境整治开始，这个由11人组成的"建设委员会"从老弱病残的农户开始，义务去打扫环境卫生，清理农户的房前屋后，群众有什么困难及时、尽力解决。对环境卫生较差的农户，他们一边做思想工作，一边为其义务整理环境。他们的行为影响到了农户，农户开始主动打扫卫生，兴胜店村成了十二连城乡第一个开始整治人居环境的村子。

2014年，张永福带领村民全面落实美丽乡村建设工程，还配套建设了牲畜棚圈、污水收集、绿化、美化、亮化等工程。在实施过程中，细心的张永福与村民召开村委会决定，村庄规划要有讲究，要与美丽乡村建设和乡村旅游、农家乐融为一体进行规划建设，要多保留乡土气息，努力展现出一副"望得见山、看得见水、记得住乡愁"的优美乡村风景图画。

2015年，他们成立了三勇专业合作社，以合作社为抓手，带动本村全体村民共同致富。合作社以村民土地入股、集体经营、专人管理、以股分红为运营模式，将分散在各家各户手中的耕地流转整合起来，实行规模化经营。合作社运营以来，村民土地的分红逐年提高。当年，参与土地入股共61户，入股土地1488亩。2015年每亩土地分红600元左右，2016年每亩土地分红650元左右，2017年每亩土地分红740元左右。同时，土地规模化经营极大地提高了农业生产效率，腾出许多农村剩余劳动力向第三产业转移，共计解放劳动力39户76人。村民也可以通过在合作社打工来提高收入，每人平均打工收入在12000元左右。专业合作社运营模式使群众得到了实惠，得到了老百姓的认可和支持。

2018年，他们继续整村推进适度规模化经营，主要是以农家乐、采摘园、休闲观光等乡村旅游业来带动全村农民发展温室大棚等设施农业。工作中也遇到了困难和阻力，但作为兴胜店村党支部致富带头人，他走家串户，反复与村民沟通，克服重重困难推进项目建设进度。目前，全村已建成温室大棚260栋，可以达到高标准采摘的有150栋。乡村旅游业的发展带动了农副产品销售。现在，村民平均每栋大棚年收入在5万元左右。

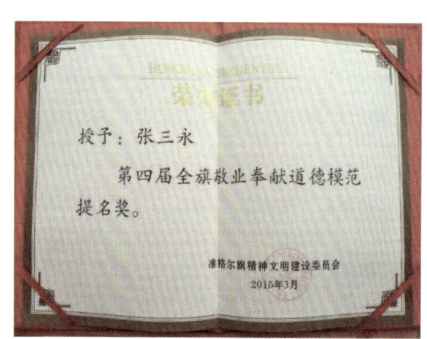 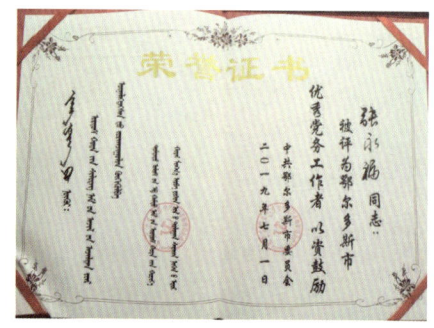

抓党建促脱贫，推进学习型党组织建设

替人民说话，为群众办事，是每个村干部的必备职责。张永福同志作为一名村干部时刻牢记自己的职责。多年来，他积极支持乡村干部的工作，为全村经济建设出主意、想办法、当参谋。在平时的生产生活中，他乐于助人，谁家有了困难，都来找他商量解决。邻里之间的矛盾，他都主动去化解。该制止的制止，该批评的批评。同时，面对基层工作量大、任务重的实际，他始终以饱满的工作热情和认真负责的态度对待工作，以锲而不舍的精神去研究工作。

张永福同志是个爱学习的农村干部,他求真务实、爱岗敬业、无私奉献等品质得到了党员和群众的认可。兴胜店村党支部在张永福的带领下,高度重视学习型党支部建设。党支部划分党小组,制定"两学一做"学习教育制度化常态化工作方案和学习计划,以"三会一课"为平台,通过领学、研讨、党课等方式认真学习党的十九大精神、乡村振兴战略、习近平新时代中国特色社会主义思想、习近平同志关于脱贫攻坚的重要论述等内容。兴胜店村全体党员在支部书记的带领下,能端正学习态度,扎实开展学习,把集中学习、主题党日工作开展得有声有色。通过学习型党支部的建设,进一步提升了党支部的凝聚力和战斗力,充分发挥了党支部在各项工作中的战斗堡垒作用。

如今的兴胜店村,房子盖得宽敞明亮,村庄整洁,采摘游、农家乐形成产业,农民的经济收入不断增加,农民的日子更加红火了。

做引领产业和创新发展的排头兵

——记准格尔旗纳日松镇敖劳不拉村党支部书记高富银

高富银，男，1976年6月出生，大专学历，中共党员，现任准旗纳日松镇敖劳不拉村党支部书记。多年来，高富银同志凭着对家乡的热爱和对事业的追求，在创新党建载体、化解村民矛盾纠纷、改善村基础设施建设、创办致富产业、促进村集体经济发展方面做出了突出的贡献，带领村民走上了共同富裕之路，赢得了群众的信赖和称赞。2013年7月，他被评为准格尔旗优秀共产党员；2019年，被鄂尔多斯市市委评为优秀共产党员。

以党建为引领，凝聚民心发展合力

高富银自2012年8月担任敖劳不拉村党支部书记后，就注重知识的更新，提升为人民服务本领，而提升这种能力就得源源不断地为自己充电。他深知，作为一名党务工作者，要做好党务工作，必须具备优良的政治敏锐度、良好的业务素质和较高的政策水平，特别是面对新时期党的新的伟大工程，为基层党组织提出了更高的要求。为了适应新的形势，他充分利用空闲时间认真学习党的政策、法规，深刻领悟基层党组织手册内容，以自身的示范效应影响带动党员干部学风和工作作风的转变。为了引导村党支部成员敏锐洞察新形势，自觉把握时代的脉搏，提高组织工作的能力，高富银一直把提高党员思想素质、建设高素质的党员队伍作为一项根本任务来抓，不断规范"三会一课"形式内容，结合"两学一做"学习教育实践活动，组织党员群众查找问题、对比差距、限时整改，有针对性地提出事关群众切身利益的发展思路。随着党支部活力的日益高涨，善于把握机遇的他，打出了一连串的组合拳。利用远程教育平台，丰富党员活动内容，解决党员群众集中难等问题；筹集资金改善村"两委"办公条件，配齐配全硬件设施，发挥党支部凝心聚力作用；重视在创业带头人、种养殖大户中培养发展党员，增强新党员带领群众致富增收的带动力；搭建党员与群众互助共建平台，助推精准扶贫取得预期成效。

改变家乡落后面貌，促进乡村振兴发展

担任敖劳不拉村党支部书记的几年，是高富银最忙碌、最充实的几年，也是最贴近群众、最感到温暖的几年。上任伊始，他始终把群众装在心中、扛在肩上，大力解决各类涉及群众切身利益的问题，先后走访接待群众1000余批次，着手调查信访事项30多件，解决疑难复杂信访事项10多件，圆满完成了各类重大会议期间信访维稳工作任务。为增强村务公开的透明度，便于群众知情、监督，他敢于公开亮剑，将各类事项全部公布在村务公开信息平台上，让村民及时了解各类事项的办理情况，让群众心里亮堂。各类村务信息的公开及时、事项真实，群众心里踏实，极大地调动了党员群众脱贫致富的积极性，广大群众主动建言献策、促发展的热情高涨，党员发挥先锋模范作用更突出了，党组织的凝聚力、战斗力和堡垒作用增强了。

为尽快改变家乡的落后面貌，高富银同志从改善村里的基础设施抓起，2016年以来，结合美丽乡村建设，多方争取资金，带领群众新建通村公路9.448千米，解决了5个社、345户村民的交通出行难问题；建成3处自来水饮水工程，解决了193户、507人的安全饮水问题；对24户群众存在安全隐患的房屋进行了危房改造。

发挥群众主体作用，发展创新产业项目

为了增加村民收入，解决村民就业难问题，高富银主动与村内煤矿企业协调，一方面，组织部分村民购置小型装载机从事煤矿井下装煤工作，4年间，仅此一项实现收入1000万元；另一方面，组织有经济实力的部分村民购置大型装载机，从事煤矿大车装煤工作，召开村民会议协商机械股份化，在全村煤矿推广利益平均分配机制，煤矿所在社群众人人参与，累计煤矿所在社群众500人受益，每人每年增收7000元，同时，他鼓励全村农民经营运输业务，每年每台运输车辆盈利20万元，机械股份化模式在全村推广后，每年收入2000多万元。

尝到兴办产业甜头的高富银同志，更加增强了带领村民脱贫致富的信心。为达到企业与群众互利共赢的目的，高富银再出新招，借助伊东集团西乌素煤矿灭火工程的契机，针对煤矿前期资金不足、不能按时支付征地款的难题，经过村民协商决定，以煤矿开挖出来的煤层土方为核算基数，销售百分之二十后，以煤层的总立方数每立方米支付征地款70元，达到了企民和谐共处、合作共赢的目的。为了更大的发展，他倡导注册成立准格尔旗聚宝园种养殖专业合作社，服务项目包括生产资料采购、信息发布、管理指导和技术咨询。合作社拥有基地面积800亩、配套农机具20多台，按照科技化、生态化、有机化、精品化、产业化、市场化的运作理念，2018年，高标准建设黑枸杞种植项目试验田110亩。项目建成并进入正常生产期，亩产达200斤，每斤市场价格500元，实现年销售收入1100万元，50户130人从中受益。

2018年10月，村委会又注册成立了内蒙古敖村工贸公司，共计投资

2750万。公司运作4个月，创收盈利300万元，全村1000多人受益。村委会还向旗人民政府申请资金，建成准格尔旗工委革命遗址，现已完成90%的主体建设。项目全面建成后，将成为传承红色记忆、爱国主义教育基地。

　　高富银同志是一名认真负责的基层党支部书记，也是一名普通的共产党员。多年来，他怀揣着对家乡的热爱和对基层工作的一片赤诚，凭着自己的胆识和灵活的头脑，凭着无私奉献的精神和为民情怀，时刻践行着党的宗旨，成为领导群众脱贫致富、打造美丽新农村的时代标兵！

护理第一线的白衣天使

——记鄂尔多斯市蒙医医院护士长娜仁图娜拉

娜仁图娜拉,女,蒙古族,鄂尔多斯市蒙医医院心身医学科护士长。2010年从事护理工作以来,她分别在传统疗术科、蒙医脑病科、心身医学科等科室从事护理工作,在平凡的工作岗位上践行着对生命的呵护与延伸,奉献着自己的青春与爱心,2013年度荣获鄂尔多斯市"三八红旗手"、优秀护士称号,2014年度荣获"三八红旗手"称号,2016年度荣获优秀护士长,2019年度获得鄂尔多斯市"五一"劳动奖章称号。

追求超越自我,展现天使风采

鄂尔多斯市蒙医医院始建于1979年,是一所集蒙医医疗、科研、教学、蒙药制剂为一体的国家三级乙等蒙医综合医院,设置床位480张。医院设有18个临床及辅助科室,设立独立的蒙药实验室和蒙药制剂中心,有国家级重点专科1个(传统疗术科),自治区重点专科3个(传统疗术科、皮肤科、心身医学科)。

2010年,娜仁图娜拉从内蒙古民族大学毕业后进入鄂尔多斯市蒙医医院工作,面对全新的工作环境和护理技术日新月异的发展变化形势,她既感到从事自己热爱职业的无比欣慰,又时刻面临新的护理模式不断普及推广的挑战。为了使自己的专业理论基础更加扎实,更好地运用到护理实践中,她从来不放弃每一个学习实践的机会。多年来,她利用工作之余,深钻专业理论知识、临床护理、护理程序等基本技能,注重融会贯通,学以致用,把学到的新理论、新观念及时运用到护理工作的具体实践中，更新技能、更新操作，改进方法。多年的工作实践中，她撰写并在世界最新医学及养生保健指南等医学杂志上发表多篇论文。

2010年，她进入鄂尔多斯市中心医院ICU进修学习，2017年到内蒙古医科大学附属医院（RICU）及国际蒙医医院（心内科、血液内科、心身医学科、风湿免疫科）进修深造，学到了先进的护理理念和人性化护理管理方法。为了做好这份圣洁、崇高的工作，她虚心向业内专家请教，多看、多做、多练，把更多的功夫用在钻研业务上面，只要有空就留在科室观摩，一有机会就动手实践，很快进入角色，成为同行中的佼佼者，经常得到患者及家属的表扬。经历了多科室的工作实践及持之以恒的护理实践，她积累了丰富的临床护理经验，从容应对患者各种突发病情变化，用热情和行动，践行着关爱生命、救死扶伤的南丁格尔精神，为广大患者带来福音、带来温暖。

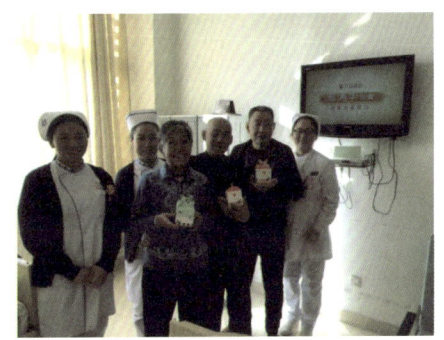

立足岗位职责，传递无限爱心

鄂尔多斯市蒙医医院非常关心和重视医护人员的生活、工作情况，院领导经常性深入调研走访，帮助解决医护人员迫切需要解决生活和工作中的实际问题，定期进行举办形式多样、丰富多彩的文体活动、慰问活动等，让医护人员切身感受到组织的关怀，更有干劲做好本职工作。

娜仁图娜拉从进入医院的那天起，她就把自己的青春和事业交付给了护理事业。"当一名白衣天使，就用无私的奉献为患者架起生命的桥梁"作为她事业追求的目标。在别人看来，护理工作是她的职业所在，而对她来看，这种敬业源于对生命真正意义的理解。在平凡岗位的非凡体现，正是她铁骨柔情的性格展现。

　　身为心身医学科的护士长，她对自己的同事充满爱心。同事生病或家中有困难，她都会来到同事身边，给予他们安慰与关心。心地善良、细心周到、豁达开朗，使许多同事都把她当作知心朋友。她深知，作为一名救死扶伤的白衣天使，仅有服务的热忱是远远不够的，更重要的是，要有良好的护理技能、业务素质和优质的护理水平才能称得上一名合格的护士。从上班的第一天起，她就注重提高自身专业涵养，在平凡的护理岗位上，一步一个脚印踩出护理人生之路，她的奉献精神正是南丁格尔精神的真实写照。

　　心身医学科收治的患者大部分都是患有多种疾病、生活不能自理的老人，于是给老人喂饭、梳洗、协助老人大小便、清理污染床单、被褥，陪情绪不稳定的患者聊天解闷等等，便成了护理人员的主要工作。繁琐的护理工作常常累得年轻的护理人员腰酸背疼，精疲力竭，而她却从没有喊过苦、叫过累，从来没有半句怨言，时刻关注着患者的一点一滴、一举一动，默默地守护者病人，重复着自己熟悉热爱的职工作。

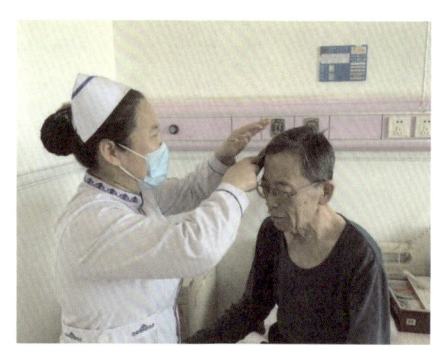 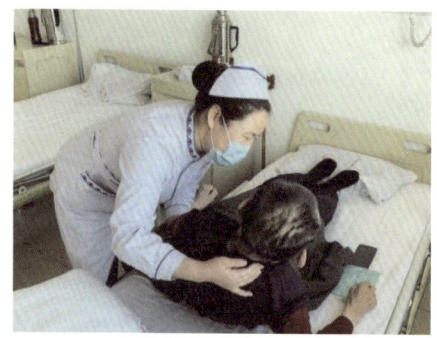

以病人为中心，视患者如亲人

　　护理工作是热情而细微的，同时也是平凡而琐碎的。多年来，娜仁图娜拉身先士卒，日夜奋战在最艰苦的护理工作第一线。她带领其他护理姐妹，紧扣"以病人为中心"的整体护理理念，从患者的生理、心理、社会适应能力等各方面进行全方位、多层次的优质服务，对每一位患者都详细了解掌握其细微变化，并给与亲人般的关爱温暖和专业护理，用爱心和汗水使无数患者身心得到康复。有一名八十岁的老爷爷和他的智障儿子在住院期间，为排遣他俩的寂寞，娜仁图娜拉每天都带领护士姐妹们进入病房进行细致问候，帮助他们倒水，晚上给帮忙盖被子，帮助父子俩洗脚、洗衣服，定期为他们理发、剃胡须，闲暇之余还会用轮椅推他们出去晒晒太阳。了解到患者家庭经济条件困难的实际，她还自己掏腰包给父子俩买饭、买水果、买衣服，担心患者有心里有负担、心里过意不去，她以"善意的谎言"，告诉患者是救助站救助的衣物和食物。这样的爱心延续，在医院的日常护理中不计其数。她把以病人为中心，急病人所急、想病人所需融入到护理工作的每一个对象、每一个细节之中，在九年的护理生涯里，她多次收到患者的表扬信及感谢信。患者满意、家属放心，就是对她最大的回报、最好的承认、最大的欣慰！

 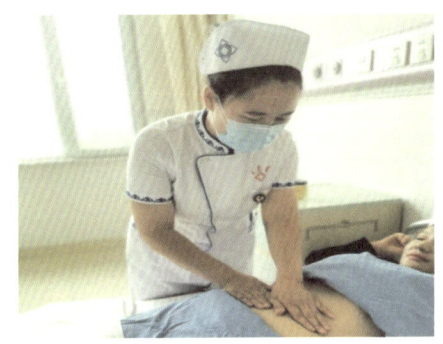

2012年，娜仁图娜拉在有一次抢救患者时不慎把膝盖碰伤，导致患上急性类风湿性关节炎，面对当时科内患者多、医护人员紧缺的情况下，她忍着疼痛从未请过假，每次利用休班时间到北京取药，就这样始终坚守在普通的护理工作岗位上。家里人多次劝她请假治疗，她都微笑着说："这个病算不得什么，医院里还有很多需要护理的患者"。知道了病情的同事及患者朋友多次劝说："注意身体、加紧治疗、健康工作"！每次听到同事及患者朋友话语，她总觉得心里特别温暖。

多年的护理工作，娜仁图娜拉虽然没有惊天动地的事迹，也没有气势磅礴的语言，但却默默用自己平凡的双手践行一名护士的职责，用平凡之心彰显平凡护理工作中的点点滴滴，用热情的态度和专业的护理方法让患者得到护理治疗。

娜仁图娜拉犹如田野平凡的一株小草，像大海中一滴闪耀的浪花，在平凡的岗位上默默奉献、无怨无悔。她将继续秉承"平凡之心、准确工作"的风格，百尺竿头更进一步，在护理天地中实现自我价值，无愧于白衣天使称号。

河套卷

腾格里沙漠马莲湖畔的治沙领袖

——记内蒙古自治区林木种苗工作技术能手、阿拉善盟源辉林牧有限公司总经理叶惠平

中国西部是世界上土地沙化危害最严重的地区之一。多年来，腾格里沙漠的周边地区狂风肆虐，黄沙滚滚，生态环境恶劣。

自2005年开始，香港企业家、慈善家原树华先生心系祖国、情牵大西北，致力于荒漠化治理，先后在宁夏、内蒙古展开治沙活动。2011年4月，原树华先生考察阿拉善盟，提出尽自己的能力做一些保护生态、植树造林的工作，并把这项工作搞成示范样板，希望用成功后的事实证明沙漠是可以治理的，生态是可以恢复的，以此带动周围更多的人参与到这项事业中来。

当地政府也积极支持这一善举，帮助原树华先生组建了一个团队，于2011年7月成立阿拉善盟源辉林牧有限公司，公司注册资本500万元，法人代表原树华先生，公司注册地阿拉善盟孪井滩移民示范区马兰湖（马莲湖），由叶惠平担任公司总经理，承包了位于腾格里沙漠边缘的3万亩沙地，开展植树种草、治沙造林工作，进行沙漠生态恢复及治理、草原植被保护、沙产业的研究开发以及治沙新技术、新品种的培育和推广工作。

探索治沙模式，细化流程治理

公司承包的3万亩沙地除马兰湖及周围有少量盐碱地和原生态植被，全部是连绵起伏、一望无际的大小沙丘。气候特征属于大陆沙漠气候，干旱少雨，多风沙，春秋两季短，温差大。夏季沙漠温度可达50摄氏度

以上，蒸发量大。这里治沙除了干旱缺水，最大的困难是风沙大。沙丘随着风向前后左右移动，两三年前种的成活的杨树因为沙丘的移动被埋得只露出树尖部，植被的根系还没有扎下就被吹了出来，无法成活。

面对这样的环境和气候，叶惠平坚持因地制宜，尊重自然规律，利用自然条件，使用最低的成本，在最短时间内恢复植被，改善生态。

叶惠平总经理带领公司员工以生态公益治沙为宗旨，深入调研，合理规划，以坚韧的毅力开展沙漠植树造林工作，创造性地将工业智能精细化管理方法与防沙治沙技术结合，逐步摸索出一套"因地制宜、低投高效、样板示范、协力治沙"的马兰湖治沙模式。

首先要了解当地的气候情况，了解原生植被情况，了解具体地块如含水量、风沙侵蚀程度及规律，把握气候，做出符合实际情况的规划，根据每年的降水量及风沙情况进行适当调整。其次，必须与科研单位及兄弟单位学习新方法促进治沙进程。实时了解天气变化、沙子流动情况、植物生长情况，抓住节气及时制定符合实际情况的日常工作任务。最后，认真检查以往任务的成效，总结经验，及时调整不实用的规划，弥补工作失误，改正工作中的过错。

根据马莲湖的实际情况，在治沙工作中叶惠平创造性地采用了精细化种植管理，改善恢复生态：利用大自然自我修复能力，人为辅助，让植被自行恢复。

公司建设了26千米的围栏，每天有专人看护，防止围栏被掩埋或被风刮倒等现象发生，坚决杜绝牲畜进入破坏植被。其目的就是让芦苇、沙蒿、沙米，苦豆子、芨芨草、冰草、红柳等有机会成长、繁殖。

人工植树造林，固定流沙。在流动、半流动沙地造林，他们选择具有墒情的沙丘1/2以下地带，进行团块状种植长枝沙柳；选择流动性缓慢、有墒情的沙丘种植梭梭；选择湿地种植杨树、花棒、沙枣，同时撒播沙米、沙蒿、沙拐枣、花棒种子。治理面积公司要求不超过40%，这样就可以产生特殊的治理、拉平、绿化效果，使水资源保持平衡。由于牵制了40%的流沙面积，生长出的乔灌草改变了大地和空气界面的摩擦状况，风沙流速度剧减，细微沙尘颗粒沉降，沙生植物就能得到固本强身而茁壮成长，逐步形成了成片、成洼的绿色屏障，就能彼此呼应，削峰填谷，短时期内可将栽植地固定下来，体现出整体治沙效果。

一般的打坑机长度最长为70厘米，无法满足沙漠深种；沙柳为1.2米，需选用直径6厘米、深度加长至1.2米的转杆。叶惠平发明了钻孔造林法，使用汽油打坑机植树。打坑后放入树苗，不必填埋，利用风将沙子填入，一般1至2天便可填满。钻孔造林法每10秒钟就可以种植一棵树，比常规铁锹挖坑造林速度提高50%以上，并且在使用方面有很大的延展性，也可以营造多种苗木。叶惠平还采用水冲造林法，利用水压打孔种植，打孔深度依据苗条种植深度决定。种植后空隙必须用水冲严实，保持根系伸展，不弯曲，能与土壤紧密接触。公司建立了苗圃培育基地，大力培育本地乡村本土树种，提高了植物的适应性和成活率。

目前，公司有正式员工10人，每年季节性聘用农牧民130余人，截至2018年底，已投入1500余万元，取得了绿化沙漠30000亩的可喜成绩，治理区域生态系统得到了恢复和改善，聘用的农牧民人均增加收入5000余元，实现治沙绿化和经济效益双赢。

公司在马莲湖区域开展植树治沙的成功经验，对当地牧民触动很大。不少牧民也在自己的草场上自发地拉起了围栏，种植了梭梭、花棒、柠条等沙生植物。

经过7年坚持不懈地努力，如今的马莲湖畔已呈现一派生机勃勃的美丽景象。这里种植有沙枣、胡杨、梭梭、花棒、沙柳、柠条等树木，各种飞鸟及野兔、刺猬、狐狸等时常光顾，动物种群数量逐年增加。

马莲湖模式吸引了众多社会爱心人士关注荒漠化治理。自运行以来，马莲湖项目接待了当地政府、国际友人、各大媒体共 100 多批次。

其治沙的成果在内蒙古自治区和阿拉善盟报纸和电视台多次报道和宣传，总经理叶惠平获得了联合国教科文组织颁发的"女性仆人领袖奖"。公司发明的一种利用微量水分，风沙种植沙柳的方法取得了国家发明专利。叶惠平还荣获内蒙古自治区林木种苗工作技术能手。

积极培养治沙人才，执行治沙模式

叶惠平积极探索治沙文化制度，壮大治沙建设团队，培养治沙专业人才，使治理沙漠的管理更科学，模式更容易推广。公司将企业的管理方法移植到沙漠治理管理上，通过良好的管理降低植树造林的成本。大力推广公益治理沙漠的理念，净化、提高员工的思想觉悟，使之热爱自然、保护自然，积极参与生态建设。在叶惠平的引领下，公司建立了行之有效的管理制度，责任到人。根据春、秋季节性植树造林的特点，培养核心团队了解沙漠，精通沙漠种植、管理。管理人员是日常的维护员工，对其负责片区内的树木保证成活率。同时，公司提供合理的工资待遇及社会保障机制，让团队安心奋斗在沙漠一线，公司每年积极为贫困牧民和学校捐款、赠送苗木，鼓励社会各界和农牧民绿化家乡、美化家园。

公司现已培育出苁蓉、锁阳、沙葱、西瓜、甜瓜、黑枸杞，在腾格里沙漠培育沙漠银耳的实验也取得了成功。下一步，叶惠平将带领团队在沙漠治理如何出效益上进行积极探索，提升沙漠银耳产品质量，将生态治理和沙产业发展有机地结合起来，走规模化和产业化发展的新路子。公司计划把基地打造成旅游景点，促进当地旅游业的发展，同时继续投入资金植树造林，为阿拉善生态保护和生态建设贡献一分力量。

相信，通过公司员工的不懈努力，原树华董事长的心愿一定能够完成，也会有更多的爱心人士和企业参与到生态保护中来。叶惠平治理沙漠的经验推广的路子越来越宽广，沙漠治理区域会变得越来越广阔。

理想与信念的坚守

——记阿拉善盟民族文化有限公司创始人萨茹拉

萨茹拉,从一名专业模特到成功创业、打造自己的服装品牌,走过的是一条真正充满理想和汗水的道路。她先后获得了阿拉善盟"最美女性"、内蒙古自治区女子企业家协会"北疆最美创业女性"、阿拉善盟"最美创业带头人"、内蒙古自治区妇联颁发的"创业标兵"等荣誉。她还当选了阿拉善盟第九届政协委员。

为梦想而打拼

萨茹拉出生在一个普通牧民家里,家庭经济条件很差。家里兄弟姐妹7人,她是最小的。虽然她是最小的,但并没有受到其他家庭里最小孩子的待遇,当哥哥们成家立业、姐姐们远嫁他人后,她就成了家里的"顶梁柱",从小放羊、拾柴,什么苦活累活都干过。上学后,萨茹拉心里就默默地筑起了一个远大的理想:"将来一定要离开牧区,出人头地,干出一番事业来。"

当年,初中毕业的她并没有选择与其他人一样继续完成高中学业,而是凭借自己良好的形象及身材条件选择去北京新思路模特学校学习专业

是凭借自己良好的形象及身材条件选择去北京新思路模特学校学习专业模特表演。由于她是从偏远、封闭的牧区来到城市的，刚开始的两个学期一度受到家庭条件好的同学欺负。尽管如此，她依然坚持自己的学业和成就一番事业的梦想。完成 3 年的模特学业后，她开始了近 20 年的模特生涯。她先后在全国各大城市参加演出和比赛，获得了全国形象大使西部区冠军，而其中的心酸和眼泪只有她自己清楚。2000 年，她获得世界车模亚军。2008 年她成功地完成了自身形象的转换，攀上了职业生涯的顶峰。

执着追求的力量

随着年龄的增长，人们对故乡的情怀会越来越浓，萨茹拉也不例外。在异乡漂泊的十几年让她越来越想回到自己的家乡。于是，她 2003 年回到内蒙古，回到阿拉善盟开始创业。模特作为现代时尚行业，有着自己的"黄金时代"，在内蒙古从事模特行业的几年内，她渐渐对民族服装产生了兴趣，开始摸索、研究民族服装，并在 2013 年创办了苍天圣地阿拉善民族服装工作室。

创办自己的工作室后，萨茹拉先后多次去蒙古国学习研究蒙古族服装各个部落支系的特点及来源，同时深钻了民族服装设计，细致地研究制作从传统蒙古袍衍生创新出来的现代民族服装。在与蒙古国设计师和裁缝的接触中，她发现了内蒙古和蒙古国在民族服装设计及制作方面的不同与差距。蒙古国的裁缝在服装制作方面颜色搭配及做工上更加精细，于是她果断地选择了国外的手工制作工艺。但是裁缝从哪里找呢？她又一次面临着困难。经过多方探寻，她知晓了内蒙古二连浩特有一部分蒙古国的裁缝在那里工作。知道这一消息后，她只身一人去了二连浩特寻找好的裁缝，经过几番周折后终于找到了那几个裁缝工作的地点。她几次尝试与她们接触，但都被那里的老板拒之门外。无奈，她只能在门外一直等待机会。历经整整半个月的苦苦等待，3 个裁缝终于答应接受聘请到阿拉善工作。得到蒙古国裁缝的支持后，她的生意有了较大起色。

创业路上无坦途

在内蒙古地区，将蒙古族传统服饰转变成现代服饰的设计师凤毛麟角。在萨茹拉的事业逐步走上轨道后，她又有了新的想法：不能只做小小的工作室，一定要将民族服装文化发扬光大。2015年3月，她与自己的妹妹乌日翰投资800万元创立了阿拉善盟萨茹拉民族文化产业发展有限责任公司，为适应市场发展的新要求，2015年11月，萨茹拉与妹妹乌日翰专程去蒙古国学习了半年服装设计和化妆技术。她将现代流行元素与蒙元文化相融合，设计了许多具有代表性和时代性的民族服装，拓宽了民族服装界新的艺术观赏视野。为了进一步扩大制作规模，萨茹拉特意聘请蒙古国服装设计师作为设计指导，积极汲取国内外服饰时尚理念，借鉴他们在设计、工艺、面料等方面的精华技艺，进一步丰富了阿拉善民族服装文化内涵。公司积极应邀参加各国服装大赛，向世界展示阿拉善蒙古族服饰独特的魅力。通过开展中、蒙两国服装交流活动，也促进了两国青年的友好往来。她在2015年中、蒙、俄蒙古族服装服饰大赛中获得传统与现代行业服饰二等奖的好成绩。

2016年6月举办的首届阿拉善蒙元文化民族服装发布会暨阿拉善旅游文化展览会，组织方邀请到了盟、旗政府相关领导及社会各界知名人士。发布会上，萨茹拉的公司共展出80余套服装，从成吉思汗及夫人的服装、各个部落的传统服装到现代的舞台装、晚礼服、生活装一应俱全，赢得了在场所有人的关注和赞赏。

萨茹拉是一个不会被生活打垮的女人。2016年8月，她配合阿拉善左旗旅游局承办了世界旅游小姐大赛内蒙古总决赛并与获奖模特签约。从此，公司开始用自己的模特参加各项民族服装大赛，获得了很多奖项。公司走出了因服装展览和宣传发布会资金周转压力大的困境。公司的知名度慢慢提高了，萨茹拉本人也渐渐得到了社会的认可，2017年她当选为阿拉善盟政协委员。

2016年，公司主办首届阿拉善蒙元文化民族服装发布会暨阿拉善旅游文化展览会，承办了世界旅游小姐年度总冠军中国内蒙古总决赛，组织参加了阿拉善盟旅游文化节开幕式等大型活动；2017年公司组织参加了盟、旗妇联2017三八妇女节表彰晚会，同年参加了第十四届中、蒙、俄蒙古族服装服饰大赛并获得现代服装一等奖、行业服饰二等奖、校服三等奖的成绩，得到了内蒙古自治区旅游局及相关领导的高度关注。2018年8月，她参加第二届八省区蒙古族服装服饰大赛，获得民族现代服饰一等奖、民族行业服饰三等奖的成绩。

近年来，公司以越野e族、那达慕大会、奇石文化节等旅游节庆为契机，探索与旅行社等组织的合作模式和利益连接点，在提升公司市场竞争力的同时，积极履行社会责任，在推广阿拉善特色民族服饰文化、解决高校毕业生就业和农牧民就业等方面做出了应有的贡献。

宁愿一人脏　换来万人洁

——记阿拉善盟额济纳旗自治区最美环卫工人获得者丁玉芬

"哗——哗——哗——"凌晨，深沉而浑厚的扫地声，在额济纳旗的大小街道上响起。它像一首威武雄壮的进行曲，以摧枯拉朽之势，打破了夜的宁静，踏碎了黎明前的星光，荡漾了昔日留下的污秽。当万道金光染红了东方天空的时候，一座清洁美丽的城市，又一次奉献给生活在这座城市中的人们。

引领着大家演奏这首进行曲的"艺术家"，就是最可爱的阿拉善盟额济纳旗"最美环卫工人"获得者丁玉芬。在丁玉芬的身上，集中体现了环卫工人高尚的品格。她在平凡的岗位上书写着平凡的人生，创造着不平凡的业绩。

在最脏最苦中实现人生价值

翻开昨天的日历，让历史的年轮回到 2010 年。刚刚走上环卫清运工作岗位的丁玉芬，就将这样几句话作为自己的金科玉律：宁愿一人脏，换来万人洁；宁愿个人麻烦，方便千家万户；宁愿个人辛苦，一心为民服务。是啊，不身临其境，谁也无法理会这个"脏"字的全部内涵。

十年如一日，她日复一日地干着清扫的工作。尽管每天面对呛人的灰尘、臭气熏天的气味，但她没有退缩，没有气馁，反而暗下决心：一定要按时按点、保质保量地完成好单位交给的工作任务。她常对同事说："环卫工作被人瞧不起，我瞧得起；有人不愿意干，我愿干；别人不爱，我爱！"她这样说，也这样做。她像一头老黄牛，默默无闻，好像浑身有着使不完的劲儿。她经常来得最早，走得最晚，一年四季，天天如此。

2016年夏天，丁玉芬担任卫生小队长后，就暗下决心一定要治理好双拥路段的"顽症"，一定要把工作搞好。当整座城市还处于一片沉寂时，丁玉芬已经拿着扫把，推着小车，开始了一天的清扫工作。一天下来，她经常累得满头大汗、腰酸腿痛。

2016年11月的一天，她早早到了工作岗位上。由于天气寒冷，她身患感冒。按理说她可以躺在家里歇上一两天，可一想到卫生还没有完全达标，她硬是支撑着虚弱的身体和工友们一起起早贪黑、忘我工作。头晕得实在站不起来，她就蹲在地上用小铁锹铲除口香糖渣等污渍，一直坚持到卫生全部达标，才想起到医院买上两包感冒药。正是她这种不计名利、不辞劳苦的精神感染了身边的同事。该路段的所有环卫工经常早起五更外出、晚披星月回家。辛勤的付出终有喜人的回报，丁玉芬负责的老车站路段由过去卫生"脏、乱、差"，一跃成为街道清洁卫生达标的"样板工程"。周围的群众都说："这条路被丁玉芬扫得这么干净，我们也不好意思乱扔垃圾了。"

丁玉芬从事清扫工作10多年来，成了旗里大小街道小有名气的清洁工，哪里环境脏、哪里有群众呼声，她就带领班组出现在哪里。单位哪条路段管理最需要她，她就出现在哪条路段上。她对工作任劳任怨，从不计较报酬。

老车站是额旗的北大门。由于该地段位置特殊，整天人来人往、车水马龙，小商小贩蜂拥而至，导致该地区人员庞杂、卫生质量较差，曾一度成为卫生"死角"。这与旗委、旗政府对环境卫生高标准的要求相差甚远。丁玉芬看在眼里，急在心里，她找到环卫所领导，主动请命到该地段工作。领导批准了她的请求后，她一方面带领环卫工人对该地段实行全天候保洁，以实际行动感召周围的群众，另一方面向行人宣传环卫知识，增强广大市民的环卫意识。经过一个多月的连续奋战，车站周边的环境卫生状况彻底改变了，额旗北大门成了一块靓丽的风景区，她的工作得到了旗领导、外地客商和兄弟同行的充分肯定和好评。

在真情关爱中展现最美风采

作为多年的清扫组长，为了树立环卫工人的良好形象，丁玉芬总是以身作则、言传身教，用真情和关爱引导了一批又一批环卫新人。环卫所领导把每次新招聘的清扫工都交给丁玉芬，她都毫不保留地将十几年的扫路经验传授给新员工。对因清扫马路而感到羞涩的年轻人，她还经常给他们讲述环卫工人杰出劳模时传祥的故事，引导他们树立正确的人

生观、择业观，增强他们的自信心。在她的奉献精神的感召下，环卫工人掀起了岗位学先进、岗位比贡献活动，"比、学、赶、帮、超"蔚然成风。

丁玉芬不仅在工作上支持、帮助工友，在生活上更是给予他们关心和照顾。2016年，一名环卫工人在工作时突然患了急性肠胃炎。丁玉芬得知后，立即将其送到医院治疗，并及时通知她的家人。安顿好工友后，她又三天两头去看望，直到工友出院。她一桩桩、一件件关心工友的事，使许多工友的心里倍感温暖。

丁玉芬不仅工作出色，而且善于做群众的思想工作，以自己的榜样和人格力量来感召他人，努力为政府分忧，为领导解难。2017年5月，因县城改造，涉及2户老环卫工人的住房拆迁。因为拆迁费用等问题，拆迁工作一度陷入僵局，单位和部门领导多次做工作都没有结果。丁玉

芬得知后，拖着疲惫的身体多次登门进行调解，动之以情、晓之以理，最终使2户拆迁户同意按政府的条件拆迁。

2018年，额旗创建全国文明城市期间，丁玉芬同志合理调配人员和车辆设备，加强了道路清扫保洁和环卫设施的检查监督工作，重点部位跟班作业，每天把所辖区域道路检查两次，加强背街小巷的清扫保洁和垃圾清理，消除死角死面。同时，她劝阻沿街单位、商户及行人的不文明行为，宣传创城活动的要求和规范，保证了辖区道路全天整洁干净，环卫工作达到了创城活动标准。

额济纳旗是阿拉善盟最远的一个旗，区域面积为1万多平方千米，人口约2万，多为无人居住的沙漠区域。著名的酒泉卫星发射中心位于该旗，以胡杨林称著的区域面积39万亩。每年10月份的"胡杨节"，全国各地乃至外国游客纷纷而来，当月的客流量可达三四十万。人流量增多，街道垃圾也随之而来。这个时候的丁玉芬比平时更加辛苦，不仅要打扫比平常多几倍的垃圾，还要解答游客的各种问题，为游客指引方向，以致"胡杨节"期间她每天都要干到很晚才能把街道清扫完。但她从不会因此而对解答游客的问题产生厌烦的心理。

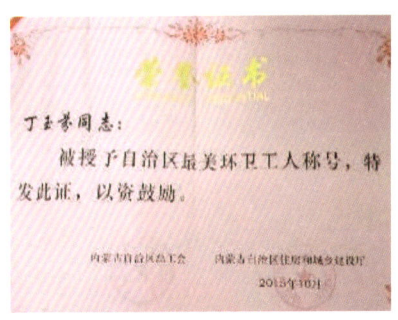
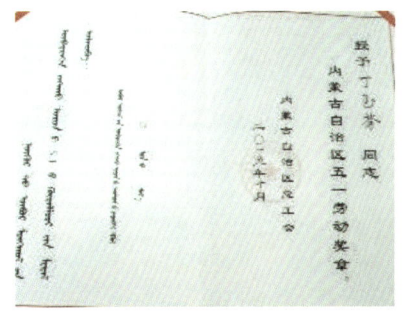

在默默奉献中彰显点点承诺

丁玉芬在工作上精益求精、认真负责，对家庭却有着深深的歉意。为了自己的事业，她欠家人的实在是太多太多了。对婆婆来说她没有尽到一个做媳妇的责任，对丈夫来说她算不上一个贤内助，对儿子来说她更不是一个称职的妈妈。因为，每天早上天不亮她就要上班，工作到很晚才回家。每天做饭、家务都是年迈的婆婆和丈夫去操劳，她也没有时间辅导、督促儿子学习。每年除夕夜，当别的家庭全家人在一起吃年夜饭、欢天喜地观看电视节目的时候，丁玉芬却默默地工作在环卫清扫岗位上，并总是最后一个离开岗位，等到新年的钟声敲响后才回到家，就连大年初一也未曾休息过半天。

丁玉芬满腔热情，默默地在平凡的岗位上奉献着她的青春。辛勤的汗水浇灌了丰硕的果实。2014年10月，她被评为单位先进个人；2015年5月，被评为盟优秀劳动模范；2017年1月，被推荐为额济纳旗政协委员；2018年，被单位评选为先进个人；2019年3月，被吉日格朗图社区评为优秀妇女。

要想干出一番事业，总要付出心血和汗水。丁玉芬凭着对环卫事业的执着追求和敬业精神，无怨无悔地把自己的青春、智慧和力量献给了环卫事业，实现了自己的人生价值，也展示了新时期职业女性的崭新风貌。

面对未来，丁玉芬决心以过去的成绩和荣誉作为今后工作的动力，为额济纳旗的市容和环卫工作再立新功，做出更大的贡献。

守望相助　大爱无限

——记巴彦淖尔市磴口县康恩老年公寓、农牧区综合敬老院院长张丽君

张丽君，女，汉族，磴口康恩老年公寓和农牧区综合敬老院院长。9年来，她科学化管理、人性化服务，全身心投入养老、敬老事业中。她们敬老院多次获得自治区级敬老孝心先进民办院。她先后获得内蒙古自治区"三八红旗手""最美创业女性"等荣誉称号。

创业：秉承养老敬老美德

当年，由于父母忙于工作，张丽君出生后几个月就被送到爷爷、奶奶家由老两口抚养成人。张丽君16岁初中毕业就到汽修厂参加工作，成为一名优秀的电工。1996年，企业破产，已有16年工龄的张丽君挥泪告别了自己喜欢的工作岗位，成了一名下岗女工。下岗后，张丽君经历了5年的打工、开店的打拼生涯，逐步步入了有车、有房、有存款的小康生活行列。正当张丽君为生活打拼、一门心思报答亲人养育之恩的时候，她最爱的爷爷和奶奶相继离开了人世。爷爷、奶奶都是意外离世的，去世时身边都没有亲人陪护，这成了张丽君的终生遗憾。她想为爷爷、奶奶做点儿什么，以告慰他们的在天之灵，于是她萌生了创办老年公寓的想法，为那些没人照顾的老人建造一个家园。

从2005年开始，张丽君四处参观考察养老项目。2010年，她征地50亩投资1000万元建起了磴口县康恩老年公寓。她办公寓的目的是把爱心献给社会上需要帮助的老人，让他们感受到政府的关怀，感受到人间的温暖。

养老护理是一个特殊的行业，关系到老年人晚年的幸福。为了更好地为老人服务，张丽君走上了自学之路，先后考取了高级护理员资格证、

讲课师资证、考评员证、营养师证及二级心理咨询师证书。同时，公司通过集中培训、互联互帮等形式，建立起一支专业的护理队伍，先后输送出多名员工进行业务培训，并取得了护理员资格证，员工持证率达到了90%以上，极大地提升了养老护理专业水平。

勤业：提供亲情化的服务

2019年1月4日，磴口县农牧区综合敬老院内喜气洋溢，大家欢聚一堂，共同见证了五对老人喜结良缘的感人场景，并为他们送上诚挚的祝福。敬老院内为"五保"、"三无"人员举办集体婚礼，社会各界都很重视。参加婚礼的嘉宾们为新人献上红包、喜被、喜枕、日用品、鲜花等贺礼，祝新人们在敬老院的日子里和和美美、幸福长久。巴彦淖尔市民政局、磴口县民政局、巴彦淖尔市养老促进会领导以及磴口县副县长来到敬老院慰问，并带来5000元"关爱红包"。巴彦淖尔广播电视台、巴彦淖尔日报社等新闻媒体也对敬老院里的这场集体婚礼进行了报道。

证婚人张丽君院长说："五对新人非比寻常的结伴，爱情强大力量的体现让人震惊，在他们中由过去的"搭手"变成现在的"帮手"，由卧床不能自理到现在生活基本能自理……他们的转变是敬老院的院民们

有目共睹的，大家共同见证了他们相互了解、相互帮扶、相亲相爱的感人过程，衷心祝愿五对结伴老人恩恩爱爱、相随相伴、幸福一生！"

张丽君是一个做事精细、办事精明的人。员工家庭有困难的，她会及时给予帮助，让员工没有后顾之忧。养老院的老人心里有疙瘩的，她也会谈心开导，让老人心情愉悦地生活。

"张院长真是个好闺女，把我们这些老头儿和老太太照顾得可舒服了。"今年80多岁的童凤莲老人一提起张丽君就赞不绝口。

带着礼品看望生病住院的老人是她工作中不可取缺少的一部分。临终前的老人，她都会及时去探望关怀。养老院有位老奶奶103岁，住入养老院6个年头了，员工亲切地称之为"百岁老人"。2018年7月，老奶奶突然病情发作，家人便把老奶奶接回家里。张丽君得知这一消息后，马上带着礼品来到家里看望老人家。家人告知，在百岁老人最后的几天里，眼睛都不愿意睁。但是看到张丽君来到后，老人家努力睁开双眼，张着嘴想说什么。张丽君看到后为老人洗脸洗手、拿棉签蘸水给老人做口腔清洁。老人虽然说不出话，但不住地点着头，所有人看到这一幕都眼含泪水。家属告诉张丽君，老人在养老院6年，身上从未有过任何褥疮，但是回到家，由于家人不会照顾，身上已经起了褥疮。张丽君说："所有的一切都是我们应该做的，能为老人服务是我们的荣幸，希望老人家一路走好。"

随着人民收入水平和生活水平的大幅度提高，社会对老年健康服务需求呈多样化、迅速增长态势，老年医疗服务、老年护理服务、老年健康娱乐等需求日益增多。为了让老人居住舒适，2018年张丽君又投入

190多万元重新装修、改造养老院，完善了卫生保健、康复训练、文化娱乐等功能设施，扩建了院内活动场所和绿化场地。养老院每个月都为老人举办集体生日，送去温暖，送去祝福。9年来，凭着一份敬业和奉献精神，养老院先后为1000多位老人提供了专业服务，为100多位老人提供了临终关怀服务。目前，养老院入住率达到了95%以上，取得了良好的社会效益。公司也成为补齐居家和社区养老服务发展短板的"排头兵"。

精业：营造温馨的居家环境

2016年8月，通过公开竞争投标，养老院以较好的业绩承接了磴口县农牧区综合敬老院的5年经营权，实现了创办养老连锁服务机构的梦想。接手敬老院后，张丽君加大人力、物力、财力投资，下大力改善敬老院的硬件环境，全力提升敬老院的服务水平，为老人提供优质的服务，为党和政府分忧，帮天下儿女尽孝。

让"五保"老人和大多数的老人一样，得到家庭的温暖是张丽君最大的梦想。2018年年初，张丽君个人出资4万多元为敬老院餐厅配备了液晶显示大屏，老人可以全天候地观看电视节目。敬老院还定期播放电影，举办形式多样的扑克、象棋等文化娱乐活动，丰富老年人的精神文化生活。

黄寿庭是一位"五保"老人，生活完全不能自理，根据现有的护理力量，敬老院还不能接收这样的老人，但老人回到家里又没有人照顾。张丽君再三思量后，决定把老人接到康恩养老院，自己出资全心全力护理老人。现在，老人在康恩养老院住得好、吃得好，时不时就会跟护理员夸赞张丽君的善举，嘴里念叨着："谢谢院长，好人一定会有好报的。"

她用真情对待员工，努力为员工创造愉快的工作环境。多年来，张丽君为减轻员工压力，经常组织员工聚会。每到春节或节假日，她都会邀请员工家属来到养老院里共同过节。公司经常举办茶话会、优秀员工表彰活动。她仔细听取员工的合理化意见，激发她们的荣誉感和责任感。她走进员工家里看望员工父母，送去关怀与温暖。2018年，养老院组织员工去青岛旅游，缓解工作压力。员工齐声说道："跟着院长有肉吃，撸起袖子好好干吧！"

多年来，张丽君面对纷繁复杂的院务管理工作，一直践行着创办养老院时期的诺言：为了"大家"舍弃"小家"。她的丈夫在外地工作，两个人长年两地分居，孩子也不在身边，一家三口分别居住在三座城市。节假日的时候，她要求老公、孩子来到敬老院与老人、员工们一起过节日。为了院里的事务，她有时候忙得顾不上吃饭就随便吃个馒头，开会开到深夜就睡在敬老院里。

张丽君说："有时晚上思索问题、辗转反侧的时候，也有歇歇的念头，可是转念又想到一心打拼的员工们和亲如一家的老人们可爱的笑脸，觉得再苦再累都是值得的，我是不会轻易放弃的。"这就更坚定了她把养老事业做得更大、更强的决心。

张丽君说："我的梦想也没有多大，我就想给老人提供一个安全舒适的环境。让老人感到一点儿都不寂寞，让他们能在这里生活得很开心，让他们在这里有家的感觉。"为了这个温暖的家园，张丽君将继续用大爱支撑这份心爱的职业，无怨无悔。

奉献基层　无悔选择

——记巴彦淖尔市五原县天吉泰镇党委书记卞巧红

卞巧红，女，蒙古族，1973年9月出生，1993年参加工作，1998年加入中国共产党。从五原县套海镇的一般干部到天吉泰镇党委书记，卞巧红已经在乡镇整整工作了26年，把一位普通女性最美的年华和全部的激情奉献给了基层百姓。近年来，卞巧红先后获得内蒙古自治区优秀乡镇人大主席、五原县优秀人大代表、五原县优秀共产党员、五原县先进工作者、五原县优秀"三八红旗手"、巴彦淖尔市"最美女性"。内蒙古自治区党委宣传部和内蒙古自治区妇联授予她"尽责圆梦践行者·北疆最美女性"荣誉称号。

搭平台·赢民心·促和谐

卞巧红调任天吉泰镇工作后，发现村民小组力量相对单薄和分散，村民参与村内事务的积极性不高、集体意识不强。如何在村"两委"班子和村民之间架起一座"连心桥"，形成以村党组织为核心、村民自治组织为基础、村级社会组织为补充、村民广泛参与的农村多元治理新格局，成为她心里苦苦思索的大事。经过一段时间的思考，她把妇女工作作为突破口，走访了全镇所有的妇女干部，和她们拉家常、摸实情，鼓励号召广大妇女们自立、自强、自省、自尊、自爱，走出"围着锅台转"的思想桎梏，拥抱理想、追逐信念。经过一年多的教育引导，全镇广大妇女思想境界不断提升，创业致富的信心日渐增强。于是，她紧紧抓住妇女思想转变的契机，在全镇55个社成立了巾帼志愿服务队，投身美丽乡村建设管理中，主动承担起关爱孤寡老人、留守儿童、化解婆媳矛盾和邻里纠纷的义务，成为美丽乡村建设的主力军和乡风文明的实践者。

针对村级党员和群众带头致富能力弱、缺乏种养技术、观念落后等情况，卞巧红不失时机地邀请县农业局和县科协的专家学者以及村中的致富能手、产业带头人，对村民进行实用技能等方面的指导培训，还带领村民深入田间、果园、圈舍进行观摩学习，使村民们一步步掌握种养殖和特色产业实用技术，提高他们的脱贫致富本领。她结合绿色生态、民俗文化特点，大力发展乡村旅游产业。在她的支持下，一批以休闲农业、宜居宜游特色村庄为代表的乡村旅游项目逐步出现。大坝滩农村风味特色餐饮面凉粉产业，成功申报市级"非遗"项目，打造了地方特色品牌，成为当地妇女们增收致富的支柱产业。

"微治理"是五原县推出基层干部、群众教育管理和监督环节的重要模式。卞巧红把村民小组"微治理"作为开展农村工作的主抓手，在经过细致的推荐、筛选和民主选举等环节后，全镇55个社全部成立了村民小组理事会，下设巾帼志愿服务队和党员先锋突击队，填补了村民自治的空白。各村民小组理事会合理划分卫生管理区域，由党员和巾帼服务队队员带动群众开展村庄环境卫生清扫保洁工作，实现了全镇村社环境卫生由村民自主管理。在开展"微服务"的过程中，卞巧红又在"微治理"中融合了"不诚信村民管理办法"和"问题挂销号台账"等内容，有效遏制了部分群众不缴水费、拖欠"社摊"、不履行赡养义务等不良行为，及时化解了村社内部矛盾隐患。通过评比促动与实践推动，全镇树立了毛家桥村一组、二合永村三组、景阳林村五组、天吉泰村四组等十几个"微治理"示范点，其中，毛家桥村一组"微治理"作为"微自治"的试点在全县推广。这些措施有效增强了乡村治理的凝聚力，形成了村社事务村民定、村民办、村民管的基层治理机制。

顺民意·重调研·增活力

卞巧红当选镇人大主席后，深知人民赋予的权力与责任的重大。她认真履行岗位职责，积极组织视察调研，并根据就近方便的原则，在全镇成立了5个代表之家、13个村联络站，创建了以镇人大主席团为统领、人大代表之家为基础，村级联络站为延伸的人大代表之家工作网络，架起人大代表与选民的"连心桥"。

近年来，以"代表之家"为载体，卞巧红推行了"我是人大代表"亮身份活动，指导南茅庵、锦旗、向阳人大代表之家开展了多次走访接待选民活动，征集群众意见建议近百条。她组织成立了"马上办"办公室，坚持每季度组织召开一次主席团办公会议，先后解决了涉及群众切身利益的急事、大事50余件。为了延伸镇人大工作的内涵，结合多年镇、县人大代表的履职经历，卞巧红发现，镇级人大代表大多是村社群众，容易因记录不及时导致基层反映情况漏报的问题。为此，她编写了《天吉泰镇人大代表履职手册》，将走访接待选民、助力精准扶贫、群众意见建议、学习培训、选民述职、开展视察调研等履职记录汇总成册，完整地记录了每个代表的履职轨迹，提高了代表的履职水平。

一些群众不缴水费，造成了村民之间互相攀比和水费收缴难等问题。她将这一不良现象反映到县人大调研会上，建议在全县范围内开展不诚信村民教育管理行动。这个建议被县政府认可采纳后,她指导天吉泰镇出台了《天吉泰镇不诚信村民管理办法》,为全镇水费收缴难问题率先"破冰"。

察实情·办实事·解民忧

群众利益无小事。近年来,卞巧红经常往返于县乡部门和农户田间地头,倾听群众需求,反馈群众诉求。她通过在人代会上提意见建议,争取到上级政府、水利、国土等部门的支持,助推全镇农户完成了安装自来水进户工程,解决了困扰村民多年的吃自来水难题;解决了二支沟和六排干淤堵不畅,5000多亩盐碱地无法改良的问题。争取资金40多万元,解决了景阳林村土地整理项目尾留工程不完善的问题;丰济支渠下游做节制闸工程已实施,建成后将解决2万亩土地浇水困难的问题。

为了进一步畅通服务群众的渠道,着力解决"门难进、脸难看、事难办"问题,卞巧红在服务大厅推行"四心、四懂、一问"服务机制,建立岗位监督平台,坚持佩戴上岗证,公开个人信息,建立群众测评台账,累计为群众办理事项几千次,接听来电咨询5000余次,群众满意率达95%以上,受到了群众普遍好评。近年来,她累计为困难家庭、贫困学生筹集善款20余万元,为多个因病致贫家庭、60多名困难学生送上了社会的关心和温暖;她拒绝吃请无数次,累计拒收礼品、礼金达10万余元。

她关心弱势群体,坚持把保护群众安危、维护群众利益放在第一位。2018年7月19日,天吉泰镇范围内突降大雨,降水量短时间内达到

73.6毫米，黄河皮房疙旦险工段、谢拉五疙旦险工段出现冲毁威胁。收到消息后，卞巧红随即组织防洪值班人员赶赴现场，在即将被冲毁的防洪坝上奋战了整整一夜，保住了沿河景阳林、景华等村社群众财产和生命安全。险情刚过，面对农民耕地里积水排不出去的情况，一夜没合眼的卞巧红又开始转移危房内的群众，全力调运水泵、管件等设施，帮助农民田间排泄雨水。7月20日，大雨过后，卞巧红继续奔波在农田道路上，指导帮助农民将灾害损失降到了最低。受灾农民和村干部在微信群内纷纷竖起大拇指赞扬她，并表示"在镇党委、政府的帮助下，我们有信心渡过难关"。

兴产业·强示范·求发展

2016年，卞巧红任职天吉泰镇政府镇长后，紧紧盯住全镇经济发展这条主线，通过产业结构调整、招商引资、村企联建、农企利益链接等多种方式，全镇经济发展焕发出勃勃生机。她强力推进设施农业建设，建成3个共计220亩的设施农业拱棚园区，成功把白兰脆、灯笼红、黄柿子、葡萄等各类果蔬推上反季节市场。她带领全镇干部群众牢牢抓住乡村振兴的机遇，引进福正宏泰和虹日2家饲料加工厂；推动金草原、德源肥业、巴市机场等8家镇域企业与9个行政村结成帮扶共建体，镇政府深化村企联建、农企利益链接机制；结合天吉泰早酥梨、熊万库蜜瓜、大坝滩凉粉等特色产业，建设完善了4个田园综合体（包括10个种植园区、2大高端养殖园区和2个饲草加工厂）。为将全镇经济发展重点融会贯通，她精心组织、全身心投入，努力当好全镇经济发展的服务员。在田野上、施工现场，经常能够看到她奔走和忙碌的身影。为解决"一葵独大"的种植弊端，她亲自组织20多个小组的秋浇动员会；为保障设施农业拱棚创收，她多方联系种植技术；在遭遇大风袭击后，她与村民一道加固大棚；为完善田园综合体建设，她更是不停地协调动员和现场督战。依托独特的地理位置，镇政府充分挖掘黄河文化、蒙元文化和农耕文化资源，初步打造了大坝滩特色餐饮村、鸿嘎鲁蒙元文化景区、德胜和生态养殖度假村、少数民族特色村寨、蒙古族民俗展厅、早酥梨采摘园等一批别具一格的旅游线路。

基层一线工作情况复杂，必须靠前指挥、敢于担当。2016年开始，卞巧红把全镇258户、520名贫困户走访了一遍又一遍，把扶贫政策讲了一遍又一遍。每到贫困户家中，她都会拿出20多年的包村干部经验，嘘寒问暖，拉话唠嗑，和贫困户一道共商办法解决脱贫难题。她结合精准扶贫政策，指导制定了《天吉泰镇人大代表助力精准扶贫工作方案》，要求每名人大代表联系4~6户贫困户，监督贫困户精准脱贫的全过程，包括扶贫资金、扶贫项目、扶贫措施的精准到位情况和精准脱贫情况。

近年来，由镇政府牵线搭桥，金草原、德源肥业、三瑞农科、巴市民航等8家企业与9个村形成帮扶共建体，通过土地托管、入股分红、订单种植、就业务工、牲畜托养、科技服务等共建方式，带动农民持续增收，助力脱贫攻坚，进一步增强了农民产业发展能力和脱贫致富的内生动力。镇政府认真落实自治区扶贫对象动态管理政策，加大产业扶贫力度，实施放母收羔项目，为107户贫困户提供基础母羊581只，每只基础母羊可为贫困户年增收1000元。2018年以来，累计为30户贫困户安装自来水，为10户贫困户新建住房，为20多户贫困户修缮了房屋。

抓班子·带队伍·树形象

基层党组织是党的战斗力的基础。多年来，卞巧红致力于加强党的建设和干部队伍建设，特别是注重在增强学习教育活动实效上下功夫，在促进组织整体活力上做文章，建立了党建工作层层联系机制，充分发挥了镇领导"一带头、二带领"作用。镇党委严格规范"三会一课"制度、"两学一做"学习教育、固定党日"5+X"活动；大力推行村民代表会议常设制、"四议两公开一监督"工作机制，结合"五个一"千村帮联行动，推进依法治村、产业富村、文化活村、项目强村、组织带村。

为了转化南茅庵"三类村"党支部，她带着"1+2"工作法和"五级示范抓引领"两大法宝，进村入户先后召开党员、村民大会15次，走访村民200余人次，与村民座谈30多场次，征求群众意见建议17条。现在南茅庵村党支部已成为全镇一类支部，是全县支部转化的典范。

新时代呼唤新担当,新时代需要新作为。卞巧红以高尚的道德品格、扎实的工作作风、出色的工作成绩、无私的奉献精神赢得了群众的口碑、群众的夸奖。"把平凡的事做好就不平凡,把简单事做实就不简单"是卞巧红工作的真实写照。

播撒绿色希望 收获"沙漠人参"

——记内蒙古游牧一族生物科技有限公司董事长贺文军

内蒙古游牧一族生物科技有限公司成立于2005年9月,公司资产8000多万元,现有员工167人,是国内最早开始研发肉苁蓉制品的企业。多年来,在董事长贺文军的带领下,公司致力于生态治理、沙产业发展之路。2013年,贺文军被国家林业局评为全国防沙治沙先进个人,被内蒙古自治区人民政府评为生态建设先进个人;2014年,被巴彦淖尔市绿化委员会评为绿化模范人物;2016年,被全国绿化委员会评为绿化劳动模范;2013—2016年连续4年被评为巴彦淖尔市优秀政协委员。

以生态基地支撑带动产业发展

肉苁蓉是一种寄生在沙漠树木梭梭根部的寄生植物,药食两用,具有极高的药用价值,是中国传统的名贵中药材,被誉为"沙漠人参",市场前景极为广阔。

在商界发展多年、事业有成的贺文军,不仅积累了丰富的从商经验,而且历练成了敏锐独到的发展眼光。2005年,在经过对市场全面考察论证、深入沙产业企业多次调研后,贺文军带领他的团队开始进入乌兰布和沙漠,开拓沙产业全新的领域。他倡导坚持"多采光、少用水、新技术、高效益"的沙产业理论发展肉苁蓉产业,要求围绕重点生态治理和重大防沙治沙项目、重点优势产业发展关键技术难题,积极与相关大专院校和科研单位密切合作,走产学研相结合的路子,积极推行"公司+基地+农牧户"产业化发展模式,全力打造肉苁蓉产业。2010年,公司通过土地承包和流转的形式依法取得了2万亩土地的经营权,作为种植梭梭林嫁接肉苁蓉的基地。公司积极采用科技手段，梭梭接种肉苁蓉实践成功，为大面积保护天然梭梭林，开发沙区肉苁蓉资源，增加农牧民收入，探索出了一条可行的路子。

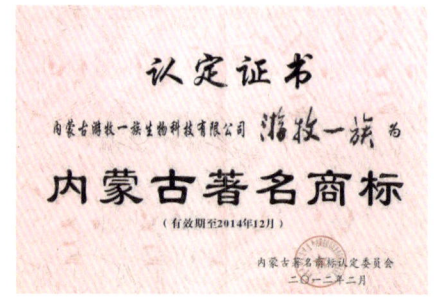

为了把分散的群众集中起来有计划、有组织地发展肉苁蓉产业，2012年，贺文军发起成立了专业合作社，开始走合作化、规模化发展之路。公司采用"合作社＋基地（种植企业）＋农牧户"的人工梭梭肉苁蓉种植产业化经营模式，通过企业自筹、合作社投资和引进外资等形式，先后在乌兰布和沙区投资4000多万元，营造了2.5万亩人工梭梭林，其中人工接种肉苁蓉0.5万亩，种植大户已发展到20多户；种植酿酒葡萄500亩、红枣100亩、枸杞100亩，育苗100亩。公司大力实施"公司＋农牧户"这种新型利益联结模式，由公司提供技术并签订肉苁蓉收购合同，出台最低保护价，并负责原料收购，同时进行技术指导和资金扶持，帮助农牧民致富，极大地激发了各种社会力量种植梭梭的积极性，也逐步扩大了梭梭人工种植面积，促进天然梭梭林的恢复和发展，加快了生态建设的步伐。目前，公司标准化基地建设辐射到2个旗县（区）、5个农牧场区，带动600多户农牧民。农牧民就种植肉苁蓉一项每亩增收800多元，人均增收200多元，基本实现了沙漠增绿、农牧民增收、企业增效的目的。

2012年，肉苁蓉的种子搭载神舟八号返回，落户游牧一族基地试种成功。此技术填补了巴彦淖尔市肉苁蓉航天育种的一项空白，为肉苁蓉航天育种发展肉苁蓉产业提供了技术支撑。

以科技支撑带动产业升级

为了引进科技人才与加工生产项目，培育新的经济增长点，游牧一族生物科技有限公司以"沙漠人参"肉苁蓉为主要原料,开发研制苁蓉系列健康养生食品。在生产和研发过程中,公司本着科技支持带动产业发展的经营宗旨,积极与国家相关大专院校和科研单位密切合作。公司专门设立了苁蓉系列产品研发中心,聘请内蒙古大学生命科学院曹瑞教授为常年技术顾问,并与北京大学中医药现代化研究中心、内蒙古大学、内蒙古农业大学等院校和科研单位常年合作,使产品不断推陈出新,逐步向精细深加工方面延伸。公司自主研发的肉苁蓉真空冷冻保鲜技术已申请国家发明专利。该技术于2014年6月被国家知识产权局正式受理,现已公布。公司自主研发的肉苁蓉种子粒制备与人工接种方法已获国家发明专利。公司与北京大学中医药研究所、内蒙古大学生命科学院、内蒙古农业大学、北京中研万通等大专院校和科研单位,积极开展"神舟八号"搭载肉苁蓉种子试种发芽、个体生长、抗逆性、单株产量的对比试验,研究工作取得了显著成效。目前,公司已形成苁蓉礼品、苁蓉茶、汤炖料、泡酒料、切片料、苁蓉果糕等六大系列80多个品种。其中,公司研发生产的苁蓉茶已获得国家发明专利,并于2009年12月21日正式被国家食品药品监督管理局批准为保健食品。2012年肉苁蓉黄精茶生产加工通过了内蒙古自治区食品药品监督管理局的GMP认证,同时获得了ISO9001质量管理体系认证和HACCP食品安全管理体系认证。公司产品远销北京、上海、广州、无锡、西安、银川等地,销售网络覆盖11个省、市、自治区,40多个地区。2016年实现销售收入3941万元。

 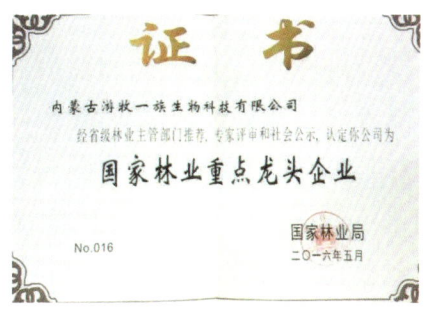

以企业品牌化引领绿色发展

多年来,贺文军以"传承八百年蒙古养生文化"为己任,研制开发专为现代人健康服务的养生系列产品,公司已发展成为集梭梭种植、肉苁蓉接种、相关产品研发、生产、销售为一体的肉苁蓉龙头企业。公司的肉苁蓉黄精茶在2011年11月第二届中国国际林业产业博览会上获金奖。2008年，公司被中国沙产业高峰论坛组委会、中国沙产业学会评为"中国沙产业先进企业"，被内蒙古自治区人民政府评为"林业产业化重点龙头企业"。2009年，公司被巴彦淖尔市人民政府评为"市级农牧业产业化龙头企业"。2011年，公司被选为巴彦淖尔市特色旅游商品研发基地和定点销售单位。2012年"游牧一族"商标被内蒙古自治区商标评定委员会认定为著名商标。2012年9月，肉苁蓉茶及其加工方法被中国林业产业联合会和中国经济林协会评为"林业产业创新奖"。2012年，公司建成了600平方米的中国西部第一家苁蓉文化博物馆和工业旅游参观通道，为巴彦淖尔市特色经济发展注入了新血液。2013年11月，公司被内蒙古自治区科技厅评为民营科技企业。2015年，公司被国家林业局批准为内蒙古磴口沙金套海国家沙漠公园建设试点单位。2016年，公司被国家林业局评定为国家林业重点龙头企业。

沙产业基地建设规模的发展壮大，吸引了国内外义务植树民间团体纷纷加入乌兰布和沙漠的绿化中。NPO绿色生命组织、日本沙漠绿化实践协会、日本伦理研究所组织国内外志愿者多次到公司沙产业基地开展沙漠绿化活动，几年来，这些民间团体共组织国内外30多批次600多名志愿者到基地开展义务植树活动，累计完成植树22万多株，其中梭梭21万多株，高杆杨树3000多株。这些活动成果为国内外沙漠绿化生态治理提供了交流合作的平台，也为实现治沙环保、促进生态良性循环提供了有益借鉴。

以微生物技术转化加快生态农业发展

 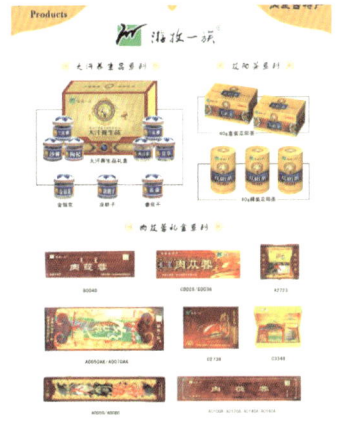

2016年1月18日,贺文军董事长牵头,游牧一族公司引进了日本复合酵素(EMBC)技术,并正式签订了合作协议。该技术通过使用复合酵素技术,活化自然,使自然界复苏回归,达到对环境的保护和改善的目的,生产出减少或不使用农药化肥的安全有机健康的农畜产品。同时,应用复合酵素在畜牧业和水产业方面能减少抗生素用量,对消除恶臭味起到了决定性作用。利用复合酵素对动物粪尿进行生物有机处理,不但减轻和消除了粪尿的臭味,而且能使粪尿等废液变为有机肥,可以对其进行有效利用,生产出安全、高品质的粮食果蔬作物。这为巴彦淖尔市绿色有机农业开好了头、起好了步。

以热衷公益事业回报社会

多年来,企业在取得经济效益的同时,贺文军身怀感恩之心,不断回馈社会。2008年,他为四川汶川地震捐款8000元;2009年,为五原县新公中镇永旺村捐资6万元建设农民文化活动中心;2010年,为玉树地震捐款3000元;2011年,为全市林业系统运动会赞助3万元;2012年,为巴彦淖尔市的洪涝灾区捐款1万元;2015年,贺文军代表公司向巴彦淖尔市特殊教育学校捐赠了价值1万元的物品,为特殊教育事业贡献了自己的力量。他先后为多名贫困大学生提供助学金近2万元,为社区及公司贫困户送慰问物资近 2 万元。

在当选巴彦淖尔市政协委员后，为了充实自己的管理知识，贺文军参加了管理学院举办的企业经营管理进修班、进修了清华大学的 EMBA 课程，学到了许多国际前沿和大企业的管理手段，丰富了知识结构，提高了管理企业的能力。他多次参加市政协有关调研、考察活动。2015 年 9 月，在相关领导的带领下他到临河、杭后、五原、磴口 4 个旗县区进行了现代农牧业和沙草产业调研，对 30 多家企业进行了实地考察和观摩，并与企业就大家关注的绿色农业、生态农业、环保产业、可持续发展的问题进行了热烈探讨，对现代农业、沙草产业发展提出了他的意见与建议。

贺文军将及时反映社情民意作为履行委员职责的一个重要方面，经常围绕经济发展和社会稳定的焦点、热点、难点问题认真思考。几年来，他向市政协提交了《沙产业发展问题及对策》《肉苁蓉保育和可持续利用》《依托国际领先复合酵素技术让巴彦淖尔在绿色中崛起》等调研提案，履行了政协委员的职责，增强了政协委员的责任感和使命感。

在未来的产业发展规划中，贺文军将继续团结带领游牧一族走科技创新之路，努力打造苁蓉文化品牌，努力为人类健康做出更大贡献。

天下大事必做于细 古今事业必成于实

——记巴彦淖尔市残联（旭东）眼科医院院长、书记周静

周静，1957年出生于杭锦旗一个农民家庭。她深受正直淳朴的家风影响，打小就勤恳踏实、好学上进。17岁时因家庭困难辍学，周静靠着没日没夜地刻苦拼搏，从零基础开始学习护理，很快成为单位业务骨干，参与挽救过许多危重患者。

1980年，周静与爱人张旭东一起到五原县医院专攻眼科，很快就颇有名气。当地日照强烈，眼科发病率很高，但医疗资源非常稀缺。为了让父老乡亲能有更好的就医条件，1984年周静毅然辞去公职，经原巴彦淖尔盟政协提案、盟委批准，创办了河套地区第一家私立眼科诊所——巴盟残联防盲致盲康复医院。医院为盟残联主办，盟卫生局主管，是一所集临床与科研为一体、属非营利性集体制的专科医院。

专科医院从三间土坯房艰难起步，业务从无到有，规模从小到大，一步步成长为巴彦淖尔市唯一一家国家级三级专科医院。医院成立初期，周静明确提出建院方针："爱心使人健康，善心使人美丽，真心使人快乐。不忘初心，永远把患者利益放在首位；开拓创新，始终保持创业者本色不变；关爱公益，持续践行企业家社会责任。"

早在2004年，医院就主动承担起全市中小学生近视防控任务。医院先后斥资300万元，引进多台高端视光专业防控设备，建立了全市首家青少年近视预防监测点。在有关部门的支持下，医院先后组织医护人员200多人次，深入全市6个旗县区、40多所幼儿园及中小学校为师生进行近视普及性筛查，开展知识讲座，受益师生达1.2万人次。医院累计为3万名儿童进行了眼健康体检，建立了一人一档眼屈光发育档案。医院利用微机管理软件，针对每名学生建立了防控近视档案及终身眼健康档案，出具了一对一近视防控及治疗方案。学生家长可以通过互联网随

时掌握孩子的眼健康状态。

巴市残联眼科医院1993年被国务院评为全国助残先进单位，连续多年被评为内蒙古自治区残疾人康复先进集体。医院每年承揽国家扶贫白内障手术项目。2010年，医院被内蒙古自治区卫生厅评定为三级眼科专科医院。2014年6月，医院开创性地将普通眼科医院中原本独立的视光、小儿眼科、弱视及视功能训练三个科室整合为一，创建了内蒙古西部较早的公益性儿童近视防专科。

关爱视觉，防控青少年近视是一项长期的系统工作，是一场持久战。家长了解护眼知识对青少年近视防控工作至关重要。从2016年起，医院多次邀请上海复旦大学附属医院、北京大学医学部视光中心等知名专家，现场开展大型公益科普讲座，超过4000名家长参加了讲座，医院免费赠送科普书数千册。此外，医院联合当地教委对全市300多名卫生教师进行了儿童眼健康及近视防控专题培训。医院还开展了"关爱教师视界、努力未来之星"1000副眼镜免费验配活动，定期组织学生开展"我是眼科小医生"户外踏青体验活动。2017年，医院分管副院长被评为中国近视防控年度公益人物。

2017年6月11日，医院通过了中华近视防控推进协会专家组现场评审，成为全国第四家、内蒙古第一家青少年近视防控监测点，并针对高原地区开展起眼病流行性病学调查与基因检测等眼科研究。

此外，依托临床优势，医院还与上海同济大学医学院视觉复明临床医学中心王方教授、彭清教授团队达成科研教学合作，在有关部门的支持下，建成了当地唯一一家眼科学博士科研工作站，重点探索以糖尿病眼病为代表的眼科慢病三级防控运转体系研究，探索小儿眼底病先进治疗技术运用。此举切实提高了医院早产儿视膜病变、视网膜母细胞瘤的治疗水平。

目前，医院下设6家分院，医护人员120多名，年门诊量3万多人次、手术量2000多台。医院拥有业内最先进的设备，能完成各类高精尖疑难手术，30多年来为巴彦淖尔及周边地区上百万群众的眼科保健事业做出

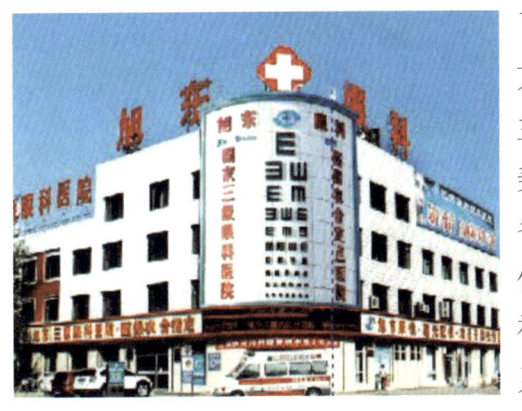了巨大贡献。医院建筑面积5300平方米，拥有先进的诊断和治疗设备，主要有瑞士达芬奇纳焦飞秒激光、美国VISXS4准分子激光近视矫正设备，德国OCULUS Keratograph干眼仪、玻璃体切割机，532眼底激光机，视觉电生理、眼底荧光造影、照相系统，A/B超及日本全套眼镜加工检测设备，百级层流净化手术室，配有空气净化设备，德国、日本进口手术显微镜、白内障超声乳化仪等。可独立开展超声乳化白内障、小切口白内障、显微青光眼、近视眼激光手术、视网膜脱离、玻璃体切割、眼眶手术、眼美容整形等。医院一直保持着良好的服务质量，依靠精湛的医疗技术为人民群众服务。医院现有医护人员83人，其中副高职称3人，主任医师2人，主治医师5人，医师12人；病床80张，年收住院2100多人。

虽功成名就，但周静始终严于律己，牢记医疗行业服务宗旨和共产党员的责任，积极致力于扶贫助残公益事业。所在医院多年来累计施行免费手术超过一万台次，减免病人费用超过一千万元。从事医疗行业40多年，周静还参与筹建巴彦淖尔市女企业家商会并担任副会长，常年带领会员投身慈善事业，用实际行动践行企业家社会责任，关爱社会弱势群体，倾心帮助更多需要帮助的人。

周静从师老院长张朝阳。周静的爱人张旭东曾经是全国新长征突击手、巴彦淖尔市政协委员。张旭东在国家眼科杂志发表论文30多篇，荣获科技进步奖。《张旭东——妙手丹心送光明》先进事迹刊登在《人民日报》中华儿女专栏。周静积极参与编著的《老年眼病医疗保健手册》和《糖尿病及其眼病的科学防治》《实用眼科学》《实用眼科知识大全》《白内障筛查与护理读本》由北京科技出版社出版，在全国新华书店发行。

展望未来，周静将秉诚"防育助残、公益为先"的办院理念，大胆实践，带领团队努力为孩子们打造更加绚丽的美好明天。

华丽转身的河套电商能人

——记五原县子欣商贸公司总经理张霞

张霞，女，汉族，38岁，五原县子欣商贸公司法定代表人。从事内衣经销十几年来，她在努力保证产品货真价实和物美价廉的同时，积极投身于女性健康事业和其他公益事业。她曾多次个人出资，聘请国内乳腺健康专家举办"粉红丝带走进五原"专业知识讲座，多年坚持每月28、29、30日向会员赠送针织品、日用品、洗护用品，培养销售运营人才，带动当地下岗女性再就业200余人。近年来，她定期到敬老院、五保户家庭进行慰问、捐赠内衣，募集善款、物资折合人民币约10万余元。

科农信息科技有限公司成立于2014年8月27日，是张霞与合伙人刘蛇共同组建的，于2015年6月入驻内蒙古五原县河套电子商务产业园。在园区的大力扶持下，科农公司在短短几个月时间内，完成了对五原县周边农村电商模式的创新性重构。公司结合本地农村的实际情况，总结出了一套"互联网+农村"的发展新思路，开始打造旗下第一个以农村为基础的网络购物平台河套购。

公司恪守"经营大爱"的企业核心价值观和"奉献幸福"的品牌核心价值观，自觉承担社会责任，以引导幸福生活和提升人居品质为己任，积极开拓进取，不断追求完美。2016年6月河套购成立一周年时，便民服务站点已迅速覆盖巴彦淖尔市周围乡镇，开展了5000多人次的培训业务，开启了100多个村级服务站点。各服务站点普遍开展了便民服务，如快递、金融服务、代买代卖、通讯、信息发布、便民缴费、政务查询、社交、娱乐、旅游等。

瑾优易购网上商城是内蒙古科农信息科技有限公司旗下的线上购物平台，商城所有产品直接对接生产厂家，从源头提货，更好地把控了货品的价格、品质、质量与实用性。瑾优易购网上商城是公司自创的网上交易平台，以定时秒杀为手段，商品种类丰富、价格实惠、品质一流。商品涵盖日用品、化妆品、服装、食品、地方特产等。

瑾优易购线上平台2016年4月份正式上线。平台通过整合资源，在网店平台上集中销售农具、煤炭、粮油等农牧业生产生活用品，同时也为农民增收提供了更多的致富渠道。

2018年3月28日，平台正式启动新模式。平台以"全民创业、共享未来"为主旨，带领大众依托分享经济赚钱：把客户在平台上亲身体验的好产品、好模式分享给身边的朋友；同时，顺应新趋势，围绕线上、线下商城融合发展，以新零售概念为主线，让每一位消费者在瑾优易购平台上成为消费商、代理商，让每一位有创业梦想的人都能有保障地实现创业梦。平台引导传统农业和特色农产品"触电上网"，促进虚拟市场与实体市场、现代营销手段与传统营销手段融合发展，扶持优质特色农产品线上线下同步销售。目前，平台已有400多家代理、500多个微信群、7万多个粉丝遍布内蒙古，已在五原县等地设立200多个村组级电商服务站点。目前仍在其他自然村兴建新的站点，预计近几年将达到500个。

瑾优易购网上商城是以定时秒杀为手段的社交网络平台，会在每周一、三、五晚上20:00到22:30在微信群秒杀，专人讲解产品特色，带动群内粉丝分享产品。商城全天开放，实行全国快递服务。公司设有专业客服、售后岗位，为顾客解决所有售后问题；有专业的打包、对接快递团队，急速打包发货，致力于给顾客最好的体验感；有专业的视觉设计团队，为商城后台进行网页设计、视觉图片设计、商品详情图上传，方便展现给顾客最真实的产品信息；有专业的采购团队，外派采购人员负责到产地源头提货，直接把控产品质量；内部采购人员负责从生产厂家直接采购，以最快的速度采购顾客需要的商品。整个采购团队致力于把质量最好、价格最优的产品展现给顾客。

瑾优易购平台严把质量关，每一种产品都要求厂家必须证件齐全，而且都是公司内部员工使用样品后，再大批量要货，保证了产品品质和实用性。平台要求每一种产品保证合理定价，价比三家，确保低于市场普遍价格，同样质量的产品瑾优易购价格更低。平台订货宝模式实现了共享店铺云端服务，客户只要一部手机，一切业务均可完成。只需拿出手机，无论何时何地都可以立即订货。用户看中商品，只需扫码即可获取商品进行订购，特别适合订货会使用，重要信息有手机及时提醒，新品上市、促销活动，都能即时获得通知，也不怕客户错过重要业务信息。

张霞的棉品店于2003年开始以单品牌代理开店，最多时开到7家。眼下实体店成为内蒙古科农信息科技有限公司旗下的线下购物平台。张霞把小店关掉，整合成了集成店。800多平方米的线下休闲验馆位于巴彦淖尔市五原县五洲商城，店内产品种类丰富，价格合理，百姓口碑良好。实体店统一门头，统一标识风格。公司有独立的财务软件、收银系统，有自创的一套薪酬体系及晋升机制，还有详细货品数据的贡献值分析及财务的盈亏状况。店内产品陈列美观，设有专属的床品区、内衣区、装饰区、日用品区等，宛如一个精美的百货商店。店铺装修高档，设有休息区、咖啡机。公司每月为会员设置专属会员日，会员可免费或低价购买超值产品。为了给广大女性朋友提供便利，店里特设有祛斑美容区，美甲区、编发区、胸护区、纹绣区等。实体店与电商部完美融合，既给了顾客超值的体验，也方便了消费者。

张霞在重构农村电商模式上不断创新，从传统销售服务商华丽转身，开创了一片新的天地。

烟草行业上的女强人

——记巴彦淖尔市烟草专卖局（公司）党组书记、局长、经理齐翠敏

齐翠敏，蒙古族，1965年出生，中共党员。她从"青城"走来，在"黄河金岸"铺开事业的画卷；她与家人聚少离多，却为企业殚精竭虑；她不忘初心，肩负责任，砥砺前行，开拓进取，在异乡热土上展示着一个时代女性的精神风采。

巴彦淖尔市烟草专卖局（公司）组建于1984年，两块牌子、一套机构，受内蒙古自治区烟草专卖局（公司）及巴彦淖尔市委、市政府的双重领导。按照《烟草专卖法》及其实施条例，履行全市烟草专卖行政管理和烟草专营职能。巴彦淖尔市局（公司）现辖7个旗县区局（营销部），内设16个科室（中心）。

近年来，齐翠敏团结带领巴彦淖尔烟草全体干部员工，面对复杂形势、积极应对多重挑战，齐心协力攻坚克难，砥砺奋进，各项工作取得新进步，企业继续保持稳中有进、稳中有好的发展态势。2017年，公司实现税利4.74亿元，同比增长4.98%，其中，税金3.21亿元，同比增长6.1%；2018年1—10月，实现税利4.41亿元，同比增长3.87%，其中税金2.94亿元，同比增长2%，为增加公司收入、促进地方经济社会发展做出了突出贡献。

突出市场调控，加强卷烟营销

紧紧围绕"稳销量、提结构、降库存、增利税"的中心任务，齐翠敏积极推动市场化取向改革，尊重市场、紧盯进度、均衡销售，千方百计稳定卷烟销量。公司积极推进品牌优化，调整品类布局，激发品牌活力，

引导消费、低端上移，千方百计提升单箱结构。公司积极推进供给侧结构性改革，认真开展零售户自律互助小组建设，着力破解市场表现乏力、终端销售不畅、客户信心不足等难题。2017年，全年销售卷烟7.73万箱，销售收入（含税）19.6亿元，同比增长2.89%；毛利额（含税）4.84亿元，同比增长2.96%；实现税利4.74亿元，同比增长4.98%。

突出打假治非，加强专卖监管

公司认真落实"强规范、严查案、净市场、要效益"的工作方针，不断强化执法协作机制，推动打假打私工作深入开展。按照"边界守、路上查、市场控"的工作思路，齐翠敏持续深入抓好真烟非法流通治理，先后组织开展了元旦春节"利剑四号""飓风九号""天价烟"专项治理，组织依法严管违法违规卖烟大户专项行动，认真开展和配合全区卷烟市场互检互查，取得了良好成效。公司依法实施行政许可制度，公开办证流程和时限，尽力缩短办证时限，扎实推进烟草"放管服"改革。2017年，全年查处各类涉烟违法案件843起，查获违法卷烟290.64万支，案值124.53万元，罚款9.87万元。其中查处假私烟案件302起，查获假私烟45.04万支，案值41.47万元。公司全年新办证913户。

突出精益管理，加强降本增效

齐翠敏组织制定了落实全面推进创新型行业建设意见实施方案，完善了精益管理架构，开展了重点精益改善课题研究和群众性创新活动，促进了公司管理水平的提高和税利目标的完成。公司加强了预算编制审核和执行过程管控，推进了定额标准体系建设，重点控制费用持续下降。她加强资金集中管理和资产有效处置，最大限度地提高资金收益。2017年，公司被区局（公司）立项创新项目3项，通讯费、办公费、车杂费、打假经费、专卖管理经费、会议费大幅降低。全年实现利息收入1678万元，超额完成了区局（公司）下达的目标任务。

突出规范管理，加强内部监管

齐翠敏始终把严格规范作为企业发展的生命线，带领公司员工深入开展工程建设项目和烟用物资采购"两个专项治理"。加强了"三个保障机制"建设，修订完善了各类规范管理制度。公司加强采购管理，严格落实公开招标为主要采购方式和"应招尽招"要求，2017年实施采购项目25项，金额393.22万元，其中公开招标项目23项，金额375.48万元。公司扎实推进"办事公开、民主管理"制度，应公开信息全部公开，自觉接受员工监督。公司将政策性审计作为重要关注事项，深入开展了财务收支审计、预算审计。她还抓实日常审计监督，落实审计整改措施，单位审计监督水平不断提升。

突出巡视，巡察整改落实

近年来，公司认真抓好国家局党组专项巡视整改落实工作，认领整改任务，已全部完成整改并销号。同时，修订完善党建、党风廉政建设、公务接待、规范管理等方面制度。公司严抓区局党组巡察整改落实工作，成立了巡察整改落实领导小组，制定了具体整改方案，对照巡察反馈的问题及时梳理成整改任务，进行专项治理，明确责任领导、承办部门和完成时限，建立了销号台账，切实做到了件件有着落、事事有回音。

着力提高政治能力，严格落实从严治党责任

齐翠敏始终铭记党员第一身份，带领班子成员严格遵守党的政治纪律、政治规矩和组织纪律，在思想上筑牢防线，在行动上明确界限。她

平时注重学思践悟，在实践中边学习边思考，努力把学习成效贯穿于企业改革发展工作中，融入贯彻落实区局（公司）的决策部署中，站位全局、服从大局、维护大局，对区局（公司）党组形成的决议坚决执行、一抓到底。她带头坚持讲原则、讲规矩，坚决维护区局（公司）党组权威。她定期主持召开党的建设工作会议，落实全面从严治党主体责任，召开党组党建、党风廉政建设专题会议，明确重点、细化任务。公司强化了党建工作目标管理，层层签订责任书，明确了考核指标，把"软任务"变成"硬指标"，以上率下，层层传导压力。公司完善了廉政风险防控体系，加大廉政约谈、警示教育、谈话函询力度。

作为公司的主要负责人，齐翠敏牢固树立纪律规矩意识，不直接分管人事、财务、项目。她能够严格执行党组工作规则、局长（经理）办公会议事规则，明确"三项工作"、预算、薪酬等管委会职责，工作中始终坚持一把手末位发言制度，自觉接受各方面的监督，始终做到按法律办事、按制度办事、按程序办事。

在齐翠敏的领导下，巴彦淖尔烟草坚持"遵章守法，规范运作，诚信经营，依法纳税"的理念，不断加强财务管理，健全体系，严控成本和重点费用，切实做到真实准确地向税务机关申报各项税费。即使在资金周转困难时，她也坚持税款优先，千方百计统筹资金，优先安排纳税申报，确保每月税款按时足额缴纳。2015—2017年，公司总计上交各项税金8.6亿元。

巴彦淖尔烟草公司在不断完善财务管理的基础上，积极建立健全税务风险控制体系，经常开展内部涉税风险自查自纠，将税收风险内控制度融入企业管理中，切实提高了防范税收风险管理能力。同时，烟草公司和税务部门建立了良好的征纳关系，积极参与税务机关举办的各项税收政策培训学习，主动了解税收相关法律法规。税务人员经常针对烟草公司的涉税政策进行宣传辅导。这些措施既确保了企业员工对税收政策的掌握和运用，也拓宽了税企沟通渠道。

近年来，巴彦淖尔烟草公司在国家税收、社会保障费、各项基金及代扣代缴等涉税费、基金事项中，申报率、准确率、入库率均达100%，连续多年被国税部门定为纳税信用A级增值税一般纳税人。

在齐翠敏的带领下，公司主动利用自身优势，积极参加各项社会公益事业。她带队深入扶贫点，深入开展精准扶贫。围绕社区，公司开展互帮互助，积极支持教育事业，经常开展助学圆梦活动。她心怀慈善和感恩，每年坚持开展"博爱一日捐"活动。2015年以来，她深入扶贫点调研20次，公司支付扶贫款50多万元，资助多名贫困学生，支付助学金数万元。公司多次组织看望福利院儿童，每年参加社区义务劳动。

齐翠敏是烟草行业的女强人。新时代下，她将继续带领公司员工锐意进取，努力在市场上开拓出更广阔的天地来。

村民致富的领头人

——记五原县新公中镇永旺村党总支书记田雨禄

田雨禄,男,汉族,1969年10月出生,中共党员,大专文化,1998年参加工作,先后任新公中镇永旺村委委员、支部委员、村委会主任兼支部书记,自2004年起担任党总支书记。

多年来,他秉持内强素质、外树形象的工作理念,注重学习,努力工作,密切联系群众,团结带领全村干部群众,创新思路谋发展,攻坚克难求实效。2014年,永旺村党支部被县委评为先进基层党组织。田雨禄同志被评为基层党组织示范带头人。2016年,田雨禄被市委组织部评为全市优秀共产党员。

不畏艰辛,用心用情办事

2004年,田雨禄任永旺村党组织书记以来,以身作则,抓班子,带队伍,开展形式多样的学习教育活动,固定活动党日形成了常态化,"三会一课"制度、党员"全链条"管理制度全面推行,党员的先锋模范作用和基层党组织的战斗堡垒作用逐年加强,连年被评为一类党支部。

"基础不牢,地动山摇"是他的口头禅。他密切联系群众,时刻关注群众所思所盼,坚持与广大党员和群众多联系、多谈心、多沟通,倾听党员、群众的意见和建议。群众称赞他是联系群众广、解决群众问题最多的党员干部。

在2013年美丽乡村建设中,田雨禄同志每日起早贪黑,不讲个人得失,每天工作在施工场地第一线,协调推进工程进度,及时处理各种矛盾,在全镇率先完成全村8个社村庄整治。村容村貌发生了翻天覆地的变化,同时为全镇的美丽乡村建设推行积累了经验。

担任村党总支书记后,田雨禄同志一心为群众增收致富着想,通过向上级争取项目,不断壮大村集体经济,有效解决无钱办事问题。党支部精心经营村集体土地,年收入达到13万元;实施"雪亮工程",8个社都安装了电子监控摄像头,极大地推进了平安村庄建设;为了解决农产品卖难及提高农产品价格的问题,村集体出资13万元建起了电子商务服务站,为推广黑小麦面粉、富硒辣酱搭建了平台。采取"创业＋基地＋农户"发展模式,通过支部搭台、合作社经营的模式流转两个社土地5400亩,进行规模化经营,实施小麦等订单种植,扶持建立玉米保鲜厂,同时引导村民外出或就地打工增加收入,实现了一村一品,为企业增效、农民增收开辟了新渠道。他积极引导群众大力发展设施农牧业,建成养殖2000头肉羊的规模化养殖场,建成118头规模化养牛场,建起10亩拱棚。同时,大力发展永旺三社农家猪养殖,取得了比较好的经济效益。

勇于担当,善于创新

永旺村作为镇所在地,征地、拆迁等引发的矛盾较多。田雨禄同志认真贯彻上级党委政府的安排部署,坚持发展是第一要务,稳定是第一责任,在全村8个社全面推行村民小组"微治理",通过促发展、抓管理,特别是村庄整治及林木长效管理,全村的环境卫生状况得到了极大改善。

多年来,他善于从细微之处入手,注重改变群众思想观念,不断加强基础设施建设,努力提升村民自治水平,总结出一些典型经验做法,如永旺村一社注重发挥党小组、理事会作用，2016年帮助社内自筹资金对社俱乐部进行了装修，购进了餐桌、厨具等。目前，理事会通过给当地村民进行加工，多次操办红、白事宴，每桌费用比社会上低320元，既经济又实惠，很受村民欢迎。红、白理事会引导村民改变观念，红、白喜事一切从简，倡导移风易俗，严控红、白喜事办事规模标准，禁止铺张浪费，杜绝了攀比之风，减轻了群众负担，形成了崇尚勤俭节约之风。

永旺村投资40万余元建起了活动室，并对道路进行了美化、硬化，集体经济达50余万元。2014年，永旺村8个社全部完成了村庄整治。2014年，还招商引资流转土地5400亩，企业为流转出土地的农民提供了就业机会。

2018年，田雨禄同志积极争取一事一议项目，分别建成永旺一社、五社、八社3个活动室。群众活动、议事、娱乐有了场所，群众满意度、幸福指数进一步提升。这一年，他们又建设占地300亩的钢架拱棚。2019年，田雨禄书记计划申请一事一议项目，安装太阳能路灯50盏以上。

以民为本，关怀贫困人群

田雨禄同志急群众之所急，每年都拿出慰问金对贫困户、贫困党员进行慰问。对低保户申请，始终做到公正、公开、公平；对因灾、因重大疾病返贫人群，他积极帮助其向上级申请救济资金，想方设法通过多种渠道减轻他们的负担，帮助他们渡过难关。对建档立卡贫困户，他严格按照上级要求，全力做好动态管理工作，做实精准识别、精准帮扶、精准退出各个环节工作，共识别31户，建卡10户，确保了贫困户满意、一般户无异议。经过帮扶，目前全部贫困人口符合了脱贫条件。2018年，村委会开始建设小型面粉加工厂及葵花炒货坊，目的是增加村集体经济收入，拓宽贫困户增收渠道。

求真务实，严于律己

田雨禄同志坚持从自身做起，认真学习党和国家的方针、政策及法律法规，自觉接受群众监督，时刻不忘党和人民赋予的权利和义务。他严格要求自己，自觉遵守社会公德，廉洁自律、公道正派、勤勉尽责。

田雨禄是一位敢于担当、勇于创新的村党组织书记，熟知永旺村的现实状况和发展方向。借助乡村振兴战略和集体产权制度改革的春风，他为永旺村今后的发展绘制了发展蓝图。一是继续壮大村集体经济资金，建设农资、瓜类、葵花籽、牲畜交易市场，在继续巩固集体经济的同时，为社员的产业结构调整和增产增收奠定良好的基础。二是计划重点实施绕城路两侧300亩钢架拱棚建设；三是为玉米保鲜厂、亿平辣酱厂延长生产期做好保障工作，达到农企双赢。四是利用活动室及广场空闲地，建设光伏发电项目。五是对村委会活动室进行修缮，使全村8个社全部实现活动有场所。六是配合镇政府完成集镇改造工作。七是继续推进土地规模化流转，组建外出务工小分队，千方百计增加农民收益。

如今，永旺村环境优美，治安稳定，风气良好，成为远近闻名的先进村。相信，未来的永旺村一定会发展成为一个更加文明、繁荣、富强的新农村。

甘于奉献　当好群众的主心骨

——记乌拉特中旗乌加河镇宏丰村书记刘锦秀

刘锦秀，1970年出生，汉族，中共党员，大专学历，1996年参加工作，历任宏丰乡联防员，利民村支部副书记、书记。2006年当选宏丰村党支部书记。

作为一名党组织带头人，他解放思想，实事求是，在自己的岗位上辛勤地耕耘着、奉献着，深得农民的爱戴和领导的赏识。2013年，他被评为市级优秀党务工作者。2016年，他被评为市级优秀共产党员。

率先垂范，多措并举夯实基础

2006年，原利民、常胜、宏丰3个村合并为新的宏丰村，刘锦秀担任支部书记。合村之际，党支部的战斗力弱，党员纪律松懈，制度不健全，办公场所和活动阵地多年失修。刘锦秀上任后，诊断结症、对症下药，投入15万元，按高标准、多功能的要求维修扩建党支部办公室和党员活动室，确保支部成员办公有场所，党员活动有阵地。健全和完善以党支部为中心的村级配套组织体系，充分发挥村委员会、团支部、妇代会职能作用。加强党支部干部学习教育，带头学习、宣传党的政策和国家政策、法规，采取各种办法把党员的思想统一起来。他坚定带领群众脱贫致富达小康的信心，建立健全各项制度，实现了用制度管人、用制度办事。每季度村务公开一次，每年召开两次村民大会，主动接受群众监督。在此基础上，他组织农民到经济较发达地区参观学习，开阔视野、拓宽思路、寻求措施，改变落后的生产方式；聘请科技、文化、卫生"三下乡"

讲师团巡回宣讲，引导教育农民学习科学文化知识，科学养畜、发家致富。

刘锦秀同志平时十分注重自身学习，不管工作多忙，每天坚持读书读报一小时，一年下来要做上几万字以上的学习笔记，为村里的干部和党员做出了榜样。工作中他严格要求自己，经常进行思想解剖和自我反省，查找自身思想和工作上存在的问题，努力提高工作本领。同时，他带头执行党风廉政责任制，认真履行"从我做起、向我看齐、对我监督"的3个承诺。

作为村里的带头人，刘锦秀同志不断探索、总结工作中的好做法、好经验，建立健全了优质高效的便民服务机制、奖惩分明的激励约束机制、严格有效的监督落实机制和党员推荐培养、考核机制。他注重从优秀青年农民、致富能手、经纪人、外出创业务工经商人员中培养党员。近年来，经他亲自培养发展的年轻党员有10多名，为"两委"班子有效注入了源头活水。

深入探索，调整种植结构助农增收

刘锦秀出生在宏丰村，长在宏丰村，他深深地了解农村贫穷和落后的现状。他也知道造成贫穷和落后很大的原因是观念落后、知识匮乏。他常说："我长在宏丰这片热土。我属于这片土地，我要尽我的能力去造福它、改变它。"

针对村集体经济脆弱的状况，刘锦秀提出了"村委＋党建＋农户"模式发展壮大集体经济的思路。2006年，刘锦秀同志在科普杂志上看到无籽西瓜很畅销的信息后，开始对无籽西瓜生长特性，土壤、水肥条件和出售市场进行考察论证。他发现无籽西瓜是适合本地生长且经济效益突出的品种。在镇党委的引领下，在刘锦秀的努力下，很快乌加河镇宏丰村无籽西瓜产业协会组建起来了。协会按照组织责任化、管理标准化、技术统一化、西瓜精品化、销售一体化的协会工作思路，在村党支部组织委员的领办下，形成支部带领"党员＋能人"的产业发展模式，10名有能力的党员带头开始种植无籽西瓜。不到两年，宏丰村无籽西瓜协会形成了较为稳定的种植销售一体化格局，无籽西瓜种植达到2000多亩，种植无籽西瓜亩均收入在 2000 元以上，农民增收效果明显。

引领示范，发展生态农牧产业园

刘锦秀深知只有依靠国家惠农政策和惠农工程项目的落地实施，才能改变本村的现状。每听到镇里有惠农项目，他就积极争取。

宏丰村地处阴山脚下，土壤有机质含量高，光照充足，发展设施农业具有得天独厚的资源优势。2013 年，得知全旗大力扶持设施农业的消息后，刘锦秀马上牵头联合 3 户村民，成立了富一方农牧业专业合作社，投资 1137.8 万元，创建了占地 240 亩的富一方农牧业生态科技示范园区，建设蔬菜大棚 30 座，养殖棚圈 40 座，栽植果树 15 亩，施建鱼池 8 亩、鸡舍 200 平方米，盖成饲草料储备库 600 平方米、加工车间 600 平方米、蔬菜包装车间 700 平方米、办公区 360 平方米，并将 40 户 110 名村民吸纳为合作社成员，带领群众共同走上致富路。

园区采用以种带养、以养补种天然无公害种养模式，运用生态学、生态经济原理和系统工程方法，以科学技术做支撑，以经济利益为中心，发展高产、高效、低耗、无污染无公害的瓜果蔬菜和畜禽产品。2017 年，园区主要针对黄瓜、西红柿、茄子、辣椒等市场广阔的品种进行试验种植，于 5 月中旬上市，实现收益约 27 万元左右。

富一方农牧专业合作社党组织还将自己的经验毫无保留地传授给群众，用科学技术指导，帮助农民解决在生产生活中遇到的各种问题和困难，拉近了合作社与群众的距离，进一步增强了党组织的吸引力和号召力。

为了实现效益多元化目标，刘锦秀组织人大代表以及群众代表赴河北沧州进行了桑葚种植视察观摩活动，吸取当地成熟的种植经验，2017年种植桑葚经济林150亩。同时，他争取投资180万元，实施了桑葚仓储、保鲜、加工项目，建设保鲜库600平方米，配套烘干、晾晒平台、库房设施，年集体收入超过15万元。

一个典型就是一个榜样，一个典型就是一面旗帜。目前，在刘锦秀的带动下，富一方农牧业专业合作社坚持"民办、民营、民收益"的宗旨，以生产特色有机无公害蔬菜为主，采用"种植＋基地＋农户＋市场"产业化运作模式，形成一条龙产业链，走出了一条利益共享的农业产业化新路子，也推动了当地蔬菜产业的大发展。

科技激发潜能　创新引领未来

——记内蒙古谷丰农业科技公司董事长樊根

内蒙古谷丰农业科技有限公司成立于2014年，是以经营非主要农作物杂交种、常规种的引进、试验、生产、加工、销售及技术服务为一体的民营企业，主要经营玉米、向日葵、西葫芦杂交种及甜瓜种子。

十几年来，樊根怀揣振兴种业、发展农业的创业梦想，带领全体员工团结拼搏、历尽艰辛，公司经历了从无到有、从小到大的艰辛发展历程。

精心培育良种，争当行业排头兵

内蒙古谷丰农业科技有限公司的前身是临河金土地种业，主要经营玉米、向日葵、西葫芦交种及蜜瓜种子。公司从2001年开始起步，受传统思想观念的影响，农牧民对新引进、推广新的优良品种的认识程度、接受程度存在一定的偏差，导致公司在运营阶段举步维艰。为了尽快扭转这一局面，及时了解农民对农业和种子的需求，放手搞活经营，扩大良种的推广销售渠道，作为公司的决策者，樊根因势利导，因地制宜，将蜜瓜、向日葵等作物种子无偿发放给农民。技术人员奔赴农业生产第一线，做给农民看，带着农民干，给农民做示范，让农民种地有钱赚，逐步将新品种、新技术推广开。这个举措收到了预期的效果，农民看到科学种田的实效，得到了比别人更多的实惠，逐渐有更多的人积极响应。

2008年，在樊根的带领下，公司组建了专业的引种、育种、品种鉴定团队，在酒泉育种基地开展新品种的选育和研发，同时在海南品种鉴定中心进行种植鉴定，目的就是研发、选育自己的新品种，降低农民种地成本。经过全体技术人员的不懈努力与积极探索，高产、抗病的优良品种不断被引入河套地区，为广大农民用户带来了实实在在的经济效益，受到农民朋友的广泛认可和好评。

为保障新品种的研发与试验，公司每年拿出销售额的20%作为研发和培育谷丰新品种的专项资金。多年来，公司管理人员及农技人员每年都在内蒙古、新疆等地开展品种试验、示范和推广活动，食用向日葵、籽用西葫芦、蜜瓜品种等经济作物的推广种植得到了长足发展，市场占有率迅速增长，企业及农户的经济收益也不断增长。

2014年11月，公司入住五原县小微企业创业园。公司总占地面积6000平方米，办公楼面积760平方米，标准库房面积2480平方米，生活区建筑面积600平方米，购置种子检验设备、生产设备价值100多万元。目前，公司注册资金500万元，拥有固定职工15人、专业技术人员6人、高管人员3人、季节性职工130人。

创新发展模式，扩大销售规模

经过多年的大胆实践，公司种子的推广销售面积不断增加，销售区域日益扩大，种植户的产值效益也稳步提高。在他的倡导下，公司销售模式上采用"企业+经销商+农户"模式，多数经销商开始推广订单种植，实行种植收购一条龙服务，解决了种植户秋季产品卖难的问题。这样，不仅种植户农副产品销售拓宽了市场，而且拉动了公司种子的销售业绩，为农企双赢提供了坚实的保障。

2015年,公司积极响应巴彦淖尔市科协的号召,在全市范围内开展玉米"一穴双株"专利技术的应用推广模式。农民利用这一专利技术种植玉米,比传统种植模式每亩增产15%~20%,亩收入增加300元左右。农民真正体会到了"一穴双株"新技术的益处,进而获得了更大的经济效益。该种植模式得到了农民的广泛认可,也受到当地政府及管理部门的关注。玉米"一穴双株"栽培技术被巴彦淖尔市农牧业技术推广中心列为重点新技术推广项目。2016年,巴彦淖尔市五原县、乌拉特中旗、乌拉特前旗、杭锦后旗、磴口县累计推广玉米"一穴双株"种植面积2万余亩,2017年全市推广种植2.8万亩。青贮比传统的种植方法亩产平均提高1000公斤,青贮产量达到6吨以上,亩收益比普通玉米增收600多元。该技术受到广大种植户的认可和好评,推广种植面积逐年增加。

近年来,公司以五原县天吉泰镇熊万库村为中心,推广种植西甜瓜,引进产量高、品质好、效益高的甜瓜新品种,促进了广大瓜农增产增收,也辐射带动周边农民种植优良西甜瓜。2016年,瓜农自发种植面积5000余亩,每亩收入3000元以上,经济效益远高于一般经济作物,也进一步激发了农民种西甜瓜的积极性。

2017年,五原县天吉泰镇熊万库村、塔尔湖等地"塞上明珠""谷丰蜜"的种植面积达8000多亩,亩收益达到6000多元,公司也收到了良好的经济效益和社会效益。

2017年,公司被评为市级"守合同、重信用"企业,董事长樊根的科研成果"厚皮甜瓜新品种甘密宝配套栽培技术研究与示范推广"先后被评为甘肃省农牧渔业丰收奖一等奖、全国农业技术推广成果三等奖,"厚皮甜瓜新品种甘密宝选育"获兰州市科技进步一等奖、甘肃省科技进步二等奖。2016年，樊根先后荣获巴彦淖尔市和内蒙古自治区诚实守信好人荣誉称号。

心系农业发展，倾心回馈社会

樊根是一名科技特派员，更是一名有责任担当的企业掌舵人。几年来，他经常利用农闲时节开展科技培训活动，仅2017年，就累计举办科技培训班20多期，培训农民2000多人次；召开现场会20余场，培训人员达1000多人次。

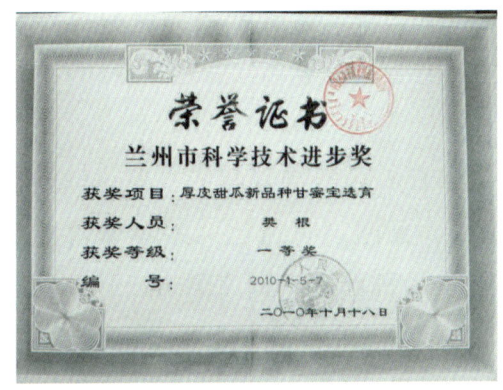 

每年春季种植时节，针对市场需求，他都积极引导农民种植籽粒大、口感好、颜色美观、产量较高的食葵品种，这样做有效规避了种植户产能过剩带来的风险。多数农民按照这一思路种植，获得了丰厚的收益。部分农民选择种植价格低、商品相对较差的品种，出现了商品卖难问题，樊根积极联系炒货厂、收购商帮助农户解决滞销产品问题。2017年入冬以来，仅杭州一家收购商就在当地收购了800多万斤向日葵积压商品，此举极大地缓解了当地农户的经济压力。

2018年，他有针对性地推广玉米"一穴双株"高产创建模式，通过培训课件、种植技术视频、发放实操手册等多种途径举办专题培训，当年玉米产量平均提高到了1250千克以上，惠及了更多的农户。

针对河套及周边地区向日葵列当泛滥、部分种植区域绝收问题，樊根与酒泉育种公司积极开展了抗列当品种的研发与选育，现在培育成功GF6199、GF9177等多个抗列当品种。通过多地种植试验，证实这些抗列当新品种达到零列当水平，这为广大向日葵种植户来年的生产带来了福音。

公司在发展壮大的同时，积极回报社会，每年主动向社会公益组织捐助10000元。2015年、2016年熊万库村修建小油路，他代表公司积极捐款。公司先后累计捐助8万元资助多名大学生顺利完成了学业。

2016年6月，五原县周边两次发生冰雹灾害，农户损失严重。公司向受灾群众免费发放向日葵种子6000多袋，价值120余万元，帮助当地受灾群众渡过了难关。

2018年，公司与五原县天吉泰镇签订了精准扶贫协议，为8户贫困农民免费提供了向日葵种子，帮助他们解决了种地难问题。公司还赞助天吉泰镇成功举办了"谷丰杯"文化活动，丰富了家乡人民的精神文化生活。

现在，公司以土地流转的方式，在甘肃省酒泉建成了自己的向日葵、打籽西葫芦品种选育基地，在海南、云南设有自己的亲本繁育、品种科研鉴定中心。迄今为止，公司的优良品种已推广到内蒙古、甘肃、陕西、山西、新疆、河北等7个省、自治区。

樊根是一个诚实守信好人，用自己的行动实践着新时代科技工作者人生的价值。

拥抱农业　梦想启航

——记内蒙古农保姆生物科技服务公司董事长杜博

杜博，男，汉族，1984年出生。2016年创办内蒙古农保姆生物科技服务有限公司，任董事长。

他是杭锦后旗青年致富带头人，获巴彦淖尔市创业标兵称号。他曾受邀参加中组部、农业部封闭式培训，是第三届巴彦淖尔市青年联合会委员、手牵手公益协会副会长，还是农业全产业链标准化学院内蒙古分院院长。

涉足新领域，发展新种业

2007年，中北大学毕业的杜博来到有着亚洲金融之都美誉的上海，加入了一家台商独资企业全球康贸易有限责任公司。当时，正值国内金融市场井喷时期，全球康贸易有限公司加紧了A股借壳上市的步伐。杜博担任业务经理后，帮助企业打造销售团队，与投资人接洽业务。期间，他接触了许多全国知名的投资公司和金融证券企业。后来，虽然公司委任他高级经理职务，但杜博从未放弃返乡创业的梦想。

2011年，在完成了公司交代的任务之后，他放弃了年薪十万余元、令人羡慕的工作，只身投入了农业这个他从未涉足过的行业。

刚刚步入农业这个行业，他感觉很陌生，也很新鲜。他从小就在农村长大，锤葵花、摘辣椒、卖小瓜，儿时的记忆仿佛还在眼前。他加入了内蒙古杭锦后旗益农种业公司，当时算是临危受命，这里也是杜博农业梦想起航的地方。这一年，公司负债2000多万元，数十名员工被迫解散。他在益农种业一干就是5年，从生产一线扛包开始做起，再到出任公司总经理，可谓是一路坎坷。

公司制种十多年，却一直没有自己的销售队伍，都是给外地种子企业代加工。从进入公司的第一年开始，他们就建起了自己的团队。5年时间，企业从一家代加工企业做到了内蒙古自治区著名龙头企业，公司的可慧商标也被认定为内蒙古自治区著名商标，产品覆盖内蒙古、辽宁、吉林、黑龙江等十多个省。2016年，公司发展成为"育、繁、推"一体化的大型种子企业，实现利润超千万。公司在市场上取得巨大突破，获得经济效益的同时也带领上万户农民发展了种植业。

探索新思路，成就新亮点

农业是个辛苦行业，而且是个周期很长的行业。在这个行业，必须要耐得住寂寞。2010年的一天，杜博回家乡探亲，赶上农民给地里浇水。在家乡，真正种地的农户年龄普遍在50多岁，一袋化肥百十来斤，从车上扛到地里，满头大汗，累得喘不过气来。此时，他的叔父已经60多岁了，仍在农田里辛勤劳作，干着繁重的体力活。杜博和叔父探讨农业发展的问题，老人说："不种地还能咋办，况且年轻人都不会种地，也不愿意回来，咱也不能坐吃山空，不种地吃啥。"

这些话让杜博感触很

深,好多可以做的事情闪现在脑海,如何做农业一条龙服务,从种到收,让农民从土地中解放出来;如何辅助政府做好农民后续养老的问题;如何帮助年轻的农民和在城里的年轻人返乡成为新型职业农民;如何辅助政府做好农村扶贫的事情……

刚刚进入农业这个行业,杜博对农产品的特性掌握不深,对各地的积温把握不准确。在内蒙古乌兰浩特市部分区域,益农种业公司推广的玉米品种真实生育期是128天左右,可在乌兰浩特市只有部分积温高的区域可以种植。由于当时对产品的把脉不准确,杜博将该产品推广到了积温低的地区,导致玉米商品成熟度不好。在与种植户达成圆满解决方案后,造成公司直接损失数十万元。这个深刻的教训时刻鞭策着他。

2015年,巴彦淖尔市政府大力支持企业新三板挂牌,借助资本力量做大做强。市经信委组织很多企业到呼市培训学习。在企业是否挂牌的问题上,益农种业公司内部产生了重大分歧,挡住了他加快发展的步伐。

农业企业普遍体量较小,而农业又是个投资很大、周期很长的行业。没有资本市场助力企业,很难实现一条龙服务。早在2013年的时候,杜博走访北京多家投资公司,包括新东方董事长俞敏洪旗下的洪泰基金,想为企业下一步发展奠定基础。

在维持原来益农公司业务的同时,杜博在农业服务领域发展的想法一直没有停下来。2016年,他以大股东的名义,邀杭锦后旗一个大型养殖场的总经理和一个业内精英一起创建了农保姆公司,聘巴彦淖尔市政府部门一位退休国家级的农艺师参与农技培训服务。

公司根据近几年农业规模化发展的状况,首先与专业团队展开无人植保机作业服务。目前,共有10架无人机可提供植保农化服务。仅2016年,农保姆公司农艺专家就累计对2万多农户进行了免费的农业技术指导。

做新型企业，创新型品牌

农保姆公司成立初期，提出以"统治、统防、统购、统销"四个统一为公司核心服务内容。2016年，公司对接全国多家饲料厂、炒货厂，引入部分订单农业。当时，农户种植玉米一斤收购价0.7元，农保姆利用益农公司大型烘干设备对接四川等地的饲料厂，以0.71元到0.72元的价格回收。在同等种植成本情况下，按亩产2000斤、每户平均30亩地计，每户农民就地可增收300元至600元。当地农民玉米卖不出去的担忧当年基本得到了解决。

目前，农保姆公司有会员1万余户，可为农民带来近百万元的增收，"公司+农户"双赢模式使公司迅速成长起来。

2017年，公司除了提供优质农资产品外，开始为农户提供金融贷款、免费测土配肥服务。公司全程技术指导飞防植保，同时积极对接农产品销路。

农保姆从起步开始就注重公益事业，在成立的5年多时间里，就赞助了多名贫困大学生。

在销售终端，公司全资投入打造"杜博农保姆"系列品牌，在中央七套节目做了品牌展播，同时推出了自己的农业电商平台——杜博农保姆国际电商服务中心。现在，公司在巴彦淖尔市样板市场有销售终端280余个，内蒙古地区有500多个，还计划2020年建设几百家加盟店。同时，公司也将启动深加工项目，逐步发展成为一个新型多元化企业。

农村振兴谋略好的老村官

——记磴口县北粮台村党支部书记马继源

马继源，男，汉族，现年 50 多岁，1997 年 7 月加入中国共产党。马继源同志是一位在村干部岗位上连续工作 10 多年的老村干部、老支书。他把满腔的热情和满腹的智慧都用在了发展农村经济、促进农民增收上，经过多年的努力，取得了北粮台村设施农业蓬勃发展、村民安居乐业的良好成绩。

抓学习强本领，练好"基本功"

"打铁先须自身硬。"作为村党组织书记的马继源深知，要做到能与上级党委保持一致，需要具有一定的思想政治素养和理论水平，需要具有发展农村经济的根本谋略。多年来，他唯恐辜负组织的期望、百姓的期盼。为适应工作需要，提高自身素质，2010 年他在内蒙古党校函授学院农村管理专业大专班学习，取得专科学历。2012 年他赴成都兰德经济管理学院、2017 年赴河南濮阳农村党支部学院参加培训学习。2018 年他赴北京市委党校二分校参加第一期边疆民族地区党支部书记培训。通过持之以恒地学习和强化培训，他及时理解、掌握和宣传党的各个历史时期在农村的中心任务和重点工作，丰富了自己的知识结构，能够以先进的科学理念指导新农村建设的实践。

为夯实基层的建设根基，凝聚党员力量，马继源同志按照县委"党支部建设年"活动方案要求，认真落实"六个一"学习制度，组织党员集中学习党的十九大精神、党章党规、习总书记系列讲话和乡村振兴战略等理论，认真落实"三会一课"制度，创新"固定党日""主题党日"

和民主评议党员等形式,教育引导广大党员知晓合格标准,明确行为底线。

抓班子促团结,当好特色农业种植"带头人"

团结是干好一切工作的基础。马继源在工作中处处以身作则,时时严于律己。北粮台村是一个有8个村民小组,665户1563口常住人口的大村。为了抓好班子团结,营造公平务实、奋进的氛围,他在同志间始终做到一碗水端平,在"两委"换届时,他尽量考虑原村人员的配备,在项目安排、扶贫救助上做到公平公正,赢得了"两委"成员及全体干部的信任,也促进了班子的团结。在2018年的村党支部换届中,他全票当选新一届党支部书记,3名支部成员平均年龄55岁,组成了一个年富力强、干事创业的好班子。

春节慰问党员

为了促进北粮台村的经济发展,他事事带头走在前头,充分挖掘北粮台村的发展潜力,率先开展温室华莱士、大棚蔬菜、糖玉米等特色农作物种植,并从山东聘请农业专家免费为北粮台村菜农培训设施瓜菜技术。同时,他联系县农牧业局为北粮台村打机电井2眼,解决了菜农浇水难题和生产技术问题。在他的带领下,北粮台村设施农业从无到有。目前,全村共发展温室110座,钢架大棚252座。2018年,马继源同志以扶贫项目库建设为契机,申报新建了20座钢架大棚。不仅如此,他还利用农闲时间,组织北粮台村剩余劳动力到县城内各大餐饮企业打工,逐步提高村民工资性收入。

抓机遇强基础,唱好"时代曲"

为改变北粮台村基础设施不完善的落后面貌,马继源带领村"两委"

班子以"美丽乡村建设"为契机，投入资金1249.4万元，新修小油路3000米、水泥路3780米、砂石路10100米；新建公厕8座，其中高标准水冲厕所2座；危房改造167户，新建村民文体活动广场2个，占地3800平方米，安装健身器械5套；新建文化墙2处140米，改建20处，张贴社会主义核心价值观、村规民约、道德礼仪和孝心故事等字图110幅。在村庄和道路两侧共栽植各类苗木16584株。生活条件的改善真正让老百姓得到了实惠，享受到了改革开放发展的成果。

北粮台村的精准扶贫工作卓有成效，2016年识别建档立卡贫困户186户341人，其中低保贫困户171人、普通贫困户167人、五保贫困户3人。党支部通过"五个一批"进行分类帮扶，2016年脱贫人数为178户327人。2017年，他协调贷款105万元、筹集扶贫资金75.2万元，扶持和引导精准贫困户68人加入种养殖合作社。在他的带领下，村里还建设瓜果蔬菜种植温室41栋、大棚121座，投入产业扶持资金21.69万元，购入肉羊、肉牛、猪、鸡，有17户32人享受到了产业扶持政策。村委会购买基础母羊394只和肉牛24头、养殖鸡800只，形成"小规模、大群体"的发展模式，解决了贫困村民有技术、缺资金的问题。村里利用设施农业搞特色瓜果种植，极大地提高了贫困人口主动脱贫的积极性，贫困户人均收入都超过4500元，全部脱贫，村集体经济收入达到了10万元。

抓服务促民主，把好"公平秤"

在村里的各项工作中，马继源始终坚持让群众参与其中，群策群力。在实施乡村振兴战略，开展环境卫生集中整治工作中，他多次动员群众广泛参与，筹资2万余元用于清理整治支出，村民集中清治环境卫生，彻底清理了道路两侧和沟渠林带内的生活垃圾及杂物。他充分发挥村民代表的作用，带头认真落实"532"工作决策机制，对全村的毛渠清淤、小型桥涵口闸建设和畦田平整以及二社、六社征地款分配，精准扶贫识别、退出等事项都按照村民代表会议研究决定，及时公示并接受群众监督，使得各项工作顺利推进。为了保证村务公开透明，他们为每社制作了一个固定公示栏，把财务收支、征地款分配、租地绿化补偿款、退耕还林款、水费和管理费用支出等事项全部公示，并留存影像资料，方便村民监督。

抓调解化矛盾，把好"和谐脉"

北粮台村属于城镇建设规划范围内，征用土地引发多起群众集体到县上访，甚至个别村民进呼到京上访。马继源带领村"两委"干部千方百计做群众思想工作，多次和上级相关部门协调，努力解决群众的诉求，先后化解了三社城中村改造、北海湿地公园征地、河套大市场和汽车站征地、二社修路和太阳公司建设用地等十几宗征地矛盾，北粮台村近3年没有发生越级上访事件，群众团结、社会稳定。

马继源同志担任村干部以来，牢记党的宗旨，以实际行动认真贯彻党的方针政策，赢得了群众的支持和拥护，同时也得到了上级党委的一致认可。2009年、2011年、2015年，他被评为县级优秀共产党员；2013年，被评为县级基层党组织建设示范带头人；2016年，被授予巴彦淖尔市优秀基层党组织书记荣誉称号；2017年，被评为县级优秀党务工作者。被推选为磴口县第十四次、十五次党代会代表，磴口县第十六届、十七届人大代表。

"一分耕耘，一分收获。"如今的北粮台村，不论是村容面貌，还是种植、养殖等产业结构都已初具规模，但马继源深知自己任重而道远，为把北粮台村打造成一个脱贫致富奔小康的文明村。他带着心系群众、无怨无悔的坚定信念，忘我工作，他正以勇于担当、甘于奉献、勤于发展的时代精神，在社会主义新农村建设的道路上一步一个脚印地书写着一位基层共产党员的美好人生。

扎根基层的守护神

——记乌拉特后旗潮格温都尔镇西尼乌素嘎查书记宝音德力格尔

作为一名嘎查支部书记,宝音德力格尔知道不学习思想就会落后于形势,行动就会脱离实际。为此,他始终坚持把学习作为提高素质、完善自我的首要任务。他采取听广播、看电视、订阅党报党刊等多种形式,不断充实自己,做到工作和学习两不误。在大是大非问题上,他立场坚定,态度鲜明,对党的方针政策和上级党委的指示坚决贯彻执行。他坚持党性原则,自觉在政治上、思想上、行动上与党中央保持高度一致。对工作中遇到的一些吃不准的问题,他坚持向上级领导早请示、早通气,有效提高了工作效率。

作为一名党员,宝音德力格尔时刻告诫自己,在思想和行动上要从严要求。 对镇党委部署的工作任务,无论有多大困难,他都千方百计、不折不扣地去完成。 在工作中他自觉主动地安排部署工作,大胆抓、从严管,敢于承担责任。他时刻用共产党员的标准严格要求自己,不搞以权谋私,从严管好家庭成员和支部成员,不以任何名义谋取私利。他生活上勤俭节约,不搞大吃大喝、拉帮结派,不参加任何不健康的娱乐活动,为人诚实,公道正派,较好地维护了共产党员的廉洁形象。

嘎查的工作细小而繁杂,他从无怨言,坚持在工作中锤炼自己坚强朴实的性格和求真务实的工作作风,始终保持着清醒的头脑,把"做事

先做人,万事勤为先"作为自己的行为准则,维护好立党为公、勤政为民的形象。

乌拉特戈壁红驼奥日格奇驼奶产业基地位于内蒙古巴彦淖尔市乌拉特后旗潮格温都尔镇西尼乌素嘎查,宝音德力格尔是驼奶产业基地的领办人。乌拉特戈壁红驼事业协会于2004年8月成立,现有在册会员230余户,戈壁红驼5万峰,固定资产1000余万元,有戈壁红驼保护繁殖基地5处。2017年8月开始建设一期工程,10月开始正式运营,是目前西部最大的骆驼奶生产销售基地。

奥日格奇驼奶基地前身为腾和太腾合泰沙驼产业有限责任公司,是巴彦淖尔市第一家发展驼产业的民营企业,注册资金300万元,公司员工以当地牧民为主,厂址设立于乌拉特后旗潮格温都尔镇。公司建有400平方米办公室场所一处,有500平方米的戈壁红驼综合服务室,800平方米的梳毛车间,1300平方米的屠宰车间和冷库等设施。驼奶基地新建骆驼奶站基地一处,分为两期建设。一期工程建设200峰奶驼挤奶站3000平方米,草棚600平方米;二期工程建设1000峰奶驼挤奶站一处,骆驼圈12000平方米,总投资为1000万元。奥日格奇驼奶基地把着力打造驼产品品牌作为长远目标,积极保护和发展戈壁红驼,增强驼产品的精深加工能力,围绕基地建设驼奶疗养和文化体育旅游为一体的驼奶基地。驼奶基地启动了700吨/年驼奶加工、75吨/年驼毛加工线和70吨/年肉食品生产线建设工程。作为嘎查支部书记,宝音德力格尔组织牧民积极收购原料,就地进行精深加工。

在实际工作中,宝音德力格尔能够独当一面开展工作,带领工作人员多次深入牧户家中,积极主动给牧民讲解有关国家政策、法律等有关知识。有时,他主动担当起了调解员,积极化解矛盾。在美丽乡村建设上,他带领嘎查一班人,为人民群众办了很多实事。为解决行路难的问题,嘎查修建了海力素至嘎查队部总长22千米的水泥路。他努力协调资金，改善嘎查的办公条件，通过3年努力，建成了活动室、图书室、篮球场、骆驼圈赛场1000米，民俗文化馆、牧民食堂、招待所也相继落成。他在办公室购置了电脑，为会议室购置了电子屏。目前，嘎查通讯基本覆盖，"村村通""户户通"等广播电视设备全部覆盖。完成了嘎查的30户安全饮用水建设工程和22户高压电安装工程。

为解决牧民看病难的问题，宝音德力格尔与镇党委及有关部门主动联系，基本上解决了嘎查全体牧民养老、医疗、低保等社会保障工作。目前，该嘎查享受低保107户、178人，享受医疗保险136户、332人，实现了医疗保险全覆盖，享受养老保险56户71人，缴纳养老保险210人，嘎查五保户、低保户、残疾人的生活得到妥善安排和保障。

化解矛盾、解决纠纷是宝音德力格尔非常重视的大事情。他带领嘎查班子齐心协力，圆满解决了嘎查与满都拉嘎查边境10千米草场的纠纷问题。同时，他积极与有关部门协调，将百万余亩集体草场联户承包给无草场的牧户。

为丰富牧民的文化生活，嘎查每年都要在西尼乌素草原那达慕、西尼乌素嘎查老年活动，并组织开展一些牧民喜欢的竞技活动。

参加工作以来，宝音德力格尔始终把耐得住平淡、努力工作作为自己的准则。面对牧区工作条件差、待遇低、事务杂、任务重的工作特点，他做到了"眼勤、嘴勤、手勤、腿勤"，以高度的责任感、使命感和工作热情，积极负责地开展工作。

"春蚕到死丝方尽，蜡炬成灰泪始干"是他作为一名共产党员对生命价值的追求。在群众眼里，他是一个热心肠的人，是个扎根基层的守护神；在干部眼里，他是一个能干事、会干事、想干事、干得了事的好同志。他以自己的实际行动践行了党旗下的庄严誓言。

尽责实干好"村官"

——记杭锦后旗蛮会镇红星村党总支书记常永伟

"诚心为民，民必理解；真心为民，民必拥护。"这句朴实无华的话语，反映出红星村党总支书记常永伟一心为民的真实情怀。

常永伟，男，汉族，现年56岁，自2001年担任村党总支书记以来，始终把加快发展、富裕群众作为自己义不容辞的责任，满怀一腔为民之心，善谋一方富民之策，真抓实干，想方设法壮大集体经济，努力增加群众收入。

"火车跑得快，全靠车头带。"作为村总支书记的常永伟，深知要想使全村的各项工作推得开、落得实、能见效，就必须有一个坚强团结的战斗集体。近年来，他坚持把建好班子、带好队伍、完善机制作为党务工作的重中之重，常抓不懈，有效提高了支部班子成员的政治理论水平，使支部的领导核心作用和战斗堡垒作用得到了充分发挥，为红星村各项工作的全面开展奠定了组织基础，提供了思想和政治保障。

加强基础建设，助推集体经济发展

担任村党支部书记的常永伟始终把改善全村基础设施和增加群众收入作为自己的重要职责，他带领村"两委"班子成员积极组织实施水渠、村民饮水、村社道路等基础设施工程建设，积极争取各级部门的资金支持，对村内4.3千米的红星渠进行衬砌，对红星村5个社及镇林场10000多亩农田进行连片改造，解决了农民浇水难问题，大大提升了土地利用率，为农民增产增收奠定了基础。本着政府给一点、村里拿一点、村民集一点的筹资方式，全村6个自然社村民全部用上了自来水，提高了村民的饮水质量和健康水平。他对全村4条社村内道路进行了硬化，彻底解决了村民出行难的问题。

为解决村民产供销脱节问题，解决村民增产增收的困难，2017年，常永伟带领村"两委"一班成立了专业合作社——永伟农牧业专业合作社。合作社与销售种子、农药、薄膜的供货商签订合同，统一购买农资，为村民提供质优价廉的农资，减少中间供货环节，大大节省和降低了农资成本的同时，合作社以高于市场平均价格收购村民农产品，保证了农民增产增收。

利用本地优势，兴办旅游业

2018年，红星村凭借得天独厚的地理条件和优势——黄团公路、红白路穿村而过，交通便利，著名佛教寺庙宝莲寺正处于红星村区域内，依据镇党委和政府的统一规划，常永伟带领村民在红星村创办了集旅游、观光休闲为一体的万亩葵园田园综合体。同时，他与民营企业家宿海龙先生签约，在红星村创办了海龙马产业专业合作社，开启了"一企联一村"、村企合一、互惠共赢的农企利益联合机制和产业发展带动农民增收致富的长效机制。目前，红星村修建了长1600米、宽30米、总占地300亩的标准化赛马跑道和室内马术训练场，为举办各类马术赛事做了充分准备。万亩葵园田园综合体与海龙马产业的发展，让这里形成了独具特色的红星村旅游区。旅游区的建立，不仅通过旅游增加了村集体经济，而且为周边村民顺利推进了土地流转，实现了土地连片种植、轮作倒茬、增产增收的目的。

多措并举，狠抓扶贫攻坚

作为一名基层支部书记，常永伟同志对精准扶贫攻坚工作高度重视，常抓不懈。他带领村"两委"一班人与包村干部，驻村第一书记和驻村工作队密切配合，积极落实扶贫攻坚政策。根据红星村扶贫工作实际，党总支制定了切实可行的扶贫规划，内容包括：依托特色旅游业，积极发展农家乐、休闲观光农业等乡村旅游产业；发展电子商务产业，建立农畜产业交易平台；发展特色农业种植业，持续推进短平快养殖业等。通过这些规划地有序推进，变"输血"扶贫为"造血"扶贫，改变了贫困户"等、靠、要"的思想，实现了贫困户脱贫致富的梦想，为提升脱贫成果奠定了基础。

党建不忘抓思想，遵纪守法约村民

常永伟在抓党建、兴产业和精准扶贫工作的同时，十分重视对广大村民的思想教育、法律法规教育和村社的综合治理工作。他经常深入农户中去，与村民推心至腹地谈心，了解村民的思想动态和生产生活实际，向广大村民宣传党的各项农村政策，教育广大村民遵纪守法、勤于耕作。他根据红星村的实际，制定了切实可行的村规民约，与驻村工作队一道深入各社，召开村民大会，解读村规民约。党总支与每户农户签订遵守村规民约协议和门前三包协议，每周派一名村干部对各社村民遵规守约情况进行督查。将各社村民按居住位置划片，推选出的代表，定期对片区内村民遵规守约和环境政治自查和互查。通过这些行之有效的措施，大大提升了村民自治水平，提高了村民遵规守约的自觉性，真正改变了过去村容村貌脏乱差的状况。

多年来，在村党总支的带领下，红星村各项工作发生了巨大变化，村党支部真正成为带领村民致富的战斗集体，受到广大村民的积极拥护，也得到上级党委和政府的肯定和奖励。2004年、2005年被红星乡党委评

为先进党支部。2006年、2008年蛮会镇党委被评为先进党支部。2006年，蛮会镇党委被评为基础党建工作先进党小组。2006年，杭锦后旗综合治理委员会授予红星村"安全稳定示范村"称号。2008年，巴彦淖尔市法治领导小组授予红星村"全市民主法治示范村"称号。同年，红星村党委被巴彦淖尔市委员会评为"全市基层党建""五个创建活动""五个好党组织"。2014年，红星村被评为巴彦淖尔市环保局生态村。2016年，红星村党委被杭锦后旗旗委评为"先进基层党组织"。

常永伟同志工作业绩突出，被推选为巴彦淖尔市第二届党代会代表并出席代表大会。2015年，常永伟同志被内蒙古自治区党委宣传部和自治区文明办授予"尽责实干好村官"称号。这些是对他本人工作的高度肯定。

一花独放不是春，万花齐开春满园。常永伟同志作为一名基层党总支书记，时刻牢记总书记"不忘初心，牢记使命"的教导，努力践行带领广大群众共同致富的神圣使命。相信，在常永伟同志的带领下，红星村的明天会更美好，红星村的全体村民一定会前程似锦，梦想成真。

世界奇石粘画创始人的风采

——记乌拉特中旗玉之源文化有限公司总经理任莲莲

任莲莲，女，汉族，生于 1971 年，乌拉特中旗人。2000 年，她开设了中旗第一家奇石馆。随着规模的不断扩大，许多奇石爱好者也广泛参与其中，她又创建了当地的奇石一条街。2002 年至今，她担任乌拉特中旗奇石协会副会长。

把喜好当成事业做

任莲莲 18 岁开始创业，开办过幼儿园，开过食堂，还在蒙古国经营过钢材和绒毛生意。受传统美术文化艺术熏陶，她从小喜欢绘画艺术。2006 年，出于对当地戈壁石的喜爱，她开始尝试着创作奇石小品组合，将一些弃之无用、看似无形的戈壁石，粘合成一件件活灵活现的小动物和人物。

2010 年 4 月，在得到广大奇石爱好者的认可后，她用原石粘合成《水浒传》人物造型图，108 位人物每位人物约 20 厘米高。《水浒 108 将》为世界上最早采用原石粘合的作品，并获得"世界纪录证书""世界之最证书"两项荣誉。她的事迹先后在当地电视台、报纸等各类媒体播报。

2011 年，在当地政府的支持下，她开始创作奇石画，将蒙古族传统绘画与戈壁石结合在一起，粘合成立体图案，形成了独特的奇石粘画艺术。奇石画内容丰富，场景生动，有对乌拉特中旗的阴山山脉、秦长城等地理状况的描绘，有对骆驼、鸿雁、羊群、蒙古包、勒勒车、挤奶的姑娘、喝奶茶的额吉等草原美景的展现。这些作品充分体现了蒙古族的生活习俗和浓厚的地域特色。作为乌拉特中旗的民间艺术品，她的作品深受人们的喜爱。广大奇石爱好者纷纷收藏她的作品。她用自己的创作让更多的石友知道了戈壁石深厚的文化内涵。

把"粘画"当极品做

2016年2月，任莲莲成立了乌拉特中旗玉之源文化有限公司。公司占地面积为1400平方米，主要用于培训学员、教授制作奇石粘画的技艺，同时将代表当地奇石文化气息的作品展览给更多朋友观赏。2016年至今，公司先后培训学员200多人，并有50多名学员留在公司工作，成为公司的骨干力量。

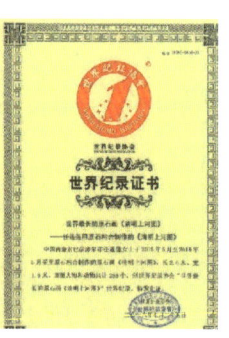 

2016年7月，她用原石粘合了《清明上河图》。画面全长2.6米、宽1.6米，人物和动物共计226个。此画是世界最长的原石画，创造了世界纪录，获得了世界纪录证书。同年8月，在临河区体育馆举办的全球华人运动会期间，她以奇石画创始人的身份代表中旗文化旅游局参加了本次展览。同年9月，在内蒙古自治区阿拉善盟一年一度的大型石展会上，她带着部分奇石画作品前去参展，收到了较好的效果。

近年来，任莲莲的奇石画作品先后在中旗电视台、巴彦淖尔电视台、内蒙古电视台报道，在社会上产生了极大的反响。在呼市那达慕举办期间，她接受了中央电视台财经频道《生财有道》栏目的专访。

多年来，任莲莲充分利用当地的奇石资源，把这种好多人都觉得不起眼的戈壁石通过艺术创作，做成了具有当地特色的奇石画作品。这些作品深受大众喜爱，也为当地奇石市场持续发展起到了推动作用。

把奇石当文化做

2016年10月，她与乌拉特中旗妇联举办了第一期奇石画培训技能班。同年12月，她与乌拉特中旗就业局联合举办了奇石画培训技能班。2017年3月，她开始担任乌拉特中旗工商联执委。2017年3月，她的公司获得内蒙古自治区科技厅认定的新科技创业创新孵化基地荣誉称号。

任莲莲的奇石画使戈壁滩上的奇石身价倍增，当地的奇石产品具有极大的艺术欣赏、收藏与商业价值。奇石画具有自然性、唯一性、永世性、艺术性，每一幅都是精品。"她制作的原石画，每一件作品都是绝无仅有的，集自然、唯一、稀缺、艺术于一体。"有的观赏者这样说。

近年来，投资者对奇石收藏的兴趣越来越浓，当地也掀起了一股赏石、藏石热潮。任莲莲的奇石画正在以其独特的方式印证着奇石的投资与收藏价值之所在。制作石画的奇石资源日渐枯竭，她又发现了新石种的收藏价值和投资价值，并能在低价位切入，引领奇石市场进入新的发展空间。任莲莲的奇石画使乌拉特中旗戈壁滩上无人问津的"废石"变为"宝石"，也拉动了当地文化产业的发展。

任莲莲的奇石粘画，带动了当地许多牧民进行捡石、卖石，也为地方农牧民开创了一条新的增收途径。近年来，公司为更多的妇女开展了创业培训，为农牧民、下岗职工、进城务工人员、女大学生开辟新的就业渠道，也为当地巾帼脱贫行动贡献了一分力量。

任莲莲的奇石粘画，其实就是蒙古族的传统绘画与戈壁石结合在一起的立体图案。这些作品充分体现了蒙古族的生活习俗和浓厚的地区特点，在民族特色文化资源保护传承和开发利用方面具有重要的作用。独特的奇石粘画文化，也吸引了更多的人关注文化资源的保护和开发，上海等地前来参观的客商络绎不绝，累计超过十万人次。

面对未来，深度挖掘文化及旅游产业价值，提升奇石品牌文化内涵，有效带动周边农牧民增收致富，是任莲莲今后将要努力发展的方向。我们相信她会一直坚持下去，开拓出一片新天地。

党建富民的领头人

——记杭锦后旗三道桥镇和平村党支部书记边俊峰

当年,还处于普遍穷困的和平村需要一个"明白人"领头脱贫。

1996年,边俊峰当选支部书记。他在党支部书记岗位上一干就是20多年。和平村在他的带领下,现在成为三道桥镇经济发展引领村、基层党组织建设示范村,曾经荣获"全国绿色小康村"称号。在带领全村发展的同时,他积极发展养牛业,探索出奶牛养殖的有效途径,走出了一条带动当地农民发展奶牛养殖的成功之路。

富民党建让支部战斗堡垒作用凸显

边俊峰自担任支部书记以来,就将实施"富民党建"作为支部的战略目标。通过积极落实"三会一课"制度,以"星耀乡村"、党员"全链条"管理、"瓜蔓蔓"党员志愿服务等党建载体为抓手,积极推进"两学一做"学习教育常态化、制度化,强化党员的教育管理,打造出一支充满活力的党员队伍。全村61名党员中,培育出产业带头人25名。在支部一班人和党员产业带头人的示范引领下,和平村形成了以奶牛养殖和西甜瓜特色种植为基础的特色产业,人均收入列全镇首位,达到18765元。和平村党支部也连续5年被旗委组织部评为基层党组织建设示范支部,多次接受内蒙古自治区、市委和旗委组织部门的观摩检查,得到上级部门和领导的一致肯定。

订单式发展让奶农迈向曙光

作为党支部书记,边俊峰始终认为只有自己富裕了,才能胜任支部书记这一神圣的职务。于是,他在20世纪90年代借助杭锦后旗大力鼓励发展畜牧养殖业政策的东风,购买了几头优质奶牛,开始了种养结合的第一步。当时,他只是散养,没有与大型奶企业的有效对接,牛奶销售得不到保证。为了改变这种现象,发展高质量、大规模奶牛养殖成了他的奋斗目标。2004年,边俊峰自筹资金10余万元,购进了制冷罐、双缸吸奶器,建起了一间400多平方米的简易挤奶厅。仅仅一年多的时间,他们的奶牛就扩展到了60多头。同时,他与蒙牛集团签订了供销合同,形成了有效对接,真正迈出了"企业+基地"模式的第一步。由于市场好,又有企业的帮助,奶价迅速涨到了每千克1.4元。村内的鲜奶日产量已经达到了300多千克。这让所有的奶牛养殖户脸上第一次露出了欣喜的笑容,看到了奶牛养殖道路的曙光。

合作化养殖共建致富之路

由于市场前景看好,企业对奶源的需求总量增加。2008年,奶价经过统一调整,迅速涨到了每千克2.4元。全村的奶牛养殖总量已经达到了300多头,全镇的奶牛总量也将近3000头,这无疑是一个历史性的突破。就在所有奶农都为奶价一路飙升高兴的时候,2008年10月份发生的"三聚氰胺"事件使奶农出现牛奶卖不掉而只能倾倒的现象,奶农收入严重受损。这段时间,边俊峰可以说是度日如年。为了保住这来之不易的成果,不让奶农们蒙受巨大的经济损失，他走家入户搞宣传。凡是农户家出现倾倒牛奶和不合格牛奶的，损失全部由奶站承担。通过这一办法，奶农的利益基本算是保全了，可奶站的运营愈发艰难。为此，一个新的想法在边俊峰心里开始盘算了起来。

2008年年底，边俊峰心里一直酝酿的大事终于开始付诸实施了。他组织全体奶农共同筹建了养殖小区，实施统一管理、统一防疫。此举进一步提高了牛奶的品质，奶价涨到了每千克2.6元。2009年5月份，按照企业的进一步要求和养殖小区发展的实际需要，边俊峰完成了俊峰奶牛养殖专业合作社的注册，并投资70多万元把奶牛养殖小区的各项设施进行全面升级。合作社采取分别核算办法，奶价再次得到提升，由每千克2.6元涨到了每千克3元，每头奶牛的年净收益一下子增加了2000多元。至此，在边俊峰的带动下，专业合作社的奶牛总数迅速扩展到了500多头，走向了规模化养殖。

"党建+合作社+贫困户"模式，助推精准脱贫

"党建+合作社+贫困户"模式是俊峰奶业专业合作社的重大经营策略，也是三道桥镇在精准扶贫工作中积极探索推广的主要脱贫模式之一。

在合作社的基础建设中，他先后组织贫困人口务工达1000多人次，增加群众收入15万余元。合作社为3户劳动能力较弱的贫困户免费提供50只土鸡鸡苗和前期饲料，帮助贫困户发展"短平快"增收产业，每年两批次增加每户贫困养殖户收入6000元，实现如期脱贫。合作社无偿提供牛粪给发展生产的贫困家庭，用以提高土地质量，增加农作物产量，从而增加贫困户的收入。

边俊峰清楚地认识到奶业专业合作社在精准脱贫工程中虽然能发挥一定的助推作用，但在脱贫攻坚的道路上，仅仅依靠合作社单方面的力量是远远不够的，必须发展壮大村集体经济，解决村集体无钱办事的困扰。经过村两委与合作社的共同努力，和平村争取到旗财政发展壮大村集体经济项目资金180万元。项目资金入股俊峰奶业专业合作社后，年收益

可达 14.4 万元。加上和平村原有的集体经济收入，2018 年和平村集体经济收入达到 25 万元。这一举措将彻底解决村集体无钱办事的现状。村集体经济的发展壮大，也加快了全村贫困群众实现精准脱贫的致富步伐。

边俊峰是个明白人，认准的道路绝不后退。他相信坚持就是胜利，用勤劳和智慧带领全村走出了一条长效发展之路。

三道桥镇俊峰牧场的前身是俊峰奶业专业合作社，成立于 2009 年，合作社入股成员 53 户，有党员 6 名。2003 年开始，边俊峰积极响应上级的号召，带领全村 25 户群众开始发展奶牛养殖业。2011 年起，合作社流转了当地农户的 150 多亩耕地，实行统一种植管理、机械化作业。同时，合作社还与周边农户签订青贮玉米及优良苜蓿种植合同，为规模化养殖提供了稳定的饲草料基地，推进了全村产业结构的调整步伐，周边群众的收入也进一步增加。

2017 年，合作社本着"绿色、环保、标准、高效"的原则，实施了迁址升级改造工程，规划建设了占地 150 亩的高标准养殖场地，养殖奶牛达到 2000 头。

现在，三道桥镇俊峰牧业是一个占地 150 亩、固定投资 1200 万元、总投资 3000 万的集高、效、绿色、环保园林为一体的现代化奶牛养殖场。奶牛存栏 2000 余头，成母牛 1500 头，挤奶牛 1050 头，日产鲜牛奶 26 吨，合作社年产值 3000 多万元。俊峰牧业公司实行奶牛寄养，实现提质增收，将 25 户农户的奶牛集中到奶牛合作社寄养，形成了饲料统一、防疫统一、管理统一的饲养模式，既提高了奶价、保证了质量，也为农户节约了劳动力，增加了收入。此外，他还将合作社繁育的小母牛发放到农户家中，饲养到 300 千克至 350 千克，公司再以 12000 元的价格回收。农户每饲养1头小乳牛就可获利3000多元。现如今，合作社的奶牛养殖户都已经成为全村的富裕户。

农村振兴建设如火如荼，脱贫攻坚战还在进行之中。作为党支部书记，作为全村一个先富起来的农民青年代表，边俊峰将抓住这一前所未有的发展机遇，为实现在新农村建设上的新跨越发光发热。

外化于行　内化于情

——记五原县"亮丫头"名品化妆全国连锁店总经理王春

在古郡五原隆兴昌镇，有一位下岗女工，凭着自己的不懈追求和实干精神，不仅闯出了一条致富路，而且成为远近闻名、家喻户晓的"好心人"。她就是五原县"亮丫头"名品化妆全国连锁店总经理王春。

从下岗职工到"一枝独秀"

1989年7月，王春高中毕业后，在五原县国营印刷厂铸字车间担任铸字工。这个岗位工种对当时的同龄人来说，是一个不愿干、不想干的工作，她却毫无怨言地接受了这个既枯燥又劳累的工作。她利用业余时间完成了中专学业。通过认真细致地钻研业务，她很快就熟练掌握了基本技能，成为厂内的业务骨干，连年被评为先进生产者。就这样，从步入社会的第一站开始，王春就在艰苦的环境中经受磨炼，养成了吃苦耐劳、精明肯干、认真负责的性格特点。

1997年，随着国企改制大潮的来临，王春没有躲过企业改革的阵痛，最终成为下岗失业人员。摆在眼前的事实让她困惑、失望、悲观，然而她并没有一蹶不振，因为她坚信天无绝人之路。很快，她怀揣着家中仅有的2700元踏上了自谋职业的创业之路。凭着头脑灵活、勤劳实干，她在商海里摸爬滚打、历经艰难创业十几年，拥有了自己的化妆品连锁店，经济效益连年递增，成为五原隆兴昌镇闻名商海的"女强人"。

真情谱写助人乐章

"有困难，找春姐。"这是多年来流传在五原京原市场生意圈内的赞誉王春的一句美言。从商十几年来,她始终胸怀善良,用自己的点点滴滴诠释着一位普通生意人助人为乐的博大胸襟,用爱心谱写了一曲曲动人的乐章。

家住荣丰与县城结合处的小燕子是原五原二完小的一名小学生。上学期间,因父亲残疾,母亲智力障碍离家走失,小燕子跟随年迈的奶奶艰难生活。贫困一度使小燕子濒临失学。小燕子得到了王春从精神上到物质上无私的帮助,直到小学毕业。

王晓燕是五原一中原高中2006级的学生,家住银定图,生活十分困难。春姐每月除给她购买足必需的生活用品,还定期资助100元生活费。

多年来,王春用自己一颗拳拳的爱心精心呵护着身边的贫困学生,特别是对那些身体残疾、家庭贫困的学生,她总是给予无微不至的关怀。

张楷梓,一家4口人租房居住,哥哥患有脑部结节性硬化病,生活不能自理。父亲身体时好时坏,偶尔在工地打零工,母亲做环卫工作。张楷梓患有幼年特发性类风湿关节炎。因兄妹长期生病,所以该家庭生活十分困难。春姐了解情况后,二话没说,组织店内员工带上日常生活用品前去探望,并送去了助学金,帮助他们缓解经济上的困难。

家住胜丰镇新胜村七社的齐佳敏小朋友,妈妈患病,生活完全不能自理,爸爸打零工常年不在家。年迈的姥爷、姥姥平日照顾着她们母女俩的生活。尽管孩子学习成绩很优秀,但贫困随时威胁着她。春姐同样把温暖带给了这个特殊家庭,圆了孩子的上学梦。

近年来,王春在经营自己生意的同时,积极牵线搭桥,呼吁社会各界的爱心人士关注贫困儿童,用爱心点燃儿童未来的希望,而她本人总是身先士卒，奉献爱心。

韩卓妮，母亲患乳腺癌，不能干重活儿，父亲打零工维持生活，供养两个孩子上学。春姐得知情况后，第一时间送去生活用品，还资助小卓妮读书，帮助其重返课堂。

江鸿伟小朋友，母亲出走，父亲不顾家，没有其他亲戚，爱心人士轮替着来照顾孩子。入园"1+1"育儿园时，园长了解到孩子的这种状况，免去全部费用。孩子将要上小学了，但学费还没着落。春姐把学费送了过去，帮助其顺利升学。

王春像这样资助过的学生还有很多，如尚晓颖、杨雪荣等。在春姐的关怀下，他们没有失学，更没有放弃对生活的希望，许多人都成了对社会有用的人。

献上一片爱心，托起一片希望，这就是王春，一个普普通通的生意人，用自己的爱心演绎着平凡而伟大的人生。受到她资助的孩子们亲切地说："春姐，我们爱你。"

坚守一份责任与担当

"关爱贫困儿童，奉献你我爱心。"这是王春经常说的一句话。多年来，每一次调查走访贫困家庭，春姐都会带上自己的店员，让每位员工从情感上有所触动。每深入一个家庭，员工都与家长进行深切的交谈，详细了解和记录贫困儿童的家庭情况、生活状况、住房条件、经济来源等，询问贫困儿童在家的各种表现，鼓励他们要在逆境中奋进，珍惜学习机会，坚强乐观、奋发向上，把来自党和政府、爱心人士的关爱转化成自强不息的动力，努力成才、回报社会。王春说："看到贫困家庭的孩子，感觉我们生活得太幸福了。帮助需要帮助的人、传递满满的正能量，是我们企业的社会责任与担当。"

据不完全统计，从2005年至今，"亮丫头"名品化妆公司在王春女士的引领下，已开展爱心活动30多次，爱心捐款十几万元，帮助社会青年自主创业70多人，解决就业近300人。她的义举为社会的和谐发展增添了光彩，她本人也成为以创业带动就业、就业回报社会的成功典范，在社会各界赢得了较好的口碑。

"涓涓细流，汇成大海。"传递正能量的人多了，便结成了心灵的纽带。多年来，王春秉着"以小为本、艰苦创业、先忧后乐"的情怀，积极投入公益事业，带领全体员工用正能量回报社会，用真情传递爱心，成为同行口中津津乐道的"爱心企业"和"美丽春姐"。

助人为乐在基层　道德口碑立民心

——记杭锦后旗第一幼儿园园长邱强

2013年5月，邱强同志被教育局任命为陕坝小学筹备小组副组长，开始了陕坝小学运行前期的各项筹备工作。当时，到处是砖头瓦砾，到处都是深坑土堆。面对没膝的黄土，他亲力亲为，任劳任怨，每天行走在漫天黄土中监工、劳动，还伴有与施工方交涉不妥时的无奈……

建校初期，呈现在他面前的只有空空荡荡的几座大楼和100多名来自不同单位的教职员工。他开始填充校园的空白，各种设施设备、桌椅板凳、办公生活用品、教学器材陆续进入校园，进入办公室、教室。从一座座空荡荡的教学楼开始，他开始整体规划、全盘统筹，全程参与筹划、设计校园文化建设。在学校创立、创新、探索、建设、发展的历程中，他从学校的建设者转变为学校发展腾飞的推动者。他跑遍了全市的花草繁育基地，忙碌于学校环境建设，完善学校建设的扫尾工程，小到砖土沙砾，大到辅助设施的安装。他不怕苦、不怕累，与老师们吃在一起，忙在一块儿，早出晚归，有时甚至通宵达旦地忙碌。他连续一年多没有双休过，几乎没有节假日，一心扑在学校后勤管理工作上，用心血和汗水抒写着自己的工作业绩。在他的倡导下，后勤工作取得了显著成果。2014年，为迎接全区食品安全专项检查，全市食品安全现场会在陕坝小学召开，学校被评为"全市食品安全先进单位"。2015年，学校被评为市级食堂建设与管理达标创优先进学校、宿舍建设与管理达标创优先进学校、环境友好学校。2016年，学校被评为自治区级"环境友好学校"。他本人分别荣获市、旗教育系统"优秀德育工作者""后勤管理先进个人""优秀党务工作者""社会实践先进个人"等荣誉称号；被旗文明办评为杭锦后旗第二届道德模范；被市政府授予"优秀德育工作者"荣誉称号，并登上了巴彦淖尔好人榜。

聚人心·凝心聚力·情暖师生

邱强总是牵挂着困难老师的生活，给教师们无微不至的关爱。哪位教师生病了、家中有事了，哪位教师家中有困难了、父母去世了，他都会亲自去慰问。这些看似微小的事情却无不温暖着每一位教职工的心，凝聚了全校老师的心。许多喜闻乐见的群体活动的开展，为学校上下合心聚力起到了积极的作用。如今，在他的带领下，老师们心往一处想，劲往一处使，做各项工作都有旺盛的生命力，老师们团结一心的工作激情被充分点燃。

有爱心·善始善终·情系教育

在二道桥中心校任校长期间，针对农村留守儿童多、家庭贫困生多的现象，他多方联系筹资，先后为旗教育基金会捐款5万元，为二道桥中心校贫困家庭筹集助学金3万元。从2010年起，他资助了一名孤儿，关照其生活，关注其学习及心理发展，已延续了9年。期间，他自己资助10000多元，联系爱心人士为孩子赞助10000多元。目前，该同学身心健康，上初中三年级。

2016年在上海挂职学习期间，他认识了云南哈尼族的一位老师，了解到了山区孩子因贫困读书少的情况。学习结束后，他自己出资购买、收集图书1200余册，分3次无偿捐寄给了云南省红河州绿春县骑马坝乡中心小学。该校的师生通过微信图片传回了他们收到图书时感激和喜悦的场面。

邱强坚信：没有爱就没有教育。为了教育事业，为了学生、老师和学校的发展，他用自己的爱、自己的情温暖着孩子。在食堂、宿舍、走廊、教室总能看到他的身影，他摸摸孩子的头，拉拉孩子的小手，语重心长地嘘寒问暖。有时他还会用随手捡起的废纸告诫师生，用他始终如一的道德涵养演绎着做人的准则，用他榜样的力量诠释教师的职业品德。他是老师们的镜子，学生是老师们的影子，他时刻践行着助人为乐的品格。

重党性·且思且做·正己正人

邱强作为学校的党支部书记，十分注重提升党组织的创造力、凝聚力和战斗力。他善于有创新性地开展工作，带领党员进社区，在留守儿童中开展"一帮一"活动，开展"周末妈妈"活动。在他的带领下，逐渐形成了以党支部书记为引领、以党员带动全体老师的活动辐射圈，充分发挥党支部的政治核心作用、战斗堡垒作用，为不断深化教育教学改革提供了坚强的组织保障和精神动力。

2013年，一位老乡刘某因经济案件被判入狱，在看守所里羁押时突发急性胰腺炎，时刻有生命危险，在联系不到家属的情况下，看守所通过电话联系到邱强。接到电话后，他到看守所倾听了刘某的苦衷，及时给予了宽慰，并承诺给予刘某帮助。他的开导和热忱唤起了刘某对生活的希望，刘某开始配合治疗，同时，他为刘某筹集了14000元的治疗费。他前后3次到监狱探视，共给刘某资助了15000元的生活费。

他助人为乐的事迹也在人们口中传播，成为身边人学习的榜样。

爱教育·且行且进·奉献一生

2018年1月，邱强同志被组织任命为杭锦后旗第一幼儿园园长。面对园所建设不足、教职工紧缺、年轻教师众多的实际情况，邱园长深知肩上责任重大。这关系到这所起步仅仅三年的新幼儿园的发展和未来，更关系到孩子们的成长。虽感责任大、压力大，但邱强同志还是迎难而上，保证幼儿园的各方面工作稳步开展。

建园时间短，幼儿园中青年教师所占比例较大。怎样为杭后一幼打造一支专业的幼师队伍呢？邱园长从园所自身实际情况出发，制定了梯队人才培养计划，从教师专业发展出发，关注每个人的成长，详细制定发展规划，并积极参与到教研组活动中进行悉心指导。他根据青年教师专业技能较弱的特点，搭建平台，引荐较有资历的老师来园为她们进行技能培训，从市教研室邀请资深的教研员深入幼儿园进行"一对一"指导，帮助青年教师更好地成长。他根据教师的实际情况，为教师提供有针对性的外出学习机会，多次组织教师到无锡、嘉兴、杭州、乌海、呼市、赤峰等地进行学习，逐渐培养出了一支专业能力强、富有战斗力的青年教师梯队。在2018年全旗幼儿教师基本功竞赛中，李倩老师获得五项全能第一名，幼儿园荣获团体奖第一名。

作为一名园长，自身园务管理、业务水平的学习必须与时俱进。为此，他以身作则，积极为教师树立学习的榜样。他参加了"国培计划"内蒙古幼儿园教师培训团队研修，通过聆听专家讲座、观摩活动、入园跟岗等，不断提高自身管理水平，为今后园所发展打下良好基础。

他非常重视幼儿园食堂安全管理工作，为了保证幼儿"舌尖"上的安全，厨房配备了最先进的热风循环消毒柜、臭氧洗菜池以及农残检测仪，在"明厨亮灶"的基础上，在家长每天必经的走廊里新增液晶电视机，把厨房各个操作间的摄像头接入显示器，对各个流程进行严密监控，随时接受教师、家长的监督。

邱强是一名心思缜密、细致入微的园长。他发现保育老师每天需要3次用手清洗幼儿小毛巾，工作量大，占用时间长。为了解决这一问题，他和班子成员商议，为每个班级配备了一台小型洗衣机，并配了一台专用的毛巾消毒柜，每天按时给毛巾消毒。这些举措，不仅有效地保证了幼儿园卫生保健工作的落实，更减轻了保育教师的工作量，使她们可以把更多的精力放在呵护幼儿、保障幼儿安全上。这些细致入微、卓有成效的措施，蕴含着邱园长的智慧和浓浓的情怀。

千淘万漉虽辛苦,吹尽狂沙始到金。搞好教育是邱强一生最大的希冀,他永远在教育路上跋涉着、耕耘着、探索着、追求着。他爱教育,且行且进,执信有恒。他不忘初心,砥砺奋进,在教育这一块精神高地上,守望着自己的理想,谱写着一曲平凡而伟大的人生乐章。

科技为引领　创新谋巨变

——记内蒙古蒙源兴禾生物科技有限公司董事长刘成帅

刘成帅，男，汉族，现担任内蒙古蒙源兴禾生物科技有限公司董事长。他是全国农科教推选的助推农产品安全优秀人物、内蒙古自治区优秀科技特派员、巴彦淖尔市优秀科技特派员、巴彦淖尔市设施农业科技服务团队专家，是创业创新科技的杰出代表，为巴彦淖尔市农牧业发展、农民增收致富做出了突出贡献。

科研前沿"大显身手"

随着禽畜养殖业的迅猛发展，畜禽粪便等排泄物逐年增多，粪便带菌，环境污染问题成了困扰养殖业发展的一大难题。多年来，为了追求高产高效，化肥农药的超量使用以及畜禽粪便的不当使用，造成土壤环境板结、肥力下降、有机质严重不足、化肥污染等，影响了高效农业的可持续发展。广大禽畜养殖业者和致力于为高效和绿色农业服务的人们也逐步认识到，有机肥料在农业生产和保护环境等方面的作用越来越大。

巴彦淖尔市具有羊饲养量大的资源优势，就地取材的材料优势、本地的市场优势、加工成本优势、本地人才优势、本地社会资源优势等，而投资生产羊粪有机肥，能够有效解决绿色肥料短缺和消除禽畜粪便污染这两大问题，为此，一个创新型的生物科技企业应运而生。

2011年，刘成帅抱着发展生物科技、发展生态农业的理念，把自己的专业特长与当地的实际需求结合起来，筹资110万元，注册了巴彦淖尔市兴禾生态农业科技有限公司，走上了科技研发、创业发展的道路。凭着对科技事业的执着追求，他勇于创新、大胆实践，积极投身科技支撑、发展农业的主战场中。2014年4月，他成立了内蒙古蒙源兴禾生物科技有限公司，公司从3人开始起步，发展到拥有专业技术型人才16人的团队。公司在技术上坚持自主研发创新，兼容并蓄，积极与各科研院所、高校、同行之间开展多种形式的交流与合作。他积极响应国家农业部提倡的水肥一体化、测土配方施肥、化肥使用零增长等项目的技术研发，推广应用国内荒碱涝洼、中低田改造技术，提高作物品质、降低农残技术，发展现代经济高效育苗，一举成为引领当地农业科技创新向纵深发展的"先行者"。

"田间地头"精研细作

作为一名创新型科技特派员，乡村的田间地头一直是刘成帅沉甸甸的梦想和希望。针对农民种植中存在的现实问题，他不断深入研究，创新发展模式，为农民推广先进的农业新技术、新品种、新设施。2015年，借助巴彦淖尔市增施有机肥、控制化肥用量现场观摩会的契机，他聚集有机肥生产销售企业与大型养殖企业、设施农业企业代表，不失时机地加快推进有机肥的使用和推广合作进程。他连续多年进驻五原县，给当地农民讲解新型穴盘育苗技术，分享微生物肥料改良土壤的研究示范和设施农业高产高效育苗栽培技术研究示范等。

穴盘基质育苗技术是一种新型的育苗方法，其工作原理主要是将植物的根系固定于固体基质当中，然后在固体基质中加入有机和无机基质，来提供植物生长所需要的养分和氧气。其育苗基质基本流程是准备好育苗场所→准备穴盘→准备育苗基质→装杯后浇透水→播种（播种深度要按作物种类掌握）。育苗基质成本较低且具有较高的肥力，理化性状良好，保湿、通气、透水，不带病源菌。

在提供穴盘基质育苗技术指导时，他与五原县当地农户以番茄、辣椒和甜瓜苗为试验作物，用兴禾育苗基质装杯，充分为作物提供养分，育苗约10000株左右。同时，他现场进行技术指导和农户技术培训，发现问题及时与农户共同商讨，提出有效的解决方法，这些做法受到当地农民的一致好评。新型育苗基质可推广到各种作物的育苗单位，该新技术集成后，巴彦淖尔市40万亩的番茄、青椒可以应用该项技术，经济效益十分显著。该技术还可以辐射周边地区。

"科技试验田"传递新信息

多年来，肥料大量投入农田和不合理的农业耕作措施，造成了土壤环境质量下降。为了让更多的农民朋友认识到微生物土壤改良技术的重要性，2015年4月，刘成帅与五原县科技局在五原县塔尔湖镇选定100亩玉米试验田，作为微生物肥料土壤技术的研究基地。他组织当地农民进行微生物土壤改良技术集中培训和田间现场观摩，播种期间共培训农民500多人次。

经过大量调研工作和对比优选，施用微生物菌肥的试验田和没有施微生物菌肥的田做比较，很明显地看到试验田的玉米苗整齐健壮、叶宽大、杆粗、颜色黑绿，玉米穗大且沉，粒多饱满，更加证实了微生物肥料在土壤改良、修复土壤、培肥地力上的作用。看到示范效果明显，附近的近千名农民自发地来到试验田进行参观。刘成帅抓住农民参观学习的时机，积极推广配方施肥，让农民更加了解微生物在土壤中的应用以及如何正确合理地施用微生物肥料。

设施棚内"大有作为"

设施农业是采用人工技术手段改变自然光温条件，创造优化动植物生长的环境因子，使之能够全天候生长的设施工程。2015年，刘成帅致力于设施农业高产高效育苗栽培技术研究，以设施草莓高产高效栽培技术为内容，包括设施草莓的地块与品种选择、定植，温度与光照调控，花果管理，肥水管理，病虫害防治，适时采收等技术，同样采用集中培训的形式对农民提供技术讲解、问题分析和田间示范。2015年10月，刘成帅在巴彦淖尔市五原县组织了穴盘育苗技术、设施农业高产高效育苗技术的推广现场观摩会，五原县科技局、农业推广部门的科技人员、乡镇的农户和种植户共计300余人到田间进行了实地观看，并对观摩效果给予了较高评价。

近年来，刘成帅统筹设施农业育苗、栽种和管理方面的入户指导、培训以及信息服务，不断提高设施农业种植户学习接受能力、自我发展能力和辐射带动能力。同时结合农户的实际需要，适时进行回访，帮助农民解决实际问题。2015年，他在乡村调查实验、分析对比和服务回访天数达180天，培训农民2200人次，发放技术资料3000余份。

经过多年的奋斗历程，兴禾生态农业和蒙源兴禾公司已经发展成为集有机肥料研究、开发、生产、销售、技术传播为一体的产、学、研新型综合科技企业。公司时刻遵循"诚信务实、创新争先、追求卓越、尽善尽美"的企业目标，在实践中磨砺成长为一支专业化、知识化、年轻化、富有激情与挑战精神的工作团队。公司凭借一流的产品质量和服务质量，铸就了农资行业具有强势品牌实力的蒙源兴禾，公司先后荣获优秀肥料企业、中国著名品牌、中国3.15诚信企业等荣誉。

以人为本心系教育　　以德育人爱洒校园

——记临河区八一学校校长杨波

杨波，男，汉族，中共党员，中学高级教师，现为临河区八一学校党支部书记、校长。在教育战线上奋斗了几十年的杨波，以其扎实的工作作风和出色的工作业绩，教育、影响着一代又一代教师和学生。他把一所生源质量差、办学条件较为落后的农村学校打造成了临河区连续3年素质教育综合督导评估超标优胜单位。他本人多次荣获区、市、自治区级优秀教师荣誉称号。

奋起直追是期盼，更是挑战

八一学校是一所普通公办乡村小学。多年来，受城乡教育资源不平衡因素制约，学校设施设备缺乏、师资力量薄弱、优质生源流失严重，教学质量与群众期盼相比差距明显较大。

杨波担任学校校长后，深深地意识到：乡村学校教育必须以人为本，敢于创先、敢于领先。于是，围绕基础教育改革发展的方向，他提出了一整套全新的教育理念和思路，即坚持因地制宜、注重实效，以课堂教学为主阵地，深化课堂教学改革，培养学生自主学习、协作学习的习惯与能力，切实提高课堂教学质量。为此，他参与建立完善了学校一系列教育目标、学校管理制度。以此为契机，他拉开了以先进的理念引领学校、为教育事业播撒幸福希望的序幕。

随着区委和政府对学校投入不断加大，特别是在促进义务教育均衡发展方面力度加大，农村学校的办学条件得到了极大的提升。面对教育竞争日趋激烈的形势，面对人民群众对优质教育的新期待，杨波多方筹措、积极争取财政投入，新建扩建了教学楼、图书阅览室、音乐排练室，绿化美化了校园。学校办学条件得到了极大的改善。目前，校园内绿树成荫，鸟语花香，亭台楼榭，相得益彰，优美的校园环境与浓厚的人文环境融于一体，为师生营造出舒适的学习、工作和生活环境。

学校的发展靠的是教学质量的提高。作为一名农村学校的校长，他率先围绕基础教育改革目标，在课堂改革、课堂教学方面大胆探索，并配备了电子白板，引进先进的电教手段，激发起师生教与学的浓厚兴趣，产生了积极的效应，学校整体教学质量稳步提高。目前，学校学生由原来的100多名增加为400多名学生，平均每年增加40多名。学生家长发自内心地说："把孩子交给八一学校，我们就是放心。"

打造校本特色，重在激发团队活力

前些年，面对农村学生流失、教学资源的整合及教师的融合，学校的发展面临着巨大的挑战。为适应当前课程改革的需要，杨波鼓励并支持教师参加业余进修，完善青年教师"结对子"或"一助一"制度，促其早日成为教学骨干。学校定期开展教学研讨活动，努力形成浓厚的教学研讨氛围，先后培养出多名骨干教师和优秀班级带头人。

针对农村教师年龄结构、知识结构急需更新的状况，他要求教师必须不断学习、不断给自己"充电"。杨波从本校实际出发，制订切实可行的学习研修制度，以新理念、新课程、新知识、新教改为重点，对学校现有的教师分类、分层次、有目的、有计划地进行专业培训，选派教师参加各级各类研讨、观摩和考察活动，让教师在工作中培训，在工作中研究，在过程中成长。学校组织教师参加经常性的学习研讨活动，努力提高教师的业务素质。他集思广益,走进课堂、走进学生,与老师们共同探讨新的教学方法、新的教学思路,逐步形成富有本校特色的教育格局,为教师的专业发展和个人成长创造了良好的环境和条件。

争做创新与实践能力的引领者

多年来,杨波善于把"教师第一"的人本管理思想作为学校管理的基本理念,重视教师的参与意识和创新意识,使老师的才能得到充分发挥。为了促进教师参与学校管理,提高教师的自我价值和工作效率,他经常参与教师的集体备课和教研活动,参加教师专业理论学习活动,深入课堂听评教师授课,分析教师所教班级的考试成绩和学生综合素质提高的程度,并进行有效的监督与管理、指导与改进。为了提高教学质量,他倡导以课堂教学为突破口,定期举办课堂教学评比活动,邀请优秀教师上公开课、示范课,以示范促教改、以教改提教学,取得了较好成效,上级教育主管部门多次来校观摩。

加强第二课堂和学科竞赛辅导,培养孩子的创新与实践能力。学校开设了书画、写作、舞蹈等特长班,充分挖掘学生潜能,促进学生多元化发展。学校重视特长培养,逐渐形成"合格+特长"的培养模式,从而诱导孩子积极创造、勇于求新。为了给学生营造一个相对自由的空间和时间,学校将学生日常学习、讨论、尝试、评价等过程贯穿始终,让学生感受到素质教育和综合知识的熏陶,拓宽视野,进而培养学生的主人翁精神。

他坚持用勤奋扎实的工作作风管理学校工作。作为一所农村学校,学生来自不同的村庄,基础知识掌握水平参差不齐。为此,在班级管理过程中，学校根据学生们的建议，设立多种岗位"小管家"，让学生把班级当乐园，把学习当趣事，使班级形成"严谨勤奋、团结互助、健康向上、丰富活跃"的良好班风。同学们在团结互助、积极奋进的班集体中，得到全面发展、健康成长。

他真正用心想事、用心谋事、用心干事。学校班级和专用教室全部装配多媒体教学设备，教师每人拥有一台电脑，整个校园内厚重的人文底蕴，优美的校园环境、淳朴的校风、浓厚的学风和严谨的教风，让学校形成了独特的魅力。为把学生外在教育要求内化为自我发展动力，培养良好自我提高的情操和意志，学校定期组织三至五年级孩子在中旗川井参加社会实践活动。每年的爱国教育活动月，学校会组织学生到五原抗日烈士陵园，了解本地的历史及为中华人民共和国成立做贡献的历史人物，激发孩子们的爱国热情。

校园安全无小事。近年来，杨波十分重视校园的安全稳定建设，建立了校园安全管理人员、安全应急预案等，班级配置灭火器和防火工具，各重点部位落实了安全职责人。学校实行安全职责追究制，定期对安全隐患进行整改，及时消除各种不安全隐患，确保了校园平安。

履职尽责彰显责任与爱心

他热心公益，富有爱心。作为一名教师，虽然他的生活并不富裕，但是他有一颗善良的心。有一次，杨波无意中得知学校二年级的一个小女孩家庭特别贫困。他亲自到这位学生家里进行家访，了解到这位孩子的家庭情况后，他答应每学期出资500元，资助这位家庭贫困的学生读书，直到完成小学毕业。此外，杨波每学期开学时都要到贫困学生家中送上新书包、不同数量的学习用具和课外读物等，确保贫困家庭的孩子能顺利入学。他经常带领学校党员干部到贫困学生家中，为贫困户做些力所能及的事情，帮助他们解决实际困难。

每年的端午节、中秋节、春节、教师节，在学校财力许可的条件下，学校都要尽可能地安排一些福利，解决教职工的生活困难问题。他还每年按季度召开4次教师生日联谊会，为教师庆祝生日。杨波常说："我也是农家子弟，为了农村的孩子同样活的精彩，我们必须努力，竭尽全力为他们创造良好的学习环境，不忘初心，继续前进。"

几十年如一日，杨波依然心性不变，始终站在教育这一块精神高地上，守望着自己的理想，守望着那个甜美的梦，谱写着一曲平凡而卓越的乐章。

绿色田野　厚植耕耘

——记临河区农业技术推广中心主任、草原英才闫素珍

闫素珍，女，汉族，1964年9月生，1988年内蒙古农牧学院农学专业毕业后，分配到临河区农业技术推广中心工作。参加工作30多年来，她一直坚持工作在农业科研和推广第一线，探索和实践科技成果转化工作。她先后承担了320多项试验示范项目，获科技成果奖12项。

率先突破求发展

甜菜的产糖量是一项重要指标，直接影响农牧民种植收益。针对临河地区甜菜含糖率急剧下降的现状，1993—1995年3年期间，闫素珍作为主要研究和推广人员参加了甜菜丰产高糖技术推广项目，亲自主持了20项试验研究，获得了较大成果。该项目较项目推广前3年平均亩增产13.2%，含糖量提高了2.07度，新增产值8198.1万元，有效地解决了临河地区甜菜含糖率下降的问题，项目获全国农牧渔业丰收奖二等奖。她参与研究推广的甜菜新品种协作2号及增产增糖配套技术推广项目，获全国农牧渔业丰收奖一等奖。

1998年12月，闫素珍参加的中轻度盐碱地覆膜栽培玉米技术推广项目，通过试验研究，大幅度提高了盐碱地的利用率，增加了玉米产量，取得了巨大的经济效益，获全国农牧渔业丰收一等奖。

科学合理地使用除草剂，能够起到事半功倍的效果。如果使用不当，会造成药害甚至农作物减产或死亡。为了精稳杀得除草剂防除经济作物田间杂草及草甘膦防除农田芦苇应用推广这个项目，她亲自主持了30多项试验研究，制定出多种作物经济有效的防治杂草技术规程。这一技术

规程提高了劳动效率，降低了生产成本，有效解决了杂草对经济作物的危害，获纯经济效益 3000 万元，2001 年该项目获内蒙古自治区农牧业丰收一等奖。

针对 2000 年主要经济作物蜜瓜及籽瓜大面积发生病害，产量品质下降的状况，2001 年，她主持参与了瓜类病虫害综合治理项目，研究出了有效的预防和控制病害发生、发展的综合防治措施，平均防效达 89% 以上，当年获内蒙古自治区科技承包一等奖。

倾情钻研促增收

巴彦淖尔市是向日葵的主产区，向日葵已经成为农牧民增收致富的特色支柱产业。但随着向日葵种植规模的不断扩大，病虫害也日益加重。2007 年，针对巴市主要经济作物向日葵上葵螟大面积严重发生的状况，闫素珍积极参与向日葵螟综合防治技术研究与应用推广项目的试验研究，研究出了有效防控虫害发生与防治的综合措施，使这一主导产业得以健康可持续发展。期间，项目综合防治向日葵螟累计推广面积 236.6 万亩，新增纯收益 87941 万元。该项目于 2011 年获内蒙古自治区农牧业丰收一等奖。2013 年，向日葵螟绿色防控技术应用与推广项目获全国农牧渔业丰收一等奖。

2012—2014 年，闫素珍参与的向日葵黄萎病防治技术研究与综合防治技术推广项目，通过选用抗耐病品种、适期晚播，并结合生物防控，达到防病抗病、增加产量和改善品质等效果，3 年累计在临河区推广 14.28 万亩，新增纯收益 3029 万元。该项目于 2015 年获内蒙古自治区农牧业丰收一等奖。目前，黄萎病防控技术已在全区大面积推广应用。

高新技术提效益

建设现代高效农业离不开科技的支撑。2017年，巴彦淖尔市启动了484万亩改盐增草（饲）兴牧工程项目。闫素珍在临河区盐碱地改良综合示范园区内设置了改良盐碱地不同模式试验8项，与12家企业合作开展不同新型改良剂改良盐碱地试验13项。她在取土、土壤处理、改良效果监测及数据整理汇总各个环节都亲力亲为，率先垂范，为今后大面积实施盐碱地改良提供理论依据。截至2018年，临河区实施盐碱地改良面积20万亩，预计到2021年完成全部72万亩的改盐增草（饲）兴牧工程。

"庄稼一枝花，全靠肥当家。"为了切实提高测土配方施肥技术到农户、进田野，不断扩大推广面积和配方肥施用面积，2005年至今，闫素珍参加了农业部下达的测土配方施肥项目试验，任临河区技术领导小组成员，并亲自领导和参加测土配方施肥项目取土化验和技术试验示范工作。2008年8月，她在调试分析仪器时，仪器突然发生爆炸，造成右桡骨下段开放性粉碎性骨折，右桡侧伸腕肌腱部分断裂。她伤口尚未痊愈，就又投繁忙的工作中。

凭着对工作的高度责任心、对业务的进取心及坚韧的毅力，她高效率地完成了各项化验任务。截至2017年底，她共完成9500个土样、20个项目共132425项次测试任务，为农户发放配方施肥建议卡50万份，全区节约化肥用量12000吨，增加经济效益约2200万元。

成果转化增后劲

农业技术推广服务的对象是千家万户。闫素珍被选为全市星火科技12396农技推广专家后，经常利用12396科技信息服务热线、科技信息服务平台、远程视频服务等方式，解答农民提出的各种问题，将科技信息直接送到田间地头，实现了科技人员与农民的零距离沟通。她还注册了农技一点通和中国农技推广手机应用软件，与全国各地的专家及农民交流生产中存在的问题。每当有病虫害暴发时，她都会收到接连不断的电话，都是农牧民焦急问诊的电话。

闫素珍是一名分管业务的领导，工作繁忙，同时，她也是一个妻子、一位母亲，需要尽家庭的义务。而繁忙的工作任务一个接着一个，有时她一天都无休闲之时，更别说照顾家庭。她在农忙时节经常与科技人员牺牲节假日时间，为赶在农民清早出工前到达试验地，经常5点多就出发。为抢时间完成试验示范任务，她只得牺牲午休时间，高温中暑是常事。她紫外线过敏严重，下乡都是抹上药膏、戴着遮阳面罩，有时出汗后过敏部位针扎般疼痛，但她从未停止过工作。为了使农业新技术家喻户晓，她每年冬春都进村入社举行科技培训，夏季要到田间地头进行新技术的示范培训。同时，她利用报纸、电视、现场会为农民宣传病虫害防治知识，手把手教农民认识新型低毒低残留药剂，学习新农机、新药械的使用方法，为提高地方农业科技含量，促进农民增收、农业增效发挥了重要作用。

闫素珍同志具有扎实的农业科技理论功底和丰富的技术推广实践经验。她在工作上精益求精，在农科专业技术方面不断钻研业务理论、注重自身知识更新。在工作中她边学习、边实践、边总结，先后在国家及自治区级学术刊物上发表科研论文48篇。她还参与了《临河农业适用新技术》《临河主要农作物无公害栽培技术规程》《设施农业种植技术》《设施农业栽培技术手册》《绿色农产品生产技术》《蜜蜂授粉和绿色防控技术集成理论实践》等技术书籍的编著。

  一分耕耘，一分收获。由于吃在农户、干在田间，勤于学习、乐于奉献，她多次受到有关部门的表彰奖励，1995年被评为临河巾帼建功十大女标兵、全市农业科技推广先进工作者；1996年被评为临河"十佳女杰"；2004年被评为全市科技人员下乡开展科技服务先进个人；2007年和2015年被评为内蒙古自治区农业技术推广工作先进个人；2009年她被评为全市植保植检先进工作者；2010年获巴彦淖尔市中青年科技人才突出贡献奖；2015年获内蒙古自治区突出贡献专家奖；2018年被评为全市优秀科技工作者、内蒙古自治区最美农技员；2011年当选为内蒙古自治区第九次党代会代表；2014年被认定为巴彦淖尔市第二批中青年学术技术带头人；2015年被特聘为河套学院农学系客座教授；2016年当选为巴彦淖尔市第四次党代会代表；2017年9月荣获巴彦淖尔市"最美女性"荣誉称号；2018年4月入选内蒙古自治区第八批常规评审类"草原英才"。

农业保险先行先试的实践者

——记安华农业保险巴彦淖尔中心支公司总经理王晓梅

王晓梅,女,汉族,中共党员,1991年参加工作,从事金融保险工作20多年,成长为懂业务、善经营、会管理的高级管理人员。2007年,她加盟安华农业保险股份有限公司,现担任安华农业保险公司巴彦淖尔中心支公司总经理。她带领全体员工立足三农、多措并举、农商并进,短短几年时间,公司步入了持续、稳定、健康发展的轨道,并逐步成为巴彦淖尔市三农服务排头兵。2013年,她被安华农业保险股份有限公司授予优秀共产党员称号,2017年被评为内蒙古北疆最美行业女性。

守护美好,从保险开始

安华农业保险股份有限公司成立于2004年12月,是在国家重视三农发展、提出健全农业风险保障体系、探索建立政策性农业保险制度的大背景下,由中国保监会批准成立的综合性经营、专业化运作的全国性农业保险公司。

安华农业保险股份有限公司巴彦淖尔中心支公司成立于2007年,是一家商业化运作、综合性经营的全国性农业保险公司。公司以"安农安天下"为企业理念,以"根植农村、安身农业、贴近农民、服务三农"

为企业宗旨，以"忠诚服务、笃守信誉、回报社会"为服务宗旨。目前，经营的保险产品分为农村、涉农、城市三大部分 18 个类别。公司的经营范围包括：机动车辆保险、农业保险、财产损失保险、责任保险、法定责任保险、信用保险和保证保险、短期健康保险和意外伤害保险，还有其他涉及农村、农民的财产保险业务。

近年来，安华农业保险股份有限公司规模不断发展壮大，先后成立了乌拉特前旗支公司、乌拉特中旗支公司、五原县支公司、临河区支公司、开发区支公司、杭锦后旗支公司、乌拉特后旗支公司、磴口县支公司 8 家支公司，形成了覆盖全市的保险保障服务网络。在各级政府及社会各界的支持下，安华农业保险股份有限公司巴彦淖尔中心支公司业务蒸蒸日上，2018 年实现总保费收入 8974.89 万元。

王晓梅作为公司党支部书记、总经理，本着"立足三农、服务三农"的宗旨，带领团队在做好常规业务的同时，紧跟政策形势，注重地方特色产品保险需求，着力拓展产品险种，全力创新管理模式。从 2014 年开始，公司陆续开办了番茄保险、渔业保险等地方特色农畜产品保险，一举填补了内蒙古自治区内地方特色产品保险的空白，为巴彦淖尔市顺利推开农业多项险种积累了经验，受到了当地政府及相关单位的认可和好评。2015 年，安华农业保险巴彦淖尔中心支公司被当地政府评为金融支持三农三牧贡献奖，是全市唯一一家受此殊荣的保险公司。

精准高效，树业内标杆

农险工作承担的风险较大。随着养殖险业务的快速扩张，公司现有的农险查勘理赔队伍和管控模式已经很难满足业务发展及管理的需求。

为打造一流的保险团队，王晓梅提出了保险队伍建设向"专、精、特、新"方向迈进的目标，持续推进团队员工对保险理论知识、勘探定损、理赔条款、核损核赔实施细则熟知熟会，提升专业素质技能。同时，她不断强化流程管控，做好团队管理、理赔高效以及优质服务，确保特色业务实现精细化、专业化管理。

为了增强农民保险意识，提高公司的社会认知度，公司加大了宣传方面的投入，积极为农业保险营造声势，借助媒体报道、走村入户提高知名度；以服务促宣传，积极调整商业险种结构，时刻树立效益意识；公司坚决控制费用和赔付两个关键点，严格落实预警机制，通过积极、高效、准确的理赔服务赢得农民的口碑。

面对农业保险工作点多、面广、量大等特点，她作为公司的一把手，带领员工积极推进农业保险承保理赔到户，探索完善以市、县、乡、村四级服务网络为支撑的农业保险基层服务体系，严格规范执行农业保险承保收费、赔款支付等流程要求，确保承保、理赔两到户。公司将服务触角延伸至涉农一线，促进农业保险依法合规经营，确保将党和政府的强农惠农政策落实到位。

延伸触角，开发阳光险种

作为专业化的农业保险公司，在做好常规农业保险的同时，公司十分注重创新产品的开发。为了促进地方特色水产品产业发展，为广大水产养殖户提供风险保障，公司根据磴口县业务发展和当地实际需要，及时与磴口县政府联系沟通，达成开办渔业保险业务意向。2016年，磴口县成功开办了内蒙古自治区第一单地方政策补贴性渔业保险，两年陆续为40户渔业大户提供了746.14万元的风险保障，极大地解决了被保险人灾后恢复生产的难题，为支持地方经济、保障当地渔业产业健康发展打下了良好的基础。

2017年，根据农业部继续开展金融支农服务创新试点的部署要求，为了加快推动财政支农体制机制创新和农村金融服务模式创新，有效发挥财政撬动金融和社会资本的杠杆作用，内蒙古自治区农牧业厅经过考察、项目筛选，向农业部项目申报、答辩，最终确定在巴彦淖尔市五原县开展葵花籽收入保险创新试点工作。该项试点工作由安华农业保险公司承办。经过内蒙古农牧业厅、当地农牧业部门和安华农业保险公司的共同努力，项目试点工作取得了成功。经过两年试点实施，葵花收入保险共计承保73335.6亩，实现保费1100万元，为1103户农户提供了9166.95万元的风险保障。

葵花是巴彦淖尔市农民的主要种植作物和经济来源。通过开展收入保险为农户提供的风险保障，能弥补常规种植业保险只保自然灾害的不足，保持葵花种植农户收入稳定，提高种植户规模经营主体葵花种植的积极性，促进葵花种植产业的良性发展。葵花险种的成功开办填补了安华保险公司内蒙古地区收入保险的空白，为其他创新险种的开办提供了宝贵经验。

党的十九大报告指出农业、农村、农民问题是关系国计民生的根本性问题，并提出了乡村振兴战略、区域协调发展战略、建设美丽中国等重大战略。而作为专业安华农险公司的领头人，王晓梅以更加积极的心态，更加敢于担当的勇气，不断发展与转型，坚持不断创新，带领公司员工努力创造新的业绩，为实现地区领先的涉农综合保险服务做出新的更大贡献！

用仁心点亮精神疾病患者心灵之灯

——记巴彦淖尔市精神卫生中心主任赵桂花

赵桂花，女，汉族。1993年包头医学院毕业后在巴市中医院参加工作，先后担任精神科主任、精神卫生中心主任。她从事精神科临床工作20多年，时刻以共产党员的标准严格要求自己，用实际行动践行全心全意为人民服务和"患者的利益高于一切"的信念，为巴彦淖尔市精神卫生防治工作做出了重大贡献，先后获得了自治区级、市级的多项奖励。

勇挑重担，托起精神卫生事业一片蓝天

精神科是巴彦淖尔市中医院1988成立的一个小科室，93年开始患者减少业务量下降，为支持医院建设的需要几经搬迁，2003年精神科病区搬迁到了40年前建筑的矮小破旧，阴暗潮湿的小平房内。这些房屋由于年久失修，管道老化陈旧，冬日阴冷无比；屋内有通往供应室的高温高压消毒管道，夏日消毒时闷热难耐；经常有老鼠、蟑螂出没，与病区相距不足10米就是太平间。当时的巴彦淖尔市中医院是巴彦淖尔市交通肇事联动医院，全市所有因车祸死亡的患者都停放在那里。病区人员半夜常被撕心裂肺的哭喊声吵醒，早晨起来周边摆放的"花圈"把窗户和门挡得严严实实。

面对艰苦恶劣的环境，原本就不多的患者更是所剩无几，医务人员都想方设法调离，最终仅剩3名医生（包括赵桂花）、3名护士，工作人员挣不到工资，科室濒临倒闭，医院也准备放弃该科室。当时医院妇产科想调赵桂花去工作，从事精神科工作10年的她清楚地知道：国内精神

卫生医疗资源本身严重不足，巴彦淖尔市更是如此，好多精神病患者因为得不到正确的治疗而都流浪街头或被用铁链锁在家中，甚至造成伤人毁物等事件。如果自己放弃了，从此就可能少了一个为精神病患者服务的场所。虽然当时家人、同学都坚决反对她继续在精神科工作，但是经过一番艰难的抉择，她力排众议，临危受命，毅然挑起了重振精神科的重担。

为了尽快改善科室环境，作为科室主任，她身先士卒，率先取消了原有的向主任护士长倾斜的效益工资，一视同仁，调动大家的积极性，要求大家以良好的服务态度、精湛的医疗技术、人性化的关怀，努力争取市场份额。赵桂花开始经常组织业务学习、短期外出进修培训，不断提高科室人员的综合素质。她想方设法改善病区环境。不懈努力下，濒临倒闭的精神科终于起死回生，蓬勃发展，逐渐成为医院的重点科室和特色专科。

2013年至2015年为满足科室发展的需要，精神科划分了精神一科、精神二科和精神三科3个病区。经过多年发展，现在已成为巴彦淖尔精神卫生中心，拥有床位170张，工作人员63人，日均在院患者150余人，业务量为全院第一，科室取得了良好的社会效益和经济效益，许多丧失了劳动力的患者重返工作岗位，许多濒临破裂的家庭有了欢笑。科室多次被评为精神文明科室、青年文明号、先进科室。目前巴彦淖尔市中医医院以精神卫生中心为依托承担着巴彦淖尔市严重精神障碍管理治疗项目工作，为我市平安稳定做出了巨大贡献。2007年，赵桂花协助巴彦淖尔市医院创建了精神科，填补了该医院的一项空白。

2012年在赵桂花带领下神志病科（精神科）成功申报为国家中医药

管理局"十二五"重点专科，2015年成功申报为内蒙古自治区优势重点专科，2017年成功申报为内蒙古自治区领先重点学科。赵桂花为巴彦淖尔市精神卫生事业做出了积极贡献。

矢志不渝，引领着精神科永攀高峰

由于精神病患者是特殊的群体，有许多患者不配合治疗，遇到拒食拒药的病人，有时需要亲自喂饭喂药；面对失去理智、狂躁伤人的病人，她就为患者进行保护性约束和治疗。做为精神科医师，20多年来，赵桂花承受着世俗的偏见，忍受着其他科医师想象不到的委屈。有一次，一位患者病情复发，烦躁不安，冲动易怒、拒绝就医。无奈的家人央求邻居把病人骗到医院，但患者刚进医院大门就狂喊乱叫。家属想尽办法也未能将患者带入门诊大厅。患者母亲只好跑到科内找赵桂花。看到家属焦灼的目光，她带领三名医护人员迅速赶到院内，和颜悦色试着和患者沟通，劝其接受治疗。但由于患者幻觉妄想严重，多次尝试未果。征得家属同意后，准备强行将患者抬上平车，送入病房治疗。可就在抬起患者还未放置在平车上时，患者挣扎扭动，指甲狠狠地抠入赵医生的前臂内。鲜血很快流了出来，但她没有松手，直至将患者安全送入病房后给予治疗后，她才去处理自己的伤口。患者痊愈后向赵桂花这样道歉："抓你抓的那么狠，你为什么不放手，把自己胳膊弄成这样？"她拍拍病人的肩膀笑着说："我如果放手你就会重重摔在地上，我这点伤没事。"至今她的前臂还有3道疤痕。

赵桂花总是把患者的安危放在第一位，不论是严寒酷暑还是刮风下雨，只要是病人需要，随叫随到、从不计报酬。她本人在巴市地区和周边省市享有盛誉，所以慕名而来的患者很多，门诊量在全院名列前茅。为了不让就医患者等待太久，赵桂花平时出门诊基本不喝水，主要是考虑到因为喝水后上卫生间浪费时间。她患有腰椎间盘突出症和髋关节疾病，明知不宜久坐，可是她一坐就是半天，讲话讲得口干舌燥，还帮助协调相关科室统筹安排时间，争取让远道而来的患者当天可以赶回去。她真正做到了急患者所急，想患者所想。

精神疾病患者是弱势群体，因病致贫者很多。遇到无钱买药、吃饭的患者，赵桂花经常自己花钱为病人垫付医药费、买饭买药买生活用品。2010年，有位抑郁症患者因病情反复发作，曾经服灭鼠药企图自杀。后经人介绍找赵医生看病，经过赵医生的精心诊治患者病愈出院。但是，后因无钱买药导致病情复发。复诊时患者哭诉其家庭面临破裂。赵桂花毫不犹豫掏钱为患者买药并鼓励其坚持服药。在她的鼓励下，患者逐步能间断性地外出打工，家庭也恢复了和谐。赵桂花得知患者年轻时学过裁缝，便鼓励患者开了一家小裁缝店，生活开始稳定，患者自信也逐步恢复。2016年患者病情再次复发住院治疗，当赵桂花了解到患者因裁缝店关门歇业还要负担500元的房租导致其不能安心治疗，她拿出500元钱资助患者嘱其安心治疗，以免前功尽弃。这样的事例不胜枚举。

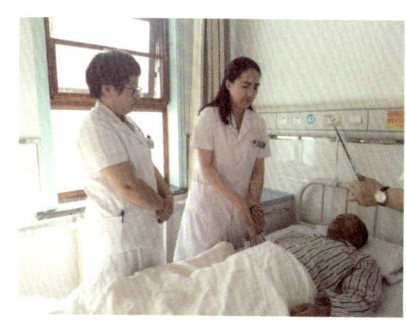

多年来，赵桂花治愈的患者遍及巴市及周边省市。经常收到患者的感谢信和锦旗，称她为"华佗再世"。作为巴彦淖尔严重精神障碍技术诊断专家组和应急医疗处置组组长，赵桂花不怕脏、累、苦、险，坚持战斗在精神卫生临床工作一线。

赵桂花在临床医疗技术、预防保健等方面造诣很深。为了让贫困的严重精神障碍患者早日享受到国家的惠残政策，2018年她带领评残专家亲自上门入户进行残疾评定。中心积极参与精神科应急医疗处置，她在应对严重精神障碍患者突发情况和急危重症方面做出了特殊贡献。

勇于创新，临床科研相互促进

多年来，赵桂花凭着丰富的临床经验和踏实的工作作风和敢于创新的理念，将学术理论与临床工作相结合，成功救治了大批重病患者。她总结出了心理治疗与药物治疗相结合、发作期强化治疗和缓解期维持治疗并重的系统治疗方案，大大提高了精神疾病的治愈率，降低了致残率，获得了业内同行和患者及其家属的一致好评。在她的领导下精神卫生中心在巴市地区独家开展无抽搐电休克治疗，为患者提高疗效提供了方便；她主持和参与"氢溴酸西酞普兰联合柴胡疏肝散治疗抑郁症临床疗效观察"课题研究，获巴彦淖尔市科技创新奖励。2010年，她撰写的《精神分裂症的社区防治及康复》论文获得巴彦淖尔市自然科学论文奖。2017年，她撰写的论文《柴胡疏肝散联合盐酸帕罗西汀治疗抑郁症的临床研究及其与脑神经递质的关系》被中国民族医药学会评为学术年会优秀论文一等奖。2017年，她参编了《新编神经系统与精神病学》，任副主编。

鉴于她在学术上取得的非凡成就，赵桂花先后任中国民族医药学会神志病分会常务理事、内蒙古自治区精神病学质量控制中心专家、内蒙古自治区精神科医师分会副主任委员、北方精神医学论坛委员、内蒙古医院协会精神病医院管理分会常务委员、内蒙古自治区医学会精神病学分会康复学组副组长等职务。

2011年开始，全国各地相继开办了为阿片类物质成瘾者提供替代治疗的美沙酮门诊，这对控制艾滋病的传播有积极作用。这项技术在巴彦淖尔市尚属空白。由于是为吸毒患者免费替代治疗，且这些患者大多合并乙肝、丙肝、梅毒、艾滋病等问题，许多人都避之不及。赵桂花克服重重困难，创建了巴市首家美沙酮门诊，主持并亲自开展日常医护工作。2012年，她所在单位被评为禁毒成绩突出单位，受到市政府的表彰奖励。

与时俱进，创建优秀高效团队

作为精神科主任，赵桂花明白：要想更好地为更多的患者提供更广泛的服务，只有发展团队的力量才能完成。所以，她非常重视团队建设工作。她常说："团队的领导就是领着大家干，导着大家走。只有身先士卒的领导才能具有强有力的领导力；光是说得好而不去做的人，或者自己做不到而苛求别人去做到都是行不通的；身教重于言教，尤其在临床工作中，率先垂范效果最好。"

她不光这样说，也是这样做的。她深知制度规范、纪律严明、分工合理固然是优秀团队的构成要素，但如果没有凝聚力，即便人走到了一起，心也未必在一起。作为团队的带头人，赵桂花处处为大家着想，把团队成员个人的利益与团队的利益联系起来,面临困难时身先士卒,在危险面前从不退缩、推诿责任。遇到病人或家属谩骂医护人员时,作为科主任她首先站出来保护大家、冷静解决问题。

多年来,除夕夜她也曾在工作岗位上度过,很多的节假日她都不能和家人团聚,科内医生家里有事她主动替班。她注重团队成员的个人成长,经常组织大家学习,制定职业规划。正因为她具有远见卓识、大局观念和奉献精神,才打造了精神卫生中心优秀的团队,为患者提供了优质的服务,出色地完成了各项任务,也多次得到院领导的表扬和患者的交口称赞。

20多年来,她与家人聚少离多,就连自己的父亲临终前作为医生的她都未能侍奉在床前。自己的母亲在本院体检、住院都是家里人在陪护。她很少陪孩子吃饭,更别说做饭了。有时当她回家吃饭时,家人早已饭后休息了。她有时候忙得顾不上吃饭,就面包充饥。

屡获荣誉,戒骄戒躁砥砺前行

赵桂花从医以来,多次荣获上级荣誉:2011年、2013年,她两次被推荐为内蒙古自治区"我最喜爱的健康卫士"候选人;2014年,她被认定为巴市中青年学术技术带头人;2015年,她获得巴彦淖尔市中青年科技人才突出贡献奖;同年,她被评为内蒙古自治区窗口单位"文明服务标兵";2016年,她被授予巴彦淖尔市劳动模范;2017年,在"感动巴彦淖尔·致敬健康卫士"评选活动荣获"健康卫士"荣誉称号;同年,被妇联授予巴彦淖尔市"最美女性";2018年,她被授予内蒙古自治区"人民好医师",被巴彦淖尔市委组织部评为第二批"河套英才"。

这些荣誉都是对赵桂花树奋斗历程的记录。脚下的路还很长,未来她将继续实践"三个一切",即"一切为了病人、为了病人一切、为了一切病人",不忘医者初心,牢记健康使命,继续为巴彦淖尔市精神卫生事业的发展呕心沥血,争做新时代人民群众喜爱的健康卫士。

勇当抗灾抢险的急先锋

——记乌拉特中旗呼勒斯太苏木党委副书记、苏木达玛拉沁夫抗旱防汛先进事迹

2018年,对呼勒斯太苏木来说是不平凡的一年,对呼勒斯太苏木党委副书记、苏木达玛拉沁夫同志更是终生难忘的一年。这一年,呼勒斯太苏木这个半农半牧的地方,相继发生了30多年不遇的旱灾、洪灾。在抗旱保畜、防洪救灾的战斗中,年过半百的玛拉沁夫同志心系群众、不畏艰险、冲锋在前,表现出了一名共产党员奋勇当先、无私无畏的精神,更用行动践行了共产党员立党为公、执政为民的铮铮誓言。

情系牧区,群众困难挂心间

呼勒斯太苏木位于乌拉特中旗西南部,南临五原、杭后和临河,西接乌拉特后旗,是一个农牧结合的偏远苏木。苏木现有2318户4971人,牲畜15.42万头,草场289万亩,耕地3.01万亩;辖区有4座水库,沿山有大小山洪沟口60余条,有重点防御沟口11条。

2018年初,呼勒斯太苏木没有发生有效降水,牧区289万亩草场未按时返青,9个牧业嘎查近686户牧户受灾,14万牲畜面临无草可食的困境。牧区饲草料紧缺,饮水困难,牲畜膘情差,出栏困难,牧民的生活陷入困境之中。

灾情时刻牵动着党员干部的心。玛拉沁夫作为政府苏木达,看在眼里、急在心里。在基层工作多年,他深知牧民群众的辛酸和无奈。为了应对群众的困境、解决群众的实际困难,他与班子成员积极行动,采取了多项措施全力做好抗灾保畜工作。

按照旗委和政府的工作要求，玛拉沁夫与班子成员第一时间深入基层指导抗旱救灾工作，带头进村入户了解牧户受灾、牲畜存栏、饲草料贮备及基本生活情况，核实饲草料缺口，做到畜清、户清、草料清、方案清。他积极引导组织农牧民群众全力开展生产自救，大力宣传推广"长草短喂、短草槽喂"等科学饲喂和草料加工技术，提高饲草料利用率，努力降低牲畜饲喂成本。

利用半农半牧的固有优势，他动员牧民倒场到农区。他组织嘎查领导和干部主动到农区入户，动员农民群众发挥团结互助的精神，通过开展思想工作，全苏木农区共接纳牧户倒场189户、4.5万只牲畜。

在旱灾面前，饲养牲畜犹如鸡肋，"食之无味、弃之有肉"。面对牧民群众恋恋不舍的心情，他带头入户开展新一轮的思想动员工作，动员牧户加大出栏力度，鼓励牧户保留能繁母畜和优质种畜，淘汰老弱病畜，减轻饲草料储备压力。在组织生产自救的同时，他积极争取旗委和政府的援助，组织各单位、党员干部、农民群众、企业和社会各界开展募捐，共筹集、购买救灾饲草料959吨，全部及时精准地发放到牧民手中，抗旱保畜工作取得了全面胜利。

抗洪抢险，群众安全放首位

进入7月份后，旱涝急转，强对流天气和强降雨时有发生，9月2日前苏木出现3次强降雨天气。降雨引发了30年不遇的特大山洪。辖区内4座水库全部溢洪，洪灾共造成460户1449人不同程度受灾。他紧急转移分散安置379人次。洪灾造成农田、道路、水利、电力设施损毁严重，受灾农作物751.4公顷，死亡牲畜50只，损坏住房11户，水毁机井14眼，冲毁X717公路0.3千米、水泥路2.56千米、砂石路约400千米，损毁防洪坝1212米，直接经济损失约859.74万元。

其实，2018年入汛以来，玛拉沁夫同志就与班子成员提前行动，面对强降雨等天气及时启动防洪防汛应急预案，严格防范，排查预警，靠前指挥，全力做好防汛工作。

气象预报就是命令。为了持续有效地做好抢险准备工作，玛拉沁夫精心参与制定了应急预案等一系列措施，带头协调公安、交警、卫生等部门做好后勤保障、医疗救援、通讯保障、应急抢险等工作。苏木明确任务分工，落实属地管理责任，责任落实到人。他及时召开调度会，精心部署预防抢险工作，要求实行24小时领导值班制度和重大信息通报制度，保证险情发现得早、处置得及时、群众安置妥当。

安全隐患排查不松懈。身为领导干部，入汛后他身先士卒，始终走在抗洪救灾第一线，发挥着共产党员的先锋模范作用，让群众在灾难面前感受到了党的温暖。他在汛前亲自对全苏木60余条山洪沟口和重点防御部位进行安全隐患逐一排查，并要求苏木干部降雨不过、排查不止。苏木对排查发现的危旧房屋、渗水沙堤、道路缺口等及时进行加固，对河道内的堵水杂物进行了全面清除。他要求对各嘎查危旧住房重点防范，坚决撤离住户，确保无人员伤亡。对于沿路泄洪危险路道，分段封堵，严防过往车辆发生事故。

抢险队伍随时待命，党组织的力量是夺取抗洪救灾全面胜利的根本保证。玛拉沁夫牵头，抽调党员干部成立30人的抢险分队进行演练，确保防汛期间能发挥主力作用。同时，他在各嘎查组织青壮年成立了15支，共计450余人的抢险应急分队。

为了确保群众生命财产安全，保证防汛物资充足，苏木通过紧急采购、企业参与和组织村民筹备等多种形式，协调企业调度装载机24台、挖掘机1台，紧急采购储备编织袋3000条，砂土石方5000立方，铁丝100余千克。各嘎查组织村民筹备了雨衣、雨鞋、手电筒、铁锹和防洪木桩等物资。

7月24日凌晨5时，由于上游水库溢洪，洪水迅速灌入韩乌拉嘎查南营子，严重威胁到村民的安全。紧急时刻，达玛拉沁夫与苏木、嘎查干部冒着雨、蹚着水，挨家挨户动员群众转移。部分群众恋家，不愿意转移，他耐心细致地做群众的思想工作。做不通的就采取"强制"性措施，想尽一切可能的办法将其及时转移。他对干部们说："宁愿得罪人，也不能让群众的生命财产受到损失。他们这个时候不理解，事后会理解的。"最终，他们将35名受灾群众及时转移到了安置点，苏木为受灾群众提供了食品、饮用水、棉被等生活物品。

灾后重建，干群关系紧相连

大雨停歇，山洪还未退去。虽然威胁已经解除，但达玛拉沁夫仍然未有片刻休息。他一方面及时组织苏木、嘎查干部分片巡查，并对发现的险情及时处置。希博图嘎查兵房沟防洪坝在第一次山洪中被冲毁，严重威胁到嘎查党群活动中心的安全。他立即赶赴现场察看实际情况，果断决策，组织干部群众用沙袋筑起防洪坝，在第二次山洪中避免了险情发生。另一方面，他与班子成员马不停蹄地前往各重点地段巡查，到受灾嘎查看望、安抚群众，每到一处、每到一户，都深入了解核查受灾情况，并及时准确上报相关信息。

洪灾过后，满目疮痍。面对自然灾害，部分干部群众有点儿心灰意冷、意志消沉。玛拉沁夫作为党的领导干部，及时为干部群众鼓舞士气，带领干部群众克服困难，不等不靠，迅速开展生产自救，迅速开始重建家园。他要求嘎查干部对倒塌、受损房屋先行修缮重建，保障群众的住房安全，妥善解决群众的基本生活困难。

  为了鼓励群众重建家园的信心，他每到受灾地点，就主动带领群众清理沟渠，疏通水道，清淤除障，迅速恢复生产生活秩序。他始终认为：发动群众、依靠群众开展灾后重建是工作的最大动力和有力举措。为帮助受灾群众度过难关，他带头捐款，并发动广大干部群众开展募捐活动。

  玛拉沁夫是一名基层的党员干部，在灾情发生时能身先士卒、义无反顾地投入抗灾一线，用实际行动诠释对人民群众的无限情怀，践行着新时期共产党员的责任与担当，是当之无愧的抗洪先锋、党员楷模。

盐碱滩上的探路者

——记巴彦淖尔市乌拉特前旗先锋镇公庙村主任石二小

"最终我们要走的路还很漫长,只有勇敢往前闯,利用优势为当地农户调整大农业种植业结构做个小小的探路者。"巴彦淖尔市乌拉特前旗先锋镇公庙村主任石二小很谦虚地说。

他身材魁梧,即便放松坐着也英武有加,炯炯有神的双眼更是英气过人,让人隐约感到他不是一个普通人。一盘暖炕,一席饭食,一身布衣,他从不要求更多。他生平仗义,意气厚道,豪气不减,具有广博的心胸。多年的韬光养晦,让他养成了与人无争的本分性格。

公庙村地少,又全是旱地,浇水就成为农民的头等大事。那时,浇灌农田的水本来就少,又没有人管理,上游的村子谁想放水都能放,到了公庙村就没水了。许多人全靠河滩地生活,如果河滩地干旱或被水淹,村里人就都没法活下去了。不少人家一年四季起早贪黑,到头来颗粒无收。因为缺水,葵花打下了成色不好,没人收购。部分农民出于种植经营需要贷点儿款,年底连利息也还不上。全村男女老少靠天吃饭,吃不饱、没钱花。

蓿荄滩在黄河的河湾上。中华人民共和国成立之初修建黄河防洪大堤时,由于河道取了直线,坝外流下了蓿荄滩大片大片的土地,变成了河滩地。多年来坝里的各村各户广种薄收,只因无人开发整理,十之八九成了荒滩。

2000年,国家开始实施土地整理,鼓励个人开发承包。当时政策是荒地50年、林地70年。2002年,石二小承包了村北边300亩村民弃耕的荒地。开始了一个人挣扎的历程。短短几年时间,经过开发整理发展成500亩。问起他承包荒地的原因，熟悉他的人说："他关键是心态好、责任心强，能排除万难向前走。" 他自己却这样解释："除了已经成家生活所逼，主要还是想担当责任，为村里、为家庭做点儿事。父亲是老党员，性格倔，年轻时自己四处奔波，没有给亲人们长脸。"石二小的父亲是一名老党员，是骑五师的骑兵，参加过抗美援朝，复员回到村里任村主任。老人做事讲原则，从不浪费村集体一分钱。"收场面里堆着的粮食，看场是他拿的粮印子，却不让我去动一粒粮。父亲以身作则，对我影响很大。"石二小说。是啊，生活太过悲苦，人通常会变得沉重，他对生活有着不一般的理解，他生活态度的形成是多年贫困和饥饿的生存环境造成的。

承包这块地之前，石二小曾经在铁路上包工揽些零活做，虽然没有攒下几个钱，但是他一直有颗不安贫穷的心。没有装载机，他带上妻子、孩子开始施工，妻子成了主要劳动力，从此全家人全身心投入农业开发事业。少年时期的贫困和饥饿，是他们奋起的动力。妻子精明强干，她的爷爷是原大青山游击司令齐峻峰的警卫员，她也秉承了家族的秉直和刚毅。

当时，这块土地当地人叫河套子，高低不平，深浅不一，当地驻军在这里养过虾。凭着对人生有着非同一般的理解，石二小开始了一个人挣扎的旅程。开荒，整理土地，雇挖土机每小时就50元。信用社不好贷款，他跟小卖部赊。有一次，他想去信用社贷500元周转，因为没有抵押担保，信用社拒绝给他贷款，他只有依靠同样在困境中的朋友们帮助一点点解决，先想办法付油款，再支付司机工资、车辆等费用。他妻子说："当时，一袋白面46元钱。推土机干上一小时就是全家一个月的口粮啊。"他们养了几只羊，仅能给3个娃供点儿学费，没有别的来钱处，欠的外债还很多。妻子和他共患难，回娘家借钱，给了他极大的鼓舞和支持。欠的外债多时，他整夜睡不着，长夜和妻子说这些。如果生活太过悲苦，人的思维通常会觉得沉重，一个简单的问题也难以用简单的心境去面对。妻子说："睡哇，愁也还不了，你继续干，干成功了咱们就能还清了，干不成咱们就完蛋啦。""妻子没有抛弃我，现在跟我捆绑在一起了。当时无所依靠，只有自己开辟荆棘，没有见识和毅力是不行的。干事业好像是骑在虎背上，下不来的。我是被逼出来的。"他说。

石二小说："当年链轨车平整耕地的那些司机是很能吃苦很能干的，他们长年在外，很多时候在野外驻扎施工。在野外生活很坚苦，吃饭很多时候吃挂面。吃水在附近水洼里取，雨天柴禾湿得烧不着，用喷灯烧饭倒进焖面锅里的面一半熟了再烤另一半。煮挂面锅里的水一半开了，另一半的水沸腾不起来，还得专门有一个人转锅才能煮面。伙食给他们解决到最好，多改膳的吃肉。他们是高铁强、李二云、李三云、高庆林、高福林、侯支开等。至今，我们非常感谢他们。我们是互相帮助的好朋友。"

多年的辛苦付出，终于有了丰厚的回报。现在，石二小在村前承包了1200多亩地，加上村北的500亩及路渠占地，总共约2000亩。村南荒地最早村里承包给当地一户人家搞养殖，一直没有经营起来。后来村里又把它偷偷卖给了外地人，也一直半耕半弃。石二小看中了这块地，与一位朋友各出资约20万又承包回来。正想大干一场时，朋友觉得效益不明显想撤资，并提出了一些损失赔偿。石二小一咬牙，东拼西凑给人家约40万元。这块地他自己投入近60万元。这些承包地都是经过街坊签字，村委会盖章，再通过乡政府会议定的，多年来没有发生过纠纷。

石二小遇上事不睡觉，总是在想办法。农业土地投资大，风险小。北边地势高，不能靠地下水，需要有提水站，农网改造主要是政府，提水这块投入先后得50万元,每口井3万多元。他2017年就投了3台,现在还计划上滴管。 年年需要平整土地,人员工资、水电泵修理都得他自己投入。这些承包地年年进行整理,大块农田改造时,村民不让自家的好地,石二小只有出让自己的土地,先后把200多亩好地让给人家白种。他说:"我父亲留给我的地基本让完了。"给村里修路时他让了地,还把自家的土房让了出来修成路,目的就是让邻居出行方便。值得一提的是,十几年来承包土地的农户每亩用水一年他的让利达100多元,近2000亩让利40元让了10年,不让没人干。现在,这些地主渠路有7千米左右,支渠等有15千米长。

他当村主任满10年了,村民说他本质不坏。他是公开换届选举时选上的。他在表态时说:"我带了这顶帽子,做事就要公道。"公庙村有精准扶贫户65户,已精准脱贫。现在,村委会由旗水务局、国土资源局帮扶,正在申请项目搞土地滴灌工程。今年还要进行自来水改造,惠及200户左右村民。环境卫生方面公届村也走在了前列。

公届村委会边埃锁书记给了他最大的支持:"石二小是个粗人,但粗中有细,村里的矛盾离开他不好解决。他有威信,群众信任,有很多纠纷只有他才能解决。他还很有耐心,经过多次劝解终能成功解决。""我们的进步离不开边书记,他是我任村主任的引路人。村委会班子各司其职,各尽其能,履职尽责,目的是为群众办好每一件事。"石二小说,"西菜园村刘平是一个热爱集体的村干部,让年轻人把担子挑起来,村集体经济才能随时代而发展。"

村委会旁边有空军部队,村里八一驻军慰问年年搞。10年来,村里先后有20多户贫困人缴不起医保,他积极协调有关部门。村里有个贫困户供不起孩子上大学，他跑旗里、信用社和当地五一食品厂筹资，硬是供其念完了大学。

近年来，当地大部分农户都大量种植玉米，国家取消保护价后，玉米市场价格降了许多，许多农民种植结构急需转型。他说："响应国家的政策，坚持走流转的路子符合农村建设的实际，我们要顺着国家的政策走。"

2018年，石二小试种了150亩水稻，机器、秧苗都是租赁当地种植大户王四的。每亩水稻纯收入达到了1300元，150亩水稻相当于450亩小麦大田的收入。他说："盐碱地种上水稻的好处：一是可以降低地下水2米左右，能改良盐碱地；二是增收；三是农户积极性高。"石二晓仔细算了一笔账："我发现自己的土地经过多年平整，土地夯实，种水稻不容易出现松榻现象。种水稻按1000斤产量，800斤净刨，3~4元每斤计算，效益非常高。况且产品基本无公害，又不用外地赊销。"2019年他计划种植水稻500亩。本村人赵某原来在105地质队承包玉米地，种了200亩，当年市场价格是0.82元，全年只能挣6万元，2018年，承包了300亩种植水稻。

石二小说："今后我计划大部分改种水稻，干几年把中低产田就改造回来了。"村子北边他有160亩成林地，多年来为当地政府部门提供种苗，说起来至少有100万棵树苗卖出去了。

去年，石二小办了个家族农牧场经营证。下一步他还有个打算，在养殖上用心下一番功夫，搞良种繁育和绿色养殖。他实在太累了，他的谋划用尽了他太多的心血，他的人格活了。

石二小说："中国要富，农民必须富起来，这是时代的召唤。我们是新时代的草原儿女，我们是政策的探路者，失败了就总结经验，成功了就推广经验。继续把盐碱地改造成高产的拿粮田，加快发展多种经营步伐，就会得到周边群众的认可。"是啊，顺着国家政策走下去，是乡村振兴必由之路。

祝愿他在当地农业种植结构调整的大文章上，再续写新的篇章。

小山村飞出"金凤凰"

——记内蒙古蒙驼王服饰有限公司经理张粉云

她是一名普普通通的农民,却处处彰显着一名优秀共产党员的优秀品质;她是一个企业家,却时时承担和践行着为政府分忧、为百姓解难的社会责任。她就是化德县蒙驼王服饰有限公司总经理张粉云。

小山村里的追梦人

张粉云,女,汉族,出生于化德县长顺镇德义村,高中文化程度,中共党员。在艰苦的岁月中出生成长起来的她,从小就养成了特别能吃苦、特别有韧性、特别能坚守的刚毅性格。

1981年,张粉云高中毕业,看到家里连饭都吃不饱的现状和父母愁苦的脸庞,眼看着即将步入大学和当年没考上大学继续复读的同学们,内心十分痛苦的她无奈地做出了决定,放弃学业,不再复读,回家务农,帮助辛劳大半生的父母撑起这个家。繁重辛劳的体力劳动并没有使她放弃心中的梦想,她凭着踏实、吃苦、肯干,有文化、性格好,成为村里乡亲们眼中的好青年、好榜样。

1985年,在全村乡亲们的一致推选下,张粉云担任了德义村妇联主任。在别人眼里,妇联主任职位不高,责任却不小,张粉云则立志要在这个小职位上做出一番大事业。当时,农村人多子多福的落后思想,致使超生重罚现象成为村里多年来难以根除的顽疾。目睹这一现状,从上任那天起,她主动学习掌握党在农村的路线、方针、政策,利用农闲时节组织村里的姐妹们在村民中宣传计划生育政策法规,教育大家摒弃传统的生育观念，让姐妹们认识到女人不是生育的机器，而应该努力学习科学文化知识，成为新时代的劳动者、美好生活的创造者。为了发挥带头作用，张粉云自己生育了两个女儿后，主动做了绝育手术。她的善良正直和坦荡无私深深感染着村里的年轻人。很快，她成为村里姐妹们公认的贴心人，全村男女老少在农闲里都愿意聚集在她周围，与她拉家常，共同探讨女人该如何实现自己的人生价值，如何走上发家致富的路子。当年底，德义村成为全乡计划生育工作先进村，张粉云被县委、县政府评为全县计划生育先进工作者。

1994年夏天，张粉云经同学介绍了解到做针织刺绣很赚钱的信息后，第一次走出自己的小山村，到县城认真学习了2个月针织刺绣。心灵手巧的她很快掌握了核心技术，回村后带领村里的姐妹们开始创业。经过1个多月的学习培训，村里的妇女们很快掌握了工艺技术和生产流程，收入翻了一番，生活水平有了很大的改善。

服装业界的女强人

收获了人生"第一桶金"的张粉云，更加坚定了自主创业、发家致富的信心。1998年底，在家人的大力支持下，张粉云到县城一家服装厂开始学习服装加工。此后，她多方筹集资金创办了一家服装加工的小作坊，从村里带来25名村民开始了艰难的创业。之后，敢想敢干的"铁姑娘"不顾家人的竭力反对，在化德县率先创办了特步衣之纯及中老年服装等3个品牌服装专卖店。

张粉云常说："没有做不成的事，只有做不成的人。"在她创业的

关键期，命运偏偏和她开了个玩笑。由于饱受劳累，加上长期休息不足，她的身体出了问题，由北京肿瘤医院确诊为乳腺癌。2005年1月，瞒着年迈的父母和年幼的孩子，她在北京肿瘤医院做了乳腺癌摘除手术。手术后，她坚强乐观，在与病魔做斗争的同时，还惦记着村里的姐妹们如何早日摆脱贫困。休养不到半年，她又筹划创办了化德县长顺镇大井沟砖厂。砖厂里的工人都是村里生活困难村民。经过她的精心管理、苦心经营，大井沟砖厂成为全县建筑行业的优秀企业，也解决了乡亲们进城务工的困境，加快了村民增收致富的步伐。

2013年，为了更好地响应国家发展清洁、绿色、无污染中小企业的政策，在县委、县政府的高度重视和大力支持下，凭着服装小作坊的基础、员工熟练技术和成熟的管理经验，张粉云大胆投资1000多万元在化德县服装创业园创立了内蒙古蒙驼王服饰有限公司，设立了服装研发中心、车间办、仓储中心、销售部等，招聘配备各类有文化、懂技术、会管理的优秀人才。服装公司的创办理念是以待遇留人、感情留人、事业留人，坚持以社会效益和经济效益同步发展。公司着眼员工的利益，尤其是有上大学子女的员工，企业专门进行不定额捐助，解决员工的后顾之忧，使他们更好地为企业献计出力。同时，公司组建线上、线下相结合的营销团队，创新网络营销和区域代理相结合的营销管理新模式。2015年，公司在淘宝网建立了天猫旗舰店，同时在阿里巴巴网店开通了羊驼绒服装批发平台。通过电商平台的销售推广，让更多的消费者熟知并认可具有内蒙古特色、款式新颖且保暖的蒙驼王服装，把更多的温暖送给了消费者。

2015年4月19日，时任内蒙古自治区党委书记的王君亲临化德县调研指导工作时，来到内蒙古蒙驼王服饰有限公司，看到车间环境整洁优美、生产流水线井然有序、各项管理程序规范很高兴，特别是对企业带领农民工致富的做法给予了高度评价。市委、市政府领导多次亲临内蒙古蒙驼王服饰有限公司调研指导企业，提出了一系列企业长远发展规划，扩大了企业知名度。县委县政府主要领导经常深入内蒙古蒙驼王服饰有限公司，详细了解企业生产、经营和销售情况，帮助企业解决实际困难。

精准扶贫的引领人

2015年底，国家实施"精准扶贫"政策之后，张粉云利用自身有限的资源，毅然投身扶贫大潮之中。她先后为73户建档立卡贫困户解决了就业问题。为了更好地帮助贫困户早日脱贫，公司采取商品无抵押、自行销售等新模式进行帮扶，为贫困户的自主创业树立了自信心，实实在在地增加了贫困户的经济收入。在化德县易地扶贫搬迁项目中，对蒙驼王帮扶的16户39人贫困户全部在移民小区进行了安置。按照易地扶贫免费提供住房、附属设施政策条件，张粉云免费为这部分人提供地砖、石砂、水泥、座便、洗脸池等装修物资，为4户特殊困难的贫困户免费进房屋装修，保证贫困户"搬得出、稳得住、能致富"。2017年，张粉云再次吸纳了37户贫困户，让越来越多的贫困户通过企业带动与自身发展获得长期稳定的收益，达到脱贫致富的目的。

2017年6月，张粉云在长顺镇德善村建设服装脱贫车间680平方米，在德胜村建设服装脱贫车间480平方米，安排德善及周边村民50人从事服装加工工作，其中德善村25人、东沟村4人、小围村8人、富强村7人、幸福院6人，同时安排德胜村36人进行服装加工工作。通过服装加工业的带动，村民利用冬春农闲时间就近进厂务工，人均年收入达到2.5万元，基本实现了村民当年脱贫目标。

社会责任的贴心人

这些年，张粉云一路打拼，一路汗水，一路艰辛。自己和家人的生活富裕了,但天生善良、富有爱心的她始终没有忘记对社会的责任。来自化德县白音特拉乡民建村单亲家庭15岁的小姑娘王丹,就读于化德县第三中学。王丹的爸爸因病不能劳动,母亲早年去世,家里有8岁的弟

弟和65岁的奶奶相依为命,全家人的生活依靠政府救济和低保艰难维持。品学兼优的小王丹不幸患上了紫癫,久治不愈。县文明委号召中小企业、爱心人士和社会志愿者为小王丹捐助善款,张粉云主动去医院,为困境中的孩子送去爱心,捐献上衣、长裤、鞋子,并捐助了一笔现金。这是小王丹穿过的最好的品牌服装。

2017年春节,大街小巷人头攒动、车水马龙,年味十浓,张粉云来到了精准扶贫的朝阳镇新富村,发现村民们衣着单薄,心里甚是惦念,于是她带着价值6万余元的350套棉衣棉裤挨家挨户给村民们送去。尽管天寒地冻,但村民们的心无比温暖。

2014年,公司为县贫困学生捐赠特步牌服装230套,还长期资助了3名贫困学生;为汶川地震捐赠500元现金及300件棉衣;2018年春节,为德善村幸福院的所有老人和脱贫车间的所有员工捐赠了260件成套棉衣,价值5万多元。她执着予回报社会,只要有社会公益活动,就能看到张粉云的身影,她把温暖和爱心一次次及时送给了有需要的人们。

张粉云胸怀坦荡、无私奉献。她虽出生在不起眼的小山村,却努力拼搏进取,不畏艰难困苦,成就了自己的梦想,帮助了更多的贫困户脱贫致富,树立起了一名共产党员的良好形象。或许她的事迹不够惊天动地,但她用一个农民企业家踏实做人、诚信经营的纯朴理念,辛勤挥洒着勤劳的汗水,实践着自己的人生价值,努力抒写着精彩的人生新篇章。

不忘初心　筑梦幼教

——记包头市华海快乐鸟幼儿园园长崔桂英

崔桂英，女，生于1972年，毕业于内蒙古师范大学音乐系，后进入清华大学工商管理专业深造，现担任华海快乐鸟幼儿园园长、包头市女企业家协会会员、东河区女企业家协会副会长。从事幼儿教育20多年，她用大爱和智慧铸就幼教梦想，用执着和奉献为幼教事业书写了完美答卷。她先后荣获民办教育先进个人、和谐民办校长、优秀共产党员、巾帼妇女、创业明星等十余项荣誉。

明确办园思路，推动特色教育持续发展

1998年，崔桂兰怀揣着理想创办了华海音乐学校，开始了十年如一日的探索与追寻。随着事业的不断发展，她于2004年创建了华海幼儿园。她凭着丰富的知识储备和对幼教事业的热爱用心建设幼儿园，幼儿园生源稳步提高。2008年，她又开设了快乐鸟幼儿园分园，有教职工60余人，幼儿400余名。

华海快乐鸟幼儿园建园之初，崔桂英园长根据幼儿园所处的地理位置、环境特点，因地制宜提出了"育人为本、服务为先、与时俱进、特色创新"的办园思想，并突出营造"自主、创新、快乐、和谐"的办园文化，把办园特色定位在多元化选择和个性化服务上。她以《幼儿教育指导纲要》为指导，以健康、语言、社会、科学、艺术五大领域的教育目标为基础，为华海快乐鸟幼儿园教育目标定位，以开放式家园互动，让家长共同见证与分享孩子在幼儿园的快乐学习、快乐成长的足迹，来提高家长的认同感，满足家庭对孩子教育的期望和需求。为了激发幼儿的学习兴趣，使儿童得到全身心的发展，幼儿园开办了平安行动、六一

会演、亲子活动、运动会、韵律操，增设了半日公开活动、家长学校等系列活动。幼儿园通过这些特色活动，给孩子提供了多元、快乐、精致的体验。经过多年的探索与实践，幼儿园的办园特色和效果得到印证，走出快乐鸟幼儿园步入小学的1000多名幼儿很快适应了小学生活，其中有近30名小朋友担任过公园路小学、实验小学、金一小学等学校的少先队大队长、中队长等职务。2016年，幼儿园被评为百佳诚信幼儿园；2017年，被评为民办教育先进集体。

 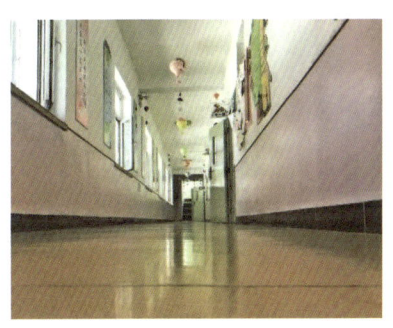

挖掘最大潜能，不断优化师资队伍

培养一支专业化、年轻化、多元化的高素质师资队伍是办好幼儿园的关键。华海快乐鸟幼儿园根据教师的工作情况，确立绩效工资分配方案，建立科学的考评奖励制度，既用制度规范教师言行，又用热情去感染他们，激发教师饱满的工作热情、调动其积极向上的进取精神。致力创造和谐愉悦的育人环境，把教师的培训作为送给员工的最大福利，以爱与责任为精神动力支撑师德，增进教师的事业心、责任感。学校实行值周园长制度，为教师自我发现、自我认识、自我实现创设良好的机遇，搭建教师学习互动与信息共享的平台，最大限度地发挥每位教师的积极性，努力使每位教师挖掘最大的能量，有充分的机会施展自己的才能，逐步形成相互尊重、相互支持、团结向上、有凝聚力的教师团队。

丰富活动内容，促进幼儿多元化发展

华海快乐鸟幼儿园建园以来，崔桂英根据幼儿特长，以各类节日为依托，带领全园的老师、小朋友一起举办形式多样、丰富多彩的节日活动，带领幼儿走进音乐、弹跳、表演、绘画等活动中，取得了极佳的成果。每年六一儿童节，华海快乐鸟幼儿园处处洋溢着节日的喜庆气氛，近千名家长和小朋友共同欢庆，共享属于孩子们的美好时刻。台上的小演员们身着节日盛装，伴着欢快的音乐、踏着节拍，翩翩起舞，掌声此起彼伏。元旦时，活动内容从简单到复杂，从幼儿班里的小装饰到演出节目的精彩程度，每一个闪光点都浸透着小朋友、老师、园长的心血。同时，幼儿园十分注重给孩子们提供自由表现的机会，让每个小朋友都有展示

才华的机会，并用孩子们喜欢的方式进行艺术表现，用自己所学的知识向家长们汇报，展示素质教育成果。

严格细节管理，重视幼儿健康

幼儿园是幼儿身心发展的摇篮。崔桂英常说："幼儿园要紧抓幼儿的养成教育，但最重要的是保证幼儿的身心健康。"幼儿园制定了严格的班级卫生制度、幼儿活动一日常规等。幼儿饮食从食品来源到加工的每个细节都严格控制，饮食器具及时清洗消毒，保持日常卫生清洁。幼儿每日的"三餐二点"都是精心调配的，营养合理搭配，保证幼儿吃饱、吃好，茁壮成长。

崔桂英十分注重幼儿安全体验活动，让幼儿观察辨别陌生地域和场所环境能力，防患于未然，稳定幼儿情绪；为幼儿提供充分足够的活动时间与空间，以防止因地方小或时间紧而造成安全隐患。她科学指导幼儿一日常规，制定了"八大常规"训练考核评价方案，使幼儿的养成教

育落到实处。学校经常开展安全教育活动，让幼儿知道怎样做安全、怎样做危险，如，教育幼儿不准玩电源插座、电线，不能玩火柴、打火机，小东西不能放在嘴和鼻子里等，随时提醒和检查督促幼儿养成良好的行为习惯。幼儿园日常安全工作实行专人负责制，定期对室外大型玩具、园舍、门窗、桌椅、暖气、护栏等进行检查，随时处理安全隐患。

扶危济困，圆梦失学幼儿

2014年，崔桂英为回族中学白血病患者怀志磊捐助善款3000余元。同年，她接收5位贫困家庭的孩子入园并减免了学费。在慰问北梁拆迁干部和贫困户的活动中，幼儿园捐助了20位免费入园的名额，为北梁贫困家庭孩子入园难问题给予了极大的支持和帮助。

学校持续为自闭症儿童给予心理治疗和疏导，收到了良好成效，得到了家长的高度称赞。

2016年，在东河区女企业协会慰问残疾人的活动中，崔桂英见到高位截瘫患者张凯丽的孩子赵哲浩，由于家庭贫困无能力入园，孩子的父亲离家出走，家中只有姥姥勉强支撑着这个家。看到这一幕，她当场就接收孩子免费入园。赵哲浩小朋友刚入园时不愿意与同学接触。经过两个月在幼儿园的学习和生活，他成了一个阳光自信的小男子汉。

搭建沟通桥梁，推进家园共育

家园共育是幼教工作的重要环节。在崔桂英园长的倡议下，幼儿园每学期都要以不同的方式举办半日、一日公开活动和家长助教活动。比如，在赛汗塔拉公园与包头电视台共同举办的一次别开生面的鹿城环保小卫士亲子活动中,让家长了解幼儿园的一日活动安排,了解孩子在幼儿园的生活情况,让家长更密切地配合老师的各项工作,为幼儿、家长和老师搭建平台,为幼儿园提供资源,更好地推进家园共育。同时,幼儿园开办了家长学校,建立老师与家长共同交流、共同学习的平台,共同探讨育儿方面的心得,缩短家长与教师之间的距离。幼儿园还组建了家长故事能量微信群,每周进行2次讲故事活动,深受幼儿和家长的喜爱。

崔桂英和她的教师队伍从家长手中接过孩子的那一瞬间,就深知家长对幼儿园充满信赖、寄予厚望。华海快乐鸟幼儿园从起步、成长、发展,无不凝聚着崔桂英情系幼教、无私奉献的智慧与汗水。她收获着成功的喜悦,放飞着未来的希望,一如既往地实践着心中的梦想。

因为热爱 所以执着

——记内蒙古蓝色之旅民族文化有限公司创办人马永华

马永华是一个普普通通的蒙古族女孩。2011年大学毕业，她刚刚走出校园时很迷茫。她是学习护理专业的，完全可以在当地医院找到一份稳定的工作，但为了爱情来到了兴安盟。她出于对民族服装的热爱，执着地走上了创业之路。她先后荣获内蒙古自治区妇联"马兰花"创业标兵、兴安盟创业大赛冠军、第十四届蒙古族服装大赛金奖等多项荣誉。

创业从热爱开始

马永华从出生在通辽科尔沁草原的一个蒙古族家庭。由于成长环境和所受的教育影响，她从小对蒙古族刺绣和蒙古族服饰有着一种特殊的情结。特别是受到母亲对于蒙古族服饰设计和制作的影响，她更加热爱蒙古族服饰。她说："我喜欢穿、喜欢做。我6岁时就会自己制作蒙古族服装了。"2014年，她义无反顾地选择了设计制作蒙古族服饰，创办了丝绸之道民族服饰店。

创业初期，因为经营经验匮乏、客源稀少，服装店生意一度冷冷清清。但是，马永华依然做得很认真、很精细，对每一位顾客都特别热情、特别细心。有一次，一位顾客前来定做婚礼服，由于距离他们的婚礼只有一周的时间了，别的服装店都因为时间紧没接他的订单，所以找到了她的服装店。对马永华来说这是个挑战，更是个机会。于是，她下决心接了这个时间紧、难度很高的订单。当时店里只有马永华母女二人，她们马上开始加班加点地设计、裁剪、制作，到第四天的时候把衣服做好了。但是，还有一个更艰巨的任务，鄂尔多斯新娘选择的是一款特别好看、做工特别复杂的帽子，仅穿纫的珠子就有上千颗。她整整用了三天两夜的时间才把帽子做好。看到客户满意的神情，马永华由衷地感到欣慰，由此更激发了她创业的信心和热情。她说："既然选择了创业，就不会半途而废。做自己喜欢的事情，即使再累心里也是幸福的。"

民族服装多元化发展对传统服装的制作技艺与流行服装元素的有机融合提出了全新的要求。她对服装设计加工潜心钻研、精耕细作，加工制作的服装深受消费者的青睐，服装店的订单越来越多，生意逐渐好了起来。

走出去开阔眼界

随着大众创业、万众创新的春天的到来，马永华的理想也不再是简简单单地开个服装店。她十分清楚自己的专业知识不够精、创新理念不够新，所以必须走出去学习吸收先进的服装加工制作工艺。有一年，兴安盟举办了中蒙俄三国商品展销会，展会上一家蒙古国厂家展出的服装深深吸引了她的目光，服饰的风格、服装的面料和民族文化底蕴，在她眼里形成了强烈的视觉冲击。因为蒙古国客商中文都不太好，和顾客沟通不是很顺利，所以马永华就主动去给他们当上了免费的翻译。经过3天的沟通交流，蒙古客商给她提出了服装加工方面的很多建议，并热情地邀请她到蒙古国学习蒙古族服装设计制作。之后马永华踏上了蒙古国的学习之路。一个月的学习时间，她看到了差距，也看到了商机。她蒙古国服装种类、款式风格、面料色彩和缝纫工艺都十分新颖别致。当时就萌生了一个大胆的念头，决定把蒙古国的大师请到兴安盟，让自己服装店的工人都能学习蒙古国大师的技艺。于是，马永华高薪聘请了两名蒙古国服装设计师，让蒙古国的老师既进行设计，又担任教学工作，服装店的每一位员工一边学习设计，一边学习制作。这样既扩大了产品设计和制作领域，也稳定了就业。至此，她的服装设计室规模不断扩大，收入也稳步上升。

做民族文化的传播者

2015年11月，马永华参加了文化部在上海举办的全国首届非物质文化遗产传承人服饰研修班。这次机会让她更加开阔了眼界、感受到民族服饰文化的巨大魅力。看到全国各地优秀传承人的成就，听到他们的故事后，马永华又有了一个大胆的梦想：把蒙古族服装服饰带向更广阔的舞台，让更多的人了解蒙古族传统文化，将民族传统服装文化传承下去。

2016年8月，马永华的服装店入驻兴安盟电子商务产业园，与科右前旗民族职业高中联合办学，成立了蒙古族传统手工艺传承基地，与兴安职业技术学院联合成立科尔沁民族美术学院，由蒙古国高校的专业老师、高级设计师及当地专业高级技师任教，开办蒙古族服饰、手工艺培训班。截至目前，培训在校学生700余人，包括大学生、残疾人，当年

就培训农牧民1200名。培训的内容有蒙古族服装设计、裁剪、制作，饰品的制作，刺绣、毡艺、工艺品的制作等。除了这些，学校对在校生还免费开设了马头琴演奏、蒙古族服装表演兴趣班。几年的时间，马永华的企业逐渐走上了正轨，还解决了200多人的就业问题。企业也正式更名为内蒙古蓝色之旅民族文化发展有限公司，主要发展方向为蒙古族服饰、传统手工艺美术文化的传播以及蒙古族传统民间手工艺品的开发、设计、制作、销售。期间，马永华多次去蒙古国考察学习蒙古族服饰及工艺品制作，先后到重庆参加非公企业家研修班，学习怎样经营一个公司，怎样管理一个团队；到鄂尔多斯进修蒙古族服饰设计制作；到云南学习旅游文化产业；到厦门学习电子商务等，不断给自己充电。依托蒙古族传统手工艺文化，结合现代时尚元素，公司重点开展现代民族服饰、特色木雕、蒙古族元素家具、手工皮具、金银制品、蒙古族头饰、蒙古族刺绣等的设计、制作、培训和销售。

为了方便与蒙古国朋友的交流，她的丈夫专门学习了西里尔蒙文，弥补了市场营销人才方面的短缺。在家人的全力支持下，马永华借助国家倡导全域旅游这个契机，抓住旅游文化盛起的时代新机遇，规划在乡村建设培训基地，发展"一村一品"生产模式，梦想将每一个民族产品的生产场地变成一个艺术品旅游展现的景点。

"蒙古族非遗成果，是我们祖先多年积累的文化精髓。我们不但要守住这些国家瑰宝，而且还要发扬光大。这是我们这一代人的责任，也是我的梦想。"在大众创业、万众创新时代精神的引领下，在传承民族文化的漫长道路上，马永华始终怀揣传承民族文化的梦想，一如既往，执着前行。

干就干出个样子来

—— 记乌海市千里山镇新丰村党支部书记廉军

廉军，男，1976年3月出生，汉族，高中文化，2001年6月入党。2003年7月至2009年6月，任三坝村党支部组织委员；2009年7月至2015年3月，担任新丰村"两委"委员；2015年4月至今，任新丰村党支部书记。2012年至2016年，他被评为千里山镇优秀党员；2017年至2018年，被评为千里山镇优秀党务工作者。

牢记宗旨，当好村民的勤务员

作为一名共产党员、一位村党组织的带头人，廉军时时处处以党员的标准严格要求自己，在工作上听从上级党组织安排，兢兢业业，任劳任怨，团结班子成员，团结党员群众，敢于担当，按时完成了上级下达的各项工作任务，以实际行动取信于民，赢得了农民群众的信任。

过去，有的村干部由于作风不正、工作不实，导致村民的利益得不到保障，村民之间的矛盾得不到及时解决，村民与村民之间、村民与村干部之间的矛盾十分突出。廉军同志接任村支部书记后常说："当干部要干就干出个样子来，必须一心一意为村民服务。只有这样，村民才能支持我们的工作。"在他的示范引领下，村"两委"拧成一股绳，形成一个团结有力的好班子，真心实意为村民解难题、办实事、谋利益。他积极调解纠纷，化解了一大批多年积压的矛盾。他努力谋划发展，千方百计带领群众致富，全力配合政府实施了整村搬迁工程，改变了村里晴天一身土、雨天一身泥的面貌。村内实现了硬化、绿化、亮化，统一了上下水，天然气也全部入户了。村民们都居住在统一盖的砖瓦房里，过上了城里人的生活，村民的幸福指数大大提高。

近年来，廉军始终把村民满意度作为衡量工作成效的根本标准，努力践行基层党员先进性要求。他抓住铁路物流园建设的大好时机，尽心尽力为群众办实事、办好事，赢得了村民的理解和支持，受到了上级领导和村民的一致好评。2015年、2016年、2017年，新丰村党支部被镇党委评为先进党组织。他本人连续多年被镇里评为优秀党支部书记。

发展经济，助推农民增收致富

为了发展村集体经济，廉军积极倡导"党支部＋合作社＋企业"的发展模式。在他的带领下，新丰村成立了绿丰种养殖专业合作社，为村民代销白面、油、农村猪肉、笨鸡蛋等，帮助农民把农副产品高价销售出去，实现了村民增收的目的。与此同时，合作社与天合谷公司签订了村企合作粗粮加工项目，以订单方式收购村民的玉米、小麦、葵花，每年公司向村里固定分红1万元，增加了村集体的收入。

为了加快村民致富步伐，他积极倡导并全力推进村民发展民宿、农家乐及农村观光体验游产业，集中建成了4套农村特色的民宿、农家乐。

此举带动了村里普通村民和贫困户增收致富，也实现了村集体收入的持续增加。他还建立了村民微信信息平台，实现村民信息互联互通，方便群众之间进行产品交易销售。

扶危济困，争当村民的贴心人

多年来，廉军时刻关注关心村里所有"三无""五保""低保户"和精准贫困户的生活状况，积极落实各项救助和帮扶政策。每年春节期间，他总是代表组织关心慰问老党员、老干部、困难党员和困难家庭。

对于村里可能发生的不稳定因素或自然性灾害，他时刻保持高度的预见性，亲临现场、排查险情。对本村的矛盾纠纷，他及时排查、调解，确保了社会持续稳定。

2018年7月，廉军个人带头出资，带动村"两委"共同成立了书记爱心基金会。为时时体现孝老爱亲、处处彰显无私大爱，他发起向全村80岁以上老人援助关爱的活动，同时，每年给老人送一个蛋糕庆祝生日。他对本村考上大学本科的学生也发放爱心鼓励金，鼓励村里的孩子们奋发进取，回报家乡。他与中国人寿保险联合主办了新丰村国学书法公益课堂，村里的志愿者每个周末为家长和孩子免费教授国学书法。这样做，既丰富了村民和孩子们的文化生活，也在村民中传播了中华民族传统文化。

如今，廉军正以百倍的努力忘我工作着，谋划着把新丰村发展成为产业兴旺、生态宜居、乡风文明、治理有效、生活富裕的美丽新丰村，同时也书写着一名普通共产党员的美好人生追求。

热心公益　无悔追求

——记乌海市东兴寿康养老院院长、公益记者赵龙龙

赵龙龙，1985年出生于乌兰察布市察右后旗，2008年毕业于中州大学应用英语专业，后攻读内蒙古大学新闻学专业。2010年回到乌海市，担任东兴寿康养老院院长、中国公益在线公益记者等工作。多年来，他一直投身爱心公益事业，默默奉献着自己的力量，开启了一段崭新而无悔的人生历程。

公益事业是一种奉献，更是一种责任

2010年，赵龙龙怀着一颗感恩和奉献的心扎根乌海市。通过深入细致的了解民情民意，他更加体会到当地一些弱势群众的困难之处。从此，他乐此不疲地为乐于助人的单位和个人牵线搭桥，同时也开启了自己的公益之路。

2013年，赵龙龙加入乌海市爱心协会后，组织举办了多次爱心公益活动。6年的时间里，他作为乌海市爱心协会的骨干人员，一直负责协会活动的策划与执行，重点针对贫困人群关怀和生活改善，开展助老、助残、助困、助学等各种形式的爱心公益活动。他每年带领协会的志愿者们来到乌海市福利院和乌达爱心敬老院看望孤寡老人，并为老人们献上自编自演的节目。看到老人们那一张张灿烂的笑脸，志愿者们感到莫大的欣慰。爱心协会连续几年到乌达清真寺敬老院，为老人们捐赠物资、添置家当，彰显了敬老、助残新风尚。每逢节假日来临之际，他都会带着米、面、油和一些生活用品出现在敬老院，给这些老人带去温暖，带去关怀。

有一年,赵龙龙得知7岁的张轩患白血病后因家境经济拮据,无力承担高额的医疗费用后,率先捐助,并通过协会的公众平台,呼吁社会各界进行捐款,仅用了短短的几天,便累计收到捐助款1万多元,帮助患者及时得到了医治。

为了进一步倡导奉献、友爱、互助、进步的社会主义新风尚,他组织协会成员开展保护乌海湖活动,带领志愿者发起保护家园、爱护环境的公益活动,拾捡垃圾,美化环境,受到了当地群众的高度称赞。他牵头两次为西藏、青海等贫困山区举办捐赠棉衣活动,参与了国家计生委圆梦女孩行动和义务支教活动,并资助了10名困难儿童和留守儿童。

爱心帮助是一种态度,更是一种坚持

2016年,赵龙龙开始自己创业,成立了专门工作室,将眼光放得更加长远,关爱服务也更加精细。他深入社会中做调研,了解社会弱势群体的现状和想法,并通过各种方法为他们提供帮助,力所能及地为他们圆梦。他深入社区定期开展一对一援助活动,帮助社区孤寡老人做饭、洗头、洗脚、理发、刮胡子、整理被褥,让老人们感受到子女般的关爱。

赵龙龙是个充满阳光的人,总能把正能量传递给别人。每当看到身边的人需要帮助时,他都会毫不犹豫地"搭把手"。2010年冬天,赵龙龙碰到居住在楼下的张大爷正拄着拐杖回家,手里提着一大袋蔬菜,很是吃力。当走到拐弯处时,张大爷被窜出来的小狗给撞倒了。他赶忙跑过去将大爷扶起来,然后边走边聊。得知张大爷独自一人生活后,他当时就决定以后帮张大爷买菜，做一些家务活。就这样，他坚持了3年，直到张大爷与自己的儿子一起居住为止。

赵龙龙在开始发起公益活动时郑重承诺过："尽己所能，不为报酬，帮助别人，服务社会。"为了践行志愿精神，他传播先进文化，让爱心在彼此间传递。多年来，他带领慈善义工和其他地方的志愿者联合活动、传递爱心，在每一个公益日，他们都会走向街头宣传雷锋精神，宣传消费者权益，宣传环保意识……

乐于助人是一种精神，更是一种行动

在养老院，赵龙龙作为一名管理人员，对待养老院的老人如同对待亲属一般。无论是年迈的残疾人，还是精神异常的老人，他都耐心地给予照顾和呵护。他经常来到老人的房间，与他们说话、逗他们开心，一一帮他们解决实际问题。他还经常自掏腰包，给老人们买生活用品，利用下班和周末时间，专门抽出半天时间探望困难家庭和留守儿童，为他们做家务、辅导功课。

2015年，赵龙龙和志愿者们成立了一个爱心辅导班，专门为那些农民工子女低价辅导功课，为那些贫苦的留守儿童提供免费教学。为了帮助更多的失学儿童重新回到校园，作为一名公益记者，他相继策划了"关注失学儿童"系列活动。有人问赵龙龙，你每天起早贪黑地无偿做公益，究竟是什么力量在驱使你？他说："我的快乐来自于帮助他人、奉献社会。我常常能从公益事业中发现我自己的人生价值。"多年来，他付出了太多的汗水，也收获了更多地欣慰："在不断帮助别人的过程中我渐渐认识到，有些事情不仅仅是单靠金钱所能解决的，也许一番温情的话语、一次热情的扶助，就能让那些缺少关爱和身处困难的人感受到生活的阳光。"

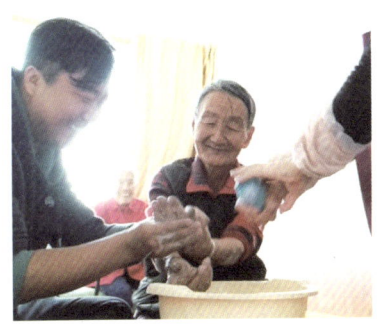 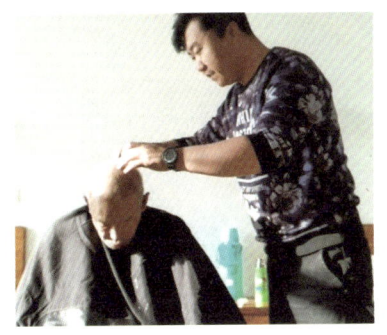

多年来，赵龙龙积极宣传正能量，搜集有影响力的公益素材，自费制作成视频奉献给广大的受众，主动带领身边人加入公益行列。他定期举办新成员培训班，参与新成员每月一次的成员交流会活动，为志愿者队伍输送了新鲜血液。

作为一名普普通通的社会青年，赵龙龙充实而快乐地生活着，也收获着社会给予他的荣誉。2015年6月他被提名"中国好人榜"候选人；2015年10月入选"内蒙古好人"；2016年1月获2015年度"公益之星"称号；2016年7月参与国家计生委圆梦女孩行动，获乌海市助人为乐"十佳志愿者"称号。期间，赵龙龙先后接受了乌海电视台、乌海广播电台、《乌海日报》以及一些网站等新闻媒体的专访。

在赵龙龙看来，一个拥有梦想、满怀爱心、懂得感恩的人，扛起的是社会责任。他凭着自己的坚守和信念，将公益之路越走越宽广。赵龙龙说："我不图名利，不求回报，只愿普天下的人们能够幸福安康。"

"好有力量"的郝力老师

——记第二批河套英才获得者、临河区第一中学副校长郝力

耿耿师者情，拳拳爱生心；一支白粉笔，三尺教学台；风雨几十载，千万桃李开

——题记

晨风中，她有力的步伐显得格外干练。许多熟悉她的学生说："这是我们心中"好有力量"的郝力老师。"

好，源于她从教路上成绩斐然

郝力毕业于原巴彦淖尔盟师范学校，后在内蒙古教育学院中文系后期本科班脱产学习，以优异的成绩毕业。本科学历，中学特级教师，现任临河区第一中学教学副校长。临河区第一中学是内蒙古自治区示范性普通高级中学，巴彦淖尔市、临河区两级重点中学。近年来，学校荣获全国学校艺术教育工作先进单位、内蒙古自治区普通高中管理先进学校、内蒙古自治区、巴彦淖尔市，临河区三级文明单位、临河区名学校等60余项荣誉称号。

30多载的从教路上，郝力老师成绩斐然。她是中学特级教师，中语会课堂教学研究中心研究员，内蒙古中语会会员，也是学校"新芽"文学社的创始人。

教学上的不懈追求，培养后辈的不遗余力；爱学生如同爱自己的孩子，沟通指导困惑的家长如同亲人，让她获得了众多的荣誉。1996年她被临河市政府授予"园丁奖"称号；1997年被认定为临河市首批"名教师"；2001年获临河市"青年岗位能手"称号；2003年被盟委、行署授予"全

盟优秀教师""优秀骨干教师称号",享受政府津贴; 2004年她被评为自治区语文学科带头人、内蒙古自治区优秀教师;2010年被评为语文特级教师;2004年始,先后当选为政协临河区第十届、第十一届、第十二届政协常委,临河区第十七届人大代表,民盟巴彦淖尔市市委委员。

与她相处,你会感觉到她是那样的随和,那样的平易近人,如春风拂面,如暖阳柔照。你无时不感到她平凡的背后蕴藏着质朴与睿智。她所表述出来的对语文教学的理解,更多地摆脱了常见的刻板与窠臼,令人感受到智者的魅力。与她交谈、受她教导,你会发现自己的思想也在不断提升,生命中也会充满了智慧的力量。

有,源于她扎实学识严己身

子曰:"工欲善其事,必先利其器。"随着课程改革中边缘学科及现代化技术的飞速发展,郝老师不断挑战自我,持之以恒勤奋学习。在钻研教材方面和备课、讲课、批阅、辅导等一系列教学过程中,她从不忽视任何一个细小环节。为备好一节课,她会翻阅大量的资料。她的教案齐全,内容充实,思路明晰且富有启发性,多次被学校评为优秀教案。她的课堂气氛活跃,教法灵活多样,突出了"人文思想"的教育。她注重对学生素质的培养,使学生始终处于积极思考的状态。

她相信"读书勤乃有,不勤腹乃空"。于是,她紧跟时代步伐,站在课程改革的前沿,积极进行教学改革和教学研究,努力向专家型教师、专家型管理者转换。她说:"钻研教学,就要敢于创新。"在教学工作中,郝老师形成了一套"新、活、实、稳"的教学风格。面对21世纪教改课题的挑战,她强调要发展,就要勇于挑战,就要进行教育科研。她从不放弃任何学习提高自己的机会，积极参加各种形式的培训学习，拜一切能者为师。一次次的学习培训促使她用崭新的教育、教学理念指导自身教学行为。她沉下心来投入教育科研。她说："作为新时期的教师，更要坐下来读书、静下来教研、沉下来实践。"于是，读书、思考、教研、实践充实了她教学生涯的每时每刻。

郝老师先后主持并参与了多项国家级、自治区级课题研究工作。她参加了全国教育科学"十五"课题《利用优秀电影提高中学生素质的实证研究》，获实验方案、实验论文、实验教师等多项奖励。她参加国家级课题《诱思探究教学深化研究》，获骨干实验教师。她参加国家级课题《改革课堂教学方式，实现教学相长和师生共同发展》，参加自治区级课题《开发运用高中系列CAI课件提高教师教学能力》。她撰写发表了数十篇获国家、自治区级奖励的论文，主编或参编的教学专著和辅导用书累计近百万字。

在以上几个课题中，郝老师投入最多的当属由国家"十五"课题《利用优秀电影提高中学生素质的实证研究》。2001年开始，郝力老师以极大的热情开始了课题实验。根据高中学生时间紧、升学压力大的现状，郝老师带领课题组确立了电影课题的实验方式：把优秀电影资源引进语文、历史、地理课堂，走课例和学科电影整合的路子，让电影与文学、历史、自然科学相结合，相得益彰，烛照学生的心灵。历经5年艰苦又充满快乐与成就感的研究，课题的意义逐步显现：教学内容上，使学生由一课、一部名著而涉足多部名著与电影，"得法于课内，得益于影片"，拓宽了学生的知识面和阅读视野，有效弥补了阅读量不足的缺陷；教学方法上，丰富和改进了学科教学，打破了高中课堂沉闷的气氛，电影辅助了教学，电影促进了教学；能力培养、素质提高方面，教师退居幕后，学生自主学习，他们阅读、创作和活动积极性空前高涨。这一教学方法得到了显著效果：学习中，学生是学习的主人；活动中，学生既是组织者又是表演者，既激发了学生的创新热情，又挖掘出了学生的创造潜能，他们的口头表达能力、写作能力、表演能力、实践能力、文学鉴赏水平以及思想水平等都获得了不同程度的提高。课题实验还开拓了研究性学习的又一领域，培养了学生研究性学习及搜集处理信息的能力，丰富了校本课程建设，推动了各学科的改革和校本课程的建设。

2006年，该课题顺利结题。期间，她荣获中央电教馆和总课题组优秀实验方案、优秀实验论文、优秀实验教师等多项奖励。临河一中也因此在2002年作为全国高中学校的唯一代表应邀参加了山东国际电影节及电影课研讨会，郝力老师做了专题发言。2003年，受中央教科所总课题组邀请，她参加了中央电教馆《优秀电影全面提高学生素质的实证研究》第二次全国研讨会，郝力老师代表学校在大会上做交流发言，介绍了学校课题组课题究方式、研究进展情况及研究成果，获得演讲一等奖。她开发并担任主创的《吝啬鬼主题课例》荣获中央电化教育馆、总课题组一等奖，主编的校本课程电影课教材《吝啬鬼》获优秀自编教材。

教育是不断创新的事业，创新要有丰厚的知识积淀。数十年的教师生涯积淀下的是郝老师丰厚的人生阅历，数十年的业务锤炼敲打出的是郝老师扎实的功底。

2006年，身为学校教务主任的郝老师开启了教学改革之路。她积极倡导并亲自参与学校"学案导学、精讲精练、以练促学、以学促教"教学改革。课前学案导学，规范教学过程；课中精讲精练，形成高效课堂；课后以练促学，减负增效。她努力使自己的语文课堂从"教师灌、学生听"变为"教师主导、学生主体"，促使学生从"苦学、学会"变为"乐学、会学"，实现了教学相长。她多次承担语文观摩课、研究课任务，不定时地讲示范课、公开课。2010年至2016年，她多次承担市级以上公开课或讲座，受到市教研室相关专家及兄弟学校同仁的高度评价。

从教务主任到教学副校长，在校委会的领导下，她带领老师们大力推行教学改革，学校高考成绩年年上升，一本升学率由2012年的26.9%上升至2018年的62.4%，教育教学质量走在全市最前列。

叔本华说过："任何人的成功都源于他们的艰苦奋斗，没有一次荣誉是可以不付出一滴汗水而轻易得到的。"30多年来，郝老师始终如一地奋战在教育教学第一线。她任劳任怨地搞教学，尽心尽职地抓管理，多少年的教学生活在"忙碌"中度过。因为忙，她似乎比以前更"苗条"了；因为忙，她拥有了更坚定的信念与力量；也因为忙，她人生的价值得到了进一步的提升。

为了学校的长远发展，在指导青年教师教育教学工作、培养骨干教师方面，她不遗余力，多年来亲自指导了多位新登讲台的年轻教师的课。在上讲台前，她向他们强调新登讲台的注意事项，帮助新教师修改教案，讲示范课、听课，并一一评课指导。这些青年教师在短时间内很快适应了教学工作，逐步成为教学上能独当一面的骨干。得其帮助的青年教师莫不对她感怀万分。

力量，源于她仁爱之心伴生行

子曰："爱之，能勿劳乎？忠焉，能勿诲乎？"郝老师有一颗真诚

博大的爱心。她给予学生的不仅仅是知识的力量，更是爱的力量。曾经听学生朗诵过这样一首诗："当你努力长出一片新的叶／就迫不及待地召唤我／看着我嚼碎你的奉献／当你为我又结出一颗红葚／就欣喜地召唤我／听着我／贪婪地咀嚼的响声／你喂饱了我晶莹剔透的身体／也不期许／永恒于我的记忆……她就是这样一片默默奉献的桑叶，更是一颗播撒爱的种子，在不经意中早就成了学生们十分熟悉的那首歌中的"参天大树"。

一双双求知的眼睛让她明白：为人师，任重而道远。自从1985年8月踏进一中这片热土以来，她始终以一颗真诚的爱心工作在她热爱的岗位上。身正为范，知师常相随。她全心地用自己的人格魅力去影响学生；用充满智慧的爱，去爱她的学生。在三尺讲台上，她把爱洒向每一棵正在成长中的幼苗。

2003年，郝老师无意中见到了一个黑瘦的农民，说他的儿子特别好学，但因为家境贫困无力好好培养。郝老师一听就入了心，周日亲自坐

班车到乡下，几经周折，在农田里找到了这位家长。和他回到矮小的农屋，见到了他瘦小的儿子。一见面，郝老师就被孩子那亮亮的眼睛、渴望的眼神打动了。她当即决定：自己要资助这个孩子上高中。这个男孩叫吴浩东。郝老师是他的班主任。3年中，郝老师资助他学杂费，又联系他去学校食堂勤工俭学解决伙食问题。学习上谆谆教导，生活上无微不至地关心，郝老师把他当成了自己的孩子。3年后，刻苦努力的吴浩东以650分的高考成绩考入上海交通大学。郝老师又联系社会热心人士赞助他大学学费，最终，吴浩东顺利毕业，留在了上海工作。

这样的例子，在郝老师的教学生涯中只是小小的一朵浪花。刘超，一位来自农村一心向学的孩子，母亲残疾，父亲有病在身，贫困的家境让其面临着失学的可能。郝老师听闻此事，毅然决定资助刘超，直到其毕业。更让人感动的是，2009年刘超以优异的成绩考上了心仪的大学。为其激动喜悦的同时，郝老师以家长的身份送刘超到长沙的大学，为其置办了一应生活用品，又去与他的辅导老师沟通交流，安顿好了刘超才返回临河。刘超硕士毕业之后到天津工作，事业小有成就，全家人的命运也因此改变。

爱，是人类最美的语言；爱，是教育事业的核心。郝老师用自己的真心、真行去诠释自己这份对教育事业的"爱"！

老师在生活中关心学生，在教学上追求学生的自主与自立。"把课堂还给学生，让课堂充满生机，使课堂成为乐园"，这是她追求的课堂教学的至高点。她关注学生的需求，关注学生的个性，关注学生的发展，提供让学生展示自我的平台，使学生在充满生活化、情趣化、人文化的环境中学得主动、学得踏实。

"鸟欲高飞先振翅，人求上进先读书。"为了激发学生的阅读兴趣、扩大学生视野、发挥学生特长，更是为了丰富校园文化生活、繁荣校园文学创作、提高校园的文化品味，郝老师非常重视语文社团活动的组织开展。1992年始，她积极打造临河一中社团品牌——新芽文学社。她从1992年开始担任学校新芽文学社辅导老师、校刊《校园之声》主编。在此过程中，郝老师和文学社的成员集思广益，积极探索社团发展的良谋妙计，展开了一系列富有文学韵味的特色活动。她结合学校资源，努力为文学爱好者提供文学阅读的书本、影视资源，提供研究性学习交流的场所，坚持每周开展名著阅读活动。她和学生共阅读，积极参与读书交流活动，倾听学生阅读心声，和学生在快乐阅读中感受文学的魅力、文化的震撼。社团每月准时办校报，倾心为社员提供发表文章的平台的同时，也展示了临河一中的校园风貌。新芽文学社共培养文学社员2000余人，出版发行校刊共471期，发表师生稿件3万多篇，共计700余万字。文学社连续10年被全国中学文学社团研究会评为全国优秀社团，社刊被评为优秀校刊，文学荣获"全国百家优秀社团"称号。她连续被全国中学文学社团研究会评为优秀指导教师，并被聘为全国中学文学社团研究会理事。全国著名作家浩然、刘绍振、毛志成为学校校刊、文学社题词鼓励；时任内蒙古自治区副主席周维德为学校校刊亲笔题写刊头并为文学社题词"春风化雨"。学校隆重举行校刊百期庆祝活动时，市、区两级教委领导为校刊百期题词祝贺；市、区文联、报社的老师亲自出席了庆祝活动。全国中学文学社团研究会、市文联、报社纷纷来信、来电祝贺。临河一中文学社成绩斐然，在提高学生素质、扩大学校影响、促进学校工作方面做出了突出贡献。2006年，临河一中50年校庆期间，郝力老师被评为"文学社功勋教师"并受到隆重表彰。

在众多荣誉面前，她始终保持着一颗质朴的心。无论是优秀教师的她，还是副校长的她，或是政协常委、人大代表的她，永远不孤傲、不追风，坚定不移地用自己的教学和文章来表达着自己对语文的理解，用自己踏实的行动来表达对教育的认知和创新，坚守初心，不忘本真。

30多年的教育生涯所能给予她的，是一次又一次的感动。有人说，教师像燃烧的蜡烛，照亮了别人，毁灭了自己。然而，从教30多年的郝老师非但没有毁灭，反而随着一批批学生的成长也在不断地成长。她生命的价值不仅在课堂上得到了体现，在学生中得到了延展，在临河一中这片教育的热土上继续演绎着自己生命的价值。

走近郝力老师，你会情不自禁的希望自己也能做一回老师，用生命拥抱教育事业。走近郝老师，你更愿意自己做她的学生，接受她智慧与爱的力量的感召。走近郝老师，你会被她的爱心所感动，被她自我超越的激情所震撼。这种超越是那样的热烈蓬勃，那样的历久弥新。

奉献环卫 无怨无悔

——记五原县环境卫生管理所副所长周补魁

周补魁，男，汉族，大学文化，中共党员，1974年12月出生，现担任五原县环境卫生管理所副所长。20多年来，无论盛夏酷暑还是数九寒天，他都奔波于县城内的大街小巷，将自己的青春默默奉献给环卫事业。2019年，他荣获内蒙古自治区优秀共产党员荣誉称号。

做率先垂范的"领头雁"

周补魁23岁进入环卫这一特殊行业。在同事们眼中，他是一个"闲不住的人"，每天早上班、晚下班，似乎有使不完的劲，很少有闲下来的时候，把全部的精力都投入了工作中。汽车驾驶员的心中有一幅交通地图，他的脑海里有一幅完整的环卫网络图，即城区化粪池和垃圾点的分布图，哪条街巷有多少化粪池、多少垃圾点以及多少个垃圾箱，他都一清二楚、如数家珍。

他负责管辖的清运队现有清运车、铲车、吸污车共9辆，共有30多名职工，服务范围覆盖城区所有的厕所及垃圾清运点。为了把工作做深做细，他处处以身作则，重活累活抢着干，哪位队员家里有事需要请假，他都主动顶班，有时甚至带病坚持工作。遇到有些工人在工作中受到委屈，他都及时在思想上给予疏导，让队员们学会换位思考，使队员们放下思想包袱，愉快地投入工作中。

2010年秋天，是周补魁当队长以来最困难、最有压力的一个时期。

当时，由于五原县葵花大丰收，造成劳动力极度缺乏，用工工资大幅提升，环卫工人的工资又偏低，有些体力好的人都纷纷离去，一线工人大量流失，造成清掏队车辆无法正常出勤，垃圾不能得到及时清运。

此时正值秋收季节，瓜果蔬菜纷纷上市，垃圾量猛增，而且天气炎热，垃圾不及时清运，瓜皮就开始发酵，污水横流。面对如此大的难题，周补魁发动全体队员想办法、出主意。他紧紧依靠群众，全天出车，加班加点、轮流顶班，铲车机动配合的办法。为了提高效率、节省人力，他亲自开铲车，哪里垃圾集中就去哪里处理，哪里出现问题就去哪里解决。通过全体队员的齐心协力，清运工作不仅正常运行，而且还担负起鸿鼎农贸市场农产品收购生产的废弃物的清理工作，共清理葵花废料400多车、2000余立方米，得到了领导与群众的一致好评。

做净化环境的"美容师"

有一件事对周补魁触动很大，至今令他难以忘怀。2011年，他在荣丰三巷清理垃圾的时候，认识了一位居民，是一位退休老干部，经常自觉无偿地维护片区的环境卫生。周补魁主动给老人留了自己的电话号码，并告知他有问题及时打电话与自己取得联系。从那以后，哪里的污水井满了、厕所脏了、垃圾清理不及时了，老人都会给周补魁打电话，周补魁都会及时派车、派人去清理，并跟踪检查监督。有一天领导说："补魁，荣丰三巷的居民给你送来一面锦旗，说你工作做的不赖。"他将锦旗拿回办公室一看，上面醒目地写着几个金色的大字："急为人民所急，想为人民所想。"他看后心想：居民给我们打电话反映问题，说明我们的工作还没做到位，这面锦旗是对我们工作的理解和支持，更是鞭策与激励，他默默地将这面锦旗卷起来放在了档案柜里。

2014年，五原环卫所为了进一步提高城区巷道卫生标准，对现有清运工作机制进行了创新改革，变一级垃圾清运为二级垃圾清运，将新购置的11台电动三轮车投放到城区各巷道，加快对城区巷道垃圾的回收效率。为此，周补魁充分利用目前已建成使用的13座垃圾压缩转运站，以每个转运站为中心，以1千米为半径向转运站地区辐射，实现转运站与垃圾点定点对接的高效率二级垃圾清运模式，使城区巷道最大程度的实现每天清洁，无暴露垃圾。为了科学合理配置垃圾清运力量，努力实现车辆、人力的有效组合，他将以前的跃进垃圾车进行了精减和重新调配，余下的5台车全部配置到城区周边、城郊接合部，扩大了环卫服务范围，努力解决多年来城区周边脏、乱、差的现象。

清运队是环境卫生管理所的一支机动突击队，除了要完成本职工作，还要全力配合所里其他部门的各项工作任务。

2018年，内蒙古自治区和巴彦淖尔市在五原县召开全国"四好农村路"现场会、世界向日葵产业发展论坛暨国际向日葵旅游文化节等经验交流会等各种会议达50余次，清运队作为所里的突击队，真正地做到了召之即来，来了就能解决问题、完成任务。

风雨无阻的大忙人

环卫工作是个又脏又累的活儿，还常常被一些人看不起，可就是这个不起眼的工作，涉及千家万户，与广大居民的生活息息相关，体现着城市的精神风貌。

近几年来,随着城市建设的快速发展,环卫所的工作任务逐年增加,工作难度也越来越大。作为一名管理者,周补魁深知自己应担负的责任和义务。多年来,他一直在平凡的岗位上辛勤地工作着,每逢星期天,别人正在享受休息日的时候,他依然带领着环卫工人清运垃圾,一年四季从未间断。每一天里,他都要深入工作第一线检查当日的街道垃圾清运、清扫情况,每当夏天的雨季来临时,他都会冒雨开着铲车去逐个地清运垃圾,从未有过丝毫懈怠,更未有半点儿怨言。

前些年,在面临旱厕改水冲厕所的关键时候,周补魁不厌其烦地到有关社区和居民家中听取群众意见,做好宣传,化解社会矛盾,加快旱厕改水厕的进度。目前,城区105座旱厕已全部改为水冲厕所并投入使用,解决了群众如厕难的问题,获得了社会各界的广泛赞誉和一致好评。

从1995年从事环卫一线工作以来,周补魁从一名普通的清运工到装载机司机,再到队长和副所长,勤勤恳恳、任劳任怨、忠于职守。担任环卫所副所长后,每天他在其他队员没上班之前到单位进行工作检查,下班后,等到最后一辆车"平安归巢"才放心回家。

从事环卫工作20多年,虽然工作岗位一变再变,但周补魁热爱本职工作、干一行爱一行的态度和热情一直没变。他用实际行动践行着自己立下的誓言:奉献环卫,无怨无悔!

大桦背山滩下的美丽村庄

——记巴彦淖尔市优秀党务工作者、乌前旗白彦花镇和顺庄村书记李占青

李占青同志是白彦花镇和顺庄村党支部书记，1983年被推选为村主任，后当选为村党支部书记，至今在村干部这个岗位上连续干了30多年。

李占青同志为人正直，办事公道，工作认真负责，在广大党员与群众中享有很高的威望，深受人们尊敬，是一名踏踏实实工作、认认真真办事的勤奋敬业的老书记，曾多次受到上级表彰。

"白彦花"系蒙古语，汉语意为：美丽富庶的山滩。白彦花镇位于巴彦淖尔市东南部，东临包头市，南与鄂尔多斯市隔黄河相望，北依乌拉山，京藏高速、110国道、包兰铁路贯穿全境，素有巴彦淖尔市"东大门"之称。白彦花镇曾是乌拉特前旗（西公旗）旗府所在地，先后被评为全国群众体育活动先进集体、全国乡镇企业东西合作示范区、内蒙古自治区生态建设示范乡镇、全国民族团结进步先进集体，是内蒙古自治区历史文化名镇。境内有国家4A级旅游区维信内蒙古草原生态旅游高尔夫度假村、天然次生林国家自然保护区乌拉山国家森林公园大桦背、乌拉特生态园等。和顺庄村正北是乌拉山第一高峰大桦背，该地特产主要有河套蜜瓜、向日葵、黑瓜籽、苹果梨、西瓜、白绒山羊、枸杞、戈壁双峰红驼、胡麻、河套大白菜、肉苁蓉等。和顺庄村有和顺、团结、果园3个自然组。

30多年来，李占青做为一名村干部，总是尽职尽责，辛勤工作，把集体的事当做自己的事来做，不辞劳苦，认真负责。他带领两委班子与广大党员，组织广大村民努力奋斗，整治村容村貌，积极改善生产生活条件，努力提高广大村民的生活水平，逐步把一个十分贫困的村子变成了一个水利设施完善、耕地全部设施滴灌种植，农产品产量大幅提高，

村民收入成倍增加，幸福指数大幅度提升的美丽乡村。

和顺庄村人均土地少。村民白怀林说："我们这个村早些年房破、墙烂、路不通，垃圾、柴草到处有，我们早就盼望有一个干净、整洁的村庄了。"为了进行村容村貌整治工作，村委会首先以和顺组做为试点。经过艰苦细致的工作，从2012年秋到2013年春，和顺组拆除了4000多米破烂的土围墙，17处破烂院落，随后动员村民自备材料，按照统一规划建起了崭新的砖围墙近5000米，修筑水泥路2.5千米，路边植树1500余株，形成了三横三纵的道路布局，道路宽阔，方便村民出行，绿树环路，美丽宜人。包片干部牛犇曾感叹："这里的老百姓太实在了，你对他的

一点儿好他都记得，我们真的要为他们多做点儿事。"

为了改变落后的生产条件，在没有任何集体资金的困难境况下，李占青组织广大党员，动员广大村民集资，通过共建活动向较好的单位寻求赞助，向上级寻求政策支持，先后打井20多眼，全部及时进行了电泵配套，进行管道配套，全村近6000亩耕地全部实施了滴灌，生产效益翻倍增长。李占青说，"我们要紧紧抓住国家扶贫开发政策倾斜的大好机遇，多给农牧民办些实事。"

为了提高村民收入，他曾多方联系，引进籽种培育种植，提倡多种经济作物，号召村民根据自身特长和条件发展其他产业，千方百计为村民开拓增效渠道。目前，全村已有重点养殖户13户，运输专业户11户，其他行业16户，2个经济合作组织。

和顺庄村共有建档立卡精准扶贫户41户73人。2016年展开精准扶贫工作以来，李占青带领两委班子成员和村第一书记，同镇包片领导、主管领导一起深入农户调查了解情况，准确掌握第一手资料。村委会根

据具体情况,分别制定了扶贫措施,并逐户宣传党的扶贫政策,落实扶贫措施,使这些贫困户充分感受到了党的温暖,享受到了扶贫政策的阳光。目前,17户易地搬迁户全部住进了的新房,24户产业扶贫户都养了羊和猪,见到了可观的效益,全部实现了脱贫。

张恩是白彦花镇和顺庄村的一位孤寡老人,20世纪60年代从陕西省府谷县逃荒来到和顺庄村团结组。他年轻时由于没有土地,只能依靠打零工为生,收入微薄,没有任何积蓄。一辈子未娶妻生子、孤身一人的他由于没有户口,政府的各种补贴都无法享受。进入暮年,劳动力丧失,平时只能靠镇、村干部及村里邻居的临时接济勉强度日。秦轶担任第一书记不久,与和顺庄村党支部书记协商决定,先从解决老人眼下衣食不足的问题着手,向他所在的旗环保局同事们发出了"奉献一份爱心,帮助孤寡困难老人"的倡议,在单位微信群里配发了老人的生活影像。同事们积极响应,除现金捐款1460元,有的为老人捐来米、面、油等生活物资,有的拿来崭新的衣服和被褥等用品,并自发来到老人家里为老人收拾脏乱的小屋,给老人换上新的炕毯、被褥。如何才能让老人的晚年生活再无后顾之忧呢?带着这个问题,秦轶来到白彦花镇敬老院为老人咨询相关情况,又与旗公安局有关负责人商议为老人办理户口的事情。经与陕西省府谷县公安局反复沟通后,老人的户口终于办理好了。旗民政局以最快的速度为老人办理了五保手续,并安排他入住了白彦花镇敬老院。

李占青同志是一个十分热心的人,谁家有困难他总是想方设法地帮助解决。村民张有银建房困难很大,他就组织党员出动四轮车免费为其拉石头、拉沙子,帮其砌墙。村民生产有困难,他主动联系银信部门为村民办理贷款。村民有什么困难，只要向他张口，他总是有求必应，积极努力地帮助他们解决。

随着国家的飞速发展，各项惠农政策越来越多。李占青总是利用各类大会小会，反复向村民讲解宣传政策。他积极化解村内各类矛盾，村民家庭内有了矛盾，总是找他解决。李占青随叫随到，耐心地进行调解。许多矛盾在他的调解之下得到了化解，因此村里人有什么大事小情都愿去找他，他也从不推辞。

如今，白彦花镇和顺庄村已经成为大桦背山滩下的美丽村庄。游客们游山玩水累了，会拐进和顺庄来休闲采摘，满载而归。这些变化，离不开李占青书记一班人的责任与担当。

爱丰村的梦想书记

——记临河区狼山镇爱丰村张翔林书记

张翔林，1998年入党，2016年担任狼山镇爱丰村党支部书记，被当地村民尊称为"梦想型书记"。

他出生于甘肃省临洮县，8岁时随父母兄妹逃荒到原临河县小召乡。20岁，张翔林从青海省一个职业技术学校毕业，在青海、兰州等地打工。后因父母年事已高，需要照顾，与哥哥、妹妹商议后，回到父母身边。1998年，乐于助人的他被大家推选为社长（村民小组长），并于同年7月1日入党。1999年，在村委换届选举中，张翔林被选为村委委员。2003年，他任五支渠用水协会会长。2009年，一次偶然机会，他离开村委会开始做工程。

2016年春节刚过，爱丰村组织了一次全体党员大会，张翔林被推选为村党支部书记。当时，他没有任何心里准备，而且刚接下两项工程。但面对全体党员的信任与期望，面对狼山镇党委政府的重托，他毫不犹豫地把工程交给家人管理，第二天就投入美丽乡村的建设中。

他经常说："村里的事情是关系到父老乡亲衣食住行的大事，我不能让他们失望。要干就干好，要干就干成，不能半途而废！村里现在有许多事情需要我去做，我必须发挥党支部的引领和带动作用。"在全面主持爱丰村各项工作期间，他坚持实事求是，合理布局村庄规划，内引外联，谋求发展，以朴实的工作作风赢得了当地党委政府和群众的一致好评。

在建设美丽乡村大会战中，张翔林放下了家中的一切事务，带领全体村干部和村民整理院落，修缮房屋、院墙，植树、种花，在修建村内小油路。过程中，自筹资金有困难，他多次组织党员群众、外出成功人士回报家乡并带头捐款，解决了20多万元的资金缺口，使爱丰村村容村貌变得干净整洁，环境优美。村民们都说村干部就需要这样的人。

　　2017年春节后的一次村民大会上，他把对爱丰村的规划和想法告诉了大家。他认为，要想让爱丰村变得越来越好，首先，要把高效种植产业做起来，同时改变传统的种植经营模式，为增加村民收入奠定坚实基础。其次，要在爱丰村建一个保鲜库。爱丰村有1300多亩苹果梨和早酥梨等果树，年产量600余万斤，但缺少储藏保鲜设施，村民的果品基本上是就地贱卖，收益一直上不去。如果能建设一个集保鲜、储藏、运输、销售为一体的农产品保鲜库，就可以给农产品的优质优价、高产高效和规模化种植打下良好基础。他的这个计划一提出来就遭到许多人的反对，村民担心"项目太大、投入太大，万一弄不好，会竹篮打水一场空"。但张翔林并不气馁，他和全村党员挨家挨户做工作，最终得到了大家的支持。

　　在没有任何启动资金的情况下，他亲自动手编写各类申报材料，向

上级财政部门申请保鲜库项目扶持资金300万元。在规划设计出来后，该项目总投资超过了698万元。建保鲜库选址时，由于地块矛盾换了许多地方，部分村民开始退缩观望，项目落实遇到了前所未有的困难。张翔林挨家挨户地做思想工作，发动党员群众入股，通过镇党委政府牵线，

多次与汇丰公司洽谈。狼山镇爱丰村农产品保鲜库项目于2017年7月20日开工建设，占地6770平方米，其中保鲜库2200平方米，果蔬加工分装室600平方米，停车场3650平方米，村两委办公室、党员活动室160平方米，电商合作社办公室、展厅160平方米，购置安装15米长100吨地磅1座、并联式风冷冷凝设备3套、400千瓦变压器一套，架设输电线路200米。项目前期投资560万元，其中市区财政扶持300万元，余下的260万元由村集体筹资和村民入股。目前，在镇党委政府的支持下，爱丰村与巴彦淖尔市正肯新能源有限公司合作成功。该公司出资370万元，解决了保鲜库后期建设中的资金缺口。

从筹备到建设再到保鲜库建成运营，每一个环节他都仔细把关，不论白天黑夜，都坚守在工地。他所有的付出村民们看在眼里，夸赞他是一个真正干事的人。

为带领爱丰村村民发家致富，张翔林切合爱丰村民实际和种植特点，结合保鲜库产业，建立了"六位一体"运营模式，由党支部牵头发动龙头企业，合作社、党员参与，带动村民逐步实现种植产业的升级改造，借助互联网的强大平台，打造一批爱丰村的绿色瓜果蔬菜品牌，让全体村民在保鲜库产业运营中受益。

为了让爱丰村所有村民都能同步发家致富，依托苹果梨、早酥梨产业基础，张翔林提出加快打造万亩早酥梨田园综合体的想法，得到上级党委政府的大力支持。村委会与当地培农公司合作，采取"企业+村集体+农户+基地"的发展模式，开始打造集科研、育苗、生产、储藏、加工、销售为一体的林果业生产基地。

在2018年秋冬到2019年5月，完成2800亩的早酥梨栽植目标，现村内果树已发展到4100亩。

按照规划，项目将建立技术标准、科技培训、科技服务、基地和产业链等五大高标准体系，打造特色林果育苗、栽培、灌溉、病虫防治、采收等标准化流程，计划3年内培训农民5400人次，对600名农民技术员开展技术培训，还要建成特色梨产业专业技术队伍，为村民有一个持续稳定的高收入产业打下坚实的基础。现在，项目同步建成了300亩育苗产业扶贫基地，特色早酥梨林果种植计划2021年将推广种植到10000亩，进入盛果期后总产值近亿元，户均收入提高到15万元以上，人均收入达3.5万元以上。

张翔林在脱贫攻坚工作中，经常深入农户、奔走于田间地头，调查摸底，总结经验，有针对性地制定扶持措施。党支部坚持不抛弃每一户贫困户、边缘户、返贫户，经常处于超负荷运转状态。他说："扶贫不能光靠国家，我们要利用村办企业平台帮助贫困户落实项目，提供技术和信息，发挥党支部的引领作用，提升贫困户的造血功能。帮助生活困难的村民安排生产，不折不扣地完成国家精准扶贫战略任务。"

他为人谦和，待人热情，只要群众需要，他就会认真去做。无论是群众求助、民间纠纷还是其他事件，他都认真接待，并深入一线调查处理，给每位群众一个满意的答复。几年来，他不计个人名利与得失，用平和的心境、友善的态度、细致的服务赢得了党员和群众的尊重和信任，营造出了爱丰村各项工作的和谐氛围。村民夸赞他是一个敢想敢干的带头人。张翔林2019年被评为巴彦淖尔市优秀共产党员。

张翔林说："未来的爱丰村要形成'党支部+龙头企业+集体经济+农户+电商'的新型发展模式，将农业发展与外部市场联通，大量发展订单，才能解决村民'春天不知道种什么，秋天不知道卖给谁'的实际困难，生产出绿色健康、有竞争力的农产品，从而实现种有保障、收有成果。"

脱贫攻坚道路上的"拓荒牛"

——记乌拉特前旗西小召镇万太公村党支部书记韩来牛

韩来牛,男,1963年1月出生,汉族,高中文化,中共党员,乌拉特前旗西小召镇万太公村党支部书记。

作为一名基层农村党支部书记,韩来牛时时刻刻以党员的标准严格要求自己,甘当拓荒牛,拓展扶贫路,千方百计引进项目、争取资金、流转土地、发展经济,团结带领广大群众,实实在在地走出了一条务实有效的精准扶贫路子。

摸实情,访民情,定目标

万太公村位于西小召镇政府所在地西北11千米处,区域面积48平方千米,其中耕地面积31000亩,全村现有常住户822户1725人,2016年全村建档立卡贫困户共有103户、贫困人口159人,全村的农户基本上都从事农业生产,现有的耕地土质差,自然条件恶劣,基础设施落后,严重制约了全村的发展。

打赢脱贫攻坚战是党中央的重大决策部署。早在2014年,村党支部就围绕内蒙古自治区实施的"三到村、三到户"扶贫目标,因地制宜实施精准扶贫,组织举办就业创业培训、农业科技培训、道德讲堂等活动现场培训群众,通过自身资源禀赋,破除思维瓶颈,调整扶贫方向,寻求项目支撑,拓宽增收新途径,使村民受益。

2016年精准扶贫工作启动后,韩来牛就组织村两委、各社长进行统筹安排,利用近3个月时间完成全村所有建档立卡贫困户的深入走访工作,掌握了精准扶贫的进展情况,反复研究如何推进精准扶贫工作,制定了《万太公村脱贫攻坚实施方案》《驻村工作队和帮扶责任人开展精准扶贫帮扶工作管理办法》等，组建了精干高效的党员干部帮扶队伍，确定了帮扶目标3年不变，对象不脱贫、结对不脱钩、帮扶不走人的原则，做深做细精准扶贫帮扶工程。

为了如期打赢脱贫攻坚战，韩来牛将使命记在心里、扛在肩上、干在前头，全力以赴打通脱贫攻坚"最后一里"，在实施土地流转的基础上，通过项目支撑，集中扶贫资金成立农机合作社，合作社取得的利润回馈贫困户和村集体经济，向参与资金入股的贫困户享受合作社补贴。农机合作社已深松土地2000多亩，为群众每亩减轻15元负担，既减轻了贫困户的支出，又增加了务工贫困户的收入。韩来牛同志先富不忘带动后富。他自己创办的鑫百利农贸专业合作社优先吸纳了困难群众6人，每户均增加收入9000余元。

作为村级扶贫工作的责任领导，他定期引导帮扶单位、驻村工作队开展扶贫慰问走访活动，为贫困户送去大米、面粉、菜油、鲜猪肉、慰问金等，对本村的"五保户"、低保户，他及时协调民政办、扶贫办等部门发放救灾救济款和补贴，缓解他们的生活困难。截至目前，全村已稳定脱贫36户52人，除死亡7户14人，剩余60户95人均正常脱贫。2018年11月，万太公村代表西小召镇接受了国家精准脱贫三方验收，受到了上级的充分肯定。

抓重点，攻难点，求实效

韩来牛认为，大力发展经济才是最好的扶贫措施，多进群众家门才是最好的帮扶。自担任村党支部书记以来，他将改善全村的基础设施、提升人居环境列入村支部议事日程，全力争取项目、建立援助机制。5年来，借助新农村建设的契机，村里新建19.7公米水泥路、5千米通村油路和5.1千米村级社内道路，解决了村民出行、农牧副产品运输、农资农机调运等实际困难，为全体村民铺设了一条坚实的脱贫之路。通过引进项目资金，努力开展产业扶贫，大力发展村集体经济，如今，走进村里，道路平坦通畅，安全饮用水、宽带网络、卫生室、文化活动室等公共基础设施一应俱全。为了消除饮水空白点，解决部分群众饮用水安全问题，赵贵社积极实施自来水管网改造，为90多户村民解决了管道不畅、吃水困难的问题。

加强村级基层组织建设，是做好扶贫工作的首要任务之一。韩来牛始终将村支部阵地建设纳入帮扶计划和脱贫攻坚工作内容，积极联系帮扶单位和驻村工作队，改善村"两委"办公室设施，巩固党组织活动阵地，为凝聚党员、服务群众提供有力保障。筹集资金完善村党支部、村委会的各类软硬件建设，购置了办公桌椅、打字复印机、文件柜、宣传展板等急需的办公用品，并将村党支部决策事项、村务财务等情况及时公示，保证了村民的知情权、参与权和监督权；积极争取购置3套健身器材、1套篮球架等文化活动器材，定期举办广场舞、拔河、象棋比赛，农民运动会等形式多样的文体活动，丰富了群众的精神文化生活。村支部每年定期开展计生幸福家庭、党员示范户等评选表彰活动，激发村民参与村级治理热情。

瞄市场，做示范，强经济

韩来牛是一个极有商业头脑的人。从2006年开始，他就从事农产品

购销生意,经过多年的打拼,形成了自己的商业链条。2012年担任村支部书记以来,他利用自己的商业信息,带动周边的创业青年成立专业合作社,将他们培养成合格党员,为全村的产业发展提前储备人才、注入活力。2015年,面对村里缺少启动资金的困局,他主动提出让村集体入股自己的合作社,用自己多年来积累的商业资源带动村集体经济发展。为了提高党员的致富本领,发挥示范带动作用,2017年,他将村里合作社种植大户、养殖大户吸纳到西小召商会;利用万太公村优先享受扶贫项目困资金的优势,向上级申请扶贫资金,购置深耕犁配套设施,通过对外作业服务开辟创收渠道,增加集体收入。同时,他还通过争取上级农业补贴、鼓励村民发展养殖业等多种形式,增加收入。为了持续发展壮大集体经济,2019年,在他的倡导和带领下,万太公党支部争取上级财政资金,筹划建设农贸市场、炒货场项目,项目计划投资520万元,建成后将为万太公村群众每斤葵花增加0.05元的收入,户增975元。

嘎查小书记 成就大作为

——记乌拉特后旗乌盖苏木巴音乌拉（富山）嘎查党支部书记兰祥

兰祥，1975年11月出生在巴音乌拉，1999年参加工作，2000年加入中国共产党，2003年7月当选为巴音乌拉嘎查党支部书记，成了党政一肩挑的年轻嘎查干部，在基层一线默默奉献了十几年，无怨无悔。2017年他当选为内蒙古自治区党代表；2019年被巴彦淖尔市委评为优秀共产党员。

不忘初心使命，践行为民情怀

打铁必需自身硬。兰祥清醒地认识到，要想带领农牧民脱贫致富奔小康，就必须牢固树立全心全意为人民服务的思想。为此，他认真领会并坚决执行党的基本理论、基本方针和各项方针政策，努力提高为农牧民服务的能力。他除了自己不断提高水平，还带领两委班子成员学习理论知识、政策法规、致富本领。在嘎查委员换届过程中，把年富力强、群众威信高、工作有魄力的党员吸纳进入支委，形成强有力的领导核心，发挥基层党组织的战斗堡垒作用。为依法实行嘎查农牧民自治，推进民主选举、民主决策、民主管理、民主监督，促进本嘎查两个文明建设，兰祥结合嘎查实际，制定了《巴音乌拉嘎查民主生活制度》《巴音乌拉嘎查"三务"公开制度》《巴音乌拉嘎查村规民约》等制度，在具体实践中，他带头执行党风廉政建设责任制，认真落实"一岗三责"，落实群众监督机制，用实际行动促进了嘎查党风廉政建设持续发展，全嘎查党员干部组织纪律观念和工作作风有了明显改观，廉洁自律意识明显增强。

作为一名共产党员、一位最基层的嘎查级"父母官",兰祥时刻把农牧民的满意程度作为衡量工作成效的唯一标准,主动从农牧民最盼、最愿、最难的事情做起,想农牧民所想,急农牧民所急,履行共产党员的神圣职责。巴音乌拉嘎查分为牧业和以种植为主的东组、西组,是个少数民族聚集地区。作为党支部书记的兰祥深知民族团结意味着什么。2016年,国家级贫困户王小军之女王佳丽罹患白血病,在看病期间,花掉巨额医疗费这对于一个国家级贫困户无疑是雪上加霜。兰祥同志看在眼里急在心里,及时召开了两委班子会议研究对策,经过集思广益,将王小军家的情况上报上级民政局、扶贫办、红十字会、慈善总会以及孩子所在学校、教育局等单位请求帮助,同时面向社会,特别是本嘎查开展募捐活动。本嘎查270户420人募捐资金达3万元,体现了蒙汉民族心连心。

奋力脱贫攻坚,倾心为民办事

一直以来,贫困是压在兰祥心头的一块石头,农牧民一天没有摆脱贫困,他就一天睡不了安稳觉。多年来,在加快扶贫工作的道路上,他正确处理扶贫"点"与"面"的关系,本着"真扶贫""扶真贫"的工作宗旨,科学制定精准扶贫工作规划及计划,有针对性地开好"药方子",做到了扶贫对象精准、扶贫政策精准、扶贫措施精准、扶贫方法精准、扶贫资金精准。他按照"一户一策、一人一法",把贫困户分成5类,通过产业扶贫、就业扶贫、异地搬迁、生态环境、社会保障兜底等强有力的措施,使全嘎查所有农牧民贫困户于2017年全部脱贫,也使巴音乌拉嘎查彻底摘帽。

兰祥特别关注关爱是老弱病残孤寡鳏等特困户、贫困户和无经济来源的农牧民的生活问题，重点解决了贫困户马永胜、等人的住房问题，使他们可以安居乐业，幸福生活。

转变思维方式，全力发展嘎查经济

兰祥结合本嘎查的实际情况，经过长时间的走访调查，确立了嘎查村长远和近期发展规划，将加强巷道规划建设作为提高群众生活水平的重要工作来抓。如今嘎查道路建设、绿化、村庄美化工作基本完成；对门前乱建私厕、煤房，乱盖乱建现象进行彻底治理清除，确定专人管理、维护公共环境设施，确保了村容整洁、环境优美。嘎查党还争取投资3万多元，改善了巴音乌拉嘎查西组的居民生产、生活饮用水问题。

兰祥继续加大发展嘎查集体经济力度，扶持好养殖、种植等产业，不断探索多种经营致富的路子。他通过立项论证，依托当地特有的优势条件，建立养殖大棚和种植肉苁蓉项目。同时，他争取到了G335公路项目占地项目补偿金148万余元，用于巴音乌拉嘎查村集体经济，大力改善民生。

扫黑除恶，保牧民安居乐业

按照上级关于扫黑除恶工作部署，巴音乌拉嘎查迅速召集会议，快速行动、严密摸排、形成声势，扎实开展扫黑除恶的正义行动。兰祥多次召集嘎查党员、农牧民代表参加会议，对扫黑除恶专项行动工作的意义、工作重点进行宣传。嘎查设置了举报箱，公开举报电话，畅通了信息渠道，充分利用宣传标语、横幅、嘎查喇叭、微信群等进行深入、广泛宣传，营造良好的舆论氛围，形成高压态势，震慑黑恶势力，为嘎查经济发展营造良好的环境。

"简单的事情重复做，你就是专家，重复的事情用心做，你就是赢家。"兰祥同志就是这样十几年如一日，任劳任怨、扎根基层，时刻把党的事业和农牧民的利益放在首位，带领嘎查两委班子与农牧民艰苦奋斗，开拓进取，带领嘎查农牧民奔小康阔步向前、永不停步。

卫生事业的"追梦人" 肿瘤专业的"领头人"

——记巴彦淖尔市医院副院长、肿瘤医学整合中心主任王腾祺

王腾祺，巴彦淖尔市医院副院长、肿瘤医学整合中心主任、胃肠与肿瘤疾病研究所所长、胃肠外科首席专家、硕士研究生导师。从医28年，始终走在创新前沿的他，引领巴彦淖尔市医院胃肠、肿瘤、内镜微创团队不断成长，技术不断突破，为众多患者带来福音。

1997年，他在内蒙古自治区率先开展吻合口瘘的规范治疗、营养治疗项目。2004年在内蒙古自治区率先开展直肠癌全系膜切除术、胃癌扩大根治术（D3）。2005年在内蒙古自治区率先开展不连续空肠间置术、根治性胰头十二指肠切除术、右半肝切除术和肝右三叶切除术。2008年，在内蒙古自治区率先开展腹腔镜辅助下胃癌根治术、腹腔镜辅助下结直肠癌根治术。2009年，在内蒙古自治区率先开展内镜辅助下甲状腺切除术（Miccoli手术）、内镜甲状腺切除术、腹腔镜下腹股沟疝网片修补术、腹腔镜辅助下肝部分切除术、腹腔镜辅助下直肠癌联合全子宫切除术、腹腔镜辅助下乙状结肠癌根治联合肾切除术。2010年，在内蒙古自治区率先开展单孔腹腔镜胆囊切除术、全腹腔镜胰体尾切除、全腹腔镜脾切除术、双镜联合下胃肠道肿瘤切除术（LECS）。2012年，在内蒙古自治区率先开展经肛门内镜微创手术（TEM）。2015年，在内蒙古自治区率先开展全腹腔镜下胃癌根治术。2016年，在内蒙古自治区率先开展全腹腔镜下结直肠癌根治术、肠镜下黏膜下剥离术（ESD）、双镜联合下的食管裂孔疝可吸收补片修补、胃底折叠术。2017年，在内蒙古自治区率先开展了金陵术；2018年，在自治区率先开展内镜下基于腹横肌松解的后组织分离术(PCS/TAR)+Sublay联合Onlay杂交加强修补术，造口旁疝的Sugarbaker术，首例腹腔镜、胃镜双镜联合下胃癌根治、胃区段切除

+示踪剂指引下区域淋巴结清扫术和直肠癌的区段切除、边缘淋巴结切除术（R1）。2019年，在内蒙古自治区率先开展全腹腔镜下直肠癌侧方淋巴结清扫术。

2019年，他被巴彦淖尔市市委组织部推荐为第十批"草原英才"产业创新人才团队、巴彦淖尔市医院肿瘤防治院士专家工作站团队带头人。

追求卓越，致力开拓新技术

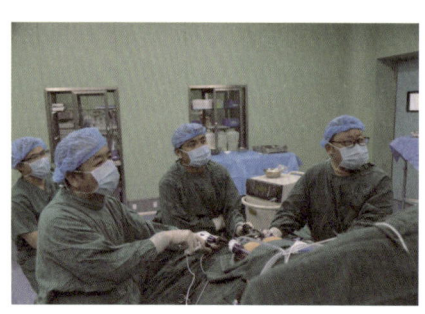
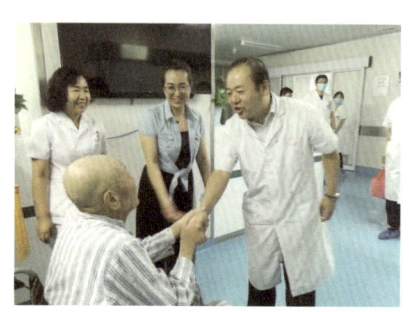

王腾祺出生于医学世家，从内蒙古医科大学毕业后，23岁的他就投身临床一线。他将"传承、创新"作为自己的工作理念，从做医生那天起，把患者的需求始终放在首位，希冀为家乡人民的健康贡献自己的力量。

刚参加工作时，为了尽快掌握普外科手术技能，他自己掏钱买来手术器械、道具、动物内脏等，利用工作之余刻苦钻研、勤学苦练，常常下班已是深夜。他似乎从不知疲倦，时常一练就是一整夜，并将自己的经验、技术、收获毫无保留地传授给其他医生。从普外科到肿瘤科，凭着对医学的一腔热情和对医术精益求精的执着精神，从2003年开始，仅用1年时间，他将很多的大出血手术，变成了微出血甚至白手术，手术死亡率降为零，围手术期死亡率也大幅下降。由他主持的新技术项目开始不断涌现，填补了巴彦淖尔市该领域的很多空白，部分成果填补了内蒙古自治区的空白。他主持了腔镜甲状腺切除术、右半肝和肝右三叶切除术、保留脾脏的胰体尾切除术、胰头癌的改良扩大根治术、腹腔镜胃肠道肿瘤根治术、经肛门内镜微创手术（TEM）、双镜联合胃肠道手术（如小肿瘤切除术、反流性食管炎手术）、腹腔镜顽固性便秘手术等新技术共计50余项，其中，获巴彦淖尔市医院"三新技术奖"36项，巴彦淖尔市科技进步二等奖、三等奖各1项,获内蒙古医学会进步奖2项,获全国手术视频赛二等奖1项、三等奖1项、优秀奖3项。他先后荣获卫生部全国医药卫生系统先进个人、第八届中国医师奖。

攻坚克难,成就"高精尖"

"我们做医生的要始终紧跟国际、国内前沿学术、技术动态,不断完善自己和团队的技术体系,不断探索对患者痛苦更小、恢复更快、功能保护更好的手术治疗方法,来解除患者病痛。"王腾祺说。

直肠癌发病率和死亡率在中国一直呈逐年升高趋势,已成为消化道排名第一位的恶性肿瘤。经过多年的临床实践,王腾祺将自己的研究方向定位在肿瘤的规范化诊疗与防治上。他紧跟国际国内前沿学术、技术动态,积极参加国内、国际各类学术交流、手术视频比赛,带领他的团队在技术上不断探索实践,不断创新突破,将传统术式与国际先进技术结合并加以改良,努力为肿瘤患者提供精准度更高、损伤和痛苦更小、恢复时间更短、功能保护更好的治疗方案。自2008年在内蒙古自治区率先独立开展腹腔镜胃肠道肿瘤根治术以来,他利用10年时间,使得腹腔镜胃癌根治术、腹腔镜结直肠癌根治术成为常规、成熟的手术,并以腹腔镜、胃肠镜、经肛门内镜微创技术(TEM)为特点的微创化手术技术为核心,率先在内蒙古自治区开展了众多的高难技术实践,形成了在内蒙古自治区独具特色的高精尖手术技术群。

从医多年,深谙患者疾苦的王腾祺秉承"安全、有效、低价"的工作信条,科室在创新性治疗的同时,也保留了最廉价的传统治疗项目。"这不仅是一名医者该做的事，更是一名共产党员的行为准则，不能让患者因病致穷、人财两空。"凭借着过硬的技术和悉心的服务，王腾祺成为同行敬佩、患者认可的肿瘤治疗专家，经他治愈的患者都成了他的"粉丝"。他带领团队创新设计的带蒂游离空肠进行食管残胃空肠间置术，具有安全、符合生理、治疗合理等优点，已在多家医院应用推广，不但获得了良好的社会声誉，而且节约了大量的医疗费用，既符合个性化治疗的医学专业发展，又符合医疗改革总体规划。目前，近端胃切除行间置空肠已较成熟，先后在巴彦淖尔市医院、长治医学院附属和平医院、包头医学院第二附属医院、杭锦后旗医院进行推广，应用良好，在术后患者随访中取得了 91.43% 的临床满意度，起到了良好的辐射带动作用。

锐意改革，加快创新能力

2016 年，走上领导岗位的王腾祺更加繁忙。每周工作 7 天，每天十四五个小时，成为他的工作常态。他经常受邀于北京 301 医院、昆明医科大学第一附属医院、鞍山肿瘤医院、山西省肿瘤医院、北京友谊医院、北京武警总医院举办的学术会议进行学术讲座，也是内蒙古自治区肿瘤、胃肠学术会议讲坛上的常客。为加快医院人才队伍建设，他带领团队成员开展临床科研工作，鼓励学科带头人和中青年骨干力量参加各类国内外进修、学术活动，开阔专业视角，增强青年医师创新能力，进一步提升临床科研能力。2018 年，按照多学科联合诊疗模式，他对肿瘤整合医学中心进行了全新的改革，并协助引进了 Watson 人工智能诊断系统，打破了科室之间的利益壁磊，激励各科医务人员牢记医生职责，真正做到以病人为中心，为肿瘤患者的健康保驾护航。

他常说："天道酬勤，机会只留给勤奋的人。" 从医数十年，从一名普通医生一步一个脚印成长为巴彦淖尔市医院肿瘤专业的"领头人"，是近 30 年持之以恒、孜孜不倦深耕的结果，他始终用医者仁心服务着群众的健康，成就了独特的人格魅力。如今，他引领下的巴彦淖尔市医院肿瘤医学整合中心已经成为巴彦淖尔市肿瘤治疗的新名片，并正在向更高的目标迈进。

扛起富民强村的大责任

——记五原县复兴镇永丰村党支部书记李小四

李小四,男,汉族,1969年12月出生,中共党员,2015年担任五原县复兴镇永丰村党支部书记。多年来,他始终把培育产业、发展经济、群众增收作为一切工作的出发点,坚持大党建引领大发展,着力增强"两委"班子的凝聚力和战斗力,团结带领村民努力实践着"产业兴旺、生态宜居、乡风文明、治理有效、生活富裕"的总要求,用实际行动和发展成果提升群众的幸福指数。2019年,他被巴彦淖尔市委评为优秀共产党员。

大党建引领大发展

2015年,李小四担任永丰村党支部书记后,有着丰富农村工作经验的他,首先思考的一个问题,就是如何充分发挥党总支的战斗堡垒作用,紧紧把党员聚集在党组织周围,把群众智慧和力量充分挖掘出来,带领群众走上一条致富道路。在他内心深处默默立下了一年打基础、两年上台阶、三年求突破的目标。于是,他率先从抓基层建设、固本强基入手,建立完善了一系列党的建设、党支部议事、党员管理等制度措施,不断提高组织生活活力和吸引力,把"主题党日"、产业发展和村民致富紧密结合起来,激活基层组织的"神经末梢"。

针对部分党组织建设软弱、凝聚力不强等突出问题,他坚持以分类管理、限期达标、全面覆盖为目标,围绕整顿、转化、提升标准,强化党组织规范化建设,当年完成三类村党组织转化,2016年、2017年连续两年进入一类村行列，并稳居前列。

村庄旧貌换新颜

"要说改变最大的，还是我们的村容村貌，路通了、树绿了，广场、活动室建起来了，村里发生了翻天覆地的变化。"李锁元自豪地说。在这之前，村里还是"黄土圪卜"，一遇刮风天，尘土飞扬；柴草乱堆，火灾隐患极大；垃圾堆积如山，环境脏乱差；生活污水随意倾倒，雨后道路泥泞，村民们怨声载道。

2015年，永丰村全面推开7个村民小组的美丽乡村建设序幕。工程刚开始时，由于道路规划、村集体公用设施建设需要，急需征用、拆除草圐圙、猪羊圈、危旧房屋、废旧院墙，面对部分村民的不理解、不支持，工程改造真是矛盾不断、阻力重重。为了加快工程进度，化解矛盾纠纷，李小四深入群众家中，动之以情，晓之以理，讲道理、做比对，在他的感化下，村民张永旺带头拆了100多平方米的危房，由此打开了突破口。村看村、户看户，全村群众积极参与支持"美丽乡村建设"工程，群众主动投资投劳，争先拆旧改造，仅仅一年时间，便高标准地完成了7个村的改造建设，从根本上改变了群众的人居环境，并代表五原县接受自治区和市级验收。

2017年，结合五原县推行的村民小组"微治理"的契机，李小四又不失时机地建立了诚信村民档案，制定了卫生保洁员制度，充分调动各村民党小组、理事会的积极能动性，整合组建了一批环境卫生清扫保洁、村级协调监管队伍，有效巩固了美丽乡村建设成果。

好项目促进经济大发展

发展永丰村集体经济、带领群众增收致富,一直是李小四苦苦思考的大事。2016年,他顺应形势发展要求,不断开阔思路、谋划发展,积极组织党员、村民代表、社员农户、包村领导,共同研究讨论村集体经济发展大计。通过研究调研,他们确立了依托本地蜜瓜产业建立市场、依托农村农副产品优势发展养殖业的路子,引导群众进一步发展规模化、精细化种植。发展路子确立以后,他及时向镇党委、政府汇报沟通后,进一步完善措施,细化方案,在积极争取财政等相关部门的扶持和帮助下,项目很快得以落地。

2016年,村里投资230万元,建成五原县最大的村级蜜瓜市场、绿色蛋鸡养殖基地,同年,村级电子商务服务站启动运行。2017年,村里争取财政奖补资金60余万元、投资120万元新建蜜瓜干加工生产线,发挥优势特色产业、延伸产业链条,多途径增加集体经济收入,全年集体经济收入达到30万元。他们还成功承办自治区、市级发展壮大村集体经济现场会,发展模式得到推广。这里年均接待外旗县、盟市观摩考察团、各类学习培训班、现场教学100余次2000多人。村集体经济累计支出120多万元,用于修路、维修桥涵口闸、扶贫济困等民生工程,使村民实实在在感受到村集体经济发展壮大后带来的实惠,增强了向心力与凝聚力。

带头引领良好村风

为规范村民行为,提升村民诚信,营造诚实守信和谐互助的村风,李小四以身作则，对自己高标准、严要求。在他的带动下，村民们积极响应镇、村社干部的号召，心往一处想、劲儿往一处使，努力丰富群众精神文化生活，营造遵纪守法、诚实守信、互帮互助、家庭和睦的良好氛围。2017年的一个午后，正在家中午休的李小四听到门外传来呼救声，呼救的女孩说她年幼的弟弟被翻倒的三轮车扣入水中，李小四毫不犹豫地冲进水渠中，救出了小男孩。事后，孩子的家人带着礼品到李小四家中表示感谢，却被李小四婉言谢绝了。他说："孩子没事就好，生命比什么都重要，我也只是做了我该做的事。"

现在的永丰村，变成了远近闻名的和谐村、示范村。基础设施不断完善，村容村貌大为改变，极大地改善了村民的生产生活环境，全村村民的思想发生了改变，生活方式进一步改善，文明向上的村风明显改观，村民干事创业的劲头更足，幸福指数更高。这一切的发展变化，都离不开李小四的辛勤付出。

作为一名共产党员、一名基层党员干部，李小四同志时时刻刻处处以一名优秀党员的标准严格要求自己，勤勤恳恳，兢兢业业地做好每一项工作，在平凡的岗位上尽职尽责，全心全意为村组谋发展、为群众谋幸福，践行了新时期一名村党支部书记的责任与担当。

抓基础 强服务 建设美丽庆隆

——记杭锦后旗二道桥镇庆隆村党支部书记闫平

闫平，男，汉族，1963年7月出生，1989年7月加入中国共产党。2012年担任庆隆村党支部书记以来，他认真抓好党建基层基础工作，强化服务功能，取得了较好成效，得到了全村党员和群众的称赞，连续被二道桥镇党委评为优秀共产党员，2019年被巴彦淖尔市委授予优秀基层党组织书记荣誉称号。

做一名优秀的共产党员是他的人生奋斗目标。不管在工作中还是生活中，闫平始终严格要求自己，率先垂范，遵崇党章学习党规，自觉遵守党纪党规，认真学习贯彻党的十九大精神，树牢"四个意识"、坚定"四个自信"，坚决做到"两个维护"，努力加强政治建设，坚决执行党的基本路线和方针政策。在加强政治理论学习的基础上，他自学电脑和网络等知识，不断充实自己，努力提升自身的综合素质。

做为党支部书记，闫平始终把创建"五个好"村党支部作为班子的奋斗目标，认真落实抓党建工作责任，带领村党支部班子认真落实抓党建的主体责任，推动全面从严治党。他积极组织村"两委"班子认真学习党章党规、党的十九大精神和习近平总书记系列重要讲话精神，进一步提高了班子的政治理论水平。他带头坚持"三会一课"等组织生活制度，完善党支部学习培训制度、党务公开制度和支部书记讲党课制度等党建工作机制，坚持用制度规范党建工作，不断提高村党支部党建工作科学化、规范化水平。

一段时期内，由于党员管理松散，党员政治意识规矩意识淡漠，一部分党员不参加组织活动，党员带头作用不明显，群众满意度不断下降。

为了提升党组织的凝聚力，激发党员先锋模范作用，闫平大胆创新、大胆尝试。

先行先试，全面推行党员"全链条"教育管理机制。党支部严格"进""管""出"，强化党员精细化管理。在"进"上，村党支部严把党员"入口"，近3年高质量发展党员3名，其中35岁以下大专学历1名。在"管"上，村党支部根据党员生产生活现状，将党员分为有职党员、能人党员、普通党员和流动党员4类，从党员政治思想觉悟、组织纪律、道德品质、遵纪守法、发挥带头作用等方面的日常表现设置考核指标，采取"分类分层、一季一评、全年总评"的办法，按照"党员自评—党员互评—群众参评—组织评定—亮分公示—评档定级"6个步骤开展党员分类量化考评管理。在考评管理党员的过程中，村党支部坚持"党员行不行，群众说了算"，增加群众参评分值，让党员所在小组的群众参与测评本小组党员，更加客观、准确地反映党员的日常表现，取得了很好的效果。在"出"上，完善不合格党员处置机制，畅通党员"出口"。根据党员分类量化考评以及党员考评8个"一票否决"指标的考评结果，通过"支委初定—支部调查核实—镇党委预审—党员大会表决—慎重处置"的不合格党员处置流程，对1名被评为警示党员的同志进行了谈话、批评教育，并责成1名支委委员结对帮扶，督促这名警示党员限期改正。现在，这位同志思想态度端正，能正确认识自己的不足，积极向优秀党员看齐，处置效果明显。

开展"先锋活力党小组"创建活动。闫平改变以前按村民小组为单位设置党小组的模式，根据党员产业发展、生活风俗习惯、性格喜好特点等实际情况，按照"地域相邻、行业相近、兴趣相投"的原则，灵活

设置产业发展型、热心公益型、民主管理型、纠纷调处型、文艺健身型、流动党员服务型6类8个党小组,提倡党小组长、村民小组长、村民代表、党代表"四位一体",使党小组设置科学合理,特色鲜明。党小组活动实现"四个有",即有活动阵地、有活动记录、有活动制度、有活动经费。党小组制定符合党员实际的活动计划和年度目标,积极组织党员参加活动和服务群众,激发了党小组活力。通过"先锋活力党小组"建设,全村8个党小组引领发展富民产业3项。村党支部经常性开展党的政策宣传和矛盾纠纷化解活动,组织农民秧歌文艺健身队6支,参与兴办公益事业30余项,宣传党的政策100多次。他们积极联系服务流动党员,畅通了党组织联系服务群众"最后一公里",受到了群众的欢迎。

组织优秀党员开展"为民"党员志愿者活动,推进党员示范群体建设。闫平组织党员志愿者围绕"文明村庄创建""化解矛盾纠纷""一对一"扶贫济困和"产业发展"4个主题亮身份、做表率,开展志愿活动。累计化解矛盾纠纷20余起,为群众提供实用科技、扶贫帮困、文明创建、环境保护、信息咨询、就医创业等便民服务100多次,收到了"点亮一盏灯、照亮一大片"的良好效果。

闫平牢树宗旨意识,始终不忘初心,认真履行职责,大胆开展工作。在严格执行"四议两公开"的基础上,他采用"惠民三步法"推动"村民议事和村民干事"制度有机结合,团结和带领全村党员、干部和群众实现乡村振兴。争取项目资金建设通村油路7千米,绿化植树8500株,实施1.4万亩土地整理项目;改造村"两委"办公室和便民服务站455平方米,新建党群活动室200平米,新建高标准村民文化活动广场5400平方米,极大地改善了群众生产生活条件。他积极宣传社会主义核心价值观,开办"基层大讲堂",组织党员群众开展"优秀党员""美丽庭院""精巴媳妇"和"模范乡亲"评比活动和农民趣味运动会、广场舞比赛等群众喜闻乐见的精神文明创建活动,倡导科学、文明健康的生活方式,促进了乡风文明,全村各项事业显著进步。2014年至2018年,庆隆村连续被镇党委评为实绩突出村。

甘于奉献　兴业强村

——记杭锦后旗团结镇民治桥村党支部书记高有利

　　高有利，男，团结镇民治桥村党支部书记、旗人大代表、团结镇商会会长。1962年8月出生，2015年6月入党，高中文化。他为人正直、率真，乐于助人，敢想敢干，不怕吃苦。担任民治桥村党支部书记后，他更是兢兢业业，带领广大党员为民谋福利、为村谋发展。经过十几年拼搏，他成为团结镇致富带头人和扶贫帮困模范个人。他在平凡的工作中实现着人生的追求，以自己的实际行动兑现了入党誓言。

　　民治桥村共有10个村民小组，有农户598户，人口1943人，共有党员65人。2017年5月，高有利就任村党支部书记。他总在思考：如何才能让党建引领脱贫致富？他紧紧抓住推进"两学一做"学习教育主题活动这一机会，从强化思想建设、作风建设、党员队伍建设等方面入手，组织全体党员认真开展学习教育，不断提升村级组织建设规范化水平。党支部严格执行"三会一课"制度，大力推行党员"全链条"管理机制，量化积分考评，广大党员参加组织生活的积极性被充分调动起来。他引导全村党员带头学习、带头干事，勇于担当，承诺践诺，积极发挥先锋模范作用。每位党员都与贫困户进行结对帮扶，每周义务帮扶一次，帮助贫困户解决问题。党员每月结合主题党日活动为群众办一件实事。党支部还健全和完善了便民服务代办点，推行了村干部坐班值班制度，全天候为群众服务。高有利组织党员给贫困户担保贷款100多万元发展生产。为丰富群众文体活动，村委会筹措资金5500元为村秧歌队和广场舞队购买了音响和服装。他还组建了一支党员志愿服务队，在村屯绿化工程中，党员们踊跃义务栽树、浇水、管护；在村环境卫生整治工作中，党员们不怕脏、累、苦，冲锋在前；在村里的孤寡老人家里，党员们献出暖暖的爱心。在他的带领下，村两委班子在群众心中的威信大幅度提升，融洽了党群、干群关系，增强了党组织的战斗力和凝聚力，有力地推进了全村各项工作的全面落实。

兴产强村，带领群众脱贫致富

民治桥村是一个典型的灌溉农业区，位于河套灌区总排干南部，传统农业粗放经营，效益低，农民增收慢。高有利同志作为致富带头人，立足民治桥村的资源优势，依托月阳合作社，推行"支部+合作社+农户"的产业发展模式，重点向订单农业方面发展，走特色种植的路子，大力发展高效设施农业，全村村民踊跃加入合作社。通过外引内联，全村建成钢架大棚800多亩、温室80亩、订单种植大田2000多亩，农副产品销售到北京、上海、广州等地。他还从山东老家请来技术专家，指导当地农户种植甜瓜、黄瓜。由于产品品质高，市场供不应求，2019年1600吨甜瓜销售到山西大同、河北张家口，实现经济效益1000多万元。他还引导农户进行了2000亩露天西红柿订单种植，2019年西红柿远销上海、广东，合作社农户亩均增收达到1万元以上，村民收入结构由传统单一化向多元化迈进，实现了脱贫致富。

甘于奉献，真情实意扶贫济困

作为支部书记，他心里有群众，心里装着群众，时时刻刻为群众着想。为了深入了解情况，他带领村班子一个社一个社、一户一户进行走访，了解民情，掌握民意。有农户不在家，他就去第二次、第三次，直到见到人为止。家里没人，他就去田间地头找。原来不太熟的村民，最终与他成为可以敞开心扉拉家常的好朋友。通过入户走访，他详细掌握了全村群众的所需所想，与村"两委"班子成员、第一书记、驻村工作队员共同分析研究，立即解决问题。他先后筹措资金3万元修建了村委会到五、六社砂石路；协调镇政府购买排水设备解决黄三支沟倒灌问题；筹措资金3万元把二、三、四社设施农业片内农田路全部铺成砂石路，解决了农户卖瓜出行难的问题。他还协调交通局要回60节涵管，维修了全村破损的农田路桥，协调水务局解决了民治桥一社吃水难的问题。他及时对10余件土地纠纷和水费遗留问题进行了解决，确保了社会稳定。

近年来，他个人先后拿出10余万元对村里的贫困户进行帮扶。2017年，他给精准扶贫户王四生小孩念大学资助2000元。孤儿王洁念书，他资助2000元。2018年冬天，他给贫困户送去2000元的煤炭。他耐心地为贫困户进行政策宣传解读，让他们充分了解惠民政策，让他们感受到党和政府的温暖，鼓励他们树立脱贫致富的信心和决心，懂得知恩图报。他带领村委会一班人进一步完善"一人一策""一户一策"的精准脱贫方案，确保精准扶贫、精准脱贫见到实效。

民治桥三社王四生是2016年的建档立卡贫困户，在帮扶以前，妻子出走，一个人抚养小孩生活非常困难，对生活失去了信心。高有利针对他的具体情况给他制定了帮扶措施，为他建起了70平方米的住房和60平方米的羊圈，鼓励并帮助他建起5亩钢架大棚，每年按照合作社的统一安排种植甜瓜。通过养羊和种植西甜瓜，两年下来王四生收入明显增加，生活得到了根本改善。王四生看到了新的希望，重新树立了生活的信心。

在热心人的帮助下，2017年他又娶到了一个年龄相仿的老伴儿。现在，王四生家里家外整洁有序，他衣着穿戴整齐干净，脸上经常挂着掩饰不住的笑容，逢人便讲："还是党的政策好，我感谢党、感谢政府、感谢高书记。"

在高有利同志的提议下，全村还建立了扶贫济困基金，每年从基金里拿出一笔钱来帮助特贫困家庭和贫困学生渡过难关。他亲自把钱送到贫困户手上，以解他们的燃眉之急。每当有村民有重大疾病求助他时，他都会毫不犹豫地拿出钱来帮助他们渡过难关。高有利的得到了群众发自内心的称赞。

作为一名党员、一个支部书记，高有利同志时刻感觉自己身上的担子很重。他不仅要带领贫困户脱贫，而且有责任、有义务带领全村的父老乡亲走上共同富裕的道路。所以，他时刻提醒自己："不能有丝毫的懈怠，要不忘初心，牢记使命，撸起袖子加油干，为实现全村共同富裕继续贡献自己的力量。"

让党旗更红　乡村更美　村民更富

——记临河区干召庙镇棋盘村党支部书记吕志明

吕志明，男，汉族，53岁，中专文化，中共党员，1997年起任干召庙镇棋盘村党支部书记职务至今22年。近年来，吕志明聚焦"三农"，深入落实党的各项路线方针政策，团结带领"两委班子"，主动契合美丽乡村建设新机遇，主动作为、大胆实践，逐步实现了产业发展、农民增收、村组稳定良好的发展态势，美丽乡村建设走到了全镇的前列。

一马当先，率先改善农业基础条件

干召庙镇棋盘村辖6个村民小组，共有耕地11000亩，常住户241户，人口880人。棋盘村缺乏区位优势和资源优势，全村主要以传统的种植业为主，农民世代躬耕、赖以生存，是全镇立地条件最差、盐碱化程度最高的一个村。棋盘村的过去可以概括为4句话：土地盐碱白茫茫，村庄破烂水汪汪，耕地贫瘠不产粮，姑娘结婚嫁他乡。

1997年，土生土长的吕志明担任村党支部书记后，摆在眼前的现状是，村基础条件比较差，缺少村集体经济收入；个别村组党组织软弱涣散，带领群众增收致富的能力不足等一系列问题。生来就有一股不服输、一股倔强个性的他，决心要带领"两委班子"改变群众人居环境，增加群众收入，增强群众幸福感。

针对全村土地盐碱化严重、灌排渠系不配套、不能满足合理灌溉的现状，村"两委"坚持因地制宜、综合治理，开挖了8条排水沟，全长25千米，做到有灌有排，降低土地盐碱度。他结合全村经济发展需要，以农业增效、农民增收为目标，适时调整中低产田改造与节水灌溉思路，争取中低产田改造项目，全村打机电井71眼，实现渠、沟、路、林、田、井6配套，极大地改善了农业基础条件，促进了农村经济持续快速发展。为了不断巩固盐碱地改造效果，扩大盐碱地改造面积，每年秋翻之前，在盐碱地施压磷石膏，提高盐碱化程度。目前，通过改造，耕地面积由过去的6100亩增加到11000亩。

种养结合，努力发展畜牧业补短板

把一家一户深沟高垒、分散化、自给性、低收益的经营方式，改造创新为土地大面积连片，有助于规模化、科学化经营管理的现代经营模式，并为将来农民自愿接受规范化的土地流转创造条件、铺平道路。随着全村耕地面积的增加，为了带动农产品增值与农民致富，2019年，在吕志明的带领下，棋盘村推行小麦、玉米集中连片种植，小麦连片面积达到3500亩，玉米连片面积达到4500亩，集中连片种植的经济效益较"零星"种植效益明显提高了。

引进龙头企业，大力发展畜牧养殖业，补齐生产发展的短板。为了大幅度增加群众的收入，经过广泛深入的调查，在多次征求群众意见的基础上，群众一致推荐吕志明为全权代表，同恒丰集团签定小麦订单4800亩，引进兆丰公司富硒小麦种植技术和农技推广中心的玉米"一穴双株"高产种植技术6000亩。

随着土地面积的增加、种植业快速发展，农作物秸秆和饲草资源丰富，为发展养殖业提供了得天独厚的条件。精明能干、头脑敏锐灵活的吕志明又一次看到了发展养殖业的先机，与巴彦淖尔市团众公司签订"放母收犊"协议，发展奶牛和肉牛养殖200头以上，并全程跟踪技术服务。通过与临河区农牧局家畜改良站协调，引进富川公司杜波种公羊，实施母羊"高频高繁"技术和肉牛一年一胎高产技术。每只母羊每年多产一只小羊羔，可增收700元，母牛每年产一只小牛就可创收6000元。目前，全村有基础母羊50只以上的养殖大户10户，基础母羊在15只以上的有38户，育肥羊400只以上的有8户。

管促并举，实现乡村与民风大变样

为了进一步推进农村建设，充分发挥基层民主作用，党支部逐步建立筹补结合、多方投入的村级公益事业建设新机制。近年来，在吕志明的带领下，争取"一事一议"财政奖补资金68万元，群众自筹12万元，在全村18.2千米的硬化道路、村庄巷道安装太阳能路灯141盏，并对全村井灌区电网进行全面改造，更新变压器13台及所有的线路，保证灌溉高峰不缺水、用电高峰不断电。

党支部不断强化基层党组织和党员队伍建设，健全完善了以党建为引领、产业为支撑、基础建设为重点的一整套发展规划。同时，党支部坚持围绕规范与达标，细化了党支部建设、党员管理监督、"三会一课"等制度措施，促进了基础党建工作步入了制度化、规范化。2019年2月，吕志明在参加临河区支部书记"大比武"擂台赛上，获得了优胜奖，为村集体组织赢得了10万元奖金，个人获得了2万元奖励。

利用庆"七一"活动，党支部每年定期举办红歌大赛、广场舞大赛、党的知识竞赛、扶贫知识竞赛等，利用全国首个农民丰收节到来之际，村里举行庆祝丰收节活动，举办农副产品成果展、劳动技能大比武活动，活动受到中央电视台国防军事频道和内蒙古电视台经济频道的录制和报道。他重视提升群众精神文化生活，每年利用妇女节、青年节等节日举办千人竞步走、乒乓球、篮球等比赛，评选"精巴媳妇""好婆婆""干净人家""美丽庭院"标兵，乡风文明建设发生了根本性改观。

他针对贫困户的不同特点，因户因人而异，实施不同的扶持政策，全村共有建档立卡贫困户4户12人，现已全部脱贫。

成绩只能代表过去，为人民服务永无止境。吕志明同志带着对党和人民高度负责的深厚感情郑重向党员、群众承诺："改造碱地多产粮，依托龙头养牛羊，家家户户住新房，2020达小康。"在全面建成小康社会的征程上，他努力带领全村真正实现棋盘村党建强、队伍硬、产业兴、乡村美、农民富。

为幼儿成长铺就一条阳光之路

——记乌拉特后旗巴音镇幼儿园工会主席潘俊峰

潘俊峰,女,汉族,1973年出生,本科学历,小教一级教师,现任巴音镇幼儿园工会主席、大三班班主任,负责数学、美术学科教学工作。

潘俊峰从事幼儿教学工作已有26个年头,从事的工作虽然没有轰轰烈烈的成就、没有惊天动地的业绩。但是,她以拥有这份平凡和富有意义的事业而骄傲自豪。她先后荣获旗级优秀教师、优秀班主任、优秀辅导员、师德标兵、市级教学评比优胜奖励等荣誉。2018年,她被自治区评为"五一巾帼"标兵称号。

怀揣幼教梦想,全身心融入幼儿事业

"能成为一名老师是我少年时的一个执着的梦想,带着对幼教这片净土的向往,面对那一双双灵动并渴望知识的眼睛,我渐渐地感受到作为一名老师职业的崇高与伟大"。潘俊峰自豪的说。

潘俊峰就是从事幼教工作、有一颗永恒的爱心、做一支蜡烛、照亮孩子成长的路开始的。潘俊峰刚参加幼儿园工作时,也曾彷徨过、交织过,其原因出自一次"有惊无险"的小插曲。有一次,幼儿园一名小孩上厕所时儿脚下一滑差点掉厕所里,幸运的只是把头磕碰了一下,没有造成意外事故。当时,对于心里承受能力差的她,可谓是诚惶诚恐。事后,每当辗转反侧、难以入睡时又反复地问自己,难道就这样被吓倒了吗?难道放弃自己所爱的职业吗?无数次反思后,她心中有了答案:"坚守是一种勇气,更是一种责任",她决心用大爱为家乡的幼儿教育事业插上飞翔的翅膀,为孩子书写金色的童年。

高尔基说:"教育儿童的事业,要对儿童有伟大爱抚的事业"。爱是做好工作的前提,是打开幼儿心灵之窗的一把钥匙。面对一群活泼好动、天真烂漫的孩子,要想成为他们的良师益友,受到他们的尊重与爱戴,仅仅靠丰富渊博的知识是远远不够的,因此,潘俊峰经过几个学期的努力之后,又仔细琢磨研究各年龄段孩子的心理和生理特点,努力把自己全部的爱心、耐心、细心倾注到每一个孩子身上。哪个孩子哭闹不愿来幼儿园,她就每天耐心地给他讲故事、唱儿歌,陪他玩玩具,逗他开心、稳定他的情绪;哪个孩子把大小便拉到裤子上,她就为孩子换洗,并教育他养成良好的卫生习惯。当一名老师她将沉甸甸的责任扛在肩上,把一份满满的爱融入到孩子的心田时,那些困难又算得了什么呢。她只想让每一位家长都放心,让他们知道孩子在这里学习与身心都能更健康成长。

幼儿园工作是繁杂而锁碎的。作为班主任,她不但要把配班老师的积极性调动起来,还要把班务工作做好、完成得更出色。幼儿园中最让人头痛的事,就是和家长沟通。由于家长的素质参差不齐,教育观念各不相同,所以家长的工作特别不好做。很多时候,幼儿园放学后不见家长来接孩子,于是她就把孩子带回了自己家里,给孩子做饭,安顿孩子睡觉,等待孩子家长来接。

有时候听到别人议论说:"幼儿老师这么辛苦,这是何苦呢?"但是,每当看到家长喜悦的神情,看到孩子天真无邪的眼神,她心中的自豪是无法用语言表达的。她更加坚信,这就是自己的梦想,是自己心中最美好的愿望,更是自己为之追求的人生目标。

凭真爱智慧，探寻幼儿多彩世界

多年来，潘俊峰从未放松过学习、珍惜幼儿园给外出学习的每一次机会，学习最前沿的幼教理论，不断充实自己。为了提高自身业务能力，她积极参加教研活动、业务学习及观摩课的评议、外出参观优秀园所的活动，吸取有益的教育经验。她注重平时的积累，将工作中的反思、收获和点滴启示记录下来，不断改进、不断创新，促进教学水平的提高，使自己真正走进童心世界。先后撰写的《阅读教学中发挥学生的主体作用》论文，获自治区二等奖；《网络环境下小学数学课堂教学模式的研究》论文，获自治区一等奖；《幼儿教师职业病防治状况的调研》论文，获全市教育工会优秀调研报告和论文三等奖；《浅议幼儿园球类游戏的组织》在"全国教育管理理论与实践创新论坛"大赛作品评选中荣获一等奖；《浅议如何让幼儿喜欢上绘本阅读》，参加"2016年全国优质教育科研成果展评"中荣获优质论文一等奖。她多次获得校级优秀教师及先进班集体荣誉称号。

倾注爱心，汇聚幼儿大爱旋律

对于一名幼儿园老师来说，要真正爱上许多与自己没有任何血缘关系的孩子，且要爱得公平、爱得得法，那是不容易的。

潘俊峰深知要给予孩子一杯水，自己则要拥有一片海洋。尤其是在《3-6岁儿童学习指南》颁发以后，她大量翻阅幼教书籍，认真了解教育教学新动态，揣摩优秀教案中的新思想、新方法，并在日常教学中反复尝试实践，努力将新的教育观念运用的更准确，注重幼儿多方面能力的培养。她让幼儿做到"玩中学"，"学中玩"，努力做孩子们的引导者和参与伙伴。有时为了教好一节课，她要准备一周甚至用更多的时间，倾注了大量的心血，付出了辛勤汗水。

潘俊峰所带班级在数学和绘画方面得到了很大的提高。在今年的"童星杯"书画摄影艺术大赛中，由她辅导的25名幼儿美术作品分别获得金、银、铜三个奖。这不仅增强了幼儿的荣誉感和自信心，也在幼儿的成长道路上留下了美好的记忆。荣誉奖项接踵而来，2011年内蒙古自治区幼儿教师技能大赛，她获得幼儿教师综合技能三等奖；第三届"童趣杯"全国儿童画大赛，她获得"幼儿美术教学优秀园丁"荣誉称号；2016年，第十一届"童星杯"全国青少年儿童书画摄影展示活动，她荣获优秀辅导员奖；2017年，在第十六届全国少年儿童美术作品大赛中，她获得少年儿童美术教育成果一等奖。

潘俊峰从参加幼儿园工作时就时时告诫自己，处处严格要求自己，无论是班级环境创建、区域材料准备，还是家长工作、幼儿能力培养等，都务求走在前列。从2009年幼儿园参加全市示范园的验收、2010年参加甲级园的验收、2018年的区级示范园的验收工作，她与同事们一起投入到紧张而繁忙的工作之中。她为班里的每一个孩子建立成长档案，其中包括每个孩子的日常学习活动的照片、美术作品、观察记录等；建立每天的温馨提示，所学内容、家园联系、晨检记录、一日活动记录等；建立每周的教学活动笔记、教育笔记、学习笔记等。大量的工作让她放弃了中午休息时间，有时晚上加班加点去完成。她还自己花钱为班里购买物品，美化班级环境，充分地发挥老教师应有的表率与带头作用。2012年她所带班级被评为旗级先进班集体，同年被评为旗级先进班集体。2016年，所带班级被评为旗级先进班集体。在2013年全市第二届幼儿教师教学大比武活动中，她获二等奖。

潘俊峰陪伴幼儿园的孩子们已经走过了二十多年美好时光。她的幼教生涯始终是一步一步坚实走过来的，没有半点懒怠，没有半点退缩，有的只是满腔的热情。她用自己的爱心和孩子们一起绘制动人的五线谱，共同弹奏着美妙悦耳爱的旋律。

扎根戈壁的第一书记

——记乌拉特后旗获各琦苏木巴拉乌拉嘎查第一书记包长江

在部队，他是赫赫有名的技术能手标兵，是部队官兵学习的榜样，曾获得三等功一次，多次荣获优秀士兵嘉奖、"红旗车驾驶员"荣誉称号；转业到地方工作后，他始终坚守初心、不改本色，无私奉献书写着精彩人生，他就是内蒙古巴彦淖尔市乌拉特后旗获各琦苏木巴拉乌拉嘎查第一书记包长江。

包长江，男，蒙古族，1982年10月出生，中共党员，大学本科学历，现于乌拉特后旗总工会工作，2017年3月被旗委组织部选派到乌拉特后旗获各琦苏木巴拉乌拉嘎查担任第一书记，兢兢业业在戈壁滩上坚守了1000个日日夜夜，2019年荣获自治区"五一劳动奖章"、巴彦淖尔"五四青年"戈壁驻村工作队集体奖章，2019年11月被评为自治区"最美退役军人"。

心系民情，做群众的贴心人

巴拉乌拉嘎查位于获各琦苏木西北部，西与阿拉善左旗交界，北与蒙古国交界，距离旗府所在地270公里，总面积142万亩，可利用草场100万亩，占总面积的68%。嘎查共有牧户77户238人，有42户129人进城务工。

2017年，包长江担任嘎查第一书记，一踏上戈壁滩的土地，就下定决心："只要我的心脏还能跳动，有一分热，发一分光，一定为建设一个幸福的嘎查贡献自己的力量"。为了准确全面真实的掌握嘎查的情况，初来到巴拉乌拉嘎查的他，独自一人骑着摩托车一连20天，走遍了巴拉乌拉嘎查的家家户户，询民情，访民意，问民需，详细了解了该嘎查的自然环境、组织建设、经济发展、文化教育、医疗卫生、社会保障、计划生育等方方面情况。因牧区面积之大，牧民居住分散，路途遥远，牧户之间甚至有几十公里，有的地方道路崎岖，一来一回要走上一两天。为了方便工作，他与牧民建立了微信群，经常通过微信、短信等形式交流自己的想法、巴拉乌拉嘎查的长远规划和发展等问题。两年多的时间里，他积极与旗总工会联系，在牧民集中打草的时候，投入28000元，为35户牧民购买了米面、油、疏散瓜果和解暑用品；向民政局申请面粉40袋、60套被褥、50套棉大衣，帮助贫困户解决了燃眉之急。

在走访调研中，得知牧民阿拉腾巴根家家庭生活较为困难的情况后，本不富裕的包长江自己掏腰包为其购买了50只小鸡，并积极向旗扶贫办申请为其购买风光互补发电设备一套。牧民老阿爹巴日斯准备拉草料，刚要赶驴车动身的时候，发现驴车的车胎爆了，着急的老阿爹情急之下就给包长江发了微信。收到微信的他，放下手中的碗筷，奔赴老阿爹家中，帮助其顺利补胎。

凝心聚力，做群众的引路人

巴拉乌拉嘎查党支部共有党员30名，包长江担任第一书记后，立足从抓好嘎查"两委"领导班子建设、健全民主管理、民主监督、民主决策机制等方面入手，注重加强制度建设，重新部置了嘎查党员活动室，指导健全嘎查内部的各项规章制度，强化党员的教育管理，完善嘎查委员会议事规则和决策程序,推进嘎查政务、党务公开,使嘎查各项工作开始进入正轨。积极与旗政府办、林业局、总工会联系投入资金26万元改善嘎查办公条件、硬化嘎查院落,协调旗政协和旗总工会共投入4.2万元购买7台空调,为嘎查队部解决了取暖问题。为了持续改善牧民生活条件、丰富牧民精神文化生活,他采取嘎查自筹、部门资助形式筹集资金6万元,购买了电子琴、架子鼓、体育健身器材,改造了嘎查文化广场。连续举办"驼文化"那达慕大会,利用双休日、节假日与嘎查牧民联谊开展下蒙古象棋、射飞镖等文体活动。组织全体牧民在嘎查周边植树1500余株,为154名较为困难牧民每人购买意外保险100元,极大地凝聚嘎查党支部班子战斗力,拉近了与牧民之间的距离。

改善民生,争当群众的带头人

包长江特别关心嘎查的发展和牧民的生产生活。由于嘎查集体经济主要收入仅靠集体打草这一项,2018年,根据《内蒙古自治区扶持嘎查村集体经济发展试点财政奖补资金的通知工程》文件精神,中央下达财政补助资金100万元扶持嘎查村集体经济打草项目,为嘎查购置大型打草机械设备6台、建设专用机械仓库和大型储草棚,为壮大集体经济、持续改善牧民生产发展提供了有力支撑。许多牧民家享受的国家补助的风光互补发电设备多数已老化不能使用,于是,包长江向嘎查提出了集中购买风光互补发电设备的请求,并向旗扶贫办统一提交了申请,通过沟通协调,截止目前风光互补发电设备已全部更换。为了认真贯彻精准扶贫政策要求,他及时了解牧民生产生活情况和存在的困难,认真找准问题,制定应对帮扶措施,嘎查的从最初的10户贫困家庭基本脱贫,目前,仅有1户1人建档立卡贫困户。

2019年6月底，戈壁滩遭受罕见虫灾。市、旗林草局非常重视，派出1架直升机、11架无人机开展为期12天的灭虫行动，包长江带领戈壁牧民积极配合，为巴拉乌拉嘎查、查干高勒嘎查、前达门嘎查三个嘎查36万亩白刺喷洒农药灭虫。

进入新时代，党的惠民政策正在实实在在地成为群众的福祉。但是由于历史原因，极少数群众还没有完全脱贫，牧民在实际生产生活中还有许多的困难。2018年，嘎查发生旱灾，给许多牧民造成了严重的经济损失。旱灾发生后，在旗委、政府的高度重视下，包长江协调有关部门解决巴拉乌拉嘎查、查干高勒嘎查、前达门嘎查饲草料问题，为了及时将饲草料送到牧民手中，解决牧民燃眉之急，他前一天就到达饲草料联系点，联系草料、等待排队、亲自装卸，连续几天忘我工作，硬是把载满500多吨的饲草料安安全全的送到了牧民手中。

营救牧民，做群众的真心人

2018年8月12日，嘎查连降大雨发生洪水。中午12点40分许，接到牧民打来的救援电话："我们开车被困到洪水中，沟里满满都是洪水，根本无法通行，请求救援"。接到电话后，包长江带领嘎查组织委员三人迅速前去营救。在赶去营救的途中，发现眼前的道路路基已被洪水掏空，道路坍塌，车辆无法行驶，而被困人员还远在3公里以外的另一条坍塌路段上，洪水水势较深、水流湍急，车辆不敢轻易涉水，只能骑摩托车勉强过去，此时，包长江不顾自身安危独自驾驶摩托车冲向洪水的另一端，来到这条被困人员所在的坍塌路段，发现一辆车被困洪水中，车上共有被困人员3名，他二话没说，直接跳进洪水里，依次将被困人员背到安全地带并且细心询问被困人员的身体状况。紧接着，包长江3人开始营救被困车辆，救援人员采取人力推、拉拽的方式营救车辆，经过两个多小时的努力，被困车辆安全获救。

在担任嘎查第一书记两年多时间，包长江大部分时间都在牧区，但心里最愧对的就是妻子和儿子，父亲年老体弱，卧病在床，夫妻两地生活，里里外外就靠妻子一人支撑着。尽管他的家庭有这么多实际困难，但只要一回到嘎查里，他就忘却了所有的烦恼，全身心地投入到工作中去。

包长江是一位不计得失、不图享受，甘于奉献的党员，时刻谨记共产党人的初心和使命，始终不会忘记组织的依托，以时不我待、只争朝夕的奋进精神，团结带领戈壁牧民群众共同奋斗在建设新牧区的路上，用真心、真情服务着戈壁热土上的人民群众。

让"小花生"成为农牧民致富的"金豆豆"

——乌拉特中旗德岭山镇苏独仑嘎查党支部书记侯双喜种植花生创业纪实

侯双喜，男，中共党员，是一名土生土长的中旗德岭山镇人。担任苏独仑嘎查党支部书记后，依托本地资源优势发展花生产业，带领村民搭上产业发展的致富快车。

迎难而上，引领群众闯新路

德岭山镇苏独仑嘎查位于镇政府东南13公里，总面积175平方公里，有耕地7.8万亩、草场13万亩，下辖5个村民小组，总人口735户2980人。

乌拉特中旗作物生产区日照时数长，昼夜温差大，地势平坦，土地肥沃，特别是德岭山镇东部的山前洪积扇地区（苏独仑嘎查），土壤和灌溉条件好，非常适合种植花生。

花生，在民间被称为"长生果"，具有很高的营养价值，内含丰富的脂肪和蛋白质，是优质食用油主要油料品种之一，又是传统婚礼中必备的佳果，寄托着人们对生活的美好祝愿。

多年来，由于农业生产水平低、农作物单一、农民增收缓慢的状况一直困扰着当地政府。2016年开始，中旗德岭山镇引导农民调整优化种植结构，引进花生种植，促进农业增效、农民增收。群众一听本地种植花生，可是一件稀奇事："咱们这儿还能种花生？"面对群众的种种疑问，得到中旗农牧业部门技术人员的介绍后，作为党支部书记的侯双喜既激动又兴奋，决定当第一个吃螃蟹的人，下决心带领群众闯出一条致富新路子。

早些年，侯双喜就成立了联邦农牧业专业合作社，成为当地农副产品种植、加工、销售的"大户"。种了十几年玉米和葵花，侯双喜对种植花生信心满满，认为花生的种植方式与其他农作物"大同小异"。他与合作社中4个成员召开了紧急会议，共同投资了100多万元，从吉林引进了花生种子，种植了800亩花生。到年底花生收获后一算账，侯双喜傻眼了，几乎没有赚到钱，这不是白忙活了吗？他急忙请教农业专家，才发现花生种植中错过了最佳播种时间，一般来说花生在5月1日左右就开始种了，而他晚了近一个月；田间管理不到位，盲目使用常规肥，孰不知种植花生需使用特性肥，且还需要施足基础肥、适当追肥；播种技术不当，花生的种植密度依据气候特点、土壤肥力、选用品种和栽培条件而定，一般每亩留苗8000~9000株，而侯双喜每亩只种植5000株苗，大大影响了产量。

正所谓失败是成功之母。侯双喜深刻总结花生种植失败的经验教训，他认为，花生的种植、管理和销售，必须从粗放式经营向专业化经营转变、从经验式管理向科学化管理转变、从单一农户向联合组织化转变、从单一种植向产业化发展的转变。于是，侯双喜在农牧业技术部门的精心指导下，大力推行精量播种、测土配方施肥、统防统治，通过节种节肥节药，降低农资成本，提高花生地种植效益，每亩均产达到了500斤，每斤售价5.8元左右，收入很可观，每亩比当地种植葵花增加产值300元左右。

随着花生种植效益的不断提升，侯双喜在花生种植技术上严把质量关，为了让农民种出好品质的花生，他积极引进河套学院农业科技人才和团队来基地为农民进行"手把手"技术指导，从筛选种子、播种、施肥、灌溉到气候湿度、病虫害预报预测等，实行全程技术把关，同时，通过加速花生新技术成果示范和推广，配套和完善花生优质安全生产技术标准，生产出的花生品相远超原产地的，而且上市时间比原产地早一周左右，抢占了先机，赢得了市场。

勇闯市场，让群众"钱袋子"鼓起来

随着花生种植规模持续扩大、产量持续增加，侯双喜又在思考着一个问题，把目光瞄准种、加、储、运关键环节，全面提升花生业生产加工能力，着力提高种植水平和生产效益。几经考察走访，他将部分品质好的花生果做成了花生米等炒货，销售到湖北、四川等地销售，对"长相"稍差一些的，与当地榨油工厂达成长期协议，用于加工花生食用油，以其品质好、营养元素含量高、风味独特，满足市场供。他又开始对炒制、烘烤、蒸煮进行了研究。经过大量尝试、配方，注册了自己的商标'吉祥河套'，并申办了生产许可证，生产加工的礼品深受消费者欢迎。通过深加工，每斤花生增值至少1元以上。"今年合作社又增加了几套深加工设备，村里所有的产品都可以来这加工，然后再卖给货主，货主反馈挺好，需求量也挺大。"侯双喜说，"2020年，绿色花生种植基地可以达到10万亩，年产量达到3万吨，产品加工能力达到85%以上。"

为了加快全旗绿色高质高效创建项目，建设集中连片的花生绿色高产高效创建示范片和产业化示范基地，推动嘎查花生生产能力提升转变，嘎查党支部探索建立了"党支部+合作社+农户+企业"的运行模式，组建了邦联农牧业专业合作社。2017年，在旗财政、农牧、农业开发等部门的大力支持下，合作社投资800多万元建成年产2000吨的花生加工、销售产业园区。合作社对农户实行统一供种、统一管理、统一收购、统一储藏、统一销售，完善"产前、产中、产后"一条龙综合配套服务体系，实现优质农产品的产业化开发。同时，通过实施高产创建，提高单产、增加总产，花生平均亩增产10%以上，群众收入持续增加。

调整思路，小花生与大市场有效对接

为了顺应农民需求，适应市场变化，侯双喜又把目标放在了与农户的合作联合上，把开发目标放在了绿色花生食品上，把市场目标放在了更大的市场上，全面提升花生加工、销售能力。依托德岭山工业园区的市场、交通优势，嘎查购买了7台新设备，新建了一套流水线，提高花生收储、加工、市场销售能力，努力将花生产业做大做强，打出区外、国外市场。他注重将德岭山的自然资源转化为经济资源和商品资源，持续增加农牧民的经济收入，得到了当地农牧民的积极响应，花生基地持续扩大，种植面积大幅度增加。为了进一步提高花生种植示范效益，提升农副产品增加值，邦联合作社2018年引进鲁花集团，为鲁花集团承包土地2000亩，进行花生示范种植和新品种培育；与五原县邑龙国际出口贸易公司洽谈合作，签订农副产品出口协议；与广东德利生物科技有限公司合作，提供花生所需各种生物有机肥。与广州奇香食品有限公司进行生产技术的合作，与天津创鸿祥商贸公司进行农副产品线下销售合作。

下一步，侯双喜将带领苏独仑嘎查党支部将建设绿色有机高端农畜产品生产加工输出基地为主攻方向，依托蒙汉文化交融的独特风情和农牧交错的区位优势，抓住花生特色产业蓬勃发展的契机，积极打造蒙汉融合田园综合体新模式。未来规划新建厂房500平方米，产品置放车间400平方米，新建农机库房500平方米，3项预计投资180万元。计划采购各种机械和设备至少21台套（花生米、花生豆腐加工和榨油等生产设备5台套，花生剥仁机2台，分选花生机2台，花生播种机5套，花生起秧机5套，花生摘果机2套），预计投入资金330万元。打造一处集电商和花生文化展厅为一体的综合大厅，预计投入资金40万元。优质花生新品种培育、高效生产技术和加工技术研发、构建花生创新科技体系，将是邦联农牧合作社未来发展的重点。

一名村支部书记的"大手笔"

——记五原县塔尔湖镇继光村总支书记高永峰

高永峰,男,汉族,大专文化,中共党员,1974年出生,1992年7月入党。担任塔尔湖镇继光村总支书记以来,他以党性最强、作风最正、工作出色为己任,一心一意为群众排忧解难,想群众之所想,急群众之所急,为全村的经济发展和社会事业做出了突出贡献。

组织添活力,党员树形象

作为一名共产党员,高永峰深知自己的一言一行、一举一动都事关党组织形象,事关党员先锋模范作用的发挥。在平时的工作中,他时时刻刻处处用党员的标准严格要求、约束自己的言行,注重增强党的观念、加强党性修养,不断提高综合素质和业务能力。他常说:"我们就是全心全意为人民服务的,只有自己吃点儿苦,群众才能尝到甜。"他始终把群众满意作为衡量工作成效的基本标准,把每一位老党员、优秀党员当作自己的折射镜,树立自己的人格魅力。他坚持把完善村内服务作为加强党建工作重要平台,保障和改善全村村民生活品质的重要依托,以服务群众凝聚人心、维护稳定、促进和谐为出发点,采取微信、广播、走村串户等形式,开展"微治理""微服务""微监督"等服务体质,建立建全各项规章制度,解决了"农民的事情有人管,集体的事情有人做"的问题。仅2018年他就调解邻里纠纷37起,化解信访矛盾2起,解决信访遗留问题5起。在推进塔尔湖镇"田园综合体"的建设中,他始终主动作为,不计得失,事事干在前、走在先。群众亲切地称他是"一心为民的好干部、干事创业的领头人"。如今,继光村安定团结,村容整洁干净,产业发展强劲,农民安居乐业,前景一片大好。

产业发展,争当"领头雁"

继光村是全镇地里位置最偏远的行政村之一,全村耕地面积16700亩,因土地盐碱化程度较严重,加之耕地面积少、人口多,家庭负担重的年轻人,只能靠外出打工勉强维持生活。

高永峰看在眼里、急在心上,日思夜想为农民致富找出路、想对策。2015年他任村委委员时,面对陌生的环境,他走村串户,与群众拉家常、摸情况。继光村是以种植为主的,他果断决定发展特色农业,开始规划创办惠农合作社。通过走访调查、政策讲解,他的想法得到了农民的认可。2017年5月,他成立了塔尔湖镇永峰惠农农民专业合作社。

为了提高农民的收入,2017年高永峰引进了小拱棚甜瓜种植项目,与86户农民签下了750亩小拱棚种植合同。同时,他自费购买办公设备成立了惠农服务站,特邀县镇农科专家讲解温室育苗、栽培、防病等知识,让惠农服务站真正成为农户种植的好帮手。合作社全方位为农户服务,化肥、农药、地膜、籽种等价格均低于市场价,瓜农收入比本村其他农户平均收入高,农民对专业合作社寄予了厚望。

2016年秋,他积极响应县委、县政府提出的加快设施农业连片建设的部署,不等不靠,因地制宜建起连片钢架大棚117栋、103亩。

看到一栋栋集中连片的大棚建起来,如何让群众快速掌握种植与管理技术,进而成为增收致富的渠道,又是摆在他面前的一个课题。当务之急,就是组织群众开展日光温室科技培训。于是,他经常组织种植户到邻村向温室种植有经验的农户学习,参观并积极参与农业科技推广中心组织的各种指导讲座,实地观摩病虫害防治等技术,探索走出了一条大棚栽植、管理技术和效益转化的新模式,一举改变传统的一年一茬栽种为一年两茬的种植模式。合作社每亩每年净收入 6000~10000 元,经济效益大幅度提高。这也将他带领农民致富的愿望变为现实。

2018 年春季,高永峰尝试着改变农民的种植模式,与五原富源番茄厂签订了 500 亩番茄种植合同,大规模推广种植番茄。当年喜获丰收,番茄以 400 元/吨的价格全部销售。得到了实惠的种植户对他赞不绝口,佩服他敢闯敢干、一心为民的精神。生活条件得到改善后,有些农户开始购买小轿车,许多人家开始进城购买楼房。

精准扶贫路上,一个也不能漏

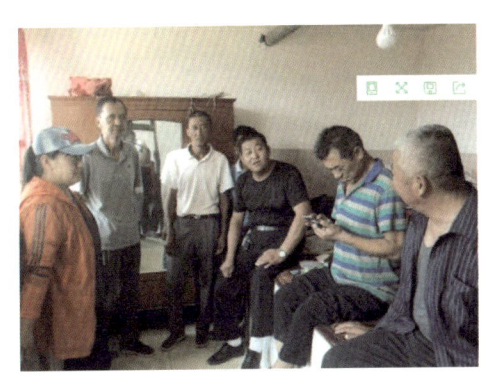

作为一名基层共产党员,高永峰带着对农民的深厚感情,逐社摸清底子,进村入户受理申请,逐户调查、摸底、核算,通过农户申请、村民代表大会公示、乡镇审核公示、县扶贫办审批公告的"两公示、一公告"等程序,科学识别建档立卡 25 户,对 55 人进行分类管理,做到帮扶对象精准化。为了不放弃每一个社、不抛弃每一户贫困户、不丢落贫困户中的每一个人,他经常处于超负荷工作状态,白天奔波在村社协调主抓各项工作,晚上酝酿实施方案,建全各类资料,竭尽全力奉献爱心,努力传递社会正能量。

2017 年 8 月,继光三社高如莲老人向村委会请求资助米面。他当天下午就把自己家的白面送到老人家里。老人非常高兴。这些年,他鼓励全村人民追求更美好的生活，逢年过节都要访问低保户、五保户、贫困户等，为他们送去温暖，在精准扶贫方面做出了重大贡献。2016—2017年全镇扶贫工作考核中，村委会连续两年取得第一的好成绩。

改善人居，事事走在前

改善农村人居环境是党中央从战略和全局高度做出的重大决策。在人居环境整治工作中，他始终坚持"绿水青山就是金山银山"的理念，因地制宜，分类指导，由易到难，从村庄清洁行动做起，以点带面，建立建全长效治理机制，努力建设好生态宜居的美丽乡村。村委会从重点打造塔尔湖镇"田园综合体"及周边村庄净化、绿化、亮化、美化入手，用心筹划，先后进行了3次铲草大会战，清理卫生，组织义务劳动，累计出工1800多人次，按时保质保量完成了任务，受到了镇党委、镇政府的一致赞扬。在抓好重点村的同时，他将整治工作又延伸到其他村庄。他经常组织群众清理柴草、木棍等杂物，组织铲车拉运，还建设了垃圾池。个别社员不理解、不配合，高永峰主动上门做思想工作，最终赢得群众的一致信任。各社都保持了良好的卫生习惯，村落干净整洁，村容村貌焕然一新。2018年镇年度考核中，继光村取得了全镇第一名的好成绩。继光村也由原来的后进村变成了先进村。

现在，高永峰同志带领班子又开始谋划新的发展路子……

又盯上秸秆转化的先锋人

——记内蒙古富煌专业合作社总经理王有军

王有军在当地很有名，因为他是一个敢于挑战传统产业，能充分利用当地资源发展事业的大能人。

位于河套平原东端的乌拉特前旗先锋镇，是内蒙古自治区枸杞集中种植面积最大的地区，有40余年的枸杞栽种历史。而富煌绿色枸杞就诞生在这一片肥沃的土地上。

王有军的老家在先锋镇红卫村，从父辈们开始，一直与枸杞打交道。先锋镇土壤类型以碱性土、灌淤土为主，矿物质含量极为丰富，腐殖质多、熟化度高、耕作性好，非常适宜枸杞的生长发育。加之该区域属典型的温带大陆性气候，年降雨量少，日照充足，昼夜温差大，利于枸杞糖和淀粉积累。枸杞种植的集中区域地处黄河灌区，水源充沛，灌溉便利，附近无工业污染。得天独厚的自然条件成就了先锋枸杞的"独一无二"。

先锋乡的人们不会忘记，2001年以前，由于市场管理混乱，枸杞品种落后，工商、税务收费高，外商不敢进来，枸杞售不出去，枸杞售价低至2元钱一斤仍无人问津。

王有军开始一直从事枸杞的收购。以前收的枸杞大部分以散货的形式销往全国各地，价格便宜，但客户认可度不高。多年的收购经历让王有军愈发觉得，只有打造自己的品牌，才能在市场上占有一席之地。

2009年，王有军联合当地的32户农户成立了富煌枸杞专业合作社，并注册了"富煌"品牌。合作社成立以来，王有军以"合作社+农户+绿色枸杞种植基地"为依托，力主从田间到舌尖的食品安全，将种苗培育、水肥统购、病虫统治、枸杞统收作为枸杞产销精细化管理的规范流程，打造高端绿色枸杞，形成了"互联网+特色农产品"的现代新型发展模式。

在肥料方面，合作社用的是专门针对先锋土质研究的生物有机肥；在病虫害防治方面，合作社采用生物防治措施；在枸杞种植环节，全面推广宁杞9号，结合"暗管排盐"技术，保证了枸杞品质。此外，合作社在生产区内配备了枸杞晾晒、烘干设备，枸杞鲜果选拔、无波烘干流水线，使枸杞杜绝了污染，减少了枸杞晾晒中的损失。从种植到田间管理，从收货到晾晒，从精选到包装，富煌专业合作社的枸杞得到了严格的把关。

从2004年开始，按照"绿色枸杞"的要求，合作社在生产中为杞农提供低毒、无公害农药，禁止农药市场出售和使用剧毒农药，不收购硫磺熏蒸和亚钠晾晒的枸杞，保证了枸杞的绿色保健品质。现在，合作社的枸杞全部按绿色生产规程操作。

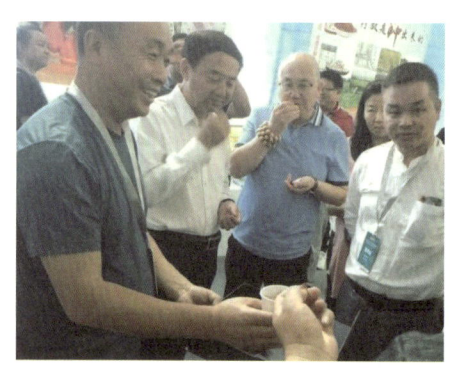 

目前，合作社集枸杞有机维护、冷藏、烘干、色选包装、销售存储于一体，已建成枸杞绿色示范基地2处，面积千余亩。

在陈河鱼枸杞交易市场，笔者又见到了专门用来烘干枸杞的烘干炉。"自然晾晒的枸杞干度不够，而且遇到阴雨天气色泽就要发暗。自从用上了烘干炉，这些问题便解决了。从去年开始，枸杞就能全卖出去了。如果没有烘干炉，每年都要剩下1500吨左右卖不出去。"王有军说。据了解，一户杞农建设一个烘干炉成本在5000元左右，每斤鲜果的烘干费用0.06~0.08元。农户每建一个烘干炉，乡政府给补7000块砖、3吨水泥。现在先锋乡已建成近百座烘干炉，可解决10000亩枸杞晾晒的技术问题。

怎么能让自己的品牌走出去，一直是王有军思考的大问题。在实体店销售的基础上，王有军充分利用快手直播、微信、淘宝等网络平台，开展线上销售。"每年9月份头茬枸杞上市和春节期间，是枸杞销售的旺季，产品供不应求。2018年，合作社生产优质枸杞干果3万斤左右，产值有200多万元，盈利100多万元。"据王有军介绍，合作社共有黑红枸杞干果、枸杞芽茶、锁鲜枸杞3大类、13个品种。迄今为止，产品已在北京、南京、成都、广州、呼和浩特等国内各大中城市销售。

说起先锋枸杞的发展史，王有军深有感触："我们说自己是枸杞产业，但充其量只是一个乡的产业。人家宁夏有枸杞县，有枸杞管理局，有枸杞服务站，人家的杞农县里给贷款，给提供无偿的科技服务，人家已经把这个产业作为一个省的产业了。人家一亩地产干果1200多斤，我们一亩地最多产400~500斤；人家一斤枸杞干果的费用是0.85元，我们一斤的费用是3元。人家的枸杞，茶、糖、药里都有，那才真正能挣钱，能为地方财政做贡献。而我们什么深加工项目都没有。"

如今，先锋镇先锋村的富煌枸杞专业合作社种植的绿色枸杞已经得到全国各地枸杞客商的青睐。2014年，前旗富煌枸杞专业合作社被评为市级龙头企业，获得市级知名商标，并通过国家级绿色食品认证。由于受该合作社绿色品牌效益的影响，2016年，全村已有200多户杞农通过合作社统一指导管护发展绿色枸杞，杞农人均年纯收入近2万元。

近年来，王有军带领公司又盯上秸秆转化这篇大文章。

他说："生物质颗粒燃料具有体积小、密度大、易处理、热值高、清洁卫生、储运方便、燃烧稳定、周期长、能效高、无污染等特点，比煤炭等传统燃料节约30%以上，可用于家庭供暖、工业锅炉和热力发电等众多行业，具有低碳、节能、环保、可再利用等特点。同时，由稻草、玉米芯、葵花杆等废弃秸秆加工成生物颗粒燃料，既减少了农林废弃物在田间焚烧对环境的破坏，又增加了当地农民的收入和就业机会，实现了农户和企业直接对接，让废弃秸秆也走上产业化之路是我们公司发展壮大的价值所在。"

内蒙古先锋富煌专业合作社是一家专门研究生产、销售生物质颗粒燃料一体化的企业。目前，公司生产基地占地4667平方米，拥有一整套流水线，总投资702万元，可以年产5万吨生物质颗粒燃料。公司有专业技术人员、经验丰富的生产人员，更有当地稳定的原材料。

总经理王有军信心百倍地说："在目前的国家政策和环保标准中，直接燃烧生物质属于高污染燃料，只在农村的大灶中使用，不允许在城市中使用。生物质燃料的应用，实际主要是将农林废物作为原材料，经过粉碎、混合、挤压、烘干等工艺，制成各种成型（如块状、颗粒状等）的，可直接燃烧的一种新型清洁燃料。作为锅炉燃料，它的燃烧时间长，强化燃烧炉膛温度高，而且经济实惠，同时对环境无污染，是替代常规化石能源的优质环保燃料。生物质颗粒燃料发热量大、纯度高，与煤炭相比不含其他不产生热量的杂物。并且，生物质颗粒燃料不含硫磷，不腐蚀锅炉，可延长锅炉的使用寿命，燃烧时不产生二氧化硫和五氧化二磷，因而不会导致酸雨产生，不污染大气，不污染环境。 生物质颗粒燃料是可再生的能源，将为创造节约性社会做贡献。诚信为本，携手共赢，崇尚环保，打造环保是我们矢志不渝的理想和追求。我们真诚地希望与客户诚信合作，携手前进，共谋发展，打造新的环保能源时代！"

美食艺术行业璀璨的明珠

——记巴彦淖尔市西贝美食艺术学校副校长刘智虎

刘智虎,男,汉族,毕业于内蒙古财经大学,现为中国烹调艺术家,巴彦淖尔市西贝美食艺术学校副校长。他还是中式烹调高级技师、内蒙古烹饪大师、内蒙古十大名厨、内蒙古烹饪餐饮饭店行业协会副会长、内蒙古旅游餐饮饭店行业协会副会长、内蒙古餐饮饭店行业协会名厨委员会副主席、内蒙古技师·高级技师考评委员会委员、内蒙古餐饮服务行业标准化委员会副主任委员、内蒙古食品科学技术学会常务理事、内蒙古餐饮业职业技能竞赛裁判员。曾荣获全国餐饮业高技能人才、内蒙古自治区突出贡献专家、内蒙古技术能手、内蒙古五一劳动奖章等殊荣。指导学生参加国家、省市职业技能大赛,荣获最佳金奖、技术状元奖、特别贡献奖、突出贡献奖、优秀组织奖、技术能手等多项荣誉。

兴趣 + 勤奋 = 成功

刘智虎出身烹饪世家,曾祖父刘鸿林是清末著名的厨师,德高望重,早年在山西省太原市开办鸿宾楼饭店,当时被誉为"天下第一楼"。

受长辈和家庭环境的影响和熏陶,刘智虎从小酷爱烹饪艺术,对美食产生了浓厚的兴趣。初中毕业后他便选择了烹饪专业,开启了他一生的烹饪事业。1989年,开始学习烹饪技艺,1991年进入内蒙古民族集团云中大酒店,跟随内蒙古烹饪鼻祖吴明之子中国烹饪大师、享受国务院特贴专家吴志强大师学艺。怀着对烹饪事业的热爱,他从基础的刀、火、勺、味、糊烹饪基本功学起,刻苦训练,孜孜以求、虚心请教,在吴志强大师的细心指导下,凭着恒心和毅力熟练掌握了烧烤、煎炸、蒸炖、煮涮等烹制方法,尤其擅长内蒙古菜品、粤菜的制作,在餐饮界享有较高的声誉。

他进入西贝餐饮公司后,共同完成了全国第十届少数民族体育运动会、联合国防治荒漠化第十三次缔约方大会等国家元首中外嘉宾的就餐接待任务,受到各级领导的好评。著名书法家陈建明品尝了刘智虎的菜品后,挥毫写下"虎技传香"四个大字,对他的菜品大为赞誉,这也是刘智虎近30年烹饪技艺的真实写照。

随着经济的快速发展和人们生活水平的不断提高,人们对餐饮业关注度也越来越高,而烹饪职业教师的稀缺让刘智虎开始另辟蹊径,做自己更加喜欢的事业。因此,做得一手好菜的刘智虎一边在餐饮行业工作,一边教课。随着时间的推移,他发现自己更热衷于传授烹饪技艺,每当看着学生、徒弟们在自己的传授下烹饪技艺日趋成熟,满满的成就感油然而生。

早在2004年,西贝美食艺术学校(西贝餐饮学校)刚成立时,作为兼职的刘智虎老师就与西贝餐饮结下了缘。2006年,他正式成为西贝餐饮公司的一分子,将教育与烹饪这两个自己最喜欢的职业结合到一起。16年间,他在西贝美食艺术学校从专业教师、班主任到副校长,再到现在的教学研究工作,一直潜心钻研餐饮教学工作。他利用业余时间编撰出版了普通高等院校"十三五"精品规划教材《烹饪基本功教程》《西贝美食艺术——热菜烹调》《职业技能鉴定烹饪理论知识汇编》等多部书籍,发表了《对中等职业教育的思考》《燕麦食品加工及功能特长》等多篇论文,为烹饪事业的传承、发展积累了宝贵经验,提出了一系列行之有效的意见。

做菜要"讲究",不要"将就"

做菜要"讲究",不要"将就",这是刘智虎日常餐饮教学一直说的一句话。从做饭的细枝末节中看出的是一个人的品行与素养。如何削好一颗土豆、如何注意食品安全、如何做好衣服整洁、如何做好个人卫生……一系列问题离不开"讲究"二字。土豆切丝,是上刘智虎刀工课必练的一项技能,可总有学生疑惑,用土豆练刀工用的着削皮剜眼、袪的那么干净吗?面对学生的种种疑问,刘智虎的态度非常坚决,他认为学习加工菜品不只是为了挣钱或完成任务,它是在展示自己、表演自己每个加工制作的过程,关乎每个人细节方面的素养。他常说:"职业教育归根结底就是素养教育,把一个人的素养教育好了、培养好了,这个人无论从事何种职业都不会差。"

刘智虎非常钟爱自己从事的烹饪专业,并常常陶醉其中。性格低调的他沉下心来钻研学习烹饪技艺,1992年,当别的同学还在上学时,刘智虎就已经挣上了每月200多元的工资,这在当时远远超出了普通社会工资。而当他的同学刚大学毕业时,刘智虎一跃晋升到了一家星级酒店工作,许多原来对他不理解的眼光已经变成了羡慕的目光。一次同学聚会,刘智虎亲自为同学们做了一桌美味菜肴,举手投足间展现出来的魅力与讲究的职业素养,让大家对他刮目相看,也对烹饪这份职业肃然起敬。他用能力展示了一个行业的风采!

拥抱的力量,挚爱的延续

"我不知道一个拥抱有多大的能量,但它真的发生了奇迹。"2008年,贾羽春校长刚接手西贝美食艺术学校的时候，不论是会议结束，还是上台颁奖，她总是会热情地和每一位伙伴拥抱。刘智虎开始多少会有些不适应和不理解："这个简单的仪式背后能起到什么作用？一个拥抱会产生多大的力量？"刘智虎在心底画下了一个问号。可是慢慢的，随着拥抱仪式的增多，刘智虎感受到了一种爱的传递，于是，也尝试着让班里的同学们互相拥抱。起初学生们也很纳闷，总觉得怪怪的，后来在刘智虎的引导下，同学们围成一个圈，然后相互拥抱，逐渐的同学们感觉彼此好像更亲近了。刘智虎说："我原来的问号已经彻底消失，现在经常将这种拥抱运用到工作中去，发现这是发自内心的爱，会给予别人莫大的鼓励和支持。"

一天，一位学生找到刘智虎办理退学，刘智虎有些疑惑，刚开学正在进行军训呢，怎么就要退学？这名学生吞吞吐吐地说："军训的时候教官踢我，踢的自己现在还疼呢，我觉得受欺负了。"刘智虎关切地说道："你先去医院检查一下有没有伤到哪里，检查的费用由学校承担，退学的事咱们检查完再说好吗？"说完后，刘智虎给了这位学生一个大大的拥抱。下午，这位学生拿着检查的结果找到刘智虎说："没什么问题，我还想继续上学，可以吗？"接着这位同学又说："刘老师，我长这么大，没人拥抱过我，您是第一个。"爱的回报，这一霎那让刘智虎也深受感动。

师爱，是超凡脱俗的爱。刘智虎特别珍惜与同学们相处过的那段时间和情感，他的手机中留存着7个学生群，经常翻看学生们的动态，了解他们的近况。虽然现在这些孩子们都已经步入了社会，但刘智虎还是默默地关注着他们。

"为什么这么简单的东西，这些学生们这么难教？"教育别人的过程，也是修炼自己的过程。随着教学时间的推移，不知从什么时候起，刘智虎将那份恨铁不成钢的"恨"，转化为了包容与理解。刘智虎说："要珍爱学生，爱学生是教育学生的基础，如果一个学生经常感受到老师的爱，他就会爱教师、爱班级、爱学校，进而会上升到对人生的爱、对社会的爱。"

刘智虎还被呼和浩特市商贸旅游学校、内蒙古饮食服务技工学校、内蒙古八一技术学校、内蒙古军区后勤厨师培训基地、内蒙古武警厨师培训基地等多所烹饪教育机构聘请为烹饪示范教师，先后为国家、自治区培养了烹饪技术人才3000多人，可谓桃李满天下。这些学生遍布全国各地，都已成为餐饮行业的中坚力量，成为酒店的总厨、经理、技师、高级技师等。

传承发展是责任，开拓创新是使命。刘智虎将一如既往、义无反顾地投身自己一生钟爱的餐饮技艺教学事业中，为发展地方经济，培养更多更优秀的餐饮技能人才贡献自己更大的力量。

选择公路管护事业无怨无悔

——记杭锦后旗交通运输局公路管理段段长杨晓芳

杨晓芳同志，女，汉族，1981年出生，大学本科学历，理学学士，工程硕士，2003年大学期间入党，2006年7月参加工作，先后担任杭锦后旗交通运输局公路股股长、杭锦后旗交通战备办公室副主任兼任杭锦后旗交通运输局招标办主任，2017年10月至今任公路管理段段长。被旗委、政府评为2010年度全旗公路先进个人，2016年被自治区交通战备办公室评为交通战备先进个人。

争先创优，打造一流团队

杨晓芳，从担任公路股长、战备办副主任、招标办主任、公路段长一路走来，深感做一名公路人的职责，也让她更加深刻体会到身先士卒、带好队伍、凝聚力量重要性。为此，她每经历一个工作岗位，首先从加强党支部规范化、制度化建设入手，立足抓基础、建机制、求创新，通过分解目标责任、细化考察办法，确保各项工作有计划、分步骤推进。针对岗位的敏感内容，将科室、班组每项职权的内容、程序、期限予以公开，主动接受广大职工和群众的监督，要求每个部门、每个岗位主动查找各自风险点，并制定办公室管理办法、养护管理办法、道班管理办法、安全生产制度等20多项管理制度，形成按制度办事、靠制度管人的管理机制。作为一名党员、一名领导干部，杨晓芳始终严于律己，坚守初心信念，始终按照廉政建设的制度严格要求自己，自觉接受党组织和群众的监督，所做的承诺、所提的工作要求自己首先带头、模范遵守。她注重人才培养，充分调动全单位职工的工作积极性，注重业务培训，鼓励职工多学习、多读书、多交流，经常与职工们谈心，分享生活感悟，增进感情融，公路段全体职工干事创业积极性空前高涨。正是由于她自己的责任担当，并把公路管理事业作为自己不断前进的起点，培养了一大批专业技术人才，成为公路建设管理中的核心骨干。

勇于挑战，走在公路建设最前沿

公路通、百业兴，交通通畅、经济振兴。近年来，交通管理部门以创建"畅、安、舒、美"的道路交通环境为中心，大力实施精细化养护，全面贯彻落实加强科学养护、提高质量、保障畅通的公路养护方针，推进养护常态化。

在创新养护运行机制，提高公路水毁抢修能力，全力确保道路安全畅通、设施完好的大好形势任务下，2017年10月，杨晓芳担任公路段段长，主要从事地方道路管理养护工作，其工作性质决定了公路养护需要经历风吹日晒、条件艰苦，越是危险时刻、越要迎难而上。作为一名女同志，在一个男性居多的行业中，工作起来却比男同志还有冲劲和闯劲。有着大学土木工程专业和工程硕士理论学习的扎实基础，又有十多年公路行业工作经验，她干起公路养护工作得心应手。2018年在养护资金严重短缺的情况下，她多方争取项目资金，建成了杭锦后旗第一个集养护、停车、便民休憩一体的综合型中心养护道班。2019年，在全旗范围县乡道广泛实施预防性养护工程，彻底改善现有道路的通行条件，得到上级领导的一致好评。

随着公路使用年限增长及车流量增大等诸多因素，全旗农村公路出现不同程度损坏现象。为进一步改善农村公路行车环境，在交通局的大力支持下对全旗的县乡道路实施了路面改造工程。进入2019年，杨晓芳主动同相关部门对接，对全旗部分县、乡、村道共 244 公里的养护补修工程进行了招投标，完成投资 473.76 万元。

为了保障道路安全畅通，在她的倡导下，发动群众积极向交通部门提供在公路建设、养护中存在暴力威胁手段强揽工程、强行租赁设备等涉恶违法线索，实现了公路养护管理群策、群力和群管。

科学管护，突破常规解难题

随着公路管理养护体制改革的不断推进，养护管理机构也在逐步建立和完善。针对公路养护中存在的困难和问题，杨晓芳确立了"五定三结合"的养护管理模式，即定养护路线、定养护人员、定经费标准、定养护指标、定检查方式，实现专业养护和农民承包养护相结合、养护管理与路政管理相结合、政府投入与群众参与相结合，初步形成了上下联动、齐抓共管、行业指导的新格局。在这一理念的引领下，杨晓芳团结带领干部职工以路面保洁、排水设施疏通、路面病害修复为重点，对沥青路面车辙、裂缝、拱起、拥包、松散等常规病害进行修复，遏制路面病害扩大，提高路面平整度；对路肩堆积物进行清理，清除路肩杂草，整修路肩边坡的缺口、冲沟，坚持桥涵日常巡查及经常性检查，发现问题及时维修处理，消除隐患。

2019 年，公路段委托中咨公路养护检测技术有限公司对旗县乡道路的 14 座桥梁进行技术状况评定，为桥梁的安全运营提供更为科学的依据。为了全力打造通畅、安全、舒适的公路环境，及时处置影响行车的安全隐患，提高公路通行能力，她定期深入乡村一线实地督办、现场解决问题，对变形、损坏的公路标志标牌进行修复、更换、刷新，对暴雨水毁道路做到及时恢复，保障道路畅通。

在多年的公路管理实践中，锤炼她办事干练、雷厉风行的工作作风。她常说"公路管护要从精细做起、从一件件小事做好"。头脑敏锐的杨晓芳，用自己的细致入微见证了自己的"基本功"。不失时机加强节假日和特别防护期安全生产工作，全力开展安全生产月活动和安全保畅通应急演练，重视完善安全防护设施，及时增设、维护和更新警示、警告等公路交通标志，特别是针对灾害性天气建立健全相应的自然灾害应急预案，提升突发事件应急处置能力。

公路养护工作只有得到群众大力支持，才有深厚的群众基础。公路段在经费紧张的情况下，每年为帐房村村委会拨付1000元经费，新建多个垃圾池，帮助帐房村改善村容村貌，还派遣两名有责任心、工作积极认真的优秀干部组成驻村工作队，对贫困家庭进行专职帮扶，对贫困户和老党员进行慰问。这些举措赢得了当地群众一致称赞。

作为一名女性共产党员，杨晓芳凭着扎实的业务知识、执着的敬业精神和科学的工作方法，既在岗位上取得了突出的成绩，又充分发挥好领头雁的作用，用大胆开拓、勇于创新、务实求实的工作作风，为杭锦后旗公路事业更好更快发展努力工作。

情系芦苇 魂牵画艺

——记乌拉特前旗连运芦苇画艺术文化公司创办人连军强

法国十七世纪科学家、思想家布莱兹·帕斯卡尔在《思想录》中写道:"人只不过是一根芦苇,是自然界最脆弱的东西;但它是一根能思想的芦苇"。连军强就是这样一根有梦想、有思想的"芦苇"。他一生与芦苇结下了不解之缘,把对家乡的热爱之情,变成了一幅幅意蕴绝美的芦苇画,让世人为之倾倒。他创作的芦苇画已经成为内蒙古自治区非遗传承产品,受到社会各界和媒体的关注和热捧。他创立的连运芦苇画艺术文化发展有限公司成立5年来,创作生产了6000多幅精美的芦苇画。2017年,连运芦苇画荣获内蒙古自治区文化厅第六批自治区级非物质文化遗产名录项。2017年8月他被巴彦淖尔市文化新闻广电局评为工艺美术大师称号;2018年8月,连军强荣获内蒙古民间文艺家协会"民间艺术大师"称号;2018年10月,荣获巴彦淖尔市文联民间工艺美术大师称号。

缘起芦苇情结,点燃激情梦想

连军强的芦苇情结是从童年开始的。他在乌梁素海边长大,对芦苇有着特殊的感情。那时,端午节姥姥让他用芦苇叶包粽子,他却看中了苇叶柔软,易于编织的特点,编织了小船、小猪等有趣的玩具。这些小物件开启了他的艺术梦想。一次学校举办绘画比赛,他用简单的水彩颜料画了一幅梅、兰、竹、菊《四君子图》,获得了全校比赛一等奖,也正是这个奖项获得,奠定了他的艺术自信、理想自信。

正当他为理想奋起之时,1981年冬天,母亲到乌梁素海冰面上采收芦苇,返回时乘坐拉运苇杆的四轮车意外摔了下来,不幸离世,原本一个幸福温暖的家,被这飞来横祸击得粉碎。母亲离世时,家中抛下两个姐姐和一个弟弟。连军强作为家中的长子,早早地扛起了家庭的重担。为了生计,他高中毕业后就在前旗农机厂当了一名工人。在农机厂工作不到两年,他下岗了。为了维持一家人的生活,他四处打零工。

1984年,他自己积攒了一些钱,在前旗的美术大师赵旭方指导下学习素描,在打工与经商的圈子里打拼。迫于生计,2003年,他向亲朋好友筹措了部分资金,开办了一家蔬菜批发超市。经过8年的苦心经营,超市从一家小店发展成3家连锁店,在当地颇有名气,至此,一家人的生活才逐步好转起来。

1979年冬天,连军强偶然看到乌梁素海农民用铁钩在炉膛烧热后,在芦苇上烫苇编画,这启发了他用芦苇作画的梦想。在网上查阅后,他了解到河北白洋淀地区的芦苇画远销国内外,已经形成了品牌产业。他知道乌梁素海的芦苇品质优良,而且每年的产量非常庞大,难道不能发展芦苇画产业吗?带着梦想和激情,他查阅了大量的资料,详细了解了芦苇画的制作流程后,萌发了去河北白洋淀拜师学艺的念头。

然而,他的这个想法一提出来就遭到全家人的强烈反对,就连自己的好朋友都认为他是瞎折腾。在他看来,人的一生应该去实现心中的梦想,否则,自己的人生就失去价值了。之后,他多次徜徉在乌梁素海的芦苇荡里,思索着自己未来的路,也为这一片浩浩荡荡的芦苇的命运担忧。他觉得,这么多的芦苇每年被浪费掉非常可惜,处理不好还会污染乌梁素海的湖水,不解决芦苇用途的问题,会给国家造成很大的负担。用苇画作画,不仅是一个非常好的环保产业,而且能够解决一部分芦苇的用途问题。想到这里,他拜师学艺、开拓视野、成就理想的信心更加坚定了。

拜师学画艺，苦练修成正果

2011年，连军强不顾家人的反对，将经营多年的3家超市转租给亲戚，跟随河北省工艺美术大师、芦苇画非物质文化遗产传承人刘永乐拜师学艺。身处艺海中的他，如饥似渴地吸取芦苇制作艺术营养，虚心向老师请教每一个细节、每一个工艺、每一种色彩。经过两年多的学习深造，他终于修成正果，成为一位技艺娴熟的芦苇画艺人。

芦苇画是由唐宋时期的苇编技艺衍生而来的，明代取名苇编画，是将芦苇剖开碾轧成条后用其编织各种图案，整体为单色。清朝苇编画受瓷器和西洋文化的影响，又进行了大胆的创新，从色彩和立体效果上进行了改进，又更名为苇编工艺画。现在的芦苇画经过白洋淀艺人在传统手工艺基础上融入了粘贴画、烙画等工艺创新，技艺更加纯熟，画面更加空灵，造型更加古朴典雅。芦苇画的颜色都是用烙铁烙出来的，不添加任何人工色素和染料，是纯天然的"绿色艺术画"，而且可长期保存，永久不褪色、不变形。

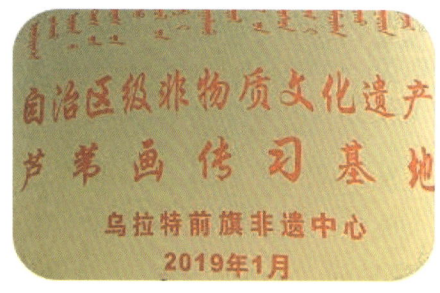 

制作一幅芦苇画需经过浸泡、剪切、熨烫、粘贴等十几道工序，看似每个工序都不复杂，可对制作者的要求却不低。比如，在烫色环节，使用烙铁，采取勾、点、皴、染4种手法，可使色调产生碳、焦、深、褐、淡5个层次。使用烙铁是一种高难度的技术，必须掌握好烙铁的温度、手上的力度、线条的流畅度，稍不留心就可能前功尽弃。

二次返乡创业，开辟艺术大舞台

梦想，是前进步伐的加速器，是奋起飞腾的双翼。2014年，连军强怀揣着传承苇画艺术、发扬苇画艺术的理想，告别了白洋淀，回到家乡创办自己的企业，立志把芦苇画做成环保产业，为发展家乡经济出力。

然而，理想与现实之间往往看似一步之遥，其实隔着千山万水。连军强创业遭遇了前所未有的阻力。无资金、无场地，亲戚朋友极力反对，妻子更是强烈反对。他顶着压力把经营超市的资金都投入公司里，又四处筹集资金，租厂房、招工人、买原料、买设备、培训技术人员。

2015年，连军强在乌拉山镇的一个废旧学校里成立了芦苇画艺术公司，开始了自己的二次创业之路。为了解决资金问题，他还把一套住房抵押贷款。为此，妻子和他离了婚。

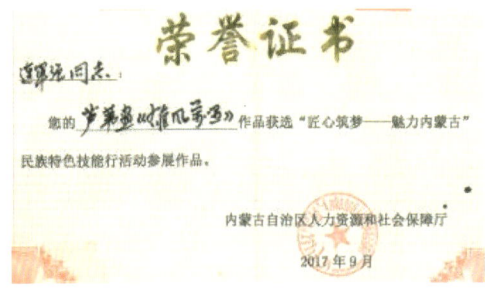 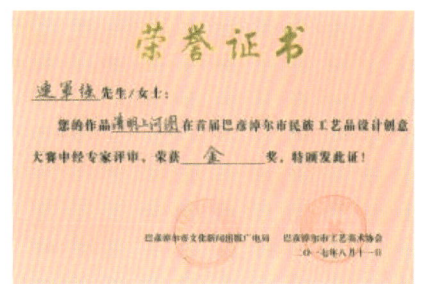

公司刚成立时，让连军强感到最难的不仅是资金问题，还有亲人的不理解、不支持，尤其是妻子的离开，在他心灵里抽掉了一根最温暖的支柱，他从此变得沉默寡言、情绪焦躁。但这个坚强的北疆汉子，凭着他对芦苇画深深的热爱，顽强地站了起来。芦苇画已融入他的整个世界，那根植在生命里艺术基因，把他强大的创造力完全激活。他一边培养徒弟，教他们一点儿一点地学习制作芦苇画的每一个步骤，一边设计制作烙铁，改良苇皮初加工设备，提高原材料的加工效率。

公司刚起步的时候，他呕心沥血制作的芦苇画遇到了销售瓶颈，一幅70cm×175cm的猛虎图，5个熟练工需要做半个多月，售价1万元都没人买。几个月下来，卖芦苇画的钱还不够给四五十个工人发工资，但他从没想过放弃，在他的苦心经营和政府的支持下，芦苇画逐步走向市场。

环保理念在连军强心里是至高无上的。他秉承习总书记的"绿水青山就是金山银山"理念，《天鹅故乡》《鸿雁》《清荷》等作品都用精美的画面传递了环保的理念。他开发的环保碳盘工艺画，是研发领域的一个创举。这种环保碳盘工艺画摆放到办公室和家里，可以吸附烟尘异味，使空气变得清新，既有艺术功能，又有环保价值，产品一经研发完成，就收到了良好的经济效益和社会效益。随后，一系列的荣誉和宣传报道接踵而来。2015年，他的芦苇画《草原骄子》被蒙古国国家艺术团永久收藏。同年，该作品荣获内蒙古自治区文化与旅游产品大赛二等奖；《连年有余》《荷花情》被内蒙古展览馆收藏。

2015年9月，他的创业事迹被内蒙古卫视《晚间新闻联播》报道。2016年4月，巴彦淖尔市电视台《新闻聚焦》专题报道《执着的追梦人》。2016年6月，中央电视台《绿色中国》栏目对连军强的芦苇画做了详细报道，在全国产生了较大的影响。

发展芦苇新产业，开辟增收途径

一个有着大梦想、博大情怀的创业者，时刻想着改善家乡父老乡亲的生活条件。2019年6月，为了拓宽特殊学生的就业门路，连运芦苇画艺术文化公司与乌拉特前旗特殊教育学校举行"非遗进校、携手前行"芦苇画开班仪式，长期对特殊教育学校高职班学生进行免费培训、实训，增加学生们的实用技能，满足特殊学生的就业需求。

连运芦苇画艺术文化发展公司从创办到发展壮大，已经发展成集设计研发、加工制作、销售推广、技术培训为一体，初具规模的民营企业，芦苇画已形成特色产业，产品销往湖北、四川等地。一幅70cm×175cm的猛虎图售价近2万元，成为人们收藏、馈赠的佳品。

谈到企业发展目标时，连军强说："计划创作生产一万幅苇画作品，将芦苇画做成具有巴彦淖尔特色的旅游产品投放市场，把芦苇画打入国际市场，去赚取外汇。"他最大的梦想就是带动周围的农民学习制作芦苇画，让芦苇画成为父老乡亲致富的新途径，以此创作出更多有地域特色、蒙元文化和环保理念的作品，让芦苇画成为内蒙古的特色民间工艺产业，让这些特色产业走出国门、走向世界。

凡是做大事业的人都有大情怀。在美丽的乌梁素海湖畔，连军强用一根小小的芦苇，做出了"让人生更美丽"的大产业。他将自己的梦想和热爱都寄托进了这精美的苇画之中。

锲而不舍 勇攀科研高峰

——记内蒙古恒嘉晶体材料有限公司总工程师汪海波

汪海波，硕士，高级工程师，是国内设备研发及晶体材料生长技术开发领域的专家，长期在光伏材料和蓝宝石材料生长和加工设备研发、工程技术开发和技术管理的一线工作，积极参与并组织协调公司多项科研开发课题。参与设计的全自动蓝宝石晶体生长和加工等各种设备分别获得浙江省首台套、浙江省优秀工业新产品、金华市科技成果二等奖等多项荣誉；参与的二百公斤级蓝宝石晶体生长技术研发项目，被认定为 2018 年内蒙古自治区科技计划项目；参与的三百公斤级 M 向晶体生长热场工艺技术研发项目，被认定为 2019 年内蒙古自治区科技成果转化项目；创办的蓝宝石晶体材料研究开发中心被认定为内蒙古自治区级企业研发中心、内蒙古自治区级企业技术中心、巴彦淖尔市企业研发中心。

执着追求，立志科技前沿

汪海波 1993 年就读于安徽工程大学电气工程系工业自动化专业，像所有的学生一样，他怀着对所学专业的热爱和对未来美好事业的追求，一毕业，就加入具有先进数控机床研发和制造技术的中外合资的安徽鸿庆精机有限公司，先后担任设计部的技术员、助理工程师，从事数控机床的电气设计和软件开发工作。

跨入二十一世纪，他毅然决然地投身科技开发的前沿阵地上海，先后就职于国内外多家知名企业，一直从事电气设计、项目开发、技术管理等工作。在越来越多的技术研发和管理工作中，他觉得对自己理论知识和管理水平的提升势在必行，在工作和学习的双重促进下，他于 2016

年获得华东理工大学管理学硕士学位。技术研发需要不断地在专业上精进自己，他是这么想的，也是一直这么做的。在20多年的工作实践中，他先后担任过电气工程师、项目工程师、设计部经理、研发副总监等职位，并被上海电气集团先后评为电气自动化和智能化工程师和自动化设计高级工程师。

在研发开发方面，他参与完成的项目有FANUC Oi-M系统数控加工中心的开发；DJJL系列多晶铸锭炉的开发；ISS系列蓝宝石晶体生长设备技术产业化；ISH系列蓝宝石晶体生长设备技术产业化；CSF系列单晶炉设备技术和产业化等。在公司技术管理方面，他参与了浙江昀丰公司的高新企业申报、复审，知识产权体系建设，参加金华市技术创新项目多次，浙江省重大科技专项重大工业项目多次，参与公司多项设备、产品企业标准制定，参与完成软件著作权登记多项，申请国家专利多项，发表论文两篇。其中最亮眼的是2012年他主持开发的390型超高温石墨热场晶体生长设备技术产业化项目，获金华市第三届工业设计大赛一等奖，浙江省装备制造业首台套产品。此技术2014年9月被浙江省经济和信息化委员会专家小组评为浙江省省级工业新产品（新技术），项目实施期间，完成销售收入2000万元，实现利润600多万元。另外他正担任着2019年浙江省级重点开发计划项目LED半导体材料成型、加工生产线关键设备研发及产业化的项目负责人，与浙江大学共同开发LED半导体产业设备。

学研结合，注重成果开发利用

随着大功率LED商用、家用照明的发展以及光学窗口片的大规模应用，大尺寸的LED级蓝宝石衬底材料将成为该产业发展趋势，生长大尺寸、高质量、低成本的蓝宝石晶体变得尤为迫切。

2015年，汪海波与徐永亮等一同创办大型蓝宝石晶体生产基地——内蒙古恒嘉晶体材料有限公司，成为塞外土地上一颗耀眼的明珠。公司位于内蒙古巴彦淖尔经济技术开发区河套大街南富源路东侧，占地约300亩，总投资16亿元人民币，属于计算机、通信和其他电子设备制造业中的电子专用材料制造企业，从事蓝宝石晶体材料的研发、生产、销售。产品被广泛用于节能减排、新能源、半导体、光电子技术、航天航空等

 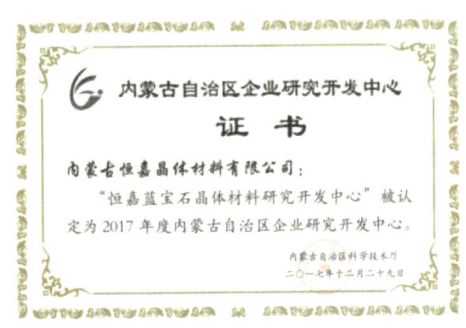

高科技领域。

公司创业团队以上海光机所、浙江大学、东华大学、浙江理工大学、河套学院等国内知名研究所、高校为技术依托，通过自主开发与对外合作手段相结合，在引进设备和技术的同时，不断消化吸收，并且不断提高自身的能力，开展基础技术的研究及产品开发，促进科技成果向生产力的转化，取得了丰硕的成果。

作为公司总工程师的汪海波，主要负责公司新产品研发、新工艺升级等工作，制定并组织人员进行多个项目的开发。泡生法蓝宝石晶体生长自动控制技术开发、泡生法160kg晶体生长技术开发、160公斤级石墨热场设计及工艺研发、6英寸以上LED衬底用200kg蓝蓝宝石泡生法晶体生长设备、蓝宝石晶体生产支持系统和远程引晶技术开发、晶体生产多炉台集中控制技术、晶体生产多炉台集中控制技术、200公斤级热场优化设计及工艺研发、200公斤级蓝宝石泡生法充氩气长晶技术改造及工艺研发等项目都顺利完成结题，并成功地运用到产品生产中，取得了一系列重大成果。

公司生产主导产品为4英寸及以上LED衬底用蓝宝石晶体材料，单

个晶体重量达到 200 公斤，并且还在继续开发 260 公斤、400 公斤、600 公斤等一系列大尺寸、高品质的晶体。这些晶体材料作为一种具有优异光学性能、机械性能和化学稳定性的功能材料，以其强度高、硬度大、耐高温、抗腐蚀等诸多优点，被广泛应用于军事、航空航天、激光技术、高端日用品等领域。

勇于创新，细节决定成败

汪海波怀着对科技创新的执着追求，主动寻求科技领域产品的攻关，使核心技术从"跟跑"变为"领跑"，并在相关领域中占据一席之地。

蓝宝石生长炉的自动闭环控制设计改变传统的分立元件和仪器仪表控制模式，通过三菱可编程逻辑控制器的输入输出模块、通讯模块、高速模块等各类扩展模块，采集各类信息，并传送到 CPU 内部，进行逻辑运算、数字运算，然后将计算结果传送到输出模块、通讯模块等各类输出扩展模块，进而驱动继电器、控制器、比例阀、加热器电源等，使整个生长炉有序、高效、自动运行。

IGBT 电源的创新性运用，将 IGBT 高频电源替代传统的可控硅交流电源，应用于蓝宝石晶体生长炉系统。电源的输入整流侧增加有源补偿器（APF），提高了功率因数，降低谐波畸变率，减少炉台对电网的干扰；电源直流输出整流侧采用大功率 CMOS 管，使电源的效率可达到 91%，提高了电源工作效率，节约了能源。

CCD 自动引晶控制系统的运用，通过在设备上安装 CCD 图像采集和处理系统，能够直观方便地对炉内的情况进行观察，结合炉内其他参数，如炉温、重量等信号，准确判断液面温度，在自动引晶模块控制下可实现自动引晶。通过规范自动引晶，可提供引晶质量与成品率，克服人工引晶对个人经验的极大依赖。

冷却水支持系统改进性开发，研究出一种不间断的洁净的恒温恒压的冷却水循环系统，能在运行过程中大幅度降低系统耗电，预防管道、炉台、电源管道结垢。采用多台冷却塔分段智能启动高精度温度控制模式，先对多台冷却塔分段进行一级控制，使水温的波动控制在 ±0.5℃，再通过大水箱的二次缓冲作用，使温度控制精度达到 ±0.2℃内。采用的冗余

PLC 控制设计，在成本上投入略高于单个 PLC，但系统可靠性系数可以达到 1，杜绝了由于水系统故障而造成的晶体生长夭折，甚至炉台烧坏等经济损失。

汪海波是一个眼界宽广、思维缜密的人，在科研中，面对每一个科研思路和课题，他都追求精准极致，取得了一系列重大成果，并成为科研带头人。

历经多年的沉淀与积累，他始终保持着永不言败的韧劲和锐意进取的拼劲，在日新月异的科技前沿不断前进，寻求着更高、更新的人生目标。

扎根乌拉特草原的基层名蒙医

——记乌拉特前旗蒙中医医院副院长、蒙医科主任敖涛来

　　敖涛来，蒙族，中国共产党员，出生于1969年9月，现任乌拉特前旗蒙中医医院副院长，蒙医科主任，蒙医主任医师，毕业于内蒙古医科大学，本科学历。

　　源于对传统蒙医、蒙药的独特情怀，对"责任"二字的深刻理解，促使他当了医生，行医济世。从1988年考入内蒙古医学院学习蒙医、蒙药知识开始，他便与蒙医专业结下了不解之缘。1991年毕业之后，敖涛来一心投入他热爱的蒙医药事业。他擅长应用蒙西医结合治疗胃、肝胆、肾结石、过敏性紫癜、鼻炎、半身不遂、骨质增生、腰椎间盘突出、风湿性关节炎、痛经、腹痛、胃脘冷痛、风湿痹痛等疾病，熟练掌握了传统正骨手法、针灸、火针、艾灸，并应用蒙医传统舌下放血预防心脑血管疾病。他坚持用蒙医、蒙药有效治疗类风湿关节炎、各种疼痛、静脉曲张及以震治震疗法治疗脑震荡，还引进臭氧介入消融治疗腰椎间盘突出。

　　1992年，他从包头蒙中医院调到乌拉特前旗蒙中医医院。28年来，他创建了蒙医科、蒙医康复科、蒙医乳腺科、蒙医肝胆科、蒙医五疗科、蒙医疼痛科及蒙医住院部。他多次被评为单位特殊贡献者、优秀领导干部、卫生系统先进工作者。敖涛来一直用行动践行着传承蒙医技术的诺言，多年来扎根在乌拉特草原，为广大群众解除病痛。他以高超的医术和高尚的医德赢得了群众广泛赞誉。

　　"做医生就注定一生要不断学习，三天不看书就会掉队的。蒙医药理论来源于藏医，蒙医药要传承发展必须博采众长，积极借鉴中医、苗医等优秀医疗技术。"这句话是敖涛来常常说给医院里的年轻医生的。

对蒙医药的热爱，让他不计个人得失，舍得时间、精力，舍得财力。在他从医过程中，只要有专业技术的培训机会，他挤出时间来也要参加。他常常自费到北京、广州等地向老中医求教。行医路上，他对病人热心，态度友善，急病人之所急，痛病人之所痛，对待每一位患者都极为认真。很多时候，其他人都下班了，敖涛来为了弄清患者的病理，还在诊疗室里忙碌。多年来，疏于对女儿的陪伴一直是敖涛来心底的软肋。

为了主动减轻患者的负担，让患者合理用药、精心治疗，近年来，他应用传统正骨、针疗等手法、蒙医放血疗法、外敷用药疗术、臭氧介入消融等疗法治疗了300多名腰椎间盘突出患者。患者解除了病痛，也节约了开支。

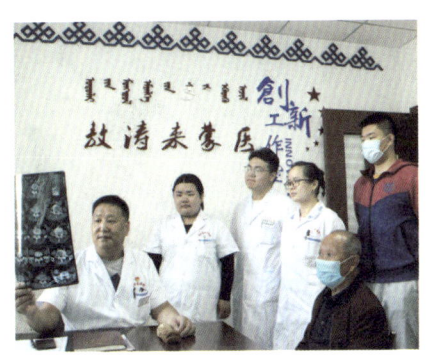 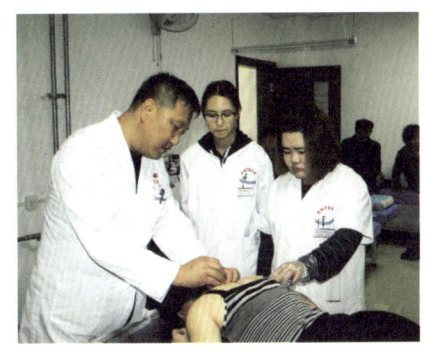

"来医院见到敖医生时，我是被家人抬来的。当时沮丧极了，心想下辈子就这样瘫在床上了。可经过敖医生的认真诊断，给我制定了针灸、手法复位、外敷用药的综合方案诊疗后，一个疗程后我就下地走路了，我们一家人都感激敖医生呢！"曾经患有腰椎间盘突出症的其木格感激地说。

"敖老师的临床经验太丰富了。跟随他学习一年，比我上三年大学学到的东西还多。他为人随和，对年轻人技术提高方面帮助特别多。"助理柴勒更医生说。

医院里的额日贺吉德医生和敖涛来在一个科室工作5年多。谈起敖涛来他不由得竖起大拇指："和他在一起工作效率特别高，敖医生重视学习，注重学术、医术的提高。他那份对蒙医的热爱和执着真是让人佩服！"

多年来，敖涛来倾心于"传帮带"，培养了7名优秀蒙医骨干，现己在多个岗位上独当一面。正是源于对蒙医药的热爱,让他的视野和心胸更加开阔。他说:"我自己不仅应该不断提高医术,而且也有责任帮助蒙医科全体医生共同提高,这样才能达成传承蒙医的夙愿。"

2017年,在敖涛来的牵头下,医院的敖涛来蒙医创新工作室成立了。敖涛来一有时间就领着年轻医生进行业务学习,进行疑难病例研究和蒙西医结合治疗肾结石、鼻炎等疾病创新性研究,并独立完成本院蒙医对腰椎间盘突出的治疗和研究,主持完成了蒙医对"萨病"和"亚顺合密吉勒病"2个课题的研究和治疗,效果良好。

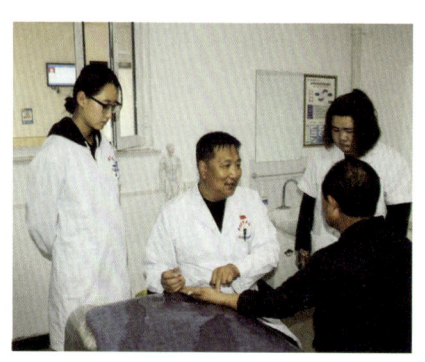

"蒙医和中医有着很多的共同点,有很多没办法用语言向大众解释清楚其中的药理。我认为,蒙医药、中医药在整个理论体系上更侧重全局,而西医药更注重局部和细节。以前,一些西方人攻击我们的中医,可现在他们又在深入学习。民族的东西值得挖掘传承,老祖宗留下的东西宝贵着哩!"不论谈起蒙医药还是中医药,敖涛来脸上总会现出骄傲的神情。他多年对蒙医药事业的坚守,带动着乌拉特前旗蒙中医医院蒙医科不断发展,蒙中医相结合医疗技术得到了很好应用。

如今的敖涛来不只是蒙医科的一名主任医师,还是蒙中医医院的副院长、内蒙古自治区蒙医药学会理事……这些代表着不同的身份和责任。在不同角色的转换中,他总能把每一件事做到极致。从医以来,他取得了很多成绩。2011年11月,他被内蒙古自治区卫生厅、人力资源和社会保障厅授予内蒙古自治区首批"基层名蒙医"称号。2016年,敖涛来带领下的蒙医疗术科被内蒙古自治区卫生厅授予"内蒙古自治区蒙医特色优势重点专科"。2018年,他被聘为内蒙古蒙西医结合肿瘤专业委员会委员。

"因为工作需要，我需要应对不同的角色，但最想做的还是医生。我想继续踏踏实实地做自己喜欢的专业，觉得自己在创新工作室上投入的精力还不够多，还得加强。"敖涛来笑着说道。

谈到蒙医技术传承，敖涛来总是信心满满地说："以前卫生系统多采用聘任制，无编制，人员流动性较大，蒙医药研究中人才很难保证。我相信随着国家、自治区对蒙中医药的重视，这些问题都会得到解决。蒙中医药一定会在为百姓防病治病上发挥更大的作用。"

近三十年如一日，一个个病人慕名而来，一批批患者治愈离开，敖涛来累计救治患者上万人。如今，慕名而来看病的人越来越多，但不管贫穷的还是富裕的，他总是一如既往、一视同仁，把所有的爱倾注给患者，把所有的精力都奉献给蒙医药的传承事业。他在用行动诠释着初心和使命。